HEYNE <

VICTORIA SCHLEDERER

FORTUNAS FLUG

Roman

Originalausgabe

WILHELM HEYNE VERLAG
MÜNCHEN

MIX
Papier aus verantwortungsvollen Quellen
FSC® C014496

Verlagsgruppe Random House FSC-DEU-0100
Das für dieses Buch verwendete
FSC®-zertifizierte Papier *Super Snowbright*
liefert Hellefoss AS, Hokksund, Norwegen.

Originalausgabe 04/2012
Redaktion: Sabine Thiele

Printed in Germany 2012
Umschlagbild: t.mutzenbach design, München
Satz: Christine Roithner Verlagsservice, Breitenaich
Druck und Bindung: GGP Media GmbH, Pößneck

ISBN: 978-3-453-52763-8

www.heyne-magische-bestseller.de

APRIL 1899
EINE BEGEGNUNG

Mit der Zeit hatte der Spuk in der Kapelle des k.-u.-k.-Pensionats für Höhere Töchter in Enns eine gewisse Berühmtheit erlangt. Alle Jahre trat er auf, so hieß es, unfehlbar, in der Osternacht: Da hallte scheußliches Zischen und Flüstern durch das Kirchengemäuer, unheimliches Gelächter erklang und verstummte erst, als Schlag Mitternacht eine hohe, zarte Geisterstimme auf der Galerie das Ave Maria anstimmte.

Freilich, das schaurige Treiben mit eigenen Ohren vernommen hatte noch keines der Mädchen, die im Frühling des Jahres 1899 in besagtem Pensionat lebten und lernten und sich redliche Mühe gaben, junge Damen zu werden. Dies war auf zweierlei Gründe zurückzuführen: Zum einen pflegten die meisten unter ihnen die Feiertage im Kreise ihrer Angehörigen statt im Pensionat zu verbringen; zum anderen wurde die Kapelle lediglich am Sonntag, zur Morgenmesse, aufgeschlossen, sodass auch jenen Unglücklichen, die sich gezwungen sahen, während der Ferien in der Schule zu verweilen, die Möglichkeit verwehrt blieb, aus ihrem Ungemach Kapital zu schlagen und Zeuginnen des Spuks zu werden.

Wohl aber hatten sie die Geschichte gehört, diese oder jene, die im vergangenen Jahr ihre Prüfungen abgelegt hatte, die hatte eine Freundin gehabt, und der war es gelungen, sich mit List und Tücke in die Kapelle zu schleichen; am nächsten Morgen war sie mit schlohweißem Haar erwacht und hatte fünf

Tage lang nicht zu sprechen vermocht. Darin, dachte Stella, fand sich möglicherweise der dritte Grund, weshalb die Mitschülerinnen keine nachdrücklicheren Versuche unternahmen, sich in der fraglichen Nacht Zugang zu der Kapelle zu verschaffen. Schließlich waren sie samt und sonders auf ihr Äußeres bedacht; auch plauderten sie schrecklich gern miteinander, und weißes Haar und tagelanges Schweigen hätten weder auf ihr Erscheinungsbild noch auf ihr allgemeines Befinden sonderlich positive Auswirkungen gehabt.

Stella selbst war zu groß und zu mager für ihre zwölf Jahre, hatte fades braunes Haar, einen zu dunklen Teint und ganz beliebige Gesichtszüge. In der beruhigenden Gewissheit, dass sie niemals zu einer großen Schönheit heranwachsen würde, und da sie von Natur aus nicht sehr gesprächig war, hatte sie schon im Herbst vergangenen Jahres, inspiriert durch die – für ein junges Mädchen entschieden unschickliche – Lektüre mehrerer Detektivromane, einen Wachsabdruck des Schlosses zur Kapelle genommen. Ihr Großvater, der sich in all den Jahren noch eine knabenhafte Freude am Unerhörten bewahrt hatte, hatte gelacht, als sie ihm in den Weihnachtsferien zu Hause in Wien ihr Ansinnen gestanden hatte. Dann war er mit ihr und dem Wachsmuster zu dem Schlosser zwei Häuser weiter gegangen, auch wenn sie ihm versprechen musste, es nicht vorsätzlich darauf anzulegen, Ostern im Pensionat zuzubringen. Man sah sich doch so wenig, und der Spuk war bloßer Unsinn, und kam sie nicht gern zurück nach Wien?

Sie *kam* gern zurück. Sie liebte die großväterliche Wohnung, den hässlichen Pudel und das verblichene Porträt der Mutter, das jeden Samstag mit weißen Rosen geschmückt wurde, und ganz besonders den Großvater selbst, den die Schicksalsschläge, die er im Leben hatte erdulden müssen, nicht in die Knie gezwungen, sondern ihm vielmehr eine heitere Gleichgültigkeit verliehen hatten. Wohlwissend, dass nichts auf dieser Erde von Bestand und das nächste Unglück vielleicht nur einen Schritt entfernt war, hatte er seine Enkelin mit der Sorglosigkeit des wahren Bohemiens erzogen.

War sie im Pensionat, so vermisste Stella seinen lächelnden Großmut. Alle Schlüssel und allen Spuk der Welt hätte sie deshalb am Karsamstag des Jahres 1899 gegeben, wäre sie nur zu Hause gewesen, um die Vasen mit frischen Rosen zu befüllen.

Nun aber lag sie in ihrem Bett im Schlafsaal und fieberte schon seit Tagen – gar nicht besonders hoch, aber schlimm genug, dass ihr Arzt und Lehrpersonal die Reise nach Wien verboten hatten.

Stella ergab sich in ihr Schicksal, tastete nach dem Schlüssel unter ihrem Kopfkissen und wartete auf den Abend.

Nicht einmal als sie später zu nächtlicher Stunde auf Zehenspitzen durch die langen Gänge und die dunklen Stiegenhäuser huschte, vermochte sie mit Gewissheit zu sagen, ob sie an den Spuk glaubte, oder ob sie sich nur vergewissern wollte, dass der Unsinn, den man erzählte – nun, Unsinn war.

Der Schlüssel knirschte und hakte ein wenig im Schloss, gerade so, wie er es bei ihrem ersten Versuch, gleich nach ihrer Rückkehr aus den Ferien, getan hatte, aber er sperrte doch. So leise wie möglich öffnete sie die Tür und trat ins Innere der Kapelle. Das Gaslicht zu entzünden wagte sie nicht, aber vorne am Altar brannte eine Kerze, das ewige Licht. Sie setzte sich in die erste Bankreihe, zog die Knie an, sodass der Saum des Nachthemds über ihre bloßen, kalten Füße fiel, und harrte aus.

»Die kleine Schönthal ist geradezu eine mustergültige Schülerin«, so hatte sie das Fräulein Werner, dem die undankbare Aufgabe zufiel, die Pensionatszöglinge Algebra und Geometrie zu lehren, einmal sagen hören. »So ruhig, so fügsam, so vernünftig.«

Ein Glück, dass Fräulein Werner sie jetzt nicht sehen konnte, frierend und fiebernd in der Kapelle! Bestimmt wäre sie entsetzt gewesen. Das stimmte Stella traurig, denn sie mochte das Fräulein Werner; sie mochte auch Algebra: Es erschien ihr als kultivierter Weg, von den richtigen Entscheidungen im Meer der unendlichen Möglichkeiten zu träumen. Sie lächelte. Der Satz gefiel ihr. Oben im Schlafsaal würde sie ihn in ihr Tagebuch notieren, später, wenn alles vorbei war, das Warten und der Spuk. Denn dass der Spuk kommen würde, dessen war sie sich jetzt hier, im Dunkel der Kapelle, vollkommen sicher.

Doch der Spuk kam nicht. Es schlug Mitternacht, und kein Ave Maria erklang. Stella wusste, dass sie aufstehen, die Kapelle verlassen sollte, aber ihre Glieder waren kalt und sehr, sehr schwer, und ihre Gedanken verwirrten sich in einem fort; bald meinte sie, zu Hause auf dem Diwan zu liegen, glaubte den Samt zu spüren und das struppige Fell des Pudels, der auf ihren Füßen lag; dann wieder war ihr, als stünde sie auf einer Brücke, die war durchsichtig wie Glas. Eine Melodie kam ihr in den Sinn, ein vertrautes, liebgewonnenes Lied, doch sie erinnerte sich nicht, wann sie es gehört haben mochte; und die Brücke, sie führte sie weit fort, in einen Garten, am anderen Ende der Nacht.

Sie überraschte sich selbst, indem sie nicht sonderlich erschrak, als der Mann zu ihr sprach.

Sie konnte ihn nicht sehen, aber seine Stimme war dunkel und weich, mit einem fremdartigen Akzent, wie sie ihn noch nie zuvor vernommen hatte.

»Kind, Kind«, sagte er. Und: »Du siehst ihr kein bisschen ähnlich.« Er klang enttäuscht.

Wer sind Sie, wollte sie fragen, aber sie fand keine Worte, ihr Mund war trocken, ihre Zunge taub. Also haben die Tage des Schweigens begonnen, dachte sie.

»Weshalb hast du nach mir gerufen?«, erkundigte sich der Unsichtbare an ihrer Seite. »Du möchtest doch nicht etwa mit mir kommen?« Die Ahnung eines Lächelns schwang in seiner Stimme mit. »*Sie* hat es stets von mir verlangt. Das Land jenseits der Schatten wollte sie sehen, und dieser, eurer Welt den Rücken kehren.«

Stella überlegte. Kein Held der verbotenen Abenteuerromane, die sie so gern las, hätte solch ein Angebot ausgeschlagen, sagte sie sich. Gleichzeitig erkannte sie, vielleicht zum ersten Mal in ihrem Leben, zwei große Wahrheiten: Das Leben war kein Roman, und sie wollte keine Heldin sein. Später sollte sie behaupten, dass sie ausgerechnet in jenem wahnwitzigen Moment den tröstlichen Mantel der Kindheit, mit all ihren Träumen und Phantastereien abgestreift hätte, und der Welt mit nüchternem Blick begegnete.

Sie schüttelte den Kopf.

»Dann geh«, sagte der Unsichtbare. »Ich bin froh, dich gesehen zu haben, nach all den Jahren.«

Sie ging – das heißt, sie schleppte sich zurück in den Schlafsaal. Sie legte sich auf ihr Bett. Träumte – und vergaß. Fünf Tage lang fieberte sie so hoch, dass die Leiterin des Pensionats ihrem Großvater telegraphierte, dass es mit ihr zu Ende ging. Er traf am ersten Tag, da das Fieber gebrochen war, in Enns ein.

Er saß an ihrer Bettkante und erzählte ihr Geschichten, wie früher, als sie noch Kind gewesen war.

»Erzähl mir von meinem Vater«, bat sie.

»Dein Vater war ein Schuft und ein Taugenichts, der deiner armen Mutter das Herz brach, als er eines Tages spurlos verschwand.«

ERSTER AKT

Ein Luftschiff mit Konsequenzen

9. bis 12. September 1913

Alin Vasilescu, Oberleutnant bei den Achter-Ulanen, sagte »Nein« und stürzte damit die Hochzeitsgesellschaft, die sich in freudiger Erwartung eines Skandals in der spätbarocken Düsternis der Dominikanerkirche zu Wien eingefunden hatte, in erhebliche Verwirrung. Man war erschienen, den alten Vasilescu, dem man sein Vermögen, oder seinen Einfluss bei Hofe, vielleicht auch beides zusammen, neidete, gedemütigt zu sehen, wenn sein ältester Sohn den Bund der Ehe mit einem kleinen, ehemaligen Dienstmädchen schloss, das – so den Gerüchten zu trauen war – obendrein von illegitimer Geburt und in einem Waisenhaus aufgewachsen war. Dass nun der Initiator dieser Posse sich im letzten Moment eines Besseren besinnen sollte, stellte die versammelten Gäste vor die Herausforderung, diese noch viel unglaublichere Wendung der Ereignisse angemessen zu zelebrieren.

»Recht so, Alter!«, rief ein junger Leutnant, allen Vorurteilen über den Mangel an geistiger Wendigkeit des Offiziersstandes zu Ehren gereichend aus, und wurde augenblicklich von seinen Kameraden zum Schweigen gemahnt. Der Dominikanerpater im feierlichen Talar begann eine wenig aufschlussreiche Rede, die sich vornehmlich aus »aber, gnädiger Herr, aber, na, so was« zusammensetzte, eine Brautjungfer brach in Tränen aus, und die Trauzeugen stürzten sich auf Vasilescu, um wild gestikulierend auf ihn einzureden.

Überhaupt, so schien es mir, die ich in einer der hintersten Bankreihen kauerte, auf der einen Seite von einem Herrn von wahrhaft titanischer Kubatur, auf der anderen von Katalins ebenso altmodischem wie umfangreichem Ridikül bedrängt, hatten mittlerweile alle Anwesenden beschlossen, ihre Meinung über die Geschehnisse gleichzeitig und im Bühnenflüsterton kundzutun. Die Kakophonie der geraunten Mutmaßungen und gezischten Abfälligkeiten schwoll bis zu jenem Punkt an, da die verschmähte Braut, die ihr missliches Schicksal bisher mit bewundernswerter Ruhe hingenommen hatte, dem Trubel ein Ende setzte, indem sie mit einem Seufzen in die leidlich passable Imitation einer Ohnmacht sank.

Wenngleich ich die Vermutung hegte, dass ihre Vorstellung nicht einmal bei dem anspruchslosen Publikum einer galizischen Provinzbühne Anklang gefunden hätte, die beiden Trauzeugen konnte sie doch überzeugen; säbelrasselnd ging man neben der kleinen, weiß verschleierten Gestalt in die Knie, rief nach Wasser, Cognac, einem Arzt. Den Mangel an Aufmerksamkeit, der ihm darob zuteilwurde, nutzte Oberleutnant Vasilescu, um sich mit großer Geste den Hut vom Kopf zu fegen, seinen Degen aus dem Gürtel zu reißen und über dem Schenkel zu zerbrechen, was einen Choral an Verwunderungslauten aus den Reihen seiner Regimentskameraden zur Folge hatte.

Neben mir hatte Katalin eine Rosenknospe aus den Girlanden, die die Bankreihen schmückten, gepflückt und begann die Blätter zwischen behandschuhten Fingern zu zerreiben; eine Geste äußerster Unruhe, die ich ihr nicht verdenken konnte. Vermutlich erinnerte sie sich an jenen unglücklichen Tag, sicher begraben im fernen Land der Vergangenheit, da Vasilescu der Ältere sie zwar nicht vor dem Altar, jedoch unmittelbar nach der Verlobungsfeier verlassen hatte, um sein Glück bei einer Jüngeren, Schöneren zu suchen.

Alin Vasilescu hatte indessen die beiden Degenstücke sorgfältig auf dem Altartisch abgelegt und war an dem Pater vorbei die beiden Stufen hinab ins Kirchenschiff getreten, ohne auch nur einen Blick auf das unglückliche Mädchen, das bis vor wenigen Minuten seine Braut gewesen war, zu werfen.

»Ich bin«, erklärte er mit volltönender Tenorstimme, »eine Schande. Eine Schande für meine Familie, meinen Namen, mein Regiment«, und klang dabei unbestreitbar zufrieden.

»Ja, das bist du allerdings«, murmelte der Gigant zu meiner Rechten. Schweißperlen standen ihm auf der breiten Stirn.

»Ich bin eine Schande«, wiederholte Oberleutnant Vasilescu. »Und das Spektakel hier erkläre ich für beendet.« Mit diesen Worten wirbelte er auf dem Absatz herum und stürzte ins Freie, gefolgt von einem der Trauzeugen und einigen anderen Kameraden, die wohl berechtigterweise fürchten mochten, die Schande des Regiments wolle sich Unheil antun.

»Stella, meine Liebe! Wie furchtbar!« Katalin hatte sich der entblätterten Rose entledigt und umklammerte jetzt meine Hand. »Das arme Mädchen, denk doch nur!« Sie seufzte. »Und *er* ist nicht einmal hergekommen.«

Mit ihm, so schloss ich, konnte nur Freiherr Marian Vasilescu gemeint sein. Seinetwegen hatte Katalin weder Falschheit noch Mühe gescheut, um sich in den Besitz einer Einladung zu der zweifelhaften Hochzeit, die allgemein als etwas kindische Rache des Sohnes an seinem übergroßen Vater gesehen ward, zu bringen. Die verschmähte Liebe, diese alte, böse Macht.

»No ja, fad war's wenigstens nicht«, sah ich mich bemüßigt, meine Meinung kundzutun.

Tatsächlich hatte ich im Vorfeld wenig unversucht gelassen, um Katalin zum Verzicht auf meine Gesellschaft bei der Trauungszeremonie zu bewegen. Ich hatte in den vergangenen zwei Jahren, seit Katalin und ich unseren höchst zweckmäßigen Pakt geschlossen hatten, zu viele Nachmittage meines Lebens auf fremden Hochzeiten verbracht. Unbarmherzig hinterließen sie ihre Spuren, diese Inszenierungen von Glück und Hoffnung; nach einer jeden blieb ich ein bisschen älter, ein bisschen matter zurück, erlaubte mir gar, mich ein paar Stunden lang dem Traum einer geordneten Existenz hinzugeben.

Der Großteil der verhinderten Hochzeitsgesellschaft hatte indes die Kirche verlassen, unzweifelhaft erleichtert, dem Schauplatz des Debakels den Rücken zukehren zu können, vielleicht gar ein wenig enttäuscht, statt des versprochenen Skandals nur eine Peinlichkeit serviert bekommen zu haben.

»Schade drum.« Auch Katalin hatte sich erhoben. Mit einer ruckartigen Kopfbewegung in Richtung Tor gab sie mir zu verstehen, dass auch sie unsere Anwesenheit in der Kirche nicht mehr für weiter erforderlich hielt.

»Bitte, einen Augenblick noch.« Zu meiner Schande musste ich mir eingestehen, dass mein Interesse an den Hintergründen dieser beschämenden Posse geweckt war. Und eingedenk der Tatsache, dass mir kaum vierundzwanzig Stunden bis Redaktionsschluss blieben, fügte ich hinzu: »Das könnte eine Geschichte werden.«

»Das hier?« Katalin rümpfte die Nase. Seit ich ihr als Gesellschafterin zur Verfügung stand, war sie meiner Nebenerwerbsquelle mit höchstem Misstrauen sowie gelegentlicher Feindseligkeit begegnet, obgleich sie niemals offen von mir verlangt hatte, selbige aufzugeben. Ihre Ressentiments konnte ich ihr freilich nicht anlasten, handelte es sich doch um eine Kolumne (immerhin zweispaltig!), die einmal wöchentlich in einem Gesellschaftsblatt mindester Qualität publiziert wurde, zu allem Überfluss auch noch einfallsreich mit »Wiener G'schichten« betitelt und gewissermaßen als Krönung der Originalität von mir als Mizzi Schinagl unterzeichnet.

»Selbstverständlich, das hier.« Mizzi, mein schreibendes alter

Ego liebte Skandale und Sentimentalitäten, dekoratives Herzeleid und unschickliche Liaisons, Schurken und Helden und gebrochene Schönheiten, Demi-Mondänes, die ihr Glück fanden, und schneidige Offiziere, die das ihre in einer einzigen kühnen Geste verspielten.

Abgesehen davon regte sich in mir der Verdacht, dass es hier das eine oder andere Geheimnis zu enträtseln gab: Die Braut – mittlerweile hatte sie sich entschlossen, wieder aus ihrer gespielten Ohnmacht zu erwachen – nahm Fürsorge und Aufmerksamkeit, die ihr Pater, Messdiener und Trauzeuge entgegenbrachten, mit stoischem Gleichmut hin. Einer reifen, lebenserfahrenen Dame der Gesellschaft hätte ich vielleicht abgenommen, dass sie Schmerz und Trauer hinter einer Pose kühler Indifferenz verbarg; bei einem blutjungen Mädchen hingegen drängte sich mir die Vermutung auf, dass tatsächlich keine allzu tiefen Gefühle im Spiel waren. Schon im Begriff, mir die eine oder andere Theorie zurechtzuspinnen, was Oberleutnant Vasilescu ihr angetan haben konnte, dass nicht einmal der Verlust des in Aussicht gestellten Reichtums sie zu Tränen rührte, blickte ich noch einmal zu dem Mädchen hinüber: Lediglich die Mutlosigkeit ihrer Haltung, wie sie da mit hängenden Schultern, den Schleier im Schoß, auf der Büßerbank seitlich vor dem Hauptaltar kauerte, schien mir beinahe echt. Beinahe. Und doch nicht aufrichtig genug, um die Ereignisse als die billige, offensichtliche Tragödie zu akzeptieren, als die sie sich uns darboten.

»Schön. Sollst halt den Nachmittag freibekommen«, verkündete Katalin zuletzt. Bei all ihren Kaprizen konnte sie eine außerordentlich großherzige Dienstherrin sein, wenn sie nur daran dachte. Verstohlen sah ich ihr über die Schulter nach, wie sie sich vor dem Portal noch auf den zur Kirche führenden Stufen einer Gruppe anschloss, die – soweit ich vernehmen konnte – lebhaft debattierte, ob es schon zu spät in der Saison sei, im Parkcafé im Volksgarten die Sensation in Champagner zu ertränken.

Ich holte das Fläschchen mit Riechsalz aus meinem Ridikül; ich selbst mochte von geradezu obszön robuster Kondition sein, doch in meinem schmutzigen Metier hatte mir dieses kleine Hilfsmittel schon unschätzbare Dienste im Schließen neuer Bekanntschaften geleistet.

So wie heute.

»Mir scheint, das könnt Ihnen guttun«, bot ich dem Mädchen voll argloser Hilfsbereitschaft die Riechsalzflasche an, was die drei Herren umgehend zum Anlass nahmen, sich ihrer Trösterrolle entbunden zu sehen und die Unglückliche in feminine Obhut abzugeben.

Das Mädchen – zu dumm, dass ich ihren Namen nicht wusste – sah neugierig zu mir auf. Nicht einmal aus gnädig-mitleidsvollen Augen betrachtet, war sie hübsch zu nennen. Tatsächlich wies sie mit ihrem runden Gesicht, dem breiten Kiefer und den hervorquellenden dunklen Augen große Ähnlichkeit mit einem Mops auf. Ich biss mir auf die Unterlippe, um ein etwas unangebrachtes Lächeln zu unterdrücken.

»Werden Sie denn zurechtkommen?«, fragte ich mit gesenkter Stimme, obwohl Priester und Trauzeuge ein paar respektvolle Schritte zurückgetreten waren und der Messdiener sich ostentativ auf der anderen Seite der kleinen Kirche beschäftigt gab.

Nachdenklich drehte das Mädchen die Flasche zwischen ihren Fingern.

»Aber ja«, murmelte sie. »Es wird schon gehen.« Ihre Stimme klang ruhig, fast desinteressiert. Zu meiner Überraschung gab sie mir das Riechsalzfläschchen ungeöffnet zurück und bedachte mich nun mit einem prüfenden Blick – weiß Gott, was sie in mir sehen mochte! Katalins Wünschen entsprechend pflegte ich mich schlicht, um nicht zu sagen bieder zu kleiden, um den hellgrauen, etwas altjüngferlichen Schatten zu ihrem in die Jahre gekommenen Paradiesvogel zu geben.

»Sagen'S, wer sind denn Sie überhaupt?«, erkundigte das Mädchen sich jetzt mit unverblümter Neugier.

Ich erwog meine Möglichkeiten: Die Wahrheit erschien mir unpassend, eine offene Lüge zu riskant. Was blieb da noch außer dem goldenen Mittelweg der kleinen Wahrheitsverbiegung.

»Stella Schönthal«, nannte ich ihr meinen Namen. »Ich bin mit Baron Vasilescu bekannt.« (Wir waren einander einmal im Foyer des Badener Stadttheaters begegnet; Katalin hatte mich ihm als ihre Cousine aus Pressburg vorgestellt.)

»Oh«, erwiderte das Mädchen. Und leise, empört, setzte sie hinzu: »Der Alin war so unglücklich, dass sein Vater heute nicht hergekommen ist. Das können'S dem Herrn Baron sagen, wenn Sie ihm wieder begegnen.«

Ich blinzelte; nicht unbedingt die Reaktion, die man üblicherweise von einer verlassenen Braut auf den Stufen des Altars erwartet hätte. Nun, da sich der Tumult der letzten Minuten gelegt hatte, erlahmten auch ihre ohnehin bescheidenen Schauspielkünste.

Sie rieb sich die weiche, fleischige Wange, bis das Rouge die Spitzen ihrer Handschuhe färbte. Jung sah sie aus (ich schätzte sie auf allerhöchstens achtzehn, wenn überhaupt), müde und ein klein wenig gewöhnlich.

»Gibt es irgendetwas, das ich für Sie tun kann?«, erkundigte ich mich, hauptsächlich um das drohende Schweigen im Keim zu ersticken und eine Brücke zu weiteren, relevanteren Fragen zu schlagen. »Haben Sie Freunde in der Stadt? Soll ich nach Ihnen schicken?«

Sie schüttelte den Kopf, selbst jetzt noch vorsichtig darauf bedacht, ihre Frisur nicht in Unordnung zu bringen.

»Ich hab Herrschaft, draußen in Sievering. Aber die nützt mir auch nichts mehr, denen hab ich vorgestern gekündigt.«

»Meine Damen.« Sporenklirrend kam der Trauzeuge auf uns zu; seinen Tschako unter den Arm geklemmt, die Stirn schweißfeucht, erklärte er sich bereit, die ehemalige Braut seines Kameraden – Carina nannte er sie – nach Hause zu begleiten, es hatte doch keinen Sinn, weiter hier auszuharren. Auch dankte er mir für meine Bemühungen, und wenn ich nur einen Moment noch der armen Carina Gesellschaft leisten könne, während er sich um einen Wagen kümmerte?

Was blieb mir anderes übrig, als zu lächeln, »aber selbstredend« zu erwidern und mich innerlich zu verfluchen, wie leicht ich mich hatte abschütteln lassen. So würden meine Leser sich mit der herzzerreißenden Geschichte eines kleinen Dienstmädchens aus Sievering, das von einem Offizier und Sohn aus reicher Adelsfamilie schändlich zum Gespött der Gesellschaft gemacht wurde, begnügen müssen.

Carina seufzte. »Gedanken mach ich mir um den Alin. So unbedacht wie er ist …«

Sie sollte nicht mehr dazu kommen, ihre Befürchtungen zu äußern.

Ein einziger weiterer Gast war noch in der Kirche verblieben, dessen runder, englischer Hut mir bereits zu Beginn der Zeremonie aufgefallen war. Bisher hatte er still in der vierten Bankreihe gesessen, die Hände auf die Knie gestützt, den Blick zu Boden gerichtet.

Jetzt war er aufgesprungen. Und er schrie.

»Zum Teufel!« Carinas Finger schlossen sich um mein Handgelenk. Eilends machte ich mich los, ohne genau zu wissen, was oder warum ich es tat, und trat einen Schritt auf den Fremden zu.

Sein tierhafter Schrei verstummte; aus hellen Augen, in denen Fieber oder Wahnsinn glänzte, stierte er mich an.

»Geh!«, rief er. »Verschwinde! Dämon, Satansbrut!«

Er zitterte, er schwitzte heftig. Irgendwo hinter mir hörte ich Schritte hallen, vielleicht war der Priester oder der Messdiener zurückgekehrt.

»Lass mich!«

Ich wagte mich einen weiteren Schritt vorwärts und sah mich mit einer neuen Komplikation der Lage konfrontiert: Der Mann hatte eine Pistole aus seiner Rocktasche gerissen und zielte nun mit ausgestrecktem Arm auf mich. Carina schrie auf, jemand keuchte, und ich – ich fühlte eine sonderbare, unwirkliche Heiterkeit in mir aufsteigen, wie sie Menschen wohl nur in jenen Momenten befallen kann, in denen sie gewillt sind, eine mutwillige Verrücktheit zu begehen. Ich hatte keine Angst. Keine Sekunde glaubte ich daran, dass er tatsächlich die Waffe gegen mich richten, meinem Leben ein Ende setzten würde.

»Machen Sie keinen Unsinn«, beschwor ich ihn, entsann mich meiner Manieren und fügte ein artiges »bitte« an.

»Du! Du gehörst zu ihnen, ich seh es dir an! Lass mich! Lass mich endlich gehen!«

Der Mann wirbelte herum, verlor dabei seinen runden Hut, schrie abermals auf und – drückte ab.

Die Morgenzeitungen gaben dem »Lebensmüden von der Dominikanerbastei« einen Namen sowie einen Platz auf den Titelseiten und mir den unwiderlegbaren Beweis vor Katalin, dass ich mir die Geschichte nicht lediglich ersponnen hatte, um der abendlichen Veranstaltung, zu der sie mich mitzunehmen gedacht hatte, zu entkommen.

»Dr. Anatol Krauß. Im Kriegsministerium tätig«, resümierte Katalin in alter Gewohnheit die Nachrichten, ehe sie die Journale an mich weiterreichte. »Im Alter von siebenunddreißig Jahren plötzlich verschieden.« Eine dünne Augenbraue hob sich über den Rand ihrer Lorgnette. »Plötzlich verschieden. Nun, so kann man es zweifelsohne auch ausdrücken.« Sie steckte sich eine Zigarette an und nahm die nächste Zeitung zur Hand. »Da, im *Wiener Kurier* weiß einer – eine anonyme Quelle, naja –, dass der Krauß ein Neurastheniker gewesen wär und sehr labil.«

Ich nickte, ich tat, als ob ich lauschte, ich nippte an meinem Tee, kurz, ich entsprach den bescheidenen Erwartungen, die Katalin am Frühstückstisch an mich stellte, und ließ meine Gedanken schweifen. Ich war erschöpft. Die vergangene Nacht hatte ich im Lehnstuhl am Fenster verbracht, das Notizbuch auf den Knien, vergeblich mit dem Versuch beschäftigt, Ordnung in meine wirren Gedanken zu bringen. Vergeblich mit dem Versuch beschäftigt, die Schreie, das Flehen des Toten zu vergessen.

Dämon, Teufelsbrut. Du gehörst zu ihnen. Noch jetzt geisterten die Worte durch mein aufgewühltes Bewusstsein, sie kratzten und zogen an etwas – etwas, das ich unwiederbringlich vergessen, verloren hatte, wie einen Traum oder eine Melodie aus längst vergangener Zeit.

Katalin hatte ihre Zeitungslektüre beendet. Jetzt neigte sie sich vor, die Hände auf die Tischplatte gestützt, und wandte sich in verschwörerischem Tonfall an mich: »Meinst du, er hat wirklich auf dich schießen wollen?«

Ich verneinte rasch, noch bevor ich die Frage ernstlich in Erwägung gezogen hatte. Die traumwandlerische Sicherheit, mit der ich Krauß gestern entgegengetreten war, war im Lauf der Nacht einem Gefühl von Atemlosigkeit und Beklemmung gewichen. Carina hatte mich tollkühn genannt, der Trauzeuge schwachsinnig. Der Polizeiinspektor, dem wir minutiös die Geschehnisse schildern mussten, hatte nur bekümmert den Kopf gewiegt und etwas von »überspannten Weibsbildern« gemurmelt. Im Übrigen war man auf dem Kommissariat recht rüde mit mir verfahren: Dass der arme Dr. Krauß mich als »eine von denen« bezeichnet hatte, war dem Inspektor Anlass, meine politischen Gesinnungen und Umtriebe bis ins letzte Detail zu erfragen; erst nach gut einer halben Stunde intensiven Verhörs war ich von dem Verdacht, ein revolutionäres Subjekt von anarchistischer Gesinnung zu sein, das dem Ingenieur Böses wollte, freigesprochen worden.

»Dann ist es gut«, schloss Katalin wenig glaubhaft. Tatsächlich schaute sie ein bisschen enttäuscht drein, als hätte sie mich lieber als die Heldin eines spektakuläreren Abenteuers gesehen. Langsam erhob sie sich und trat ans offene Fenster. Der frische Herbstwind ließ die Vorhänge flattern und bauschte Katalins Morgenmantel zu einem hellrosa Ballon.

»Du musst mir ein paar Besorgungen erledigen«, verkündete sie, den Blick nach unten auf die Gasse gerichtet. »Einen Wechsel einlösen und zum Holzer, die Blumen für den Korso bestellen.«

Ich nickte und machte mich sogleich für die Erledigungen fertig.

Entgegen Katalins Anordnungen fuhr ich allerdings nicht zum Bankhaus und auch nicht zu Holzer, der gerüchteweise die schönsten Rosen Wiens – wenn nicht gar des Kaiserreichs – zog.

Ich fuhr zu Krysztof.

Krysztof Kopetzky, Korvettenkapitän im Ruhestand, bewohnte zwei ausgesprochen blaue Zimmer direkt über dem Café Lurion; jedes Mal, wenn ich die Wohnung betrat, hatte ich den Eindruck, in einen (sehr beengten) Ozean zu tauchen: dunkelblaue Teppiche und blau gemusterte Tapeten, blaugrüne Vorhänge, ein blassblau bezogenes Sofa, ja selbst blaue Tischwäsche, und wie ich in der Vergangenheit gelegentlich hatte feststellen können, hellblaue Bettlaken.

Er müsse sich an dem Blau zu Tode gaffen, damit er sich nicht nach der See sehne, so hatte er mir einmal die Hintergründe der einseitigen Farbgebung dargelegt. Mehr als zehn Jahre waren verstrichen, seit eine überladene Kanone bei einem Manöver ihn das linke Auge und seine nervliche Stabilität gekostet und ihm im Gegenzug eine verfrühte Pensionierung, sowie eine Unzahl an Narben, seelischer wie physischer Natur, eingetragen hatte. Aber was tat so ein bisschen Zeit schon gegen die Sehnsucht?

»Stella, mein Engel!« Er eilte mir entgegen, niemals um eine Schmeichelei verlegen, tadellos im Anzug nach letzter französischer Mode, die schwarze Seidenbinde um Stirn, Auge und Wange geschlungen. »Hat die Szabady dich doch einmal von der kurzen Leine gelassen?«

»Oh, nein. Gegenwärtig bestelle ich beim Holzer Rosen.«

Er schnaubte verächtlich. In den letzten beiden Jahren hatten sich Krysztof und Katalin in eine kuriose Feindschaft verstrickt, die indes nur auf den Informationen basierte, die ich vermittelte. Von Angesicht zu Angesicht begegnet waren sie einander bisher nicht.

»Da lässt sie dich laufen, und schon kommst du zu mir.« Nachdenklich strich er durch sein militärisch kurz gestutztes, graues Haar. »Mir scheint, du verbringst zu viel Zeit mit alten Leuten.«

Ich winkte ab. An jenem Vormittag stand mir der Sinn nicht nach dem Geplänkel, mit dem wir uns sonst so fabelhaft die Zeit zu vertreiben wussten.

»Hast du die Zeitungen gelesen?«, wollte ich stattdessen wissen.

»Die Geschichte mit Dr. Krauß?«

Ich nickte.

»Aber ja. Unten im Kaffeehaus war die ganze Belegschaft vom Evidenzbureau da, da wurde über nichts anderes geredet. Seit dem Redl gab's keine solche Aufregung mehr! Hast du den Krauß am Ende gekannt?«

Langsam brachte ich hervor: »Ich war dabei.«

»Oh, weh«, sagte Krysztof, und dann schwieg er und ließ mich erzählen. Er führte mich zum Sofa, gab mir eine Zigarette in die eine und einen gut gefüllten Cognacschwenker in die andere Hand, obwohl er wusste, dass ich selten trank und niemals rauchte.

»Es war nicht einfach nur ein Selbstmord«, beendete ich eine Viertelstunde später (die Zigarette war längst heruntergebrannt, das Glas hatte ich geleert) meinen Bericht. »Er war ... auf der Flucht vor irgendetwas. Irgendjemand. Er hatte Angst.«

Krysztof lehnte sich zurück und verschränkte die Arme vor der Brust.

»Es ist niemals *nur* ein Selbstmord«, ermahnte er mich.

Ich balancierte mein Glas auf der samtgepolsterten Sofalehne und versuchte meinen Fauxpas nach Kräften zu kaschieren. »Natürlich nicht. Aber wenn jetzt, sagen wir, der Offizier die Pistole mit der einen Kugel überreicht bekommt; wenn einer in den Selbstmord gehetzt, getrieben wird, dann ist es doch – kein Freitod mehr.«

Krysztof stand auf und begann, soweit das beengte Zimmer es zuließ, auf und ab zu pirschen.

»Dazu fällt mir eine Geschichte ein«, begann er. Seiner konzentrierten Miene war anzusehen, wie sehr er sich bemühte, seine Worte zu wählen – vermutlich nach Kriterien der Harmlosigkeit. »Vor gut einem Jahr muss das gewesen sein, da hat der junge Trubic vom Evidenzbureau dem Gallfy und mir von irgendeiner, angeblich neu entdeckten Droge angeboten. Auf ihn und mich hat sie keinen großen Eindruck gemacht, aber der Gallfy war zum Schluss der Meinung, tausende Ratten fräßen an seinem Fleisch, und wir konnten nur mit Müh und Not verhindern, dass er sie *wegbrennt*.«

»Du meinst …«

»Ich meine gar nichts«, fiel er mir ins Wort. »Ich erzähle dir von Möglichkeiten. Vielleicht hat jemand den armen Dr. Krauß in den Tod getrieben. Vielleicht hat seine Geliebte ihn verlassen und er sich bis an die Grenzen der Besinnungslosigkeit betrunken. Vielleicht hat er Gespenster gesehen. Vielleicht ist ihm die Geschichte mit dem Luftschiff zu viel geworden.«

»Welches Luftschiff?«, hakte ich nach.

Krysztof winkte ab. »*Angeblich* baut eine Spezialabteilung des Kriegsministeriums seit Längerem an einem Luftschiff, gegen das die Zeppelin'schen Konstrukte sich wie die Spielereien eines begabten Amateurs ausmachen. *Angeblich* war der Krauß daran beteiligt. Die ganze Angelegenheit ist das am schlechtesten gehütete Geheimnis der Monarchie!«

Und nur ich hatte nichts davon gehört, begraben in einer Welt der beliebigen Zerstreuung, der kleinen Intrigen, einer Welt aus Champagner und Seide. Einen Moment lang gestattete ich mir, Krysztof heftig zu vermissen. Krysztof mit seinem Armeeklatsch und seinen beiden ozeanischen Zimmern, Krysztof, der in manchen Nächten schreiend erwachte, der niemals eine Zeile meiner Kolumnen gelesen hatte, und der sich gewiss nichts aus Blumenkorso und Hofball machte.

Ich rieb mir die schmerzende Stirn und rief mich streng zur Ordnung. Es war nicht der rechte Ort, nicht die rechte Zeit für Sentimentalitäten.

»Wenn ich etwas über Krauß herausfinden wollte«, begann ich, Krysztofs bissiges Lächeln ignorierend mit der Routine, die mehr als ein Dutzend Jahre vertrauten Umgangs mit sich brachte, »an welchen deiner geschwätzigen Kaffeehausfreunde würde ich mich am besten wenden?«

Lässig am offenen Fenster lehnend, die Arme vor der Brust verschränkt, gab sich Krysztof wenigstens den Anschein, die Frage zu überdenken.

»An sich hätte ich gesagt, versuch's mit dem Trubic – aber weiß der Himmel, wo der in letzter Zeit hinverschwunden ist.«

Den Arm voller Rosen (ein Präsent des kaiserlich-königlichen Hoflieferanten Sebastian Holzer, mit Kompliment an Katalin), betrat ich drei Stunden später die Redaktionsräume des wohl schlechtesten Journals, das gegenwärtig von den Geschicken der Wiener Gesellschaft berichtete. Wie immer herrschte hektische Betriebsamkeit: Wer hier arbeitete, nahm die harte und nervenaufreibende Kunst, Klatsch, Skandale und Wettgewinne der Woche in amüsanter Manier zu präsentieren, überaus ernst. Nachdruck verlieh dem Trubel noch der Umstand, dass Stephan Frey, Gründer und leitender Redakteur des Blattes, die Räumlichkeiten aus nachvollziehbaren, wenn auch nicht gänzlich durchdachten Gründen angemietet hatte. Zu Repräsentationszwecken hatte er sich für einen Standort in bester Gegend in der Innenstadt entschieden. Aus finanziellen Überlegungen endeten Prunk und Glorie allerdings, sobald man die mit »Salon&Sport« beschilderte Tür durchschritt. Dahinter nämlich verbarg sich, was Schmeichler (und Frey) vielleicht als eine schmale Zimmerflucht beschrieben hätten. Alle anderen waren sich einig, dass es sich im Wesentlichen um einen etwas zu breit geratenen Korridor handelte, an dessen Ende, in einem dürftigen Kabinett, Stephan Frey logierte. Zu ihm vorzudringen gestaltete sich als schwieriges Unterfangen, da überraschend viele Menschen darin Beschäftigung fanden, den Tratsch der Gesellschaft aufzubereiten, und dies an ausnahmslos breiten, voluminösen Tischen taten. Wer in der Hierarchie des Blattes über einen gehobenen Stellenwert verfügte, hatte darüber hinaus auch noch Anrecht auf eine Spanische Wand, die anscheinend eine Illusion von ungestörter Ruhe vermitteln sollte. Mindere Charaktere wie ich mussten sich mit einem ehemaligen Esstisch und einer Schreibmaschine begnügen (die ich zudem mit unserem Mundartdichter und einem gescheiterten Romancier, der als »die Marquise« zweimal monatlich eine Kolumne über die Pariser Mode verfasste, zu teilen hatte).

»Ja, haben'S denn einen Galan?« Auf leisen Sohlen war Steiner, seines Zeichens Bürodiener und persönlicher Lakai von Frey, zu mir getreten. Höchst irritiert starrte er dabei auf die dunkelroten, samtigen Blütenblätter. Solche Rosen zu schenken, hörte ich Krysztof in Gedanken murmeln, ist kein Kompliment mehr, sondern eine Obszönität. Eine Meinung, die Steiner zu teilen schien – oder vielleicht wunderte er sich nur, wie es kam, dass ausgerechnet das unscheinbare Fräulein Schönthal imstande war, derart tiefe Leidenschaften auszulösen.

Ich lächelte – geheimnisvoll und ein bisschen spröde, hoffte ich wenigstens –, und strebte zu meiner Schreibmaschine.

Die nächste halbe Stunde verbrachte ich damit, die Leidensgeschichte eines anständigen Dienstmädchens, das sich Hals über Kopf in einen wankelmütigen Adeligen verliebte (dessen Name so pointiert nicht genannt wurde, dass kein Zweifel über seine Identität mehr bestehen konnte) und sich ruiniert vor dem Altar verlassen sah.

Ich riss das Papier aus der Schreibmaschine, beäugte noch einmal kritisch mein Werk, ehe ich es mit einem Seufzen zusammenknüllte und von mir schleuderte.

Es half nichts; vielleicht zum ersten Mal in meinem Leben hatte ich eine Geschichte, die ich erzählen musste – und es war nicht jene Alin Vasilescus und seiner kleinen Freundin.

Ich spannte einen frischen Bogen ein. Zögerlich strich ich über die Tasten, gestand mir noch einen Augenblick des Zauderns zu, ehe ich mich straffte und endlich meine reißerische

Titelzeile schrieb: »*Dr. Anatol Krauß – der Freitod, der keiner war.*«

Ich hielt abermals inne – und setzte nach reiflicher Überlegung ein Fragezeichen dahinter.

Aus: *Salon&Sport*, Ausgabe No36, vom 11.9.1913

MIZZIS WIENER G'SCHICHTEN:

Dr. Anatol Krauß – der Freitod, der keiner war?

Die letzten Sekunden im Leben eines Mannes: Der fromme Beter heftet den Blick an den Altar. Er zieht die Waffe, er schreit die Qual der verlorenen Seele gen Himmel.

Ich war gekommen, eine Heirat zu belächeln. Nun musste ich einen Menschen sterben sehen. Was gilt es in solch einem grauenvollen Moment zu tun, findet man sich dazu verdammt, bewusster Verzweiflungstat Zeuge zu werden? Gewiss kann man nicht stumm das Unsagbare geschehen lassen. So rief ich den Mann, und er wandte sich zu mir um. Einen Augenblick nur zielte seine Waffe auf mich. »Du bist eine von ihnen«, flüsterte er, das Antlitz von Furcht und Wahnsinn entstellt, ehe er sich richtete.

Ein trauriger Vorfall wie der eben geschilderte soll uns heute Anlass sein, mit einer alten Tradition zu brechen: Statt wie gehabt die Identitäten der handelnden Personen im Dunkel der Andeutung zu belassen, gilt es heute, einen Namen zu nennen: Dr. Anatol Krauß, dem technischen Stab des Kriegsministeriums angehörig und, wie es heißt, Konstrukteur eines Luftschiffs für dessen Aeronautische Abteilung, hat sich gestern in noch jungen Jahren um sein Leben gebracht. »Freitod« lautet das blumige Wort, dessen wir uns bedienen, wenn wir Selbstmord meinen – oder Mord? Denn scheidet der Mann, der in blinder Panik den Pistolenlauf an seine Schläfe legt, der angstvoll schreit wie ein waidwundes Tier, der in der mitfühlenden Geste einer Fremden nur die Schatten seiner Peiniger sieht, tatsächlich aus freien Stücken mit der Welt?

»Du bist eine von ihnen.« Wer auch immer es sein mag, mit dem Dr. Krauß mich verwechselte, er wird seiner gerechten Strafe entgehen, solange wir von einem »Freitod« sprechen.

»Herr Graf! Ja, so wachen'S doch auf, Herr Graf!«

Mit Mühe öffnete Felix Graf Trubic das linke Auge einen Spaltbreit und entschied, dem Tode nahe zu sein. Nicht weiter verwunderlich; es starb sich so leicht in diesen Tagen trägen Friedens, an Überdruss und Müdigkeit und den Plaisieren der Nacht. Vielleicht etwas ernüchternd, das musste er sich eingestehen, für einen, der alles im Leben darangesetzt hatte, auf möglichst spektakuläre Weise seinen Abschied zu nehmen, aber insgesamt nicht unangenehm. Sah man von der hartnäckigen Präsenz des Dieners ab: Ein Totenbett verlangte nach tapferen Freunden und wehmütigen Reminiszenzen, keinesfalls nach Hauspersonal, das gleichgültig mit Kaffeegeschirr hantierte und zuletzt gar die schweren Vorhänge beiseiteschob.

»Simon!« Langsam hob Trubic den Kopf, feindselig ins Sonnenlicht blinzelnd. »Habe ich Ihnen nicht ausdrücklich aufgetragen, mich sonntags nicht vor Mittag zu wecken?«

»Jawohl, Herr Graf.« Gravitätisch neigte der rüde zurechtgewiesene Simon das Haupt, um einmal mehr die Gelassenheit zur Schau zu stellen, die lange Jahre im Dienst von Graf Trubic ihn gelehrt hatten. »Aber, wenn ich den Herrn Grafen im Vertrauen darauf aufmerksam machen dürft', dass wir Donnerstag haben und grad ein Uhr vorbei?«

Trubic überdachte diese Information, während er sich vorsichtig mit den Fingerspitzen über die pochenden Schläfen rieb. Donnerstag, aber natürlich! Am Vortag hatte man sich beim mittwöchlichen Jour fixe der Baronesse Malburg gelangweilt, um alsbald mit ein paar Bekannten den Rückzug in ein Etablissement der unterhaltsameren Sorte anzutreten, wo …

Jäh wie ein Pistolenschuss aus dem Hinterhalt traf ihn die Erkenntnis der Bedeutsamkeit der zurückliegenden Abendunterhaltung. Energisch – zum Teufel mit Schwindel und schmerzendem Schädel – schwang er sich von der Bettkante und stellte amüsiert, doch ohne tiefere Verwunderung fest, dass er es in der vergangenen Nacht offensichtlich nicht für notwendig erachtet hatte, sich seiner Abendgarderobe zu entledigen.

»Unser Gast?«, erkundigte er sich mit heiserer Stimme, während er sich Hemd und Anzugweste entledigte und im Gegenzug von Simon einen Morgenmantel, dessen Musterung auf dem schmalen Grat zwischen Wagemut und Geschmacklosigkeit balancierte, entgegennahm.

»Schläft im Salon. Recht marode dürft' er sein«, gab Simon Auskunft, während er seinem Herrn eine zierliche Kaffeeschale reichte. »Und der Doktor Rosenstein wartet in der Bibliothek. Vor einer Viertelstund' ist er gekommen und hat schon viermal nach dem Herrn Grafen gefragt.«

»Ah«, stieß Trubic hervor; ein lapidarer Überraschungslaut, der ebenso gut der Tatsache zuzuschreiben sein mochte, dass er sich soeben die Lippen an dem heißen, süßen Kaffee verbrannt hatte.

Die Bibliothek, obgleich als schlichtes Gästezimmer in die Welt gerufen, trug ihre neue Bestimmung mit Würde. Zwar minderten die geringe Größe, die zweifelhaften Lichtverhältnisse sowie der Umstand, dass der Hausherr sich nicht damit begnügte, die Regale zu füllen, sondern vielmehr Dutzende der allernotwendigsten Bücher in loser Formation um seinen Sekretär zu gruppieren, ihren Charme ein wenig, doch Dr. Rosenstein schien sich wohl genug zu fühlen: Ein ledergebundenes Büchlein in der Hand, hatte er sich am Fensterbrett niedergelassen und pfiff bei der Lektüre gar eine kleine Melodie vor sich hin.

»Lieber Freund.« Mit wohlkalkuliertem Nachdruck ließ Trubic die Tür ins Schloss fallen, was Rosenstein dazu veranlasste, das Büchlein von sich zu schleudern und ein ersticktes Keuchen auszustoßen.

Felix Trubic nahm diese Demonstration von Verwirrung und Schrecken mit Nachsicht hin. Zum einen war es ihm stets leichtgefallen, den jungen Arzt gerade ob seiner mannigfaltigen Schwächen zu mögen, zum anderen stimmte ihn die Erwartung der Nachricht milde, die zu überbringen Rosenstein zweifelsohne entsandt war. Mehr als drei Monate waren verstrichen, seit Felix von dem Dienst an Kaiserreich und Heimatland suspendiert worden war. Eine Vorsichtsmaßnahme – denn so hatte man im Generalstab die temporäre Beurlaubung des Grafen Trubic bezeichnet –, die ihn nicht nur seines Metiers, sondern auch des freundschaftlichen Umganges mit den Kameraden entledigt hatte, die nicht mehr zu wissen schienen, wie sie Felix gegenübertreten sollten. Dass nun ausgerechnet der schüchterne, in gesellschaftlichen Belangen nicht eben gewandte Dr. Rosenstein sich zu ihm vorwagte, konnte, so entschied Felix, nur bedeuten, dass die Suspendierung kurz davor stand, aufgehoben zu werden.

»Nun?« Erstaunt stellte Felix fest, dass es ihm nicht zur Gänze gelang, die Ungeduld aus seiner Stimme zu bannen. Ein lässliches Vergehen, beschloss er; nach Monaten bitterster Langeweile sich wieder in Amt und Würden zu sehen, das machte eine kleine Gefühlsregung verzeihlich.

»Nun?«, wiederholte Rosenstein verwirrt. »Was … ach du lieber Himmel.« Er senkte den Blick und zupfte verlegen an den Enden seines Schnurrbartes.

»Ich fürchte …«, begann er erneut, um sich gleich darauf auf die Lippen zu beißen.

Trubic fühlte, wie bittere Galle in seiner Kehle aufstieg; gewiss eine weitere Nachwirkung seiner nächtlichen Ausschweifungen. Gerade so wie der Schwindel, der ihn jäh erfasste, als Rosenstein hinzufügte: »Es tut mir sehr leid, das darf ich Ihnen wohl versichern.«

Trubic nickte. Mit klammen Fingern fischte er die Tabatiere aus der Tasche seines Morgenmantels und ließ den Verschluss auf- und wieder zuschnappen.

»Sie sind gekommen, um mir mitzuteilen, dass Ihnen meine unverändert missliche Lage immer noch sehr leidtut?«, fragte er, sobald er sich seiner Kontrolle über seine Stimme wieder sicher war. »Und das an einem Sonntagmorgen! Wie selbstlos von Ihnen.«

Rosenstein blinzelte verwirrt. »Sonntagmorgen?«, murmelte er.

Draußen auf dem Gang waren Schritte zu hören. Rosenstein schöpfte erneut Atem.

»Ich bin hier, weil Direktorin Blum mich gebeten hat, Sie so bald wie möglich in die Centrale ...«

Weiter kam er nicht; schwungvoll wurde die Tür aufgestoßen, und ein Jüngling mit wirrem dunklen Haar, angetan mit der Paradeuniform eines Ulanenleutnants, stolperte in die Bibliothek.

»Felix! Ich habe nach dir gesucht! Im Salon, und im Schlafzimmer, und« – die Stirn in Falten gelegt, schien er einen Augenblick nachzusinnen – »... im Salon. So groß ist die Auswahl hier nun auch wieder nicht.«

Trubic zwang sich zu einem Lächeln und zündete sich eine Zigarette an, hauptsächlich weil er den Tabakgeruch weit mehr schätzte denn das säuerliche Odeur von Schweiß und Alkohol, das der junge Offizier gegenwärtig absonderte. Der Fluch eines jeden Morgens: Wie charmant die Albernheiten einer Nacht auch sein mochten, dem unerbittlichen Morgenlicht hielten sie selten stand.

»Wenn du uns noch einen Augenblick entschuldigst?«,

wandte er sich an den Leutnant. »Soweit ich beurteilen kann, hast du bei deiner Inspektion das Arbeitszimmer sträflich unbeachtet gelassen. Eine grobe Nachlässigkeit, zumal sich dort exzellenter Cognac findet. In der zweiten Schreibtischschublade, wenn mich nicht alles täuscht. Neben dem Oberschenkelknochen.«

Alin stierte Felix aus verschleierten blauen Augen entgegen und schien zuletzt zu dem Schluss zu kommen, dass sich Feuer am besten mit Feuer bekämpfen ließ. »Zweite Schublade«, wiederholte er und fügte, schon auf dem Rückzug, ein artiges »Guten Tag!« hinzu.

Dr. Rosenstein räusperte sich.

»Das …«, stieß er hervor, kaum dass der junge Offizier zur Tür hinausgepoltert war.

Felix schnitt ihm das Wort ab. »*Das* habe ich gestern Nacht mit einer Pistole in der Hand in der Gosse gefunden.« Dass sein sonst so neugieriger Kamerad nicht einmal die Zeit aufbrachte, sich nach der Herkunft besagten Oberschenkelknochens zu erkundigen, betrübte ihn ein wenig. Die Welt war im Begriff, sich in einen deutlich langweiligeren Ort zu verwandeln, wenn der gute Doktor begann, seine Prioritäten denen herkömmlicher Menschen anzugleichen.

»In der Gosse? *Gefunden?*« Rosenstein rang sichtlich um Fassung und klammerte sich mit beiden Händen am Fensterbrett fest, als hätte er große Angst, von seinem Sitz in eine bodenlose Tiefe zu stürzen. »Aber wie … aber das ist Alin Vasilescu! Dem Kriegsministerium beigestellt in besonderen Belangen! Und seit vorgestern skandalöser Bräutigam *extraordinaire!*«

»Ja.« Felix zog einen Aschenbecher aus bemalter Keramik unter einer auf den 4. Dezember 1911 datierten Ausgabe des *Pester Lloyds* hervor. »Ist es nicht erstaunlich, was man alles in der Gosse findet?«

»Und Sie duzen sich mit ihm«, fügte Rosenstein anklagend, im Tonfall eines Mannes, dessen Weltbild soeben merklich ins Wanken geraten war, hinzu. Offensichtlich behagten die kruden (wenn auch naheliegenden) Schlussfolgerungen, die er aus der Szene gezogen hatte, ihm nicht.

Felix zuckte mit den Achseln, wohl wissend, dass ein Hinweis auf die Unverfänglichkeit – ja, Unschuld – der Lage Rosenstein nur von dem Gegenteil überzeugt hätte. Und welche Rolle spielte es schon? Vor Jahren war Felix zu dem Schluss gekommen, dass es sich leichter und amüsanter außerhalb der Regeln der Gesellschaft lebte; schließlich brauchte die Welt Menschen wie ihn, die jede beliebige Soiree mit einem Hauch des Unerhörten belebten, und denen man die unglaublichsten Laster, oder wenigstens eine Affäre mit Fürst *und* Fürstin von So-oder-anders unterstellen konnte – solange man zu wissen meinte, dass der Großteil selbiger Geschichten fest im Reich der Phantasie, oder wenigstens der schamlosen Überzeichnung ankerten. Einen handfesten Beweis vom Ruin entfernt, lebte es sich nicht uninteressant.

An jedem beliebigen anderen, gnädigeren Tag hätte Felix somit Vergnügen gefunden an dem kuhäugigen Entsetzen, mit dem Rosenstein der Situation begegnete, zumal nun zu allem Überfluss dessen Gesichtsfarbe auch noch einen distinktiven Rotstich angenommen hatte. Nun aber stand ihm der Sinn kaum nach Belustigung.

»Die Centrale, sagten Sie?«, kam er wieder auf das eigentliche Thema zu sprechen. »Dann lassen Sie uns nicht noch mehr Zeit verlieren.«

Vor die Wahl gestellt, seinen Besuch bei Direktorin Blum in Begleitung eines betrunkenen Ulanenleutnants anzutreten oder ebenjenen unbeaufsichtigt in der Wohnung zurückzulassen, hatte sich Felix für den goldenen Mittelweg entschieden und Vasilescu im Arbeitszimmer eingeschlossen. Mochte er sich an abgelegter Korrespondenz delektieren oder Versuche anstellen, die wenigen – vollkommen unerheblichen – Geheimdokumente, zu deren Rückgabe man Felix nicht nach seiner Suspendierung veranlasst hatte, zu entschlüsseln; was zählte, war allein, dass er bis zur Rückkehr seines Gastgebers an Ort und Stelle verweilte. Das Risiko, dass sein kleines (wenn auch unleugbar unterhaltsames) Mysterium sich in einem Anfall cognacgetränkten Tatendranges auf Nimmerwiedersehen verabschieden könnte, wollte Felix erst gar nicht eingehen.

»Leider hat mir Direktorin Blum nicht verraten, weshalb sie so dringend mit Ihnen sprechen will, Graf«, nahm Rosenstein den Faden wieder auf, kaum dass die beiden in der Mietdroschke Platz genommen hatten, die für den kurzen Weg, der Felix' Wiener Wohnung von dem Hauptquartier des Departements für Okkulte Angelegenheiten trennte, schwerlich vonnöten war. Damals, als er seinen Hauptwohnsitz nach Wien verlegt hatte – Felix gestand sich den Anflug eines bitteren Lächelns zu und rief sich gleichzeitig streng in Erinnerung, dass diese ferne Vergangenheit kaum zwei Jahre zurücklag –, hatte er es für einen klugen Zug gehalten, sich in mittelbarer Nähe der Centrale anzusiedeln. Wie hätte er auch ahnen können, dass seine glänzende Karriere ein solch schmachvolles Ende nehmen sollte. »Sie hat mir nur aufgetragen, Sie daran zu erinnern, dass es nicht in der Macht der Centrale steht, Ihre temporäre Entlassung zu revidieren. Aber ich denke …«, fuhr Rosenstein unterdessen fort und zupfte aufgeregt an den Enden seines Schnurrbartes. In den Jahren ihrer Bekanntschaft und Zusammenarbeit, sinnierte Felix, hatte sich der junge Arzt von einem hoffnungslosen in einen tolerablen Lügner gewandelt; doch hier und jetzt stand ihm der Wunsch, den Freund mit einer kleinen Wahrheitsverbiegung aufzumuntern, nur allzu deutlich ins Gesicht geschrieben.

Angewidert wandte Felix den Blick ab, während die Kutsche über ausgetretene Pflastersteine durch die engen, geschäftigen Gassen des alten Gewerbeviertels auf jenes höchst unscheinbare Gebäude zuhielt, in dem »das verborgene Herz des Habsburgerreiches schlug«, wie es einst ein literarisch ambitionierter Agent des Okkulten so schwülstig – und überaus treffend – formuliert hatte.

Wer immer das Departement für Okkulte Angelegenheiten leitete, der hatte die wahre Macht im Staat, so wollten es Verschwörungstheoretiker, übereifrige Regierungsmitglieder und enttäuschte Generalsstabsoffiziere gleichermaßen. Eine Behauptung, der Felix Trubic, gründlich ernüchtert in den langen Jahren, die er damit zugebracht hatte zu helfen, die Beziehung zwischen der verborgenen Welt der außernatürlichen Wesenheiten und dem, was die Menschheit im Allgemeinen als Realität anerkannte, zu ordnen, nur sehr bedingt zustimmen konnte; dessen ungeachtet musste er zugeben, dass es seit dem Tod Erzherzogin Sophies keine mächtigere Frau im Kaiserreich mehr gegeben haben mochte denn die ältliche Dame, an deren Arbeitszimmertür er soeben klopfte.

»Bitte!«

Mit großer Vorsicht, die einem zufälligen Beobachter mit Bestimmtheit grotesk erschienen wäre, öffnete er die Tür. Felix wusste es besser: Seit er sich einst bei einem Besuch in just diesem Bureau mit einem ausgesprochen verärgerten (und verwirrten) Flugsaurierjungen konfrontiert gesehen hatte, hatte er sich zu einem Mindestmaß an zuweilen lebensrettender Umsicht erzogen.

Der Gast, der sich an jenem Tage im Arbeitszimmer von Judith Blum, Direktorin der Wiener Abteilung des Departements, eingefunden hatte, verfügte vielleicht über zivilere Manieren, doch versetzte er Felix Trubic nicht weniger in Erstaunen. In dem altertümlichen, reichlich fragilen Kanapee, das normalerweise zur Dokumentenablage oder als Schlafplatz für Blums kriegerische Bulldogge genutzt wurde, lehnte ein schlanker Mann mit scharfen Zügen und stahlgrauem Haar – Freiherr von Merentheim. Für den Bruchteil einer Sekunde zuckten Trubics Mundwinkel in einem Reflex vager Belustigung. Wenn es einen Menschen gab, den er gewiss niemals hier vermutet hätte, dann war es der Leiter der Magisch-Technischen Abteilung des Kriegsministeriums, dessen Gefechte mit Direktorin Blum mittlerweile in den Status der Legenden erhoben worden waren.

»Graf Trubic. Dr. Rosenstein. Wie schön, dass Sie meiner Einladung schlussendlich doch noch Folge leisten konnten.« Blum hob ihre Lorgnette und bedachte die beiden Neuankömmlinge mit einem mörderischen Blick, der Rosenstein veranlasste, einen geordneten Rückzug auf den Gang anzutreten.

Trubic deutete eine Verbeugung an, die Merentheim mit einem knappen Nicken erwiderte.

»Sie wissen um Krauß' Tod?«, wandte sich Merentheim ohne Umschweife an ihn, kaum dass Rosenstein die Tür hinter sich zugezogen hatte.

Mit einigem Interesse registrierte Trubic, dass Merentheim den Begriff Selbstmord vermied.

»Ich pflege Zeitungen zu lesen, ja«, antwortete er unverbindlich. Und gelegentlich Polizeiprotokolle, setzte er in Gedanken hinzu. Zuweilen sogar solche, die unter höchster Geheimhaltungsstufe abgelegt worden waren.

Wie jene, die Blum ihm jetzt über die blank polierte Marmorplatte ihres Schreibtisches entgegenschob.

»Was Sie hier finden, werden Sie erfreulicherweise noch keinem Journal entnommen haben«, kündigte Merentheim an. »Eine Augenzeugin hat recht ungewöhnliche Einzelheiten zu dem Tathergang zu Protokoll gegeben.«

Rasch überflog Trubic die wenigen Seiten der Akte.

»Ungewöhnlich, aber keinesfalls unerklärlich«, warf er leichthin ein. Solange Blum nicht zu erkennen gab, weshalb sie ihn zu diesem erstaunlichen Treffen geladen hatte, wenn sie nicht gewillt war, ihn wieder in den aktiven Dienst aufzunehmen, würde sie sich mit Plattitüden begnügen müssen. »Eine Zerrüttung der Nerven. Vielleicht.«

Judith Blum schwieg. Merentheim versuchte, ein Zähnefletschen als Lächeln zu tarnen.

»Ja. Vielleicht«, bekannte er. Seine knochigen Finger trommelten den Takt einer Melodie, die nur er zu hören schien, auf die Armlehne des Sofas. »Sehen Sie, ich will offen zu Ihnen sprechen, Graf.«

Trubic nickte; wenn Männer von Merentheims Schlag – oder seines eigenen, überlegte er in einem seltenen Augenblick der Selbsterkenntnis – Offenheit gelobten, dann zumeist nur, um ein ungleich relevanteres Geheimnis zu maskieren.

»Das Projekt *Fortuna* – die Konstruktion des Luftschiffes, will ich sagen«, fuhr Merentheim fort, »geht nicht so rasch und problemlos vonstatten, wie wir uns erhofft hatten.«

»Der Jungfernflug wurde einige Male verschoben, ich entsinne mich«, warf Blum ein; schlecht kaschierte Befriedigung ob der Misserfolge ihres Kontrahenten schwang in ihrer Stimme mit.

»Ja.« Merentheims kühler Blick schweifte zwischen seinen Gesprächspartnern. »Es gab einige … Anomalien. Mittlerweile übersteigen die Produktionskosten unser veranschlagtes Budget um mehr als ein Drittel.« Er seufzte schwer. »Sie werden verstehen, dass wir uns nicht leisten können, auch nur das geringste Risiko einzugehen. Ja, es ist möglich, um nicht zu behaupten: wahrscheinlich, dass Krauß sich von einer Schimäre, einem Trugbild seiner eigenen überspannten Vorstellungskraft in den Tod getrieben sah. In Anbetracht der Gegebenheiten scheint es mir jedoch fatal, auf solch einer trivialen Erklärung zu beharren und eine okkulte Ursache auszuschließen.« Mit bedächtiger Anmut faltete er die Hände. »Lassen Sie es mich in aller Deutlichkeit sagen: Bei der *Fortuna* handelt es sich um ein Luftschiff mit ein paar, nun ja, nicht zur Gänze in der herkömmlichen weltlichen Wissenschaft verankerten Spezifikationen. Und im Umgang mit Magie kann es stets zu unerwarteten, gänzlich unerklärlichen Zwischenfällen kommen.«

Trubic blinzelte. Wenn man in Betracht zog, dass seit der Gründung der Magisch-Technischen Abteilung im Winter 1910 ihre Interaktion mit dem Departement hauptsächlich aus einer Unzahl zänkischer Memoranden, den sorglosen Umgang der Abteilung mit allerlei okkulten Methoden betreffend, bestanden hatte, war dies in der Tat eine außerordentliche Wende der Beziehungen.

»Andererseits können wir es uns ebenso wenig leisten, negative Aufmerksamkeit auf uns zu ziehen.« Langsam und überdeutlich reihte Merentheim die Worte aneinander, wie ein Schauspieler auf großer Bühne. »Was immer auch noch geschehen mag, es wird keinen Fall *Fortuna* geben.«

»Ah.« Trubic strich sich mit gespreizten Fingern durch die reichlich unordentlichen Locken. »Sie bedürfen also einer interessierten Privatperson mit einem Blick für Details, die anderen vielleicht entgehen.«

»Ja. Wenn Krauß' Verzweiflungstat außernatürliche Ursachen hat, was wir gegenwärtig weder beweisen noch ausschließen können, brauche ich genau das: einen intelligenten, *unabhängigen* Mann, der Zusammenhänge erkennt und zu schweigen vermag.« Zum ersten Mal seit Beginn der Unterredung wirkte Merentheims Lächeln beinahe ehrlich. »Möchten Sie mich heute Abend im Ministerium treffen? Ich könnte Sie dann über die Einzelheiten in Kenntnis setzen.«

»Es wäre mir ein Vergnügen.« Felix wartete, bis Merentheim sich höflich verabschiedet und die Tür hinter sich ins Schloss gezogen hatte, ehe er sich mit gesenkter Stimme an Blum wandte: »Weshalb ich? Sie wissen so gut wie ich, dass meine Kenntnisse und Fähigkeiten auf dem Gebiet der Magie ungefähr so bedeutsam sind wie das politische Geschick Seiner Kaiserlichen Majestät – um mich eines etwas plakativen Beispiels zu bedienen.« Dass Blum murmelnd ihrer Missbilligung ob des Vergleiches Ausdruck verlieh, veranlasste Felix zu einem schmalen Lächeln; er war ein treuer Diener von Kaiser und Krone gewesen, solange man seine Dienste akzeptiert hatte, hatte mehr denn einmal zum Wohl der Monarchie sein Leben aufs Spiel gesetzt und Blut vergossen (gelegentlich auch das eigene); so oft hatte er seine Loyalität bewiesen, dass die eine oder andere kleine Respektlosigkeit ihm durchaus zustand.

»Sie sind ein schlechter Magietheoretiker, aber ein guter Spion«, befand Blum. »Und vordringlich interessiert mich zunächst, was Merentheim im Schilde führt. Alles Weitere wird sich finden.«

Felix, der dies als Ende der Audienz ansah, erhob sich langsam.

»Das Departement verfügt über viele gute Spione«, warf er leichthin ein.

»Aber keiner von ihnen ist gegenwärtig vom Dienst suspendiert. Sie haben Merentheim gehört, Trubic: Es gibt keinen Fall *Fortuna*. Sie agieren hier nicht als Agent in okkulten Angelegenheiten, sondern als Privatperson. Wenn Sie in Schwierigkeiten geraten, wird das Departement Ihnen diesmal nicht den Kopf aus der Schlinge ziehen können.«

Ohne zu Klopfen stieß Trubic wenige Minuten später, nachdem er sich von Direktorin Blum verabschiedet hatte, die Tür zu Rosensteins Bureau auf, was Letzteren zum zweiten Mal an diesem Tage veranlasste, entsetzt von seiner Lektüre hochzuschrecken. Diesmal allerdings mit gutem Grund, hatte er sich doch gerade in die neue Ausgabe von *Salon&Sport* vertieft.

»Ich sehe, Sie haben Ihren Sinn für das wahrhaft Relevante nicht verloren«, spottete Trubic. »Mit wem *hat* sich der Thugendhart denn nun diese Woche verlobt?«

Rosenstein biss sich auf die Unterlippe und setzte sich sehr gerade in seinem zerschlissenen Fauteuil auf.

»Ich pflege sämtliche in Wien erscheinenden Publikationen wenigstens oberflächlich zu studieren«, log er mit großer Würde.

Felix Trubic winkte ab; sie hatten alle ihre kleinen, nicht sonderlich gesellschaftsfähigen Laster. Viel mehr als Rosensteins Lesegewohnheiten interessierte ihn gegenwärtig der Titel der Kolumne, die Rosenstein aufgeschlagen hatte: *Dr. Anatol Krauß – der Freitod, der keiner war?*

»Leihen Sie mir für einen Augenblick Ihr Journal.« Ohne eine Antwort abzuwarten nahm er die Zeitschrift an sich und überflog die kurze Kolumne.

»Sieh einer an.« Felix' Züge hatten einen Ausdruck spöttischen Hochmuts angenommen, hinter dem er echte Aufregung und Neugier gern verbarg. Wie um sicherzugehen, dass seine Sinne ihm keinen Streich spielten, besah er sich ein weiteres Mal das Polizeiprotokoll, das Judith Blum ihm überantwortet hatte, und gelangte zu der Gewissheit, dass die Zeugenaussage von jenem Fräulein Schönthal nahezu identisch war mit der Geschichte dieses Individuums, das vorgab, Mizzi Schinagl zu heißen; wenngleich sich Letztere, bemerkte Felix, der viel auf guten Stil in sämtlichen Bereichen des Lebens gab, eines deutlich unerfreulicheren Duktus bediente.

»Sind Sie heute Nachmittag frei, Doktor?«, fragte er und reichte seinem Kameraden die Zeitschrift.

Rosenstein versuchte sich an einer Geste, die wohl ein Nicken und Kopfschütteln zu einer allumfassenden Zuckung vereinen sollte.

»Ich wollte den Bericht über die Spukerscheinung am Kahlenberger Friedhof zu Ende bringen, aber …«

»Exzellent«, unterbrach ihn Felix. »Dann wären Sie vielleicht so freundlich, der Redaktion, die verantwortlich zeichnet für diese Abscheulichkeit hier, die Sie mit solcher Inbrunst lesen, zu telephonieren und sich zu erkundigen, ob« – er konsultierte das Polizeiprotokoll – »ein Fräulein Schönthal – unter welchem Pseudonym auch immer – für sie schreibt? Ich treffe Sie in einer Viertelstunde in meinem *ehemaligen* Bureau.«

Auf der Schwelle wandte er sich nach Rosenstein um. »Es ist doch noch *mein* Bureau?«, vergewisserte er sich.

Rosenstein, den Telephonhörer schon in der Hand, nickte langsam. »Ja. Soweit ich weiß, wollte es zwar letzte Woche dieser holländische Archivar beziehen, Vandebroek, ich weiß nicht, ob Sie ihn kennen …«

»Ich hatte das Vergnügen«, unterbrach ihn Felix knapp.

»Er meinte, Ihr Bureau hätte vorzügliche Schutzzauber, die ihm sehr gelegen kämen, zumal er sich gerade mit einem frühmittelalterlichen Grimoire beschäftigte«, fuhr Rosenstein ungerührt fort. »Es wurde ihm prompt verweigert. Ich denke, Sie werden den Raum unverändert vorfinden … von den Dokumenten und Unterlagen abgesehen, natürlich.«

»Gut.« Ohne sich mit einem Grußwort an den sichtlich verwirrten Rosenstein aufzuhalten, oder auch nur die Tür hinter sich zu schließen, hastete Felix nach draußen auf den Gang. Den Gedanken, dass er sich ein wenig wie ein gut abgerichteter Hund fühlte, der nach langer Zeit wieder das Jagdhorn vernahm, schob er energisch beiseite.

Der frühe Nachmittag bescherte uns den Besuch Katalins ältester Freundin. Josephine Karasek – Fräulein Fini für die Halbwelt – brachte nicht nur ihr neues Hündchen (ein winziges, lärmendes Tier, dessen krauses Fell sie mit allerlei Bändern schmückte), sondern auch den Tratsch der letzten Stunden uns zur Belustigung.

Immer wieder aufs Neue konnte es mich in Erstaunen versetzen, in welchen erlauchten Kreisen diese beiden Damen (obwohl keine Person von Rang und Stand ihnen diese Anrede zugestanden hätte) verkehrten. Erst langsam hatte ich mich mit der Demi-Monde bekannt gemacht, jenem zuweilen glanzvollen, zuweilen tragischen Potpourri an Damen und Herren zweifelhaften Rufes, die zwar entschieden nicht zu der Gesellschaft gehörten, aber in ihr geduldet wurden, solange sie zum Amüsement gereichten. Und das taten sie oft, die Abenteurer und selbst ernannten Künstlerinnen, deren Metier doch nur die Varietébühne war, die Parvenüs, die Kurtisanen größeren und kleineren Stils.

Anders als Katalin, die versuchte, sich wenigstens gelegentlich einen Anstrich von Bürgerlichkeit zu geben (schon allein aus diesem Grund hielt sie sich schließlich eine Gesellschafterin), hatte Fräulein Fini eine Art Stil aus ihrem fragwürdigen Auftreten und ihrer mutwillig geschmacklosen Garderobe gemacht. Und damit überraschende Erfolge gefeiert, insbesondere bei den Herrn der gehobenen Bourgeoise, wenn diese erst nach Abenteuern strebten, und die über eine besondere Veranlagung zu verfügen schienen, Geschmacklosigkeit mit Esprit zu verwechseln.

Gemein war beiden Damen immerhin das Talent, sich als enge Freundinnen diverser großer Namen der Gesellschaft zu präsentieren, wie Fini soeben unter Beweis stellte.

»Immer noch keine Spur vom kleinen Vasilescu, man stelle sich vor!«, verkündete sie, während sie mit energischen Schnitten, für die das zierliche Obstmesser kaum geeignet war, einer Orange zu Leibe rückte. »Und der Marian ist Hals über Kopf hinaus auf seine Landgüter gefahren, grad jetzt zu Saisonbeginn. Was das für ein Bild gibt, man kann sich nur wundern!«

Während Katalin lautstark ihre Empörung über das fragwürdige Benehmen der Familie Vasilescu kundtat, schweiften meine Gedanken unweigerlich zu der frisch ausgelieferten Ausgabe von

Salon&Sport. Würde es Reaktionen auf meine Kolumne geben? Oder hatte Frey im letzten Augenblick der Mut verlassen, sie abzudrucken? Ja, würde sich überhaupt irgendjemand dafür interessieren, wenn Mizzi Mysterien, nicht Liaisons aufdeckte?

Die halbe Nacht hatten diese und ähnliche Fragen mich schon wach gehalten; und war ich endlich in unruhigen Schlaf verfallen, so hatten wirre Träume mich gepeinigt. Träume vom Fallen, vom Fliegen und von dieser einen Melodie, jenem dunklen, schwermütigen Lied, das mich aufwühlte, in seinen Bann zog, das in ungekannten Worten zu mir sang.

»Bitt'schön, ein Herr lässt sich melden!« Hätte mir jemand gesagt, dass es ausgerechnet dieser harmlose Satz, vorgetragen durch ein Dienstmädchen, das aufgeregt ihre Schürze zerknüllte, sein würde, der mein Leben auf alle Zeit veränderte, ich hätte den Sprecher verlacht. In meinen Kolumnen freilich, da passierte derlei mit peinlicher Regelmäßigkeit: Ein Herr lässt sich melden, und schon tritt der galante Offizier, der reiche Erbe aus Übersee, vielleicht auch der charmante Schurke auf, um die biedere Existenz eines ganz und gar gewöhnlichen Mädchens in Unordnung zu bringen.

»Ein Herr? Ein Herr ohne Namen, wie's scheint.« Katalin schürzte die Lippen. »Na, dass du ihn halt hereinführst!«

Lieselotte schüttelte den Kopf. »Das will er nicht. Aber er hat gesagt, dass er vom Grafen Trubic kommt …«

»Vom *Trubic?*« Fräulein Fini fiel eine Orangenspalte aus der Hand, nach der ihr kleiner Pudel sogleich schnappte. »Seit wann verkehrst du denn mit dem Trubic?«

Eine höchst legitime Frage; auch ich, die ich mich über Katalins weitreichenden Bekanntenkreis exzellent informiert wusste, hatte selbigen Namen gestern zum ersten Mal vernommen – aus Krysztofs Mund.

Geziert schlug sich Katalin den Fächer vors Gesicht.

»Na, direkt *intim* bin ich nicht mit ihm«, räumte sie ein. Ein aufschlussreiches Bekenntnis, wenn man ihre großzügige Definition dieses Wörtchens kannte: Zuweilen reichte eine kurze, beliebige Plauderei schon aus, um interessante Persönlichkeiten in den Stand Katalins »intimer Freundschaften« zu erheben.

»Seinen Vater selig, den hab ich besser gekannt. Ein charmanter Mensch war der, ein Jammer, dass er so früh hat von uns gehen müssen.« Katalin schlug ein Kreuz vor der Brust.

»Also, was schickt mir der Trubic namenlose Herren, die im Vorzimmer stehen bleiben wollen?«, wandte sie sich sodann an Lieselotte.

Die Wangen des Mädchens färbten sich blutrot, als es sagte:

»Bitte, das Fräulein Schönthal kommt er abholen. Der Graf Trubic wartet unten im Wagen und hat nicht viel Zeit.«

Das Schweigen, das dieser Mitteilung folgte, war so körperlich, so beredt, dass es beinahe als vierte Person, die die Unterhaltung gänzlich an sich gerissen hatte, am Tisch zu sitzen schien. Nur dass diese vierte Person nicht sonderlich gesprächig war.

»Das Fräulein Schönthal, so«, sagte Katalin schließlich, sehr kalt, sehr ruhig. »Darf man erfahren, worauf sich deine Bekanntschaft mit Graf Trubic gründet?«

Krysztof, die gute Seele, musste ihm begegnet sein und ihm erzählt haben, dass ich mich für Krauß und das Luftschiff interessierte, eine andere Möglichkeit gab es nicht. Dass der Graf dies zum Anlass nahm, mir sogleich einen Besuch abzustatten, deutete ich als Zeichen, dass meine Zweifel an der offiziellen Version von Krauß' Selbstmord nicht gänzlich aus der Luft gegriffen waren.

»Durch Kapitän Kopetzky«, gab ich einsilbig zur Antwort. Mit einem Mal hatte ich es sehr eilig, die Wohnung zu verlassen.

Katalin seufzte schwer, ihre übliche Reaktion auf die Erwähnung von Krysztofs Namen; Fini lächelte bissig.

»Der Trubic geht bei deinem Kopetzky ein und aus, Mädchen?« Sie bückte sich, eine Hand verkrallte sich im flauschigen Fell des Pudels. »Wer hätte das denn gedacht«, murmelte sie rätselhaft in Richtung ihrer Schuhe.

»Darf ich mich entschuldigen?«, fragte ich, brennend vor Neugier und Ungeduld. Da wartete jemand auf mich, der mir von dem mysteriösen Luftschiff und Dr. Krauß erzählen konnte, und ich war gezwungen, wertvolle Zeit mit Geplänkel zu verschwenden!

Katalin sah mir geradewegs in die Augen. Und zu meinem großen Erstaunen sagte sie: »Nein.«

»Wie bitte?«, brachte ich nur hervor.

»Nein.« Seelenruhig lehnte sich Katalin auf ihrem Stuhl zurück. »Du wirst Graf Trubic nicht treffen. Er wartet unten im Wagen auf dich? Er hält es nicht für notwendig, persönlich hier vorstellig zu werden? Er kündigt sich nicht an?« Sie wiegte den Kopf, offensichtlich erschüttert über so viel Unverstand. »Stella, liebe Stella, was immer du auch mit ihm zu schaffen haben magst, ehrbare Absichten hegt er jedenfalls nicht.«

»Und schlimmer noch, er hält dich für … so eine«, stand das Fräulein Fini ihrer Freundin bei.

Ich zwang mich zur Ruhe. Eingedenk des von Liebschaften und Kalkülen geprägten Lebenswandels der beiden war es nicht weiter verwunderlich, dass sie hinter jeder beliebigen Geste eine amouröse Komplikation erwarteten.

»Ich bitte um Verzeihung«, sagte ich langsam, jedes Wort übergenau betonend. »Aber ich fürchte, ich werde gehen müssen.«

Ich wartete keine Antwort ab, sondern nutzte das Überraschungsmoment, um aus dem Salon, durch das Vorzimmer, vorbei an einem schlanken Mann mit freundlichem Mausgesicht und immensem Schnurrbart zu eilen. Erst auf der Stiege fiel mir auf, dass ich lediglich ein dunkelgrünes, etwas schäbiges Hauskleid, das seit wenigstens drei Saisonen hoffnungslos aus der Mode war, trug und zudem weder Hut noch Handschuhe noch Tasche bei mir hatte.

»Dr. Rosenstein, zu Ihren Diensten.« Auf der Straße angekommen, hatte der Schnurrbartträger mich eingeholt. Artig zog er jetzt den Hut vor mir. »Vielen Dank, dass Sie sich so prompt entschließen konnten, mit uns zu kommen.« Er bot mir den Arm und geleitete mich zu dem Automobil, das mit laufendem Motor auf der gegenüberliegenden Straßenseite abgestellt war.

Für einen Moment nur wandte ich mich um, legte den Kopf in den Nacken und spähte nach oben, zu dem Salonfenster unserer Wohnung, doch meine Hoffnung wurde enttäuscht: Anscheinend war Katalin über meine offene Missachtung ihrer Anordnungen so gekränkt, dass sie gar der Versuchung widerstand, einen Blick auf meine Erstbegegnung mit Graf Trubic zu werfen. Zu schade – das massige, rot lackierte Automobil mit den hellen Sitzen, hinter dessen Steuer ein Chauffeur in Livree thronte, hätte ihr bestimmt gut gefallen.

Ich hingegen hatte nur Augen für den Mann, der lässig am Kühler des Wagens lehnte. In zweierlei Hinsicht stellte er eine Überraschung dar: Zum einen war er sehr jung – allerhöchstens Mitte zwanzig; zum anderen hielt er eine Ausgabe von *Salon&Sport* unter dem Arm geklemmt.

»Graf Trubic?«, fragte ich vorsichtig.

Er neigte den Kopf und grüßte mich mit einem schmalen Lächeln. »Ebendieser. Welche Freude, Sie kennenzulernen, Fräulein Schönthal. Oder soll ich lieber Fräulein Schinagel zu Ihnen sagen?«

Ich blinzelte. Natürlich hatte ich niemals damit gerechnet, dass die Redaktion eines drittklassigen Gesellschaftsmagazins die Pseudonyme ihrer Mitarbeiter wie Staatsgeheimnisse hütete, aber die Selbstverständlichkeit, mit der Graf Trubic meinen kleinen Schwindel aufdeckte, verunsicherte mich doch ein wenig.

»Ich bin entzückt und geschmeichelt, dass Sie meine Kolumne lesen«, sagte ich, gespannt, wohin diese Eröffnung uns führen sollte.

Graf Trubic zog eine auffallend dünne Augenbraue hoch.

»Wir wollen nicht übertreiben«, sagte er, etwas pikiert. Der nasale Akzent der Wiener Oberschicht, dessen er sich bediente, klang bei ihm wie ein sorgfältig erlerntes, fremdes Idiom. »Bisher war mir lediglich das zweifelhafte Vergnügen der Lektüre *eines* Ihrer Werke beschieden. Und über jenes werden wir uns ein wenig unterhalten müssen.« Mit diesen Worten öffnete er mir den Schlag und bedeutete mir einzusteigen.

»Sie meinen, über Dr. Krauß?«, vergewisserte ich mich.

Graf Trubic deutete ein huldvolles Nicken an und ließ sich am anderen Ende der Rückbank nieder, während Dr. Rosenstein den Platz neben dem Chauffeur einnahm. Bis dieser uns vom Bürgersteig manövriert hatte, schwieg der Graf an meiner Seite, was mir Gelegenheit bot, ihn etwas genauer in Augenschein zu nehmen.

Er war nicht nur ausgesprochen jung (wahrscheinlich sogar jünger als ich, dachte ich mit einem Anflug von Bitterkeit), sondern auch auf unkonventionelle Weise gut aussehend. Dabei wies sein schmales, kantiges Gesicht weiß Gott genügend Fehler auf: Das Kinn war eine Nuance zu spitz, die Wangenknochen zu ausgeprägt, die Nase nicht nur lang, sondern auch mit einer Spitze versehen, die entschieden himmelwärts wies und obendrein mit Sommersprossen bedeckt war, deren Ausläufer sich auch auf seinen Wangen wiederfanden. Helle Augen, dünne Lippen und unordentliche rotbraune Locken, die im deutlichen Widerspruch zu seinem ansonsten auffällig gepflegten Äußeren standen, vollendeten ein Bild, das sich weitaus charmanter ausnahm, als die einzelnen Komponenten vermuten ließen.

»Fräulein Schönthal?« Graf Trubic bedachte mich mit einem schnellen Seitenblick und einem reichlich schiefen Lächeln. In dem Bewusstsein, dass ich ihn zweifelsohne länger angestarrt haben musste, als der gute Ton erlaubte, senkte ich die Lider.

»Sie scheinen ein großes Bedürfnis zu verspüren, Ihre Beobachtungen zu dem tragischen Freitod« – irrte ich, oder zwinkerte er mir an dieser Stelle tatsächlich zu? – »von Doktor Krauß mit der Welt zu teilen. Warum rekapitulieren Sie nicht noch einmal Ihre Version der Ereignisse? Wenn möglich in etwas weniger pathetischen Worten, als Sie in Ihren Artikeln wählen.« Er ließ seine silberne Tabatiere aufschnappen und bot mir eine Zigarette an, die ich mit einem Kopfschütteln ablehnte.

»Hat Kapitän Kopetzky Sie gebeten, mit mir zu sprechen?«, erkundigte ich mich stattdessen.

»Hat – *wer?*« Die Verwunderung in Stimme und Mimik schien mir aufrichtig. »Oh, Kopetzky!« Schon hatte er seine entgleisten Gesichtszüge wieder unter Kontrolle. »Der hat Ihnen also von dem Luftschiff erzählt, über dessen Existenz Sie in Ihrer Kolumne spekulieren. Aber natürlich. Wussten Sie übrigens, dass er seit seiner Pensionierung für die Franzosen spioniert?«, erkundigte Trubic sich gut gelaunt.

Ich spürte, wie sich die Haare in meinem Nacken sträubten.

»Nein«, brachte ich mit einiger Anstrengung hervor.

Graf Trubic machte eine wegwerfende Handbewegung. »Tut nichts zur Sache. Er hat uns bei der Übermittlung diverser Fehlinformationen im Übrigen schon wertvolle Dienste geleistet.«

Ich schloss die Augen; konnte es – durfte es – wahr sein? Mein Krysztof, den ich kannte, den ich liebte, seit ich ein blutjunges Mädchen war, ein Verräter? Wenn es Graf Trubics Ziel gewesen war, mich zu verunsichern, so war es ihm fraglos gelungen. Schon kündigten sich die ersten Zweifel an. Dennoch verlangte die Loyalität, dass ich protestierte.

»Sie belieben zu scherzen«, murmelte ich bang.

»Gewiss nicht. Ich scherze nur über ernstere Angelegenheiten.« Er hatte die Tabatiere wieder hervorgeholt und versuchte vergeblich, dem Fahrtwind trotzend, ein Streichholz anzureißen. »Aber genug davon. Wir sind Ihrer Betrachtungen zu der tragischen Affäre Krauß wegen gekommen. Bitte, sprechen Sie.«

Wütend funkelte ich ihn an. Gut möglich, dass er mit seinem großartigen Lächeln und seiner großspurigen Unbekümmertheit üblicherweise ein leichtes Spiel hatte bei den Damen, mit denen er verkehrte – mich jedenfalls ärgerte höchstens seine erratische Art der Gesprächsführung.

»Warum interessieren Sie sich für Krauß?«, stellte ich die wichtigste Frage, die mir in den Sinn kam.

Wie auf Kommando wandte sich der Doktor zu mir um und reichte mir eine abgegriffene Metallplakette. »Dr. Aaron Rosenstein« war auf ihr zu lesen sowie »Departement für Okkulte Angelegenheiten Centrale Wien«.

Ratlos drehte ich die Identifikationsmarke zwischen den Fingern und versuchte mir vergeblich bewusst zu machen, dass dies ein großer Moment meines Lebens war. Wie oft konnte der Mensch schon (wahrheitsgemäß) behaupten, mit zwei Vertretern einer Organisation, deren bloße Existenz mit schöner Regelmäßigkeit angezweifelt, bewiesen und wieder dementiert wurde, in einem prachtvollen, rot lackierten Automobil die Ringstraße entlanggefahren zu sein?

»Oh«, erwiderte ich, nicht sehr schlau. Wie die meisten Menschen meiner Gesellschaftsschicht und meiner Zeit hatte ich mir bis zu jenem Augenblick nicht sonderlich viele Gedanken um die okkulten Sphären gemacht. Hier und da mochte in einem der progressiveren Blätter ein verwaschener Redaktionskommentar erscheinen, in dem auf die Existenz jener ominösen Organisation hingewiesen wurde, und dem zumeist eine halbherzige Richtigstellung und der eine oder andere Leserbrief folgte. Zuweilen kursierten Gerüchte durch Kaffeehäuser, Salons und Gassen, dass eine beliebige Katastrophe magischen Verwicklungen geschuldet war. Vergangenes Jahr etwa, als der englische Ozeandampfer *Titanic* sank, war man wenigstens in den Kreisen, in denen Katalin verkehrte, der festen Überzeugung gewesen, dass übersinnliche Kräfte ihre Hand im Spiel gehabt hätten. Ebenso hartnäckig hielten sich die Gerüchte, dass ein Vampir im Dom zu St. Stephan lebte und Ihre Majestät, die verstorbene Kaiserin Elisabeth, wahlweise eine Meisterin der Weißen Magie, eine Gestaltwandlerin (die als schwarze Möwe durch die Nacht flog) oder wenigstens eine Wiedergängerin gewesen war.

Auch im Umgang mit dem Okkulten, so ging mir durch den Kopf, blieb die Gesellschaft des Kaiserreichs sich treu: In den Salons der gehobenen Gesellschaft verkam das Ungeheuerliche zu frivolem Tratsch, Revolutionäre witterten Verschwörungen, das kleine Bürgertum negierte stur, was doch nicht sein konnte, und stellte dennoch in jeder Sturmnacht Kerzen ins Fenster, um sich vor dem Zorn der Geister zu schützen, und die Gebildeten verloren sich in endlosen Theorien und Details.

Graf Trubic lehnte sich behaglich zurück. »Ich nehme an, auch Sie haben die eine oder andere Frage, Fräulein Schönthal. Vielleicht möchten Sie uns die Ehre geben, diese bei einem …«

Er drehte die Hand, um einen flüchtigen Blick auf seine Uhr zu werfen, die er in neumodischer Manier an einem Armband am Gelenk trug – lächerlicher Firlefanz, doch zu dem Bild von Graf Trubic, das sich rasant in meinem Kopf verfestigte, schien sie sehr gut zu passen.

»… etwas verfrühten Fünf-Uhr-Tee oder deutlich verfrühten Aperitif zu erörtern«, vervollständigte er seinen Satz.

Wenig später fanden wir uns im Musikpavillon von Hübners Kursalon wieder, an einem opulent gedeckten, mit einem zarten Rosenstrauß geschmückten Teetisch. Die abschätzigen Blicke, die meine dem Ambiente kaum angemessene, reichlich unvollständige Garderobe auf sich zog, hatte ich binnen kürzester Zeit zu ignorieren beschlossen. Vor neugierigen Lauschern geschützt durch den Hintergrundlärm, den die Militärkapelle veranstaltete, die für ihr Konzert zu späterer Nachmittagsstunde übte, hatte ich meinen beiden neuen Bekannten meine unglückliche Begegnung mit Anatol Krauß bis in das kleinste Detail dargelegt. Im Gegenzug dafür hatte ich einige spärliche Antworten auf meine Fragen zu dem Departement für Okkulte Angelegenheiten erhalten, die sich im Wesentlichen wie folgend zusammenfassen ließen: Es existierte, befasste sich mit außergewöhnlichen Problematiken, zu denen weder Graf Trubic noch sein etwas zugänglicherer Begleiter Auskunft geben konnten (oder wollten), und je weniger ich wusste, desto besser würde es für mich sein; dies wenigstens beeilten sie sich, mir zu versichern.

»Was ich Sie noch fragen wollte«, begann Graf Trubic jetzt, während er versonnen in seiner Teeschale rührte. »Ist Ihnen in den letzten Tagen sonst irgendetwas« – er legte eine winzige Kunstpause ein – »nun, sagen wir, Merkwürdiges widerfahren?«

Schon wollte ich entschieden den Kopf schütteln, besann mich dann jedoch eines Besseren: dachte an die Träume, dachte an das vage Gefühl der Traurigkeit, des Verlusts, das mich in den vergangenen Nächten beschlichen hatte; als wäre mir eine liebe, eine vertraute Erinnerung entglitten, und ich könne nur noch die Leere beklagen, die sie hinterließ.

»Irgendetwas?«, ermutigte mich Graf Trubic, der mein Zaudern bemerkte.

»Nichts«, entschied ich. Ich würde nicht mit Albernheiten einen Narren aus mir machen. »Nur ein Lied will mir nicht aus dem Sinn.« Geistesabwesend summte ich ein paar Takte der Melodie.

Graf Trubic und Dr. Rosenstein wechselten einen Blick, für den es keine andere Bezeichnung als enigmatisch gab.

»Hat das Lied denn eine Bedeutung?«, erkundigte ich mich

beklommen. Mechanisch pflückte ich eine Rosenblüte aus dem Bukett; seltsam, dass mir bisher nicht aufgefallen war, wie armselig die Blumen aussahen, so welk und bräunlich, wie sie vor uns standen.

»Keineswegs, keineswegs.« Graf Trubic log, ohne sich auch nur die Mühe zu machen, diesen Tatbestand wenigstens ansatzweise zu verbergen. Er spielte mit dem Siegelring an seiner linken Hand, drehte ihn bald in die eine, bald in die andere Richtung, und konsultierte sodann abermals seine lächerliche Uhr.

»Ich muss Sie bitten, mich zu entschuldigen. Eine wichtige Verabredung. Der gute Doktor wird Sie nach Hause begleiten.« Rosenstein quittierte diese Ankündigung mit einer kleinen Verbeugung. Graf Trubic indes war aufgestanden und hob galant meine Hand zur Andeutung eines Kusses an seine Lippen.

»Oh!« Ich zuckte zusammen und besah mir den Kratzer an meiner Hand. »Ich habe mich an Ihrem Ring verletzt«, stellte ich anklagend fest.

»Ich bitte um Verzeihung.« Graf Trubic fischte ein seidenes Taschentuch aus seinem Jackett, das er mir reichte. »Adieu, Fräulein Schönthal. Ich bin mir sicher, wir werden uns bald wiedersehen. Bis dahin ein wohlgemeinter Rat: Engagieren Sie sich nicht weiter in der Causa Krauß. Sie werden nichts erreichen, als möglicherweise den falschen Leuten auf die Füße zu treten. Und das möchten Sie nicht.«

Mit diesen Worten wandte er sich zum Gehen.

Dr. Rosenstein war mit einem Mal sehr blass geworden. »Ist Ihnen unwohl, Fräulein Schönthal?« Offenkundig ging er davon aus, dass ich mir die unverhohlene Drohung seines Kameraden weit mehr zu Herzen nahm, als dies der Fall war.

Ich tupfte mir einen Blutstropfen von der Hand und besah mir dabei das Monogramm auf dem Taschentuch: F.I.v.T.

Einen müßigen Moment brachte ich mit der Überlegung zu, wie wohl der zweite Vorname Graf Trubics lauten mochte, ehe ich mich zu einem Lächeln und einer Antwort zwang.

»Nicht im Geringsten. Sieht man davon ab, dass mir die Hand wehtut und ich mich nicht wenig für mein Kleid genier', natürlich.«

Einen Moment verharrte Dr. Rosenstein reglos, dann sprang er auf.

»Tatsächlich«, murmelte er absurderweise, schenkte mir dabei ein strahlendes Lächeln. »Also, möchten Sie mir die Ehre erweisen, Sie nach Hause zu bringen?«

Das Telephon und Katalin waren in einer Art Hassliebe verbunden: Zwar thronte der Apparat auf einer mit Spitzendecken verzierten Kommode, umgeben von Blumenvasen, gerahmten Fotografien und allerlei anderem Zierrat und wurde jeden Tag von Lieselotte liebevoll abgestaubt, doch verbrachte er seine Zeit nunmehr damit, stillzuschweigen, was ihm kaum Sympathie eintrug: Als ich vor gut zwei Jahren in Katalins Dienste genommen wurde, war dies freilich anders gewesen; kein Tag war damals vergangen, an dem nicht unter Zuhilfenahme moderner Kommunikationseinrichtungen Intrigen geschmiedet, Klatsch verbreitet, und mit Verehrern kokettiert wurde. In den letzten Monaten jedoch hatte Katalin vielleicht ein halbes Dutzend Anrufe entgegennehmen können, die meisten von einem freundlichen, wenngleich etwas simplen Fabrikanten, der sich in den Kopf gesetzt hatte, sich den Spätherbst seines Lebens damit zu versüßen, der Szabady den Hof zu machen.(Was im Übrigen als Tollheit ersten Ranges betrachtet wurde: Einer Grande Dame der Halbwelt konnte man mit allerlei Intentionen begegnen, nur nicht mit ehrenwerten.)

Seither hasste sie das Telephon, dessen Schweigen ihr Symbol wie ständige Erinnerung ihres sinkenden Sterns war, mit einer

Leidenschaft, die den großen Gefühlen der Opernbühnen um nichts nachstand. Dennoch weigerte sie sich standhaft, den ungeliebten, ungenutzten, doch verschwenderisch teuren Apparat aufzugeben.

»Dann kann ich gleich meine Garderobe verbrennen und in die Provinz ziehen«, pflegte sie bei den Gelegenheiten, da das unliebsame Thema zur Sprache kam, zu entgegnen.

Nun, im denkbar unglücklichsten Augenblick, schrillte das Telefon und besiegelte damit mein Schicksal.

Kaum eine halbe Stunde war vergangen, seit Dr. Rosenstein mich, seinem Wort gemäß, vor der Haustür abgesetzt hatte und mit seinem unglaublich roten Automobil zu zweifelsohne mysteriösen Abenteuern entschwunden war; eine halbe Stunde, in der sich mir keine Möglichkeit geboten hatte, die wunderlichen Ereignisse des frühen Nachmittages zu überdenken. Denn Katalin war außer sich vor Zorn ob des Verrates, den ich an ihr begangen hatte. (Der – so mutmaßte ich wenigstens – im Wesentlichen nicht daraus bestand, dass ich einen strikten Befehl missachtet, sondern ihr eine interessante Bekanntschaft voraus hatte.)

»Immer war ich großzügig zu dir!«, klagte sie mich soeben an, als das Telefon läutete. »Ein Leben, von dem andere nur träumen können, habe ich dir geboten!«

Ich senkte den Blick, zwang mich zu demütigem Schweigen. Nein, ohne mich der Lüge schuldig zu machen, konnte ich nicht behaupten, Katalin wäre kleinlich im Umgang mit mir gewesen; mein Gehalt entsprach durchaus meinen Vorstellungen, zumeist behandelte sie mich eher wie eine Freundin denn wie eine Angestellte, und wenn sie meine Ausflüge in den Gossenjournalismus auch nicht gutheißen wollte, so tolerierte sie diese zumindest. Und fraglos mochte es Mädchen – Frauen, korrigierte ich mich streng – geben, die davon träumten, an den Rändern der Tanzflächen der großen Gesellschaft zu stehen und beim Fünf-Uhr-Tee im Volksgarten ignoriert zu werden, weil man am Ende doch nur die Gesellschafterin blieb.

Erneut klingelte das Telefon, und endlich sah sich Katalin bemüßigt, diesen Umstand zur Kenntnis zu nehmen.

»Lieselotte! So heb doch ab!«, mahnte sie unser Dienstmädchen, das einem willfährigen Schatten gleich in den Salon gehuscht war. Als Hausherrin selbst den Hörer abzunehmen, hielt Katalin für den Höhepunkt vulgärer Neugier und Ungeduld.

Lieselotte tat wie geheißen.

»Für das Fräulein Schönthal«, verkündete sie nach einem Moment. Ihr Teint war noch eine Spur bleicher als gewöhnlich.

Mechanisch erhob ich mich aus dem Fauteuil. Aus den Augenwinkeln sah ich Katalin lächeln; ein schmales, feines Lächeln, ich kannte es gut, hatte es oft gesehen, ehe sie einer unliebsamen Kontrahentin auf dem eisglatten Parkett der Gesellschaft den Dolch in den Rücken gestoßen hatte.

»Guten Tag«, murmelte ich.

»Stella!«, vernahm ich Stephan Freys Stimme durch das Knistern der Leitung. Er schien aufgebrachter denn je. »Was haben Sie mit den Okkulten Angelegenheiten zu schaffen?«

Ich schloss die Augen, versuchte bis zehn zu zählen, um mich zu sammeln, vergaß die Acht und beschloss, zumal die Wahrheit mir zu bizarr erschien, die Unwissende zu geben.

»Die Okkulten Angelegenheiten? Ich fürchte, ich verstehe nicht!«

»Dann will ich es Ihnen erklären.« Frey, der die Gabe, Sätze in atemloser Hast, ohne Rücksicht auf Interpunktion ineinanderfließen zu lassen, zur Perfektion gebracht hatte, sprach ungewohnt langsam, was ich für ein schlechtes Zeichen hielt. Schlimmer noch, er fasste sich *kurz*.

»Das Departement für Okkulte Angelegenheiten interessiert sich für Sie. Der Herr, mit dem ich telephonierte, legte großen

Wert darauf, dies zu betonen. Departement für Okkulte Angelegenheiten.« Er schnaufte. »Offensichtlich hat Ihre Selbstmordkolumne dort Aufsehen erregt.«

»Oh«, brachte ich heraus.

»Wissen Sie, was eine Wiener G'schicht ist? Eine misslungene Hochzeit, eine saftige Schweinerei, oder, wenn's gar nicht anders geht und Sie unbedingt morbid werden müssen, eine schöne Leich'!« Frey hatte sich wieder zu seinem üblichen Sprechtempo gesteigert, was es, gepaart mit dem Knacken und Rauschen der Leitung, mir nicht allzu leicht machte, seinen Worten zu folgen. »Und wissen'S auch, was wir in unserem Journal ganz und gar nicht brauchen können? Scherereien mit den Okkulten Angelegenheiten, weil irgendjemand – was sag ich, weil ein Niemand wie Sie sich dazu berufen fühlt, einen Blödsinn aufzubauschen! Und außerdem, was interessiert die Leute ein Ingenieur! Letzte Woche hat sich ein Graf Arco aufgehängt, weil seine Frau ihm auf dem Kindbett weggestorben ist! Darüber hätten'S schreiben können!«

»Weshalb denn Scherereien!«, wagte ich nun einzuwerfen. »Die Herrschaften wollten nichts weiter von Ihnen wissen als meinen Namen!«

»Ha!«, schnaubte Frey empört. »Angelogen haben Sie mich auch noch!«

»Ja«, bekannte ich. »Gerade haben mich zwei Herren vom Departement zum Selbstmord befragt. Aber, glauben Sie mir …«

»Sind die fertig mit Ihnen?«, unterbrach mich Frey rüde.

Ich biss mir auf die Zungenspitze, ließ mir Trubics Abschiedsworte durch den Kopf gehen. Ich bin mir sicher, wir werden uns bald wiedersehen, hatte er gesagt. Gedroht?

»Möglicherweise auch nicht«, räumte ich ein. »Graf Trubic meinte …«

Abermals schnitt mir Frey das Wort ab. »Graf Trubic? Graf *Felix* Trubic?«, erkundigte er sich aufgebracht. »Der ist bei den

Okkulten Angelegenheiten? Na, mich wundert auch nichts mehr.«

Ich machte mir eine geistige Notiz, sobald sich die Möglichkeit bot, profunde Erkundigungen über Trubic einzuziehen, dessen Name von mir abgesehen jedem ein Begriff sein mochte.

»Vielleicht wäre er eine Geschichte wert«, unternahm ich einen Ablenkungsversuch.

»Zweifellos. Allein, es gibt eine Regel: Was über die Okkulten Angelegenheiten geschrieben wird und über ein paar Andeutungen und Vermutungen hinausgeht, wird nicht gedruckt. Auch nicht von uns.« Ein tiefes Seufzen. »Ganz besonders nicht von uns! Glauben Sie denn, wir können uns das leisten?« Ich hörte, wie er Luft holte. Wappnete mich. Wartete auf den tödlichen Schlag. Und wurde nicht enttäuscht.

»Sie können wir uns auch nicht leisten, liebe Stella«, sagte er, mit einem Mal wieder ruhig. »Sie sind einen Schritt zu weit gegangen.« Und nach einer winzigen Pause fügte er hinzu: »Adieu. Wenn Sie den Okkulten Angelegenheiten nicht mehr auf die Füße steigen, nehm ich Sie gern wieder zurück.«

Wie betäubt stand ich da, den Hörer in der schweißnassen Hand, und rang um Contenance.

»Rege soziale Kontakte scheinst du zu pflegen«, ließ sich Katalin prompt vernehmen. Ihrer neugierigen Disposition entsprechend hatte sie der Unterredung zweifelsohne sorgfältig gelauscht und war keineswegs gewillt, mir einen stillen Augenblick zuzugestehen.

Ich schwieg, fand keine Beschwichtigung, keine Worte. Bald schon, fühlte ich, würde ich den Verlust der Kolumne wie den Verlust eines weiteren Stückchens meiner spärlichen persönlichen Freiheit betrauern; vorerst jedoch war es Empörung ob der Ungerechtigkeit der Ereignisse, die mir die Kehle zuschnürte.

»Einerlei. Brauchst mir nicht antworten.« Katalin schüttelte den Kopf und ließ die sorgfältig frisierten Locken tanzen. »Es ist gut. Du wirst verstehen, ich kann keine Angestellte dulden, die sich als Herrin meines Haushalts fühlt.«

Endlich wandte ich mich zu Katalin um. Da lehnte sie in ihrem Diwan, in einer Pose falscher Großartigkeit, die Arme ausgebreitet, den Kopf hoch erhoben, die Lippen verzogen zu einem Lächeln, und wartete. Wartete darauf, dass ich kroch, wie Lieselotte, die vor einem knappen halben Jahr ob einer Nichtigkeit (soweit ich mich erinnerte, war es um ein verloren geglaubtes Damasttischtuch gegangen) ihrer Entlassung entgegengesehen hatte. Natürlich hatte sich Katalin, ganz die gnädige Herrin, zuletzt doch von den flehentlichen Bitten des Stubenmädchens erweichen lassen. Aber ich – ich taugte nicht zum Kriechen. Die Stellung als Gesellschafterin der Katalin Szabady hatte ich damals angenommen, um mich aus einem finanziellen Engpass, der beinahe schon die Bezeichnung Notsituation verdient hatte, zu erretten. Und heute? Ich stellte eine rasche Überschlagsrechnung an und entschied, dass ich wenigstens ein paar Monate von meinen Ersparnissen würde leben können; vielleicht sogar ein halbes Jahr, wenn ich keinen gesteigerten Wert auf besonderen Komfort legte. Zeit genug, um neu zu annoncieren. Zeit genug, meldete sich eine verräterische Stimme in meinem Hinterkopf, um ein paar Erkundigungen zu dem Departement für Okkulte Angelegenheiten einzuholen. Vielleicht sogar, um herauszufinden, ob tatsächlich keine Zeitschrift des Kaiserreiches gewillt war, eine Geschichte, die sich mit jener eigentümlichen Organisation befasste, abzudrucken.

Ich nickte.

»Selbstverständlich werde ich die Konsequenzen aus meiner Impertinenz ziehen. Wenn du es wünschst, will ich sofort zu packen beginnen«, sagte ich, überrascht von meiner Ruhe, und mehr noch, von der Leichtigkeit, mit der ich die Entscheidung getroffen hatte.

In komischem Entsetzen riss Katalin die Augen auf.

»Aber Halt!«, rief sie. »Und wohin willst du gehen? Zum Kopetzky? Oder dich deinem neuen gräflichen Freund an den Hals werfen?«

Lieselotte, die gute Seele, errettete mich aus der Verlegenheit, eine Antwort zu finden, indem sie – vielleicht vor Schreck ob der geschmacklosen Anschuldigung – die Weinkaraffe, mit der sie soeben hantiert hatte, zu Boden fallen ließ, wo diese mit einem Klirren in Stücke sprang. Dankbar über die kurze Ablenkung, kam ich ihr sogleich zu Hilfe und begann die Scherben einzusammeln, während Lieselotte einen Besen holte und Katalin ob der mutwilligen Zerstörung guten Geschirrs lamentierte. Einst, vor bald drei turbulenten Jahrzehnten, hatte die Karaffe zu Katalins Aussteuer gehören sollen, ehe Baron Vasilescu Verrat beging an seiner jungen Braut. Wie Mosaiksteinchen eines Lebens lagen sie vor mir, die Splitter, und glitzerten in der Abendsonne. Vorsichtig sammelte ich die kleinsten Glasstücke in meiner hohlen Hand, geistesabwesend summte ich dabei die wenigen Takte der seltsamen Melodie, die mich seit Tagen – Nächten – verfolgte. Graf Trubic schien sie erkannt zu haben, ihr gar eine gewisse Bedeutung beizumessen. Den kommenden Tag, den ersten Tag meiner neuen Freiheit, würde ich zur Gänze damit zubringen, mich den Fragen rund um Krauß' Tod zuzuwenden, das schwor ich mir.

Ich schrak hoch, als ein jäher, unerwartet heftiger Windstoß die Vorhänge bauschte und das Fenster krachend zufiel. Gleich darauf tat Katalin einen spitzen Schrei, und der imposant gerahmte Spiegel an der gegenüberliegenden Wand zerbarst.

»Gott steh uns bei«, sagte Katalin in vollkommen vernünftigem Tonfall, ehe sie in Ohnmacht sank.

Es bedurfte intensiver Zuwendungen (welche im Wesentlichen aus süßem Likör und kalten Umschlägen, alternierend verabreicht, bestanden) um Katalins Lebenskräfte wieder zu wecken.

»Im Spiegel«, stöhnte sie, ein feuchtes Taschentuch gegen die Stirn gepresst. »Da war etwas im Spiegel. Eine Fratze! Eine Erscheinung!«

Lieselotte, die an der Seite ihrer Herrin kniete, warf mir einen kummervollen Blick zu. Vermutlich fragte sie sich, was aus ihr werden sollte, wenn Katalin erst in einer Nervenheilanstalt ihr Dasein fristete.

»Eine Sinnestäuschung«, schlug ich vor. »Der Wind wird irgendetwas hereingewirbelt haben, das den Spiegel zerschlagen hat.«

Katalin schüttelte den Kopf und griff nach dem Cognacschwenker, den Lieselotte ihr diensteifrig entgegenhielt. »Unsinn! Ich weiß, was ich gesehen habe.«

Ich stand auf, um die traurigen Überreste des Spiegels zu begutachten. In sieben Teile war er gebrochen, nur ein einziger war indes aus dem Rahmen gefallen. Ich bückte mich, um es aufzuheben, und zuckte prompt zurück: Die Scherbe war glutheiß, als hätte ich sie geradewegs aus dem Feuer gefischt.

Ich schloss die Augen, unterdrückte den dringenden Wunsch, zu schreien, oder Hals über Kopf aus dem Salon zu fliehen. Was immer ich mir auch einreden wollte, tief in mir wusste ich längst, dass Katalin vollkommen recht hatte: Etwas war hier vorgefallen, das sich außerhalb der Grenzen unserer Normalität bewegte. Und nach den Ereignissen der letzten Tage stand es mir nicht mehr zu, dies zu leugnen. Mochte ich mich auch fürchten, mochte ich auch entsetzt sein von den Wendungen, die mein Leben im Begriff war zu nehmen, ich musste akzeptieren, dass ich es hier mit einer Macht zu tun hatte, die sich allen Rationalisierungen entzog.

Und es gab etwas, das ich versuchen musste.

Zunächst galt es freilich, meine gegenwärtige Stellung im Haus Szabady zu ergründen.

»Soll ich packen?«, erkundigte ich mich, ahnte schon, dass Katalin nach dem beunruhigenden Zwischenfall die Lust am Zank gründlich vergangen war.

Tatsächlich sah sie mich verständnislos an, ehe sie sich wieder rücklings auf den Diwan sinken ließ. »Was? Ach du liebe Güte, nein, Stella, nein! Wie kannst du nur daran denken, mich mit dieser …« – mit einer schlaffen Hand deutete sie auf den Spiegel – »… dieser Monstrosität alleine zu lassen? Sind wir denn keine Freundinnen mehr?«

Ich zwang mich zu einem Lächeln. »Aber natürlich. Natürlich sind wir Freundinnen.« Oder würden es jedenfalls weiterhin in jenem Maße sein, wie Katalin eine Freundschaft mit einer Untergebenen zuließ.

Rastlos ließ ich meinen Blick schweifen und registrierte ein weiteres absonderliches Detail: Die Rosen, Hoflieferant Holzers kleine Aufmerksamkeit an Katalin, die bis vor Kurzem noch in dunkelroter Pracht auf der Kommode neben dem Telefon gestanden hatten, steckten jetzt welk und braun in ihrer Vase.

Gerade wie die Rosen im Kursalon.

Es war das letzte Zeichen, dessen ich noch bedurft hatte.

Ich schöpfte Atem. »Darf ich dich um einen Gefallen bitten?«, fragte ich rasch, bevor ich es mir anders überlegen konnte. »Kannst du für ein paar Minuten den Salon verlassen?«

Katalin runzelte die Brauen. »Weshalb?«, wollte sie, wieder misstrauisch, wissen.

Ich rieb mir die Schläfen. Wie konnte man sich in so einem Fall aus der Affäre ziehen? Ich will die Risiken minimieren, wenn ich ein Zauberliedchen ausprobiere, das mir seit dem Tod des Luftschiffkonstrukteurs nicht mehr aus dem Sinn geht?

Lächerlich.

»Bitte«, sagte ich einfach. »Eine Viertelstunde nur, dann kann ich es erklären.«

Katalin seufzte schwer, aber zu meiner freudigen Überraschung hatten die jüngsten Geschehnisse sie offensichtlich so sehr mitgenommen, dass sie darauf verzichtete, mir Vorhaltungen ob meiner Heimlichtuerei und meines impertinenten Betragens zu machen. Langsam erhob sie sich und durchschritt etwas schwankend den Salon, wobei sie einen merklichen Bogen um den Spiegel machte.

»Du auch«, befahl ich Lieselotte, die mit einem Achselzucken die Tür hinter sich zuzog.

Ich schloss das Fenster und band sorgfältig die Vorhänge zusammen; nicht Witterung, nicht Zufall sollten mein unerhörtes Experiment stören. Einen kurzen Moment des Zauderns gestand ich mir zu; so mochte der Abenteurer sich fühlen, der im Begriff war, einen Fuß auf ungekanntes Terrain, in wilden Dschungel oder ewiges Eis zu setzen, ohne zu wissen, wohin seine Reise ihn führen, welchen Kreaturen, welchen Gefahren er sich aussetzen mochte. Ich hatte Angst – natürlich hatte ich Angst! –, aber es spielte keine Rolle.

»Also schön«, teilte ich, in Ermangelung eines verständigeren Gesprächspartners, der Pendeluhr mit. »Versuchen wir es.«

Dann trat ich vor den Spiegel und begann die Melodie zu summen, sehr leise, sehr sacht, als gelte es, ein unruhiges Kind in den Schlaf zu singen, es sanft hinabzugeleiten in das ferne, wilde Land der Träume. Für einen Moment nur war mir, als stünde ich selbst auf der gläsernen Brücke zwischen Sein und Traum, als öffnete sich vor mir eine Tür, hinter der sie schliefen, die Dämonen, die Schimären, die Ungeheuer einer anderen Zeit, die ich abgelegt hatte mit den Schleifen und Kleidchen meiner Kindheit. Vergessen, raunte eine Stimme, hast du sie jemals vergessen?

Ein Schatten huschte durch den Spiegel.

Bis an das Ende meiner Tage werde ich stolz auf mich sein, dass ich in jener entscheidenden Sekunde nicht die Nerven verlor. Zwar sah ich mein Spiegelbild zusammenzucken, zwar fühlte ich, wie mir kalter Schweiß über den Rücken rann, aber ich wich nicht zurück, und ich hörte nicht auf zu singen.

Der Schatten im Spiegel bewegte sich. Wo Katalin eine monströse Fratze gesehen hatte, erblickte ich nur graue, wabernde Umrisse, einer Rauchwolke gleich.

All meinen Mut musste ich aufbringen, einen Arm auszustrecken; langsam, als näherte ich mich einem scheuen, unberechenbaren Tier, berührte ich mit zwei Fingern die brennend heiße Scheibe.

Es fehlt mir an Worten, um treffend zu beschreiben, was danach geschah: Für einen bangen Augenblick, in dem ich eine Ahnung erhielt, was Ewigkeit bedeuten mochte, war mir, als wolle meine Hand mit dem Glas verschmelzen; dann schleuderte ein mächtiger Hieb mich rückwärts. Benommen, zu schwach zum Schreien, sah ich, wie die Erscheinung – die Kreatur? – sich aus dem Spiegel löste und verging.

Einen Herzschlag lang herrschte trügerische Stille. Ich wagte mich nicht zu rühren, blieb auf dem Parkett liegen, zwischen den Splittern der Kristallkaraffe; regte mich nicht, als der Orkan losbrach. Wie von einer Windbö erfasst stürzten Bücher, Gläser und Bilderrahmen von ihren angestammten Plätzen, wurden in höllischem Tumult durch den Raum gewirbelt, Möbelstücke wurden umgestoßen, mit einem Klirren brach das Fenster, die Vorhänge flatterten wild – und so plötzlich, wie der Spuk begonnen hatte, war er auch wieder vorbei.

»Stella!«, hörte ich Katalins aufgebrachte Stimme hinter der Tür. »Stella!«

Sehr vorsichtig setzte ich mich auf, starrte auf meine rechte

Hand, mit der ich den Spiegel berührt hatte. Die Haut war gerötet, meine Fingerspitzen wund und blutig.

Abermals ertönte Katalins Stimme: »Sag doch, was ist denn geschehen?«

Ich überdachte meine Antwortmöglichkeiten: Ich habe gezaubert. Ein Geistwesen ist aus dem Spiegel gestiegen und hat den Salon verwüstet. Ich habe mir an einer Glasscheibe die Hand verbrannt.

»Ich weiß es nicht«, bekannte ich zögerlich. »Ich fürchte, mein Experiment ist gelungen.«

Diese kryptischen Worte mussten Katalins bescheidenen Geduldsvorrat erschöpft haben. Schwungvoll riss sie die Tür auf und stieß einen kuriosen Laut aus, der halb Keuchen, halb Schluchzen war.

»Was hast du getan?«, fragte sie sehr leise.

Mühsam rappelte ich mich auf, stützte mich auf den Esstisch, der unverrückbar dem gespenstischen Orkan getrotzt hatte.

»Ich habe gezaubert«, sagte ich mit einer Ruhe, die an Hysterie grenzte.

»Gezaubert?« Katalin zog zweifelnd eine Augenbraue hoch. »Seit wann willst du denn zaubern können? Und überhaupt, wie du ausschaust! Und das Fenster hast du mir auch ruiniert! Wenn wir nur halb so viel Glück haben, wie es heute Scherben gibt!«

Der Bericht, den ich Katalin gab, während ich meine verletzte Hand in kaltem Wasser badete, fiel keineswegs erhellend aus. Glücklicherweise wurde Katalins übliche Neugier etwas gebändigt durch ihren Entschluss, ein jedes meiner Worte anzuzweifeln oder als sinisteren Plan, sie in die Irre zu führen, zu deuten.

»Du hast einen Geist aus dem Spiegel gezaubert«, wiederholte sie, in Anbetracht des gut gefüllten Likörglases in ihrer Hand überraschend artikuliert. »Du kannst nicht zaubern. Du hättest mir davon erzählt, wenn du es könntest.« Schwerfällig ließ sie sich in dem voluminösen Plüschsessel nieder, der aus Gründen, um die allein Katalin wusste, einen nicht unbeträchtlichen Teil des Badezimmers okkupierte.

»Ich konnte es bisher auch nicht!«, rief ich aus, um mir sogleich auf die Zungenspitze zu beißen, als ich mich abermals der Worte entsann, die Dr. Krauß an mich gerichtet hatte: *Du gehörst zu ihnen.*

Konnte er erkannt haben, was ich selbst noch nicht ahnte? War dies der Fall, so musste derjenige, der ihn in den Tod getrieben hatte, über magische Talente verfügen. Was auch tadellos erklärte, weshalb das Departement für Okkulte Angelegenheiten sich mit dem Fall befasste. Auch Graf Trubic und Dr. Rosenstein mussten meine verborgenen Qualitäten sogleich als solche begriffen haben, als ich das Zauberlied begonnen hatte zu singen. All das war zwar überaus erhellend, aber es half mir kein bisschen, die Frage zu klären, woher ich die elende Melodie kannte!

Es hatte eine Zeit gegeben – in meiner Kindheit, in frühen Mädchenjahren –, da hatte ich davon geträumt, auserwählt zu sein, über großartige, unerhörte Talente zu verfügen. Nichts hätte mich damals glücklicher gemacht denn die Einsicht, dass ich tatsächlich, unleugbar, *zaubern* konnte.

Und nun? Mir kam eine Idee: Was, wenn es nicht an mir lag? Wenn das Lied per se magisch war?

Ich trocknete mir die Hand und bewegte prüfend die Finger.

»Kannst du dich an die Melodie erinnern?«, fragte ich schließlich Katalin. »Das kleine Lied, vorhin habe ich es gerade noch gesungen, während wir die zerbrochene Karaffe beseitigt haben.«

Sie runzelte die Stirn, wie sie es zu tun pflegte, wenn sie vorgab nachzudenken.

Eine Weile lauschten wir Lieselotte, die lauthals räsonierte, während sie sich der nicht unerheblichen Aufgabe widmete, wenigstens einen Anschein von Ordnung in das gespenstische Durcheinander im Salon zu bringen.

»Nein«, sagte Katalin. »Und auch von dir will ich es ganz bestimmt nicht mehr hören! Schon gar nicht in meiner Wohnung! Mehr als einen Geist können wir wirklich nicht brauchen!«

Felix Trubic fand seinen Gefangenen bei der Demonstration einer der bedeutsamsten Fähigkeiten, die den guten Soldaten auszeichneten, vor: allen widrigen Umständen zum Trotz Schlaf zu finden, sobald sich Gelegenheit und ein leidlich akzeptables Ruhelager boten; dabei gemahnte er, wie er da, den Kopf auf die Schreibtischplatte gebettet, auf seinem Stuhl kauerte, viel eher an einen erschöpften Gymnasiasten denn an einen schneidigen jungen Offizier. Felix sah mit einem Lächeln auf ihn herab: Bevor der Schlummer ihn übermannt hatte, war es augenscheinlich seine Intention gewesen, sich die Zeit mit etwas leichter Lektüre zu vertreiben. Auf seinen Knien balancierte er die Ledermappe, in der Felix wenig bedenkliche Privatkorrespondenz zu verwahren pflegte; mehrere Briefbögen hatte Alin auf dem Schreibtisch vor sich ausgebreitet, andere waren zu Boden geglitten.

»Du hast meine Briefe gelesen«, grüßte ihn Felix, ein wenig amüsiert, ein wenig bekümmert. Es betrübte ihn stets aufs Neue, wenn seinen Erwartungen an die niedrige Natur des Menschen so offen entsprochen wurde.

Alin hob den Kopf und rieb sich schlaftrunken die Augen. Für einen Moment schien er überrascht, an einem fremden Schreibtisch, mit Blick auf eine halbleere Cognacflasche zu erwachen, doch er besann sich schnell.

»Ich hatte keine andere Wahl. Dein Diener wollte mich durchaus nicht befreien, und mir war langweilig. Irgendwie muss sich der Mensch ja die Zeit vertreiben!«, suchte er sein Betragen zu verteidigen. »Außerdem sind die meisten ohnehin auf Böhmisch verfasst.« Gedankenverloren strich er sich mit dem Zeigefinger den Nasenrücken entlang. »Warum *hast* du mich eigentlich eingesperrt?«

Lässig ließ sich Felix auf der Schreibtischkante nieder. »Ich wollte meine Chancen erhöhen, dich bei meiner Rückkehr so heil und lebendig wie nur möglich vorzufinden. Wir müssen uns über ein paar Kleinigkeiten unterhalten.«

Alin blinzelte. »Ich hätte mir mit dem Papiermesser die Adern aufschneiden können«, gab er zu bedenken.

»Ja.« Behutsam nahm Felix den Siegelring ab und reichte ihn an Alin weiter. »In diesem Ring befindet sich eine Giftkapsel«, erzählte er im Plauderton. »Wenn du das Siegel ein wenig nach links drehst, kommt eine hübsche kleine Nadel zum Vorschein. Du musst nur noch zustechen. Das Gift wirkt binnen weniger Sekunden, habe ich mir sagen lassen, und gilt als absolut tödlich, für Menschen jedenfalls.«

Verständnislos und mit leisem Grauen maß Alin das todbringende Schmuckstück in seiner Handfläche.

»Ja, ich weiß.« Felix neigte sich nach vorne, um den Ring wieder an sich zu nehmen. »Ein pathetisches Spielzeug, wenngleich zuweilen von überraschender Nützlichkeit.« Wie zufällig ließ er eine Hand auf Alins Schulter sinken. »Und mit Sicherheit eine interessante Alternative zu Brieföffner oder Papiermesser.«

»Ich …«, brachte Alin hervor.

Felix nickte. »Keine Sehnsucht mehr nach den tröstenden Armen des Todes?«, fragte er mit einem feinen Lächeln. »Was war denn gestern Nacht der Grund?«

Der junge Offizier schürzte die Lippen. »Ich war betrunken! Ist das kein Grund?«

»Kein besonders guter, fürchte ich. Ich muss gestehen, ich war sehr oft in meinem Leben betrunken und habe nicht öfter als zwei, vielleicht dreimal ernsthaft in Erwägung gezogen, mich zu erschießen.«

Ruckartig sprang Alin auf die Füße und stieß dabei den Stuhl so heftig von sich, dass er polternd zu Boden stürzte.

»Du nimmst mich nicht ernst!« Er schrie beinahe.

»Nicht sonderlich, nein«, bekannte Felix leichthin. »Aber damit sollte zu rechnen sein, wenn man den verzweifelten Helden einer drittklassigen Operette gibt. Eine geplatzte Hochzeit, tagelanges Verschwinden, der halbherzige Versuch, sich eine Kugel in den Kopf zu jagen ... große Gesten dieser Art sollten besser der Bühne vorbehalten bleiben.«

»Die Hochzeit!« Halb Schrei, halb Schluchzen. »Du weißt genau, dass es nur Theater war!«

»Bitte. Beruhige dich.« Nachdrücklich wies Felix auf das halb offene Fenster. Zwar hatte sich seine Interaktion mit den gesetzten älteren Herrschaften, die kürzlich die Nachbarwohnung bezogen hatten, bisher auf einige flüchtige Grußworte im Stiegenhaus beschränkt, doch die Vermutung lag nahe, dass sie nicht allzu viel Wert auf eine Schmierenkomödie am Nachmittag legten. »Du hast weder Kosten noch Mühen gescheut, einen kapitalen Skandal zu inszenieren, der Baron ist nicht erschienen, um sich demütigen zu lassen, und jetzt redet kein Mensch mehr von dir, nur noch von dem Selbstmord. Das mag etwas bitter sein, aber kein großes Unglück.«

»Gestern ...« Sehr verloren stand Alin in der Mitte des Bureaus, eine Allegorie des Elends in zerknitterter Paradeuniform, die bleichen, unrasierten Wangen schweißbedeckt, die Hände krampfhaft ineinander verschlungen.

»Du würdest es mir doch nicht glauben ...«, sagte er mutlos.

Felix erwiderte nichts; stattdessen bückte er sich, um den Schreibtischstuhl wieder aufzurichten, und ließ sich rittlings darauf nieder, die Arme über der Lehne verschränkt. Sah den jungen Offizier beben und schwanken, um Worte und Wahrheiten ringen.

»Gestern Nacht ...«, stammelte Alin schließlich mit gesenkter Stimme und unterbrach sich. »Als du ein Kind warst, hast du dich bestimmt nicht vor der Dunkelheit gefürchtet?«, unternahm er einen neuen Versuch, in Worte zu fassen, was ihm so schwer auf der Seele lag. Er wartete keine Antwort ab. »Nein, du nicht. Aber ich, ich war starr vor Furcht, sobald die Lichter gelöscht wurden, weil ich zu wissen glaubte, dass die Gespenster auf meinem Fensterbrett lauerten.« Fahrig strich er sich durchs Haar. »So war mir gestern Nacht mit einem Mal. Als wartete da draußen im Dunkel irgendetwas auf mich, ein Dämon ohne Gesicht und Namen, der mir folgte, unbeirrbar.« Er würgte ein Lachen hervor. »Als bliebe mir keine Wahl ihm zu entrinnen, außer, die Waffe gegen mich zu wenden.« Peinlich berührt, schien er plötzlich ein tieferes Interesse für das Muster des Wandteppichs zu entwickeln. »Wie ich schon sagte, ich war betrunken«, schloss er verschämt.

»Dein Freund, Anatol Krauß«, fragte Felix in einem Tonfall, der nichts weiter denn höfliche Anteilnahme nahelegte, »hatte er auch Dämonen?«

»Krauß!« Ein kleines, aber aufrichtiges Lächeln huschte über Alins Lippen. »Einen Freund hätte ich ihn nicht genannt, nein. Dazu war er zu verrückt. Wenn es Dämonen gegeben hätte in seinem Leben, ich schwöre dir, er wäre auch zu verrückt gewesen, sich um sie zu kümmern. Nichts war ihm wichtig, nur das verdammte Luftschiff! Er war wie besessen davon!«

Felix nickte, Verständnis heuchelnd. Dass Dämonen, die man ignorierte, mitunter weitaus gefährlicher sein konnten als jene, um die man wusste, vor denen man zitterte, war keine Überlegung, die er freiwillig mit dem kleinen Vasilescu geteilt hätte.

»Ich fürchte, mich ruft mein nächstes Rendezvous«, sagte er stattdessen, während er sich von seinem Stuhl erhob.

Alin blinzelte. »Wirst du mich wieder einsperren?«, fragte er spöttisch.

»Nein. Du bist schlichtweg nicht informativ genug, um derlei Maßnahmen zu rechtfertigen.« Bedauernd hob Felix die Hände. »Aber du kannst bleiben, wenn du möchtest.«

Welche glorreiche Rolle dem verdammten Luftschiff auch in ferner Zukunft zugedacht sein mochte, bisher war es der Magisch-Technischen Abteilung noch nicht gelungen, die Welt von ihrer Relevanz zu überzeugen. Einen offensichtlichen Beleg hierfür fand Felix in dem Umstand, dass er unzählige Stiegen zu erklimmen und Gänge zu durchqueren hatte, ehe der Dienstbote, der ihn führte, endlich vor einer Flügeltür hielt.

»Bittschön«, murmelte der Diener und huschte mit gesenktem Kopf wieder davon, durch das Labyrinth aus Korridoren, Treppenaufgängen und schmucklosen Türen. Vor wenigen Monaten erst war das Kriegsministerium in das neue Palais am Ring umgezogen, nachdem der alte Sitz im Gebäude des Hofrates sich unwiderlegbar als zu beengt erwiesen hatte. Insgesamt, entschied Felix, passte das Bauwerk nicht schlecht zu dem österreichischen Heer: Hinter majestätischer, glanzvoller Fassade verbarg sich ein undurchschaubarer Irrgarten, Radetzky, der bisher letzte große Feldherr, hoch zu Pferde zum Denkmal erstarrt, wandte ihm den Rücken zu, und der Wahlspruch, der den Doppeladler über dem Hauptportal zierte – *Si Vis Pacem, Para Bellum,* »Wenn du den Frieden willst, rüste zum Kriege« –, wirkte nicht unbedingt so, als hätte irgendjemand einen Gedanken auf die Implikationen verschwendet.

»Ah, Graf Trubic. Ich freue mich, dass Sie doch noch zu mir gefunden haben.« Ein anderer, minderer Sterblicher hätte vielleicht seine Taschenuhr konsultiert, um den Worten Nachdruck zu verleihen und dem unpünktlichen Besucher zu verdeutlichen, dass derlei Betragen nicht sonderlich geschätzt wurde. Oberst Freiherr von Merentheim empfing ihn mit einem Wolfslächeln, machte jedoch keine Anstalten, seinen Platz hinter dem ausladenden Schreibtisch aufzugeben. Wie auch das übrige Mobiliar war dieser sehr schlicht gehalten, dunkles Holz vor dunkel getäfelten Wänden, eine schmucklose Düsternis, zu der einzig das altmodische Kanapee am Fenster, mit seinen hellgrün und weiß gemusterten Bezügen einen eigenartigen und ziemlich geschmacklosen Kontrastpunkt setzte.

»Ich bitte um Verzeihung.« Felix nickte dem Freiherrn grüßend zu. »Mein Nachmittag gestaltete sich komplexer denn anzunehmen. Andererseits wird es Sie vielleicht freuen, dass Ihr unglücklicher Adjutant wieder unter uns weilt«, sagte er leichthin. Jugendliche Unbekümmertheit, das hatte er vor langer Zeit schon erkannt, war sie nun Gottesgabe oder – wie in seinem Fall – Dämonengeschenk, war bei kundiger Handhabung eine überaus bedeutsame Waffe im täglichen Salongefecht; ein charmanter, undurchdringlicher Schild.

»Wie schön.« Jetzt, da Felix das Bureau so weit durchquert hatte, dass ihn nur noch wenige Schritte von Merentheims Schreibtisch trennten, sah sich dieser endlich bemüßigt, sich zu erheben und seinem Gast entgegenzutreten.

»Ich war tatsächlich ein wenig in Sorge um Vasilescu. Er ist ein so unsteter Mensch. Ob ich ihn nach diesem peinlichen Spektakel vor dem Traualtar weiterhin als Adjutanten behalten kann, habe ich allerdings noch nicht entschieden. Übrigens wusste ich nicht, dass er dem Kreis Ihrer Freunde angehört, Graf.«

Felix winkte ab. »Wir kennen einander … flüchtig.«

»Ich verstehe.« Was immer Merentheim auch zu verstehen meinte, es gefiel ihm nicht, denn er wechselte abrupt das Thema: »Ich bin Ihnen zu Dank verpflichtet, dass Sie sich unseres Dilemmas um Dr. Krauß überhaupt angenommen haben.« Mit einer Handbewegung lud er Felix ein, auf dem Kanapee Platz zu nehmen.

»Was gedenken Sie nun mit Ihrem konstrukteurslosen Luftschiff zu tun?«, erkundigte sich Felix und erklärte damit den Austausch protokollarischer Höflichkeiten für beendet.

Gemessenen Schrittes umrundete Merentheim seinen Schreibtisch und stützte sich auf die Stuhllehne. »Wir sind zuversichtlich, den Bau mit den Plänen, die Dr. Krauß uns hinterlassen hat, abschließen zu können.« Ein rascher Seitenblick aus kühlen, spöttischen Augen. »So will es die Lüge, an die gegenwärtig Generalstab, Minister und Seine Erzherzogliche Exzellenz, der Thronfolger selbst, glauben.« Er verschränkte die Arme vor der Brust. »Oder vorgeben zu glauben«, korrigierte er sich nach kurzer Überlegung. »Um einmal mehr ehrlich zu Ihnen zu sprechen: Die Pläne, die Krauß uns hinterlassen hat, sind praktisch nutzlos, wenn es darum geht, die bedeutsamsten Probleme des Luftschiffs zu beheben.« Er seufzte schwer. »Es ist möglich, dass die *Fortuna* niemals zum Einsatz kommen wird.«

Felix lehnte sich zurück und schlug die Beine übereinander. »Eine Frage nur: Warum führe ich diese Unterredung mit Ihnen?«, erkundigte er sich im Plauderton.

Die Überraschung in Merentheims Miene schien ungekünstelt.

»Ich kann nicht behaupten, ich verstünde, wovon Sie sprechen«, bekannte er.

»Erlauben Sie mir, mich zu präzisieren. Warum führe ich diese Unterhaltung mit dem Leiter der Magisch-Technischen Abteilung statt mit dem Hauptkommandanten des Aeronautischen Corps? Worin bestehen die magischen Spezifikationen der *Fortuna*, von denen Sie sprachen?«

»Aber Graf Trubic«, tadelte Merentheim mit nachsichtigem Lächeln. »Sie werden respektieren, dass ich keine Militärgeheimnisse weitergeben kann – an Zivilisten.« Er hob die

Hände, ehe Felix noch zu einer weiteren Erkundigung ansetzen konnte.

»Selbstverständlich«, sagte Felix gelassen. Wenn es Merentheims Intention gewesen war, ihn mit der kleinen Spitze zu treffen, war der Freiherr kein sonderlich versierter Menschenkenner. »In diesem Fall schlage ich vor, Sie gehen in sich und beantworten sich die Frage selbst, ob besagte Besonderheiten, die Ihr Luftschiff auszeichnen, als Affront aufgefasst werden könnten.« Die nächste Minute brachte er damit zu, einen Zigarillo aus der Tabatiere, die Merentheim ihm anbot, zu wählen. »In *Exilantenkreisen*«, fügte er schließlich hinzu.

Freiherr von Merentheim, das musste Felix ihm zugestehen, war wie die meisten Männer der Politik kein schlechter Schauspieler, doch mangelte es ihm an Umsicht, was die leisen Töne, die kleinen Gesten betraf. Sein Staunen war durchaus überzeugend, in seiner Stimme schwang ehrliche Verwirrung mit, als er sein abermaliges Unverständnis kundtat, nur seine Hände verrieten ihn; hatte er bisher in einem fort mit Schreibgeräten, Zigarren und Manschettenknöpfen gespielt, mit dem Zeigefinger Muster auf die Schreibtischplatte gezeichnet, gedankenverloren die samtene Stuhllehne gestreichelt wie ein treues Pferd, so stand er jetzt sehr still, die Hände verschränkt.

Felix erhob sich. »Oh, ich glaube, Sie wissen sehr genau, wovon ich rede.«

»Wie dem auch sei.« Es kostete Merentheim hörbare Überwindung, in ruhigem Plauderton fortzufahren: »Solange Sie einen Weg finden, das Projekt *Fortuna* vor weiteren unliebsamen Zwischenfällen zu schützen, soll es mich nicht stören, wenn Sie in Rätseln zu mir sprechen, Graf.«

»Ich werde mir jede erdenkliche Mühe geben«, versprach Felix. »Zunächst würde ich sehr gern das Luftschiff sehen und mich mit Ihrem Mitarbeiterstab unterhalten.«

Merentheim nickte ruckartig. »Fahren Sie morgen mit mir

hinaus zur Aeronautischen Division. Und heute …« Er sah an Felix herab, verzog die Lippen. »Sagen Sie mir, Graf, fechten Sie?«

Obgleich seine Tage als Truppenoffizier lange verstrichen waren, frequentierte Merentheim weiterhin den Fechtsaal der Hoch- und Deutschmeisterkaserne auf dem Rennweg – aus nostalgischer Anhänglichkeit zu seinem ehemaligen Regiment, wie er nicht ohne Ironie bekannte.

»So ist der Mensch: ein sentimentales Tier.« Bedächtig legte er seinen Uniformrock ab. »Alle Welt singt Lieder von Zukunft, Veränderung, Untergang und weicht doch keinen Schritt von ihren lieben Gewohnheiten ab.«

Dass jemand aus anderen Gründen denn Nostalgie den Fechtsaal der Deutschmeister präferieren konnte, kam Felix höchst fraglich vor, sobald er einen Fuß in die Halle gesetzt hatte. Aus unerfindlichen Gründen im zweiten Stock gelegen, wies der Saal wenigstens auf den ersten Blick keine Vorzüge auf, die ihn für den Fechtsport prädestiniert hätten – er war lang und relativ schmal, unzureichend beleuchtet und noch weniger gut gelüftet, ja selbst das Parkett schien uneben.

Bei den Deutschmeistern selbst mochte sich ihr Fechtsaal indes keiner großen Beliebtheit erfreuen, denn bis auf zwei weitere Offiziere, die sich am anderen Ende mit gelangweilten Mienen in einem Übungskampf ergingen, war der Raum menschenleer.

Dass Merentheim ihm überhaupt eine Einladung zum freundschaftlichen Zweikampf ausgesprochen hatte, verwunderte ihn dagegen nicht; kaum ein anderer Zeitvertreib konnte einem aufmerksamen Beobachter so viel über den Charakter seines Gegenübers verraten, wenn dieser nicht auf der Hut war.

Gedankenverloren prüfte Felix die Spitze des Degens, den ihm ein Dienstbursche mit unterwürfiger Geste reichte; sie war stumpf.

»Ein Kampf mit Übungswaffen ist nur dazu gut, sich Nachlässigkeiten anzuerziehen«, kam ihm die Mahnung eines teuren, fernen Freundes in den Sinn. Gang um Gang hatten sie damals gefochten, einen heißen Sommer lang, hatten Wunden geschlagen, gelernt zu bluten und zu lächeln.

»Sie wirken enttäuscht«, sagte Oberst von Merentheim. »Ist ein Zweikampf mit scharfer Waffe eher nach Ihrem Geschmack?«

Felix maß seinen Begleiter: Obgleich nicht mehr jung – er schätzte ihn auf Mitte fünfzig – war der Freiherr augenscheinlich in blendender Form und ein routinierter Fechter. Er selbst hingegen hatte seit Jahren kein Schwert geführt.

»Mit größtem Vergnügen«, gab er zur Antwort, was ihm ein anerkennendes Nicken Merentheims eintrug.

»Was wäre das Leben schon ohne ein kleines Risiko, dann und wann«, sagte er, nachdem er den Dienstburschen erneut in die Waffenkammer geschickt hatte.

Felix streifte Jackett und Anzugweste ab und lockerte seine Schultermuskulatur. Selbstverständlich würde ihn Merentheim am Ende besiegen, besiegen müssen, und wenn er selbst dabei ein wenig nachzuhelfen hatte; doch gebot der Stolz, es ihm nicht allzu leicht zu machen.

Mit selbstverständlicher Eleganz nahm Merentheim Fechthaltung ein, Felix tat es ihm gleich. Für einen Moment nur berührten sich ihre Waffen, Stahl streifte Stahl.

Hieb, Gegenstoß, eine vorgetäuschte Quarte, ein schneller Vorstoß, den Felix kaum zu parieren vermochte: Merentheim hielt nicht viel von einer taktischen Eröffnung. Felix wich zurück, entzückt über das energische Ungestüm seines Kontrahenten. Wer so nach vorne preschte, Schlag um Schlag, wer rannte, wo er tanzen sollte, der lief fast unumstößlich Gefahr, irgendwann eine kleine, todbringende Nuance zu missachten, von der ein Gegner profitieren konnte. Vorausgesetzt, man blieb so lange im Spiel – und am Leben.

»Erzählen Sie mir von Dr. Krauß«, forderte Felix Merentheim nach einer Weile auf, während er taktierend ein Stückchen weiter zurückwich. »Hatte er Feinde?«

»Soweit ich weiß, führte er ein sehr zurückgezogenes Leben.«

Merentheim deutete eine Finte nach links unten an, der er einen blitzschnellen Hieb in die entgegengesetzte Richtung folgen ließ. Felix' Parade kam spät, gefährlich spät.

»Es fällt mir schwer zu glauben, dass jemand aus persönlicher Animosität seinen Tod heraufbeschworen haben soll.« Merentheim, der Teufel sollte ihn holen, atmete immer noch unbeschwert. »Andernfalls hätte ich kaum die Okkulten Angelegenheiten zurate gezogen.«

»Das kann Ihnen nicht leichtgefallen sein«, wagte Felix einen Vorstoß, den er mit einem raschen Ausfall koordinierte.

Freiherr von Merentheim parierte lässig. »Dass sich Direktorin Blums und meine Auffassungen, wie mit den okkulten Elementen in unserer Welt zu verfahren sei, grundlegend unterscheiden, ist wohl nichts Neues mehr.«

»Nein.« Einmal mehr sah sich Felix in die Defensive gezwungen. »Und vergessen Sie nicht, ich unterstehe nicht mehr dem Departement. Mir steht es frei, nach bestem Wissen und Gewissen zu agieren.«

Merentheims höhnischer Miene war abzulesen, dass er von diesen beiden Instanzen nicht allzu viel hielt. Offenkundig musste er ein paar Erkundigungen über Graf Felix Trubic angestellt und beschlossen haben, nur den haarsträubendsten Geschichten Glauben zu schenken.

»Darf ich mir eine Frage erlauben, Graf?«, schnitt er ein neues Thema an.

Ausfallschritt. »Ich bitte.« Hieb, ein rascher Rückzug.

Merentheim stieß zu. »Wann haben Sie denn eigentlich Ihren Abschied vom Departement genommen? Etwa im Mai?«

Es blieb keine Gelegenheit zu parieren; der Degen schnitt durch Stoff und Fleisch, ein rascher, sauberer Treffer.

Felix senkte die Klinge. Mit einer Mischung aus Verwunderung und bitterem Amüsement sah er auf seinen blutenden Unterarm hinab.

»Touché«, sagte er leise. Es war müßig, Vermutungen anzustellen, wer Merentheim diese Information in die Hände gespielt hatte. In jedem Fall wusste der Freiherr mehr über ihn, als dass er gelegentlich ein unaufmerksamer Degenfechter war.

»Ja.« Merentheim trat an seine Seite. Es war sehr still im Saal, nun da das Klirren der Degen verklungen war; selbst die beiden Offiziere hatten in ihrem Scheingefecht innegehalten und beobachteten verstohlen, was da vor sich ging. »Es scheint mir so.«

Zurück in der Centrale traf Felix Dr. Aaron Rosenstein in den Kellergewölben an, wo jener zwei mäßig interessierten Drachen aus Emily Brontës *Sturmhöhe* vorlas.

»Zu wenig Intrige und dunkles Vermächtnis in Ihrem Leben, Doktor?«, spottete er, mehr aus Gewohnheit, denn weil ihm der Sinn nach Scherzen stand; eine Bemerkung, die die kleinere der beiden Echsen mit einer Reihe gutturaler Zischlaute quittierte. Felix lauschte angestrengt. Selbst nach mehr als einem Jahrzehnt der Bekanntschaft und Zusammenarbeit mit den Drachen fiel es ihm nicht immer leicht, die Nuancen ihrer hochkomplexen Sprache zu deuten. Beide Drachen, Vater und Tochter gleichermaßen, bewiesen hingegen eine überraschende Begabung für das Verständnis der deutschen Sprache, wenngleich es ihnen noch nicht gelungen war, auch nur einen Satz in selbiger zu äußern.

»Tatsächlich?«, wandte sich Felix an das Drachenweibchen und berührte sacht ihre warme, ledrige Schnauze. »Nun, ich persönlich konnte dem Roman auch nie viel abgewinnen.«

Rosenstein ließ das Buch sinken; im flackernden Schein der Gaslampen – den Drachen wollte elektrische Beleuchtung nicht recht behagen – musterte er Felix mit kaltem Blick.

»In meinem ganzen Leben«, sagte er, der Zorn in seiner Stimme unverhohlen, »ist mir noch kein Mensch begegnet, der auch nur annähernd so verantwortungslos war wie Sie, Graf.« Aufgeregt gestikulierte er mit dem Roman in seiner Hand.

Felix seufzte und schlang fröstelnd den unverletzten linken Arm um seine Brust. Wider den Gesetzen von Biologie und Logik präferierten die Drachen dunkle, unangenehm kühle Räume.

»Spätestens nach der kleinen Kunstprobe ihrer Zauberfertigkeiten war ich mir ziemlich sicher, dass es sich um eine, äh, Moroaică handeln müsste.«

»Ziemlich sicher!« Dr. Rosenstein war aufgesprungen. Das Buch fiel mit einem dumpfen Knall auf den Steinboden, was das Drachenweibchen veranlasste, blitzschnell die pergamentartigen Flügel auszubreiten und einen fast komisch anmutenden Satz rückwärts zu tun. Felix gestattete sich ein schwaches Grinsen. Zuweilen konnte es ihn immer noch amüsieren, wie wenig diese ausgenommen scheuen, schreckhaften Wesen, die selbst ausgewachsen ein massiges Kaltblutpferd kaum überragten, mit den riesenhaften Drachen und Lindwürmern der Legenden gemein hatten.

»Ziemlich sicher«, wiederholte Rosenstein leise. »Was, wenn Sie sich geirrt hätten? Sie hätten das Mädchen töten können.«

»In der Tat.« Felix lehnte sich an die grobe Steinmauer. Der kurze Fechtkampf mit Merentheim hatte ihn weit mehr denn angemessen erschöpft. Er hatte sich gehen lassen in den letzten Wochen und Monaten; nun forderten die Tage und Nächte bittersüßen Müßiggangs ihren Tribut. »Dann können wir wohl von Glück sprechen, dass meine Intuition vorzüglich bleibt.«

Rosenstein schüttelte den Kopf. »Ja«, murmelte er düster. »Statt sie zu töten, haben Sie sie nur unter Drogen gesetzt.«

»Wohlgesonnenere Stimmen würden sagen, ich hätte ihr geholfen, ihr magisches Bewusstsein zu erweitern«, warf Felix ein. »Aber ich bin gekommen, um mich Ihres Beistandes zu versichern, Doktor, nicht um die Herrschaften« – er deutete eine Verneigung vor den Drachen an – »mit etwas Zank zu langweilen.«

Rosenstein schwieg verbissen, während sie eine nicht unbeträchtliche Zahl an Stufen erklommen, obschon die Centrale seit Kurzem über einen hochmodernen hydraulischen Aufzug verfügte.

»Nun?«, fragte er grimmig, nachdem er die Tür zu seinem Bureau verschlossen hatte. »Wie kann ich Ihnen diesmal beistehen, Graf? Planen Sie einen neuerlichen Mordversuch?«

Felix zog es vor, den Einwurf zu übergehen. Es war fruchtlos, mit Rosenstein zu diskutieren, wenn dieser sich seiner humanistischen Prinzipien besann.

»Nur einen kleinen Einbruch«, sagte er leichthin. »Oder eigentlich nicht einmal das.« Er schob den Ärmel seines Jacketts hoch, um seine Armbanduhr zurate zu ziehen. »Zumal es Simon nunmehr gelungen sein sollte, ein Duplikat des Schlüssels anfertigen zu lassen.«

Rosenstein runzelte die Stirn. Mit einem leisen Stöhnen ließ sich Felix auf das hellblaue, etwas zerschlissene Sofa fallen.

»Sagen Sie nicht, Sie hätten in der Zeit meiner Abwesenheit moralische Einwände gegen Einbrüche entwickelt!«

Rosenstein verzog die Lippen zu einem dünnen, reichlich widerwilligen Lächeln.

»Nicht unbedingt«, gestand er. »Aber Sie bluten.«

Träge hob Felix den verwundeten Arm und sah auf seine Manschette hinab. Tatsächlich hatte der ehemals blütenweiße

Stoff die unschöne rostbraune Färbung getrockneten Blutes angenommen. Sehr viel Blut für eine so geringfügige, schmachvolle Blessur, die doch kaum schmerzte. »Ein Kratzer. Nichts weiter als eine kleine Fechtverletzung.«

Rosenstein stemmte die Hände in die Hüften. »Sie sollen nicht denken, dass ich Sie heroisch leiden sehen will, nur weil ich gerade gar nicht gut auf Sie zu sprechen bin.«

Er hob den Deckel der voluminösen alten Kleidertruhe, die den schmalen Bureauraum dominierte, und verschwand kopfüber in ihren Tiefen, nur um nach wenigen Augenblicken eine Rolle Gazeverband, einen Revolver und einen Parfümflakon zutage zu bringen. An Letzterem schnupperte er misstrauisch, ehe er es in der Tasche seines abgetragenen Jacketts verstaute.

»Eine Liebschaft?«, erkundigte sich Felix neugierig, während Rosenstein vorsichtig das Taschentuch, das ihm als provisorischer Verband gedient hatte, löste. »Wer ist denn die neue Dame Ihres Herzens?«

»Eine Schauspielerin«, murmelte Rosenstein mit gesenktem Kopf.

»Berühmt?«

»Aufstrebend.« Seine Wangen glänzten in ungesundem Rot, während er den frischen Verband anlegte. »Die Art von aufstrebend, die man zum Mitternachtssouper trifft.« Er zog den Gazestreifen fest. »Also gut. Bei wem werden wir heute Abend noch nicht-einbrechen?«

»Eine gute Adresse für Selbstmörder«, murmelte Felix, als sie zu später Abendstunde in die Herrengasse bogen. Rosenstein, den Blick auf das Ziffernblatt seiner Taschenuhr geheftet, als könne er so die Zeit anhalten, antwortete mit einem unfreundlichen Grunzlaut.

Felix Trubic zuckte mit den Schultern. Weder zeichnete er

dafür verantwortlich, dass der Umweg in seine Wohnung sich als überaus zeitaufwendig erwiesen hatte, da es nicht einfach gewesen war, Alin zu überzeugen, dass seine Anwesenheit bei dem nächtlichen Ausflug keineswegs erforderlich war; noch trug er Schuld daran, dass Krauß' Wohnung schräg vis à vis des Hotels Klomser lag, das im Frühling eine gewisse Berühmtheit erlangt hatte, als einer der leitenden Offiziere des Evidenzbureaus – und der nunmehr wohl berüchtigtste Doppelagent der Monarchie –, ein gewisser Oberst Alfred Redl, die Pistole gegen sich gerichtet hatte.

»Sie werden Ihr Liebchen schon nicht versetzen müssen«, wandte er sich an seinen Kameraden. »Wir wollen uns schließlich nur ein wenig in der Wohnung umsehen.«

»Und weil wir beide so geübte Detektive sind, werden wir in einer halben Stunde sogleich alles Relevante erfassen«, gab Rosenstein trocken zurück.

Felix zog den Schlüsselbund aus seinem Jackett; es blieb zu hoffen, dass er sich am Morgen noch entsann, sich bei Simon für die Klugheit, auch einen Wachsabdruck des Haustorschlosses zu nehmen, erkenntlich zu zeigen.

»Gewiss doch. Sie sind im tiefsten Grunde Ihrer Seele ein Pedant, mit einem guten Blick für Details, und man sagt, ich sei kein schlechter Spion.« Er hüstelte. »Gewesen«, korrigierte er sich mit einem schiefen Lächeln.

Da es seiner Überzeugung entsprach, dass wenig die natürliche Neugier der Menschen so sehr erregte wie das Geräusch einer Tür, die leise und vorsichtig ins Schloss gezogen wurde, versetzte Felix dem Haustor einen Stoß, ehe er die Treppen nach oben eilte. Erst auf dem Gang, als er für einen Augenblick vor Krauß' Wohnung verharrte, holte ihn Rosenstein ein.

»Haben Sie Ihre Waffe bei sich?«, fragte Felix ihn leise.

»Freilich, wenn ich anschließend mit einer Dame im Separée soupiere, nehme ich immer einen Revolver mit. Man will ja einen guten Eindruck hinterlassen«, gab Rosenstein zurück. »Nein, ich habe keine Waffe. Meinen Sie, dass wir eine brauchen werden? Ich dachte, es wäre nur ein kleiner Einbruch.«

»Ich bin mir nicht sicher.« Felix tastete nach der kleinen Pistole in seiner Manteltasche, konnte sich sein plötzliches Unbehagen kaum erklären. Intuitiv verstand er, dass irgendetwas hier nicht stimmen konnte; was selbstverständlich bedeutete, dass es umso notwendiger war, nachzusehen.

Er gab sich einen Ruck, griff nach der Klinke. Ehe er fiel, blieb ihm noch Zeit, sich über den Umstand zu wundern, dass die Tür unverschlossen gewesen war.

»Zaubersprüche? *Zaubersprüche* wollen Sie, gnädige Frau?« Indigniert strich sich der Bibliothekar der Ersten Wiener Spiritistischen Gesellschaft den ordentlich gestutzten Backenbart. Seit ich im Alter von dreizehn Jahren bei der Aufnahmeprüfung an einer renommierten Schule für Höhere Töchter in meiner Aufregung den Westfälischen Frieden ein paar entscheidende Monate vordatiert hatte, hatte kein Mensch mich mehr mit solch offener Verachtung behandelt. Schon regten sich erste Zweifel an der Klugheit des Plans, den ich in den schlaflosen Stunden der vergangenen Nacht ersonnen hatte, aber nun war es zu spät, um umzukehren.

»Am besten solche, die sich eignen, einen Geist herbeizurufen«, spezifizierte ich tapfer.

All der Kummer eines langen Bibliothekarslebens, in dem er sich mit nichtswürdigen Ignoranten und Halbgebildeten hatte herumschlagen müssen, lag in dem Seufzen, mit dem mein Gesprächspartner diese Äußerung hinnahm.

»Sie meinen wohl magietheoretische Abhandlungen, die sich mit der Kommunikation zwischen der lebendigen wie der jenseitigen Welt befassen?«, verbesserte er mich streng.

Mein verlegenes Nicken und meine Bitte um die eine oder

andere Literaturempfehlung schienen ihn ein wenig zu besänftigen.

»Giacomelli ist natürlich immer noch das Standardwerk«, legte er mir nach kurzer Überlegung dar. »Für den interessierten Laien möglicherweise etwas schwer fassbar. Vielleicht wären Sie mit Goldeggs *Einführung in die Prinzipien der Magietheorie* besser beraten, wenngleich einige seiner Grundsätze mittlerweile als überholt gelten.«

»Warum geben Sie ihr nicht den Sutcliffe?«, ließ sich eine Stimme hinter mir vernehmen. Erschrocken wandte ich mich um, rechnete beinahe mit einer Geistererscheinung; erfreulicherweise handelte es sich jedoch nur um einen weiteren Studenten okkulter Künste, der sich der frühen Stunde ungeachtet schon im Lesesaal eingefunden hatte und sich jetzt umständlich von seinem Pult erhob.

»Sutcliffe!«, spie der Bibliothekar den Namen aus. »Verschonen Sie mich mit dem Scharlatan! Schlimm genug, dass er sein Machwerk überhaupt publizieren konnte, aber auch noch eine Empfehlung auszusprechen …«

»Ich gebe zu, einige seiner Ansichten sind ungewöhnlich«, warf der Spiritist mit dem Faible für kontroverse Literatur ein. »Trotzdem halte ich sein Buch für eine bedeutende Publikation.«

Der Bibliothekar stöhnte leise. Nachdem er ein lavendelfarbenes Taschentuch gigantischen Ausmaßes aus dem Ärmel seines Jacketts produziert und sich die fahle Stirn betupft hatte, wandte er sich wieder an mich. »Ich bringe Ihnen den Goldegg, gnädige Frau«, entschied er.

»Und den Sutcliffe, wenn Sie so freundlich wären«, fügte ich mit einem Seitenblick auf den streitbaren Spiritisten hinzu; es mag sich von selbst verstehen, dass der kurze Disput meine Neugier geweckt hatte.

»Was schreibt dieser Sutcliffe denn Abscheuliches?«, erkundigte ich mich leise, nachdem der Bibliothekar meine Buchwünsche mit einem Unmutslaut hingenommen und sich schleppenden Schrittes entfernt hatte.

Der Spiritist blies seine ohnehin schon ausgesprochen runden Backen auf und schnitt mir eine Grimasse.

»Ich fürchte, er hat keine sehr hohe Meinung von dem, was die meisten spiritistischen Vereinigungen so tun. Mummenschanz und armseliger Unfug, waren seine Worte, wenn ich mich recht entsinne.«

Wie zufällig streifte mein Blick die Vitrine, die einen Großteil der Wand direkt neben dem Empfangstisch einnahm; soweit ich in dem für seine Zwecke nicht eben optimal beleuchteten Lesesaal ausmachen konnte, zeigten die meisten von ihnen junge, zumeist weibliche und ausnahmslos hübsche Medien, die sich die Gliedmaßen verrenkten oder Ektoplasma hervorwürgten, das indes stark an Gazestoff gemahnte. Ich lächelte. Der Verdacht lag nahe, dass ich mich mit Mr. Sutcliffe gut verstehen würde, sollten sich unsere Wege eines Tages kreuzen.

»Bitte schön«, riss mich der Bibliothekar aus meinen Betrachtungen. Mit grimmiger Miene präsentierte er mir zwei umfangreiche Bände. »Es liegt mir natürlich fern, mich in Ihre Angelegenheiten einzumischen«, begann er in einem Tonfall, der keinen Zweifel ließ, dass er gerade im Begriff war, seine Worte Lügen zu strafen, »aber bitte geben Sie nicht allzu viel auf Sutcliffes Ansichten, gnädige Frau. Seine Behauptungen sind bestenfalls fragwürdig und schlimmstenfalls phantastisch – Feenzauber und ein Zugang zum magischen Bewusstsein, der auf dieser unsinnigen Psychoanalyse von dem Doktor Freud aufbaut, ich bitte Sie …« Er schnaubte. »Und schlimmer noch, er ist nicht nur ein Verrückter, sondern auch ein Feigling, der den Diskurs scheut, wohl um nicht bloßgestellt zu werden. Gibt keine Lesungen vor interessiertem Publikum, gibt sich niemals in der Öffentlichkeit zu erkennen, und als einer meiner Kollegen ihm jüngst seine Kopie des Buches zum Signieren schickte, kam es mit dem Hinweis zurück, dass Herr Sutcliffe derlei Dinge nicht tue. Sagen Sie mir, ist das noch normal?«

Angesichts der Tatsache, dass ich mir für den Tag noch anderes vorgenommen hatte, als mich von einem verärgerten Spiritisten belehren zu lassen, verbiss ich mir die Bemerkung, dass Normalität das Letzte war, was ich von Menschen, die Zauberbücher verfassten, erwartete, und begnügte mich mit einem Kopfschütteln und einer Lüge: »Ich werde mir Ihre Warnung zu Herzen nehmen. Könnten Sie mir jetzt die Bücher geben?«

So kam es, dass ich kaum eine Viertelstunde später, um eine halbjährliche Mitgliedschaft im Ersten Spiritistischen Zirkel Wiens reicher und eine durchaus substanzielle Summe ärmer (zur Gänze konnte ich den Verdacht nicht abschütteln, dass der Bibliothekar meine unwillkommene Literaturauswahl extra veranschlagt hatte), hinaus auf die Gasse trat. Ein frischer, sonniger Septembermorgen breitete sich vor mir aus, doch mir blieb weder Zeit noch Muße, mich an seiner Schönheit zu erfreuen. Stattdessen irrte ich zwischen Zinshäusern und Weinstuben einher, unruhig auf der Suche nach einer Droschke, die mich zur nächstgelegenen Stadtbahnhaltestelle bringen konnte, und grollte der Spiritistischen Gesellschaft, dass sie sich keine zivilere Adresse denn draußen in der Vorstadt leisten wollte.

Höchst widerwillig hatte mir Katalin den Tag freigegeben, damit ich mich den Rätseln, die so unversehens über mich hereingebrochen waren, widmen konnte. Katalin – sowie dem freigiebigen Umgang mit den Privatinformationen anderer, den man in ihren Kreisen pflegte – hatte ich die Adresse zu verdanken, die ich besuchen wollte, solange der Mut mich nicht verließ.

Mit jedem Schritt, mit jeder Stufe, die ich erklomm, stiegen auch die Zweifel an der Rechtschaffenheit meines Vorhabens. Zwar hieße es, mich der Lüge schuldig zu machen, wollte ich behaupten, ich hätte niemals zuvor in meinem Leben getäuscht, geblendet, mir unrechtmäßig Zugang verschafft zu verborgenen Winkeln und Geheimnissen (Grundlage meines Berufes war es immerhin gewesen, zu lauschen, wenn der gute Geschmack ein taubes Ohr geboten hätte), doch was ich nun zu tun gedachte, überstieg an Geschmacklosigkeit und Wagemut ein jedes meiner vergangenen Schelmenstücke um ein Vielfaches. Den dunklen Schatten auf der Veranda zu geben, wenn Graf von W. die hübsche Schwägerin zum Stelldichein bat, das mochte vielleicht noch angehen – mein Gott, wer hatte schon jemals ernst genommen, was in *Salon&Sport* zu lesen stand? Aber hier und jetzt war ich im Begriff, in Privatsphäre und Geheimnisse eines Toten zu dringen, und das aus keinem anderen Grund, als meine Neugier zu befriedigen. Meine Furcht einzudämmen.

Schwungvoll betätigte ich den Türklopfer und wartete. Horchte auf Schritte, horchte auf eine Antwort. Klopfte noch einmal. Bis zwanzig wollte ich zählen, wenn mir dann nicht geöffnet wurde, würde ich mich zurückziehen.

Ich zählte bis einunddreißig. Nichts geschah. Gewiss war die Wohnung verlassen, verschlossen, die Dienerschaft hatte bereits neue Anstellungen gefunden, vielleicht hatten zwei Tage den Hinterbliebenen ausgereicht, die Angelegenheiten des armen Dr. Krauß' zu ordnen, Erinnerungsstücke an sich zu nehmen, seinen Besitz zu verkaufen ... ich glaubte mir selbst nicht. Einem plötzlichen Impuls folgend drückte ich die Türklinke, die zu meinem höchsten Erstaunen nachgab. Vorsichtig öffnete ich die Tür einen Spalt und wagte einen Blick ins Innere, in ein kleines, kaum weiter bemerkenswertes Vorzimmer.

»Guten Tag!«, rief ich und vernahm als Antwort nur das Knarren von Parkett. Einen Herzschlag später trat eine Gestalt in den Vorraum, und ich sah zum zweiten Mal in entschieden zu kurzer Zeit in den Lauf einer Pistole.

Bei unserer letzten Begegnung hatte sie ein Brautkleid und zu viel Wangenrouge getragen und den Treulosen betrauert, der am Altar seinen Abschied genommen hatte; jetzt war sie mit einem einfachen Kittel angetan und hielt mir eine Schusswaffe ins Gesicht. Der Drang, in hysterisches Gekicher auszubrechen, war fast unbezwingbar; nur dank der vielen peinlichen Salonunterhaltungen, deren Zeugin ich hatte werden müssen, konnte ich mich beherrschen.

»Carina«, sagte ich leise.

Sie riss ihre großen, runden Mopsaugen auf.

»Da schau her«, murmelte sie und ließ die Pistole sinken. »Brauchen'S keine Angst haben, die ist nicht geladen«, fügte sie hinzu, als ich mir ein Seufzen der Erleichterung gestattete.

»Carina«, wiederholte ich fassungslos, und: »Herrschaft in Sievering?«

Nun war es an ihr zu seufzen. »Machen'S die Tür zu, dann erklär ich Ihnen das Ganze. Vielleicht schieben'S auch den Riegel vor, zu dumm, dass ich das vergessen hab! Und um Himmels willen, sagen Sie Chi-Chi zu mir, das machen alle, die mich ein bisserl kennen.«

Ich tat wie geheißen. Ein paar Sekunden verbrachten wir damit, einander (etwas blöde, fürchte ich) anzustieren, ehe es mir gelang, die naheliegende Frage zu stellen.

»Was tun Sie hier?«

Sie rümpfte die kurze, stumpfe Nase. »Mir scheint, das Gleiche könnt ich Sie fragen.«

Es war, beschloss ich, eine jener prekären Situationen, in denen allein die Wahrheit, und nichts als die Wahrheit angebracht ist – schon allein des Überraschungseffekts wegen.

»Ich kam mit der Intention, mir Zugang zu Dr. Krauß' Wohnung zu verschaffen, um nach persönlichen Aufzeichnungen zu suchen, die Anhaltspunkte liefern können für den Grund seines Selbstmordes«, stieß ich in einem Atemzug hervor. »Falls es Selbstmord war«, fügte ich, dem Prinzip schonungsloser Ehrlichkeit Folge leistend, hinzu.

Carina – Chi-Chi, auch wenn ich mir noch keineswegs sicher war, ob ich mich in den Kreis ihrer besseren Bekannten eingliedern wollte – nahm meine Beichte hin, als handelte es sich um ein selbstverständliches Anliegen.

»Da brauchen'S nicht lang suchen. Ich bin schon seit dreiviertel acht da, und gefunden hab ich nichts.«

»Nichts?« Misstrauen regte sich in mir. »Keine Briefe, keine Tagebücher, keine Notizen?«

Sie zuckte mit den Schultern. »Naja, nichts Interessantes eben. Hefte voll mit irgendwelchen militärischen Beobachtungen und Berechnungen und so was in der Art. Liegen noch im Arbeitszimmer.«

Sie deutete auf eine halb offene Tür am Ende des Gangs. Ich zögerte. So begierig ich auch war, in den als bedeutungslos deklarierten Aufzeichnungen Krauß' zu lesen, zuvor musste die eine oder andere Frage geklärt werden.

»Was hat Sie veranlasst, sich für die Hintergründe des Selbstmordes ...« – ich verwendete das Wort mit Bedacht – »... zu interessieren? Wie haben Sie sich hier Zutritt verschafft? Und vor allem: Wer sind Sie?«

Behutsam legte sie ihre Pistole auf den Fußschemel, der im Vorraum stand. Dann griff sie nach meinem Arm, als wollte sie sich bei mir unterhaken.

»Kommen Sie, ich zeig Ihnen etwas.«

Mit so gemischten Gefühlen, wie man sie in solch einer denkwürdigen Lage nur empfinden konnte, folgte ich ihr in einen kleinen, sehr ordentlichen Salon.

»Das war der Grund!« Sie hatte – welch Ironie – die neueste Ausgabe von *Salon&Sport* aus ihrer Handtasche, die auf dem blank polierten Teetisch saß, gezogen und schwenkte sie nun triumphierend. »Ihr Artikel!«

»Ah.« Zum ersten Mal, seit ich die Bibliothek verlassen hatte, war ich froh über die beiden schweren Bücher, die ich noch immer im Arm hielt. An ihnen konnte ich mich festklammern.

»Es ist doch Ihr Artikel?« Carina (es war mir schlichtweg unmöglich, eine vernünftige Unterhaltung mit einer Person zu führen, von der ich als »Chi-Chi« dachte) hielt mir das Journal entgegen. »Es muss Ihr Artikel sein!«

Ich nickte und flüchtete mich in eine Reihe kleiner, verlegener Gesten.

Carina schien zufrieden. »Von dem, was da drinnen steht«, fuhr sie munter fort, »hätten ihn eigentlich nur zwei Leute schreiben können. Und nachdem ich's eben nicht war, sind nur mehr Sie übrig geblieben.« Sie wickelte sich eine Strähne ihres vollen, dunklen Haares (das einzige Attribut, das an ihr »hübsch« zu nennen war) um den Zeigefinger. »Gestern Abend les ich das Journal und finde Ihre Kolumne. Da habe ich mir gedacht, recht hat sie. Es war schon eigenartig, wie der Krauß gestorben ist. Unheimlich.«

Ich rang mir ein Lächeln ab. Hätte ich auch nur geahnt, was für spannende Folgen die simple Wahrheit haben konnte, ich hätte mich in meiner Karriere sehr viel öfter an ihr versucht.

»Und deshalb sind Sie, statt mit Ihren Vermutungen zur Polizei zu gehen, hier eingebrochen?«, empörte ich mich, ein wenig heuchlerisch vielleicht.

»Eingebrochen?« Wie selbstverständlich hatte sie auf dem Sofa Platz genommen. »Aber nein! Der Alin hat mir seinen Schlüssel gegeben.«

Offensichtlich war die Menge an Verwicklungen, die ich hinnehmen konnte, ohne bis zur Gleichgültigkeit abzustumpfen, erreicht. »Alin Vasilescu? Wieso hat er einen Schlüssel zu dieser Wohnung?«

»Naja, sein Graf hat halt einen gehabt, was weiß denn ich, warum. Ich glaub, der Alin hat ihm dann den Schlüssel stibitzt, weil er sich selber noch umschauen wollte. Nur hat ihn heute gleich in aller Früh der Merentheim zu sich berufen, und da habe ich mir gedacht, nützt du die Gelegenheit.«

Merentheim. Diesen Namen wenigstens kannte ich zur Genüge. Krysztof und Katalin gleichermaßen konnten sich für den Freiherrn begeistern: Krysztof, weil ihm die Reden Merentheims zu Modernisierung und Neuorientierung und dem unerbittlichen Rad der Zeit imponierten; Katalin hingegen bezeichnete ihn als »fesch« und »so charmant, man will kaum glauben, dass seine Familie ursprünglich aus Pommern stammt«. Merentheim bekleidete einen höheren Posten im Kriegsministerium, und der junge Oberleutnant Vasilescu war ihm als Adjutant zugeteilt, dessen erinnerte ich mich wieder. Leider erschloss der Rest der Aussage sich mir deutlich weniger.

»Was für ein Graf?«, begann ich mit dem Aspekt, der mir am einfachsten erschien.

Das Mädchen sah lächelnd zu mir auf. »Ein Graf Trubic«, verkündete sie nicht ohne Stolz. »Der Alin ist recht intim mit ihm.«

Reflexartig ließ ich mich auf die Armlehne des Polsterfauteuils sinken, meine spiritistische Literatur auf den Knien balancierend. Schon wieder der Graf Trubic. Zum Teufel mit ihm. Bald sechsundzwanzig Jahre hatte ich gut gelebt, ohne auch nur um seine Existenz zu wissen, und plötzlich begegnete er mir an jeder Ecke, um die Dinge in noch größere Unordnung zu bringen!

»Trubic«, murmelte ich. »Was hat denn auf einmal alle Welt mit dem Graf Trubic?«

»Also, *ich* hab nichts mit ihm«, teilte mir Carina mit schlauer Miene mit. »Der Alin will mich ihm ja durchaus nicht vorstellen. Nicht einmal zu der Hochzeit hat er ihn eingeladen. Komisch war das.«

Ich schloss die Augen. Ich konnte noch immer nicht behaupten, dass ich sonderlich viel begriff (am allerwenigsten die eigenartige Beziehung, die Carina und der junge Herr Vasilescu führten), aber eines wusste ich: Es war hochgradig riskant, hier in der Wohnung des gegenwärtig meistdiskutierten Toten Wiens noch länger wertvolle Zeit mit Plaudereien, die meine Wissbegierde bisher nur ansatzweise befriedigen konnten, zu verschwenden.

»Chi-Chi.« Sie lächelte, als ich sie bei ihrem albernen Spitznamen nannte. »Versprechen Sie mir, dass Sie auf mich warten, während ich mich kurz umsehe?« Sie reagierte nicht. Mit starrem, ausdruckslosem Gesicht blickte sie geradeaus ins Leere.

»Chi-Chi?«, wiederholte ich. Erst als ich kurzerhand zu ihr trat und sie an den Schultern rüttelte, wandte sie sich mir zu.

»Was denn?« Verwirrt und ein wenig empört musterte sie mich.

»Sie waren einen Moment abwesend. Fühlen Sie sich nicht wohl?«, erkundigte ich mich, wollte ihr abermals das Riechsalzfläschchen offerieren.

»Nein, nein.« Sie schüttelte den Kopf. »Mir geht es gut.«

Das Arbeitszimmer des verschiedenen Dr. Krauß präsentierte sich so nüchtern und kahl, wie man es von dem Raum, in dem ein genialer Techniker seine Konstrukte ersann, erwartet hätte: Die Wände waren weiß getüncht, die Bücherregale mit Fachliteratur gefüllt und frei von jeglichem Plunder, sah man von einer höchst kuriosen Messingskulptur ab, die augenscheinlich einen Urzeitvogel darstellen sollte; wie ein übergroßer, wunderlicher Rabe hockte sie auf dem obersten Regalbrett und schimmerte metallisch in der Morgensonne.

Auch der Schreibtisch war penibel aufgeräumt, die Schubladen unverschlossen (»Unverschlossen, jawohl! Ich habe die nicht aufgebrochen«, wie Carina bekräftigte) – und weitestgehend leer. Neben den versprochenen Notizheften, die bei erster, flüchtiger Durchsicht sich hauptsächlich mit mir vollkommen unverständlichen technischen Einzelheiten befassten, die möglicherweise mit dem ominösen Luftschiff zusammenhingen, fanden sich bloß einige Skizzen, Zeitschriften, Briefpapier und, aus mir unerfindlichen Gründen, ein Opernglas.

»Glauben Sie, dass schon jemand vor uns hier war und die wichtigen Sachen mitgenommen hat?«, fragte Carina, die sich mittlerweile auf dem Schreibtisch platziert hatte und die Beine baumeln ließ.

Ich schob die letzte Schublade zu. »Wer weiß?« Vielleicht hatte Krauß ein Leben bar jeglicher Sentimentalität, erfüllt von akribischer Ordnungsliebe geführt – oder seine Papiere anderwärtig verwahrt. Ich sah mich um, dachte an den Wandtresor, den Katalin hinter einem etwas banalen Stillleben (Liebesgabe eines ebenso banalen böhmischen Malers, der ihr nach eigenen Angaben einen Winter lang verfallen war) verbarg. Unglücklicherweise erwies sich die Krauß'sche Wohnung als frei von jeglichem Zierrat, und der hohe Wandspiegel im Badezimmer war zu schwer, um ihn abzunehmen.

»In den Kästen und Kommoden hab ich schon nachgeschaut«, teilte mir Carina schnaufend vor Anstrengung mit, während wir noch vergeblich mit dem Spiegel hantierten.

Ich nickte. Es war an der Zeit, die vorläufige Niederlage einzugestehen. Ein wenig schämte ich mich zudem, dass es mich kaum Überwindung gekostet hatte, hier in der Wohnung eines Fremden, eines Toten, zu stöbern, in seinen Besitztümern zu wühlen. Ich hatte gehofft, es würde mir schwerer fallen.

»Kommen Sie.« Ich trat hinaus in den Gang. Carina folgte mir, etwas zögerlich, wie mir schien. »Wir wollen gehen. Was wir hier tun, hat doch keinen Zweck mehr.«

Sie sah betroffen drein. »Aber vielleicht haben wir etwas übersehen. An irgendetwas nicht gedacht.« Der leise, leidenschaftliche Ton ihrer Stimme ließ mich aufhorchen. Hier ging es um mehr als die Befriedigung von Neugier.

»Warum sind Sie wirklich hier? Etwas Zeitschriftenlektüre, und schon übermannt Sie die Abenteuerlust?«

Sie biss sich auf die volle Unterlippe. »Dem Alin wollte ich helfen. Mitten in der Nacht ist er heut zu mir gekommen, er war ganz außer sich …« Ihre Stimme versagte.

Sie weinte lautlos, wie ein fügsames Kind, das keinen Weg kannte, seinen Kummer zu bezwingen, obgleich ihm doch befohlen war zu schweigen.

»Angst hat er gehabt. Angst. Weil *sie* auf ihn warten, weil *sie* ihn finden werden, hat er gesagt«, flüsterte sie unter Tränen. »Die Pistole hab ich ihm weggenommen.«

Ich trat zu ihr; vorsichtig legte ich einen Arm um ihre Schulter, ließ sie weinen. Meine Karriere als Gouvernante reicher, einsamer Zöglinge, als Gesellschafterin alternder Halbweltdamen, hatte mir ausreichend Gelegenheiten geboten, Geschick und Routine in der Kunst des Tröstens zu entwickeln.

»Chi-Chi«, murmelte ich. »Aber Chi-Chi.«

»Ich liebe ihn«, schluchzte sie in den hohen Kragen meiner Bluse. »Ich liebe ihn doch so sehr.«

Ein absonderliches Geräusch – ein Scheppern und Klirren, als schlüge man Metall gegen Metall – ließ mich auffahren.

»Haben Sie das gehört?«, fragte ich Carina, gänzlich überflüssigerweise – das Mädchen drückte sich eng an mich, klammerte sich an meinen Arm, als wäre es ihr unmöglich, sich ohne fremde Hilfe aufrechtzuhalten.

»Da ist jemand«, flüsterte sie.

Immer lauter wurde das unheimliche Scheppern, immer näher kam es. Ich packte Carinas Hand. Ich wollte fliehen, nur hinaus aus dieser verfluchten Wohnung. Was kümmerten mich ihre Mysterien? Es war nicht recht, die Geister der Toten zu stören.

So jäh, wie es erklungen war, erstarb das grässliche Geräusch.

»Da …«, murmelte Carina schwach. Ich wandte den Kopf.

Der Messingvogel saß auf der Kommode im Vorzimmer und sah uns aus blank polierten Metallaugen an.

»Glauben'S denn, ich bin verrückt? Im Leben geh ich da nicht mehr hinein!« Carina, die Arme um ihre Knie geschlungen wie ein trotziges Kind, kauerte auf der obersten Treppenstufe und sah grimmig zu mir hoch. »Und wenn Sie meinen, Sie müssen die Heldin spielen und allein gehen, dann schrei ich so laut wie ich kann, bis mich die Nachbarn hören«, drohte sie. »Oder der Portier.«

Verstohlen wischte ich mir mit dem Handrücken den Schweiß von der Stirn. Zu dumm, dass wir bei unserer hastigen Flucht keine Möglichkeit gefunden hatten, Taschen, Bücher und Pistole an uns zu nehmen.

»Lassen Sie mich nachdenken«, sagte ich streng. Eines war mir klar, wir konnten die Beweisstücke unseres widerrechtlichen Aufenthalts in der Krauß'schen Wohnung nicht einfach zurücklassen. Aber auch ich war alles andere denn begierig, noch einmal in die unheimlichen Räumlichkeiten zurückzukehren.

Was, wenn der Vogel nur ein Spielzeug war, meldete sich die Stimme der Vernunft in meinem Hinterkopf. Krauß war ein überaus begabter Konstrukteur gewesen: Vielleicht hatte er sich in seiner Freizeit eine Kuriosität gebastelt, einen sonderbaren mechanischen Vogel, der nichts weiter tat, als gelegentlich durch die Wohnung zu flattern? Immerhin hatte der Messingvogel keinerlei Anstalten gemacht, uns zu attackieren oder uns zu folgen. Vielleicht gab es eine Erklärung, die sich innerhalb der Grenzen handelsüblicher Logik bewegte.

Ich schüttelte den Kopf, verbiss mir ein Lachen. Geister im Spiegel, Zaubersprüche und ausgesprochen lebendige Urzeitvögel aus Metall: Auf welche Pfade ich auch geraten sein mochte, sie hatten mich schon zu tief in dieses seltsame, neue Land geführt, als dass ich noch an ihrer Existenz zweifeln durfte. Aber was tun?

»Ich sag Ihnen etwas: Wir brauchen Verstärkung«, entschied Carina, der meine fruchtlosen Überlegungen offensichtlich zu lange dauerten. »Ich geh jetzt da hinüber, ins Hotel und telephonier' dem Alin. Vielleicht kann der sich einen Reim auf die Geschichte machen. Sie bleiben am besten da und schauen, dass nur ja keiner in die Wohnung marschiert.« Sie stand auf und klopfte sich den Staub von ihrem unförmigen Kittel. »Das hab ich davon, dass ich ihm unbedingt helfen muss …«, räsonierte sie leise, während sie die Stufen hinablief.

Tumb starrte ich ihr ins Stiegenhaus nach, bis sie verschwunden war. Sollte ich nun, da ich alleine war, einen Versuch riskieren, unsere zurückgelassenen Habseligkeiten zu bergen, einen Blick auf den unheimlichen Vogel zu werfen? Schließlich kannst du zaubern, dachte ich mit einem Anflug von Hysterie. Wer soll dir da schon etwas anhaben!

Um mich zu beruhigen, begann ich die Bodenfliesen zu zählen: weiß und hellgrau, ein fades Muster; ich kam bis zweiundvierzig, als ich den Blutfleck bemerkte.

Jeder Blutspur mochten Dutzende harmlose, ja lächerliche Ursachen zugrunde liegen; fand sie sich jedoch auf dem Gang eines vornehmen Wohnhauses, in unmittelbarer Nähe zu der Wohnung eines höchst mysteriösen Toten (in der man obendrein unter Beobachtung stand durch metallische Flugtiere, die keinen Deut auf die Gesetze der Schwerkraft gaben), war selbst ich, die ich frei von jeglichem kriminalistischen Erfahrungsschatz war, geneigt, einen beliebigen Unfall auszuschließen.

Ich eilte nach unten; doch so ungeduldig ich auch an die Tür der Portierswohnung klopfte, es dauerte doch eine Weile, bis eine hagere, noch junge Frau mir öffnete.

»No, was denn, gnädige Frau?«, grüßte sie mich gedehnt und gähnte verstohlen.

Ich mimte Entsetzen. »Blut! Überall Blut, im ersten Stock!«

Die Hausbesorgerin gab sich nicht weiter erschüttert. »Ah so, da werd ich noch einmal aufwischen müssen«, sagte sie und wollte tatsächlich wieder die Tür hinter sich zuziehen!

»Aber was ist denn geschehen?«, fragte ich schnell und blockierte mit einem Fuß die Tür.

Sie verschränkte die Arme vor der rachitischen Brust und musterte mich aufmerksam. »*Sie* hab ich auch noch nicht im Haus g'sehn, gnädige Frau.«

Ich seufzte. Wenn ich schon keine besonders gute Komödiantin war, kannte ich zumindest mein Wien; die eine oder andere kleine Münze fand sich stets in meinen Manteltaschen.

»Aber, zwei Herren gestern, Offiziere in Zivil dürften's gewesen sein, die hatten ein bisserl einen Streit«, gab mir die Hausbesorgerin Auskunft. Die Geldstücke nahm sie mit grimmiger Miene an sich, als hätte ich versucht, ihr zu verweigern, was ihr selbstverständlich zustand. »Den seligen Herrn Doktor, den Krauß mein ich, wollten's besuchen, mir scheint, die haben nicht einmal gewusst, dass er g'storben ist, Friede seiner Seele.«

»Haben Sie zufällig erfahren, worum der Streit ging?«, erkundigte ich mich.

Sie erwiderte kühl: »Sonst fällt Ihnen nichts mehr ein? Schau ich aus, als würd ich mich in die G'schichten von Leuten einmischen, die mich nichts angehen?«

Ich schwieg, da ich eine ehrliche Antwort für wenig zweckmäßig hielt, und zerbrach mir den Kopf, wie ich sie dazu bewegen konnte, mir mehr über die beiden mutmaßlichen Offiziere zu erzählen, ohne ihr Misstrauen zu erwecken.

»Bitte entschuldigen Sie. Dr. Krauß war mir der liebste meiner Cousins, obwohl wir uns in den letzten Jahren aus den Augen verloren haben«, entschloss ich mich zu etwas fiktiver Familiengeschichte. »Er muss so ein trauriges Leben geführt haben! Und jetzt, die Tragödie ...« Ich brach ab, gab vor in den Taschen meines dünnen Herbstmantels nach einem Taschentuch zu suchen. »Es wird schon so viel getratscht über ihn. Über uns!«, fügte ich kläglich hinzu.

Meine Gesprächspartnerin wischte sich die Hände an ihrer nicht eben sauberen Schürze ab. »Ich hab mich wirklich nicht lang mit den Herrschaften unterhalten. Ich hab ja nur nachgeschaut, wer denn da so einen Krawall veranstalten möcht, mitten in der Nacht«, berichtete sie mir, in deutlich freundlicherem Tonfall. Ob sie mir meine dünne Lüge tatsächlich glaubte, oder ob sie dem berufsbedingten Hang zur Klatschsucht erlegen war, kümmerte mich wenig. »Kommen mir die zwei Burschen entgegen, beide noch jung, der eine hat das ganze Gesicht voll Blut, der andere torkelt und ist besoffen wie ein Schwein. Der Saufbold wollt mir gleich allen möglichen Blödsinn erzählen, wie's den armen Herrn Doktor besuchen wollten, und dass der andere ein Trottel wär.« Sie lachte meckernd; offensichtlich stellte der Betrunkene eine erheiternde Erinnerung dar.

»Wie kommen Sie eigentlich darauf, dass sie beide Offiziere waren?«, erkundigte ich mich neugierig.

Sie zuckte mit den Schultern. »Man denkt sich's halt, wo in der letzten Zeit jeden Tag die halbe Armee bei Ihrem Herrn Cousin einmarschiert ist, einmal sogar ein Herr vom Generalstab.«

Alin Vasilescu mochte zwar kein Stabsoffizier sein, dennoch zeigte sich die Hausbesorgerin sichtlich beeindruckt, als er kaum eine Viertelstunde später in hellblauem Uniformrock, auf dem Kopf die Czapka, den Korridor betrat. Es war freilich nicht zu leugnen, dass er zusammen mit der nachlässig gekleideten und sehr gewöhnlichen Carina, die stolz wie die sprichwörtliche Spanierin an seiner Seite schritt, einen höchst absonderlichen Anblick bot. Er nahm meine Existenz mit einem Nicken zur Kenntnis, dem es an militärischer Knappheit nicht mangelte. Von einer unverkennbar militärischen Denkart schien mir auch sein Lösungsansatz angesichts der unheimlichen Vorgänge in der Krauß'schen Wohnung: Denn als wir erst wieder vor der Tür standen, zog der junge Offizier mit entschlossener Miene seinen Säbel!

Ich konnte nicht an mich halten: »Ja, der Spuk wird natürlich der Waffengewalt weichen.«

Vasilescu bedachte mich mit einem strafenden Blick aus kühlen blauen Augen.

»Mit Verlaub, Fräulein …«

»Schönthal«, soufflierte Carina rasch.

»… ich denke nicht, dass Sie auch nur ahnen, worum es hier geht.« Und an seine ehemalige Braut gewandt fügte er hinzu: »Es war eine gefährliche Dummheit, hierherzukommen. Und jetzt warte hier, Chi-Chi.« Eine Anweisung, der das Mädchen nur allzu gern und mit sichtbar erleichterter Miene nachkam.

Ich folgte ihm in den kleinen Vorraum. Zwar konnte ich nicht behaupten, mich in der Gesellschaft eines blutjungen, nervlich instabilen Offiziers sonderlich wohlbehütet zu fühlen, doch meine Neugier war zu groß.

Der Urzeitvogel hockte immer noch auf der Kommode, die Krallen in das Holz geschlagen; kaum dass ich die Tür geschlossen hatte, schlug er ein-, zweimal mit seinen Messingschwingen, die indes weniger an herkömmliche Flügel gemahnten denn an ein sporadisch gefiedertes Gerippe.

»Zur Hölle«, fluchte Vasilescu leise. Er zückte den Degen, was ich zum Anlass nahm, mich in unmittelbare Nähe der Tür zurückzuziehen. Keinen Augenblick gab ich mich der Illusion hin, dass Vasilescu mit seinem Offizierssäbel auch nur das Geringste gegen die metallene Monstrosität vor uns würde ausrichten können.

Mit kreischenden Scharnieren stieß sich der Vogel von der Kommode ab und schwang sich in die Luft. Ich sah die tiefen Einkerbungen, die seine Krallen im Holz hinterlassen hatten, und hielt den Atem an, zweifelte keinen Moment, dass er sich auf uns stürzen würde. Der Vogel tat nichts dergleichen, sondern flatterte aufgeregt durch den kleinen Vorraum, als wäre das scheußliche Konstrukt tatsächlich beherrscht von den Instinkten eines verschreckten Tieres.

Mit ausladender Geste schob Vasilescu den Säbel in seinen Gürtel.

»Ich traue meinen Augen kaum«, sagte er schließlich und klang dabei weniger entsetzt denn aufrichtig erstaunt. Gemeinsam sahen wir dem Messingvogel zu, wie er sich auf dem Vorzimmerkasten niederließ, dann bückte sich Vasilescu nach seiner Pistole, die Carina und ich auf dem Schemel zurückgelassen hatten.

»Was …?«, murmelte ich schwach und wies auf den Vogel.

»Krauß hat Automaten gebaut«, legte mir Oberleutnant Vasilescu ungeduldig dar.

»Warum?«

Er sah mich an wie etwas, das geradewegs aus dem Kanal auf seine blank polierten Stiefel gekrochen war.

»Ein harmloses Privatvergnügen. Wie tragisch; solange ich ihn kannte, haben sie nie funktioniert. Der Durchbruch muss ihm erst kurz vor seinem Tod gelungen sein.« Er log schlecht, widersprach dem Tadel, den er vor Minuten erst geäußert hatte; vielleicht merkte er es selbst, denn er wechselte rasch das Thema. »Wenn Sie jetzt so freundlich wären, Ihre Sachen zu holen? Ich will so lange Ihr Ungeheuer hier bewachen.« So redlich er darum bemüht war, sich den Anschein zu geben, als wäre der verdammte Messingvogel nicht mehr denn ein Spielzeug, gerade gut genug um zwei alberne Frauen in die Flucht zu schlagen, sein Lächeln war etwas gezwungen.

»Sie haben von Automaten gesprochen«, warf ich ein. »Plural.«

Er rückte seine Czapka zurecht. »Geben Sie sich keine Mühe«, sagte er süffisant. »Chi-Chi hat mir schon erzählt, dass Sie ein kleiner Schmierfink sind. Leider, leider werde ich Ihnen nichts mehr zu Dr. Krauß erzählen können …«

Ich zählte bis zehn und schluckte die bissigen Antworten, die mir auf der Zunge lagen. Wozu hätte es geführt? Er war ein Offizier, ein Herr von Stand und Vermögen, und ich – eine Domestikin und ein Schmierfink. Ich konnte mich nur lächerlich machen.

»Jetzt holen Sie endlich Ihre Sachen«, wiederholte er, während er die Pistole in die Tasche seines Uniformrocks schob. »So gern verweile ich in der Wohnung eines toten Kameraden nicht.«

»Ja, deshalb hatten Sie auch den Schlüssel«, entfuhr es mir.

Vasilescu erblasste; ich hingegen konnte förmlich spüren, wie mir das Blut in die Wangen schoss. Dumm, Stella. Sehr, sehr dumm. Wann wirst du dich endlich fügen lernen?

»Sie verkennen Ihren Platz.« Vasilescus bleiches, hochmütiges Antlitz zeigte keine Regung. »Und jetzt beeilen Sie sich.«

Wie ein Hund ließ ich mich fortschicken und hasste mich dafür.

Oberleutnant Alin Vasilescu küsste seiner ehemaligen Braut *beide* Hände, eine Galanterie, die sie ihm mit ebenso dankbarem wie kokettem Gekicher vergalt, nickte mir abermals ruckartig zu, stieg in das Automobil, das vor dem Hotel Klomser auf ihn gewartet hatte, und entschwand.

»Maria Muttergottes im Himmel.« Carina schlug sich die Hände vors Gesicht. »Was wird der Alin mit mir schimpfen heute Abend! Dabei wollt ich ihm nur ersparen, dass er in den Sachen vom Krauß herumstöbern muss. Und dann der depperte Vogel, mein Gott, was mir der einen Schreck eingejagt hat. Hoffentlich ist der Alin mir nicht gar zu bös!«

»Hätten Sie nicht selbst allen Grund, bös' mit ihm zu sein?«, erkundigte ich mich freundlich. »Immerhin hat er sie vor halb Wien bloßgestellt.«

Carina scharrte mit den Schuhspitzen im Staub des Bürgersteigs. »Also, ein bisserl neugierig sind Sie schon.«

Ich klemmte mir die beiden voluminösen Bücher unter den linken Arm; mit dem rechten hakte ich mich bei Carina unter, vornehmlich um ihr zu signalisieren, dass sie mir diesmal so schnell nicht entkommen würde.

»Das ist mein Beruf«, wies ich sie grob zurecht. Oder war es zumindest bis gestern Nachmittag. Allerdings, sollte ich mich alsbald in der glücklichen Lage befinden, die wahre Geschichte zu kennen, die hinter der skandalträchtigen Beinahe-Verehelichung Alin Vasilescus mit einer Person, die wirklich alles sein konnte, nur kein armes biederes Stubenmädchen, stand, würde Frey vermutlich meine Entlassung noch einmal überdenken, Okkulte Angelegenheiten hin oder her.

»Ich hab ihm halt versprochen, dass ich keiner Menschenseele was davon erzähl«, sagte Carina, als müsse sie sich ihr Gelöbnis selbst in Erinnerung rufen. Ich heuchelte Verständnis und widerstand einem triumphalen Lächeln: Eine halbe Stunde Plauderei und ein, zwei Glas Likör, mehr würde es nicht bedürfen, sie dazu zu bringen, mir ihr Herz auszuschütten.

Wie zufällig dirigierte ich sie an die Schwelle des kleinen, recht eleganten Kaffeehauses gleich neben dem Hotel Klomser, ehe ich sagte: »Jemand war gestern Nacht in Krauß' Wohnung.«

Dass Carinas Wissbegierde geweckt war, verstand sich von selbst; gerade so selbstverständlich war es auch, dass ich sie auf eine Melange und einen Birnenschnaps (»gegen den Schreck«)

einlud. Ein bisschen scheu, als wüsste sie so gut wie ich, dass ihr das gutbürgerliche Milieu kaum zustand, ließ sich Carina an einem Fenstertisch nieder und rückte dicht an die hellen, gelben Vorhänge, vielleicht mit der Absicht, sich dahinter zu verstecken.

»Wenn Sie mir einen Moment zuhören möchten«, tarnte ich einen Befehl als Bitte, und Carina gehorchte. Aufmerksam folgte sie meinen Betrachtungen: Was, wenn es den beiden Offizieren (sofern es sich bei den Eindringlingen tatsächlich um Angehörige der Streitmächte gehandelt hatte) gelungen war, in die Wohnung einzubrechen und die bedeutsamen Dokumente unter den Krauß'schen Aufzeichnungen zu stehlen? Was, wenn sich der eine dabei verletzt hatte (sogleich kam mir der angeblich so unbedenkliche Automat in den Sinn) und sie den Streit – und die Trunkenheit – als Ablenkmanöver inszeniert hatten?

Carina blickte interessiert in ihr leeres Glas, was ich zum Anlass nahm, ihr einen weiteren Schnaps zu bestellen.

»Der Alin ist gestern zu mir gekommen, weil sein Graf ihn hinausgeworfen hat«, teilte sie mir ohne erkennbaren Zusammenhang mit.

»Und?« Ich zwang mich, meine Ungeduld zu zügeln, keine weiteren Fragen zu stellen, sie nicht in die Enge zu treiben. Stattdessen wandte ich meine Aufmerksamkeit den wenigen anderen Kaffeehausbesuchern zu: Ein Herr mit Schnurrbart las demonstrativ die *London Times*, zwei junge Burschen hatten offenkundig zugunsten einer ausgedehnten Schachpartie auf den Schulbesuch verzichtet, und am Fenstertisch neben uns saß ein aufgeregtes und sehr glamouröses Paar, das sich in einem fort mit starkem ungarischen Akzent stritt.

»Der Graf – also der Graf Trubic, will ich sagen – ist nämlich gestern mit einer schlimmen Wunde am Hals nach Hause gekommen, hat mir der Alin erzählt«, unterbrach Carina jetzt meine müßigen Überlegungen, weshalb die beiden bildschönen Liebenden zwei Tische weiter nicht gleich auf Ungarisch zankten.

Endlich fügten sich die ersten Mosaikteilchen. So musste sich ein Jagdhund fühlen, wenn er Witterung aufgenommen hatte!

»Der Alin war ganz außer sich, aber der Graf wollt ihm so gar nicht sagen, was passiert ist. Er sollt heimgehen und sich keine Gedanken machen.« Carina seufzte schwer. »Wissen'S eh, wie gut so was immer funktioniert. Der Alin war ganz krank vor Angst, er hat geglaubt, dass die den Grafen erwischt haben, und ihn jagen sie auch ...«

»Die?«, fragte ich atemlos. »Wer?«

Wieder standen Tränen in ihren Augen. »Wenn ich das nur wüsst! Irgendwas müssen die mit dem Krauß zu tun haben, vor der ...« – sie stockte – »... dem Selbstmord, mein ich, hat er nie davon geredet!«

Ich beugte mich über das Tischchen zu ihr und ergriff ihre Hand, die so klein und weich war wie die eines Kindes.

»Chi-Chi, ich verstehe nicht recht. Sie stehen trotz des Skandals weiterhin in Kontakt mit Vasilescu ... und Sie leben in seiner Wohnung?«

Das Mädchen sah mir geradewegs ins Gesicht, als sie antwortete. »In einer von seinen Wohnungen leb' ich. In der, die nicht im Lehmann steht. Nur ein paar Freunde, der Graf, und der Oberst von Merentheim natürlich, kennen die Adress', aber sein Vater nicht.«

»Oh.« Das hatte es also mit Vasilescus plötzlichem Verschwinden auf sich gehabt.

»Aber viel zu Hause war er nicht in den letzten Tagen. Er war beim Grafen und in den Varietés und wahrscheinlich auch bei ...« Sie stürzte ihren Schnaps hinunter und knallte das Glas so vehement auf die Tischplatte, dass das ungarische Pärchen für einen Moment in seinem Zwist innehielt und neugierig zu uns spähte. »Na, Sie haben's bestimmt schon gehört.«

»Bei …« Hektisch suchte ich nach einem angemessenen Euphemismus für das älteste Gewerbe der Welt. »… den Mäderln?«, schlug ich zuletzt vor.

Carina schnäuzte sich lautstark in die feine weiße Stoffserviette.

»Wenn's nur das wäre«, sagte sie kläglich.

Eintausend Kronen und eine Perlenkette war sie ihm wert, für eine einzige, grandiose Vorstellung.

»Perlen bringen Tränen«, sagte sie ihm. Und sie sollte recht behalten. Aber wir wollen den Ereignissen nicht vorgreifen. Beginnen wir unsere Geschichte darum lieber an jenem lauen Maiabend, als ein fescher junger Oberleutnant, frisch von seinem Regiment aus Galizien nach Wien bestellt, zum ersten Mal ein bekanntes Etablissement draußen in Hernals betritt. Die Damenkapelle spielt auf, eine kleine Sängerin, ein echtes Kind der Vorstadt, becirct mit süßen Melodien, hat doch nur Augen für – ihn. Der Anfang einer Liebschaft? Mitnichten.«

Ich hielt inne und kaute gedankenverloren an dem Bleistift, den mir der Oberkellner des Café Lurion freundlicherweise geliehen hatte. Ein Großteil des Charmes (falls davon überhaupt die Rede sein durfte) von Mizzis Wiener G'schichten hatte sich daraus ergeben, dass ich mich nach Kräften bemüht hatte, keine Namen zu nennen, während ich die betreffenden Personen dennoch so genau skizzierte, dass kein Zweifel an ihrer Identität mehr bleiben konnte. Frey hatte diese Taktik stets geschätzt, zumal sie dem Blatt mutmaßlich erhebliche Schwierigkeiten erspart hatte.

Denn der junge Oberleutnant, er hat alles: nicht nur Reichtum, Offizierscharge und einen guten, großen Namen, nein, auch eine Liebe hat er – eine heimliche.

Nach dem Tod seiner Frau (und Alins Mutter) blies Baron Marian Vasilescu nicht lange Trübsal: Das Trauerjahr war noch nicht abgelaufen, da nahm sich der einflussreiche Herr eine Französin, kaum halb so alt wie er selbst, zur Geliebten. Ich erinnerte mich gut an diese Geschichte, war sie doch mit dem Beginn meiner Anstellung bei Katalin zusammengefallen. Damals hatte mich ihre unabänderliche Liebe zu Baron Vasilescu noch amüsiert. Jetzt tat sie mir leid.

Was immer Hélène St. Auguste – so der Name dieser späten Flamme des Barons – in Marian Vasilescu gesehen haben mag, die große Liebe wird es kaum gewesen sein. Auch Hélènes Gemahl, ein hochdekorierter polnischer General mit französischen Wurzeln, war vor nicht allzu langen Jahren verschieden. Im Gegensatz zu Vasilescu schien sie den Verlust aufrichtig zu betrauern, was die Verbindung umso rätselhafter gestaltete. Aber wer war ich, mir anzumaßen, ein Urteil zu fällen? Vielleicht bekam ihr die Einsamkeit nicht.

»Ein bisserl traurig ist sie immer gewesen, hat der Alin erzählt. Melancholisch. Zuerst wollt er sie nur trösten, naja, *trösten* halt, weil sie gar so hübsch war, aber dann … dann hat er sich verliebt in sie.« So hatte Carina mir vor kaum einer Stunde die Ereignisse zusammengefasst. Hélène St. Auguste hatte eine leidenschaftliche Affäre mit dem jungen Sohn ihres Geliebten begonnen, die auch dem Baron nicht verborgen blieb. Er wütete, er trauerte, er wollte die beiden getrennt sehen. Er verbot Hélène, Wien zu verlassen, ihre Güter in Galizien zu besuchen, sich der Garnison, in der Alin stationiert war, auch nur zu nähern. Er drohte ihr sogar, er wolle sie um Ehre und Vermögen bringen, und wenn er sich selbst zugrunde richtete, wenn sie sich für Alin entschied. Und da der Baron reich, mächtig und verrückt genug war, glaubte ihm Hélène und blieb. Was Vasilescu den Jüngeren dazu veranlasste, Namen und gesellschaftliche Stellung derart einzusetzen, dass er schließlich im Frühling des Jahres auf unbestimmte Zeit ins Kriegsministerium abkommandiert wurde, als Adjutant von Oberst Merentheim.

Nun konnte Baron Vasilescu den Sohn zwar nicht zwingen, die Stadt wieder zu verlassen, aber er untersagte ihm weiterhin jeglichen Kontakt zu Hélène. Und er setzte alles daran, Alin zu verheiraten, selbstredend mit einem Mädchen von Stand und Vermögen.

An dieser Stelle kam die arme Carina ins unlautere Spiel.

»Ich bin kein Stubenmäderl«, hatte sie mir ihre offensichtliche Lüge eingestanden. »Schauspielerin bin ich. Oder möcht ich sein. Aber bis man ein Engagement bekommt, da muss man sich halt auch zu helfen wissen.«

So sang sie Abend für Abend in einem Hernalser Varieté im dünnen Kleidchen ihre Lieder und versuchte Alin Vasilescu für sich zu gewinnen, beides mit zweifelhaftem Erfolg. Gegen eine Liaison hatte der Herr Oberleutnant nichts einzuwenden, die eine oder andere zuckersüße Vorstadtromanze gehört zum Offiziersleben, und »gern hat er mich wirklich, der Alin, hören Sie?« Ja, leider hatte er sie nur gern. Aber in jener Nacht, da sie ihm ihre Liebe schwor, ganz gleich was auch kommen möge, da formte sich ein grausamer Plan.

»Tausend Kronen wollt er mir zahlen, wenn ich seine Braut spiel' – seine arme, unbedarfte Braut. Das Stubenmäderl, das er vor dem Altar stehenlässt. Ein Riesenspektakel wollt er inszenieren, seinen Namen und die Familienehre in den Dreck ziehen, als Rache an seinem Vater.« Sie hatte mich aus großen Augen angeschaut. »Er hat gemeint, er würd hoffen, dass den alten Herrn Baron gleich der Schlag trifft, vor lauter Schand' und Scham, aber ich glaub nicht, dass er's so bös' gemeint hat.«

Basierend auf den zugegebenermaßen geringen Informationen und unserer kurzen Bekanntschaft war ich ziemlich überzeugt, dass er es *gerade so* gemeint hatte, aber es war kaum der geeignete Augenblick, solch müßige Details zu diskutieren.

Eintausend Kronen, das war eine beachtliche Summe. Von

einem kleinen Offizierssold keinesfalls aufzubringen, aber natürlich, die Vasilescus waren reich.

Allerdings ... »Die tausend Kronen, die zahlt er mir noch«, hatte Carina mir auseinandergesetzt, und ein Hauch von Zweifel war in ihrer Stimme mitgeklungen. »Bis jetzt hab ich halt Geschenke bekommen und Kleider und eine Perlenkette.«

Es war eine prachtvolle Geschichte. Sollte sich in naher Zukunft vielleicht auch noch herausstellen, dass Oberleutnant Vasilescu doch niemand anderen liebte als seine Chi-Chi, während Hélène tapfer entsagte und der alte Baron verzieh, würde ich sie Hofkapellmeister Ziehrer zur Vertonung antragen.

»Stella?« Krysztof war an meinen Tisch getreten. Ich lächelte. In seinem langen dunklen Mantel, die schwarze Seidenbinde über Stirn und Auge geschlungen, sah er selbst aus wie ein großartig sinistrer Bühnenschurke. Vielleicht sollte er in meinem Schwank den leidenschaftlichen, eifersüchtigen Baron geben?

»Was treibst du denn?«

Ich legte den Bleistift weg. »Du warst nicht zu Hause, da habe ich die Wartezeit für eine Kolumne genützt, die mir hoffentlich meine Wiedereinstellung garantieren wird.«

Krysztof zog die unversehrte Augenbraue hoch. Mir fiel ein, dass ich ihm nichts von meiner ungerechten Entlassung erzählt hatte. Soviel war geschehen in den vergangenen vierundzwanzig Stunden. Ich kann zaubern, Krysztof. Und dein lieber Freund Graf Trubic wusste mir Unglaubliches über dich zu berichten.

»Darf ich?« Ohne eine Antwort abzuwarten, nahm Krysztof mir das Notizheft aus der Hand. Seine Mundwinkel zuckten, während er meine potenzielle Kolumne überflog.

»Scheußlich«, sagte er zuletzt. Mit spitzen Fingern legte er das Heft vor mir ab. »Wahrlich grauenhaft.«

»Meine Handschrift?«, fragte ich hoffnungsvoll, und ja, ich gestehe, etwas kokett. Bei Krysztof, der mich kannte, seit ich ihn mit kindlicher Begeisterung umschwärmt hatte, gestattete ich mir zuweilen noch, meine alberne Seite auszuleben.

»Dein Prosastil.« Endlich ließ er sich auf der Bank nieder, gerade so dicht neben mir, wie die Schicklichkeit erlaubte. »Also, wenn ich die Andeutungen richtig lese, soll sich der Vasilescu seine Braut nur gekauft haben. Wahrheit oder Fiktion?«

»Wahrheit. Die gekaufte, verschmähte Braut hat es mir selbst erzählt.« Ich senkte den Blick. Wenn ich die Frage, die mir auf der Zunge brannte, nicht jetzt stellte, würde ich es vielleicht niemals tun. »Du sollst für die Franzosen spionieren. Behauptet wenigstens dein Freund, Graf Trubic.«

Krysztof wandte sich zu mir um. Unendlich lange sah er mich an, mit ruhigem, kühlem Blick, gerade so, als taktiere er eine Fremde.

»Fiktion«, sagte er dann. Er entnahm seiner Manteltasche die etwas zerschundene Tabatiere und zündete sich in einer Demonstration ostentativer Ruhe einen Zigarillo an. »Das ist es doch, was du hören möchtest?«

Ich schüttelte den Kopf. Ich wollte nicht, dass er log, nicht um meinetwegen, nicht um mich vor den dunklen, den bitteren Wahrheiten zu beschützen, die sich in sein Leben gestohlen hatten. Wann war er zum Verräter geworden und weshalb? Dass ich keinen Hinweis, keine Erklärung für diese Fragen kannte, erschütterte mich beinahe tiefer denn der Umstand selbst. »Manchmal erstaunt mich, wie wenig ich immer noch nach all der Zeit von dir weiß«, flüsterte ich, bemüht, den Satz nicht wie eine Anklage klingen zu lassen. Krysztof, der mein Leben kannte, seit ich ein ganz junges Mädchen gewesen war, pflegte seine eigene Vergangenheit geizig zu hüten. Und wenn er mir davon erzählte, so handelte es sich fast ausnahmslos um kleine Anekdoten, bittersüße Geschichten einer ziellosen Jugend, Grotesken aus seiner Militärzeit. Bis zu jenem Nachmittag im Café Lurion hatte ich darin immer eine besondere Rücksichtnahme Krysztofs gesehen: Als wollte er mir, der nun wahrlich keine gesellschaftsfähige Herkunft zu eigen war, auf diese Weise verdeutlichen, dass es die Menschen waren, die für ihn zählten, nicht ihre Abstammung, Familiengeschichten und die Türen, die sie zu öffnen vermochten.

Vielleicht hatte ich nur gesehen, was ich sehen wollte.

Gern hätte ich gefragt: »Was bedeute ich dir?«, nur um noch einmal süße Beteuerungen und Schwüre zu hören, aber, das erkannte ich auch, hier ging es nicht um ihn und mich, nicht um alberne Zweifel und Enttäuschungen.

Spion, dachte ich. Hochverräter.

Krysztof war immer gut darin gewesen, in meinen Zügen zu lesen und die falschen Schlussfolgerungen zu ziehen. So wie heute, als er mit ruhiger, beherrschter Stimme sagte: »Ich verspreche dir, ich werde verstehen, wenn du Konsequenzen aus dieser Affäre ziehen willst.«

»Mir scheint, ich sollte fast ein bisschen beleidigt sein, dass gerade du mich für so treulos hältst«, antwortete ich ihm mit einem gezwungenen Lächeln und einer Leichtfertigkeit, die ich bei Gott nicht fühlte. »Nein. Ich schwöre dir, ich werde dich nicht allein in deinem Elend lassen.«

Krysztof ging nicht auf meinem scherzhaften Ton ein. »Wenn Trubic dir davon erzählt hat …«

»… ist es kaum noch ein Geheimnis«, vervollständigte ich seinen Satz. »Ich weiß. Und diese Tatsache wird irgendwann abscheuliche Folgen haben.« Ich holte tief Luft. »Aber ich werde dich ganz bestimmt nicht verlassen«, sagte ich sehr schnell. »Trotz allem nicht.«

Die kaiserlich-königliche Aeronautische Anstalt lag nicht weit vor den Toren Wiens, in einem darüber hinaus kaum beachtenswerten Dörfchen des Namens Fischamend. Das wenigstens behaupteten all jene, denen noch nicht das Vergnügen zuteilgeworden war, dortselbst haltzumachen. Der Wahrheit entsprach es vielmehr, entschied Felix, der im Automobil über die staubigen Straßen rumpelte, dass die Luftfahrttruppen sich das Dorf Fischamend zur Gänze einverleibt hatten: Ein Flugzeughangar, Konstruktionshallen, Kasernenbauten und unzählige weitere militärisch anmutende Gebäude, über deren exakte Bedeutung sich nur Vermutungen anstellen ließen, dominierten das Erscheinungsbild. Rauch stieg aus Fabrikschornsteinen, vom nahe gelegenen Flugfeld trug der frische Herbstwind Motorenlärm und Benzingestank heran.

»Der Tumult des Fortschritts«, bemerkte Merentheim. In tadelloser flaschengrüner Generalstabsuniform thronte er neben seinem Gast auf der Rückbank des Automobils, die Brust stolzgeschwellt, als handelte es sich bei dem Aufschwung der Luftfahrt um seinen persönlichen Verdienst.

Felix zwang sich zu einem matten Lächeln; für eine weiter reichende Zurschaustellung von geheucheltem Enthusiasmus für etwaige technische Errungenschaften fehlten ihm gegenwärtig schlichtweg die Kräfte. Keine zwölf Stunden waren vergangen seit dem Zwischenfall vor Krauß' Wohnung, den er noch immer nicht zu deuten wusste: Die Tür hatte offen gestanden, er wollte eintreten … und dann? Wenn Rosensteins Berichten zu trauen war – und daran wollte er nicht zweifeln, der junge Arzt war ein Ehrenmann –, war er unvermittelt mit einem Schrei in die Knie gebrochen, blutend aus einem langen, wenn auch erfreulicherweise nicht sonderlich tiefen Schnitt an seinem Hals. Was immer auch geschehen sein mochte, seine Erinnerung setzte erst wieder zu jenem Zeitpunkt ein, da Rosenstein, die tapfere, wenn auch nicht sonderlich innovative Seele, vor der Portiersfrau den Betrunkenen markierte.

Unwillkürlich strich Felix über den Verband und presste die

flache Hand gegen die Wunde. Ein unsichtbarer Angreifer mit ebenso unsichtbarer Klinge oder ein raffinierter Schutzmechanismus gegen ungebetene Eindringlinge? Zweiteres mochte wahrscheinlicher sein. Den Geschichten und Anekdoten zufolge, die über Anatol Krauß kursierten, hatte der verstorbene Ingenieur durchaus Potenzial zum verrückten Genie gehabt.

Oder sollte es Magie gewesen sein, dunkel und grausam? Alin wenigstens war davon überzeugt gewesen. Und wenn schon. Rosenstein schrieb, wie es seiner korrekten Art entsprach, gewiss bereits an dem Bericht für die Centrale. Wenn sich Blum daraufhin nicht entschloss, einen Agenten mit kriminalistischer Vorbildung für tiefer gehende Untersuchungen zu dem Vorfall abzustellen, konnte er immer noch den Plan vom Vorabend umsetzen und sich ein wenig in Krauß'schen Gefilden umsehen; vielleicht sogar einen Blick auf die grotesken Maschinerien werfen, die ihm Alin so lebhaft geschildert hatte.

Mit der Routine der Jahre schob Felix die unliebsamen Grübeleien von sich und wandte seine Aufmerksamkeit wieder Merentheim zu, der ihn soeben auf die in unmittelbarer Nachbarschaft zum Luftschiffhangar angelegte Fabrik zur Erstellung von Wasserstoffgas hinwies, mit dem die Ballonleiber der Zeppeline befüllt wurden, um diese zum Schweben zu bringen.

Was in Anbetracht der fatalen Neigung der Armeeführung, die simpelsten Dinge so weit wie möglich zu verkomplizieren, in der Tat eine erwähnenswerte logistische Glanzleistung darstellte.

Mit Sicherheit handelte es sich bei den beiden, am Rande des Dorfgebiets gelegenen Luftschiffhallen um die beeindruckendsten Gebäude der Aeronautischen Anstalt, und das schon allein ihrer beträchtlichen Größe wegen. Düsteres Mauerwerk ragte in den Himmel, immer wieder durchbrochen von riesigen Fenstern, gänzlich schmucklos, ein Bau von geradezu tragischer Schlichtheit und Zweckmäßigkeit.

Die Wachposten salutierten vor dem Oberst, und zwei Männer – der eine seiner Uniform nach dem Ingenieurscorps zugehörig, der andere in Zivil, ein magerer Mensch mit Backenbart und bunter Krawatte –, kamen herbeigeeilt, kaum dass der Chauffeur den Motor abgestellt und den Schlag geöffnet hatte.

»Grüß Sie Gott, Herr Oberst, nein, wenn wir gewusst hätten, dass Sie uns heute mit Ihrem Besuch beehren, was für ein unglücklicher Zufall, Sie glauben nicht, was gerade passiert ist, was für eine Blamage!«, stieß der Zivilist schwer atmend hervor.

»Ich bitte Sie, mittlerweile bin ich geneigt, Ihnen beinahe alles zu glauben«, erwiderte Merentheim trocken. Die Gelassenheit, mit der er die Kunde neuerlicher Probleme entgegennahm, legte nahe, dass es sich hierbei um ein festes, formalisiertes Begrüßungszeremoniell handeln mochte.

»Es sind ein paar Vertäuungen ausgerissen …«

»Was?«, unterbrach ihn Merentheim brüsk.

»… drüben, bei der *Austria*, in der anderen Halle«, beendete der Herr in Zivil seinen Satz, sichtlich erfreut, dass es ihm nun doch gelungen war, den Freiherrn ein wenig aus der Fassung zu bringen. »Ein Teil unserer Mannschaft ist dort und hilft beim Aufräumen.«

»Ich verstehe.« Merentheim brachte ein knappes Lächeln zustande. »Sie sehen, Graf, alles, was Sie brauchen, ist ein Luftschiff in Ihrem Leben, und Sie müssen nie wieder Langeweile und Müßiggang fürchten.« Endlich stieg er aus dem Wagen und zog dabei den Uniformrock straff. »Ich darf Ihnen übrigens Ingenieur Willroth vorstellen, Graf Trubic. Seit Dr. Krauß' Hinscheiden der leitende Konstrukteur des Projekts.« Willroth nickte, neigte den Kopf und verschwand so hurtig, wie er erschienen war, wieder durch den Seiteneingang in der Halle. Der Offizier, der augenscheinlich keinen relevanten Posten bekleidete, der eine Vorstellung nötig gemacht hätte, hielt seinem Oberst und Felix die Tür auf. »Es ist mir eine Ehre, Graf Trubic«, murmelte er.

»Die *Fortuna*«, sagte Merentheim, ehrfürchtig beinahe, als grüße er ein gekröntes Haupt. Als wäre er gekommen, ein Opfer darzubringen, im Tempel der Zukunft.

Es war nicht auszuschließen, dass es Menschen gab, freie, unbekümmerte Kreaturen, die sich nicht erschreckend klein und verletzbar fühlten, wenn sie sich zum ersten Mal in ihrem Leben mit einem Luftschiff konfrontiert sahen. Felix jedenfalls durfte sich nicht zu ihnen zählen, was ihn sogleich gegen die *Fortuna* einnahm. Wie ein gigantisches, feistes Insekt, das nur unzählige schwere Taue halten konnten, schwebte der Ballonleib in der Halle. Ein aufgeblähter, monströser Kadaver, an dessen metallenen Rippen Zeltplanen hingen wie Fleischfetzen. Hier war sie nun, die prestigeträchtige Totgeburt der Magisch-Technischen Abteilung, und sie stank nach Fäulnis und Verwesung.

Felix ballte die Hände zu Fäusten und kämpfte den Würgereiz nieder. Gut vier Jahre waren vergangen, seit ein blutmagisches Experiment ihn vor dem sicheren Tod bewahrt hatte; damals hatte er keine Fragen zu möglichen Konsequenzen gestellt – nur nicht sterben wollte er, weiter nichts. Nüchtern betrachtet war der Preis, den er in seinem neuen Leben zu zahlen hatte, nicht hoch: Träume von einem weiten, schwarzen Land, eine gewisse Überempfindlichkeit gegenüber unterschiedlichen magischen Praktiken sowie das Bewusstsein, dass ein kleiner, ein winziger Teil der eigenen Menschlichkeit für immer dahin war, verloren.

»Sehr … imposant«, sagte Felix, wohlwissend, dass eine Reaktion von ihm erwartet wurde. Er schloss die Augen, atmete tief ein. Das Trugbild, der bestialische Gestank waren verschwunden, als er die Lider wieder aufschlug. Ein Luftschiff nur, kein geschlachteter Gigant, auf dem Altar der neuen Zeit.

»Wenn Sie mich einen Moment entschuldigen möchten, Graf«, vernahm er Merentheims Stimme, »Ingenieur Willroth wird Sie mit Freuden herumführen.« Ohne eine Antwort abzuwarten, machte Merentheim auf dem Absatz kehrt und steuerte auf eine Gruppe von Uniformierten zu, die sich am Rumpfende des Luftschiffes eingefunden hatten, um einen offenkundig heftigen Disput zu führen.

»Herr Graf?« Geistesabwesend polierte sich Willroth die Brille mit seiner Krawatte.

Felix nickte schwach. »Ja. Bitte. Präsentieren Sie mir die *Fortuna*.«

Der riesige, wasserstoffgefüllte Ballonkörper des Luftschiffes hing in etlichen Metern Höhe, von einem seltsam fragil anmutenden Trägergerüst gestützt, in der Luft; Seile, die sich von den Verstrebungen an Wänden und Decke in verwirrendem Muster durch die Halle spannten, hielten ihn sicher an seinem Platz. Die Passagiergondel, die sich im Vergleich geradezu winzig ausmachte, saß auf dem Boden auf: Einige Arbeiter, unter der Supervision eines weiteren Offiziers des technischen Corps, machten sich an ihr zu schaffen.

»Ein beeindruckender Anblick, nicht wahr?« Willroths strenge Züge nahmen einen fast liebevollen Ausdruck an, wenn er von dem Luftschiff sprach. »Natürlich, gemessen an den neueren Schiffen des Grafen Zeppelin ist unser Mädchen fast ein bisschen schmächtig. Keine hundertzwanzig Meter lang, und bloß dreizehn Meter im Durchmesser …«

»Und sie fliegt nicht«, warf Felix leichthin ein.

Willroths Augen weiteten sich. »Sie fliegt nicht?«, wiederholte er im Brustton der Empörung. »Die *Fortuna* soll nicht fliegen? Wer hat Ihnen denn diesen, mit Verlaub, Schwachsinn erzählt?«

Felix schwieg; seine Blicke glitten durch die Halle, verfingen sich an Merentheims aufrechter Gestalt.

Ingenieur Willroth runzelte die hohe Stirn. »Das«, spie er aus, »das schaut ihm ähnlich. Nein, die *Fortuna* fliegt. Die *Fortuna* fliegt tadellos.«

»Probefahrten wurden schon unternommen?« Um sein Befremden zu kaschieren, zog Felix das Zigarettenetui aus der Innentasche seines Jacketts. Mit überraschender Geschwindigkeit und einer Kraft, die dem schmächtigen Ingenieur kaum zuzutrauen war, packte Willroth sein Handgelenk.

»Sind Sie des Wahnsinns, Graf?«, bellte er so laut, dass manch einer, der in der Halle zu Werke ging, neugierig den Kopf wandte. »Kein offenes Feuer in einer Luftschiffhalle! Haben Sie denn keine Ahnung, wie leicht entzündlich Wasserstoffgas ist?«

Pikiert rieb sich Felix, dem die Vorsicht des Ingenieurs nicht wenig übertrieben schien, das Handgelenk.

»Sie wollten mir von den Flugversuchen der *Fortuna* erzählen«, erinnerte er Willroth.

»Flug*versuche*.« Willroth schnaubte verächtlich. »Zwei Probefahrten haben wir unternommen, ohne ein einziges Problem. Nein, von technischer Seite ist die *Fortuna* seit Wochen einsatzbereit.«

»Ah.« Felix ertappte sich dabei, wie er an dem Verband an seiner Kehle nestelte, und zog eilig die Hand zurück. »Das Problem ist magischer Natur.«

»Natürlich.« Willroth verschränkte die Arme vor der schmächtigen Brust. »Und das ist alles, was Oberst Merentheim interessiert. Die *Fortuna* ist ein gutes, ein einwandfreies Schiff, aber solange die gottverfluchte Wunderwaffe, an der Krauß da gebastelt hat, nicht funktioniert …«

»Einen Moment. Darf ich Ihren Worten entnehmen, dass Dr. Krauß das Luftschiff gar nicht entworfen hat?«

»Nein.« Willroths schwarzbraune Augen funkelten hinter den

Brillengläsern. »Ich habe die *Fortuna* konstruiert. Ich.« Dicht trat er an Felix heran. »Krauß war für die magischen Elemente zuständig. Und die sind es, die nicht funktionieren.«

»Was für ...«

»Bitte.« Diesmal war es an Willroth, Felix zu unterbrechen. »Stellen Sie mir keine Fragen zu Krauß' Modifikationen. Ich weiß nichts. Niemand vom technischen Personal weiß etwas darüber.« Er grub die Hände in die Taschen seines speckigen Jacketts.

»Und dennoch sprechen Sie von einer Wunderwaffe«, gab Felix sanft zu bedenken.

»Nicht meine Diktion.« Der Ingenieur verdrehte die Augen zum Himmel – oder, um genauer zu sein, zum Bauch des Ballons. »Merentheim und sein Stab pflegen die *Fortuna* als solche zu bezeichnen. Mir selbst hat Krauß niemals Einblick in seine Pläne gewährt.«

Felix legte den Kopf in den Nacken; bemüht die schmerzende Wunde an seinem Hals zu ignorieren, blickte er zur *Fortuna* auf. Wunderwaffe, gegen welchen Feind gerichtet? Nationalistische Unruhen gab es zuhauf, das Pulverfass Balkan stand bereit zu explodieren. Das Ende der Monarchie heraufzubeschwören gehörte gegenwärtig in gehobenen Kreisen beinahe zum guten Ton, und doch: Habsburg mochte wanken, aber es würde nicht fallen, heute so wenig wie in kommenden Jahrzehnten.

In den Schatten der allgemein akzeptierten Realität hingegen wurde selbst in vorgeblichen Friedenszeiten so manche Schlacht geschlagen, so manche Revolte begonnen. Es schien jedoch unwahrscheinlich, dass Merentheim sich mit seinem Luftschiff in derartigen Belangen engagieren wollte. In den seltensten Fällen pflegten Generäle und Feldherren in die Kriege der verborgenen Welt einzugreifen, und noch viel seltener waren derartige Unternehmungen erfolgreich verlaufen. Nein, für gewöhnlich regelte das Departement die Beziehungen zwischen dem Staat und seinen okkulten Bewohnern. Und wenn jene, die man die Anderen nannte, gegeneinander zu den Waffen griffen, dann galt es hauptsächlich Sorge zu tragen, dass der Konflikt keinerlei Auswirkungen hatte auf den Alltag der Bevölkerung. Gelegentlich bot man diplomatische Hilfe an, gelegentlich bezog man Seite, ließ einen Aufrührer verschwinden, bändigte einen Drachen, aber von großen militärischen Gesten sah man ab.

»Nun?« Merentheims Stimme riss Felix aus seinen Spekulationen.

Langsam wandte er sich zu dem Oberst um. »Warum haben Sie nicht erwähnt, dass Dr. Krauß nicht der Konstrukteur des Luftschiffes war?«, erkundigte er sich freundlich. Aus den Augenwinkeln sah er, wie Willroth zusammenfuhr.

»Luftschiff! Luftschiffe gibt es viele!«, rief Merentheim aus. Ein eigentümlicher Ausdruck, der irgendwo zwischen Amüsement und Bedauern rangierte, stahl sich in seine Züge. »Krauß war der Konstrukteur der *Fortuna!* Alles, was sie auszeichnen, was sie einzigartig machen sollte, stammte aus seiner Feder.«

Mit nachlässiger Geste entließ er Willroth, der sich eiligen Schrittes entfernte. Felix wartete, bis er außer Hörweite war, ehe er das Wort wieder an Merentheim richtete – schließlich entsprach es keineswegs seiner Intention, den Freiherrn vor seinen Untergebenen zu demütigen.

»Selbstverständlich respektiere ich, dass Sie die Geheimnisse der *Fortuna* wahren müssen und dass Sie mir nichts von ihren magischen Hintergründen erzählen können. Oder ihrer Bestimmung. Nun stehen wir jedoch vor einem kleinen Dilemma.« Er gestand sich eine kleine Pause zu, schon den Gesetzen der Dramatik wegen. »Sie präsentieren mir hier ein Luftschiff, das nach dunkelster Magie geradezu stinkt …«

Merentheim hüstelte.

»… es steht zu befürchten, dass Ihr leitender Konstrukteur auf schwarzmagischem Wege in den Tod getrieben wurde, und Sie haben offensichtlich Grund zur Annahme, dass er nicht der Einzige war, der um sein Leben bangen müsste. Sonst stünde ich schließlich nicht hier«, fuhr Felix ungerührt fort. »Als Agent in okkulten Angelegenheiten müsste ich zweifelsohne eine Untersuchungskommission zur *Fortuna* einberufen. Die vermutlich feststellen würde, dass Ihre Wunderwaffe auf verbotener, gefährlicher Magie basiert – und trotzdem nicht funktioniert. Eine kapitale Blamage.«

Merentheim rührte sich nicht. Die Arme hinter dem Rücken verschränkt, stand er breitbeinig da, erstarrt zu einer martialischen Salzsäule.

»Direktorin Blum, vermute ich, hat sich nur deshalb bereit erklärt, Ihnen zu helfen, weil sie mit nämlichem Resultat rechnete.«

In einiger Entfernung begannen die Arbeiter, an der Verkleidung der Backbordmotorengondel des Luftschiffes zu hämmern. Felix trat dicht an Merentheims Seite, um nicht die Stimme erheben zu müssen.

»Allerdings wissen Sie so gut wie ich, dass ich lediglich in der Rolle des interessierten Zivilisten hier weile.«

»Ah«, antwortete Merentheim. Ein verwegenes Lächeln, das, wie Felix befand, ihm ausgesprochen gut zu Gesichte stand, huschte über seine Lippen.

»So Ihnen erstere Vorgehensweise nicht behagen sollte, könnte ich mich unter Umständen überreden lassen, mich weiter der Affäre *Fortuna* anzunehmen. Unter der Bedingung, dass Sie mir sämtliche Details zu dem Luftschiff, Ihrer Wunderwaffe, Krauß und den magischen Verbindungen offenlegen.«

Oberst von Merentheim rieb sich das Kinn. »Der Einsatzzweck der *Fortuna* gilt als Staatsgeheimnis.«

Felix lachte leise. »Ja, Freiherr, deshalb sprach ich auch von einem Dilemma: Opfern Sie Ihr kostbares Luftschiff, oder geben Sie militärische Geheimnisse preis? In jedem Fall werden Sie zum Verräter an Reich und Krone und Armee.«

»Danach sieht es wohl aus.« Merentheim klang beinahe heiter. »Und was gibt es für Sie zu gewinnen, wenn Sie sich für die *Fortuna* engagieren?«

Felix blinzelte. »Ich bekenne frei heraus, Neugier war schon immer meine große Schwäche«, sagte er leichthin. »Eine Todsünde für einen Herrn von Stand. Darüber hinaus ... Sie stehen doch gut mit dem Chef des Generalsstabs?«

Merentheim nickte ruckartig. »Hötzendorf ist ein alter Kamerad.«

»Exzellent. Dann wird es Ihnen keine große Mühe bereiten, ihn zu überzeugen, den einen oder anderen Beschluss, meine Person betreffend, wieder rückgängig zu machen.« Er bedachte Merentheim mit einem strahlenden, falschen Lächeln. »Und heute Abend geben Sie mir die Ehre, mit mir im Sacher zu dinieren. Hochverrat sollte man ausschließlich in erlesenem Ambiente begehen!«

Geigenspiel drang an Felix' Ohr, kaum dass sein Diener ihm die Wohnungstür geöffnet hatte.

»Was geht da vor sich?«, fragte er knapp und reichte Hut, Mantel und Spazierstock an Simon weiter. Wenngleich beinahe zwei Stunden vergangen waren, seit er Abschied von Merentheim und dem verfluchten Luftschiff genommen hatte, musste er sich doch eingestehen, dass es um seine nervliche Verfassung noch immer nicht zum Besten stand; jedenfalls mangelte es ihm gegenwärtig an Gelassenheit und Muße, um sich einem zufälligen Besucher zu widmen.

»Bittschön', Herr Graf, der junge Herr Oberleutnant ist wieder da«, gab dieser mit einem Ausdruck komischer Verzweiflung zur Auskunft, für den Felix jeden anderen Dienstboten der

Insubordination bezichtigt und möglicherweise des Hauses verwiesen hätte. »Um kurz nach zwölf ist er gekommen. Seither sitzt er im Salon, trinkt Champagner, fiedelt herum und wollt durchaus nicht mehr fortgehen.«

»Es ist gut«, seufzte Felix.

Als ihre Pfade sich zum ersten Mal gekreuzt hatten, an einem Frühlingsabend, in einem Etablissement der anrüchigeren Sorte, hatte Felix noch allen Grund gehabt, davon auszugehen, dass eine Bekanntschaft mit Alin Vasilescu sich amüsant gestalten würde; für verwirrte junge Offiziere brachte er seit jeher große Sympathie auf, insbesondere wenn jene mächtigen und enigmatischen Figuren vom Kaliber Merentheims zur Seite standen. Nicht, dass Alin sonderlich viel zu erzählen vermochte über den Freiherrn, der die Hauptaufgabe seines Adjutanten darin sah, Botengänge und den unspektakulären Teil der Korrespondenz zu erledigen.

Vor dem Skandal – vor Alins halbherzigem Versuch, sich eine Kugel in den Schädel zu jagen – hatte Felix eine Weile schon mit dem Gedanken gespielt, den Kontakt nicht weiter aufrecht zu halten. Nun, nach den Ereignissen der letzten Tage, standen die Dinge zweifellos anders, zumal die Schlussfolgerung nahelag, dass, was immer Alin auch quälen mochte, auch ausschlaggebend für Krauß' Verzweiflungstat gewesen war.

»Mich täuschst du nicht«, begrüßte er den jungen Offizier, der in der Mitte des Salons stand. »Ich *weiß*, dass du das eine oder andere Zuhause hast!«

Alin hielt in der Bewegung inne, die Geige noch auf der Schulter, den Bogen wie zur Attacke gehoben.

»Du hast mir nie erzählt, dass du eine Guarneri besitzt«, sagte er vorwurfsvoll; offensichtlich fasste er es als eine persönliche Kränkung auf, dass Felix ihm diese Tatsache bisher verheimlicht hatte.

»Ein Geschenk. *Du* hast mir nie erzählt, dass du Violine spielst.«

»Ein Geschenk?«, wiederholte Alin ungläubig. Endlich ließ er das kostbare Instrument sinken und streichelte andächtig über den glänzenden Holzkörper.

»Mit Kompliment eines äußerst dankbaren, äußerst gekrönten Hauptes, dem ich vor Jahr und Tag in einer unangenehmen Angelegenheit behilflich war«, erläuterte Felix, der sich zu uncharakteristischer Geduld zwang, selbst wenn das Thema keines war, das ihm viel Freude bereitete. Zum ersten Mal hatte er damals ein Leben genommen, im Namen Habsburgs … »Aber ich denke nicht, dass es allein die Liebe zur Musik war, die dich zu mir geführt hat?«

Behutsam legte Alin die Geige auf dem Teetisch ab.

»Sie leben«, sagte er einfach.

»Bitte?«

»Krauß' Automaten.« Aufgeregt klopfte Alin mit dem Bogen gegen seinen Oberschenkel. »Sie leben!«

»Du meinst, sie funktionieren?«

»Sie leben«, wiederholte Alin störrisch. »Ich war heute in der Wohnung …«

»Du siehst mich erstaunt«, unterbrach ihn Felix. »Ich dachte allen Ernstes, Rosenstein hätte mir den Schlüssel entwendet, um mich vor mir selbst zu schützen.« Mit zwei Fingern tippte er gegen den Verband an seinem Hals, behutsam, obgleich der Wundschmerz in den letzten Stunden zu einem leichten Ziehen abgeklungen war.

Alin ließ sich der Länge nach auf den Diwan fallen, wobei er die beiden persischen Zierkissen von sich schleuderte. »Und Chi-Chi hat ihn mir gestohlen, weil sie mir helfen wollte.« Er stöhnte auf. »Gott mag wissen, was sich im Kopf von so einer überspannten Weibsperson abspielt!«

Felix ließ sich halb auf der gepolsterten Armlehne des Sofas nieder. Arme Chi-Chi. Aus den Erzählungen ihres Kavaliers zu schließen, würde die Kleine auch über glühende Kohlen laufen und sich den Ausgeburten der Hölle stellen, wenn sie dadurch dem Mann, den sie so hoffnungslos liebte, behilflich zu sein glaubte.

»Sie wollte sich in der Wohnung umsehen, gemeinsam mit einer anderen, die sich für eine Journalistin hält, schreibt für irgendein unsägliches Gesellschaftsmagazin …«

Ah. Wie zu erwarten erfreute sich Fräulein Schönthal bester Gesundheit und ungebrochener Unternehmungslust.

»Die Automaten«, mahnte Felix.

Dumpf starrte Alin an den Plafond. »Das verdammte Vogelskelett, an dem Krauß gebastelt hat, seit ich ihn kannte, kam mir entgegengeflattert. Lebendig. Nicht wie von irgendeinem Mechanismus betrieben. Wie …«

»Magie«, vervollständigte Felix den Satz. Mit einem Anflug von Mitleid sah er auf den jungen Freund herab. »Du hast beinahe ein halbes Jahr für die Magisch-Technische Abteilung gearbeitet. Und dennoch schreckt dich ein bisschen Zauberei?«

»Nein!« Ruckartig fuhr Alin hoch und stieß mit dem Stiefel die Champagnerflöte um, die er neben dem Diwan auf den Boden gestellt hatte. »Das ist es nicht. Zwei Tage vor seinem Tod habe ich mich zum letzten Mal mit Krauß unterhalten, und da wusste er immer noch nicht, wie er sie …« Er stockte.

»Aktivieren sollte?«, schlug Felix vor.

»Zum Leben erwecken«, flüsterte Alin. »Aber, das Schlimmste ist: Als ich ihn damals besuchte, habe ich in Krauß' Wohnung vier Automatenmodelle gesehen. Und von dem Vogel abgesehen, sind sie Gott weiß wohin verschwunden!«

Zweiter Akt

Die Expedition Seiner Majestät

12. bis 15. September 1913

Obgleich das Hotel Sacher vor nicht allzu langer Zeit erst sein dreißigjähriges Bestehen feierlich begangen hatte, war das Haus, in den Augen der Wiener wenigstens, längst zur Legende erhoben. Dies war vornehmlich seiner Inhaberin zu verdanken, Anna Sacher, die stets in großer Robe und selten ohne Zigarillo, mehr selbst ernannte Fürstin denn simple Restaurantbesitzerin, auf recht unkonventionelle Weise über ihr Reich herrschte und es verstand, den Ansprüchen der großen Gesellschaft gerecht zu werden und trotzdem noch einen Hauch von bodenständiger Gutbürgerlichkeit zu bewahren.

Tout Wien verkehrte hier, Erzherzöge und Fürsten ebenso wie die Halbwelt, so sie zufällig über die notwendigen finanziellen Mittel verfügte. In den Separées wurden Staatsgeschäfte abgewickelt, Intrigen und Liebeleien gesponnen, und nicht wenige Skandale – vielleicht sogar die eine oder andere Tragödie – hatten mit einem harmlosen Diner im großen Speisesaal begonnen, wo man sah und gesehen wurde.

So gut das Restaurant auch besucht sein mochte, drei Tische blieben dennoch an den meisten Abenden unbesetzt, und sei es auch um den Preis, Gäste draußen im Vestibül warten zu lassen, wie es zuweilen geschah, vornehmlich nach Opernpremieren, Blumenkorso und vergleichbaren gesellschaftlichen

Großereignissen. Zwei von ihnen waren reserviert für den Fall, dass Angehörige der kaiserlichen Familie das Sacher zu frequentieren gedachten – schließlich konnte man Erzherzöge nicht abweisen, und Gäste, selbst wenn es sich nur um Bürgerliche handelte, bei akuter Platznot hinauszukomplimentieren galt im Allgemeinen als Mangel an Stil und Geschäftssinn.

Um den dritten Tisch hingegen rankten sich die Legenden, hatte man doch schon die abenteuerlichsten Gestalten an ihm speisen sehen, die sich schwerlich miteinander in Verbindung bringen ließen: Herrschaften von exzentrischem Gehabe und ebensolcher Gewandung oder schlimmer – und unerklärlicher noch – solche, die an adrette kleine Beamte gemahnten, stadtbekannte Filous und Fremde mit extravaganten Manieren, des Öfteren auch eine winzige ältliche Dame mit Monokel, die sich mit Anna Sacher duzte und deren ungemein fette Bulldogge sich beständig in kriegerischer Auseinandersetzung mit dem Schoßhund der Restaurantbesitzerin befand. Im Vergleich machten sich die beiden Herren geradezu unauffällig aus, die sich am Abend des zwölften Septembers anno 1913 zu einem späten Souper an besagtem Tisch im Jagdsaal des Restaurants einfanden. Dennoch entging es Felix nicht, dass so mancher Gast, der hier in etwas bemüht rustikalem Ambiente und erlesener Gesellschaft dinierte, den Blick neugierig auf den Freiherrn von Merentheim richtete.

»Sollten Sie eines Tages der Predigten müde werden und selbst die Revolution anführen, werden Sie neben Idealisten und Nationalen eine Menge schwärmerischer junger Damen auf Ihrer Seite wissen«, stellte Felix mit leisem Spott fest. »Und Herren, wie mir scheint«, korrigierte er sich nach einem Seitenblick zum Nachbartisch, an dem zwei goldverschnürte Husaren und ihre Begleiterinnen gleichermaßen den Freiherrn nicht aus den Augen lassen wollten.

»Sie verkennen mich. Ich verstehe mich als loyaler Anhänger

Seiner Majestät.« Merentheim hob sein Glas und trank Felix zu. »Gerade weil mir das Schicksal des Kaiserreichs am Herzen liegt, will ich sie nicht auf altbekannten Pfaden in den Abgrund taumeln sehen.«

»Höchst poetisch.« Felix führte seinerseits das Glas an seine Lippen, nippte aber nur an dem schweren Rotwein; er hatte einen klaren Kopf zu bewahren. »Ein Luftschiff mit klangvollem Namen sollte uns – wenigstens in der Theorie – sicher an neue Ufer tragen?«

»Akkurat.« Merentheim ging nicht auf den ironischen Ton ein. »Das Luftschiff wurde für die größte, die erstaunlichste Reise seit Menschengedenken geschaffen. Die Wunderwaffe, die Sie heute Nachmittag so sehr beschäftigt hat, Graf, ist nichts anderes denn das Potenzial, das die *Fortuna* selbst in sich birgt.« Mit vager Anerkennung stellte Felix fest, dass Merentheim zwar die Stimme senkte, jedoch nicht den Fehler beging zu flüstern; nichts hallte in einem Saal voller Menschen, zwischen Stimmengewirr, klirrendem Besteck und den wehmütigen Weisen der Kapelle so laut wie das gemurmelte Wort.

»Ich bitte um Präzisierung«, sagte er. »Zumal es auch in Ihrem Interesse ist, meine Neugier zu befriedigen«, fügte er sardonisch hinzu.

Merentheim ließ sich mit seiner Antwort Zeit, bis die Vorspeisen serviert waren und die Kellner wieder ihren lautlosen, überaus geordneten Rückzug angetreten hatten.

»Gestern sprachen Sie davon, dass Krauß' mutmaßlicher Mörder in Exilantenkreisen zu finden wäre. Weshalb?«

Felix zog eine Augenbraue hoch. »Ich denke, wir können davon ausgehen, dass Ihr hochgeschätzter leitender Konstrukteur auf magischem Wege aus dieser Welt befördert wurde. Würden Sie eine okkulte Intervention nicht für die wahrscheinlichste Todesursache halten, hätten Sie sich schließlich kaum an Blum gewandt.«

Merentheim spießte eine Olive auf und runzelte nachdenklich die Brauen, als wisse er nicht so recht, was mit ihr anzufangen wäre.

»Ich meinte, weshalb bedienten Sie sich der Formulierung: in Exilantenkreisen?«, fragte er zuletzt.

»Nun, es *ist* eine der gängigeren Bezeichnungen. Aber an Problemen der Semantik soll diese Unterredung nun wirklich nicht scheitern: Meinethalben können wir uns gern antiquierten Jargons bedienen.« Felix gab sich keine Mühe, seine Ungeduld zu kaschieren; es war schwerlich der rechte Augenblick für Wortklaubereien. »Nennen wir sie – Feen, um einen hoffnungslos romantisierten Begriff zu strapazieren.«

Merentheim musterte ihn über den Rand seines Glases hinweg. »Es ist gut«, sagte er, ein wenig gönnerhaft. »Im Grunde wollte ich lediglich auf die Frage hinaus, ob Sie sich schon Gedanken gemacht haben zu dem Ursprung dieser, wie Sie zugeben müssen, sperrigen Bezeichnung.«

»Meinen Informationen zufolge bezieht sich diese auf den Schöpfungsmythos, die Legende der versunkenen Feenlande.« Tunlichst vermied es Felix, dem Freiherrn in die Augen zu sehen; stattdessen bedachte er den Zwölfender, dessen Geweih nebst dem großangelegten Bildnis einer romantisierten Jagdszene dem Saal seinen Namen gab, mit einem dünnen, ironischen Lächeln.

Die geistige Instabilität eines Menschen ließ sich an der Begeisterung messen, die er für das Thema der verlorenen Welt der Feen aufbringen konnte, so hatte er eines champagnertriefenden Abends gemeinsam mit Dr. Rosenstein entschieden. Soweit er sich entsinnen konnte, hatte er damals die Position vertreten, dass sämtliche Agenten, die in der Lage waren, Stegreifvorträge zu der Frage zu halten, ob es sich dabei um Atlantis, eine versunkene Stadt oder gar einen anderen Stern handeln könnte, standrechtlich erschossen werden sollten.

(Rosenstein, der alte Menschenfreund, hatte auf lebenslängliche Haft unter erschwerten Bedingungen plädiert.)

»Was würden Sie sagen, wenn ich Ihnen erzählte, dass die *Fortuna* mit dem Ziel geschaffen wurde, eine Expedition in diese … andere Welt zu unternehmen?«, erkundigte sich Freiherr von Merentheim mit großem Ernst.

Nach zwei Jahrzehnten im okkulten Spionagedienst Seiner Majestät bedurfte es mehr denn eines wunderlichen Stabsoffiziers, um Felix Graf Trubic aus der Fassung zu bringen. So tat seine Miene nicht mehr denn höfliches Erstaunen kund, wie ihm der reich verzierte Wandspiegel schräg gegenüber verriet; immerhin gestand er sich zu, sein Weinglas in einem Zug zu leeren, zum Teufel mit dem ungetrübten Geist. Wenn hochrangige Militärs Unsummen verschleuderten, mit dem Ziel fiktive Welten zu bereisen – und das zum Wohle der Monarchie! –, dann bestand keine Veranlassung mehr, nüchterne Unterredungen zu führen.

»Sie denken, ich sei verrückt«, stellte Merentheim fest. Dass es ihm gelang, seine Worte auch noch indigniert klingen zu lassen, schien Felix der Gipfel des Wahnsinns.

»Nicht wenige haben Schliemann für verrückt gehalten, als er aufbrach, um Troja zu finden.«

Felix füllte sein Glas erneut. »Forschung und Fakten waren auf Schliemanns Seite. Wohingegen nicht einmal Konsens besteht, ob es sich bei dem *Feenreich*« – die lächerlichste aller möglichen Bezeichnungen zu verwenden bereitete ihm ebenso billige wie profunde Genugtuung – »um einen realen Ort oder lediglich ein ideelles Konzept handelt.« Langsam senkte er die Lider. Eine herbe Enttäuschung, einen Irrsinnigen vorzufinden, wenn man auf ein Rendezvous mit einem Hochverräter hoffte. Es sei denn, meldete sich die Stimme des Zweifels in seinem Hinterkopf, du hast es mit einem Hochverräter zu tun, der sich einen geschmacklosen Spaß auf Kosten seines Möchtegernerpressers leistete.

Merentheim bleckte die Zähne zu der Parodie eines Lächelns. »Wer hätte das gedacht: Graf Trubic ein Philister.«

»Sie …«, begann Felix, ehe ein kleiner Tumult am Eingang des Saals seine Aufmerksamkeit auf sich zog. Zwei Offiziere, der eine in Generalstabsuniform, der andere ein schmucker Ulane, in dem Felix erst auf den zweiten Blick Alin erkannte, marschierten in den Jagdsaal ein, als handelte es sich um feindliches Terrain, und trieben dabei eine Abordnung dienstbeflissener Kellner sowie den Primas der Kapelle, der mit seiner Geige von Tisch zu Tisch geschritten war, vor sich her.

»Herr Oberst!« Der Stabsmajor salutierte, Alin tat es ihm zögerlich gleich, als wären ihm selbst die banalsten Gebote der Höflichkeit mit einem Mal fremd. Seine Wangen waren kreidebleich, Schweiß stand ihm auf der Stirn. »Herr Oberst, melde gehorsamst, Ihre Anwesenheit im Ministerium ist von dringender Notwendigkeit!«

»Was ist geschehen?«, fragte Merentheim. Dass seine Hand zitterte, sobald er die Gabel sinken ließ, machte die demonstrative Ruhe seiner Stimme zunichte.

»Hauptmann Kovacs vom Technischen Corps hat sich erschossen«, erstattete der Major Meldung. »In seinem Bureau.«

Merentheim sprang auf; dass er dabei sein Glas umstieß, dessen Inhalt sich über seine Uniformhose ergoss, schien er kaum zur Kenntnis zu nehmen. »Ich komme.« Er wandte sich zu Felix um, der ungerührt in seinem Stuhl lehnte, die Beine lässig übereinandergeschlagen. »Graf? Ich zähle auf Sie.«

Leutnant Rudolf Kovacs, ehemals dem Technischen Corps zugehörig, war den Beteuerungen seines Vorgesetzten zufolge stets ein gründlicher, umsichtiger Mann gewesen. Auch in den letzten Momenten seines Lebens hatte er diesen Tugenden entsprochen: Zunächst schien er eine erhebliche Menge an Laudanum konsumiert zu haben (wenn man das Fläschchen, das auf seinem Schreibtisch stand, zum Hinweis nehmen durfte); sodann musste er sich an den Tisch gesetzt und sich die Pulsadern aufgeschnitten haben, um zuletzt mit blutigen Händen die Pistole in den Mund zu führen und abzudrücken. Und wenn man dem armen Leutnant Kovacs auch einen gewissen Mangel an Rücksichtnahme vorwerfen konnte, gegenüber all jenen Unglücklichen, die sich mit seinen verwüsteten sterblichen Überresten konfrontiert sahen, so war zumindest das Abschiedsschreiben, das er hinterlassen hatte, ein schöner Zug.

»Mein Leben lang bin ich schwach gewesen. Auch jetzt ergebe ich mich«, hatte er in sauberen Lettern auf einen Briefbogen notiert. »Schützen Sie die Herren Merentheim, Schörgern, Löb, Pelic, Vasilescu etc.«

»*Etcetera*. Soviel zur militärischen Präzision,« kommentierte Felix, der das blutbefleckte Briefchen mit spitzen Fingern an sich genommen hatte, entgegen den Protesten des Stabsmajors, dass bis zum Eintreffen der Polizei, die man erst kürzlich benachrichtigt hatte, nichts an dem grausigen Tableau verändert werden dürfe.

»Auf ein Wort, bitte«, wandte er sich an Merentheim, der sichtlich erschüttert flankiert von Alin und dem zitternden Sekretär, der Kovacs gefunden hatte, auf dem Korridor stand und durch die offene Tür auf den Leichnam starrte. Der blutbesudelte Leutnant, der mit zerschmettertem Schädel vornübergesunken an seinem Schreibtisch saß, bot, das musste selbst Felix einräumen, dem der Anblick von Toten nicht gänzlich fremd war, ein so exzeptionell schauriges Bild, dass es schwerfiel, den Blick abzuwenden.

»Ist es Ihnen Ernst mit dem, was Sie mir im Sacher erzählt haben?«, fragte er, sobald Merentheim ihn einige Schritte abseits in ein dunkles Antechambre geleitet hatte.

Soweit Felix in der Düsternis ausmachen konnte, deutete der Freiherr ein Nicken an.

»Gut. Dann wollen wir – unabhängig von meinen persönlichen Überzeugungen, die zugegeben momentan nichts zur Sache tun – in Betracht ziehen, dass jemand von Ihren Plänen erfahren hat und sie zu verhindern sucht, indem er Ihre Mitarbeiter zum Selbstmord verleitet.« Felix riss ein Streichholz an, sekundenlang warf die kleine Flamme Schatten ins Antlitz Merentheims, der abermals nickte. »Kovacs, Schörgern und all die anderen gehörten zum magischen Stab der *Fortuna*, nehme ich an.«

Oberst von Merentheim seufzte. »Sie wissen, dass ich Ihnen darüber keine Auskunft geben darf.«

»Also ja«, schlussfolgerte Felix unbarmherzig. »Binnen weniger Tage gehen zwei Menschen, die maßgeblich an dem Projekt *Fortuna* beteiligt waren, in den Freitod. In einem der Fälle ist mit an Sicherheit grenzender Wahrscheinlichkeit manipulative Magie im Spiel. Wirklich, an Ihrer Stelle würde ich mir ernsthafte Gedanken machen, wer etwas gegen den Bau des Luftschiffes einzuwenden haben könnte.«

Merentheim schwieg.

Er verheimlicht etwas, begriff Felix mit einem Anflug von Ärger. Augenscheinlich war der Oberst sehr darauf bedacht, ihn nicht mehr als die Spitze eines sprichwörtlichen Eisberges an Problemen sehen zu lassen. Was immer da unter der Oberfläche liegen mochte, Merentheim trachtete, es im Verborgenen zu halten. Eine Tragödie, wie viele Menschen gesundes Misstrauen mit störrischer Geheimniskrämerei verwechselten, dachte Felix bei sich, aber das war ein anderes Thema für einen anderen Tag. Vorerst galt es, sich den offensichtlichen Aspekten der Problematik zuzuwenden.

»Aber was ist mit Vasilescu? Weshalb könnte sein Name sich auf diesem unappetitlichen Billet wiederfinden?«

Draußen auf dem Gang waren Stimmen und das Gepolter von Stiefelabsätzen zu hören, offensichtlich hatte sich die Polizei endlich eingefunden.

»Ich weiß es nicht. Er ist lediglich mein Adjutant und nicht weiter in die magisch-technischen Prozesse eingebunden. Sein Vater jedoch …« Ein Achselzucken. Felix zog an seiner Zigarette, wartete ab. »Ich glaube bereits erwähnt zu haben, dass die *Fortuna* ihr Budget weit überzogen hatte«, fuhr Merentheim nach einer Weile fort. »Baron Vasilescu war so großzügig, sich als privater Geldgeber an dem Projekt *Fortuna* zu beteiligen.«

Felix verdrehte die Augen zum Plafond. Er konnte nicht behaupten, eine innige Bekanntschaft mit Marian Vasilescu zu pflegen, der persönliche Kontakt beschränkte sich auf ein paar gesellschaftliche Anlässe, bei denen man Belanglosigkeiten getauscht hatte. Dennoch fiel es ihm schwer zu glauben, dass man einen solch ungeheuren Reichtum wie der Baron anhäufen konnte, wenn man gewillt war, sein Vermögen mit vollen Händen zum Bau von Luftschlössern aus dem Fenster zu werfen.

»Verraten Sie mir nur eines: weshalb? Weshalb sollte ein denkender Mensch in solch eine Phantasterei investieren?«

»Ich vermute, Sie halten Ihre Impertinenz für amüsant«, wies ihn Merentheim kalt zurecht. »Lassen Sie mich Ihnen versichern, sie ist lediglich geschmacklos. Wären Sie Offizier, würde ich nicht mehr nur mit dem Gedanken spielen, Sie zu fordern.«

»So leid es mir auch tut, ich muss Ihnen mitteilen, dass ich mich nicht duelliere. Ich habe es einmal versucht, und es bekam mir nicht.«

»Ihre Ehre ist Ihnen nicht viel wert.«

»Meine Ehre steht hier und jetzt nicht zur Debatte«, erwiderte Felix gelassen, was ihm ein verächtliches Schnauben Merentheims eintrug. Und wenn schon, mochte er Felix für einen Feigling halten, so es ihm beliebte. »Um wieder zum eigentlichen Thema zurückzukehren: Wer weiß von den … erstaunlichen … Intentionen, die Sie für die *Fortuna* hatten? Wer hat den Bau des Luftschiffes in Auftrag gegeben?«

Felix trat dicht an seine Seite, streifte fast Merentheims Schulter, als er sich zu ihm neigte. »Ich weiß, dass Sie Ihr Wort gegeben haben«, murmelte er. »Und ebendieses Versprechen werden Sie jetzt brechen. Das rückt den Stellenwert der Ehre in Ihrem Leben wieder ins rechte Licht, meinen Sie nicht?«

Ohne zu klopfen trat der Stabsmajor ein, mit der Meldung an Oberst von Merentheim, dass der Polizeiinspektor, obschon er nicht an dem Selbstmord Kovacs' zweifelte, dennoch gern ein paar Erkundigungen einziehen wollte. Just in jenem Moment erhielt Felix die erstaunliche Antwort auf seine Frage: »Seine kaiserliche Hoheit, der Erzherzog-Thronfolger.«

Der Stabsmajor bedachte ihn mit einem finsteren Blick, der jegliche Fragen, was von einer derartigen Pietätlosigkeit zu halten war, restlos beantwortete, als Felix laut auflachte.

Auf Kaiser und Vaterland hatte er einst den Fahneneid geleistet, als er in den okkulten Dienst eingetreten war, vor Gott dem Allmächtigen hatte er Treue, Gehorsam, Tapferkeit geschworen. Und mochte er seinen Glauben auch mit den Jahren abgestreift haben wie einen zerschlissenen Umhang, der keinen Schutz mehr bot vor dem Unbill der Stürme, und wusste er auch, dass ein Graf Trubic nicht zur Demut geboren war, es blieb dennoch das Versprechen, für die Monarchie zu kämpfen, zu bluten. Zu fallen, wenn es sich gar nicht vermeiden ließ. Zu diesem seinem Wort gedachte Felix zu stehen, er, der sich nicht den Luxus allzu vieler Prinzipien leistete, und doch ließ er seine Urteilskraft davon nicht trüben: Der Kaiser war alt und verknöchert, Fossil einer verlorenen Zeit, der Thronfolger ein Mann überschaubarer geistiger Fähigkeiten – und offenkundig ein Phantast. Dass Seine Erzherzogliche Majestät mit großem Interesse die Geschehnisse der verborgenen Welt verfolgte, war kein Geheimnis; auch hierin unterschied er sich grundsätzlich von dem Kaiser, der dem Departement schon allein deshalb große Handlungsfreiheit eingeräumt hatte, um möglichst wenig mit okkulten Angelegenheiten behelligt zu werden. In diesem Licht betrachtet schien es Felix immer zweifelhafter, dass Merentheims absurdes Luftschiff tatsächlich unter der Protektion des Erzherzog-Thronfolgers stand: Denn was konnte ihm in diesem Fall eine militärgerichtliche Untersuchung, mit der Felix ihn am Nachmittag noch zu erpressen versucht hatte, schon anhaben?

Solcherlei Überlegungen hing Felix nach, ohne zu einem nennenswerten Resultat zu gelangen, während er sich im offenen Wagen die Ringstraße entlangchauffieren ließ. Seine Anwesenheit im Kriegsministerium war obsolet geworden, der Tote fortgeschafft, selbst Merentheim hatte sich, sichtlich erschüttert, zurückgezogen.

»Wie stehst du eigentlich zu dem Oberst?«, wandte sich Felix nun an Alin, der stumm neben ihm auf der Rückbank brütete. Dass er dem jungen Offizier angeboten hatte, mit ihm zu kommen, wenn er freundschaftlichen Trostes und Zuspruchs bedurfte, war nur in geringem Maße philanthroper Anwandlungen geschuldet. »Persönlich, will ich sagen. Was hältst du von ihm?«

Alin wiegte den Kopf, ohne sich aus seiner gekrümmten, entschieden unsoldatischen Haltung aufzurichten. Er hatte die karmesinrote Czapka abgenommen, das Haar klebte ihm schweißfeucht am Schädel, in seinen schwarzbraunen Augen lag ein eigentümlicher Ausdruck.

»Ich glaube, ich habe endlich erkannt, dass er ein böser Dämon ist«, sagte er in dem Tonfall eines Menschen, der eine gänzlich vernünftige, nicht weiter beachtenswerte Feststellung tätigte. »Zunächst war ich ihm dankbar, dass er mich zu seinem

Adjutanten bestellte, obwohl er damit ein Risiko auf sich nahm, indem er sich über Vaters Wünsche hinwegsetzte. Du kennst meinen Vater nicht, er kann sehr nachtragend sein, und sehr unbeherrscht … aber lass uns nicht hier davon reden.« Mit einer kleinen, verstohlenen Bewegung der rechten Hand wies er auf den Chauffeur. Felix schmunzelte. Offensichtlich war es in den Augen seines jungen Begleiters ein gröberer Schnitzer, vor möglichen Lauschern die Familienehre des Hauses Vasilescu zu beschmutzen, als hochrangige Offiziere als dämonische Entitäten zu bezeichnen.

»Hat dir der Oberst jemals einen Hinweis gegeben, warum er es getan hat?«

Alins Antwort sprach von so ergreifender Schlichtheit im Geiste, dass Felix, der eben dabei war, Kovacs Abschiedsbrief zu entfalten, in der Bewegung innehielt.

»Weil er eben ein böser Dämon ist, der mich zugrunde richten will.«

Er ballte die Faust um seine Czapka. »Er hat uns an sich gebunden, hat uns verführt, uns dem Dunkel zum Fraß vorgeworfen.« Es gelang ihm, selbst sein Flüstern wie einen Schrei klingen zu lassen. »Fühlst du es nicht? Es ist hier, es folgt uns …«

In dieser Hinsicht wenigstens musste Felix seinem Begleiter recht geben: Mit einem Schlag herrschte tatsächlich tiefere Finsternis, als man von der Prachtstraße Wiens selbst zu später Stunde erwarten durfte. Es dauerte einen Augenblick, ehe er erkannte, dass die elektrische Straßenbeleuchtung, der vor einigen Jahren die guten alten Gaslampen hatten weichen müssen, ausgefallen war. König Zufall besaß Sinn für Ironie.

»Es ist die Strafe«, keuchte Alin. »Gottes Strafe für meinen Ungehorsam. Wäre ich an der russischen Grenze geblieben, bei meinem Regiment …« Er wusste nicht weiter; vielleicht wollte er sich auch nur nicht der Sünde schuldig machen, die Opfer, die er seiner Geliebten wegen erbracht hatte, zu verfluchen.

Felix legte eine Hand auf seine Schulter und drückte sie beruhigend. Wenngleich er nicht an das alles verschlingende Dunkel glaubte und Merentheim bei aller Exzentrik nicht von Dämonen besessen schien, waren da immer noch ein schwarzmagisches Luftschiff, zwei ungeklärte Todesfälle und eine sehr fragwürdige Idee. Garniert wurde die eigentümliche Sachlage von verschwundenen Monsterautomaten und Alins etwas pathetischen Visionen. Das meiste hiervon ließ sich ohne größere Probleme mit Feenmagie, beziehungsweise deren sachunkundigem Einsatz erklären. Felix durfte sich keineswegs anmaßen, Expertise auf dem Gebiet der unterschiedlichen Magieschulen zu besitzen – um der Wahrheit Genüge zu tun, hatte er erst begonnen, sich mit den verschiedenen Ausprägungen dessen, was man im alltäglichen Sprachgebrauch unter Zauberei zusammenfasste, zu beschäftigen, seit er recht unberechenbar auf einige unter ihnen reagierte. Dessen ungeachtet erinnerte er sich lebhaft des Vortrages, den Sir Lysander, Magietheoretiker, Agent des Okkulten und wahrlich kein großer Freund von Graf Felix Trubic, ihm eines Tages recht unvermittelt, wohl noch ganz im Banne seiner Studien, gehalten hatte: Feenzauber waren die mächtigsten, gefährlichsten und für all jene, die nicht der intuitiven Magieausübung kundig waren, schier unmöglich zu kontrollieren. Als Sir Lysander Anstalten machte, ihm die Unterschiede zwischen kognitiver und intuitiver Zauberei *en detail* darzulegen, hatte er eine Verabredung vorgeschützt und die Flucht angetreten. Zu dumm auch. Nun hätte ein etwas fundierteres Grundwissen auf dem Gebiet wahrlich nicht geschadet.

»Da wär'n wir dann, Herr Graf.« Erst als der Wagen zum Stehen kam, löste sich Felix aus seinen Überlegungen. Vage amüsiert registrierte er die Selbstverständlichkeit, mit der Alin gleichfalls von der Rückbank des Automobils kletterte. Im Dunkeln tastete er nach seinen Schlüsseln, verfluchte den Umstand, dass in der Innenstadt auch die Seitengassen mit elektrischer Beleuchtung versehen waren.

»Deine Chi-Chi wird dich nicht vermissen?«, erkundigte er sich, während er in den finsteren Hausflur trat. Hinter sich hörte er Stoff rascheln, Alin erging sich offensichtlich in einem Achselzucken.

»Chi-Chi«, murmelte er dumpf, »wird heulen und Erklärungen verlangen und darauf bestehen, mir zu helfen. So wie gestern Nacht.« Dann war ein Poltern und Fluchen zu vernehmen; Felix riss ein Streichholz an und half Alin, der eine Stufe übersehen hatte, wieder auf die Beine.

»Ich weiß nicht, was ich mit ihr tun soll«, fuhr Alin ungerührt fort. »So wie die Dinge stehen, kann ich mich doch nicht um sie kümmern! Ich will es auch gar nicht! Wenn ich sterbe, will ich einen Skandal hinter mir lassen, eine Tragödie, keine armselige Scharade!«

»Mein Lieber.« Vor der Wohnungstür angelangt, drehte sich Felix zu ihm um. »Bitte entscheide dich endlich, ob du sterben möchtest oder nicht. Bis du zu einem Entschluss gekommen bist, sieh davon ab, mich mit dem Für und Wider zu langweilen.«

Mit dem sechsten Sinn des hervorragenden Dieners öffnete Simon die Tür, noch bevor Felix seine Schlüssel abermals hervorgeholt hatte. Angetan mit seinem altertümlichen Schlafrock, eine Kerze in der Hand, musterte er Alin verdrießlich, zog auf einen warnenden Blick seines Herrn hin jedoch vor, diesen Umstand unkommentiert zu lassen.

Der Teufel mochte wissen, was Simon gegen den kleinen Vasilescu einzuwenden hatte, dachte Felix, während er in den Salon schritt und Hut und Handschuhe achtlos auf den Diwan warf. Gewiss, Alin neigte zu Auftritten, die an billiger Dramatik ihresgleichen suchten, und Stimmungen, die vornehmlich zwischen jugendlichem Hochmut und unergründlicher Verzweiflung schwankten, aber im Unterschied zu anderen Gästen hatte er bisher weder in voller Absicht Feuer gelegt, noch den schlechten Geschmack besessen, sich im Salon in einen ausgenommen streitlustigen Wolf zu verwandeln; beides erratische Verhaltensweisen, für die Simon deutlich mehr Nachsicht denn sein Herr gezeigt hatte.

»Ein Telegramm ist gekommen«, erstattete Simon indessen Meldung, »und Licht gibt es keins, und der Doktor Rosenstein möcht bitten, dringend zurückgerufen zu werden, aber keinesfalls nach halb zwölf.«

Felix konsultierte seine Armbanduhr und stellte nicht ohne Überraschung fest, dass sie dreiviertel eins zeigte und Rosenstein damit längst zu seiner nicht gänzlich respektablen Schauspielerin aufgebrochen war.

»Danke, Simon. Geh nur schlafen, wir kommen zurecht«, entließ Felix den Diener, im Geiste schon bei dem Telegramm. Im Schein der Kerzen, die Simon vorsorglich im Salon verteilt hatte, las er die knappe Nachricht: »Überstellungsflug nach Wien nächste Woche. Zeit für ein Wiedersehen. Dejan.«

»Doch keine schlechten Neuigkeiten?«, wollte Alin, der unruhig im Raum umherwanderte, wissen.

»Nur ein Besucher, der sich ankündigt.« Sorgfältig faltete Felix das Telegramm und steckte es in die Innentasche seines Jacketts zu dem blutbefleckten Abschiedsbrief. Merentheim hatte erleichtert gewirkt, dass er das traurige kleine Schreiben an sich genommen hatte und keinerlei Neigung zeigte, es den Polizeibeamten auszuhändigen.

»Ein Freund?«, fragte Alin weiter, wohl um sich von seiner wiederentdeckten Furcht vor der Dunkelheit abzulenken.

Mit einem Mal sehr müde ließ sich Felix langsam in einen der Polstersessel sinken.

»Ja. Zuweilen auch das.« Freund, Feind, Kamerad in so manchem Abenteuer, Gefährte in so mancher Nacht. Er hatte längst aufgegeben, nach Worten zu suchen für diese eigentümlichste aller Beziehungen in seinem Leben. Wie oft hatten sich ihre Wege doch getrennt, zuletzt an einem warmen, hellen Sommertag infolge einer Meinungsverschiedenheit, die beliebiger nicht hätte sein können, wie oft hatten sie einander wiedergefunden. »Ein Freund, dem es vor vielen Jahren beinahe gelungen ist, mich zu erschießen. Später hat er mir das Leben gerettet – in mehr denn einer Hinsicht.«

Alin blieb stumm. Das Kerzenlicht schmeichelte ihm, das Spiel der Schatten adelte seine hübschen, noch immer – seiner Leutnantscharge und seinen dreiundzwanzig Jahren zum Trotz – ein wenig knabenhaften Züge. Immer noch schlenderte er im Raum umher, hielt gelegentlich inne, gab vor, ein Gemälde oder gar das Muster der Seidentapete genauer zu untersuchen, drehte den Globus, begutachtete den vielarmigen Kerzenleuchter, der im Fenster stand.

»Ich weiß so wenig von dir«, brach Alin schließlich das Schweigen. »Manchmal ist mir, als würde ich dich überhaupt nicht kennen.«

Felix lehnte sich zurück und verschränkte die Arme hinter seinem Kopf. »Du kennst mich auch nicht«, stellte er ruhig fest. »Und glaube mir, es ist gut so.«

Vorsichtig stellte Alin die kleine, urtümliche Steinskulptur wieder an ihren Platz auf ein Regalbrett und sah Felix lange an. »Dein Verband löst sich«, sagte er reichlich unvermittelt. »Willst du mir nicht wenigstens sagen, was gestern in Krauß' Wohnung passiert ist?«

»Nein.« Felix tastete nach den losen Enden des Verbandstreifens und lockerte Krawatte und Kragen, um die Bandage wieder anzulegen. Beinahe war es ihm in den letzten Stunden gelungen, die Verletzung zu vergessen, so wenig schmerzte oder beeinträchtigte sie ihn.

Entgegen seiner für gewöhnlich überaus gewissenhaften Art hatte Simon offenkundig an jenem Abend nicht daran gedacht, sämtliche Lichter in der Wohnung zu löschen, ehe er sich zurückzog. So kam es, dass Schlag ein Uhr nicht nur die Laterne vor dem Haus flackernd wieder hell leuchtete, sondern auch der Salon in Festbeleuchtung erstrahlte.

»Verdammt will ich sein!«, rief Alin aus.

»Wie meinen?« Felix, die Hände voll zerknittertem und erfreulicherweise kaum blutbeflecktem Verbandsstoff, erging sich in einer kleinen Geste der Verwunderung.

»Deine Wunde«, stieß Alin wenig kohärent hervor, die Augen schreckgeweitet.

Prüfend führte Felix die Hand an seine Kehle und zuckte zurück, als er anstelle des verschorften Schnitts Narbengewebe unter seinen Fingerspitzen fühlte. Mit einer hastigen Entschuldigung sprang er auf, um im Wandspiegel draußen, auf dem Gang, in Augenschein zu nehmen, was er kaum fassen konnte: Die Wunde, die am Vortag noch so heftig geblutet hatte, war restlos verheilt. Nur eine dünne, blasse Narbe schlängelte sich von seinem linken Ohr den Hals hinunter. Felix presste die Stirn gegen das kühle Glas des Spiegels und schloss die Augen. Eine alte Narbe. Er hatte sie einmal schon getragen.

Es herrschte tiefe Nacht, als ich aus unruhigem Schlaf erwachte. Ich hatte von meiner Mutter geträumt, oder wenigstens ihrem Bildnis, das zwischen Sträußen weißer Rosen einen Ehrenplatz im Wohnzimmer meines Großvaters innegehabt hatte. Jeden Samstag vor Sonnenuntergang hatte er die verblühten Rosen ersetzt. Als ich älter war, war diese ehrenvolle Aufgabe eine Zeit lang auf mich übergegangen, ehe ich in das Pensionat eintrat. Dann hatten wir Hand in Hand vor dem Portrait verharrt. »Schau, dass du es besser machst im Leben als sie«, hatte er zu sagen gepflegt. »Weißt du, man muss nicht unbedingt die große

Liebe finden, um glücklich zu sein. Und nicht einmal das ist gar so nötig, das Glücklichsein.« Damals hatte ich seinen Worten mit altkluger Miene zugestimmt: Schließlich wusste ich, dass die tragische Liebe zu meinem Vater meine Mutter zugrunde gerichtet, ihr Kraft und Willen zum Leben genommen hatte. In weiser Voraussicht, wohl um mich gegen solch ein ebenso trauriges wie romantisches Schicksal zu feien, hatte mein Großvater versucht, mich zur gelassenen Pragmatikerin zu erziehen, die nicht von exaltiertem Glück, sondern bloß von Zufriedenheit träumte und sich nicht allzu sehr in Phantastereien erging. Und tatsächlich, seit ich als Mädchen in die Kapelle des Pensionats eingebrochen war, hatten nicht einmal okkulte Absonderlichkeiten mehr einen besonderen Reiz auf mich ausgeübt.

Und nun hatte ich einen Geist aus einem Spiegel gelockt, stapelte Zauberbücher neben meinem Bett und traf Agenten mächtiger Geheimorganisationen.

Fröstelnd wickelte ich mich in meine Decke, das Nachthemd klebte mir schweißfeucht am Leib. Es war sehr kühl in der Wohnung. Vor dem ersten Oktober wurde nicht geheizt, in dieser Hinsicht gab sich Katalin, sonst eine große Verschwenderin vor dem Herrn, erstaunlich sparsam.

Angesichts der Wendungen, die mein Leben im Begriff war zu nehmen, war ich fast froh, dass Großvater gestorben war, als ich kaum siebzehn Jahre zählte. Wenigstens war ihm so erspart geblieben, mitzuerleben, wie ich aus gutbürgerlicher Strenge in die glitzernde Dekadenz der Halbwelt hinabstieg, wie aus der unwahrscheinlichen Freundschaft zu Krysztof eine Art von Liebe wurde … Ich biss mir auf die Lippen. Gestern hatte ich zum ersten Mal seit langer Zeit wieder in seinen Armen gelegen, als wüssten wir keinen anderen Weg, einander zu versichern, dass sich nichts ändern würde, auch wenn er ein Verräter war, auch wenn meine Welt in Stücke ging.

»Warum?«, hatte ich ihn irgendwann gefragt. »Wie wird man

zum Verräter?« »Man muss nur erkennen, dass es keinen Sinn mehr hat«, war seine Antwort gewesen, um gleich darauf die alte, beliebte Metapher vom sinkenden Schiff Österreich-Ungarn zu strapazieren. Wenig später hatte ich mich verabschiedet, es war früher Abend gewesen; nur ein paar Stunden hatte ich mich ausruhen wollen, bis Katalin von ihren Nachmittagsbesuchen zurückkehrte. Nun standen die Zeiger der Wanduhr auf halb drei. Ich fühlte mich eigentümlich, zerschlagen und rastlos gleichermaßen, an Schlaf war nicht mehr zu denken. Stattdessen schlüpfte ich in meinen Morgenmantel, griff nach den beiden Büchern, die ich am Vortag aus der Bibliothek der spiritistischen Gesellschaft ausgeliehen hatte, und studierte im schwachen Schein der Nachttischlampe die Titel. Heinrich Goldeggs *Einführung in die Prinzipien der Magietheorie* schien mir, schon nach dem Inhaltsverzeichnis zu schließen, das vor lateinischen Fachbegriffen und mir unverständlichen Wendungen strotzte, eine etwas zu trockene Lektüre für meinen aufgewühlten Gemütszustand. Freilich gab ich mir auch keine große Mühe, zumal mich naturgemäß der andere, kontrovers diskutierte Band weitaus mehr reizte. Begierig, irgendetwas über den mysteriösen Herrn Sutcliffe zu erfahren, der die spiritistischen Gemüter so erregte, suchte ich nach einer Autorenbiographie, fand jedoch nichts außer einem Hinweis auf dem Deckblatt, dass Sutcliffe das Werk gemeinsam mit einem Herrn Mirko Zdar verfasst hatte.

Von der Magie hatten die beiden ihr Werk schlicht benannt, und schon der erste Satz der Einleitung, so nüchtern und unspektakulär er auch klingen mochte, jagte mir kalte Schauer über den Rücken: »Der Entwicklung magischen Bewusstseins geht zumeist ein traumatisches Ereignis voraus.«

Beinahe drei Stunden später, längst dämmerte ein neuer, blitzender Herbstmorgen heran, wusste ich mehr über Magietheorie, als ich mir jemals hätte träumen lassen. Da galt es zwischen den verschiedenen Gattungen der Magie und ihren Ursprüngen zu unterscheiden, zwischen Zaubern, die von Menschen mit einem gewissen (geringen) magischen Potenzial gewirkt werden konnten, bis hin zu der machtvollen Magie der Feenwesen, unter denen sich besonders Kreaturen, die als »Moroi« bezeichnet wurden, hervortaten. Diese waren zwar in der Lage, komplexere und mächtigere Zauber zu weben denn alle anderen Magiebegabten, aber um welchen Preis! Ihre Magie speiste sich aus der Lebenskraft anderer – je stärker der Zauber, desto furchtbarer seine Auswirkungen auch auf die armen Kreaturen, auf deren Kosten er gewirkt wurde.

Erschöpft ließ ich das Buch sinken; entweder Mr. Sutcliffe und Herr Zdar waren ausgenommen verrückt, oder sie lebten in einer Welt, die sich so eklatant von der meinen unterschied, dass es mir den Atem raubte. Vor wenigen Tagen noch hätte es keinen Zweifel gegeben, für welche der möglichen Erklärungen ich mich entschieden hätte.

Ich schwang mich von der Bettkante und trat ans Fenster. Schon rumpelten die ersten Fuhrwerke durch die Gasse, schon schickte sich so mancher Tatendurstige an, sich seinem Tagwerk zu stellen, während die letzten Nachtschwärmer den Heimweg antraten. Unsere Wohnung freilich lag in tiefer Stille; nachdem Katalin kein Morgenmensch war, hatten ich, und in geringerem Ausmaß die viel beschäftigte Lieselotte, unseren Lebenswandel dem ihren angeglichen.

Was bedeutete, dass ich noch eine Weile ungestört bleiben würde. Ich nahm das Buch, das ich auf meinem Kopfkissen abgelegt hatte, wieder zur Hand. Neben einer Beschreibung der Grundlagen der Magie und einem historischen Abriss boten Sutcliffe und Zdar kurioserweise auch einige Zaubersprüche und ihre praktische Anwendung. Einer stach mir ins Auge, nicht zuletzt weil die Autoren ihn »banal und unbedenklich«

nannten. Nach der mysteriösen Melodie und dem Geist im Spiegel schien es mir gerade recht, auf diesem Weg zu überprüfen, ob ich tatsächlich der Zauberei mächtig war, oder ob es sich um eine Reihe äußerst sonderbarer Zufälle gehandelt hatte. Besagter Zauberspruch war dazu geschaffen, den rechtmäßigen Besitzer eines Gegenstandes offenzulegen, ein Kunststück, das mir recht nützlich und tatsächlich ziemlich ungefährlich erschien. Den Anweisungen penibel folgend (den Herren Sutcliffe und Zdar zufolge beruhte ein Großteil der menschenmöglichen Magie auf symbolhaften Handlungen), räumte ich meinen Toilettentisch ab. Barfuß schlich ich sodann in den Salon, um das Telephon seines Blumenschmucks zu berauben. Nach der temporären Verwüstung, bedingt durch meine magischen Versuche, hatte Lieselotte Holzers blutrote, langstielige Rosen durch etwas bescheidenere, blassrosa Knospen ersetzt. Was tat es, solange es Rosen waren – denn nur aus ihnen ließ sich ein wirkungsvoller Schutzkreis bilden, wie Sutcliffe und Zdar nachdrücklich betonten.

Sorgfältig platzierte ich die Blumen vor dem Spiegel auf der lackierten Oberfläche des Toilettentischchens und sah mich nach einem geeigneten Versuchsobjekt um. Den Gedanken, einen meiner Gegenstände zu verwenden, verwarf ich sogleich, schließlich sollte sich den Erläuterungen nach das Bild des rechtmäßigen Besitzers im Spiegel zeigen, und welchen Sinn ergab es schon, mein eigenes Gesicht herbeizuzaubern? Ich griff nach Goldeggs magietheoretischer Einführung, ehe mir ein besserer Gedanke kam und ich das Taschentuch, das Graf Trubic mir gegeben hatte, aus meinem Pompadour fischte. Es erschien mir recht passend, den Grafen in meine zauberischen Unternehmungen zu involvieren. Außerdem hatte er ein hübsches Gesicht, dachte ich und genierte mich sogleich für meine Albernheit, die ich freilich der Aufregung zuschrieb. So musste sich eine Debütantin fühlen, kurz bevor sie in den Ballsaal schritt: ängstlich und doch voll freudiger Erwartung, begierig auf die neue Welt, die sich vor ihr aufzutun im Begriff war, und dennoch vielleicht der unkomplizierten Existenz, die sie zurückließ, gar ein wenig nachtrauernd. Mit zitternden Händen legte ich das Taschentuch in der Mitte des Kreises aus Rosen ab, zwang mich ruhig zu atmen, meine Gedanken ganz auf den Spiegel, die Blumen, das Tuch zu fokussieren. Du kannst das Experiment immer noch beenden, meldete sich eine trügerische Stimme in meinem Hinterkopf zu Wort. Du kannst dich dem Unerhörten, dem Unglaublichen abermals verweigern. So wie damals, in der Kapelle. Erinnerst du dich?

»Ich war noch ein halbes Kind«, sagte ich laut, als müsse ich mich vor mir selbst rechtfertigen. So lange hatte ich nicht mehr an den absonderlichen Zwischenfall gedacht, nicht an ihn denken wollen. War es Zauberei gewesen oder nur ein Fiebertraum? Und wie würde ich mich heute entscheiden, wenn eine gesichtslose Stimme mich einlud, ihr in fremde Welten zu folgen? Ich zuckte mit den Schultern. Müßig, sich in diesen Betrachtungen zu verlieren, und weiter zu zaudern. Nach dem Spuk in der Kapelle, dem Geisterwesen im Spiegel würde mich ein harmloser Zauberversuch nicht mehr schrecken.

Endlich, eine Viertelstunde mochte vielleicht verstrichen sein, senkte ich den Blick in das Buch, das auf meinen Knien lag, und las die wenigen Silben in einer mir höchst fremdartigen Sprache, wiederholte sie flüsternd, ein ums andere Mal, dunkle, weiche Laute, eine eigentümliche Melodie wohnte ihnen inne, ein Lied aus fernen Zeiten, es hallte, es sang in mir. Mein Spiegelbild verschwamm, für einen bangen Augenblick war mir, als stürzte ich, stürzte aus großen Höhen in die daunenweiche Decke einer ewigen Nacht, und dann sah ich mich mit einem fremden Antlitz konfrontiert.

Es war nicht Graf Trubic. Zwar wies der Mann, der etwas hochmütig aus dem Spiegel auf mich herablächelte, unbestreitbar große Ähnlichkeit mit dem Grafen auf, aber er musste gut zwanzig Jahre älter sein, bleich, krank, vom Leben schwer gezeichnet. Scharfe Falten hatten sich in seine Augenwinkel, seine schmalen Wangen gegraben, etliche schlohweiße Strähnen zogen sich durch sein Haar, über der rechten Augenbraue und an der linken Seite seines Halses verlief eine Narbe.

Langsam, mit bebender Hand, zog ich das Taschentuch aus dem Schutzkreis und seufzte vor Erleichterung, als der unheimliche Fremde sogleich verschwand.

Nun gab es keinen Zweifel mehr: Ich konnte Magie wirken. Nicht allein die Melodie, die mich die letzten Tage verfolgt hatte, verfügte über magisches Potenzial, ich selbst war es, die zauberte und mir dabei rein zufällig ein musikalisches Hilfsmittel auserkoren hatte. Mehrere Minuten brachte ich damit zu, auf dem Stuhl vor dem Spiegel zu kauern, schwankend zwischen Stolz und Entsetzen, wusste nicht, ob ich lachen oder weinen wollte. Ich kann zaubern, dachte ich mit wachsender Hysterie, ich kann tatsächlich zaubern. Oder war ich verrückt geworden?

Nein, rief ich mich streng zur Ordnung. Du kannst einfach nur zaubern. Anscheinend war es nicht einmal etwas allzu Außergewöhnliches: Wie Mr. Sutcliffe zynisch darlegte, war die Zahl jener Menschen, die über ein gewisses magisches Potenzial verfügte, deutlich größer als jene der Personen, die jemals substanzielle Summen in der Staatslotterie gewonnen hatten – und dennoch stürzten die Lotteriegewinner kaum jemals in Sinnkrisen ob der Unmöglichkeit des plötzlichen Geldsegens.

Du bist nicht auf einmal ein anderer Mensch geworden, mahnte ich mich streng. Du hast bloß ein ungewöhnliches neues Talent entdeckt.

Objektiv betrachtet waren die Resultate meiner Zauberkünste freilich nicht sonderlich beeindruckend (Gott im Himmel mochte wissen, wem ich jenes Taschentuch zugesprochen hatte!), aber ich würde lernen und üben und eines Tages möglicherweise gar Großes vollbringen.

Ich schüttelte den Kopf, meine Träumereien belächelnd. Zunächst galt es Ordnung zu schaffen. Ich sammelte die Rosen ein, deren Blätter traurig und welk herabhingen; dabei musste es sich wohl um einen Nebeneffekt magischer Betätigung handeln, der zu minder war, um bei Sutcliffe und Zdar Erwähnung zu finden.

Auf Zehenspitzen lief ich in die Küche und entsorgte die Blumen. Katalin meine Fortschritte auf magischem Gebiet vorerst zu verschweigen, erschien mir weise, zumal ich nach dem Zwischenfall im Salon davon ausgehen konnte, dass sie diese nicht gutheißen würde.

Zurück in meiner Kammer besah ich mir das Monogramm auf dem Seidentaschentuch, ehe ich es faltete und in die Schublade meines Frisiertischchens zu meinem bescheidenen Sortiment an Kämmen und Spangen legte. Konnte es der verstorbene Graf, der Vater von Felix Trubic gewesen sein, der mir da im Spiegel erschienen war? Katalins Erzählungen zufolge war jener vor einigen Jahren nach kurzer, schwerer und scheinbar ominöser Krankheit verschieden. Müßige Neugier trieb mich abermals in den Salon, wo der neue Gothaische Hofkalender, den Katalin mit geradezu religiöser Inbrunst zu studieren pflegte, noch aufgeschlagen auf dem Sofa lag; ich schlug die gräflichen Häuser auf und fand schließlich zwischen den verschiedenen Linien und Nebenlinien der Familie den Gesuchten: Graf Felix Ilja von Trubic und Hohenfels, geboren am 2. Februar 1889. Seine Mutter fand keine Erwähnung, wohl aber eine Schwester, Elisabeth, die zwei Jahre jünger war als er und offenkundig eine nicht standesgemäße Heirat eingegangen war, da sie zwar als »verehelicht« bezeichnet wurde, der Name ihres Gemahls aber verschwiegen blieb. Der Vater indessen, mit vollem Namen Felix Alban Štěpán geheißen, war am 8. Juli 1909, wenige Wochen vor seinem vierzigsten Geburtstag, in Prag verschieden. Man heiratete und starb jung in dieser Familie, bemerkte ich, ehe ich meine Aufmerksamkeit Relevanterem zuwandte: Felix Alban Štěpán hieß der tote Graf. Keine Spur von der Initiale »I«, wie sie das Monogramm verlangte. Ob ich wohl eine Vision des gegenwärtigen Grafen Trubic in einer Zukunft, die es nicht sonderlich gut mit ihm meinte, heraufbeschworen hatte? Ein neuerliches, kleines Rätsel in meinem Leben. Mit einem Seufzen schlug ich das Büchlein zu.

»Die Welt steht nicht mehr lange«, verkündete Katalin erschüttert, als ich mich Stunden später, die ich hauptsächlich damit verbracht hatte, einen beißenden Brief an Stephan Frey zu verfassen, dem ich meine wunderbaren Enthüllungen zu der Heiratsposse des Alin Vasilescu beizulegen gedachte, an den Frühstückstisch setzte. »Stell dir nur vor, der Vasilescu gibt seine Soiree doch!«

Ich ließ mir von Lieselotte Kaffee einschenken (Katalin war, der frühen Vormittagsstunde ungeachtet, schon zu ihrem geliebten Tokajer Weißwein übergegangen) und wartete auf die apokalyptische Neuigkeit.

»Der Vasilescu gibt seine angekündigte Soiree«, wiederholte Katalin.

»Welcher?«, fragte ich dumm. Zweifelsohne war mir der Sinn fürs Unerhörte durch die Geschehnisse der vergangenen Tage verlustig gegangen, denn noch konnte ich den Skandal nicht erkennen.

Energisch klatschte Katalin Marmelade auf ihr Kipferl, offensichtlich wollte sie das Gebäck für meine Ignoranz bestrafen.

»Der Baron, selbstverständlich!« Sie schwenkte ihren Löffel. »Draußen auf seinen Landgütern, bei Baden.« Sie sah mich versonnen an. »So kurz nach dem Affentheater mit dem ungeratenen Sohn würde ein jeder so eine Gesellschaft absagen.

Aber der Marian? Keine Spur! Zwei Tage zieht er sich zurück, schöpft Atem, und dann stellt er sich dem Skandal. Schneid hat er immer noch, das muss man ihm lassen.«

»Und er hat dich eingeladen?«, vergewisserte ich mich. Das war nun wirklich außergewöhnlich: Meinen Erfahrungen nach hatte Baron Vasilescu bisher keinerlei Interesse gezeigt, seine Beziehungen zu Katalin wieder aufzunehmen. Und wenn ich mir in Erinnerung rief, was Carina mir von ihm erzählt hatte, dann schien er mir bis über beide Ohren verliebt in die Madame St. Auguste. Oder war es nur Besitzgier?

»Nein«, unterbrach Katalin meine Gedanken. »Aber wir gehen trotzdem hin. Denk dir, die Soiree wird zu Ehren vom Freiherrn von Merentheim veranstaltet. Das kann ich mir nicht entgehen lassen.« Die Lust am Abenteuer blitzte in Katalins Augen auf.

Endlich war auch meine Neugier geweckt. »Was hat denn der Vasilescu mit dem Freiherrn zu schaffen?« Beim besten Willen konnte ich mir nicht vorstellen, dass Alin Vasilescu das Bindeglied zwischen den beiden Herren darstellte.

»Was weiß denn ich.« Energisch schob Katalin ihren Stuhl zurück. »Jetzt beeil dich und zieh dich an. Wir fahren zum Geza-bácsi, der schuldet mir noch einen Gefallen.«

Unter allen Freunden und Bekannten Katalins war mir Geza Andrassy (keine Verwandtschaft mit dem ehemaligen ungarischen Ministerpräsidenten, sehr zu seinem – und Katalins – Leidwesen) der liebste. Die Sympathie beruhte wohl eher nicht auf Gegenseitigkeit, pflegte dieser feine alte Herr mich doch kaum zur Kenntnis zu nehmen, wenn wir uns begegneten. Ich aber mochte die heitere Ironie, mit der er sich dem Unbill der Welt stellte, die Anekdoten, die er über jedermann zu erzählen wusste, und vor allem seine Wohnung in der gutbürgerlichen Josephstädterstraße, die sich durch allerlei Wunderlichkeiten auszeichnete. Geleitet von dem Dienstmädchen Annitschek betraten wir den schmucken Salon, das Kernstück der Wohnung, dessen Mobiliar den Eindruck erweckte, dass das *ancien regime* Frankreichs noch nicht allzu lange vergangen sei.

Geza Andrassy selbst ruhte in Hausmantel und Pantoffeln auf seiner Chaiselongue. Obgleich er leidend war (ich konnte mich an keine Gelegenheit erinnern, bei der er es nicht gewesen wäre), grüßte er Katalin mit einer hübschen Schmeichelei.

»Meine Liebe! Jeden Tag wirst du schöner!« Mir nickte er flüchtig zu.

Sie gurrte: »Aber Geza-bácsi!«, und schlug tändelnd mit dem Fächer nach ihm. Im Übrigen war er durchaus nicht ihr Onkel, wie die ungarische Anrede hätte vermuten lassen; wie die beiden zueinander standen, war mir auch nach zwei Jahren in Katalins Diensten rätselhaft. Katalins Behauptungen, dass er selbstverständlich einst ihr Liebhaber gewesen sei, vertrugen sich nicht so recht mit Fräulein Finis Andeutungen, dass Andrassy, so gern er mit Katalin auch schäkerte, überhaupt kein Interesse an den amourösen Seiten des Lebens hatte. (Oder, wie Fini denkwürdig formulierte: »Nicht einmal pervers ist er!«)

»Was kann ich dir tun?«, erkundigte sich Geza Andrassy in seinem akzentgefärbten und, obgleich er seit Jahrzehnten in Wien lebte, nicht gänzlich korrekten Deutsch.

Katalin wartete ab, bis Annitschek ein Tablett mit Kaffee, Fruchtsäften und einer zierlichen Karaffe mit wasserklarer Flüssigkeit, bei der es sich dem scharfen Geruch nach um Schnaps handeln musste, auf dem Teetisch abgestellt hatte und wortlos verschwunden war.

»Bist du morgen Abend beim Marian eingeladen?«, wollte sie sodann ohne Umschweife wissen.

Ich horchte auf; die peinliche Unverblümtheit, die Katalin für gewöhnlich an den Tag legte, wenn sie mit ihresgleichen konversierte, pflegte sie augenblicklich abzuschütteln, wenn sie sich in den Kreisen der großen Gesellschaft bewegte. Eine Demi-Mondäne, und hatte sie sich auch durch Stellung und Reichtum ihrer Liebhaber (unter denen die unkonventionelleren sich gar öffentlich zu ihr bekannt hatten) einen Platz unter den Damen und Herren von Stand erkämpft, blieb sie dennoch für alle Welt, was sie war: Und als solche wurde ihr kein Schnitzer, kein Fauxpas verziehen, den man bei einer Dame aus der gehobenen Bourgeoisie oder dem Adel übersehen oder höchstens belächelt hätte.

»Selbstredlich.« Andrassy setzte sich auf und reichte ihr eine der winzigen Kaffeeschalen. Dunkel entsann ich mich, dass Geza Andrassy eine Zeit lang in engen Geschäftsbeziehungen zu Vasilescu gestanden hatte. »Werde ich abwechslungshalber sogar hingehen. Lass ich mir nicht doch entgehen, wie er sich aus der Affäre von seinem Sohn zieht.«

»Nun, ich werde es mir entgehen lassen müssen.« Katalin fügte ihrem Kaffee einen ordentlichen Schuss Schnaps hinzu. »Weil ich nicht eingeladen bin.« Sie seufzte dramatisch. »Sag einmal, was steht denn genau auf der Einladung?«

Geza Andrassys Augen glitzerten vor offener Belustigung. »Fräulein Schönthal«, wandte er sich an mich, »wenn so freundlich wären, die Einladung mir zu bringen? Sie liegt am Buffet.« Ich brachte das Gewünschte und sah Katalin dabei zu, wie sie Andrassy beobachtete, der umständlich den Brief entfaltete.

Katalin mochte über viele herausragende Qualitäten verfügen, Zurückhaltung gehörte nicht dazu. »Steht da vielleicht etwas von Begleitung?«

Unser Gastgeber zwinkerte ihr zu. »Jawohl. Aber habe ich schon lange zugesagt, dass ich mit mir alleine hinkomme.«

»Herrgott noch mal, dann schreib halt dem Vasilescu, dass sich die Lage geändert hat, und nimm mich mit.« Katalin stemmte die Hände in die Hüften. »Und die Stella auch, ich brauch schließlich eine Anstandsdame, dir altem Halunken trau ich im Leben nicht.«

Es war eine ausgenommen kuriose Gestalt, die vor unserem Wohnhaus auf dem Trottoir umherschlenderte, als wir am frühen Nachmittag von unserem Besuch bei Geza Andrassy zurückkehrten. Kurios. Es gab kein anderes Wort. Sie trug einen langen schwarzen Abendmantel mit Samtbesatz, ein teures, wenn auch der Tageszeit wenig angemessenes Stück, unter dem ein Stück blutroter Kleidersaum hervorlugte. Eine Ungeheuerlichkeit von Strohhut, ebenfalls in Rot und mit Schleifen, Kirschen und einem regelrechten Beet von Seidenblumen versehen, saß auf ihrem Kopf.

»Also, nein. Da spazieren die Huren schon am helllichten Tag herum. Zeiten sind das«, flüsterte Katalin mit der ganzen Verachtung, die sie als große Kurtisane für ihre unglücklicheren Schwestern aufbrachte, just in jenem Moment, da ich Carina unter der gelinde gesagt unvorteilhaften Aufmachung erkannte.

Ich senkte den Blick. Ganz bestimmt hätte ich ihr keine meiner Visitenkarten (Katalins großzügiges, wenn auch weitgehend sinnfreies Geschenk, da ich mich schließlich nicht autonom in der großen Gesellschaft bewegte) gegeben, wenn ich auch nur im Schlaf auf die Idee gekommen wäre, sie schon am nächsten Tag vor meiner Haustür anzutreffen!

»Fräulein Schönthal!« Winkend steuerte sie zielstrebig auf uns zu, ein Entkommen war unmöglich.

»Stella?« Katalins fleischige Unterlippe bebte vor Empörung. »Kennst du diese Person?«

Ich überdachte meine Chancen: Katalin hatte Carina bisher nur in Schleier und Brautkleid, von der vorletzten Reihe der Kirchenbank aus, gesehen. Ganz unmöglich war es also nicht, eine Bekanntschaft rundheraus abzustreiten. Unglücklicherweise hatte ich zu lange gezögert, und Katalin war nicht dumm.

»*Woher* kennst du diese Person?«, passte sie ihre Frage den Umständen an, woraufhin mir Carina einen flehentlichen Blick zuwarf.

»Wir waren einmal Nachbarn«, log ich schnell, verbesserte mich in Anbetracht der Tatsache, dass mein Großvater und jene Familien, die mich als Gouvernante angestellt hatten, weitaus bürgerlichere Existenzen geführt hatten, als Carinas Aufzug vermuten ließ: »Mehr oder weniger.«

»Eine halbe Stunde«, entließ mich Katalin. »Um drei kommt die Schneiderin, und du musst mir helfen, mich für einen Stoff für das neue Abendkleid zu entscheiden.«

Ich dankte ihr überschwänglich, fasste Carinas Arm und zog das Mädchen eilig fort, ehe Katalin sich vielleicht doch des Gesichts erinnern konnte.

»Was ist denn geschehen?«, fragte ich leise, während wir durch die recht belebte Straße eilten.

»Es hat sich einer erschossen«, gab Carina, ebenso flüsternd, zurück. »Noch einer von denen, vom Ministerium, will ich sagen. Der Alin hat's mir heut früh erzählt.«

Ich blieb stehen. »Sie meinen, ein Untergebener des Freiherrn von Merentheim hat sich erschossen?«, vergewisserte ich mich.

»Noch einer«, bestätigte Carina mir traurig. »Also, wie's Ihnen geht, weiß ich nicht, aber mir ist das nicht mehr geheuer. Zwei Tote in so kurzer Zeit, und dann der grausliche Vogel …« Sie schniefte. »Und der Alin ist da mittendrin in dem Ganzen.« Was für sie wohl das Hauptproblem darstellte.

Ich führte sie in den kleinen, nahe unserer Wohnung gelegenen Park und dirigierte sie zu einer der beiden Sitzbänke. Wir hatten kaum Platz genommen, da begann sie auch schon ihren Bericht: »Gestern, spät in der Nacht muss das gewesen sein, kommt einer beim Alin, der war noch im Ministerium, irgendwas für den Oberst hat er erledigt, hereingestürmt, und sagt, er müsst sofort nach dem Merentheim schicken, es hätt sich einer umgebracht, und auf eine ganz furchtbare Art noch dazu.« Sie stockte. Ich griff nach ihrer Hand, ermutigte sie fortzufahren. »Der Alin hat mir gesagt, wie der Tote geheißen hat, irgendein ungarischer Name war's, aber ich erinner mich nicht mehr.« Ich machte mir eine geistige Notiz, die Todesanzeigen in sämtlichen Abendblättern eingehend zu studieren. »Dann hat der Alin den Merentheim suchen müssen, was schon gar nicht so einfach war, weil der war selber nicht mehr im Ministerium, sondern beim Sacher.« Sie sah zu mir auf, und ich registrierte, dass sie ihre runden, hervorquellenden Mopsaugen auch noch mit Kohlestift umrahmt hatte. Kein Wunder, dass Katalin sie für eine billige Dirne gehalten hatte. »Mit dem Grafen Trubic.«

Freilich, wie hätte es auch anders sein können? Graf Trubic war so allgegenwärtig wie mysteriös.

»Carina ... Chi-Chi?«, sagte ich ungeduldig, da das Mädchen keine Anstalten machte, ihre Erzählung wieder aufzunehmen, während die halbe Stunde, die Katalin mir zugestanden hatte, unerbittlich verstrich.

Sie rührte sich nicht; wie am Vortag in Krauß' Wohnung saß sie plötzlich stocksteif da, den Blick ins Leere gerichtet. Nur, dass sie diesmal auf mein insistierendes Schütteln nicht gleich reagierte.

»Chi-Chi!«, rief ich so laut, dass das Kindermädchen mit Zögling, das seit Kurzem die zweite Bank okkupierte, uns neugierig über den Rand ihrer illustrierten Zeitschrift musterte.

»Ja, was beuteln'S mich denn so?« Der sprichwörtliche Mühlstein fiel mir vom Herzen, als Carina mit diesen nicht eben freundlichen Worten aus ihrer *Absence* erwachte. Mit beiden Händen rieb sie sich die rundlichen Wangen. »Hab ich mich schon wieder davongeträumt?«

Ich nickte.

»Mein Gott, das passiert mir jetzt ständig. Gestern fahr ich in der Elektrischen, denk mir, bei der nächsten Station steigst aus, und wie ich wieder schau, sind wir grad daran vorbei.« Unruhig leckte sie sich mit der Zungenspitze über die Lippen. »Glauben Sie, das könnt eine Krankheit sein?«

Ich musste passen. »Was war denn nun mit dem Toten?«, versuchte ich das Thema wieder in bedeutsamere Bahnen zu lenken.

»Nix«, murmelte Carina. Vielleicht nahm sie es mir übel, dass ich so wenig Geduld für ihre kleine Unpässlichkeit aufbrachte. »Umgebracht hat er sich halt. Aber mir genügt das schon.«

»Ich muss gehen«, entschuldigte ich mich und stand auf. »Ich kann meine Herrschaft nicht warten lassen.«

Carina blieb sitzen. »Ich wollt's Ihnen halt nur gesagt haben. Weil ich selber nicht weiß, was ich machen soll. Und der Alin auch nicht ... aber Sie, Sie sind doch so mutig gewesen, mit dem Krauß und dem grauslichen Vogel da in seiner Wohnung.«

Nur dass Mut uns in dieser Angelegenheit kaum weiterhalf, dachte ich grimmig. Davon abgesehen hallte mir Graf Trubics Warnung, nicht weiter in der Causa zu forschen, noch in den Ohren. Ganz unvernünftig kam es mir nicht vor, sie zu berücksichtigen, wusste ich doch keineswegs, was zu tun war; wer weiß, welchen illustren, mächtigen Persönlichkeiten und Institutionen ich noch zu nahe treten würde, wenn ich weiterhin im Dunkeln tappte. Abgesehen davon hatte ich eigene Probleme, die meine Aufmerksamkeit verlangten: etwa meine neu gewonnenen magischen Fähigkeiten. Oder Katalins neues Abendkleid, dachte ich müde.

»Ich danke Ihnen für Ihr Vertrauen«, sagte ich nach einer Weile steif. »Vielleicht löst sich das Rätsel bald. Wir werden sehen.« Hoffentlich nicht noch einen Toten, fügte ich in Gedanken hinzu. »Schreiben Sie mir, wenn Sie etwas herausfinden.« Unter gar keinen Umständen wollte ich riskieren, dass

Carina noch einmal vor unserer Haustür erschien und Katalin zu einem genaueren Blick veranlasste.

»Ja, freilich«, nickte das Mädchen. So matt und traurig saß sie da, dass ich mich den ganzen Weg zu Katalins Wohnung lang schämte, dass ich sie mit ein paar nichtssagenden Floskeln hatte zurücklassen müssen.

Schwer auf ihren Gehstock gestützt, die Bulldogge an ihrer Seite, die ihr folgte wie ein treuer Adjutant seinem General, marschierte Judith Blum durch ihr Arbeitszimmer.

»Ich weiß nicht«, wandte sie sich schließlich an Felix, der in einer Pose etwas erzwungener Lässigkeit am Fenster lehnte. »Ich weiß wirklich nicht, was ich von der Angelegenheit halten soll.«

Fragliche Angelegenheit stellte ein voluminöses Dossier dar, auf dessen dunkelblauem Kartondeckel eine Chiffre geprägt war, die höchsten Geheimhaltungsgrad signalisierte. Darunter war in etwas kleineren Lettern Felix' Name zu lesen.

Blum tippte sich mit dem Knauf ihres Spazierstocks an das Kinn. »Können Sie mir eine vernünftige Erklärung geben, weshalb der Generalstab sich plötzlich entschließen sollte, seinen Standpunkt zu ändern, Trubic?«

Felix deutete ein Achselzucken an und ließ den Blick aus dem Fenster in den Hof wandern, wo einst ein gewisser Herr Kenndorf, der Mitte des vergangenen Jahrhunderts die Centrale des Departements für Okkulte Angelegenheiten geleitet hatte, einen Nymphengarten mit anmutig plätschernden Brünnlein und hübschen Zierpflanzen hatte anlegen lassen; einem spätbarocken Lustschlösschen hätte der Garten gewiss zu Ehren gereicht, im Innenhof der Centrale einer der mächtigsten Geheimorganisationen machte er sich indes etwas lächerlich aus – ganz besonders, wenn man wusste, wie die Wesen, die man mit den Bezeichnungen Nymphen und Najaden bedacht hatte, in der Realität aussahen, und welch unangenehme Zeitgenossen sie waren.

»Vielleicht haben die Herren vom Generalstab erkannt, dass es sich um eine etwas übertriebene Vorsichtsmaßnahme handelte?«, schlug Felix nach einem Moment in demonstrativer Arglosigkeit vor.

Wie auf Kommando begann die Bulldogge zu knurren und verstummte erst, als Blum mit der Spitze ihres Gehstocks mehrmals vehement auf den Boden klopfte.

»Keiner der anderen betroffenen Agenten wurde zur Rehabilitation vorgeschlagen«, entgegnete sie trocken.

»Oder man erachtet meine persönliche Integrität und meine Dienste am Kaiserreich für derart außergewöhnlich, dass mir eine privilegierte Behandlung zuteilwird?«

»Ihre persönliche Integrität. Ha.« Judith Blum maß ihn abschätzig durch die Lorgnette. »Was mich zu dem eigentlichen Grund Ihrer Vorladung bringt: Hat Merentheim Ihnen seine Pläne für das Luftschiff gestanden?«

Felix lächelte ihr zu. »Ich wusste, dass Sie unlautere Motive hatten, als Sie dem Freiherrn Ihre Unterstützung zusicherten.«

»Hätte ich Merentheim sonst ausgerechnet an Sie verwiesen?« Endlich gab sie ihre Wanderung auf und nahm hinter dem wuchtigen Schreibtisch Platz. Mit einer Handbewegung deutete sie auf das Kanapee, lud Felix ein, es ihr gleichzutun.

»Und nun berichten Sie.«

»Eine Expedition auf die … Andere Seite. Auf Befehl Seiner Erzherzoglichen Majestät, des Thronfolgers.« Judith Blum, die Felix' Zusammenfassung der Geschehnisse in verbissenem Schweigen gelauscht hatte, schüttelte langsam den Kopf. »Konnten Sie in Erfahrung bringen, warum Merentheim solch ein Wagnis eingehen will?«

»Unglücklicherweise wurden wir gestört, ehe wir uns dieser zweifelsohne brisanten Frage zuwenden konnten«, gab Felix leichthin zur Antwort.

Blum schwenkte ihre Lorgnette. »Wie lange kennen wir einander nun schon, Graf?«, wollte sie unvermittelt wissen, ein Anflug von Bitterkeit in ihrer Stimme.

Vorsichtig, um Blums heißgeliebte Bulldogge, die sich neben ihm auf einem Polster eingerollt hatte, nicht zu stören, lehnte sich Felix in dem Sofa zurück. »Im März waren es zwanzig Jahre, seit ich mich für das Departement rekrutieren ließ.«

»Zwanzig Jahre.« Judith Blum beschrieb mit ihrer Lorgnette einen Kreis in der Luft. »Sie haben Fehler gemacht, Trubic. Gravierende und lässliche, so wie jeder andere Agent auch. Sie haben Schlampereien begangen und Fehleinschätzungen abgegeben. Ihr Leichtsinn grenzt an Arroganz, Ihre Methoden sind oftmals fragwürdig, Sie verwechseln Mut mit Tollkühnheit und Risiko mit Wahnwitz.«

Felix hüstelte pikiert, erschien ihm dies Resümee seiner Karriere im okkulten Dienst doch etwas tendenziös. Immerhin konnten selbst seine schärfsten Kritiker im Departement – und davon gab es einige – nicht leugnen, dass er sein Metier verstand, dass er der Monarchie des Öfteren schon exzellente Dienste geleistet hatte.

Judith Blum tippte mit dem Stiel ihrer Lorgnette auf die Schreibtischplatte. »Aber heute haben Sie mich zum ersten Mal in all dieser Zeit enttäuscht«, schloss sie müde.

»Ich bitte um Verzeihung?« Felix meinte seinen Ohren nicht zu trauen.

»Ihnen ist der unverzeihlichste aller Fehler im Umgang mit dem Okkulten unterlaufen: Sie haben sich von Ihren persönlichen Vorurteilen leiten lassen.«

»Ach?« Gedankenverloren streckte er die Hand nach der Bulldogge aus und kraulte ihren runden Schädel. Dass eine Kritik traf, bedeutete noch lange nicht, dass man sich diesen Umstand auch anmerken lassen musste.

»Sie halten Merentheims Unterfangen für verrückt, weil Sie selbst nicht an die Existenz der Anderen Seite, der verlorenen Lande, glauben. Weil Sie sich niemals die Mühe gemacht haben, sich mit der Thematik auseinanderzusetzen.« Verachtung schwang in ihrer Stimme mit.

»Lassen Sie hinter sich, was handelsübliche Logik und Vernunft Sie gelehrt haben.« Das waren die ersten Worte gewesen, die Hauptmann Melichar, jener Agent des Departements, dem die komplexe Aufgabe zugefallen war, Graf Felix Trubic für den Dienst in okkulten Angelegenheiten auszubilden, an ihn gerichtet hatte. »Vergessen Sie, was eine Welt Sie gelehrt hat, die jede wissenschaftliche Erklärung, und mag sie noch so lückenhaft, noch so weit hergeholt sein, einer weitaus trefflicheren okkulten Lösung vorzieht.«

Unwillkürlich presste Felix eine Hand gegen die neue, alte Narbe an seinem Hals, diese furchtbare Narbe, die ihn erinnerte an die Nacht, in der er gestorben war, um als ein anderer weiterzuleben.

»So unangenehm es mir auch ist, ich fürchte, Sie haben recht«, sagte er zuletzt, ein wohlkalkuliertes Lächeln auf den Lippen.

»Ja.« Judith Blums Stimme ließ keinen Zweifel daran, wie wenig sie dieses Eingeständnis erstaunte. »Holen Sie Ihre Versäumnisse nach, und versuchen Sie mehr über unser schwarzmagisches Luftschiff in Erfahrung zu bringen.«

»Das heißt, ich befinde mich wieder in Amt und Würden?«, vergewisserte sich Felix mit einem schnellen Seitenblick auf die Akte, die prominent auf Blums Schreibtisch thronte.

Die Direktorin des Departements für Okkulte Angelegenheiten nickte grimmig. »Wenn der Generalstab kein Sicherheitsrisiko mehr in Ihnen zu erkennen meint, sehe ich keine Veranlassung, auf einen meiner erfolgreichsten Agenten« – ein flüchtiges, beifälliges Lächeln – »weiterhin zu verzichten. Offiziell wird Ihre Suspendierung allerdings aufrechterhalten, bis die unselige Geschichte rund um das Luftschiff abgeschlossen ist. Selbst wenn es mir physisches Unbehagen verschafft, eine Meinung mit dem Freiherrn zu teilen, muss ich ihm in dieser Hinsicht beipflichten: Es wird keinen Fall *Fortuna* geben. Das sind wir dem Kaiserreich schuldig.«

Aller Wahrscheinlichkeit nach mochte Aaron Rosenstein über einen Wohnsitz außerhalb der Centrale verfügen und sich nicht, wie man im Departement scherzte, des Nachts in der voluminösen Holztruhe, die einen großen Teil seines Bureaus vereinnahmte, zur Ruhe begeben. Dies hinderte ihn keineswegs daran, die meiste Zeit seines Lebens dennoch in dem Arbeitszimmer zuzubringen, das auf engem Raum eine hübsche Sammlung von Kuriosa, Wunderlichkeiten und altmodischem Mobiliar beherbergte.

Auch jetzt saß er, umgeben von Bücherstapeln und Papieren, in seinem schäbigen Fauteuil, die Füße bequem auf das nicht weniger zerschlissene Sofa gebettet, und schrieb in einem Notizbuch.

»Rosenstein! Ich brauche sämtliche Informationen über die Feenlande, die Sie mir beschaffen können!«, rief ihm Felix zu, kaum dass er über mehrere Photographien und durchaus geschickte Bleistiftskizzen, die auf dem Parkett ausgebreitet lagen, in den Raum getreten war.

Helle Verwirrung lag in Rosensteins Blick. »Sagen Sie mir eines, Graf: Stehen wir einander nahe genug, dass ich mir die Frage erlauben dürfte, ob Sie den Verstand verloren haben?«

»Ich werde darüber nachdenken.« Felix bückte sich, um die Zeichnungen eingehender zu studieren. »Bis ich zu einem Entschluss gekommen bin, beschaffen Sie mir, was Sie an Literatur finden können. Sagen, Legenden, Visionen von Verrückten, wissenschaftliche Abhandlungen von noch viel Verrückteren, fiktionalisierte Berichte, was Ihnen in die Hände kommt. Dabei legen Sie besonderes Augenmerk auf – und glauben Sie mir, die Ironie meiner Worte entgeht mir nicht – einigermaßen seriöse Hinweise auf die mögliche geographische Platzierung.«

Rosenstein regte sich nicht. Den Federhalter in der Hand saß er wie erstarrt da und schien nicht zu bemerken, dass Tinte auf seine Anzugweste tropfte.

»Zwanzig Jahre schweren Kerkers für Sie, Trubic?«, fand er schließlich die Sprache wieder.

»In der Tat. Es entsprach schon immer meiner tiefsten Überzeugung, dass Ignoranz mit Kerkerhaft bestraft werden sollte.« Felix richtete sich wieder auf, die Hände in die Hüften gestemmt. »Was immer Sie hier tun«, er wies auf die Skizzen, »und ich nehme an, es steht in irgendeiner Relation zu dem Kaiserbild des naturhistorischen Museums, so mich Ihre Zeichenkünste nicht in die Irre geleitet haben, es wird, fürchte ich, warten müssen.« Er ließ Rosenstein, der sich nervös über den Schnurrbart strich und offenkundig nicht wusste, wie ihm geschah, keine Zeit für eine Antwort. »Ich bin Ihnen einmal mehr zu Dank verpflichtet.« Schon wieder an der Schwelle, wandte er sich noch einmal um: »Ach, und ich hoffe, Sie haben über die nächsten beiden Tage noch nicht verfügt. Vor ein paar Stunden erreichte mich ein Telegramm: Merentheim hat uns auf Vasilescus Landgut geladen.«

»Uns? Ich habe weder die Ehre, Baron Vasilescu noch Oberst Merentheim zu kennen!«

»Umso besser. Welch ein Vergnügen wird es den Herren dann bereiten, Ihre werte Bekanntschaft zu machen.«

»Graf! Bei allem, was recht ist!«, hörte er Rosenstein rufen, während er die Tür ins Schloss zog. Felix seufzte; die Vergangenheit hatte bewiesen, dass der junge Arzt sich in einen ausnehmend grimmigen Zeitgenossen verwandeln konnte, wenn ihm der Sinn danach stand. Eine Fahrt quer durch Wien in Gesellschaft eines missgelaunten Dr. Rosenstein ging gegenwärtig über seine Kräfte, entschied Felix und öffnete erneut die Tür.

»Was, zum Teufel, können Sie nur dagegen haben, dass ich Sie ein bisschen in die gehobene Gesellschaft einführe?«

Rosenstein tippte sich mit der Spitze des Federhalters gegen das Kinn. »Abgesehen davon, dass ich es nicht leiden mag, wenn Sie mich wie eine Schachfigur über das Spielbrett schieben? Nun, wie Ihnen schwerlich entgangen sein könnte, bearbeite ich bereits einen Fall! Die Figuren in dem Kaiserbild haben sich schon wieder umgestellt.«

»Ich bitte Sie.« Mit der Stiefelspitze tippte Felix auf den Rand eines Skizzenblattes, was Rosenstein veranlasste, empört aus seinem Sessel hochzufahren. »Weiter nichts? In einem magischen Bild macht ein vergangener Kaiser einen kleinen Spaziergang?«

»Der Kaiser eben nicht«, korrigierte ihn Rosenstein. »Aber die Herrschaften um ihn wechseln ihre Positionen, und auch im Hintergrund des Gemäldes konnte ich einige interessante Veränderungen ausmachen. Wenn Sie beispielsweise die Photographie, dort bei der Tür, zur Hand nehmen …«

»Worauf ich dankend verzichten werde«, unterbrach ihn Felix. »Ersparen Sie sich – und mir – die Qual, mich von der Dringlichkeit Ihres Auftrages zu überzeugen.«

Rosenstein schlug das Notizbuch zu. »Nun, wenn Sie es wissen müssen, ich habe für die kommenden Tage bereits Verabredungen getroffen.«

Felix gestattete sich ein leises Lächeln, das Rosenstein wiederum zu erzürnen schien. »Ja, mit besagter Schauspielerin«, gab er in gekränktem Ton zurück. »Aber darum geht es mir nicht. Wollen Sie mir nicht wenigstens erklären, woraus Ihr plötzliches Interesse an den Feenlanden resultiert, wenn Sie in mir schon Ihren persönlichen Rechercheur sehen?«

»Nein. Ich fürchte, es wird mir gegenwärtig nicht möglich sein«, verbesserte sich Felix rasch. »In drei Stunden fahren wir los. Sie sehen, ich lasse Ihnen ausreichend Zeit, Ihrer Schauspielerin zu telegraphieren und zu packen.«

»Ich danke Ihnen herzlich«, gab Rosenstein trocken zur Antwort. »Auch wenn ich noch immer nicht verstehe, weshalb Sie ausgerechnet auf meine Gesellschaft solchen Wert legen.«

»Oh weh. Sie wollen mir ein Geständnis abringen.« Mit einem schweren Seufzen zog Felix das Telegramm aus der Innentasche seines Jacketts. »Da, sehen Sie, was mir der gute Oberst schreibt: ›vertrauenswürdige Begleitung mitzubringen‹. Nun, auch wenn es mir fernliegt, Sie mit Freundschaftsbeteuerungen in Verlegenheit zu bringen, muss ich doch einräumen, dass Sie zu den wenigen Menschen gehören, denen ich vertraue.«

»Ja, ich weiß«, murmelte Rosenstein. Als Felix die Tür hinter sich ins Schloss zog, hörte er Aaron Rosenstein noch »leider« hinzufügen.

Jemand hatte die Monate seiner Abwesenheit genutzt, den kleinen Globus aus Malachit zu entwenden – den einzigen Zierrat, den Felix in seinem Bureau geduldet hatte, und dies nur aus dem Grund, dass jener ein Geschenk seiner in Geschmacksfragen erschütternd unbekümmerten Tochter gewesen war. Viel schwerer wog, dass sämtliche Dokumente, Akten und Aufzeichnungen, die sich auf dem Marmorschreibtisch, in den Regalen, zumeist auch auf der zierlichen kleinen Sitzgarnitur getürmt hatten, verschwunden waren. Wie vorgestern schon, als er das Zimmer aufgesucht hatte, um Siegelring und Gift an sich zu nehmen, beschlich ihn der Gedanke, dass niemand in der Centrale mit seiner Rückkehr gerechnet hatte. Einzig das Dossier, das seinen Namen trug, lag mit einer Notiz versehen auf dem Beistelltisch. »Zu Ihrer Verfügung«, stand in Direktorin Blums schwungvoller Handschrift zu lesen. Er nahm die Akte an sich und spielte einen lächerlichen Augenblick mit dem Gedanken, darin zu blättern, in der nüchternen Bestandsaufnahme jener seiner Sünden und Verfehlungen zu lesen, die ihn in den Augen des innersten Kreises um Hötzendorf für den heiklen Dienst in okkulten Angelegenheiten ungeeignet machten – wie jüngst seine Suspendierung bewiesen hatte. »Agenten, die aufgrund von Lebenswandel und anderweitiger Disposition gegenüber Manipulationen seitens potenziell feindlicher Mächte als besonders empfänglich gelten müssen, sind mit sofortiger Wirkung vom aktiven Dienst zu befreien«, so hatte das lapidare Schreiben gelautet. Bisher war es Felix nicht gelungen, in Erfahrung zu bringen, wer den Aktenvermerk bezüglich seiner privaten Neigungen angebracht hatte. Doch wie die Dinge nun standen, konnte er sich nicht mehr aufraffen, Rachsucht zu empfinden. Unbestreitbar war er zu sorglos gewesen in der Vergangenheit; in dem Wissen, dass er nicht wenigen Persönlichkeiten von Rang, Namen und Einfluss, darunter mindestens ein Erzherzog, in den unterschiedlichsten okkulten Verwicklungen zu Dienste gewesen war, dass er zu viele Abgründe und Geheimnisse kannte, hatte er sich stets für etwas unentbehrlicher, etwas unantastbarer gehalten, als er es am Ende gewesen war.

Oberst Alfred Redl vom Evidenzbureau hatte den Ausschlag gegeben, indem er jahrelang brisante Informationen an russische Geheimagenten weitergab, die ihn mit ihren Kenntnissen um seine Liaisonen mit mehreren jungen Offizieren erpressten. Wie so üblich hatte der Generalstab daraufhin Beschlüsse gefasst, die Felix in Anbetracht der eigentlichen Spionageproblematik kaum angemessen erschienen. Alfred Redl selbst war in den Freitod gegangen.

»Freitod!« Felix entsann sich Dejans empörten Ausrufs an jenem lauen Abend im Mai, da sie die Nachricht erhalten hatten. »Wo bleibt der freie Wille, wenn man keine andere Wahl hat?«

Mit spitzen Fingern schob Felix das Dossier beiseite, es spielte keine Rolle mehr. Merentheim hatte Wort gehalten, und nun galt es, sich dem einen oder anderen weiteren erzwungenen Selbstmord zu widmen.

Selbst wenn er nicht gewillt war, Judith Blum die harsche Einschätzung seiner Fähigkeiten so bald zu vergeben, vor sich selbst musste er sich doch eingestehen, einen peinlichen Fehler begangen zu haben: Kein einziges Mal seit Merentheims Offenlegung seiner unwahrscheinlichen Pläne war ihm die Frage nach den Hintergründen in den Sinn gekommen. Ganz gleich, ob er die Geschichten von der vergangenen Welt der Feenwesen – der Anderen Seite, wie Blum sie genannt hatte – für Relikte einer abergläubischeren, phantasiereicheren Zeit hielt, es war nicht undenkbar, dass *jemand* an sie glaubte. Dass Krauß und Kovacs hatten sterben müssen, um die Vollendung des Luftschiffes und damit die Expedition zu verhindern, war eine ebenso taugliche – oder wahnwitzige – Hypothese, wie all die anderen, die er in den vergangenen Tagen aufgestellt hatte. Was selbstverständlich noch keineswegs die Existenz der Anderen Seite oder gar die Möglichkeit, sie mittels eines Luftschiffes zu bereisen, bewies: Seit es Ideen gab, waren denkende Wesen bereit gewesen, für sie zu leben, zu sterben – oder zu morden.

»Ich wiederhole mich nur ungern, Graf, aber sind Sie sich im Klaren darüber, was Sie zu tun im Begriff sind?« Rosenstein, eine Hand an der Hutkrempe, schrie beinahe, um sich gegen den Fahrtwind Gehör zu verschaffen. Seit sie Wien hinter sich gelassen hatten, fand der Chauffeur offensichtlich großes Vergnügen daran, in halsbrecherischem Tempo über die unebenen

Landstraßen zu jagen, dass Weinberge, Wiesen und Wälder nur so vorbeirasten.

»Ich gehöre doch überhaupt nicht dazu! Zu der Gesellschaft!«, präzisierte sich Rosenstein. »Im besten Fall wird man mich ignorieren, im schlimmsten Anstoß an mir nehmen!«

Felix erging sich in einem Schulterzucken. »Ich verstehe Ihre Bedenken nicht, mein Lieber. Baron Vasilescu lädt einige Gäste auf sein Landgut, unter anderem den Oberst von Merentheim, der den Gastgeber bittet, die Einladung auf mich und eine diskrete, doch informierte Begleitung meiner Wahl auszudehnen.«

Träge lehnte er in der Rückbank des tiefroten Automobils (nomineller Besitz der Centrale, praktisch hauptsächlich von Graf Felix Trubic requiriert) und streckte die Beine. »Wenn mich nicht alles täuscht, wird Merentheim nicht unzufrieden sein, zwei Agenten des Okkulten auf seiner Soiree zu wissen, die eingreifen können, sobald die Lage, nun, wir wollen es prekär nennen, zu werden droht.« Lediglich dem Umstand, dass sie gegenwärtig eine Ortschaft passierten und der Chauffeur sich gezwungen sah, das Fahrttempo ein wenig zu drosseln, hatte er zu verdanken, dass er diese Mitteilung nicht schreiend kundtun musste.

Rosenstein war nicht überzeugt. »Es ist eine Soiree, Graf. Wie prekär kann so eine Veranstaltung schon werden?«

»Aber, lieber Freund«, tadelte Felix. »Mehr Menschen haben bereits in Folge von Abendgesellschaften denn im Krieg ihr Leben gelassen.« Mit spitzen Fingern zog er den Abschiedsbrief, den er am Vortag Kovacs abgenommen hatte, aus der Manteltasche und reichte ihn Rosenstein weiter.

»Aus verlässlicher Quelle, von unserem Oberst höchstpersönlich, wurde ich informiert, dass sämtliche hier genannte Herren die morgige Soiree besuchen werden«, erklärte er, während Rosenstein stirnrunzelnd das Schreiben las.

»Ich hoffe, Sie haben angeregt, sämtliche betreffende Personen unter Polizeischutz zu stellen?«, erkundigte sich dieser, beantwortete sich seine Frage dann jedoch sogleich selbst: »Nein, natürlich nicht. Nur kein Aufsehen erregen. Selbst wenn es ein Menschenleben kostet.« Er zog sich den Hut tiefer in die Stirn, bis dieser beinahe seine Augenbrauen bedeckte. »Wenn wir schon von unverantwortlichen Risiken reden: Lassen Sie mich bei Gelegenheit nach Ihrer jüngsten Verwundung sehen.«

Felix widerstand dem Impuls, nach dem Verband zu tasten, den er wieder angelegt hatte, um ihn so lange zu tragen, bis das Vorhandensein der Narbe einigermaßen plausibel schien, und wohl auch, weil deren Anblick ihm schier unerträglich war. Im Sommer 1909 war es gewesen, in einer schwülen Julinacht, da hatte er den Tod um seine Seele betrogen. Nicht Unsterblichkeit, nur eine zweite Chance hatte er begehrt, und dunkle Magie hatte ihm Jugend, Stärke, ein neues Leben beschert. Wie einen zerschlissenen Mantel, den er zu lange getragen hatte, hatte er sie abgestreift, die Fetzen seiner Existenz, und mit ihnen all die alten Narben, Mahnmale zu vieler Gefechte, in die er gezogen war.

»Es besteht keinerlei Anlass zur Besorgnis«, wich er dem Ansinnen aus; nicht einmal mit Rosenstein, der ihm ein Freund war, der die Geschichte um Felix' neues Leben wohl kannte, sah er sich gewillt, die Implikationen der Narbe zu diskutieren: was, wenn die glorreiche Maskerade ihr Ende fand, wenn der Zauber verging, *peu à peu*, bis er zuletzt, sterbenskrank, vom Leben schwer gezeichnet, sich dem Schicksal ergeben musste, dem er vor vier Jahren entflohen war?

Obgleich es als Kurort und Sommerfrischeziel längst im Schatten ungleich mondänerer Orte wie Marienbad, Abbazia oder gar Bad Ischl stand, war dem Städtchen Baden bei Wien ein gewisser pittoresker Charme nicht abzusprechen. Bauwerke und Gassen atmeten noch immer etwas von dem Glanz vergangener Tage, immerhin war Baden in den ersten Dekaden des letzten Jahrhunderts nicht nur die Ehre zuteilgeworden, zuweilen als kaiserliche Sommerresidenz zu dienen, auch was an Künstlern, an Musikern, an Poeten Rang und Namen hatte, war hier verkehrt.

Felix Trubic hasste die Stadt mit profunder, wenngleich nicht unbedingt wohlfundierter Passion: Schließlich konnte es Baden nicht angelastet werden, dass ausgerechnet hier, ausgerechnet im Rosengarten vor dem Salettl, wo jeden Nachmittag um fünf die Militärkapelle musizierte, die erste, große Liebe seiner Jugend zerbrochen war; obschon die Erinnerung lange verblasst war, hatte Felix noch immer nichts denn Verachtung übrig für das Städtchen.

»Die biedermeierliche Betulichkeit widert mich an«, ließ er Rosenstein wissen, während das Automobil sich allmählich dem Stadtrand und damit dem Landhaus von Baron Vasilescu näherte. »Klein-Wien, hingeschmiert von einem Maler, der sich auf billige Ansichtskarten versteht.« Auch Vasilescus Villa, ein weitläufiges Gebäude, das auf einer Anhöhe inmitten eines Fichtenwäldchens gelegen war, fand vor seinen Augen wenig Gnade. Das gleiche Schicksal ereilte den pompösen Majordomus, der sie auf dem Vorplatz wortreich in Empfang nahm, um sogleich davonzustürzen, um dem Hausherrn Bescheid zu geben und nach Dienern zu schicken, die sich des Gepäcks annehmen sollten.

Mit einem Taschentuch wischte sich Rosenstein den Schweiß von der Stirn. Felix, der soeben den Chauffeur verabschiedet und ihn angewiesen hatte, sich Montagmorgen Punkt neun Uhr wieder einzufinden, bedachte den Freund mit einem kleinen Lächeln. »Auf in die Schlacht«, flüsterte er, als Baron Vasilescu an die Schwelle trat.

»Graf Trubic, ich freue mich, Sie in meinem Haus zu begrüßen!« Marian Vasilescu schüttelte seine Hand so herzlich, dass Felix beinahe geneigt war, seinen Worten Glauben zu schenken. Doch wusste er Bescheid um die okkulten Gründe seiner Anwesenheit oder gar um die Freundschaft, die Alin Felix entgegenbrachte?

Felix erwiderte die Höflichkeiten, stellte Dr. Rosenstein vor und musterte Vasilescu dabei scharf; dem Bild des finsteren Despoten, das Alin von seinem Vater gezeichnet hatte, wurde der Baron zumindest äußerlich nicht gerecht. Wie Alin durfte er ein ansprechendes, wenngleich etwas weiches Gesicht, dichte schwarzbraune Locken und ein gewinnendes Lächeln sein eigen nennen. Im Unterschied zu seinem Sohn war er von kräftiger, muskulöser Statur und alles andere denn hochgewachsen – tatsächlich überragte ihn selbst Felix, der sich längst damit abgefunden hatte, nur mit etwas gutem Willen noch als mittelgroß durchzugehen. Ebenfalls im Gegensatz zu Alin verfügte er über natürlichen Charme und Sinn für das Wesentliche. So sahen sich Felix und Rosenstein über die Pläne des Wochenendes in Kenntnis gesetzt, bevor sie noch die Eingangshalle passiert hatten: Heute würde man in kleiner Runde dinieren, während am Sonntag die Soiree zu Ehren Merentheims stattfinden würde; bei dieser Gelegenheit sollte auch präsentiert werden, was Vasilescu »seine Ungeheuer aus der Zukunft« nannte.

»Ungeheuer?«, wiederholte Felix mit unverhohlener Neugier.

»Ungeheuer!« Vasilescu lachte breit. »Lassen Sie sich nur überraschen!«

Sie waren nicht die ersten Gäste; auf der Veranda hatten sich neben Oberst von Merentheim, der Felix mit einem undeutbaren Lächeln begrüßte, bereits ein beleibter Herr mit imposantem pechschwarzen Schnurrbart – Hauptmann Pelic –, dessen beide bildhübsche, dem Mädchenalter kaum entwachsene Töchter, ein elegantes Industriellenpaar sowie eine zierliche, etwas kühle Dame unschätzbaren Alters eingefunden. Hélène St. Auguste. Die Frau, um deretwillen Alin sich Hals über Kopf in das Abenteuer gestürzt hatte, das nun im Begriff war, ihm den Verstand zu rauben. Sie senkte die Lider, als Felix ihre feine, blasse Hand an seine Lippen führte.

Man plauderte über Belanglosigkeiten; die Gemahlin des ungarischen Industriellen schlug wagemutig vor, sich den strahlenden Herbstnachmittag zunutze zu machen und einen Spaziergang zu einer im nahen Helenental gelegenen Burgruine zu unternehmen, und scheiterte an der Trägheit der Versammelten. Rosenstein, der sich offensichtlich für die Trennung von seiner Schauspielerin schadlos halten wollte, war es gelungen, die beiden Töchter des Hauptmanns in eine Unterhaltung zu verwickeln, bei der er, dem Gekicher und der Munterkeit der Mädchen nach zu schließen, keine schlechte Figur machte.

»Graf Trubic?« Merentheim war an Felix' Seite getreten, offenkundig hatte er nur darauf gewartet, bis sich die allgemeine Aufmerksamkeit von den Neuankömmlingen beliebigeren Themen zugewendet hatte.

»Kommen Sie, ich möchte Ihnen etwas zeigen«, kündigte er an, sein Tonfall von ausgesuchter Höflichkeit, ja, freundlich beinahe; die Differenzen der vergangenen Tage vergeben und vergessen. Er warf Vasilescu einen schnellen Seitenblick zu, den der Baron mit einem unmerklichen Nicken beantwortete.

»Ich danke Ihnen, dass Sie gekommen sind«, eröffnete Merentheim das Gespräch, sobald er Felix die wenigen Stufen von der Veranda auf den schmalen Kiesweg hinabgeleitet hatte, der sich über die Wiese auf den Fichtenhain zu wand. »In Anbetracht der jüngsten Vorfälle wird es mir eine große Beruhigung sein, fachkundige Unterstützung unter den Anwesenden zu wissen, wenn unser Gastgeber morgen seine Enthüllung tätigt.« Merentheim seufzte, er sah erschöpft und mitgenommen aus, die Wangen schlecht rasiert, die Augen blutunterlaufen.

»Der Baron versprach mir Ungeheuer«, warf Felix mit einer Unbekümmertheit, die er kaum verspürte, ein.

»Ja.« Oberst von Merentheim tat einen raschen Blick über die Schulter, als rechnete er mit neugierigen Lauschern, die sich hinter den Baumstämmen verbargen. »Ich wünschte, er hätte noch ein wenig gewartet, ehe er sie der Welt präsentierte. In einem wenigstens hatten Sie nicht unrecht«, fügte er düster hinzu. »Wir haben wahrhaftig nicht verstanden, worauf wir uns einließen, als wir den Bau der *Fortuna* begannen.« Eine wegwerfende Handbewegung. »Genau wissen wir es heute noch nicht. Krauß und Kovacs mussten vielleicht für diese, unsere Nachlässigkeit mit dem Leben büßen.«

Der Weg endete nach einer jähen Biegung auf einer weiten Lichtung, in deren Mitte ein von architektonischem Standpunkt aus nicht vollkommen gelungener Pavillon errichtet war. Dieser erweckte den Anschein, als hätte der Erbauer sich nicht entschließen können, ob der Sinn ihm nach einer Kopie des Schönbrunner Palmenhauses *en miniature* oder doch eher nach der Phantasieversion eines orientalischen Palastes stand; das Ergebnis war ein zwiebeltürmiges Kuriosum aus Glas und Stahl, vor dem nun drei Männer Wache hielten. Obgleich sie in Zivil waren, boten sie einen ausnehmend wehrhaften Eindruck, einer grüßte Merentheim gar mit einem zackigen Salut.

»Vasilescu hat einen … ungewöhnlichen Geschmack«, bemerkte Felix trocken, während er Merentheim in das Innere des Pavillons folgte.

Der Oberst hustete trocken. »Warten Sie nur ab.« Mit einem Mal war ein metallisches Klirren und Scheppern zu vernehmen; Merentheim stieß eine weitere Tür auf, und Felix verbiss sich ein Lächeln.

»Sie belieben zu scherzen, Freiherr. Das sollen die Ungeheuer sein, von denen unser Gastgeber sprach?«

Die Kreaturen waren ebenso wenig bemerkenswert wie der Saal, der sie beherbergte; letzterer stellte sich als weitgehend kahl, mit kleinen, blassgrauen Fließen gepflastert heraus, eine Eintönigkeit, die weder die staubigen Palmen, noch der Zierbrunnen auflockern konnten. Vor dieser tristen Kulisse promenierte einher, was Felix nur als mechanische Menagerie bezeichnen konnte: Kaum handtellergroße Vögel, oder, besser noch, Vogelgerippe, deren Messingleiber im Sonnenlicht glänzten, flatterten durch den Raum, ließen sich bald auf den Palmen, bald am Rand des Brunnens nieder. Auf dem Boden staksten mit kreischenden Scharnieren mehrere Automaten umher, die kleinwüchsigen Mantikoren nachempfunden sein mochten (allerdings war sich Felix äußerst sicher, dass ihr Schöpfer zu den glücklichen Menschen gehörte, die niemals das zweifelhafte Vergnügen gehabt hatten, einem lebendigen Mantikor gegenüberzustehen).

Merentheim verschränkte die Arme vor der Brust. »Was hatten Sie sich erwartet, Graf Trubic?«, fragte er mit ehrlicher Verwunderung.

Abwehrend hob Felix die Hände. »Ich weiß es nicht«, bekannte er, »möglicherweise etwas Spektakuläres – und Nützlicheres – denn ein paar mechanische Tiere.« Mit erhobenen Brauen sah er einem der Zwergmantikore zu, der steifbeinig den Brunnenrand erklomm. »Das waren die mysteriösen Automaten, an denen Krauß gebaut hat?« Er bemerkte Merentheims Erstaunen und verzog die Lippen zu einem schiefen Grinsen. »Alin Vasilescu hat mir davon erzählt«, erklärte er.

»Ich verstehe. Er muss die Automaten bei einem Besuch bei Krauß gesehen haben. Ich erinnere mich, es nahm einige Zeit in Anspruch, Krauß davon zu überzeugen, dass es zu riskant war, die Grundmodelle in seiner Stadtwohnung zu verwahren.

In einer geheimen Unternehmung mussten einige meiner Mitarbeiter die Automaten schließlich an einen sicheren Ort – hierher – transportieren«, erging sich Merentheim in Reminiszenzen.

»Und dabei haben Ihre hochgeschätzten Untergebenen einen Metallvogel vergessen, der nun aus mir gänzlich unerfindlichen Gründen den armen Alin mit Grauen und Staunen gleichermaßen erfüllte«, erwiderte Felix spöttisch.

»Vasilescu ist ein kluger junger Mann«, sagte Merentheim versonnen. »Und Sie, Graf, bei allem Respekt, den ich Ihnen, Gott weiß warum, immer noch entgegenbringe, verkennen die Lage.« Langsamen Schrittes trat er aus der Tür, auf den Zierbrunnen zu, was die groteske Fauna des Pavillons veranlasste, sich eilends in die Winkel des Raumes zurückzuziehen. »Zum einen legen vermutlich die wenigsten Menschen eine derartige Übersättigung hinsichtlich des Außergewöhnlichen an den Tag wie Sie. Zum anderen …« Einer der metallenen Mantikore bewegte sich vorsichtig auf Merentheim zu, der sich in die Hocke sinken ließ und eine Hand nach der Kreatur ausstreckte. »Sehen Sie nur«, flüsterte er.

»Sie verhalten sich wie Tiere«, stellte Felix ebenso leise fest. Alins Worte kamen ihm in den Sinn: »Sie leben.« Bis zu diesem Moment hatte er diese Formulierung für nichts weiter denn eine jener Übertreibungen gehalten, derer die Menschheit sich seit jeher bediente, wenn es ihr an den korrekten Begriffen zur Schilderung von Magie fehlte. Ein zweiter der Miniaturmantikore wagte sich aus seinem Versteck hinter einer Palme, den metallenen Kopf erhoben, als wolle er Witterung aufnehmen.

»Es *sind* Tiere. Von einem gewissen Standpunkt aus jedenfalls. Metallkörper mit dem Bewusstsein lebendiger Kreaturen.« Merentheim richtete sich wieder auf. »Es war eines der liebsten Projekte von Dr. Krauß. Es ist ein Unglück, dass er seinen

Triumph nicht mehr auskosten konnte. Dass er so kurz nach ihrer Fertigstellung sein Leben hat lassen müssen.«

Der mutigste der Mantikore pirschte sich heran, stieß mit seiner breiten Metallschnauze an Felix' Oberschenkel, wie ein Hund, der Streicheleinheiten oder einen Leckerbissen erwartete. Nachdenklich starrte Felix auf die Kreatur hinab: Sie schienen über ein freundliches Temperament zu verfügen, bei all ihrer exquisiten Hässlichkeit – und anders konnte man ein Wesen nicht beschreiben, das seinen gedrungenen Messingleib auf entschieden zu kurzen Beinen einherschleppte, überdies noch einen flachen, breiten Schädel sein Eigen nannte, der an Kreuzung aus Löwe und Kröte gemahnte. Dennoch konnte Felix nicht umhin, den Stachel am Schwanz der Kreatur zu registrieren sowie die Krallen an ihren Pfoten.

»Was sollen sie eigentlich darstellen?«, wollte er wissen.

Merentheim winkte ab. »Oh, ich glaube nicht, dass die Namen dieser Wesen Ihnen weiterhelfen. Aber sie sind zahm und friedfertig, das ist die Hauptsache. Und nun kommen Sie, wir wollen umkehren. Baron Vasilescu hat die unerfreuliche Angelegenheit, das Diner stets sehr früh anzusetzen.«

Der glückliche Zufall wollte, dass Felix sich bei Tisch neben der Gattin des ungarischen Industriellen wiederfand, die über eine Vielzahl höchst fragwürdiger politischer Meinungen und keinerlei Scheu, sich dieser undamenhaften Thematik anzunehmen, verfügte; gleichzeitig duldete sie weder Widerspruch noch Unterbrechung, sodass Felix seinem Ruf, ein angenehmer Gesellschafter zu sein, gerecht werden konnte, indem er seinen eigenen Gedanken nachhing, während er interessiert zu lauschen vorgab.

Vasilescu hatte die Kreaturen – Felix wollte sie nicht länger Automaten nennen – als kleine Vergeltung des Vermögens erhalten, das er bereits in die *Fortuna* investiert hatte. Was immer er auch mit dieser wunderlichen Menagerie anfangen mochte, stand auf einem anderen Blatt. Krauß war in der Tat ein Träumer, ein reiner Tor gewesen; war er niemals in die Versuchung geraten, kampflustige Scheusale anstelle dieser harmlosen Kuriosa zu erschaffen? Eine Armee aus überdimensionierten Zinnsoldaten erstehen zu lassen? Hatte der Umstand, dass er für das Kriegsministerium tätig war, ihn so wenig geprägt? Andererseits hatte Alin von *vier* Automatenarten berichtet, die er in Krauß' Wohnung in den vergangenen Monaten gesichtet hatte und nach deren Muster die Kolibriskelette und Schrumpfmantikore in Vasilescus Gartenpavillon gefertigt sein mussten; ein weiteres Modell – nach Alins Schilderungen ein rabengroßer Urzeitvogel – war in der Wohnung verblieben.

Zufrieden nippte Felix an seinem Weinglas: Wenn seine Intuition ihn nicht trog, würde er intensiv mit Merentheim über den Verbleib des vierten Automatenmodells plaudern müssen.

Vorerst wurde Felix' Geduld jedoch auf eine harte Probe gestellt, zumal das Diner sich aus einer verschwenderischen Vielzahl von Gängen zusammensetzte; als Kaffee und Liköre gereicht wurden, bot sich endlich eine Gelegenheit. Das jüngere der Fräulein Pelic, angeregt von der lebhaften Unterhaltung über die neue Opernsaison, die sich zwischen den Schwestern, Rosenstein und Madame St. Auguste entsponnen hatte, tat ihren Wunsch, als Sopranistin auf Opernbühnen zu stehen, kund. Prompt sah sich Rosenstein genötigt, eine Kunstprobe zu erbitten, und unter den wachsamen und etwas gequälten Blicken des Rittmeisters Pelic siedelte die muntere Runde ins Musikzimmer um.

Merentheim indes schlenderte durch die Verbindungstür aus dem Speisezimmer hinaus auf die Veranda; Felix wartete einen Augenblick ab, bis der Freiherr sich einen Zigarillo angezündet hatte und bequem an der steinernen Brüstung lehnte, ehe er zu ihm trat. Still und dunkel breiteten sich die bewaldeten Hügel vor ihnen aus, der weiße Kies des Pfades zum Pavillon leuchtete im Mondlicht.

»Anatol Krauß muss nicht nur ein guter Techniker, sondern auch ein überaus begabter Magier gewesen sein«, begann Felix unvermittelt das Gespräch.

Träge wandte Merentheim den Kopf nach ihm. »Nein, das würde ich eigentlich nicht behaupten«, erwiderte er und tat einen tiefen Zug an seinem Zigarillo. »Zweifellos hatte er aber ein großartiges Verständnis für das Zusammenspiel von Magie und Technik.«

»In der Tat.« Felix stützte sich leicht auf der Brüstung ab, zeichnete mit den Fingerspitzen Muster auf den kühlen, rauen Stein. »Was ist denn mit dem vierten Konstruktionsmodell geschehen? Taugt es nicht zur Unterhaltung einer Abendgesellschaft?«

Merentheim antwortete mit einem anerkennenden Lächeln. »Sie amüsieren mich, Graf. Kriminalistisches Geschick sollte man bei einem Mann wie Ihnen nicht vermuten. Man würde meinen, Ihnen fehlte der Blick fürs Detail.«

»Dann wird es Sie beruhigen, dass gerade dies der Fall ist.« Felix wählte eine Zigarette aus der altsilbernen Tabatiere, die Merentheim ihm anbot. »Allein, durch gute Kontakte konnte ich mich bisher für meinen Mangel an detektivischer Beobachtungsgabe schadlos halten.« Er blies das Streichholz aus. »Im Übrigen freut es mich aufrichtig, dass Sie Ihr Amüsement finden. Ich wünschte, ich könnte das auch von mir behaupten.«

Für einen Moment schwiegen beide; leise Melodien drangen aus dem Musikzimmer auf die Veranda, verfingen sich in den Geräuschen der Nacht, dem Zirpen der letzten Grillen, dem Rauschen der Blätter.

»Ich sehe nicht unbedingt gern zu, wenn ein Mensch den Dolch immer tiefer in die eigene Wunde bohrt«, setzte Felix hinzu. »Und das tun Sie. Sie weichen meinen Fragen aus, Sie hüten eifersüchtig Ihre Geheimnisse – vor mir, den Sie selbst bestimmt haben, Ihnen zu helfen.« Nachdenklich betrachtete er Merentheims verschlossenes Antlitz. »Und dabei kann ich Sie doch verstehen. Vor nicht allzu langer Zeit befand ich mich in einer Lage, die auf einer gewissen Ebene der Ihren gar nicht unähnlich war. Beinahe wäre ich meinen Geheimnissen erlegen.«

»Es macht mir nichts aus, meinen Namen auf Kovacs' Liste zu finden«, erwiderte Merentheim grimmig. »Ich fürchte den Tod nicht.«

»Ja. So dachte ich auch. Aber als der Augenblick kam, habe ich mich umentschieden.« Felix trat die Zigarette aus. Der frische Herbstwind ließ ihn frösteln. »Erzählen Sie mir, was es mit dem vierten Automaten auf sich hat.«

Merentheim sah ihn nicht an, als er sagte: »Ich werde es Ihnen zeigen.«

Im Erdgeschoss des Westflügels der Villa, durch einen eigenen Eingang vom Garten aus zu betreten, befand sich ein weitläufiger Raum, der seine Existenz wohl als Ballsaal begonnen haben musste, ehe er ob seiner ungünstigen Lage für profanere Zwecke verwendet wurde. Von dem vergangenen Glanz zeugte einzig noch ein prunkvoller Kronleuchter, an dessen Armen gläserne Nixen, Nymphen und andere neckische Fabelgestalten dem Licht entgegenstrebten. Gegenwärtig schien er, der improvisierten Rüstkammer neben der Tür nach zu schließen, eine Art Fechtsaal zu erleuchten.

»Sieh an«, murmelte Felix, sobald er den Automaten erblickte, der in der Mitte der Halle stand; im Gegensatz zu der eigentümlichen Menagerie von zuvor regte er sich nicht.

Lautlos zog Merentheim die Tür hinter sich zu. »Es war ein Versuch«, sagte er langsam. »Nachdem Krauß sich an harmlosen Kreaturen erprobt hatte, schuf er dies.« Er straffte die Schultern. »Am Vortag seines Todes konnte er ihn fertigstellen.«

Felix näherte sich dem Automaten, der ein noch weitaus groteskeres Bild bot denn die Mantikoren: Auf einem länglichen, vielbeinigen Insektenleib saß ein Torso, der vage an einen Menschen gemahnte; auf einen Kopf musste er indes verzichten, wies aber zwei Arme mit sorgfältig gearbeiteten Händen, die mit langen, spitzen Krallenfingern versehen waren, auf.

»Er ist ein Krieger«, erklärte Merentheim.

Felix verzog die Lippen zu einem dünnen, bitteren Lächeln. Also hatte Dr. Krauß doch gern mit seinen Zinnsoldaten gespielt.

»Seien Sie unbesorgt. Er – schläft.« Merentheim hatte auf der Bank an der Stirnseite des Saales Platz genommen, den Kopf an die holzgetäfelte Wand gelehnt.

»Und wenn Sie ihn weckten?« Mutwillig wandte Felix dem Automaten den Rücken zu.

»Er würde versuchen, Sie zu töten. Er kennt keine Angst, keinen Selbsterhaltungstrieb.« Merentheim nestelte am Kragen seiner Uniform. »Und, unglücklicherweise, auch keine Loyalität. Der Einzige, der von seinem Wüten verschont bleibt, ist derjenige, der die Invokation spricht.«

»Sein Bewusstsein beruht auf … Feenmagie?«, fragte Felix. Als Merentheim nickte, fügte er hinzu: »Und Krauß, Kovacs und jene weiteren Herren, die im Abschiedsbrief Nennung fanden, waren an dem Bau beteiligt?«

»Nun, Krauß schuf die vier ursprünglichen Modelle, aber die weiteren Anfertigungen nach seinen Mustern wurden durch Mitarbeiter der Magisch-Technischen Abteilung unter der Supervision von Kovacs und Schörgern getätigt.«

Lange betrachtete Felix den Automaten. Nur ein Gebilde aus Stahl und Draht – und Magie. Konnte es sein, dass nicht das Luftschiff, nicht die *Fortuna* Grund für die Morde war? Dass hinter ihnen vielmehr der Gedanke stand, den Bau weiterer todbringender Monstrositäten zu verhindern? Vorausgesetzt, dass der Krieger hielt, was Merentheim so düster versprochen hatte.

»Können Sie ihn wecken?«, fragte Felix brüsk.

»Ja. Es braucht dazu keiner besonderen zauberischen Talente. Die Invokation selbst ist magisch.« Merentheim klang nicht erstaunt; fast schien es Felix, als hätte er auf diese Aufforderung gewartet, seit sie die Halle betreten hatten.

»Soll ich es tun?« Ein Funkeln lag in seinen Augen, obschon seine Miene ausdruckslos blieb. »Sie sind ein guter Fechter mit schnellen Reflexen. Möchten Sie sich mit ihm messen?« Merentheim bleckte die Zähne. »Er wird mir gehorchen. Ich kann ihm jederzeit befehlen, innezuhalten.«

Felix starrte auf die glänzenden Spinnenbeine des Automaten, auf die rasiermesserscharfen Krallen; selbst ein robuster Säbel würde dagegen nicht viel ausrichten können. Der einzige Weg, den Automaten außer Gefecht zu setzen, mochte darin bestehen, die Gelenkscharniere zu blockieren oder ihn mit schweren Geschützen in seine Einzelteile zu zerschießen, während er schon mit seinen bloßen Klauen einem Menschen vermutlich beträchtlichen Schaden würde zufügen können. Und dennoch, es war eine Herausforderung, eine Versuchung gar, der er nicht widerstehen konnte. Wäre Merentheim der Sinn danach gestanden, ihn zu töten, er hätte keine verlockendere Falle wählen können: Er musste sich Gewissheit verschaffen, dass die Worte des Freiherrn mehr als schamlose Übertreibung waren.

Mit demonstrativer Gelassenheit legte Felix sein Jackett ab; die Anzugweste behielt er an. Dass ihm darunter das Hemd schweißnass am Rücken klebte, musste Merentheim nicht sehen. Er löste ein dem Anschein nach stabiles Rapier aus der Halterung bei der Tür und wandte sich zu Merentheim um.

»Bitte. Wecken Sie ihn.«

Merentheims Mundwinkel zuckten. »Ich darf Ihnen ein Kompliment aussprechen, Graf. Es ist wunderbar, in unserer kleinlichen Zeit noch Zeuge einer echten, unverfälschten Tollheit zu werden.« Ohne sich von der Bank zu erheben rief er mit klarer Stimme, frei von jeglichem Zeremoniell, ein paar Silben in einer dunklen, weichen Sprache, die Felix nicht unbekannt war, auch wenn er es bisher nicht über sich gebracht hatte, sich für diese *lingua franca* der Magie zu interessieren.

Der Automat, der ein Krieger war, erwachte mit einem Ruck zum Leben, der mächtige Stahlleib hob sich, die Kreatur bewegte ihre Spinnenbeine, streckte ihre Arme wie ein Vogel, der seine Schwingen ausbreitete. Dann geschah für den Bruchteil einer Sekunde nichts. Felix, der aus einiger Distanz den Automaten beobachtete, fühlte das Blut in seinen Adern rasen. Wie üblich waren die Augenblicke des Wartens schlimmer noch als jener, in dem der Kontrahent angriff. Und das tat er mit erstaunlicher Präzision und Geschwindigkeit.

Felix keuchte vor Schreck und Erstaunen, als der Automat in einer fließenden, fast eleganten Bewegung ihm das Rapier, mit dem er die erste Attacke mit knapper Not pariert hatte, aus der Hand schleuderte. Er wich seitlich aus, die Metallbeine der Kreatur trommelten dumpf auf den Parkettboden, als sie sich blitzschnell drehte, die Klauenhände nach Felix stieß, dem nichts übrigblieb, denn weiter rückwärts zu stolpern.

Merentheims Stimme erklang, ein Wort nur rief er in der absonderlichen Sprache, und der Automat erstarrte.

»Verflucht.« Felix lehnte sich an die Wand. Der Kampf – wenn er die Kostprobe der Fähigkeiten, die der Automat geboten hatte, als solchen bezeichnen dürfte – konnte nicht länger denn einige wenige Minuten gedauert haben, trotzdem stand ihm der Schweiß auf der Stirn, er fühlte sich schwach und ausgelaugt, wie nach einer sehr langen, komplexen Schlacht. »Ihr

Krieger ist teuflisch effizient.« Erst jetzt bemerkte er, dass der Stoff seiner Weste beschädigt war; bei eingehenderer Untersuchung wies auch sein Hemd einen kleinen Riss auf, aus einem oberflächlichen Schnitt in seiner Brust quoll etwas Blut.

»Wenn es möglich ist, zielt er direkt auf das Herz«, erläuterte Merentheim ruhig. »Setzen Sie sich doch, Graf. Sie sehen etwas blass aus, wenn ich mir die Bemerkung erlauben darf.«

»Weshalb haben Sie den Automaten nicht der Armeeführung vorgestellt?«, wollte Felix wissen, während er sich auf die Bank sinken ließ.

Merentheim runzelte die Stirn. »Wie ich schon sagte, im Ausgleich für die finanziellen Risiken, die Baron Vasilescu mit seinen Investitionen in die *Fortuna* eingeht, verlangte er die Automaten.«

»Ja.« Felix strich sich die feuchten Locken aus der Stirn. »Genau das meine ich. Glauben Sie denn nicht, dass eine derartige Erfindung der Monarchie zugutekommen sollte? Dass der Staat in größerem Ausmaß in das Projekt investieren könnte denn ein einzelner, wenn auch reicher Mann?«

Merentheim schnaubte verächtlich. »Wenn ich diesen Automaten morgen meinen Kameraden, den Offizieren des Generalstabes zeigte, würde vermutlich eine Woche der intensiven Beratschlagungen vergehen, ehe sie zu dem Schluss kämen, dass selbst Versuche der Weiterentwicklung dieser Waffe zu gefährlich wären. Man würde den Automaten vernichten, die Pläne in irgendeinem Archiv einschließen. Und kommt eines Tages der nächste Krieg – und ich prophezeie Ihnen, es wird bald schon der Fall sein –, dann wird man die Konstruktionspläne wieder hervorholen und hastig eine Armee aus Automaten bauen, die schlechter gefertigt und weit gefährlicher sind als dieses Modell, das Sie hier vor sich sehen.«

Felix gestattete sich ein schwaches Grinsen; Merentheims Prognose klang realistisch, das musste er zugeben.

»Umso verwunderlicher scheint es mir immer noch, dass der Thronfolger Sie beauftragt haben soll, die *Fortuna* zu bauen, um nach den Feenlanden zu suchen. Was mag ihn dazu bewogen haben?« Er leckte sich die Lippen. »Was bewegt Sie dazu?«

»Was trieb Humboldt dazu, die Quellen des Amazonas zu suchen?«

»Wissbegierde? Abenteuerlust?«, schlug Felix vor. Und gerade diese Motivationen glaube ich Ihnen nicht, Freiherr, setzte er in Gedanken hinzu. Auch wenn man nicht gänzlich ausschließen durfte, dass Neugier und Interesse an der Welt Qualitäten waren, die unter Umständen auch bei Offizieren auftreten konnten. Größenwahn schien jedoch wahrscheinlicher. Ruhmsucht. Merentheims Drang, sich in einem fort mit den wahrhaft bedeutenden, brillanten Geistern unter Forschern und Entdeckern zu vergleichen, sprach dafür.

»Wollen Sie mir nicht endlich sagen, wo Sie die Feenlande zu finden meinen?«, wechselte er das Thema.

»Nein.« Merentheim stand auf. »Solange Sie in den Kategorien herkömmlicher Geographie und Physik denken, hätte das wohl auch gar keinen Zweck.«

»Wenn Sie möchten, kann ich gern versuchen, Ihnen ein bisschen staunende Gläubigkeit vorzuheucheln. Wo dürfte ich denn dann nach Ihren Feenlanden suchen? Im Inneren der Erde? Auf der dunklen Seite des Mondes?«

»Geben Sie sich keine Mühe.« Merentheims Miene blieb vollkommen beherrscht, nur seine Augen funkelten verärgert. »Um bei der Wahrheit zu bleiben, ich bin des Treibens müde: Glauben Sie mir oder nicht, es spielt keine Rolle. Ich gewinne zusehends den Eindruck, dass es ein Fehler war, Sie in dieser Angelegenheit zurate zu ziehen, Graf.«

»Eine Einschätzung, die ich Ihnen nur bestätigen kann«, murmelte Felix, dessen Geduld mit den Merentheim'schen Befindlichkeiten sich rapide ihrem Ende zuneigte. »Auch ich konnte bisher von unserer Zusammenarbeit nicht mehr profitieren, als zwei originelle Arten kennenzulernen, mittels Zauberei beinahe um Leib und Leben gebracht zu werden.« Mit einer knappen Geste wies er auf den Automaten, wobei er nicht ohne Verwunderung feststellte, dass seine Hand dabei immer noch ein wenig zitterte. »Es fällt mir wirklich schwer zu entscheiden, ob mir Ihr Krieger hier oder Dr. Krauß' magische Türsicherung unsympathischer ist.«

Eine tiefe Falte hatte sich auf Merentheims Stirn gebildet und verlieh ihm nun ein beinahe sinisteres Äußeres.

»Interessant«, sagte er nach einer Weile. »Ich erinnere mich noch, als Krauß mir von jenem zauberischen Mechanismus erzählte, legte er großen Wert darauf zu betonen, dass diese ausschließlich auf das Eindringen magischer Wesen reagieren würden.« Er seufzte. »Im Grunde nichts weiter als eine müßige Spielerei, zumal die Zauber nach jedem okkulten Wesen, das daran gehindert wurde, die Schwelle zu übertreten, neu gewebt werden mussten, doch Krauß war sehr stolz darauf.« Forschend blickte er auf Felix herab. »Ein kurioser Zufall, dass gerade bei Ihrem Besuch eine Fehlfunktion auftreten sollte.«

»In der Tat«, pflichtete ihm Felix bei. Wenn er es irgendwie verhindern konnte, würde Merentheim gewiss nicht in den erlauchten Kreis einiger Erwählter aufgenommen werden, die um die okkulten Hintergründe der Existenz von Graf Felix Trubic wussten.

Langsam erhob er sich. »Ich darf Sie nun bitten, mich zu entschuldigen. Es war ein langer Tag.«

»Selbstverständlich, Graf Trubic. Eine gute Nacht«, hörte er Merentheim sagen, während er schon auf die Tür zuhielt. Mochte der Freiherr nur glauben, dass er lieber sein Heil in der Flucht suchte, als sich unliebsamen Fragen zu seiner magischen

Identität zu stellen. In Wahrheit galt es, eine deutlich faszinierendere Frage zu überdenken: Weshalb meinte Krauß Schutz gegen okkulte Kreaturen zu benötigen?

»No, endlich!« Der Wagen kam holpernd zum Stillstand, und Katalin atmete hörbar auf, nur um einen Moment später in wortreiche Klagen auszubrechen, wie der Fahrtwind dem Federschmuck ihres Hutes zugesetzt hatte. Mit jedem Meter, den wir uns Vasilescus Landhaus näherten, war ihre Stimmung gereizter geworden, jedes noch so geringe Missgeschick, wie die kleine Verspätung des Zuges, der Umstand, dass wir auf dem Bahnhof nicht sofort einen Wagen gefunden hatten, und nun eben der zerzauste Zustand ihrer Hutfedern, brachte sie aus der Fassung. Bestimmt musste mittlerweile selbst Katalin sich eingestehen, dass die Art, wie sie sich zu dem Ball ihres ehemaligen Geliebten Zutritt verschaffte, recht peinlich war, und zwar ausschließlich für sie selbst.

Geza Andrassy streichelte beruhigend Katalins Arm, während wir über den dramatisch mit Fackeln beleuchteten Hof auf das Haus zuschritten. Haus! Ich hatte schon kleinere, bescheidenere Schlösser gesehen!

Ein Diener in Livree geleitete uns durch die Eingangshalle in einen Salon, der großartig, wenn auch etwas altmodisch, im Makart-Stil dekoriert war: orientalische Teppiche, schwere, dunkle Vorhänge, blassrot gemusterte Seidentapeten, ausladende Kanapees, Buketts in Standvasen. Einen kleineren Raum hätte das opulente Interieur erdrückt, aber die Flügeltür des Salons war geöffnet und gab den Blick frei auf etliche weitere Zimmer, in denen sich bereits eine unüberschaubare Zahl an Gästen eingefunden hatte.

»Oh«, hauchte Katalin, denn Baron Marian Vasilescu war zu uns getreten, um seinen alten Freund Geza Andrassy und Entourage zu begrüßen. Mit formvollendeter Geste küsste er

Katalins Hand. Seiner Miene nach zu schließen, hätte sie ebenso gut eine Fremde sein können.

Katalin freilich zog die eigenartigste aller möglichen Schlussfolgerungen aus diesem Mangel an Interaktion: Mit glühenden Wangen sank sie auf einen Diwan, der gerade noch von zwei auffallend hübschen, sehr jungen Mädchen okkupiert gewesen war; beide waren eilfertig aufgesprungen, als Katalin sich näherte.

»Er liebt mich noch, wie früher«, flüsterte sie, wobei sie sich mit einer Straußenfeder, die sie einem opulenten Rosengesteck entnommen hatte, Luft zufächelte. »Hast du bemerkt, wie er mich kaum angeschaut hat?« Sie seufzte leise. »Er wollte seine Gefühlsregung vor mir verbergen! Er erinnert sich noch, wie gut ich seine Züge zu lesen weiß!«

Ich nickte. Was sollte ich auch anderes tun? Katalin hatte schon immer eine ungewöhnliche Beziehung zu der Wirklichkeit geführt. Was maßt du dir ein Urteil an, die du in deinem Kabinett zaubern lernst, meldete sich die Stimme in meinem Hinterkopf zu Wort.

Indessen hatte Geza Andrassy einen Bekannten entdeckt, nahm Katalin am Arm und entschwand mit ihr im Getümmel. Ich bemerkte, wie Katalin immer wieder den Kopf nach Marian Vasilescu wandte, und stellte fest, dass sie mir beinahe ein wenig leidtat. Tief in ihrem Herzen war Katalin, die Kurtisane, die in den Armen so vieler vermögender, einflussreicher Herren gelegen hatte, noch immer die Romantikerin geblieben, die dieser unglücklichen Liebe zu Baron Vasilescu eine besondere Bedeutung zumaß, einfach weil es die erste gewesen war. In einer weinseligen Nacht hatte Katalin mir die Geschichte erzählt, wie Marian Vasilescu sie verlassen hatte. Woraufhin sie, aus Trotz, um sich abzulenken, und weil es für sie doch keine Rolle spielte, eine Liaison mit einem deutlich älteren Stabsoffizier begann. Der hatte sie zum Ende der Affäre seinem besten

Freund nahegelegt, und Katalin hatte zugestimmt; es lebte sich ja nicht schlecht, wenn man sich so aushalten ließ, und sie war schön und begehrt gewesen, hatte Macht gehabt über ihre Galane – und es waren feine Herren darunter gewesen, und in manche, hatte sie mir mit einem Lächeln gestanden, hatte sie sich fast ein wenig verliebt … aber keiner von ihnen hatte sich je mit Marian Vasilescu messen können.

Ziellos schlenderte ich zum Fenster und spähte hinaus in den Garten. Auch draußen auf der Veranda unterhielten sich Gäste, der Weg aus weißem Kies, der sich durch den Park schlängelte, war ebenfalls mit Fackeln beleuchtet.

Niemals habe ich zur Gänze ergründen können, weshalb Katalin so großen Wert darauf legte, mich zu Abendgesellschaften mitzunehmen, denn für gewöhnlich interagierte sie nicht mit mir, bis wir wieder den Heimweg antraten. Ich blieb mir selbst überlassen, aber da sich niemand fand, der mich anderen Gästen hätte vorstellen können, verbrachte ich diese Abende meistens für mich (sah man von den seltenen Avancen nicht mehr ganz nüchterner Herren ab). Ich führte ein seltsames Schwellendasein, gehörte nicht ganz dem Dienstpersonal an (dann hätte ich auf einem Ball wirklich nichts zu suchen gehabt), noch war ich ein Mitglied der Gesellschaft; nicht einmal der Reiz des Verruchten, der Halbwelt, haftete mir an, und ich hätte lügen müssen, wollte ich behaupten, dass es mir besonders viel ausgemacht hätte. Denn so konnte ich in Frieden meinem liebsten Zeitvertreib frönen und die legitimeren Gäste beobachten. Insbesondere die beiden Mädchen, die jetzt wieder auf ihrem Diwan saßen, hatten mein Interesse geweckt. Die eine mochte sechzehn, die andere vielleicht ein paar Jahre älter sein; beide hatten sie einen blassen Keramikteint, strahlendblaue Augen und dunkelbraunes Haar, woraufhin ich sie zu Schwestern oder Cousinen erklärte. Und sie warteten auf jemanden. Jedes Mal, wenn die Tür sich öffnete, wenn der Lakai neue Gäste herbeiführte, drehten sie erwartungsfroh die Köpfe, um einander anschließend enttäuscht anzusehen. Als selbst das Erscheinen Albert Tugendhardts, des begnadeten Baritons, der letzte Saison an der Wiener Oper einen viel bejubelten Figaro gegeben hatte, keine deutlicheren Reaktionen bei ihnen auslöste, begann ich allen Ernstes neugierig zu werden auf den Kavalier, den sie da erwarteten. Ob es sich um den Freiherrn von Merentheim höchstpersönlich, den Ehrengast der Soiree, handelte? Es hieß, dass er eine starke Wirkung auf die Damenwelt ausübte, auch wenn er nicht mehr jung war, und, soweit ich aus den mir bisher bekannten Portraitphotographien schließen konnte, auch auf eher eigenwillige Weise gut aussehend.

Der Herr, den die beiden Mädchen erwartet hatten, stellte eine gewisse Enttäuschung dar, als er endlich in den Salon schritt. Blond und schlank und so farblos war er, dass ich ihn erst nach ein paar Sekunden erkannte: Dr. Rosenstein, der Agent in okkulten Angelegenheiten, der mich mit Graf Trubic im Kursalon befragt hatte.

Graf Trubic. Gleich darauf betrat auch er den Raum, ins Gespräch vertieft mit einem hochgewachsenen, grauhaarigen Offizier in Generalstabsuniform. Freiherr von Merentheim. Dass er sich in Begleitung zweier Agenten in okkulten Angelegenheiten befand, konnte mich nicht einmal mehr in Aufregung versetzen.

Dr. Rosenstein nickte ihm und Graf Trubic kurz zu, sagte etwas, was die beiden zu einem Lächeln veranlasste, und eilte auf die Mädchen zu; woraufhin die ältere sich kokett den Fächer vor das Gesicht schlug, während die jüngere ihn mit offener, geradezu entwaffnender Begeisterung empfing.

Graf Trubic indes sah mich an. Er hob eine Augenbraue, verzog die Lippen zu einem ironischen Grinsen, grüßte mich schließlich mit einem flüchtigen Nicken und schlenderte, ohne weiter von mir Notiz zu nehmen, davon.

Natürlich. Was hatte ich mir auch erwartet? Dass er unser beider Anwesenheit in Vasilescus Haus zum Anlass nahm, mich in die gesamte Geschichte um die Todesfälle und das Luftschiff einzuweihen? So unauffällig wie möglich versuchte ich ihm mit Blicken zu folgen, aber er trat ins Nebenzimmer, wo ihn und den Freiherrn sogleich mehrere andere Gäste umringten.

Einen dummen Moment lang spielte ich mit dem Gedanken, mich ebenfalls aus meiner Ecke zu lösen und ihm nachzugehen, verwarf ihn aber rasch; zu späterer Stunde vielleicht, wenn die Ehrungen um Merentheim abgeschlossen waren, die Stimmung ausgelassener wurde, würde ich einen Versuch wagen, mich in taktischer Nähe zu positionieren und zu lauschen.

Der Couch, auf der Dr. Rosenstein mit den beiden Mädchen schäkerte (wenn mich nicht täuschte, war es die Ältere, die ihm gefiel), hatte sich unterdessen ein großer beleibter Mann mit tiefschwarzem Haar und eingedrehtem Schnurrbart genähert; der Doktor, sichtlich schuldbewusst, verabschiedete sich mit einer Verneigung von den Mädchen und dem Herrn, der mutmaßlich ihr Vater war, sah sich um, zögerte kurz und marschierte schließlich auf mich zu. Meine Hände fühlten sich mit einem Mal klamm und feucht an; der Abend war im Begriff, deutlich interessanter als befürchtet zu werden.

»Fräulein Schönthal.« Auch mich grüßte er mit einer hübschen Verbeugung, nahm sodann einem der livrierten Diener, der mit Tablett und jener Miene höflicher Verachtung, wie sie nur Domestiken und kleine Kinder angesichts der trunkenen Eskapaden ihrer Herrschaft an den Tag legen können, seine Bahnen zog, zwei Gläser ab und offerierte mir eines.

»Was für ein unerwartetes Vergnügen, Ihnen hier zu begegnen«, sagte er und klang dabei, als meinte er diese beliebigste aller Phrasen wahrhaftig ernst. »Sind Sie denn mit Baron Vasilescu befreundet? Sie waren doch auch auf der Hochzeit.«

Er biss sich auf die Oberlippe, zwei kleine rote Flecken bildeten sich auf seinen Wangen »Oh. Bitte verzeihen Sie mir diese Geschmacklosigkeit. Ich bitte um Entschuldigung!«

Ich verzieh ihm generös und begann zu begreifen, was die beiden jungen Grazien auf den Diwan an ihm fanden; unter all den Salonlöwen und geübten Plauderern musste er erfrischend ehrlich und unkonventionell wirken.

»Leider nicht«, beantwortete ich mit einiger Verspätung seine Frage. »Eine Freundin … meine Herrschaft, eigentlich«, korrigierte ich mich rasch; auch wenn Katalin mich zuweilen als ihre Cousine aus Pressburg vorstellte, sah ich gegenwärtig keinen Sinn darin, Komödie zu spielen, »hat mich mitgenommen. Ich bin Gesellschafterin«, fügte ich erklärend hinzu.

Dr. Rosenstein nickte. »Dann teilen wir gewissermaßen ein Schicksal. Mich hat Graf Trubic veranlasst, mit ihm herzukommen, gestern Abend schon.« Er trank mir zu. Auch ich hob das Glas an meine Lippen, der Champagner schmeckte sehr süß.

»Erwarten Sie denn einen okkulten Zwischenfall?«, erkundigte ich mich, plötzlich mutig.

Er nickte, schüttelte gleich darauf den Kopf und erging sich zur Krönung der Unentschlossenheit in einem Achselzucken.

»Ich weiß es nicht. Und selbst wenn ich Genaueres wüsste, würde die Schweigepflicht mir verbieten, Ihnen davon zu erzählen.« Er zupfte an seinem Schnurrbart. »Es tut mir leid«, fügte er hinzu. Er schien einen gewissen Hang zur Entschuldigung zu haben, wo keine angebracht war: Denn in diesem Fall war zweifellos ich diejenige gewesen, die die Grenzen der harmlosen Salonunterhaltung überschritten hatte.

Eine Weile standen wir stumm beisammen, lauschten den Walzerklängen eines Streichquartetts, die aus dem Nebenzimmer zu uns herüberdrangen. So viele Gedanken, so viele Fragen schwirrten mir durch den Kopf, und doch wusste ich nicht, wie ich beginnen sollte. Ob ich überhaupt beginnen sollte. Würde es nicht von schlechtem Geschmack zeugen, Dr. Rosenstein auf einer Soiree mit okkulten Phänomenen zu belästigen? Andererseits, wie hoch standen die Chancen, dass ich nach diesem Abend jemals wieder einem Menschen begegnen sollte, der in derartigen Dingen versiert war?

So schöpfte ich tief Atem, und fragte: »Darf ich Ihnen ein Geständnis machen?«

Dr. Rosenstein stellte seine Champagnerflöte auf dem Fensterbrett ab und spielte unruhig mit seinen Manschettenknöpfen. »Bitte. Selbstverständlich.«

»Ich bin sehr, sehr froh, Sie hier anzutreffen.« Ich sah ihm geradewegs in die Augen. »Sie haben mich gefragt, ob mir etwas Seltsames seit der Hochzeit widerfahren ist, und jetzt kann ich Ihnen eine eindeutige Antwort geben: jawohl. Denn seit ein paar Tagen kann ich zaubern.«

Dr. Rosenstein räusperte sich.

»Zwar noch nicht besonders gut«, räumte ich ein, schließlich wollte ich nicht vor ihm prahlen. »Das Gespenst, das ich aus dem Spiegel gezaubert habe, hat anschließend ein furchtbares Durcheinander angerichtet, und das Bild von …« – ich biss mir auf die Zungenspitze – »… das Bild einer bestimmten Person, das ich heraufbeschwören wollte, sah dem Betreffenden nicht besonders ähnlich, aber trotzdem.«

»Du lieber Himmel.« Dr. Rosenstein nahm sich ein weiteres Glas Champagner, das er reichlich unzeremoniell leerte. »Würden Sie mich einen Augenblick entschuldigen?« Ohne eine Antwort abzuwarten, eilte er in den nächsten Raum, wo mittlerweile zu einer Mazurka getanzt wurde.

Ich sah mich nach einer Sitzgelegenheit um und fand einen Stuhl in einer Ecke, neben dem riesigen, weißen Kamin. Hatte ich Dr. Rosenstein verscheucht? Daran wollte ich doch nicht glauben. Als Agent in okkulten Belangen musste er sich schließlich tagaus, tagein mit derlei Dingen konfrontiert sehen. Konnte es sein, dass er meinem Bekenntnis besondere Bedeutung zumaß? Eine Antwort auf diese Überlegung erhielt ich wenig später, als Dr. Rosenstein zu mir zurückkehrte, und zwar in Begleitung von Graf Trubic.

»Sie führen ein interessantes Leben, Fräulein Schönthal«, bemerkte dieser und maß mich mit spöttischem Blick. »Man trifft Sie wirklich an den erstaunlichsten Orten. In den Wohnungen toter Luftschiffkonstrukteure, beispielsweise.«

Ich zwang mich zur Ruhe; es spielte keine Rolle, dass Alin Vasilescu, der nach Carinas Schilderungen so gut mit dem Grafen befreundet war, ihm von unserem Abenteuer erzählt hatte, sagte ich mir.

»Ich will herausfinden, was Dr. Krauß getötet hat«, erwiderte ich schlicht.

Graf Trubic lehnte sich lässig neben meinem Stuhl an die Wand. »Weshalb?«, fragte er. »Unsere letzte Unterredung sollte Ihnen verdeutlicht haben, dass die Angelegenheit sich bereits in kundigen Händen befindet. Was veranlasst Sie noch, eigenmächtig zu agieren?« In seinen ungewöhnlich hellen, grauen Augen lag ein harter Glanz. »Glauben Sie etwa, dass Sie Mitschuld tragen an Krauß' Tod?«

Ich starrte ihn an. Auf den Gedanken, dass meine Präsenz, der Umstand, dass er mich für eine von *Denen* hielt, wer immer *Die* auch sein mochten, ihn zu der Tat verleitet haben konnte, war ich bisher noch nicht gekommen.

»Nein«, sagte ich, sehr bestimmt. »Aber ich glaube nicht, dass ich jemals erfahren werde, was mit Dr. Krauß geschehen ist, wenn Sie sich der Sache annehmen.« Mir kam eine großartige Idee: Konnte es nicht der Fall sein, dass das mysteriöse Departement für Okkulte Angelegenheiten Krauß auf magischem

Wege ermordet hatte und sich nun nicht für die Aufklärung des Falles interessierte, sondern nur dafür, wie viel andere wussten und wie sie ihre Spuren am besten verwischen konnten? Freilich war das keine Überlegung, die ich mit Graf Trubic oder Dr. Rosenstein zu teilen gedachte.

»Sie sind neugierig, und Sie können zaubern.« Graf Trubic strich sich mit der linken Hand über den Hals, um den er einen breiten Verband trug. »Ich habe den Eindruck, Sie könnten …«

Er brach ab, zumal sich Albert Tugendhardt, dessen Korpulenz offensichtlich nur seiner Liebe zu eng taillierten Anzugjacken gleichkam, wie ein unerbittlicher Hochseedampfer durch die Wogen gesellschaftlichen Lebens pflügte, geradewegs auf uns zu. Der Blick, den Dr. Rosenstein und Graf Trubic tauschten, war ungemein beredt.

»Ich glaube, ich sollte den jungen Damen wieder meine Aufwartung machen«, begann Dr. Rosenstein, nachdem er sich vergewissert hatte, dass ihr Chaperon die beiden Mädchen wieder alleine gelassen hatte.

»Ausgeschlossen.« Graf Trubic ließ die rechte Hand auf die Schulter seines Begleiters sinken. »Unterhaltungen mit Tugendhardt bilden den Charakter. Außerdem dürfte die liebe Kleine, auf die Sie es abgesehen haben, keine achtzehn sein. Selbst für Ihren Geschmack ein bisschen jung, meinen Sie nicht, Doktor?«

»Graf Trubic!« Schwer atmend hatte der gefeierte Held der Opernbühne sein Ziel erreicht. Ohne Dr. Rosenstein oder mich eines Blickes oder gar Grußwortes zu würdigen, eilte er an Felix' Seite. »Sagen Sie mir, Graf, stimmt der Tratsch, der über Sie kursiert?«

»Üblicherweise nicht«, erwiderte Graf Trubic im Tonfall ostentativer Langeweile. Tugendhardt schien dies als Aufforderung zu verstehen, besagten Klatsch darzulegen. »Drüben erzählt man sich gerade, also, man, was sag ich, der Pokorny erzählt, er ist mit einem vom Regiment vom kleinen Vasilescu recht gut, und der hätte ihm gesagt, Sie wären mit dessen Braut, dem armen Tschapperl, gut befreundet gewesen.« Ein maliziöses Lächeln lag auf Tugendhardts Lippen. »*Sehr* gut befreundet«, korrigierte er sich.

Dr. Rosenstein schnappte hörbar nach Luft; Graf Trubic schien nicht sonderlich bekümmert.

»Aber nein«, tat er mit unnachahmlicher Leichtfertigkeit kund. »Keine Rede von guter Freundschaft! Es war ein rein erotisches Verhältnis.«

Tugendhart glotzte ihn an. »Was ... also wirklich ... also doch ...«, begann er.

»Jawohl. Und nun muss ich Sie bitten, mich zu entschuldigen.« Mit diesen Worten wandte er sich mir zu. »Fräulein Schönthal, gewähren Sie mir den nächsten Tanz.«

Ich war so überrascht, dass ich umgehend aufstand. Erst als wir an der Schwelle des nächsten, noch weitläufigeren Raumes standen, in dem getanzt wurde, fiel mir auf, was ich da Unerhörtes tat. Ich war eine Gesellschafterin, im Begriff, mit einem Grafen zu tanzen – das schickte sich nicht, selbst wenn der Graf mich nur aufgefordert hatte, um Tugendhardts Klatschsucht zu entgehen. Und das schien mir wahrscheinlich, auch wenn ich hoffte, dass er zudem ein gewisses Interesse daran hatte, die Unterhaltung um die okkulten Verwicklungen, in die ich gestolpert war, ungestört fortzusetzen.

»Um Himmels willen, ich kann doch nicht mit Ihnen tanzen«, murmelte ich. Was würden die Leute sagen? Eine vom Dienstpersonal, nützt die erstbeste Gelegenheit, sich einem Herrn von Adel an den Hals zu werfen. Und Katalin erst!

»Sie können«, entschied Graf Trubic, und im nächsten Moment fanden wir uns auf der Tanzfläche wieder.

Das Streichquartett, das auf einem improvisierten Podium thronte, von zwei livrierten Lakaien bedient, deren einzige Daseinsberechtigung darin zu bestehen schien, den Musikern die Noten umzublättern, spielte einen schnellen Walzer; nur dass ich schon als ganz junges Mädchen Tanzstunden erhalten hatte (mein Großvater legte, obgleich er sich einen Namen als alternder Bohemien gemacht hatte, darauf Wert, dass ich eine umfassende Erziehung genoss) und ich instinktiv die richtigen Schritte setzte, rettete mich vor einer groben Blamage. Graf Trubic, wie konnte es anders sein, tanzte exzellent.

»Lächeln Sie«, flüsterte er mir zu. »Ich müsste mich täuschen, wenn Sie nicht gerade zum Hauptgesprächsthema im Saal avanciert wären.«

Ich versuchte, einen Blick auf die Gesichter der Umstehenden zu erhaschen, aber wir drehten uns zu schnell, die Welt verschwamm vor meinen Augen, wie geblendet war ich mit einem Mal vom Funkeln der Lichter, die sich an Juwelen und Epauletten und Champagnerflöten brachen, der Glanz der großen, weiten Welt.

»Warum tun Sie das?«, zischte ich zurück. Der Schweiß stand mir auf der Stirn. Wenn ich mir jemals in einer schwachen Minute, während ich in meinen Nischen und Winkeln wartete, gewünscht hatte, im Mittelpunkt des Geschehens zu stehen, war dies meine Strafe für die alberne Träumerei.

»Ich wäre geneigt zu sagen: Weil es mich amüsiert«, antwortete Graf Trubic.

»Dann amüsiert es Sie auch, die arme Carina in den Schmutz zu ziehen?«

»Pardon?«

»Carina. Chi-Chi. Alin Vasilescus Braut.« Mich ärgerte, dass er nicht einmal ihren Namen wusste. Wenn Oberleutnant Vasilescu mit ihm von dem Mädchen gesprochen hatte, musste er wohl ihren lächerlichen Spitznamen verwendet haben. Chi-

Chi. So nannte man doch nicht ständig eine, die man als Freundin sah, nicht einmal eine Liebschaft, allerhöchstens eine, die Spielzeug sein durfte in gewissen Stunden! »Sie hat mir erzählt, sie würde Sie nicht kennen, Graf.«

»Und damit hat sie vollauf recht.« Er bedachte mich mit einem feinen Lächeln. »Sie müssen noch einiges lernen, Fräulein Schönthal. Gegenwärtig nehmen Sie die Dinge viel zu tragisch.«

Womit er nicht ganz unrecht hatte: An gräflicher Unbekümmertheit fehlte es mir bestimmt. Allein, ich war nicht sicher, ob ich diese für erstrebenswert halten sollte.

»Aber zu Relevanterem«, fuhr er fort. »Erzählen Sie mir von Ihren Ausflügen in die Welt der Magie.«

Zwei weitere Tänze nahm es in Anspruch, bis ich Graf Trubic meine Zauberversuche und ihre unerwarteten Resultate bis ins kleinste Detail dargelegt hatte; nichts ließ ich aus, weder die verwelkten Rosen, noch den Umstand, dass ich mir an einer Spiegelscherbe die Hand verbrannt hatte.

Als ich zum Ende meiner Erzählung gekommen war, hatte ich beinahe vergessen, dass wir uns auf der Tanzfläche in Baron Vasilescus Villa befanden, dass ich einige Schwierigkeiten haben würde, Katalin zu beruhigen, dass man mich zweifellos ob dieses Fauxpas' verhöhnte; solch eine Erleichterung war es mir gewesen, meine zauberischen Erfahrungen der letzten Tage zu teilen!

»Ich fürchte, ich bin wahrhaftig kein Experte auf dem Gebiet der angewandten Magie«, stellte Graf Trubic zuletzt fest. »Wenn ich raten müsste, würde ich sagen, es könnte sich bei der Melodie um einen Teil eines Zitierungszaubers handeln.«

Ich blinzelte verständnislos, bemerkte gleichzeitig, dass meine Hand nicht leicht auf seiner Schulter lag, wie der gestrenge Tanzlehrer es mir einst beigebracht hatte, sondern dass ich mich vielmehr an seinem Jackett festklammerte.

»Zauber, die dazu geschaffen wurden, andere magische Wesen herbeizurufen«, präzisierte Trubic. »Für gewöhnlich sind sie auf die jeweilige Person, die es zu rufen gilt, abgestimmt, aber es ist möglich, dass Sie, da Sie nicht das gesamte Lied kannten, nur den allgemeinen Teil wirkten, was den nächstbesten Poltergeist veranlasste, Ihrem Ruf zu folgen.«

Der Walzer endete. Graf Trubic neigte leicht den Kopf, ich sank in einen Knicks. »Aber was kann all dies mit Dr. Krauß zu tun haben?«, fragte ich leise.

Er führte mich von der Tanzfläche. »Das«, sagte er, »ist die zentrale Frage.« Und mit diesen Worten nahm er seinen Abschied und schlenderte davon.

Mit einem Mal todmüde verweilte ich noch einen Augenblick am Rand des Tanzparketts. Stimmen drangen an mein Ohr, die sich ebenso gut auf mich, wie auf eine beliebige andere beziehen konnten. »Bedaure, meine Liebe, ich weiß auch nicht, wer sie sein könnte …« – »Vielleicht frisch aus der Provinz?« – »Schon ein bisserl verlebt … und ihre Garderobe erst!« Kritisch sah ich an mir herab: Das dunkelblaue, auffallend schlichte Kleid mit dem hohen Kragen stand mir recht gut, hatte ich heute Nachmittag beschlossen, und daran würde auch nicht die Meinung einer missgünstigen Ballschönheit etwas ändern. Lange vorbei waren die Tage meiner Mädchenzeit, als ich vor dem Spiegel um Veilchenaugen, Rosenteint und ein interessantes Profil gebetet hatte.

Langsam wanderte ich in den Salon, froh um jede Minute, in der mir die Konfrontation mit Katalin noch erspart blieb; Dr. Rosenstein, stellte ich fest, hatte seine beiden jungen Grazien im Stich gelassen und war verschwunden. Ob, was hier an Okkultem vorgehen mochte, seine Aufmerksamkeit forderte?

Unschlüssig blieb ich mitten im Raum stehen: Sollte ich mich wieder auf den rot gepolsterten Stuhl am Kamin zurückziehen, und der Dinge harren? Dann fiel mir ein, was Rosenstein mir zuvor erzählt hatte: Er und Graf Trubic waren schon seit gestern in Vasilescus Haus zu Gast. Was, wenn ich mich, ganz Dienerin des großen König Zufalls, in die Zimmer der Herren verirrte? Wenn ich dortselbst, unter Umständen, über das eine oder andere Gepäckstück stolperte, das etwaige Notizbücher, Briefe oder weitere Unterlagen beinhaltete, die mir Klarheit verschaffen konnten über den Grund ihrer Anwesenheit? Zweifellos würde es ein riskantes Unterfangen sein, aber ich hatte aus weitaus minderen Anlässen schon größere Wagnisse auf mich genommen.

Vorerst galt es freilich, die Gästezimmer zu finden; ich verließ den Salon und eilte in die hell erleuchtete Halle, wo ich innehielt. Wenn ich mich nicht in die Verlegenheit bringen wollte, durch das Haus zu schleichen und hinter jede Tür zu spähen, musste ich mich an einen der Dienstboten wenden. Andererseits konnte ich mich nicht offen danach erkundigen, wo die Gäste untergebracht waren, ohne einen gänzlich fragwürdigen Eindruck zu erwecken.

So näherte ich mich dem nächstbesten Lakai, der mit gehetzter Miene und einem Tablett voll Naschereien auf den Salon zuhielt, und ließ ihn wissen, dass es meine Herrschaft nach Goethes *Werther* verlangte. Der Diener starrte mich entgeistert an, woraufhin ich anmerkte, dass er sehr beschäftigt schien und ihm großzügig anbot, das Buch selbst zu holen, wenn er mir nur verriet, wo sich die Bibliothek befand.

»Im Westflügel, im ersten Stock, gleich am Ende des Ganges«, gab er mir Auskunft.

»Ah, bei den Gästezimmern.«

»Nein, nein.« Er schüttelte energisch den Kopf. »Westflügel, sagte ich!«

Ich stellte mich ihm den Weg, und heuchelte geistige Beschränktheit. »Ost?«

»Nein!« Er bebte vor Entrüstung, dass die Patisserien auf seinem Tablett nur so tanzten. »Die gnädigen Herrschaften sind im Ostflügel untergebracht! Die Bibliothek …« Er schnaufte. »Gehen'S einfach nach rechts.«

Ich dankte ihm, eilte die lange Marmorstiege nach oben und bog, nachdem ich mich vergewissert hatte, dass der Diener seinen Weg fortgesetzt hatte, nach links in einen langen, mit dunklem Holz vertäfelten Gang ab. Auf gut Glück begann ich, Türen zu öffnen, eine nach der anderen. Sollte mir jemand begegnen, so würde ich mich weiterhin auf die Suche nach der Bibliothek und geographisches Unverständnis herausreden.

Auf diese Weise passierte ich gleich zu Beginn des Korridors, ein geräumiges Schlafzimmer, das sich, den Kleidungsstücken und Hüten nach zu schließen, die auf dem Bett durcheinanderlagen, fest in weiblicher Hand befand; daneben ein Gästebad, gleich gegenüber ein weiteres Schlafzimmer, das, wie mir der Überrock, der innen an der Tür hing, verriet, ein Herr von feister Statur bewohnte; dann ein Schreibzimmer mit mehreren Hirschgeweihen an der Wand, ein kleiner Salon, schließlich ein weiteres Schlafzimmer; hier lag ein offener Lederkoffer auf dem Bett, daneben ein Gegenstand, der im Zwielicht, das vom Korridor hereinfiel, funkelte. Auf Zehenspitzen schlich ich in das Zimmer: Ich hätte Wetten abschließen mögen, dass hier einer der beiden Agenten des Okkulten nächtigte: Ein Offizier, der so sorglos mit seinen Waffen umging, dass er sie auf seinem Kopfkissen ablegte und vergaß, überstieg mein Vorstellungsvermögen.

Sehr vorsichtig, darauf bedacht keine Spuren zu hinterlassen, untersuchte ich den Raum, fand aber weder freiliegend noch in den Taschen des Mantels, der über einem Stuhl hing, irgendwelche Hinweise auf die Identität jenes Gastes. Es blieb mir also nichts übrig, als mich der Inspektion des Koffers zu widmen: Zuoberst lagen ein ziemlich mitgenommenes Gilet und ein Hemd, das einen kleinen Riss sowie mehrere Flecken aufwies. Obgleich es mir im Halbdunkel Schwierigkeiten bereitete, Farben zu erkennen, wagte ich doch davon auszugehen, dass es sich hierbei um Blut handelte. Behutsam legte ich die beiden Kleidungsstücke zurück, dachte an den Verband, den Graf Trubic um den Hals getragen hatte. Unfall oder Kampf? Wie die Dinge standen, tendierte ich zu zweiterer Option. Dass ich tatsächlich in den Sachen des Grafen stöberte, verriet mir indes das wohlbekannte Monogramm auf einem Taschentuch.

Im gleichen Augenblick, da ich das Notizbuch fand, hörte ich draußen auf dem Gang das Parkett knarren. Mit heftig klopfendem Herzen huschte ich zur Tür, schloss diese leise und betete, dass meine Anwesenheit nicht bemerkt wurde. Das Knarren wurde lauter, ich meinte Schritte zu vernehmen und einmal ein absonderliches Poltern, als führte die Person, die da durch den Korridor schritt, schweres Gepäck mit sich. Endlich verhallten die Geräusche. Mit einem Seufzen der Erleichterung trat ich ans Fenster und bemühte mich, im Schein der zahlreichen Fackeln, die noch immer im Garten brannten, wenigstens Bruchstücke der Notizen zu entziffern. Das Vorhaben wollte mir nicht recht gelingen, zumal Graf Trubic seine Aufzeichnungen unglücklicherweise auf Tschechisch verfasst hatte, einer Sprache, die ich zu meinem Leidwesen nur in jenen elementaren Grundzügen beherrschte, die mich eine Brünner Mitschülerin im Pensionat gelehrt hatte. Fluch dem erwachten nationalistischen Bewusstsein des böhmischen Adels! Vor nicht allzu langer Zeit hätte es vermutlich noch zum guten Stil gehört, sich auch in privaten Notizen der deutschen Sprache zu bedienen.

Indessen erklangen draußen auf dem Gang erneut Schritte, lauter und eiliger diesmal, fast schien es, als rannte jemand den Korridor hinunter. Ich öffnete die Tür einen Spalt breit, konnte jedoch nur eine dunkle Silhouette ausmachen, die sich den Stiegen zuwandte. Sonderbar. Zudem lag jetzt ein eigentümlicher, sehr distinktiver Gestank in der Luft; der Geruch von

Heizöl, erkannte ich und registrierte gleichzeitig die dunkle Spur, die sich durch den Korridor zog. Ich verharrte und weigerte mich zuerst zu begreifen, was dies bedeuten musste. Dann vernahm ich, wie aus großer Ferne, ein Pochen und Knistern und Knacken.

Feuer.

Ich stürmte los, hastete die Treppen hinab, in die Halle.

»Es brennt!«, rief ich einem Diener zu, »Oben!«, rannte weiter, riss die Tür zum Salon auf, gerade rechtzeitig kam ich, zur zweiten Tragödie des Abends.

Sie hatten sich im Salon eingefunden, all die Gäste jener denkwürdigen Soiree standen im Kreis um Baron Vasilescu, der, ein Champagnerglas in der Hand, eine Rede zu Ehren von Oberst von Merentheim hielt, der sehr aufrecht auf einem Diwan saß.

»Es brennt!«, rief ich. Köpfe wandten sich nach mir um. »Was denn?«, rief jemand, »still!« ein anderer. »Es brennt«, wiederholte ich; im gleichen Moment stürzte einer der Lakaien in den Raum, das Gesicht wachsbleich. »Herr Baron, Euer Gnaden, um Gottes willen!«, rief er, »Feuer!«

Der Tumult, der daraufhin im Salon ausbrach, war schier unvorstellbar; Stimmen gellten durcheinander, etliche drängten durch die Tür in die Halle, andere rannten in die Nebenräume, wieder andere in schierer, tierhafter Panik auch nur von einem Ende des Salons zum anderen, jemand riss das Fenster auf, Gott weiß zu welchem Zweck, vielleicht wollte er sich auf die Veranda retten. Marian Vasilescu selbst stand wie zur Salzsäure erstarrt in dem Getümmel, sein Ehrengast war jedoch sogleich auf die Beine gesprungen. »Ruhig Blut!«, bellte er im Kommandoton.

Einen Atemzug später lag er schreiend am Boden. Was dazwischen geschehen war, konnte ich nicht begreifen. Für den Bruchteil einer Sekunde nur flackerten die Kristallleuchter an der Decke, dann fegte ein heftiger Windstoß durch den Raum, ich hörte Glas splittern, Menschen in Panik rufen und fluchen, hörte Schüsse, sah Merentheim fallen, Graf Trubic, der sich über ihn warf.

Sah den Mann im Fenster.

Er blickte mich geradewegs an. Sein Gesicht konnte ich nicht erkennen, aber seine Augen leuchteten, wie zornige Katzenaugen glommen sie in der Dunkelheit. Er hob die Waffe, zielte ein weiteres Mal.

Ich schrie, ich muss wohl geschrien haben. »Nein«, oder »Hilfe!«, oder einen vergleichbaren Unsinn, aber Graf Trubic wirbelte herum, duckte sich, der Schuss verfehlte ihn um Haaresbreite und schlug in die Wand ein. Wie die Tiere, ohne Sinn und Verstand, stoben die wenigen verbleibenden Gäste auseinander, scharfer, beißender Rauch lag mit einem Mal in der Luft.

Graf Trubic schwang sich aus dem Fenster auf die Veranda, um die Verfolgung des Attentäters aufzunehmen, mehrere andere, darunter Dr. Rosenstein, bemühten sich um den Freiherrn, versuchten ihn mit vereinten Kräften ins Freie zu tragen, und nun vermochte auch ich mich endlich wieder zu regen, meinen Blick von den wüsten Geschehnissen zu wenden. Schon wollte ich ebenfalls mein Heil in der Flucht suchen, da vernahm ich von draußen erneut Schüsse. Ohne recht zu wissen, was ich tat, rannte ich zu dem offenen Fenster, erklomm mit dem Mut der Verzweifelten und Verrückten das Fensterbrett, fühlte, wie der Saum meines Kleides zerriss, ließ mich hinab auf die Veranda gleiten, hell erleuchtet lag sie da, munter brannten die Fackeln, munter schlugen die Flammen aus den Fenstern im oberen Stockwerk. In ihrem Licht erblickte ich die beiden Gestalten, die eine liegend, die andere vor ihr auf den Knien.

»Verdammt!«, fluchte der Zweite und erhob sich schnell. Zu meiner grenzenlosen Erleichterung erkannte ich Graf Trubic;

was ich hätte tun wollen, wäre mir der Angreifer gegenübergestanden, wusste ich selbst nicht.

»Sie.« Graf Trubic packte mein Handgelenk mit feuchten, klebrigen Fingern. Blutig. Was war geschehen? War er verletzt, hatte er den Attentäter getötet? Einerlei. »Kommen Sie mit, ich brauche Sie!«

Im Laufschritt stürzte er die Stufen in den Garten hinunter, ich stolperte hinter ihm her. Der Abendwind fachte das Feuer weiter an, Funken stoben durch die Luft, mit aller Macht zwang ich mich, nicht daran zu denken, wie dürr und trocken die Wiese nach dem langen, heißen Sommer sein musste.

»Als Sie den Poltergeist heraufbeschworen«, rief Trubic mir etwas atemlos zu, »erinnern Sie sich noch, wann genau Sie aufgehört haben, den Zitierungszauber zu wirken?«

»Ich glaube, als ich die Fratze im Spiegel berührte! Gleich darauf brach das Durcheinander los«, antwortete ich, ratlos, weshalb in dem infernalischen Tumult meine vergangene Geisterbegegnung plötzlich von Bedeutung war.

»Sie glauben.« Zum ersten Mal klang Graf Trubic nicht so, als wäre er ganz Herr der Lage. Doch er fasste sich rasch. »Und wenn schon. Wir müssen es riskieren.« Er umklammerte meinen Arm noch fester. »Stellen Sie keine Fragen«, befahl er grob.

Wir waren am westlichen Ende des Hauses angelangt. Auch hier wüteten und tosten die Flammen, von irgendwoher erklangen Stimmen.

Graf Trubic rannte auf den Seiteneingang zu; einen Rockärmel vor Mund und Nase gepresst, riss er die Tür auf, Rauchschwaden schlugen uns entgegen.

»Wirken Sie den Zauber«, kommandierte er. »Was immer auch geschieht, Sie hören erst damit auf, wenn ich es Ihnen befehle.«

Ich nickte. Und ich sang. Schloss die Augen und sang mich fort, nur fort von hier, zögernd setzte ich einen Fuß auf die gläserne Brücke, die sich zwischen den Welten spannte, Ton um Ton, Schritt um Schritt trug die Melodie mich fort. Metallisches Klirren, laut und unerbittlich, drang an mein Ohr, aber ich stand in der Mitte der Brücke, durfte nicht umkehren, durfte nicht den Blick wenden. So presste ich die Lider nur fester zusammen und sang, oh, wie ich sang! Was kümmerte mich die Hitze, die mir ins Gesicht schlug, was kümmerte mich der Lärm, was kümmerten mich die Rufe!

Die Rufe, die mir galten.

»Genug!«, schrie Graf Trubic. »Verdammt! Hören Sie auf!«

Augenblicklich verstummte ich, riss mich los von der Melodie, für einen Moment nur war mir, als zerbräche die Brücke unter meinen Füßen, als stürzte ich in unendliche Tiefen. Ich taumelte vorwärts, riss die Augen auf und sah mich einem Monstrum gegenüber: Auf Spinnenbeinen stand sie da, diese Kreatur aus glänzendem, glühendem Metall und ließ in einer Geste der Resignation die Klauen sinken.

Ich fand mich auf der Rückbank eines Automobils wieder, als ich erwachte. Einen glorreichen Augenblick verlor ich mich in der Illusion, ich sei auf der Fahrt vom Bahnhof zur Villa eingenickt und hätte die grauenvollen Ereignisse des Abends bloß geträumt.

»Fräulein Schönthal?« Benommen hob ich den Kopf von den Lederpolstern; Graf Trubic stand über mir, einen Fuß auf das Trittbrett gestellt, das Gesicht gerötet und schmutzig vom Ruß, eine Zigarette zwischen den Lippen. Ich hustete. Meine Kehle fühlte sich schmerzlich trocken an, meine Augen tränten. »Sie sehen mich überrascht und entzückt. Sie haben dem Kaiserreich heute gute Dienste geleistet«, fuhr er fort.

»Was …?«, brachte ich mit einiger Mühe hervor.

Graf Trubic winkte ab. »So leid es mir auch tut, gegenwärtig fehlt es mir an Zeit, Ihnen die Einzelheiten zu erläutern.

Dr. Rosenstein wird mit Ihnen nach Wien fahren. Es wäre mir lieb, wenn Sie unterwegs die Frage überdächten, ob Sie einer Ausbildung in okkulten Angelegenheiten etwas abgewinnen könnten.«

Eilenden Schrittes entfernte er sich. Ich rappelte mich auf, starrte dumpf auf die Ruine der ehemals prachtvollen Villa, in der noch immer die Flammen wüteten, wild und unbeirrbar, ein Höllenfeuer, das den Nachthimmel färbte, das grollte und brauste und tobte.

Zwar war mittlerweile eine Feuerwehrbrigade eingetroffen und mühte sich, zu retten, was da noch zu retten war, doch mir schien, sie focht einen verlorenen Kampf. Wie gebannt starrte ich in die Menschenmenge auf dem Vorplatz. Als ich neben dem Rettungswagen ein großes, pechschwarzes Automobil entdeckte, biss ich die Zähne zusammen.

Nicht Katalin, betete ich. Lass Katalin mit dem Leben davongekommen sein. Und Andrassy. Und die beiden Mädchen, denen Dr. Rosenstein den Hof gemacht hatte. Und ihren Vater. Und Baron Vasilescu. Und die blonde Schönheit, die mein Kleid beleidigt hatte. Und den Freiherrn von Merentheim, auch wenn es schlecht um ihn stehen mochte.

Minuten oder vielleicht auch Stunden später erschien Dr. Rosenstein in Begleitung eines kräftigen älteren Herrn in ramponiertem Jackett, der sich als der Besitzer des Wagens erwies, in dem Graf Trubic mich nach meiner mir unerklärlichen Ohnmacht deponiert hatte. In meinem ganzen Leben war ich niemals zuvor bewusstlos geworden, und ich hatte mir einen denkbar schlechten Zeitpunkt ausgewählt, mir diese Schwäche anzueignen.

»Ich bin Ihnen zu größtem Dank verpflichtet«, wandte sich Dr. Rosenstein soeben an den Fahrer des Wagens.

Der Fremde hob die Hände. »Ich bitt' Sie, in so einer Situation ist man froh, wenn man fortkommt.« Gemeinsam warfen sie den Motor an, dann setzte sich der Fremde ans Steuer. Dr. Rosenstein nahm vorne neben ihm Platz.

»Herr Pokorny ist so freundlich, uns zum Bahnhof mitzunehmen«, sagte er, sich zu mir umdrehend. Seine Miene war beherrscht, sein Tonfall ruhig. »Graf Trubic muss sich noch um einiges kümmern.«

»Katalin«, murmelte ich. »Meine Herrschaft. Katalin Szabady. Wissen Sie irgendetwas von ihr?«

Bedauernd wiegte Rosenstein den Kopf.

»Gibt es Verletzte?«, fragte ich weiter, erstaunt über meine Kaltblütigkeit. »Gibt es Tote?«

»Man muss davon ausgehen.« Unruhig glitten seine Hände über die Rückenlehne der Sitzbank. »Einige sind noch verschollen. Darunter Baron Vasilescu.«

Ich biss mir auf die rissige, wunde Unterlippe. Ich würde nicht weinen, nicht um einen Menschen, den ich nicht gekannt hatte. Und auch nicht um Katalin, sollte sie sein Schicksal teilen. »Du bist tapfer«, meinte ich Krysztofs mahnende Stimme zu hören; damals war er mit mir am Grab meines Großvaters gestanden. »Du bietest der Welt kein Schauspiel.«

Langsam rumpelte der Wagen die Auffahrt hinab.

»Aber ich muss doch bleiben«, protestierte ich, zu schwach, um echten Widerstand zu leisten. »Ich muss nach Katalin suchen!«

»Nein.« Dr. Rosenstein klang überraschend energisch. »Ich muss nach Wien in die Centrale, um Bericht zu erstatten. Und Sie alleine hier zurückzulassen hat mir Graf Trubic untersagt.«

Ich nahm die Antwort hin; ich fühlte mich viel zu elend, um einen Streit zu führen, bei dem ich zweifellos unterliegen würde.

»Und der Freiherr?«

»Merentheim?«, mischte sich Herr Pokorny in die Unterhaltung ein. »Das steht noch offen. Zwei Kugeln, direkt in die Brust, habe ich gehört. Das überlebt sich nicht so leicht.«

In der Viertelstunde, während wir auf den Spätzug nach Wien warteten, telephonierte ich vom Nachtpostamt aus Lieselotte, in der Hoffnung, Katalin hätte dies vielleicht auch getan. Was nicht der Fall war. So musste ich der aufgebrachten Lieselotte in knappen Worten das Vorgefallene erklären, ja, ihr Mut zusprechen. Ich fühlte mich müder denn je, als ich den Telephonhörer einhängte.

Dr. Rosenstein und ich teilten unser Bahncoupé mit einem jungen Paar, das uns mit unverhohlener Neugier musterte, wenn sich auch beide der Etikette fügten und keinerlei Fragen stellten, was uns widerfahren sein mochte, das unser mitgenommenes Äußeres rechtfertigte. Trotzdem machte ihre schlichte Anwesenheit eine ernsthafte Unterredung unmöglich, und zu leichter Plauderei fehlte dem Doktor wie mir die Kraft. So saß ich schweigend da und starrte aus dem Fenster hinaus auf die nächtliche Landschaft, die da an mir vorbeizog.

Wenn Katalin tot ist, könnte ich Krysztof überreden, mit mir fortzugehen, dachte ich. Nach Paris vielleicht oder St. Petersburg. Krysztof schwärmte gelegentlich immer noch von dem sorglosen Jahr, das er in seiner Jugend dort verlebt hatte; besser, ihn jetzt aus Wien fortzulocken, als tatenlos abzuwarten, bis sein Nutzen für die Herren vom Evidenzbureau erschöpft war. Ich kannte ihn, aus eigenem Antrieb würde er statt abzureisen so lange mit dem Gedanken an Flucht kokettieren, bis es zu spät war. Die Nüchternheit, mit der ich diese Überlegungen anstellte, schockierte mich selbst ein wenig. Im Grunde mochte ich Katalin; auch war ich ihr in gewisser Weise zu Dankbarkeit verpflichtet, immerhin hatte sie mich als Gesellschafterin angenommen, ohne sich von den Kündigungsgründen meiner vormaligen Herrschaft abschrecken zu lassen.

Und dennoch war mir eines nur gewiss: Ich war davongekommen, und das Leben musste weitergehen, immer weiter, immer neue Pfade galt es einzuschlagen. Verstohlen betrachtete ich Dr. Rosenstein, der mit geschlossenen Augen dasaß. Konnte es Graf Trubic ernst gewesen sein, als er von einer Ausbildung in okkulten Angelegenheiten sprach? Nun, meine Zauberkünste hatte ich ihm unter Beweis gestellt, auch wenn ich nicht recht begreifen konnte, wie ihm damit geholfen war, dass ich das metallene Ungetüm herbeigerufen hatte. Das im Übrigen aussah wie eine groteske Travestie des Urzeitvogels, der in Krauß' Wohnung umhergeflattert war.

Ich rieb mir die pochende Stirn, schob die Überlegungen, welche Bewandtnis es mit der Monstrosität haben mochte, was Trubic wohl mit ihr anfangen wollte, beiseite. Bald schon würde ich Antworten erhalten, wenn Dr. Rosenstein mich in seine ominöse Centrale brachte.

Es hatte lange schon zur Mitternacht geläutet, als Rosenstein den griesgrämigen Automobilchauffeur, in dessen Fahrzeug wir die Strecke vom Südbahnhof bis in die Innenstadt zurückgelegt hatten, am Graben halten ließ.

»Es ist klüger so«, erläuterte mir mein Begleiter, nachdem er den Chauffeur entlohnt hatte und mich nun in eine stille Gasse führte. »Ein Automobil, um diese Uhrzeit noch dazu, das macht die Leute neugierig.« Galant bot er mir den Arm. »Und dass die Centrale neugierige Nachbarn nicht gut gebrauchen kann, versteht sich von selbst.«

Ich nickte, auch wenn ich in meiner Erschöpfung und Verwirrung viel dafür gegeben hätte, noch ein paar Meter weiter im Wagen über das ausgetretene Kopfsteinpflaster zu holpern; stattdessen musste ich mit dem Doktor, der zügig ausschritt, durch dieses Viertel eilen, in dem Wien sein ältestes, anrührendstes Gesicht zeigte – das Viertel, in dem ich aufgewachsen war und das ich an vielen Nachmittagen meiner Kindheit erkundet hatte. Selbst das Haus, vor dem Dr. Rosenstein stehen blieb, war mir wohlbekannt; das heißt, ich war gelegentlich daran vorbeigelaufen, hatte mich jedoch nicht weiter dafür interessiert. Weshalb auch, handelte es sich doch auf den ersten Blick nur um ein Wohnhaus, das weder Stuckaturen, noch andere Verzierungen aufwies, ja nicht einmal eines der altertümlichen Hauszeichen, die in fernen Tagen Aufschluss gegeben hatten über Zunft und Gewerbe der Bewohner. Nur schlichte, graubraune Fassade hatte es vorzuzeigen sowie ein schweres, eisenbeschlagenes Tor, das in keinster Weise einen gastlichen Eindruck erweckte.

Schwungvoll betätigte Rosenstein den Türklopfer. Sogleich öffnete sich das Tor einen Spaltbreit, und ein mürrisches Gesicht starrte uns entgegen. Rosenstein äußerte ein paar Worte in einer mir unbekannten Sprache, woraufhin uns die Tür geöffnet wurde. Mit einer kleinen Geste forderte mich Dr. Rosenstein auf, einzutreten. »Die Centrale des Departements für Okkulte Angelegenheiten«, sagte er schlicht.

Das Departement für Okkulte Angelegenheiten. Vor wenigen Tagen noch hätte ich keine fünf Kronen darauf gesetzt, dass diese sagenumwobene Einrichtung überhaupt existierte. Und nun stand ich in ihrem Innenhof! Solch ein Abenteuer, schien mir mit einem Mal, konnte kein glückliches Ende nehmen.

»Würden Sie mich töten?«, wandte ich mich, von jähem Schrecken und Erkennen erfüllt, an Rosenstein. »Wenn ich Graf Trubics Angebot ausschlüge? Wenn ich keine Ausbildung im Okkulten absolvieren wollte?«

Rosenstein zögerte und stützte sich schwer auf die Schulter einer der steinernen Najaden, die den Hof zierten und sich um den munter plätschernden Brunnen scharten.

»Nein«, sagte er. »Ich zweifle nicht, dass Sie uns … mir und Graf Trubic heißt das … grobe Schwierigkeiten bereiteten. Aber ich schwöre Ihnen, bei meiner Ehre und meinem Leben, dass niemand Ihnen Leid antun oder Sie zu einer Entscheidung zwingen wird.«

Ich hatte, das muss ich wohl gestehen, mir in Anbetracht des ungewöhnlichen Hofes und der mutmaßlichen Bedeutsamkeit der Organisation, deren Hauptsitz zu betreten ich im Begriff war, mir das eine oder andere architektonische Wunder erwartet: Eine prachtvolle Säulenhalle etwa, ganz mit schwarzem Marmor verkleidet und mit exotischen Pflanzen und phantastischen Kreaturen bevölkert, hätte ich ebenso widerstandslos hingenommen wie einen finsteren, nur mit Fackeln erleuchteten Burgsaal. Stattdessen führte mich Dr. Rosenstein durch ein äußerst nichtssagendes Vorzimmer, durch dunkle Korridore und Stiegenhäuser, die sich nicht im Geringsten von der beliebigen Langeweile anderer Amtsgebäude unterschieden, obwohl bald in mir die Vermutung erwachte, dass die Centrale sehr viel größer sein musste, als man von außen her erahnen konnte – und dass ihr Architekt ein Faible für Labyrinthe hatte.

Endlich machte Rosenstein vor einer Tür halt und zog einen Schlüsselbund aus der Tasche.

»Darf ich Sie für einen Augenblick hier alleine lassen?« Er wartete keine Antwort ab. »Ich habe der Direktion Bericht zu erstatten, und Sie, als Außenstehende …«

»Selbstverständlich«, fiel ich ihm ins Wort. Wenn Rosenstein schon jetzt ernstlich darüber hatte nachdenken müssen, ob ich bei meinem gegenwärtigen Wissensstand ein Risiko darstellte, dann wollte ich mich wirklich lieber noch eine Weile gedulden, statt mit Geheimnissen in Berührung zu kommen, die man mir nicht offenbaren wollte.

Rosenstein schien erleichtert. »Das ist mein Bureau«, teilte er mir mit, während er die Tür öffnete. »Ich hoffe, Sie haben nichts dagegen, dass ich Sie hier einsperre?« Er rümpfte die Nase. »Es handelt sich nur um eine Formalität.«

Ich beschloss, die Gepflogenheiten des Departements für Okkulte Angelegenheiten, so unmöglich sie sein mochten, vorerst unkommentiert zu lassen.

Ich trat über die Schwelle in den kleinen, hell erleuchteten Raum. »Sperren Sie mich nur ein, Doktor. Ich verspreche Ihnen auch, ich will nicht über Gebühr in Ihren Sachen stöbern.« Diese Ankündigung entlockte ihm immerhin ein Lächeln, ehe er die Tür hinter mir abschloss.

Vorsichtig darauf bedacht, nicht auf die Zeichnungen, Photographien, Bücher und Notizen zu treten, die als wüstes Stillleben auf dem Parkett ausgebreitet lagen, tastete ich mich in das heillose Durcheinander des Arbeitszimmer vor. Offensichtlich gehörte Rosenstein zu jenen unerfreulichen Menschen, die Behaglichkeit mit zu viel Mobiliar auf zu kleinem Raum verwechselten. Wie sonst ließ sich, neben jenen Einrichtungsgegenständen, die man in einem Bureau vermuten sollte, die Anwesenheit einer Kleidertruhe, eines Teetischchens, eines gepolsterten Fußschemels sowie etlichen Firlefanzes, der wohl als Zierrat zu summieren war, erklären. Auf Schreibtisch, Diwan und Sessel stapelten sich Bücher und Schreibmaterialien, eine alte, augenscheinlich kostbare Karte, auf der die Welt noch vorgab eine Scheibe zu sein, an deren Rändern Seeungeheuer lebten, lag achtlos über einen Fußschemel gebreitet. Hauptsächlich um mich von den Befürchtungen abzulenken, die mich wohl erst wieder verlassen würden, sobald ich unversehrt den Heimweg angetreten und Katalin heil in der Wohnung vorgefunden hatte, griff ich aufs Geratewohl nach einem der Bücher, blätterte darin, ohne die zur Lektüre erforderliche Ruhe aufbringen zu können, legte es bald wieder beiseite. Schon die Selbstachtung gebot, sodann einen Versuch zu unternehmen, die Schreibtischschubladen sowie die Kleidertruhe zu öffnen; da diese verschlossen waren, gab ich es auf, mich für mein Umfeld zu interessieren, und nahm artig auf dem schäbigen Diwan Platz. Welchen Sinn hatte es schon zu stöbern, wenn man nicht einmal annähernd wusste, wonach man suchte? Hätten sich auch alle Antworten auf die Rätsel der vergangenen Tage in diesem Bureau gefunden, ich hätte sie dennoch nicht verstanden. Ich, die ich nicht einmal die Fragen kannte, die ich zu stellen hatte.

Ein glorreiches, ein grässliches Gefühl musste es sein, *zu wissen*. Die Schatten an den Wänden, die unerklärlichen Zufälle deuten zu können, die Wahrheiten in Märchen und Legenden zu finden; den einsamen Pfad des Hellsichtigen zu beschreiten, in einer Welt der Blinden.

Erst als mit einem vernehmlichen Knarren die Tür aufsprang, schrak ich aus meinem Gedanken hoch. Doch nicht Dr. Rosenstein war gekommen, um mir meine Freiheit wiederzugeben, sondern mein erratischer gräflicher Bekannter höchstpersönlich. Für einen Augenblick nur glich er beinahe seinem gespenstischen Spiegelbild, das ich heraufbeschworen hatte, so bleich und todmüde, Kleidung und Haar versengt, der ehemals weiße Verband um seinen Hals grau von Ruß, lehnte er im Türrahmen.

»Was ist denn nun geschehen?«, stieß ich hervor; mit einem Mal war es mir nach all den Stunden des Wartens unmöglich geworden, mich länger zu gedulden, und war es auch nur für jene Sekunden, die eine angemessene Begrüßung in Anspruch genommen hätte. »Heute Abend. Was hat das alles zu bedeuten?«

»Ein Verrückter hat ein Attentat auf Oberst von Merentheim verübt.« Graf Trubic schlenderte durch das beengte Zimmer, die Arme hinter dem Rücken verschränkt. »Selbiger Verrückter oder möglicherweise ein Helfer hat es zuvor auf sich genommen, sich des Delikts der Brandstiftung schuldig zu machen.« Er schob einen der Bücherstapel beiseite, ließ sich auf der

Schreibtischplatte nieder und sah mich erwartungsvoll an, mit den blitzenden Augen des gewandten Spielers, der sich auf den nächsten Zug eines weit weniger routinierten Kontrahenten freute.

Wir sind keine Gegner, rief ich mir streng ins Gedächtnis. Noch nicht.

Laut sagte ich: »Warum?«

Trubic verzog die Lippen. »Oh, weh. Meine Menschenkenntnis muss unter den Konfusionen der letzten Stunden gelitten haben. Ich hätte erwartet, dass Sie sich zuerst nach dem Befinden des Freiherrn erkundigen.« Er zog die augenscheinlich allgegenwärtige Tabatiere aus seinem Jackett. »Oder nach weiteren Opfern.«

Mit schweißnassen Händen umklammerte ich die Armlehne des Diwans. »Gab es Tote?«, fragte ich mit fester Stimme.

»Wie es bei derartigen Gelegenheiten so üblich ist – ja.« Er sah an mir vorbei, sein Blick verfing sich an der schwarzen venezianischen Maske, die neben dem Fenster an der Wand hing.

Ich wollte auffahren, doch er hieß mich mit einer herrischen Handbewegung schweigen. »Bitte ersparen Sie uns beiden Ihre Zurschaustellung moralischer Empörung. Zumal ich Ihnen versichern darf, ich beliebe durchaus nicht zu scherzen. Die Überlebenschancen herkömmlicher Bürger, fast bin ich geneigt, sie Zivilisten zu nennen, sind verschwindend gering, sobald eine kriegerische Auseinandersetzung aus dem Dunkel des Okkulten in ihre Welt dringt. So wie heute. Falls der heutige Zwischenfall okkulte Hintergründe hatte, wovon ich allerdings ausgehe – man kann kaum einen magischen Automaten bauen, ohne sich in diesen oder jenen okkulten Kreisen ein paar Feinde zu machen.« Nachdenklich sog Trubic an seiner Zigarette. »Dazu kommt, dass Hausbrände per se recht unangenehm sind.« Mir schien, er gefiel sich ein bisschen zu gut in der Rolle des herzlosen Zynikers.

»Merentheim hingegen, gepriesen sei die Ironie des Schicksals, wird aller Wahrscheinlichkeit nach überleben, versicherten mir die Ärzte.« Übergangslos setzte er hinzu: »Und Sie fragen sich jetzt vermutlich, warum Sie hier sitzen, warum ich Ihnen erzähle, was Sie ebenso gut morgen in den Zeitungen lesen können.«

Ich biss mir auf die Unterlippe, ahnte ich doch, dass Betrachtungen zu dem Wahrheitsgehalt dessen, was das Departement für Okkulte Angelegenheiten an die Journaille weitergeben mochte, keineswegs angebracht waren.

»Hatten Sie Zeit, mein Angebot zu überdenken?«, erkundigte sich Trubic.

»Ja«, sagte ich langsam. »Und die Versuchung ist groß. Aber ich muss Ihre Gründe kennen. Niemand lädt aus einer Laune heraus eine armselige Klatschkolumnistin ein, sie in die größten Geheimnisse der Welt einzuweisen. Selbst wenn sie magische Begabungen hat. Deshalb haben Sie mich doch dieses grauenhafte … Ding rufen lassen, nicht wahr? Als letzten Beweis, dass ich zaubern kann?«

»Ach du lieber Himmel, nein, wirklich nicht. So theatralisch bin ich nun auch wieder nicht, dass Sie mir aus reiner Willkür Ihre zauberischen Fähigkeiten vor der Kulisse eines Großbrandes unter Beweis stellen sollten! Sehen Sie, der Automat verfügt über eine Art … nennen wir es magisches Bewusstsein, das sich über eine Invokation, die ich unglücklicherweise nicht beherrsche, wecken lässt. Sobald dies geschieht, kennt er keine andere Aufgabe, als alles zu töten, was in seinem Umfeld atmet und bluten kann.«

All dies legte er in vollkommen sachlichem Tonfall dar, als wäre es nicht im Mindesten ungewöhnlich, mit blutrünstigen magischen Monstrositäten in Berührung zu kommen.

»Ich … sagen Sie«, stammelte ich. Meinen Sie das ernst, wollte ich wissen, doch Trubic schnitt mir schon das Wort ab: »*Sie* kennen einen unspezifizierten Zitierungszauber, der das Potenzial hat, auf magische Wesenheiten jeglicher Art zu wirken, und *ich* konnte nicht riskieren, dass der Automat bei dem Brand zu Schaden kam. Dazu ist er zu wertvoll.«

Ich stellte die erste Frage, die mir in den Sinn kam: »Woher wussten Sie, dass sich der Automat wieder deaktivieren würde, sobald ich aufhörte, den Zauber zu wirken?«

»Wissen ist in diesem Zusammenhang ein äußerst starkes Wort. Ich hatte vermutet, dass es der Fall sein würde – vielleicht auch nur gehofft. Daran werden Sie sich gewöhnen müssen. In diesem Metier arbeitet man oft mit Hoffnungen und Vermutungen.«

Trubic glitt von der Tischplatte und streifte wieder durch den Raum; unwillkürlich entsann ich mich der Raubkatzen, die es in der kaiserlichen Menagerie in Schönbrunn zu bewundern gab, die unablässig an den Gittern ihrer engen Käfige auf und ab liefen. Dieselbe unruhige Spannung, ja, Gereiztheit, ging auch von Trubic aus, selbst wenn er mit ausgesuchter Leichtigkeit zu plaudern verstand.

»Aber um auf Ihre eigentliche Frage zurückzukommen: Warum denn nicht? Magische Fähigkeiten sind relativ selten, und Sie verfügen, soweit ich mir ein Urteil anmaßen darf, über ein gewisses Talent.« Er bedachte mich mit einem strahlenden Lächeln, das in den Salons der großen Gesellschaft so manches Herz gewonnen haben musste. »Talent und Neugier und der Mut, sich dem Unbekannten zu stellen. Große Karrieren haben schon auf wackligeren Fundamenten basiert.«

Ich schwieg. Vielleicht hatte ich in dieser Nacht alles verloren, das bis vor Kurzem noch mein Leben bestimmt hatte: Katalin, meine Anstellung, den Sinn für die Kleinigkeiten des Alltags. Denn selbst wenn die Tragödie der vergangenen Stunden wenigstens für Katalin ein glückliches Ende genommen hatte, so erfüllte mich der Gedanke, zurückzukehren in ein

Leben heiterer Unbedarftheit, das von Abendeinladungen und Klatsch und den Hüten der Saison bestimmt war, mit Grauen. Zu weit war ich schon vorgedrungen in diese fremde, weite Welt, als dass ich umkehren, vergessen, mich in den Details einer anständigen beliebigen Existenz verlieren konnte. Wenn ich jetzt meinen tausend Ängsten und Bedenken nachgab, wenn ich floh, ohne mich umzusehen, ich würde es mir niemals verzeihen. Später, wenn ich eine von jenen geworden war, die das einzige Abenteuer ausgeschlagen hatten, das Königin Fortuna ihnen großmütig offeriert hatte. Ich kannte solche Damen – Katalins intimer Freundeskreis rekrutierte sich vornehmlich aus ihnen; im Allgemeinen pflegten sie zufrieden vor sich hinzuleben, aber an lauen Frühlingsabenden, nach dem dritten Glas Champagner, konnte man sie klagen hören, im Takt der Walzerklänge: »Ach, hätte ich nur, ach, wäre ich nur, aber die Umstände, und ach, hätte ich nur gewusst, dass es keine zweite Chance mehr geben sollte für mich.«

»Wenn ich Ihr Angebot annähme«, begann ich vorsichtig, »was würde es für mich bedeuten?«

Graf Trubic nickte mir beifällig zu; seinem Gesichtsausdruck nach zu schließen, hatte er mit keinem anderen Ergebnis gerechnet.

»Nun, zunächst nichts weiter, als dass ich Sie Direktorin Blum vorstellen werde.«

Kaum eine halbe Stunde später kauerte ich in einem Durcheinander aus verwelkten Rosen und Spiegelscherben auf dem Teppich vor Judith Blums Schreibtisch und zitterte vor Scham und Erschöpfung.

»Bitte, verzeihen Sie mir, gnädige Frau«, flüsterte ich, als ich es endlich über mich brachte, den Kopf zu heben und Blum in die Augen zu sehen. »Es tut mir leid, ich weiß nicht, wie das passieren konnte …«

»Selbstverständlich wissen Sie es nicht.« Die Leiterin der Centrale für Okkulte Angelegenheiten nahm das Scheitern meiner zauberischen Talentprobe mit bewundernswerter Gelassenheit hin. »Sie haben schließlich auch erst begonnen zu lernen. Stehen Sie auf.«

Umständlich rappelte ich mich auf, Glas knirschte unter den Sohlen meiner Stiefel.

»Schon gut«, brummte Judith Blum, und ich stellte abermals fest, dass ihre tiefe, volltönende Stimme weitaus besser zu einer Wagner'schen Walküre denn dieser winzigen alten Dame gepasst hätte. »Das war zu erwarten.«

Ich presste die Lippen fest zusammen und senkte den Blick. Fühlte mich mit einem Mal wieder wie das ungeschickte Schulmädchen, dem es gelungen war, bei einer entscheidenden Prüfung zu vergessen, was sie sich in monatelanger harter Arbeit angeeignet hatte.

Direktorin Blum hatte darauf bestanden, dass ich ihr den Zitierungszauber vorführte, obgleich ich ihr die Geschichte von dem Poltergeist in Katalins Salon wahrheitsgetreu dargelegt hatte. Nun, wahrscheinlich gehörte dergleichen zum täglich Brot, wenn man im okkulten Dienst tätig war; gut möglich, dass man sich mit der Zeit unliebsamer Poltergeister mit derselben Routine entledigte, wie ein Normalsterblicher eine Spinne zertrat.

Nur, dass diesmal kein Poltergeist und kein metallenes Ungeheuer meinem Ruf gefolgt war. Ich hatte die Melodie gesungen, und nichts war geschehen, niemand wollte mich hören; nur das Licht flackerte kurz auf, und dann, mit einem Schlag, zersprang der Handspiegel, den ein Diener mir für den Erkennungszauber gereicht hatte. Weiter war nichts geschehen.

»Also schön.« Judith Blum erhob sich von ihrem doppelt gepolsterten Schreibtischstuhl und tat zwei mühsame Schritte auf mich zu. »Sie hatten recht, Graf«, wandte sie sich an Trubic, der lässig auf einen Ellbogen gestützt am Fenster lehnte und meine Blamage kaum wahrzunehmen schien. Auch jetzt gab er lediglich mit einem knappen Nicken zu erkennen, dass er der Unterhaltung noch folgte.

Judith Blum seufzte. »Sie, Fräulein Schönthal, verfügen tatsächlich über gewisse magische Grundfertigkeiten, derer das Departement dringend bedarf. Viel zu selten lassen sich vielversprechende Magiebegabte für die Okkulten Angelegenheiten gewinnen.« Bekräftigend klopfte sie mit dem Spazierstock auf das Parkett, was die fette Bulldogge, die selbst den Zwischenfall mit dem Spiegel verschlafen hatte, veranlasste, von ihrem Ruheplatz am Diwan aufzuspringen und an die Seite ihrer Herrin zu watscheln.

Vielversprechend. Bei all meiner Erschöpfung, Verwirrung und Sorgen konnte ich nicht umhin, flüchtigen Stolz zu empfinden, wenngleich ich mich fragte, wie Blum nach meiner dürftigen Kunstprobe zu diesem Urteil kam.

»Andererseits …« Sie hob die Lorgnette. »Zumeist sind es junge Männer, mit militärischem oder akademischem Hintergrund, die den Dienst hier antreten, nachdem sie mit der okkulten Welt in Berührung kamen.« Sie trat noch einen Schritt auf mich zu. Die Bulldogge folgte ihr schnaufend. »Wenn überhaupt, haben Sie wahrscheinlich nur höchst diffuse Vorstellungen von dem, worauf Sie sich einlassen. Ein, zwei, tausend grandiose Abenteuer wollen Sie erleben, hinter die Kulissen der Welt blicken und *verstehen*, und *en passant* auch noch das Rätsel lösen, das Sie und die okkulte Welt zusammengeführt hat?«

Ich nickte heftig, bis zum Hals pochte mir das Herz.

»Ja«, sagte Judith Blum trocken. »Das wollen sie alle.«

»Nun, manch ein Romantiker tritt auch mit dem Ansinnen, die Welt zu retten, hier ein«, mokierte sich Graf Trubic.

»Ich fühle mich nicht zu Heldentaten befähigt«, wagte ich

nun einzuwerfen. »Aber ich will unumwunden gestehen, dass ich sehr viel zu tun bereit bin, um zu erfahren, wer Dr. Krauß in den Tod trieb.«

»Sie werden es nicht leicht haben, Fräulein Schönthal«, sagte Blum langsam. »Ich werde Sie einem erfahrenen Agenten zur Seite stellen, dem Ihre praktische Ausbildung obliegt. Ferner wird erwartet, dass Sie sich theoretische Grundkenntnisse in sämtlichen relevanten Sparten autonom aneignen.« Sie lehnte ihren Gehstock an den Schreibtisch und verschränkte die auffallend gepflegten Hände vor der Brust. »Ich müsste lügen, wollte ich behaupten, ich hielte Sie für den Dienst in okkulten Angelegenheiten sonderlich geeignet.« Irrte ich, oder huschte wahrhaftig die Ahnung eines Lächelns über ihre Lippen? »Kein außergewöhnliches Schicksal. Die wenigsten unserer Agenten sind von Anfang an prädestiniert für die Aufgaben, die sich ihnen hier stellen. Viele lernen schnell, mit den Anforderungen zu wachsen. Andere wieder – nicht.«

»Oh«, antwortete ich leise.

Graf Trubic bestand darauf, mich nach Hause zu begleiten, nachdem Direktorin Blum uns verabschiedet und mir versichert hatte, sie würde nach mir schicken, sobald die anfallenden Formalitäten erfüllt waren.

»Formalitäten wie: Nachforschungen«, legte mir Trubic spöttisch dar, während er mich durch den absurden Nymphengarten geleitete. Der Wachposten grüßte mit devoter Höflichkeit, ehe er uns die Tür öffnete. Trubic nahm ihn kaum zur Kenntnis.

»Und dann?«, wollte ich wissen.

»Dann werden Sie manch einer hochinteressanten und zuweilen etwas ungewöhnlichen Persönlichkeit vorgestellt, Blums Unkenrufen zum Trotz für tauglich befunden und einem beliebigen Agenten zugeteilt, dem man zumuten kann, monate-

wenn nicht jahrelang mit Fragen und Dilettantismus behelligt zu werden.«

»Ich dachte, Sie würden sich meiner Ausbildung annehmen«, bekannte ich und ärgerte mich nicht wenig über den enttäuschten Ton in meiner Stimme. »Oder Dr. Rosenstein«, setzte ich rasch hinzu. Das fehlte mir noch, dass Trubic auf den Gedanken kam, ich wollte ihm schöne Augen machen! Fast wünschte ich mir in jenem Moment, ein Mann zu sein: Dann wäre es mir wohl leichter gefallen, verständlich zu machen, dass ich lediglich besonderes Interesse an dem Fall, in den Trubic involviert war, nicht an dem Grafen selbst aufbrachte.

»Ich? Nein, das würden Sie sich nicht wünschen.« Graf Trubic bot mir den Arm und schlug ein gemächliches Tempo an, als wollte er mir – oder wahrscheinlich vielmehr sich selbst – beweisen, dass nichts auf Erden so wichtig war, dass es einen Herrn von Rang und Namen zu unziemlicher Eile verleiten durfte. Eine Weile schlenderten wir so durch die stillen, verlassenen Gassen; mochte sich der neue Morgen auch ankündigen, in seinem blassen, faden Kleide, noch träumte die Stadt.

»Etwas wollte ich Sie fragen, Herr Graf, wenn es nicht zu indiskret ist«, brach ich zuletzt das Schweigen, da meine Gedanken sich einmal mehr dem furchtbaren Brand und Katalins ungewissem Schicksal zuwandten und mir etwas Ablenkung höchst willkommen war. »Wie sind Sie denn mit den Okkulten Angelegenheiten in Berührung gekommen?«

Sein Lächeln streifte mich. »Auf nicht weiter bemerkenswerten Pfaden«, antwortete er mir. »Im Zuge einer lächerlichen, und, wie ich fürchte, nicht gänzlich nüchternen Eskapade.«

Ich schürzte die Lippen. Graf Trubic schien es in der Tat für amüsant zu halten, sich so hohl und leichtfertig wie nur irgendwie möglich zu geben.

Trubic seufzte theatralisch. »Schauen Sie mich doch nicht so grimmig an!«, rief er unangemessen vergnügt aus. »Die Geschichte ist wahrlich nur von anekdotischem Wert: Verderbter Jüngling auf der Suche nach den Plaisieren der Nacht stolpert in die Arme eines Sukkubus, wird von erfahrenem Agenten gerettet – bei dem es sich im Übrigen um Blums Gemahl handelte, möge er in Frieden ruhen – und entdeckt, dass die Geheimnisse der okkulten Welt die Leere seines Daseins weitaus besser zu füllen vermögen, als Huren, Drogen und Wein es jemals konnten.« Er grinste. »Und jetzt sind Sie schockiert«, stellte er trocken fest.

Energisch schüttelte ich den Kopf. Tatsächlich *war* ich schockiert (welcher Herr sprach schon in Anwesenheit einer weiblichen Person offen von Dirnen oder Lustdämonen?), aber das hieß noch lange nicht, dass ich Graf Trubic diesen Triumph gönnte.

»Hat ihr Ehemann Judith Blum zur Leitung der Centrale verholfen?«, fragte ich stattdessen unverdrossen weiter. »Immerhin ist es sehr ungewöhnlich, eine Frau in solch einer Position vorzufinden.«

Trubic zuckte mit den Schultern. »Ungewöhnlich? Diese Beschreibung verdient eher ihr Vorgänger in Amt und Würden. Es wird Sie vielleicht amüsieren, dass bis vor zwei Jahren das Departement dem Geist des Fürsten de Ligne unterstand. Als er seinen Abschied nahm – um, nach eigenen Angaben, ein wenig im belgischen Stammschloss seiner Familie zu spuken, bis er in einigen Jahren, vielleicht Jahrzehnten bereit war, erfrischt zurückzukehren –, schlug er Blum als erfahrene Agentin als seine Nachfolgerin vor«, berichtete Trubic in lebhaftem Plauderton.

Fassungslos starrte ich in seine funkelnden Augen.

»Sie belieben zu scherzen, Graf«, brachte ich schließlich hervor.

»Keineswegs«, erwiderte er, plötzlich ernst. »Ich bereite Sie auf den Dienst in Okkulten Angelegenheiten vor.«

Wir hatten das Gassengewirr hinter uns gelassen und strebten nun auf den Droschkenstandplatz am Quai zu. Trubic winkte eine Droschke heran und half mir ins Innere des Wagens. Ich zuckte zusammen, als er dem Kutscher Katalins Adresse nannte. Bald, bald schon würde ich Gewissheit haben. Und hatte ich mich die Nacht lang gesehnt zu erfahren, wie es um Katalin stand, so fürchtete ich jetzt den Moment, da Lieselotte mir mit rot geweinten Augen entgegentreten würde.

Unmerklich schüttelte Graf Trubic den Kopf. »Ruhig. Noch ist alles gut.«

Er bot mir an, mich nach oben zu geleiten, was ich jedoch ablehnte. Was immer mich in der Wohnung erwarten mochte, es gab keinen Grund, einen Fremden in häusliche Tragödien oder sentimentale Wiedersehen zu verwickeln.

Während ich die Kutsche davonrumpeln hörte, klopfte ich so lange gegen das Fenster der Hausmeisterwohnung, bis der Hausbesorger sich unter Murren und abschätzigen Blicken anschickte, mir das Haustor aufzuschließen. Niemals zuvor waren mir die Stufen zu unserer Wohnung endloser erschienen, niemals hatte ich länger an die Tür gehämmert, ehe mir Einlass gewährt wurde.

»Der Mutter Gottes im Himmel sei gedankt!« Mit diesem frommen Ausruf empfing mich Lieselotte, blass und übernächtigt und im Schlafrock. »Die gnädige Frau …«

»Was?«, schrie ich.

»… sitzt im Salon, und ich weiß nicht, was ich mit ihr tun soll!«

Ich gab Lieselotte keine Zeit, mir den genaueren Sinn dieser eigentümlichen Aussage zu erklären, sondern stürmte an ihr vorbei in den Salon, wo Katalin tatsächlich auf dem Diwan saß, steif und reglos wie eine Puppe. Immer noch trug sie ihr extravagantes, wenn auch mittlerweile stark beschmutztes Abendkleid, selbst ihre Perlen, nur den Hut hatte sie abgenommen oder vielleicht im Tumult verloren.

»Katalin! Ich bin so …« Sie hob den Kopf, und ich verstummte. Froh, hatte ich sagen wollen, aber der todtraurige Ausdruck ihrer Augen ließ mich innehalten.

»Verbrannt«, sagte sie mit großer, geradezu gespenstischer Ruhe. Keine Tränen – ihre Miene war vollkommen beherrscht, beinahe leer.

»Es tut mir leid.« Wie schal, wie hohl meine Worte klangen. Ratlos sank ich neben dem Diwan auf die Knie und griff nach Katalins Hand; nichts konnte ich ihr anbieten denn etwas Freundschaft und Anteilnahme, viel zu kleine Bandagen für diesen tiefen, kühlen Schmerz.

»Dass du dich unterstehst, mich zu trösten«, sagte Katalin. »Ich will keinen Trost von dir. Ich habe ihn geliebt, und er ist elend zugrunde gegangen. Der Lauf der Welt.«

Ich stand auf und läutete nach Lieselotte. Schickte sie um Cognac, um Wasser, um Schlaftabletten. Katalin ließ mich gewähren, verweigerte jedoch das Glas, das ich ihr reichte.

»Ich will nicht schlafen. Schlafen und vergessen, vielleicht gar ein bisschen träumen. Das hat er nicht verdient.« Immerhin gestattete sie mir, dass ich ihr Halsband und Handschuhe abnahm, die Nadeln aus ihrem Haar löste.

»Andrassy?«, wagte ich zu fragen.

»Der schläft vermutlich zu Hause in seinem Bett.« Katalins Stimme war voller Verachtung. »Und du? Wo bist du die ganze Zeit gewesen?«

Sorgfältig platzierte ich die Perlenkette auf dem Teetisch, neben dem Hofkalender und der Zeitung von gestern Früh. Hoffte, dass Katalin in ihrem aufgewühlten Zustand die Frage wieder vergessen würde, wenn ich nur lange genug zuwartete.

Sie tat es nicht. »Nun?«

Ich überlegte. Für eine glaubwürdige Lüge war ich zu müde, die Wahrheit unaussprechlich.

»Graf Trubic …«, begann ich ungeschickt.

Katalin nickte. »Ja, wirf dich nur in seine Arme, in deinem Alter hätte ich nichts anderes gemacht. Dann bekommst du eine Nacht oder fünf, und nur die Schand', die bleibt dir ein Leben lang. Da, schau mich nur an.«

Folgsam blickte ich an ihr herab; arme Katalin in ihrem verwüsteten cremefarbenen Abendkleid, arme Katalin, die ihren letzten Traum zu Grabe tragen musste, zu Asche verbrannt.

»So«, sagte sie gedehnt. »Und jetzt gehst du mir aus den Augen.«

Dritter Akt

Die Loge »Zum Ende der Welt«

15. bis 17. September 1913

Der Tag nach dem Attentat präsentierte sich so trostlos und unerfreulich, wie es nur einem spätsommerlich schwülen Septembermorgen möglich war, an dem man sich nach entschieden zu wenigen Stunden des Schlafes aus düsteren Träumen gerissen und sogleich mit einem Besucher konfrontiert sah, dem es gelang, selbst der großen Tragödie eine groteske Note zu verleihen.

Während Simon den Besucher ankündigte und Felix mit matter Resignation feststellte, dass er umgeben von Briefbögen und Notizbüchern auf dem Diwan genächtigt hatte, stürzte bewusster Gast sporenklirrend in den Salon.

»Mein Vater ist tot, und es ist mir nicht leid um ihn!«, verkündete Alin, riss sich die karmesinrote Czapka vom Haupt und brach zur Bestürzung sämtlicher Anwesender in Tränen aus. »Er war ein Tyrann, ein Barbar, ein Despot! Er hat den Tod verdient! Aber nicht so … doch nicht so!«, schluchzte er, indem er sich auf die Knie sinken ließ, das Gesicht in der einen Hand verborgen, die andere in die Fransen des dicken, rot gemusterten Teppichs vergraben, als gelte es, sich daran festzuklammern, während die Welt in Stücke brach. »Und du warst dabei … du hast ihn sterben sehen.«

»Nein.« Felix setzte sich auf und unternahm einen zerstreuten Versuch, seine zerknitterte Kleidung zu ordnen. »Ich muss gestehen, ich war zu beschäftigt, um derlei Einzelheiten wahrzunehmen.« Das Missvergnügen über Alins Auftritt machte ihn grausamer, als der Situation angemessen war, doch zumindest verfehlte die Spitze ihre Wirkung nicht: Alin schnappte nach Luft und hob den Kopf. Zwar bebten seine Lippen noch vor Entrüstung, aber immerhin schwieg er für einen Moment.

»Simon, Kaffee und den stärksten Cognac, den wir im Haus haben«, wandte sich Felix an seinen Diener.

Dieser neigte den Kopf. »Zustände sind das«, murmelte er, während er aus dem Salon schritt, ohne zu präzisieren, ob er sich auf Alins Ausbruch oder den Genuss von Alkohol noch vor dem Frühstück bezog.

»Alin.« Erst als Simon die Tür hinter sich geschlossen hatte, erhob sich Felix und trat zu seinem Besucher, der immer noch vor dem Rauchtisch kniete, ganz so, als hätte er diesen zum Gegenstand seiner Anbetung erkoren. »Willst du mir zum Vorwurf machen, dass ich deinen Vater nicht retten konnte?«, fragte er so sanft er nur vermochte; schließlich war es kleinlich und seiner nicht würdig, seinen Unmut über die Verwicklungen des vergangenen Abends ausgerechnet an dem fragilen jungen Offizier auszulassen.

»Hast du es denn versucht?«, wollte Alin mit belegter Stimme wissen, als er sich mit dem Handrücken über seine geröteten, tränenfeuchten Wangen wischte.

»Nein«, beantwortete er sich seine Frage nach einem Moment selbst. »Du musstest doch den Oberst schützen. Den Herrn von Merentheim, dessen brillanter Geist Luftschiffe ersinnt und Revolutionen!« Er würgte an einem Lachen. »Überall, überall um ihn herum wird gestorben. Er bringt den Tod.« Alin presste eine Hand gegen seinen Mund. »Er wird auch mein Tod sein.«

»Er schreitet im Dunkel«, bemerkte Felix mit einem blassen Lächeln. Als Alin nicht reagierte, nur aus tränennassen Augen tumb vor sich hin stierte, trat er zu ihm und berührte flüchtig seine Schulter; eine kleine Geste der Freundschaft, die Felix einige Überwindung kostete, empfand er doch beinahe physischen Ekel vor dem Schauspiel, das Alin ihm bot.

»Steh auf«, befahl er. »Ein bisschen Haltung, mein Freund. Du bist schließlich Offizier und kein Waschweib, auch wenn du dir gewiss Mühe gibst, deinem Umfeld diese Tatsache zu verhehlen.«

Alin machte keinerlei Anstalten, jener ungnädigen Aufforderung nachzukommen; er regte sich nicht, hatte selbst aufgehört zu zittern. Nicht einmal seine Lider flatterten, als Felix leise seinen Namen rief. Mit weit aufgerissenen Augen starrte er geradeaus, den Blick aus dem Fenster gerichtet, auf den gelblich-grauen Himmel, der sich über die Stadt spannte, von nahenden Unwettern kündete. Schon war ein leichter Sturm aufgekommen, ließ die Fensterläden aneinanderschlagen, zauste den Lindenbaum unten im Hof und bauschte die Vorhänge.

Von alldem schien Alin nichts zu bemerken, seine Züge blieben so unbewegt, so ausdruckslos, dass sich Felix unwillkürlich der Vergleich mit einer Totenmaske aufdrängte.

Er trat einen Schritt zurück und betrachtete Alin. Auf unergründlichem Wege musste es diesem von einer Sekunde zur nächsten gelungen sein, sich gänzlich unzeremoniell in Trance zu versetzen. Ein Kunststück, um das ihn nicht wenige Zauberkundige, Medien und Enthusiasten beneiden würden: Ohne äußeres Zutun den Zustand einer derart tiefen Trance zu erreichen, galt im Allgemeinen als schwieriges Unterfangen. Wenn er den Worten seiner in diesen Künsten versierten Bekannten Glauben schenken durfte, bedurfte es elaborierter Vorbereitungen und profunder Kenntnis unterschiedlicher Meditationstechniken. Entweder war Alin ein Meister seines Faches – und ein Quell verborgener Talente, dachte Felix, der sich flüchtig des Enthusiasmus' entsann, den der junge Offizier gegenüber der Guarneri gezeigt hatte –, oder es hatte sich soeben ein weiteres Mysterium aufgetan.

Wenigstens diese Frage fand Sekunden später eine zufriedenstellende Antwort, als Alin mit einer jähen Bewegung aus seiner Trance schrak. Verständnislos sah er um sich, die Finger immer noch krampfhaft um die Teppichkante geschlossen.

»Was?«, murmelte er. »Entschuldige.« Umständlich erhob er sich und nahm seine Kappe vom Boden auf. Mit Bedacht platzierte er die Czapka auf seinen Locken. »Eine … kurze Unpässlichkeit.«

»Nicht etwa eine magische Trance?«, erkundigte sich Felix mit geschäftsmäßiger Neugier.

Alin blinzelte. »Wie? Nein. Ich … ich muss wohl für einen Moment das Bewusstsein verloren haben. Seltsam – mir war, als träumte ich.«

Schwankend kam er auf die Beine. Irgendwo, in weiter Ferne, grollte der Donner.

»Ja. Als träumte ich davon, zwischen den Sternen zu fliegen. Als …«

Dass Simon in jenem Moment mit einem mit Kaffeegeschirr, Gläsern und Cognacflasche beladenem Silbertablett in den Salon zurückkehrte, veranlasste Alin, die Schilderung seiner Eindrücke sogleich zu unterbrechen. Mit gesenktem Kopf, peinlich berührt vielleicht ob seines Augenblicks der Schwäche, blieb er vor dem Teetisch stehen und sah dem Diener zu, der Schalen und Teller aufdeckte und sich schließlich an Felix wandte: »Bittschön, Herr Graf, ich möcht um Verzeihung bitten, ein Telegramm wär vorhin noch gekommen, das hab ich ganz vergessen.«

»Schon gut.« Mit einer Miene generöser Gleichgültigkeit nahm Felix das Schreiben an sich und schickte Simon fort. Baron Dejan Sirco, Abenteurer, ehemaliger Offizier und Agent des Prager Bureaus für Okkulte Angelegenheiten, kündigte seine Ankunft in Wien für den nächsten Tag, voraussichtlich gegen neun Uhr morgens an. Was bei einem so unberechenbaren Fortbewegungsmittel wie dem Flugzeug im Allgemeinen – und Dejans notorisch schadenanfälligem Doppeldecker im Konkreten – ziemlich alles zwischen Schlag neun und den frühen Abendstunden bedeuten konnte.

Felix verzog spöttisch die Lippen. Dass ein Mann, der sich mit Rennwagen und Flugzeugen die Zeit vertrieb, sich so vehement der Anschaffung eines Telephons verweigerte, konnte ihn nach all den Jahren stets aufs Neue amüsieren. Nachlässig zerknüllte er das Telegramm und warf es in die ungefähre Richtung des Teetisches, um vor sich selbst und dem ahnungslosen Alin eine Gleichgültigkeit zu demonstrieren, die er bei Gott nicht empfand.

»Erzähl mir von deinem Traum«, forderte er Alin schließlich auf, als das Schweigen quälend geworden war. Alin antwortete nicht sogleich, sondern ließ sich umständlich zwischen Büchern und Notizen auf dem Diwan nieder, öffnete den Mund und wusste doch nicht, wo zu beginnen.

»Es war ein Traum vom Sterben«, sagte er schließlich. »Mir war, als würde ich fliegen, ganz leicht und körperlos. Um mich herrschte das Dunkel, diese übermächtige Dunkelheit, und es war kalt.« Er schauderte. »Ich glaube, niemals zuvor habe ich so sehr gefroren, und ich kenne die russischen Winter. Und dann … dann sah ich die Sterne, so hell, so dicht vor mir.« Er biss sich auf die volle, weiche Unterlippe. »Ich werde verrückt, Felix«, flüsterte er. »Mein Vater ist tot, und ich werde verrückt. Unser Haus wird vergehen, ehe seine Geschichte überhaupt begonnen hat.«

»Ich bitte dich. Wenn ich mich in der Gesellschaft umsehe, hege ich keinen Zweifel daran, dass Adelshäuser an dem Wahnsinn ihrer Mitglieder zugrunde gehen«, warf Felix leichthin ein, nicht zuletzt, um sein Unbehagen zu kaschieren. Was Alin ihm berichtet hatte, kam seinen eigenen vagen Erinnerungen an die Reise in das dunkle, stille Land des Todes sehr nahe.

»Merentheim hat uns alle verflucht«, flüsterte Alin. »Krauß und Kovacs, mich und Vater ...«

Kommentarlos befüllte Felix einen Cognacschwenker und reichte ihn Alin. Wenngleich er die These, der Freiherr verfüge über diabolische Kräfte, die er dazu nutzte, seinen Stab ins Unheil zu stürzen, entschieden nicht unterstützte, würde er wohl oder übel Erkundigungen einziehen müssen, ob weitere Angestellte der Magisch-Technischen Abteilung wie Krauß und Alin unter Wahnvorstellungen litten. Er unterdrückte ein Seufzen. Kriminalistische Detailarbeit war noch nie sein besonderes Spezialgebiet gewesen, selbst wenn er im Laufe seiner okkulten Karriere zwangsläufig den einen oder anderen Einblick erhalten hatte. Und solange es keinen Fall *Fortuna* gab, solange die Geschehnisse rund um Merentheim und sein verdammtes Luftschiff nicht als okkulte Problematiken behandelt werden durften, waren dem Departement die Hände gebunden und Felix auf sich alleine gestellt. Bei aller augenscheinlicher Autonomie pflegten auch die Okkulten Angelegenheiten sich nicht ohne ausdrückliche Weisung in Affären zu engagieren, die nicht von allerhöchster Instanz abgesegnet waren.

»Weißt du, warum ich eigentlich zu dir gekommen bin?«, fragte Alin unvermittelt. Mit einem Zug leerte er sein Glas. »Ich wollte dich, als meinen Freund, bitten, Merentheim zu töten. Ich wusste mir keinen anderen Rat.«

»Ein Offizier sollte seine Schlachten selbst schlagen. Alles andere zeugt von ausnehmend schlechtem Geschmack.« Felix hob eine Augenbraue. »Du bist nicht zufällig hier, um mir zu gestehen, dass du es warst, der gestern Abend einen gedungenen Mörder auf Merentheim angesetzt hat?«

»Nein!« Alin schrie beinahe. Das Glas entglitt seinen zitternden Fingern und zerschellte auf dem Parkett.

»Exzellent. Ich hätte es dir ohnehin nicht geglaubt. Und um auf dein Anliegen zurückzukommen: Auch wenn mich keine tiefe Sympathie mit dem Freiherrn verbindet, halte ich ihn dennoch gegenwärtig für zu bedeutsam, um ihn aus einer Laune heraus zu erschießen.« Er warf einen raschen Blick auf die Wanduhr; die Zeiger standen auf halb zehn. Höchste Zeit, um in die Centrale zurückzukehren. »Auch wenn es meiner innersten Überzeugung widerspricht, andere Menschen mit Ratschlägen zu behelligen: Lass die Rachepläne sein. Fahr nach Hause. Kümmere dich um die Angelegenheiten deines Vaters. Vielleicht bietet sich eine Gelegenheit, Madame St. Auguste tröstend zur Seite zu stehen?«

»*Sie*«, murmelte Alin, und all das Sehnen, all die Enttäuschung des romantisch liebenden Jünglings lagen in diesem einen Wort. »Sie wird mich niemals lieben. Ich glaube, ich habe auf Erden keinen einzigen Freund. Das macht die Nähe zum Tod. Man sieht so viel klarer. Oh, Marian Vasilescus Sohn, der ist in jeder Gesellschaft gern gesehen, aber Alin selbst? *Baron* Alin Vasilescu? Der kümmert keinen. Auch dich nicht, Felix.« Seine Stimme zitterte, er atmete schnell, stoßweise, als kostete jedes Wort ihn mehr Kraft, als er aufbringen konnte. »Damals in dem Vorstadtvarieté: Hast du Baron Vasilescus missratenen Sohn angesprochen? Oder den Adjutanten des Freiherrn von Merentheim?«

Felix schüttelte sacht den Kopf. Es wäre ihm leichtgefallen zu lügen, aber zuweilen gestaltete sich die Wahrheit soviel unglaublicher, dass es der Mühe nicht wert war. »Oh, nein. Nur einen kleinen Ulanenleutnant, dessen einzige Qualität darin bestand, dass er ausgenommen hübsch anzusehen war.«

Verständnislosigkeit, Misstrauen und schließlich schieres Entsetzen, als er die Implikationen begriff, spiegelten sich in rascher Folge in Alins Zügen wider. »Dass jener Oberleutnant Merentheim unterstand, war, ich will es gern gestehen, ein wichtiger Grund für die Festigung unserer Freundschaft«, fügte Felix hinzu. »Merentheim interessierte mich. Ich bin ein neugieriger Mensch.«

Kaum eine Viertelstunde nach Alins abruptem Abschied, der – wenig überraschend – seinem Geständnis gefolgt war, stand Felix vor dem großen Wandspiegel in seinem Schlafzimmer und unterzog die Schäden, die das Feuer hinterlassen hatte, einer kritischen Musterung; eine Bestandsaufnahme, für die er am Vorabend in seiner Erschöpfung und nervlichen Anspannung keine rechte Geduld hatte aufbringen können. Jetzt musste er sich bei all seiner Eitelkeit eingestehen, dass er Glück gehabt hatte, selbst wenn Haar, Augenbrauen und Wimpern versengt waren, sein Gesicht gerötet, als hätte er einen Nachmittag schutzlos unter brennender Wüstensonne zugebracht. Mit einer kleinen Geste der Resignation löste er sich von seinem Spiegelbild, nicht ohne ein letztes Mal den Verband an seiner Kehle zurechtgezogen zu haben; in einer stillen Minute würde er sich *wirklich* mit Sir Lysander darüber unterhalten müssen, was diese unsägliche Narbe für eine Bedeutung haben mochte.

»Sollte sich unser neuer Baron Vasilescu zu einem Besuch entschließen, werden Sie ihn abweisen«, wandte sich Felix an Simon, der ihm Hut und Handschuhe reichte. Daran, dass der Junge früher oder später wieder auf der Schwelle stehen würde, zweifelte Felix nicht; nur, ob er es allein, betrunken und panisch vor Angst oder in Begleitung seiner Sekundanten tun würde, schien ihm noch fraglich.

Die ersten schweren Regentropfen klatschten auf das Pflaster, als Felix hinaus auf die Straße trat. Er wollte soeben umkehren, um Simon nach einem Wagen zu schicken, da eilten zwei Herren auf ihn zu; der eine noch jung und ungemein fett, im engen

Sommeranzug, einen zerbeulten Filzhut auf dem Kopf, der andere in vorgerücktem Alter, hochgewachsen und mager, mit einem gezwirbelten grauen Schnurrbart und Gamaschen. Nebeneinander wirkten sie wie einem schlechten Schwank entstiegen.

»Herr Graf!«, rief der Feiste und schwenkte seinen Hut. »Graf Trubic!«

Felix hielt inne. Er konnte sich wahrhaftig nicht erklären, wie er mit so jemandem bekannt sein sollte.

»Ich bitte?«, fragte er kühl.

»Herr Graf, Sie entschuldigen!« Keuchend kamen die beiden zum Stehen, der Gamaschenträger zückte eine Plakette. »Inspektor Neufried«, stellte er sich vor. Mit einer fahrigen Geste, die gut zu seinem Erscheinungsbild passte, wies er auf seinen Begleiter. »Kriminalkommissar Wegner.«

Felix seufzte. Kriminalkommissare bedeuteten für gewöhnlich enervierende Fragen und ermüdende Diskussionen, beides Unbill, denen er sich zu stellen gegenwärtig nicht in geeigneter Stimmung fühlte.

»Bitte, erzählen Sie mir nicht, dass Sie gekommen sind, mich zu verhaften. Es hat mich gestern schon gut und gern eine Viertelstunde gekostet, um einem Ihrer pflichtbewussten Kollegen selbiges Ansinnen wieder auszureden.«

»Schauen'S her, Sie haben halt einen Mann erschossen, Herr Graf«, erwiderte der Kriminalkommissar; seine Redeweise wies jene leichte Färbung der Wiener Vorstadt auf, die gemeinhin mit dem schmückenden Attribut »gemütlich« versehen wurde. Ja, überhaupt schien er, vom altmodischen Filzhut über das schlecht geschnittene Jackett, dessen Nähte bei jeder seiner Bewegungen ächzten, bis zu dem klobigen Schuhwerk mit geradezu affektiertem Stolz in seiner Volkstümlichkeit zu schwelgen.

»Eine Tat reiner Notwehr, wie ich Ihrem Badener Kollegen schon heute Nacht ausführlich darlegen durfte. Man sollte meinen, dass es in unseren modernen Zeiten möglich ist, sich etwas besser zu koordinieren. Es ist doch schon das eine oder andere Jahrzehnt verstrichen, seit ein gewisser Alexander Bell seine wegweisende Erfindung tätigte«, sagte Felix. Dass ausgerechnet in jenem Moment der gesetzte alte Herr, der die Wohnung über ihm bewohnte, von seinem Morgenspaziergang zurückkehrte und mit unverhohlener Neugier die beiden absonderlichen Polizeibeamten maß, verdeutlichte Felix, dass hier, auf der Straße, im Regen, nicht der ideale Ort war, die Konversation weiterzuführen. »Ich fürchte, ich bin gegenwärtig sehr beschäftigt. Sie hätten nicht zufällig die Güte, meine Festnahme auf heute Abend zu verschieben?«, erkundigte er sich leichthin.

»Nein, Herr Graf. Das heißt, ja, Herr Graf«, tat Wegner kund. »Das heißt, wir wissen um Ihre … besonderen Kontakte.« Er lächelte; offensichtlich erfüllte das Wissen um die Okkulten Angelegenheiten ihn mit besonderem Stolz.

Die meisten höheren Beamten der kaiserlich-königlichen Polizei, mit denen Felix jemals zu tun gehabt hatte, schmeichelten sich damit, in gewissem Maße über die Okkulten Angelegenheiten informiert zu sein; allerdings bedeutete dies oftmals nur, dass der Name des Departements geläufig war, und dass man sich darauf verstand, keine Fragen zu stellen, wenn man plötzlich Weisung erhielt, Fälle nicht weiterzuverfolgen, Unterlagen auszuliefern oder über Vorkommnisse, die sich der üblichen Logik verweigerten, mit einem Achselzucken hinwegzusehen. Agenten der Okkulten Angelegenheiten wiederum waren angehalten, auch im Dienst nach Möglichkeit eine nicht allzu große Sorglosigkeit im Umgang mit dem Gesetz an den Tag zu legen. Auf dieser Basis pflegte die Kooperation zwischen der Centrale und der kaiserlich-königlichen Polizeidirektion für gewöhnlich weitaus problemloser vonstattenzugehen, als Außenstehende vermuten mochten.

»Wir müssten Ihnen ein paar Fragen zu Oberst von Merentheim stellen«, mischte sich Inspektor Neufried in die Unterhaltung. Seine Sprechweise wiederum legte nahe, dass ihn mit seinem ungeschlachten Kollegen zumindest die Herkunft aus der Vorstadt verband, wenngleich er vergeblich versuchte, seinen Dialekt zu verschleiern. »Vielleicht erlauben Sie uns, dass wir Sie ein Stück weit begleiten, wenn Herr Graf in Eile sind? Unser Chauffeur hält an der Ecke.«

Felix fügte sich in sein Schicksal. Erfreulicherweise nutzten die beiden Polizeibeamten wenigstens ein ziviles Fahrzeug, das keinen Aufschluss über ihren Tätigkeitsbereich bot, und interessierten sich vorerst nur für das missglückte Attentat sowie den allgemeinen Verlauf des Abends.

Die Beziehungen zwischen der Centrale und der Kriminalpolizei erwiesen sich in diesem speziellen Fall komplizierter denn üblich, sann Felix, während er seiner aufmerksam lauschenden Zuhörerschaft die Geschehnisse der Soiree umriss - selbstredend ohne auf die okkulten Hintergründe der Einladung einzugehen. Dass das Attentat auf den Freiherrn von Merentheim zum Gegenstand polizeilicher Ermittlungen wurde, durfte für keinen denkenden Menschen eine Überraschung darstellen; ebenso wenig wie die Tatsache, dass die okkulten Verwicklungen um den Freiherrn, sein Luftschiff und die absurden Automaten weder vom Kriegsministerium noch von dem Departement offengelegt werden konnten. Somit standen die Chancen, dass man früher oder später - unfreiwillig - gegeneinander agieren, die Vorgehensweisen des jeweils anderen behindern würde, recht gut. Selbstverständlich verfügte das Departement zwar über okkulte Kriminalisten und Verbindungsoffiziere zur Polizei, doch würden diese vermutlich vorerst nicht zum Einsatz kommen. Es sei denn, Blum fand jemanden, der sich bereit erklärte, sich für die Dauer der Ermittlungen suspendieren zu lassen. Felix dachte an das Telegramm auf dem Teetisch und lächelte: Es war ihm noch niemals schwergefallen, seinen alten Freund zu einer Verrücktheit zu bewegen.

»Ist Ihnen eigentlich schon gelungen, die Identität des Attentäters festzustellen?«, erkundigte sich Felix, während das Automobil die Kärntenstraße entlangrumpelte, die sich ob des heftigen Regens nahezu menschenleer präsentierte. Nur unter Vordächern und Fenstersimsen hatten sich einige Passanten eingefunden, um das Ende des Regengusses abzuwarten.

»Noch nicht«, sagte Wegner.

»Ich bedaure«, fügte Neufried hinzu.

Felix nickte; auch er bedauerte diesen Umstand, hatte er in der Hektik des vergangenen Abends die Taschen des Toten nur in oberflächlichster Manier durchsuchen können. Das einzige Schriftstück, das er dabei gefunden hatte, war nicht so gehalten, als dass es in polizeilichen Ermittlungen mehr denn Verwirrung und Unverständnis stiften konnte. Was ihm, um der Wahrheit Genüge zu tun, auch in der Centrale gelungen war, nachdem selbst Rosenstein und jener Agent, der auf den unwahrscheinlichen Namen Eulengrub hörte und gemeinhin für sein enzyklopädisches Wissen um alte Sprachen bekannt war, die Mitteilung nicht nur nicht lesen, sondern nicht einmal einer existenten Sprache hatten zuordnen können. Nun, es blieb zu hoffen, dass sie im Laufe der Nacht zu tiefschürfenderen Erkenntnissen gelangt waren.

»Schauen Sie, alle Welt glaubt an einen Zusammenhang zwischen dem Anschlag auf Oberst von Merentheim und den Selbstmorden im Kriegsministerium. Immerhin haben die beiden Herren ihm unterstanden«, äußerte Kriminalkommissar Wegner reichlich unvermittelt und riss Felix somit aus seinen Überlegungen.

»Alle Welt?«, wiederholte Felix, und gratulierte sich im Stillen zu seinem Impuls, Kovacs' Abschiedsbrief verschwinden zu lassen. Auch ohne diesen deutlichen Hinweis war es, selbst unter Berücksichtigung der traditionellen Schwerfälligkeit der kaiserlich-königlichen Polizei, nur eine Frage der Zeit, ehe jemand den Zusammenhang zwischen den Todesfällen und dem Luftschiff selbst herstellen würde.

»Das Polizeipräsidium«, korrigierte Neufried streng.

Wegner brachte das Kunststück fertig, mit den Schultern zu zucken, obgleich er über keinen nennenswerten Hals verfügte. »Aber, Herr Graf, ich meine, man sollte die anderen Möglichkeiten auch in Betracht ziehen.«

Seine überraschend wachen Augen machten sich sonderbar aus in der bleichen, konturlosen Masse seines Angesichts.

»Könnt auch ein politischer Gegner gewesen sein. Oder …« Er leckte sich die Lippen. »Sie haben doch das Wochenende in Vasilescus Haus verbracht, Herr Graf. Ist Ihnen denn irgendetwas dabei aufgefallen? Spannungen zwischen dem Merentheim und dem Baron Vasilescu vielleicht?«

»Ich würde es eher einen Mangel an Interaktion nennen«, sagte Felix. Tatsächlich konnte er sich nicht entsinnen, dass Vasilescu und sein Ehrengast mehr denn zwanzig Sätze miteinander gewechselt hatten. Auf der Soiree hatte man sich gemeinsam gezeigt, mehr nicht. »Weshalb die Frage?«

Der Kriminalkommissar rieb sich die teigigen Wangen. »Nur so ein Gedanke. Der Merentheim soll dem Vasilescu eine Menge Geld geschuldet haben.«

»Ein kleines Vermögen, heißt es«, fügte Inspektor Wegner hinzu.

Neufried breitete die Arme aus. »Sind schon Leut' wegen geringerer Beträge erschlagen worden. Eine Verzweiflungstat, wo der Vasilescu doch vor dem Ruin gestanden ist. Der Brand passt natürlich nicht ganz zu der Geschichte. Es sei denn, es wär ein Zufall gewesen, ein saublöder noch dazu. Immerhin war das ganze Haus mit Fackeln ausstaffiert.«

Felix, der seit Langem schon der Überzeugung war, dass die Bereitwilligkeit der Menschen, die absurdesten Zufälle als solche zu akzeptieren, nur aus dem angeborenen Hang zur Bequemlichkeit, zur simpelsten Lösung rührte, zählte stumm bis zwanzig, ehe er, sehr *en passant*, einwarf:

»Sie sehen mich erstaunt. Vasilescu ruiniert? Wie das?« Er lehnte sich auf der Sitzbank zurück. »Wenn Sie übrigens so freundlich wären, am Graben zu halten.« Er würde gewiss nicht mit diesen beiden vor der Centrale vorfahren.

»Aber natürlich.« Wegner schnaufte. »Und was den Vasilescu angeht: Fragen'S mich nicht, Herr Graf. Wir haben nur die Aussage von einer« – abermals konsultierte er sein Notizheft – »Frau St. Auguste, eigenen Angaben zufolge die Verlobte vom Baron Vasilescu, dass er sich seit einiger Zeit, ich darf die Dame zitieren, in einer *finanziell prekären Situation befand.*«

Felix rieb sich die schmerzenden Schläfen. Marian Vasilescu, als erfolgreicher und umsichtiger Geschäftsmann bekannt, investierte die Reste seines Vermögens in ein schwarzmagisches Luftschiff, ein paar mechanische Tiere und einen Automatenkrieger, der trotz der angespannten weltpolitischen Lage vermutlich nicht allzu bald zum Einsatz kommen würde. Entweder war es Merentheim gelungen, den listigen Baron tatsächlich hereinzulegen, womit letzterer tatsächlich ein exzellentes Motiv für einen Mord hätte, oder aber die Kreationen der Magisch-Technischen Abteilung verfügten über einen praktischen Nutzen, der sich Felix bisher noch nicht erschlossen hatte.

Einige der mutmaßlich Nutzloseren der Krauß'schen Fabrikate, die sechs metallenen Mantikore, staksten durch den Nymphengarten, als Felix den Hof betrat, nachdem ihn die beiden Polizisten freundlicherweise wie gewünscht am Graben abgesetzt hatten. Felix selbst hatte noch in der Nacht veranlasst, dass die Automaten, Mantikore und metallenen Vogelgerippe und – vor allem – der Krieger auf mehrere schwere Fuhrwerke verteilt in die Centrale geschafft und in kundige Hände übergeben wurden. Naturgemäß war es der Krieger gewesen, der für einiges Aufsehen gesorgt und die Aufmerksamkeit der Wissenschaftler auf sich gezogen hatte. Von den beiden in der Centrale angestellten Magietheoretikern bis zu dem Kryptozoologen, der »als Ausgleich und zur Entspannung«, wie er zu behaupten pflegte, an der Universität Wien Geographie lehrte, sie alle hatte der Krieger in seinen Bann geschlagen. Die metallenen Vogelgerippe waren, sobald man sich ihrer Harmlosigkeit versichert hatte, sehr zum Missfallen der ansässigen Drachen in den oberen Kellergewölben freigelassen worden. Offenkundig war irgendwann zwischen Nacht und Morgen die Entscheidung gefallen, mit den verbleibenden Automaten ähnlich zu verfahren und ihnen Auslauf im Nymphengarten zu gewähren. Zwei Agenten des Okkulten, die Felix namentlich nicht kannte, waren zur Überwachung abgestellt, wenngleich sie den Automaten nicht sonderlich viel Aufmerksamkeit zu schenken schienen, sondern unter ihren Regenschirmen plaudernd und rauchend umherflanierten, während die Mantikore ihr neues Terrain erkundeten.

Felix blieb stehen, musterte die mechanischen Kreaturen, gewillt, sie angesichts der veränderten Tatsachen mit neuen Augen zu betrachten. Von einem wissenschaftlichen Standpunkt mochten sie sicherlich hochinteressant sein, aber im Vergleich zu dem vierten Modell, dem Krieger, schienen sie ihm wenig bemerkenswert: Gemessenen, etwas ungelenken Schrittes stolperten sie über säuberliche Kieswege und dürres Gras, stets bedacht, einen gewissen Sicherheitsabstand zu den Menschen einzuhalten. Dass Krauß den Krieger mit einem Ziel vor Augen geschaffen hatte, lag auf der Hand. Und trotz ihrer geringen Größe, ihres umgänglichen Temperaments wiesen die Mantikore mit ihren Klauen und Stacheln und Reißzähnen aus Metall sicherlich einiges Potenzial für den Kampfeinsatz auf. Die Frage war nur: Weshalb sie mit einem Bewusstsein ausstatten, wenn man sie danach erst wieder mühsam für ihre Aufgaben dressieren musste? Der Krieger, abgesehen von seiner fragwürdigen Loyalität, war im Grunde ein simpler Automat, der mit seiner Invokation – oder einem beliebigen Zitierungszauber, wie das Abenteuer mit Fräulein Schönthal erwiesen hatte – zum Leben erweckt werden konnte. Ein simpler Automat ...

»Gottverdammt«, sagte Felix anerkennend.

Es war der Regen, der mich an jenem Morgen weckte. Lautstark prasselte er gegen das Fenster meines Kabinetts, sang mir ein Lied von Herbst und Abschied. Und Abschiede würde der Tag mir bringen.

Träge streckte ich mich in meinen Kissen, erlaubte mir den Luxus, den Moment etwas hinauszuzögern, an dem ich mich dem Leben zu stellen und eine Entscheidung in meinem Dilemma zu treffen hatte. Obwohl, wie mir ein Blick auf die Uhr auf meinem Nachttisch offenbarte, schon zehn Uhr verstrichen war, herrschte in der Wohnung große Stille. Selbst Lieselotte, die sich um diese Zeit für gewöhnlich in der Küche, die linker Hand an meine Kammer grenzte, zu schaffen machte, war verstummt. Statt wie gewöhnlich ihre Liedchen zu pfeifen, sich in gemurmelten Klagen zum Zustand der Welt zu ergehen (wobei ein zerbrochener Teller eine ebenso tiefempfundene Wehklage auslösen konnte wie eine kriegstreiberische Schlagzeile), fluchte sie nur einmal leise, als ein Topf scheppernd zu Boden fiel.

Ich verschränkte die Arme hinter dem Kopf, betrachtete den Plafond, die nahezu kahlen weißen Wände. Als Katalin mich in Anstellung genommen hatte, war ich fest entschlossen gewesen, mir mein kleines Zimmerchen so anheimelnd wie nur möglich zu gestalten, schon um mir zu beweisen, dass ich endlich eine Art Zuhause gefunden hatte. Zwei Jahre später musste ich mir eingestehen, dass dieser ambitionierte Plan gründlich gescheitert war: Lediglich der japanische Seidenfächer, den mir Krysztof von einer seiner Reisen mitgebracht hatte, hing neben meinem Frisiertisch, auf dem Wandbrett stand das winzige bosnische Teegeschirr, mit dem ich als Kind so gern gespielt hatte, daneben die gerahmte Photographie meines Großvaters, nur wenige Monate vor seinem Tod aufgenommen, sodass ich ihn auf ewig als mageren, hinfälligen Alten im Abendanzug, mit müden Augen und einem schiefen Lächeln in Erinnerung behalten würde. Von diesen Kleinigkeiten abgesehen hätte ich ebenso gut ein unpersönliches Hotelzimmer bewohnen können. Und die Gesamtheit meiner Besitztümer ließ sich immer noch ohne Mühen in zwei Koffern verstauen.

»Wir sind geboren zu wandern, das ist unser Schicksal«, hatte mein Großvater behauptet, der zeit seines bewegten Lebens nicht weniger denn einundvierzig Wohnungen in elf verschiedenen Städten bewohnt hatte. Erst als er sich meiner unglücklichen Mutter und mir angenommen hatte, hatte er sein kosmopolitisches Dasein aufgegeben und sich dauerhaft niedergelassen. Nun würde auch ich mich wieder auf die Wanderschaft machen, einer unbestimmten Zukunft entgegen. Eine Agentin des Okkulten Dienstes seiner kaiserlichen Majestät würde schließlich kaum Zeit dazu finden, einer alternden Kurtisane noch als Gesellschafterin zu dienen.

So ich in den Okkulten Dienst aufgenommen wurde. Freilich hatte Graf Trubic von Formalitäten gesprochen, und ich war mir ziemlich sicher, dass auch ungemein detaillierte Nachforschungen zu meiner Vergangenheit nichts Spektakuläreres denn eine Kündigung wegen »moralischer Verwerflichkeit«, die mich fürderhin als Gouvernante unanstellbar machte, zu finden war. Und gerade mit dieser Episode meines Lebens begann mein Dilemma: Ewig würde ich Katalin zu Dank verpflichtet sein, dass sie mich, die gescheiterte Gouvernante, zur Gesellschafterin genommen und meinen Verstoß gegen die Moral belächelt hatte. (Diese bestand im Übrigen aus meiner eigentümlichen Beziehung zu Krysztof, der mich eines Tages im Einspänner nach Hause gebracht und zum Abschied zu innig auf die Lippen geküsst hatte, um noch als väterlicher Freund durchzugehen. Woraufhin meine Dienstherrin, die meine Schandtat vom Fenster aus beobachtet hatte, mir eine kurze, aber pointierte Rede betreffend meine Charakterlosigkeit hielt, an deren Ende sie mich kündigte).

Damals hatte Katalin mich gerettet – vor der Armut, vor der Demütigung, um Hilfe bitten zu müssen. Und nun, in der Stunde ihrer größten Not, war ich im Begriff, sie alleine zu lassen.

Im Salon schrillte das Telephon, gleich darauf hörte ich Lieselotte räsonieren: »Aber ja, ich komm ja schon, was für ein Narrischer ruft denn da wieder an, an so einem Tag«, während sie mit klappernden Holzpantoffeln über den Gang eilte.

Die Okkulten Angelegenheiten, dachte ich, und schämte mich über die geradezu kindische Aufregung, die ich empfand. Keine zwölf Stunden waren seit der Tragödie vergangen, und schon fieberte ich der Zukunft, dem neuen Abenteuer entgegen. Aber wie lange sollte die Trauerzeit für einen Mann, den ich nicht gekannt hatte, und Katalins verlorene Jugend währen?

Lieselotte klopfte an meine Zimmertür und zerstörte vorerst meine Hoffnungen.

»Der Herr Redakteur«, flüsterte sie. »Er sagt, Sie sollen sich beeilen, er hätt nicht viel Zeit.«

Frey. Seltsam, wie sich die Prioritäten eines Lebens im Lauf weniger Tage verschieben konnten. Vorgestern noch hätte ich vermutlich jubiliert, wenn Frey meine Kolumne um Chi-Chi und Alin Vasilescu eines Anrufes Wert befunden hätte. Heute war es mir beinahe gleichgültig.

Ich schlüpfte in meinen Morgenmantel und öffnete die Tür. Lieselottes Gesicht war blass und todmüde.

»Die gnädige Frau schläft noch«, kam sie meiner Frage voraus und bekreuzigte sich. »Gott dem Allmächtigen sei Dank.«

»Sie!«, brüllte Stephan Frey in mein Ohr, sobald ich den Hörer aufgehoben und einen Gruß gemurmelt hatte. »Verschwenden Sie nicht meine Zeit, Schönthal!«

»Ich bitte um Verzeihung«, sagte ich steif.

»Aber! Verzeihung! Interessiert doch keinen Menschen!«, bellte Frey. »Und wissen Sie, was auch keinen Menschen interessiert? Ihre Kolumne!«

Letzteres tat er mir so laut kund, dass ich mich gezwungen sah, den Hörer ein Stück von meinem Ohr zu entfernen.

»Ich halte sie für sehr gelungen«, erwiderte ich ein wenig beleidigt. »Und sie ist *wahr.*«

»Als ob das jemals einen Menschen gekümmert hätte!« Durch das Knacken und Rauschen der Leitung hörte ich Frey vor Empörung schnaufen. »Letzte Woche, von mir aus, hätt ich die Kolumne noch gedruckt. Aber heute? Nach dem Brand, dem Tod vom Vasilescu? Wie stehen wir denn da?«

»Ich war dabei!«, sagte ich schnell, ehe Frey eine neue Tirade beginnen konnte.

»Ja!«, schrie er. »Was glauben Sie denn, weshalb ich Sie anrufe? Sie werden mir eine Geschichte über das Feuer schreiben. Die Titelgeschichte, sofern sich bis morgen Abend kein Erzherzog erschießt. Eine Doppelseite. Eine richtige Tragödie, der Baron Vasilescu als gebrochener Held, vom eigenen Sohn vor der Gesellschaft blamiert, findet nicht die Kraft, sich aus dem Feuer zu retten … Ihnen wird schon etwas einfallen!«

»Ja«, sagte ich. Agentin des Okkulten hin oder her, seit ich Mizzis Kolumnen schrieb, hatte ich von einer Titelgeschichte geträumt. Was immer auch sonst noch geschehen mochte, diese Chance würde ich mir nicht entgehen lassen.

»Gut.« Frey hustete. »Und die G'schicht über den kleinen Vasilescu bringen wir, sobald er sich zum ersten Mal in der Gesellschaft hervorgetan hat. Schluss.«

Bevor ich noch etwas erwidern konnte, hatte er aufgelegt.

»Er ist tot«, grüßte mich Katalin, als ich ihr wenig später den Tee ans Bett brachte; mein Telephonat hatte sie aus ihrem Laudanumschlaf geweckt. »Der Marian ist tot.«

Zum ersten Mal, seit ich sie kannte, sah sie alt aus. Eine erschöpfte, verhärmte, alte Frau im blassgrünen Spitzennachthemd hob schwach den Kopf aus Polstern, die von Tränen und Wangenrouge befleckt waren. Sehr verloren sah sie aus in der Opulenz ihres Himmelbetts, ein klein bisschen Mensch zwischen schweren Vorhängen und Zierdecken und Kissen mit Rüschen.

»Er war kein guter Mensch«, sagte Katalin sehr ruhig, während sie an ihrem Tee nippte. »Vor der Hochzeit hat er mich stehen lassen. Eine wie mich wollt er dann doch nicht heiraten. Und weißt du, warum?«

Ich schüttelte den Kopf und ließ mich auf dem Schemel am Fußende des Bettes nieder.

»Meine Mutter«, sagte Katalin, »war ein Stubenmäderl. Grad' so wie die seine. Und sein Vater hat seine Jugend als Schweinezüchter verbracht, irgendwo in Galizien. Der hat sich sein Glück selber gemacht. Aber das wollte der Marian vergessen. Und dann war da eine kleine Baroness, ein hübsches Ding, hübscher als ich, und jünger, vermögend, und schon war es um ihn geschehen.« Sie reichte mir die leere Tasse. »Ich habe ihn geliebt, und ich glaube, er mich auch. Nur sind das alles Details, die keine Rolle spielen im Leben.« Sie sah mich geradewegs aus verschmierten Augen an. »Lass dir das Herz brechen von deinem Grafen, wenn du nicht anders kannst. Denn zum Schluss wird er eine heiraten aus seinem Stand, und wenn du

Pech hast, ist sie bildhübsch noch dazu.« Sie runzelte die Stirn. »Nicht, dass es besonders schwer wäre, eine zu finden, die schöner ist als du«, fügte sie hinzu, die matte Andeutung eines Scherzes.

Ich nickte, denn unrecht hatte sie nicht, zumindest nicht in diesem Fall.

»Aber ich bin doch nicht verliebt in Graf Trubic«, wagte ich einzuwerfen. »Das ist alles ein Missverständnis.«

»So?« Katalin setzte sich auf und studierte mein Gesicht. »Dann ist es umso besser für dich. Was man so hört, hat er nichts als Schulden und ein desolates Palais in Prag. Obendrein dürfte er ein recht ungewöhnlicher Mensch sein. Spielt den großen Freigeist, setzt sich in einem fort über die Regeln der Gesellschaft hinweg. Ganz anders als sein Vater. Der hat wenigstens gewusst, was sich gehört, um den Schein zu wahren. Natürlich gab es da auch ein paar Geschichten, ein paar sehr unangenehme Geschichten, wenn du verstehst.«

Ich verstand nicht.

»Der selige Graf, Gott erbarme sich seiner und schenke ihm Gnade, hatte einen Hang … zum Skandal. Ich erinnere mich noch, damals, das muss schon gut zehn Jahre her sein, an eine Geschichte aus Prag, die hat die Runde bis Wien gemacht. Der verschiedene Graf Trubic hatte da in einem ehemaligen Offizier einen guten, einen sehr guten Freund gefunden«, erzählte Katalin. »Und als die Leute ein bisschen darüber zu tratschen begannen, hat der Trubic sich mit diesem Offizier geschossen und sich niemals mehr mit ihm blicken lassen. Aber sonst ein *sehr* charmanter Mensch. Die Fini behauptet, dass der junge Graf sich, nun, in die Richtung seines Vaters entwickelt.«

Ich überlegte. Bisher war mir *mein* Graf Trubic noch nicht sonderlich charmant erschienen, auch wenn er ausgezeichnet tanzte, und was die anderen Dinge betraf, war ich wohl angesichts der sehr intimen Freundschaft, die ich einst mit einer

Mitschülerin im Pensionat geführt hatte, kaum dazu prädestiniert, den ersten Stein zu werfen.

»Graf Trubic hat mir allerdings eine Stellung angeboten«, unternahm ich einen ungeschickten Versuch, hinter mich zu bringen, was mir schwer auf dem Herzen lag.

»Eine Stellung?«, wiederholte Katalin verwirrt. »Als was will er dich denn haben?«

Ich klammerte mich an der Teeschale fest und zwang mich zur Ruhe. »Nicht unbedingt er selbst«, murmelte ich, bemerkte Katalins skeptischen Blick, sammelte mich erneut.

»Graf Trubic möchte mir einen Posten im Staatsdienst verschaffen.« Noch während ich die Worte aussprach, bemerkte ich ihre hoffnungslose Absurdität. Aber ich konnte Katalin doch nicht von den Okkulten Angelegenheiten berichten! Zum einen war es mir gewiss nicht erlaubt, und zum anderen hätte sie mir auch kaum geglaubt. Unwillkürlich fragte ich mich, was wohl Agenten des okkulten Dienstes ihren Freunden und Familienmitgliedern von ihrem Beruf erzählen mochten. Galt es, selbst die Nächsten und Liebsten zu belügen? Krysztof, dachte ich, Krysztof würde ich die Wahrheit sagen. Schließlich wusste er um die Existenz der Okkulten Angelegenheiten Bescheid. Und auch wenn er ein Spitzel fremder Mächte war, noch wusste ich um keine großen Geheimnisse Bescheid.

Katalin seufzte. »Im Staatsdienst. Du. Eine kleine Gesellschafterin. Bist du vollkommen verrückt geworden?«

»Nein«, sagte ich.

»Weißt du, die Kunst der guten Lüge ist es, sie glaubhaft zu halten, im Rahmen des Wahrscheinlichen und Möglichen. Wenn mich beispielsweise ein Herr von Stand als Mätresse ins Haus nehmen oder an einen Freund in dieser Funktion weiterreichen wollte …«

»Niemand will mich als Mätresse!«, unterbrach ich sie. »Und ich lüge nicht. Nur kann ich auch die Wahrheit nicht sagen.«

»Du möchtest gehen«, sagte Katalin leise.

Ich nickte beklommen. »Nicht unbedingt gleich. Aber …«

»Geh lieber gleich, Stella. Geh an einem Tag wie heute, wo mich gar nichts kümmert.« Sie schüttelte den Kopf. »Es ist seltsam. Beinahe hab ich mich ein bisschen an dich gewöhnt.«

Der Abschied vollzog sich rasch und zivilisiert. Katalin, großzügig bis zum Ende, schenkte mir den Rest meines Monatslohns und zwei ihrer besten Kleider, die ich mir umnähen konnte, versprach, mir etwaige Briefe nachzusenden, sobald ich meine neue Adresse bekannt gab. Lieselotte, die mir half, meine beiden Koffer zu packen, weinte bitterlich und ließ sich auch nicht besänftigen, als ich ihr den Seidenfächer zum Geschenk anbot.

»Jetzt geht's bergab mit uns, Fräulein«, schluchzte sie, den Fächer an die bebende Brust gepresst. »Jetzt wird's Herbst um die gnädige Frau.«

Ich dachte an Katalin, die arme, verlorene Katalin in ihrem Himmelbett. Gern hätte ich meine Freundschaft angetragen, hätte ihr angeboten, sie zu besuchen, ihr zur Seite zu stehen, aber ich wusste, dass sie mir diesen Bruch mit den Konventionen niemals verziehen hätte. Sie hatte oft davon gesprochen, dass wir doch Freundinnen waren, aber das bedeutete nicht, dass ich mir Freiheiten herausnehmen durfte. Sie war meine Dienstherrin gewesen, ihr stand es zu, den ersten Schritt zu tun, mir die Hand zu reichen. Sie tat es nicht.

Kaum eine Stunde später hielt meine Droschke vor dem Lurion. Der Kutscher erbot sich, meine beiden Koffer zu bewachen, während ich die Stufen nach oben, in den ersten Stock stürzte, atemlos an der Klingelschnur zog. Im Tumult des Vormittages war mir keine Zeit geblieben, Krysztof über die Veränderungen in meinem Leben zu unterrichten oder mein Ansinnen, die kommenden Tage bei ihm zu verbringen, bis ich um meine Verhältnisse besser Bescheid wusste und mich anschicken konnte, mir eine Wohnung zu suchen.

Er öffnete mir, wie immer tadellos, geradezu pedantisch, gekleidet, ein kleines Lächeln auf den Lippen.

»Oh, Stella«, sagte er einfach.

Ich hatte mir Sätze zurechtgelegt, ruhige, vernünftige Sätze, um ihm meine Situation schlüssig und ordentlich zu erklären, aber es war dieses Lächeln, dieses kleine »oh« und auch die Art, wie er sich die Augenbinde zurechtschob, um Narben vor mir zu verbergen, die ich doch schon unzählige Male gesehen hatte, die mich aus der Fassung brachten. Ich war nass und erschöpft, ich hatte Katalin im Stich gelassen und war im Begriff, Zugang zu einer Welt zu finden, die mir ferner und fremder nicht sein konnte, vor weniger als vierundzwanzig Stunden war ich einem verheerenden Feuer entgangen und hatte mit Zauberei eine grässliche Maschine aus einem brennenden Haus gelockt, und ich würde Krysztof und mich nicht in arge Verlegenheit bringen, indem ich ihm weinend um den Hals fiel. Stattdessen lehnte ich mich schwer an die Wand und begann, unzusammenhängender denn intendiert, meine Erklärung.

Krysztof verstand sie dennoch. Er bat mich herein, bot mir einen Likör an, den ich verschmähte, während er nach unten eilte, um den viel geprüften Kutscher endlich zu entlohnen und von meinen Koffern zu erlösen.

»Was willst du jetzt tun?«, fragte mich Krysztof, als er zurückkehrte und die Gepäckstücke im Salon vor mir abstellte. Ein wenig ernüchtert besah ich sie mir: ein ganzes Leben in einem Koffer, einer etwas schäbigen Reisetasche. Allerdings hatte ich mir noch niemals viel aus Dingen gemacht.

»Ich weiß es nicht«, antwortete ich ihm mit einiger Verspätung, dachte dabei an Graf Trubics wahnwitzigen Vorschlag, mich zur Agentin des Okkulten auszubilden, und befand, dass ich mich durchaus keiner Lüge schuldig machte – denn wer sollte schon erahnen, was solch ein Leben mit sich bringen würde?

»Er ist ein Golem. Nichts weiter«, verkündete Felix und bereicherte mit dieser Äußerung die Liste jener Menschen, die sich froh und glücklich schätzten, wenn sie so bald nichts mehr mit Graf Trubic zu tun hatten, um zwei Magietheoretiker, einen Kryptozoologen und Major Bachmann, der eine mit regionalen Wiener Problemen befasste Unterabteilung der Centrale leitete, diese geographische Beschränkung jedoch des Öfteren sehr großzügig interpretierte.

Die vier Herren, die sich, vom Regen leidlich durch eine lange Markise geschützt, im zweiten, mit seinen schlichten Steinfliesen und kahlen Wänden deutlich weniger pittoresken Hof der Centrale um den Kriegerautomaten gesammelt hatten, schüttelten einträchtig die Köpfe.

»Bei allem Respekt, Graf«, sagte Major Bachmann, der nicht eben dafür bekannt war, irgendeinem Menschen, von Papst und Kaiser abgesehen, Respekt entgegenzubringen. »Soweit ich mich erinnere, war der Golem ein Ungeheuer aus Lehm, von einem Rabbi im Prager Ghetto mithilfe eines Engels zum Leben erweckt. Das hier jedoch …«

»Engel«, unterbrach ihn Professor Conrath, der Kryptozoologe, und schnaubte empört. »Dürfte ich Sie, im Geiste der Wissenschaft, bitten, von derlei allgemeiner Terminologie Abstand zu nehmen? Der Engel der christlich-jüdischen Tradition ist schließlich nichts weiter denn ein Sammelbegriff für eine Reihe höchst verschiedener Phänomene und Wesenheiten.«

Dr. Albert Rittler, ein Magietheoretiker, dem in seinem mehrbändigen Werk über schwarze Zauberei das seltene Kunststück gelungen war, selbst diese ungemein langweilig zu erörtern, fühlte sich bemüßigt, der kühnen Behauptung seines Kollegen zu widersprechen, und Felix stellte fest, dass ihm der Faden der Unterhaltung gerade zu entgleiten drohte.

»Es ist das gleiche Prinzip«, sagte er, schärfer als der gute Ton erlaubt hätte. »Unbelebte Materie, sei es nun Lehm oder Metall ...« Er wies mit dem Spazierstock auf den Krieger, der, von einer Plane bedeckt, unter dem Vordach thronte, teils weil der Automat schlicht zu schwer und zu groß gewesen war, um ihn ohne größeren Aufwand durch die schmalen Gänge des Hauptgebäudes zu manövrieren, teils weil die vier Herren auf eine günstige Gelegenheit warteten, ihn zu erwecken und Zeugen seines Wütens zu werden.

»... wird auf magischen Wegen ins Leben gerufen. Jawohl. Ich sehe ein, im weitesten Sinn das gleiche Prinzip«, höhnte der zweite Magietheoretiker, dessen Name so überaus beliebig war, dass Felix sich sogleich entschlossen hatte, ihn zu vergessen.

»Nein.« Felix zählte still bis zwanzig, ehe er mit erzwungener Ruhe fortfuhr: »Das gerade nicht. Der Krieger lebt nicht. Der Golem lebte nicht. Der Golem wurde durch ein magisches Ritual – oder Gebet, wie die Legenden wollen – sagen wir, *aktiviert*. Er verfügte über kein eigenes Bewusstsein, konnte lediglich die Aufgaben, mit denen Rabbi Löw ihn betraute, erfüllen. In dieser Hinsicht«, fügte er mit leisem Spott hinzu, »war der Prager Golem sogar um einiges vielseitiger als unser Krieger, der sich auf nichts anderes versteht denn die Kunst des Tötens.« Gemächlichen Schrittes umrundete Felix den Automaten. Selbst jetzt erfüllte ihn der Gedanke an die rasiermesserscharfen Klauen, die unmenschliche Geschwindigkeit mit Grauen, aber verdammt sollte er sein, wenn er sich sein Unbehagen anmerken ließ.

»Ihr viel bestaunter Krieger«, schloss er seine Ausführungen, »ist nichts anderes als eine primitivere – wenn auch glanzvollere – Variation eines Konzepts, das uns seit gut dreihundert

Jahren bekannt sein sollte. Ich will gar nicht anzweifeln, dass ein Offizier wie Merentheim oder ein Geschäftsmann wie Vasilescu eine derartige Erfindung für den Höhepunkt magischer Raffinesse hält. Aber uns wenigstens sollte daran gelegen sein, den Blick auf das Außergewöhnliche zu lenken.« Er lächelte. »Und damit meine ich selbstverständlich die Kreaturen, die gegenwärtig durch den Nymphengarten promenieren.«

Bachmann stemmte die Arme in die Hüften und grunzte ärgerlich, Rittler schien nachzudenken, und Conrath gab nach einem Augenblick klein bei: »So ungern ich es auch zugeben will, ich fürchte, Sie haben recht, Trubic.«

»Sehen Sie meine Herren, was diese *Wesen* – und ich darf sie wohl als solche bezeichnen, scheint mir der Begriff ›Automat‹ in diesem Zusammenhang doch wenig angemessen – so außergewöhnlich macht, ist Folgendes«, tat Conrath gewichtig, wie es seine Gewohnheit war, kund, kaum dass die gelehrte Versammlung sich in den Nymphengarten begeben hatte. »Sie verfügen über ein eigenständiges Bewusstsein. Tierische Instinkte. Somit sind sie mehr denn Maschinen, die ihren Zweck erfüllen.«

Nachdenklich maß Felix die kupfernen Ungeheuer, die mittlerweile die Erkundung des Hofes aufgegeben und sich in loser Formation nahe der von wildem Wein umrankten Mauer niedergelassen hatten. Hätten sie Haut und Pelz anstelle des Metallpanzers getragen, niemand – oder wenigstens niemand, der mit der okkulten Welt vertraut war – hätte einen zweiten Gedanken auf sie verschwendet.

»Es hat den Anschein, als wüssten sie nicht, dass sie keine Lebewesen sind«, pflichtete ihm nun auch Rittler bei, eine Äußerung, die Felix mit einem knappen Nicken bestätigte. »Sie leben«, kamen ihm Alins Worte abermals in den Sinn. Und Conrath fügte mit düsterer Miene hinzu: »Mehr.«

»Pardon?« Rittler musterte ihn mit zusammengekniffenen Augen über den Rand seines Brillengestells hinweg.

Conrath produzierte ein reichlich zerknülltes Taschentuch aus dem Ärmel seines ebenso zerknitterten Jacketts, das er mit behäbigen Bewegungen entfaltete und an seine regenfeuchte Stirn führte, ehe er antwortete: »Wir müssen davon ausgehen, dass es dem Schöpfer dieser Kreaturen gelungen ist« – Felix registrierte mit einer gewissen Verwunderung, dass Blum selbst gegenüber ihren engsten Mitarbeitern in der Centrale an ihrem Versprechen an Merentheim festgehalten und die Problematiken der Magisch-Technischen Abteilung offensichtlich nicht erwähnt hatte – »Bewusstsein in unbelebte Materie zu transferieren, statt einen begrenzten, künstlichen Geist zu schaffen.«

Rittler fuhr sich mit gespreizten Fingern durch das Haar, bis ihm einzelne nasse Strähnen senkrecht vom Kopf abstanden. »Und das ist ein Werk dunkelster und höchst komplexer, ja man wäre fast geneigt zu behaupten: *undurchführbarer* Magie.«

»Gänzlich unmöglich«, bestätigte sein magietheoretischer Kollege. »Es kann nicht sein, Graf.«

»Ich verstehe.« Felix verzog die Lippen zu einem trägen Lächeln. »Sie müssen mir meinen Irrtum verzeihen, man gewöhnt sich so leicht an das Unmögliche. Dass einem meiner Bekannten einst ein ganz ähnliches Geschick widerfuhr, muss meine Sichtweise auf derartige Phänomene wohl zu stark beeinflusst haben. Besagter Bekannter jedenfalls war in diesem Moment noch altehrwürdiges Gespenst, im nächsten schon im Körper eines Otters gefangen.« Es war, das musste sich Felix eingestehen, ein billiges und seiner nicht gänzlich würdiges Vergnügen, Conrath und die anderen zu schockieren, aber an Tagen wie diesem lag es ihm fern, sich solch harmlose Zerstreuung zu versagen. »Andererseits«, fügte er nach einer Pause mit wohlkalkulierter Leichtigkeit hinzu, »war in besagten Zwischenfall auch ein gewisser englischer Abenteurer verwickelt, den man heute der Welt größten Schwarzmagier nennt; angesichts dieser spezifischen Umstände mag es etwas ungerecht sein, herkömmliche Maßstäbe anzulegen.«

»Unmöglich«, wiederholte Rittler.

»Aleister Crowleys Lehren und seine Familiengeschichte.« Rosenstein, ganz fleischgewordener Unmut, ließ sich auf dem Deckel seiner Kleidertruhe nieder und verschränkte die Arme vor der Brust. »Ich möchte Ihnen nicht zu nahe treten, Graf, aber ist Ihnen schon einmal der Gedanke gekommen, dass Sie selbst einen der Bibliothekare um eine repräsentative Literaturauswahl bemühen könnten?«

»Nein. Eigentlich nicht«, gab Felix wahrheitsgemäß zur Antwort. Zwar durfte sich die Centrale rühmen, eine der umfangreichsten Bibliotheken des Kaiserreiches zu unterhalten, doch ließ deren Unterbringung zu wünschen übrig, erstreckte sie sich doch zwei Stockwerke unter der Erde über eine Unzahl labyrinthartig angeordneter, kühler, staubiger und düsterer Räume. Konditionen, die zwar vielleicht zur Unterbringung von Millionen von Büchern, Handschriften und Absonderlichkeiten geeignet sein mochten, auf den Leser jedoch alles andere denn anheimelnd wirkten. Es sei denn, besagter Leser hieß Dr. Aaron Rosenstein, der den Großteil seiner freien Zeit dort unten zubrachte.

»Wäre es höchst impertinent, mich nach den Gründen Ihres tieferen Interesses an Mr. Crowley zu erkundigen?«, wollte dieser wissen.

»Es gilt, eine These zu überprüfen, mit der es mir unter Umständen gelingen wird, den guten Doktor Rittler in den Wahnsinn zu treiben – oder zu dem ersten ansatzweise originellen Gedanken seines Lebens zu bewegen.«

Vermutlich wäre es einfacher gewesen, Sir Lysander anzurufen und ihn frei heraus zu fragen, ob in den schwarzmagischen

Zwischenfall, bei dem der junge Mr. Crowley der Gespensterseele seines Lehrmeisters versehentlich einen nicht gänzlich angebrachten Körper zugewiesen hatte, Feenzauberei involviert gewesen war. Jedoch sprach Sir Lysander so ungern von dem Missgeschick, dass selbst Felix Abstand davon nahm, ihn mit jener unerfreulichen Episode seiner Existenz zu behelligen.

Aaron Rosenstein, der seit Jahren eine Privatfehde gegen Rittler führte, deren hochwissenschaftlichen Ausgangspunktes beide involvierte Parteien sich längst nicht mehr entsannen, runzelte die Stirn. »Sie werden fürchterlich scheitern. Für Gedanken fehlt es dem Mann an Kapazitäten und zum Wahnsinn an Phantasie«, murmelte er.

»Entweder es fließen ein paar Tropfen Moroiblut in Aleister Crowleys Adern, oder wir haben den Beweis erbracht, dass auch magisch hochbegabte Menschen in der Lage sind, Bewusstsein in Materie zu transferieren«, legte Felix dar. »Was unglücklicherweise auch mein wunderbares Theoriekonstrukt zusammenstürzen lassen und bedeuten würde, dass ich soeben grundlos eine halbe Stunde in Gesellschaft Rittlers und seiner akademischen Spielgefährten zugebracht habe. Was tut man nicht für die Wissenschaft!« Felix seufzte tief. »Einerlei. Ich stelle mit großem Erstaunen fest, Sie sind tatsächlich ausnahmsweise mit Nützlichem beschäftigt.« Fasziniert sah er sich in dem Arbeitszimmer um. Dass es über alle Maßen unordentlich und nur bedingt begehbar war, stellte keinen weiter erwähnenswerten Umstand dar, doch diesmal hatte sich Rosenstein selbst übertroffen: statt Tapeten und Wandschmuck zierten nun breite Papierstreifen, mit Schriftzeilen, Symbolen und Sequenzen versehen, die Wände; selbst die venezianische Maske, Rosensteins Lieblingsstück, hatte ihnen weichen müssen.

Der Boden hingegen war mit Skizzen bedeckt, die, soweit Felix erkennen konnte, vage mittelalterlich anmutende Bauwerke und Thermenkonstrukte zeigten. Auf dem Schreibtisch thronte zwischen Büchern und Schreibgeräten unter einer Glasplatte der Papierbogen, den Felix am Vortag dem Attentäter abgenommen hatte.

»Sie halten diese kleine Nachricht für so wertvoll?«, erkundigte sich Felix mit einem schiefen Lächeln, das sich noch vertiefte, als Rosenstein ihm höchst ernsthaft antwortete: »Wertvoll, ja. Nahezu unbezahlbar. Eulengrub hat heute Morgen eine unglaubliche Entdeckung gemacht. Es ist phantastisch, Graf. Wahrhaft phantastisch. Sehen Sie selbst!« Er gestikulierte mit seinem Papiermesser.

Felix ließ die Blicke schweifen und kam zu dem Schluss:

»Bitte fahren Sie fort, mein Freund. Für mich sehen Ihre Wandbehänge lediglich danach aus, als hätte jemand, der des Arabischen nicht im Entferntesten kundig ist, sich in bewusster Sprache versucht.«

»Erinnern Sie sich an den November vergangenen Jahres?«, fragte Aaron Rosenstein und wandte sich erwartungsvoll zu Felix um, der sich rittlings auf dem Schreibtischstuhl niedergelassen hatte, dem einzigen Möbelstück im Raum, das nicht zur Ablagefläche degradiert worden war.

»Ausgenommen ungern«, antwortete Felix, hatte er doch nämlichen Spätherbst vornehmlich im Krankenbett zugebracht, nachdem Verhandlungen mit einem Bund ebenso streitbarer wie verrückter Dämonenanbeter in Triest eskaliert waren. Den Großteil des Novembers war er damit beschäftigt gewesen, zu überleben und den Anblick des Scheusals, das den Sektenmitgliedern herbeizurufen gelungen war, zu vergessen.

Rosenstein zupfte verlegen an den Enden seines Schnurrbartes. »Bitte, glauben Sie nicht, ich hätte vergessen«, murmelte er peinlich berührt. »Aber ich dachte … vielleicht könnten Sie sich noch der Briefe entsinnen, die ich Ihnen geschrieben habe.«

Damals waren Briefe von Rosenstein eingetroffen, für den

schreibfaulen Doktor sogar uncharakteristisch zahlreiche, daran erinnerte sich Felix tadellos. Auch hatte er nicht vergessen, dass Dejan darauf bestanden hatte, Felix die gesamte Korrespondenz vorzulesen, als dieser sich kaum rühren konnte. Der Inhalt des Schriftverkehrs – wenn die einseitige Berichterstattung als solcher zu bezeichnen war – jedoch entzog sich seiner Erinnerung. Einer der ärgerlichen Zwischenfälle, die der Dienst in okkulten Angelegenheiten fast unweigerlich mit sich brachte.

Felix verschränkte die Arme über der Stuhllehne. »Frischen Sie mein dämonengetrübtes Gedächtnis auf.«

»Nur Sie, Graf, bringen es fertig, den Manuskriptfund des Herrn Voynich zu vergessen«, seufzte Rosenstein. »Eine Sensation in okkulten Kreisen. Im Sommer letzten Jahres hatte Voynich – ein polnischer Nationalist mit einer Schwäche für alte Bücher – in einer italienischen Abtei ein eigentümliches, vermutlich aus der frühen Renaissance stammendes Manuskript gefunden. Eigentümlich aus zweierlei Gründen: Zum einen war es voll faszinierender Abbildungen naturwissenschaftlicher Phänomene und Beobachtungen, die sich nicht im Geringsten mit den Vorgängen auf unserem Planeten in Verbindung bringen lassen.« Mit der glimmenden Spitze seiner Zigarre deutete Rosenstein auf die Skizzen am Boden. Felix bückte sich nach der nächstliegenden Zeichnung, bei der es sich um ein Abbild des Sternenhimmels handelte.

Rosenstein nickte. »Ein gutes Beispiel. Ich weiß nicht, wie bewandert Sie in der Astronomie sind, aber hier sehen Sie einen Himmel voll Sternenkonstellationen, die nicht existieren. Oder nehmen wir die Pflanzenzeichnungen, dort bei der Tür: Wenn dergleichen auf der Erde wächst, hat die Menschheit es noch nicht entdeckt.«

»Ah.« Achtlos ließ Felix das Blatt sinken. »Der Gedanke, dass es sich um die Illustrationen eines Frühwerks der phantastischen Literatur handelt, wurde vermutlich schon widerlegt?«

Rosenstein war von seiner Truhe aufgesprungen, um die Skizze an den ihr zugewiesenen Platz zurückzulegen.

»Um sich mit solchen Feinheiten zu befassen, müsste es erst einem Menschen gelingen, das Manuskript zu lesen«, sagte er trocken. »Aus gerade diesem Grund wandte sich auch Voynich nach einigen Versuchen, das Rätsel selbst zu lösen, an die Centrale. Das heißt, er wandte sich an einen privaten Ermittler in okkulten Angelegenheiten, der sich mit der Aufgabe überfordert sah und über den wir Kontakt zu Voynich herstellen und eine Kopie des Manuskripts anfertigen konnten.« Rosenstein hob den Kopf, ein dünnes Lächeln lag auf seinen Lippen. »Wenn ich Ihrem Einwand zuvorkommen darf: Es ist eine Sprache. Das wenigstens konnte aus der Art, wie sich Zeichen und Symbolsequenzen wiederholen, abgeleitet werden.«

Felix zog eine Augenbraue hoch. »Eine Phantasiesprache«, schlug er vor. »Eine Fälschung.«

Rosenstein nickte. »Das dachten wir auch. Aber nun, da in den Taschen eines verhinderten Attentäters eine Nachricht aufgetaucht ist, die in derselben Schrift verfasst wurde, müssen wir unser Urteil wohl überdenken.« Er zögerte einen Moment, ehe er fragte: »Wissen Sie, was das Ungewöhnlichste an der Geschichte ist, Graf?«

Felix unterdrückte ein Gähnen. Er kannte das Leuchten in Rosensteins Augen. Für gewöhnlich trat es auf, wenn die Konversation sich aufstrebenden Bühnendarstellerinnen oder spitzfindigen Gelehrsamkeiten zuwandte. Nachdem er nicht einmal Rosenstein zutraute, einen Exkurs zu holden Schauspielerinnen in die Unterhaltung um ein rätselhaftes Manuskript einzuflechten, war er wohl im Begriff, in den Genuss eines enthusiastischen Vortrags zu irgendeiner akademischen Absonderlichkeit, die wenig mit den relevanten Problemstellungen zu tun hatte, zu kommen.

Auch diesmal enttäuschte Aaron Rosenstein ihn nicht. »Symbole und ganze Zeichensequenzen der Notiz, die Sie bei dem verhinderten Attentäter gefunden haben, finden genaue Entsprechung in dem Manuskript des Herrn Voynich, von winzigen Einzelheiten, die sich wohl durch die Handschriften der jeweiligen Verfasser erklären lassen, abgesehen«, tat er im Tonfall eines Menschen kund, der sich der entscheidenden Bedeutsamkeit seiner Mitteilung gewiss war.

»Großartig.« Felix gab sich keine Mühe, seine Langeweile zu verbergen.

»Wir haben es hier mit einer Sprache zu tun, die sich seit der Renaissance nicht verändert hat.« Rosenstein klang beleidigt, er nahm seinem gräflichen Freund den Mangel an Begeisterung sichtlich übel. »Was nahelegt, dass es sich unmöglich um eine Gebrauchssprache handeln kann. Selbst dem Kirchenlatein sind in den letzten dreihundert Jahren einige Veränderungen widerfahren, allerdings muss ich gestehen, dass ich nicht weiß, inwieweit sich diese auf das Schriftbild niedergeschlagen haben …«

Trubic, der mittlerweile aufgegeben hatte, Rosensteins Spekulationen zu lauschen, schrak aus seinen eigenen Überlegungen hoch.

»Ein Dybbuk«, sagte er.

Die Herren der Wissenschaft, triefend nass und missgelaunt, waren noch immer in ihrer Debatte gefangen, als Felix sie endlich im Hauptaufgang des linken Gebäudeflügels fand. Soweit er dem heftigen Wortwechsel entnehmen konnte, hatten die Magietheoretiker und Major Bachmann sich mittlerweile darauf verständigt, dass jeglicher schwarzer Magie Feenzauber zugrunde lagen und darob nicht existieren konnten, zumal es sich bei den fälschlicherweise als Feenwesen bezeichneten Moroi lediglich um Scharlatane handelte. Gelegentlich wagte Conrath noch den Einspruch und wurde pointiert übergangen.

Felix blieb auf der obersten Stufe stehen und lauschte fasziniert. In spätestens einer Viertelstunde würden die Herren schlüssig bewiesen haben, dass es weder Magie noch die okkulte Welt, noch sie selbst gab.

Diesen kritischen Augenblick wollte er ihnen ersparen.

»Wir kennen das Phänomen als Dybbuk«, verkündete er.

Rittler sah zu ihm auf. »Verschonen Sie uns mit Ihren kabbalistischen Ungeheuern, Graf«, knurrte er.

Conrath reckte das Kinn. »Ich darf Sie schon bitten, Graf, die ohnehin komplexe Problematik nicht mutwillig noch undurchschaubarer zu machen. Während es sich bei einem Dybbuk um den Geist – im weitesten Sinne, möchte ich betonen – eines Verstorbenen handelt, der Eingang findet in das Bewusstsein eines lebenden Menschen – in selteneren Fällen auch eines Tieres –, ein klares Besessenheitsphänomen also, müssen wir bei diesen *Kreaturen* davon ausgehen, dass zunächst kein Bewusstsein gegeben war, das überlagert werden konnte.«

Die Ankunft eines Bureaudieners ersparte Felix, in eine weitere fruchtlose Variation zum Thema der möglichen Existenz denkender Automatenwesen involviert zu werden.

»Graf Trubic«, keuchte der Diener. »Wenn der Herr Graf die Gewogenheit hätten, mit mir zu kommen. Die Direktorin Blum lässt Sie im ganzen Haus suchen!«

Felix konnte sich kaum noch entsinnen, wann eine Zeitungsmitteilung ihn zum letzten Mal zu einer Gefühlsregung veranlasst hatte, die über leise Verwunderung hinausging. Schließlich bestand einer der unleugbaren Vorteile einer Karriere wie der seinen darin, dass man sich über eine Vielzahl an Ereignissen bestens informiert sah, bevor sie Eingang in die Journale fanden – oder, in seltenen, denkwürdigen Fällen sogar, bevor sie sich überhaupt anschickten zu geschehen.

Nicht einmal um eine Schlagzeile handelte es sich bei fraglicher Meldung: Was in großen Lettern auf der Titelseite der *Neuen Freien Presse* prangte, hätte Felix nicht weniger berühren können – Unruhen am Balkan, nationalistische Anwandlungen und Säbelrasseln, Kriegsgefahr und Untergang? Und wenn schon, seit Jahrzehnten das gleiche Lied des Schreckens, nur die Feindbilder wechselten gelegentlich. Gestern Preußen, heute Russland, und der Teufel mochte wissen, was morgen kam.

Nein, es war die Notiz neben dem aufgeregten Leitartikel, die Felix bewog, von dem vulgärsten all jener Flüche Gebrauch zu machen, die er seinen gelegentlichen Besuchen in den Spelunken der Prager Vorstadt zu verdanken hatte.

Das kaiserlich-königliche Aeronautische Corps erlaubt sich, die Jungfernfahrt des Luftschiffes FORTUNA anzukündigen, die am MITTWOCH, den 17. September auf dem Flugfeld WIEN-ASPERN ihren Ausgang nehmen wird.

So der lapidare Wortlaut der Anzeige, den der Redakteur lediglich um einen Beisatz zu den hochrangigen Vertretern von Militär und Zivilgesellschaft, in deren Beisein die *Fortuna* sich in die Lüfte erheben würde, erweitert hatte.

»Gibt es einen besonderen Grund, weshalb wir hiervon aus der Presse erfahren müssen?«, erkundigte sich Felix und ließ die Zeitung sinken.

Blum, die hinter ihrem Schreibtisch thronte, die schmalen Hände wie zum Gebet gefaltet, schüttelte sacht den Kopf.

»Eine Anfrage selbigen Inhalts habe ich an die Magisch-Technische Abteilung entsandt, woraufhin ein gewisser Ingenieur Willroth, scheinbar der zweite Konstrukteur der *Fortuna* und gemeinsam mit einem Herrn von Schörgern gegenwärtig für das Projekt verantwortlich, mir prompt mitteilte, dass nach den bedauerlichen Geschehnissen man wohl endlich dem Generalstab Resultate präsentieren müsse anstelle weiterer Problematiken. Auch wisse man nicht, weshalb die Okkulten Angelegenheiten überhaupt über die Vorgänge um die *Fortuna* informiert werden sollten, zumal das Luftschiff keinerlei Probleme aufwiese, die unser Engagement notwendig machten.«

Felix lehnte sich in dem Diwan zurück, was Blums Bulldogge, die neben ihm döste, nicht behagen wollte. Knurrend, und für ihre behäbige Art erstaunlich flink, schnappte sie nach seinem Arm.

»Verdammt.« Felix sprang auf. »Ich hatte schon das Vergnügen mit Willroth. Er weiß nichts von den magischen Aspekten der *Fortuna*, er ist nur der technische Konstrukteur.« Merentheim hatte verstanden, das Geheimnis der Wunderwaffe der *Fortuna* zu wahren – so gut, dass die Armeeführung aus Unwissenheit im Begriff war, ein schwarzmagisches und potenziell hochgefährliches Luftschiff der neugierigen Öffentlichkeit zu präsentieren. Höchste Zeit, die *Fortuna* noch einmal in Augenschein zu nehmen und sich mit Willroth und Schörgern zu unterhalten.

»Ich betone: Solange der Generalstab sich nicht an uns wendet, existiert kein Fall *Fortuna*«, sagte Blum, als hätte sie seine Gedanken gelesen. »Sie agieren autonom. Allerdings bin ich geneigt, Ihnen die kleine Schönthal zur Seite zu stellen. Bis auf die Tatsache, dass sie eine Liebschaft mit dem Kopetzky hat, diesem Tölpel, gab es nichts Erwähnenswertes über sie zu erfahren, habe ich mir sagen lassen.«

»Das ist doch nicht notwendig«, sagte Felix schnell. Wenn es einen Agenten in der Centrale gab, der gänzlich ungeeignet war, eine junge Moroaică – ein Feenwesen der Anderen Seite, wie es die Folklore wollte – zum Dienst im Departement auszubilden, dann ihn. Er verstand wenig von magischen Feinheiten, und auch seine charakterliche Disposition machte ihn zu allem anderen denn einem guten Lehrer.

Blum verschränkte die Arme. »Den Unglücksfällen um die *Fortuna* liegt Feenmagie zugrunde. Schönthal ist ein Feenkind und magisch gar nicht untalentiert. Ich möchte nicht wissen, was sie mir gestern alles herbeizitiert hätte, wäre der Schutzkreis um dieses Bureau nicht so stark. Ihre zauberische Ausbildung kann Sir Lysander beginnen, mich erreichte eben die Nachricht, dass er und Baron Sirco ab morgen in Wien weilen.«

Sie sah grimmig drein. Blums Bekanntschaft mit Dejan Sirco hatte unerfreulich begonnen, nachdem der Baron, damals noch als Privatdetektiv tätig, für allerlei Aufsehen und Verwirrungen gesorgt hatte – im okkulten Bereich ebenso wie bei den zahllosen Bürgern, die sich in Folge seiner wenig diskreten Ermittlungen mit einer untoten Gestaltwandlerin konfrontiert sahen. Und auch im Lauf der Jahre, seit Dejan, Blums persönlichen Einwänden zum Trotz, dem Departement beigetreten und zum Leiter des kleinen Prager Bureaus für Okkulte Angelegenheiten avanciert war, hatte sich das Verhältnis nicht unbedingt gebessert.

»Ich werde Baron Sirco zu den Ermittlungen um die *Fortuna* hinzuziehen«, sagte Felix leichthin. »Er ist kein schlechter okkulter Detektiv und formell betrachtet als Mitglied des Prager Bureaus hier nicht zu offiziellen Handlungen befugt und damit als Privatperson tätig.«

»Selbst wenn ich grundlegend anderer Meinung bin, respektiere ich Ihre Entscheidung.« Blum sah ihm geradewegs in die Augen. »Wenn sich die Jungfernfahrt der *Fortuna* nicht verhindern lässt, obliegt Ihnen die Verantwortung, dass es im Zuge der Veranstaltung zu keinem weiteren schwarzmagischen Zwischenfall kommt.«

Felix erhob sich langsam von dem Diwan. »Das scheint mir nun eine etwas große Aufgabe für einen Einzelnen – selbst wenn es sich um jemanden wie mich handelt«, gab er halb scherzend zu bedenken. Sein Einwand wurde von Blum mit einem knappen Nicken bestätigt. »Natürlich werde ich Agenten unter den Zuschauern postieren, aber darüber hinaus bleibt mir wenig, was ich noch tun kann.«

»Wunderbar.« Schon auf dem Weg zur Tür wandte sich Felix noch einmal um und bedachte Blum mit einem reichlich forcierten Lächeln. »Einer Herausforderung konnte ich noch niemals widerstehen.«

Zu meiner Überraschung fand ich Carina im Stiegenhaus vor, als ich an jenem Tag von einem kurzen Spaziergang, mit dem ich meine aufgewühlten Nerven hatte beruhigen wollen, nach Hause kam. Mit einem lila Sommermantel und einem kleinen Hütchen angetan, sehr nass und sehr bekümmert, kauerte sie auf der obersten Treppenstufe.

»Das Dienstmädel von Ihrer früheren Herrschaft hat mir g'sagt, dass Sie umgezogen sind«, nahm sie meine Frage vorweg.

Ich biss mir auf die Unterlippe. Carina gehörte zweifellos zu jener Art von Besuchern, die Krysztof wenig erfreuten.

»Ist etwas geschehen?«, fragte ich vorsichtig.

Sie zuckte mit den Schultern. Ihr Gesicht war geschwollen, ihre Augen rot und verweint.

»Vasilescu?«, fragte ich.

Carina nickte beklommen. »Grad' war er bei mir. Hat eine Menge Blödsinn geredet, hauptsächlich, dass er sich im Dunkeln fürcht'.« Sie sah zu mir auf. »Ich fürcht' mich ja auch, wenn's dunkel ist, seit ein paar Wochen besonders, ganz komisch ist das, aber er hat und hat nicht damit aufhören wollen.«

Ich reichte ihr eine Hand. Wenn ich sie schon nicht Krysztof vorführen wollte, hatte die arme Carina doch Besseres verdient, als zwischen Tür und Angel abgefertigt zu werden.

»Kommen Sie«, sagte ich, »gehen wir hinunter ins Kaffeehaus.«

»Lieber nicht.« Carina spielte unruhig mit den Knöpfen ihres Mantels. »Es ist nämlich so, mir ist die ganze Zeit nur zum Weinen zumut', da sitz ich nicht gern im Kaffeehaus. Sagt der Alin nämlich, sein Vater ist tot, und alles ist verloren, die schöne gnädige Frau würd ihn niemals lieben, und der Merentheim wär der Teufel in Person, und überhaupt« – mittlerweile war es ihr tatsächlich gelungen, einen Knopf abzureißen, den sie jetzt erstaunt betrachtete – »und überhaupt, hat er gesagt, am besten wär, er würd den Oberst, den Merentheim ganz erschießen. Nun les ich in der Zeitung, dass schon wer versucht hat, grad das zu machen, und jetzt frag ich mich, jetzt weiß ich nicht …«

Das Ächzen und Quietschen des schlecht geölten Haustors ertönte, woraufhin Carina augenblicklich verstummte.

So fand uns der Chauffeur; obwohl ich bei unserer ersten Begegnung nur Augen für die beiden Agenten des Okkulten und das tiefrote Automobil gehabt hatte, erkannte ich ihn wieder.

Er nahm die Kappe ab, nickte mir zum Gruße zu. »Gnädiges Fräulein, der Graf Trubic lässt bitten.«

Carina sprang auf. »Trubic? Der Trubic vom Alin?«, vergewisserte sie sich in halb empörtem, halb hoffnungsvollem Tonfall.

»Ja«, bestätigte ich ihr, zumal es dem Chauffeur angesichts einer Demonstration derartiger Respektlosigkeit die Sprache verschlagen zu haben schien.

»Na, vielleicht könnt der doch dem Alin helfen, wenn ich mit ihm red!« Tatsächlich machte sie schon Anstalten, die Treppe hinabzulaufen. Ich erwischte sie gerade noch am Ärmel und hielt sie fest.

»Nein«, sagte ich entschieden. Beim besten Willen konnte ich mir nicht vorstellen, wie Graf Trubic reagieren würde, wenn die arme Carina ihn mit ihrem wirren Bericht behelligte. Ihres ungeschliffenen Auftretens und bescheidenen Geistes ungeachtet war mir das Mädchen recht sympathisch, sodass ich ihr diese Demütigung ersparen wollte.

»Aber …«, wollte sie aufbegehren. Ich schnitt ihr das Wort ab, beschloss, dass gelegentlich eine Lüge auch eine Gnade sein konnte. »Ich werde mit ihm über Vasilescu sprechen. Und Sie gehen am besten nach Hause und ruhen sich aus.«

Auf der Rückbank des spektakulären Wagens erwartete mich ein nach der Tragödie des gestrigen Abends noch etwas angeschlagener Graf Trubic.

»Herzlichen Glückwunsch. Ungeachtet der fragwürdigen Gesellschaft, die Sie pflegen, wurden Sie für tauglich befunden, fortan Ihr Leben Kaiser und Krone zu widmen«, empfing er mich mit einem spöttischen Lächeln. »Was für geraume Zeit für Sie nichts anderes bedeuten wird, als dass Sie mich begleiten und die Welt nicht verstehen werden, während Ihre Freizeit dem Studium der Zauberei gewidmet sein wird.«

Ich wusste, dass ich ihn anstarrte. Ich wusste, dass es ein großer, wundersamer Augenblick in meinem Leben war, dass ich irgendetwas sagen sollte, und war doch um alle Worte verlegen.

»Ich, äh, Ihnen«, tat ich wenig kohärent kund. »Vielen Dank.« Gestern Nacht noch hatte er behauptet, es sei zu unserer beider Vorteil, dass er meine Ausbildung nicht übernehmen würde.

Trubic strich sich den Seidenschal glatt, den er in affektierter Künstlermanier um den Hals trug, wohl um darunter seinen Verband zu verbergen. »Ich wusste, es würde Ihr Herz erfreuen. Und jetzt steigen Sie ein. Bevor ich Sie in der Centrale absetze, damit Sie Unmengen an Befragungen und Bureaukratie über sich ergehen lassen können, werden wir etwas Konversation machen und einander kennenlernen.«

Kaum eine halbe Stunde später wusste ich zumindest eine bedeutsame Tatsache über Graf Felix Trubic: Er hatte ein unkonventionelles Verständnis von Konversation.

»Zunächst sind nur zwei Dinge von Relevanz«, teilte er mir

mit, während der Wagen über die Hauptallee im Prater ratterte. Unwillkürlich dachte ich an den Blumenkorso im letzten Jahr und Katalins Bemühungen, den Zweispänner ihres Gezabaci zu einem Urwald aus vielfarbigen Rosenknospen umzugestalten.

Umso größer fand ich die Diskrepanz zu dem, was Graf Trubic mir zu sagen hatte: »Zum einen müssen Sie vergessen, was Sie im Lauf Ihres Lebens über die Grenzen der Realität gelernt haben. Die Menschheit hat sich anerzogen, zu übersehen, was für sie unbegreiflich ist. Man erklärt die Harpyie zum Adler, und der Poltergeist ist ›so ein Missgeschick‹. Als Erstes, Fräulein Schönthal, müssen Sie lernen, Ihren Augen zu trauen.«

Ich nickte langsam. Das erschien mir nicht besonders schwierig. Nach den Ereignissen der vergangenen Tage war ich gewillt, sehr genau hinzuschauen.

»Zum anderen müssen Sie sich zu verteidigen wissen.«

Mit diesen Worten händigte Trubic mir eine Pistole aus. Der Chauffeur, der indessen in einen sandigen Seitenweg abgebogen war, brachte den Wagen zum Stehen. Um uns herum rauschten die Bäume im Herbstwind, es hatte aufgehört zu regnen, und die Luft roch frisch und klar. An diesem Ende präsentierte der Prater sich noch als Wald, fernab der pompösen Reste der Prachtbauten, die man zu Ehren der Weltausstellung vor vierzig Jahren errichtet hatte, fernab des Tumults der Jahrmarktbuden. Vor nicht allzu langer Zeit war hier die gute Gesellschaft zur Jagd gegangen, heute verhieß er des Morgens den Dragonern einen idyllischen Reitparcours und des Abends den Paaren, die sich drüben im Lusthaus bei Tanz und Wein gefunden hatten, die Aussicht auf ungestörte Zweisamkeit.

Ich hingegen würde hier lernen, mit einer Pistole zu schießen. Trubic erklärte mir flüchtig den Mechanismus der Waffe und wies mich an, auf den Stamm einer Eiche in etlichen Metern Entfernung zu zielen. »Halten Sie die Pistole mit beiden

Händen, nein, nicht so, nicht über den Kopf, geradeaus, verdammt!«

»Sie sind ein hoffnungsloser Fall, da ist nichts zu machen«, sagte Graf Trubic nach einer Viertelstunde enervierender Zielübungen.

Mit tränenden Augen und schmerzenden Oberarmen reichte ich ihm ohne allzu großes Bedauern die Pistole. Alles musste man schließlich auch nicht können im Leben, und ob ich es wirklich wagen würde, kaltblütig die Waffe gegen einen Feind zu richten, schien mir an jenem Nachmittag noch höchst fraglich.

»Ist das schlimm?«, erkundigte ich mich.

Trubic zuckte mit den Schultern. »Es wäre opportun, wenn Sie rasch lernten, sich zu verteidigen. Sie sind im Begriff, sich ein abwechslungsreiches Metier zu eigen zu machen. Ich kann Ihnen nicht garantieren, dass Sie nicht morgen schon in eine Situation geraten, die offene Gewaltausübung erforderlich macht.«

»Werden Sie mich nicht beschützen?«, fragte ich. Erst als ich die Worte ausgesprochen hatte, merkte ich, wie dümmlich und kokett sie klangen. Verlegen schlug ich die Augen nieder.

Trubic ließ sich mit seiner Antwort Zeit. Gewissenhaft sicherte er die Pistole, ehe er sie in der Innentasche seines Überwurfs verbarg. Dann huschte ein Lächeln über seine schmalen Lippen. »Wenn dieses Experiment, und damit meine ich Ihre Ausbildung, gelingen soll, müssen wir Kameraden sein. Kein Platz für Galanterie. Es darf für uns keinerlei Relevanz haben, dass Sie eine Frau sind. Ich werde versuchen, Sie zu schützen, so wie ich es bei jedem unerfahrenen Gefährten tun würde, aber wir tragen die Verantwortung, die Interessen des Kaiserreichs zu wahren, und sei es um den Preis unseres Lebens – oder eines Kameraden.«

Ich nickte langsam. Ein jäher Windstoß zerrte an meinem Haar, meinen Mantelschößen, die ersten Kastanienblätter fielen.

»Gut.« Trubic fixierte mich. »Zwangsläufig werden wir gemeinsam in eine Reihe unangenehmer Situationen geraten. Sie werden Verwundungen davontragen – vertrauen Sie mir, der Fall wird noch eher eintreten, als Sie fürchten. Ebenso sicher wie Ihre erste Verwundung wird der Tag kommen, an dem etwas, irgendetwas, spektakulär misslingt. Der Tag, an dem wir in Schwierigkeiten geraten, an dem keine Zeit bleibt für Erklärungen, Bitten oder Höflichkeiten. Spätestens dann werden Sie Befehle befolgen müssen wie ein Soldat.«

Abermals nickte ich. »Kameraden«, sagte ich, heiser vor Aufregung. Ausnahmsweise sollte der Tratsch recht behalten: Graf Trubic war wahrhaftig ein Mann ungewöhnlicher Ansichten.

»Kameraden«, bestätigte er mir mit einem leisen Lächeln. »Und wenn Ihnen der Sinn danach steht, nehme ich Sie mit zum nächsten Ball bei Hofe. Dann können Sie herausfinden, ob es Ihnen behagt, die Dame in großer Abendrobe zu spielen.« Er zwinkerte mir zu. »Vorausgesetzt, Sie überleben so lange.«

Unter all den Lastern der Menschheit war ausgerechnet das Opiumrauchen jenes, dessen die Wiener Bevölkerung sich nicht voll Enthusiasmus angenommen hatte. Eine Tatsache, die sich niemand schlüssig erklären konnte, am allerwenigstens ein gewisser Friedrich Hasner, Inhaber der ersten und einzigen Opiumhöhle Wiens. »Vor sich hinträumen und Zeit vertun, ganz für sich und trotzdem nicht zu Hause, ja sagen'S mir nur, können *Sie* sich vielleicht einen wienerischeren Zeitvertreib denken?«, hatte er zu Beginn seine unkonventionelle und wenig legale Geschäftsidee verteidigt.

Unglücklicherweise teilten die Lebemänner, die Nachtschwärmer, die Vergnügungssüchtigen Wiens diese Ansicht nicht und blieben nach dem ersten, der Neugier geschuldeten Besuch besagter Lokalität fern. Was, wie spitze Zungen wie etwa Graf Felix Trubic zu behaupten pflegten, weniger dem Opium zuzuschreiben war denn dem beeindruckend widerwärtigen Interieur des Lokals.

Hasner, der selbst niemals über die Stadtgrenzen Wiens hinausgekommen war, hatte sich verpflichtet geglaubt, die Einrichtung seines Kellerlokals der exotischen Herkunft der Droge anzupassen. Das Resultat bestand, darin waren die Lebemänner Wiens sich uncharakteristisch einig, aus der abscheulichsten Mischung aus persischen Teppichen, Vorhängen aus indischer Seide, Paravents mit vage japanischen Schriftzeichen, hinduistischen Götterstatuen und Zierrat mutmaßlich chinesischer Herkunft, die die Menschheit jemals hatte erblicken müssen. Hasner, treuer Sohn seiner Heimat, hatte das Ganze schließlich mit unverkennbar österreichischem Talent zum Durcheinander arrangiert, um ein paar Zierpalmen und Orangenbäumchen bereichert und seine Lasterhöhle zur Krönung mit schwarz lackierten Teetischen und rot samtenem Sitzmobiliar versehen. Felix hatte es sich vor etlichen Jahren bei seinem ersten Besuch nicht nehmen lassen, Herrn Hasner persönlich zu seinem Etablissement zu gratulieren: Wem es gelang, eine derartige Scheußlichkeit ins Leben zu rufen, der musste über wahres Genie verfügen.

Eine großzügige Denkart offenbarte Hasner auch, als sich bemerkbar machte, dass sein Opium keine rechte Anhängerschaft fand; kurz entschlossen erweiterte er sein Sortiment um sämtliche berauschende Substanzen, die auf Schleichwegen erhältlich waren. Als sich auch diese Maßnahme wirkungslos zeigte, resignierte Hasner und tat, was der verzweifelte Geschäftsmann nun einmal zu tun pflegt, um Gäste zu locken: Er richtete drei Chambres Separées ein und öffnete sein Lokal den Schönen der Nacht.

In einem jener Separées, durch eine Spiegelwand und einen schweren Samtvorhang von dem Rest der Welt getrennt, hob Felix ein filigranes, mit süßem Champagner gefülltes Gläschen und fragte: »Worauf wollen wir trinken? Auf die *Fortuna?* Oder auf die Seelen der Toten?«

»Auf die Seelen all jener, die wir vielleicht werden retten können«, schlug Rosenstein vor, den Blick geradewegs auf das eigentümliche Stillleben gerichtet, das sich vor ihm auf dem Tischchen ausbreitete. Zwischen den beiden reich verzierten Opiumpfeifen, Flaschen billigen Champagners, Gläsern und Zigarettenetuis hatte Felix einige Seiten der Abschrift von Voynichs Manuskript arrangiert.

»Es heißt, Opium regt die Phantasie an«, hatte Felix die nächtliche Unternehmung begründet. »Der blutleeren Kunst der Logik verschließt sich das Rätsel unseres wunderlichen Schriftstücks. Versuchen wir also auf dem Weg der haltlosen Spekulationen, der versponnenen Träumereien Herr zu werden.«

Rosenstein nahm das Mundstück der einen Pfeife zwischen die Lippen, sog probeweise daran, hüstelte, nahm noch einen zweiten Zug. Felix betrachtete ihn unter hochgezogenen Brauen und entschied mit einiger Genugtuung, dass der junge Doktor sich nicht schlecht hielt. Selbst als er in Begleitung des Grafen Trubic, dessen Ruf und Eskapaden in den Salons der Gesellschaft verlässlich für Gesprächsstoff sorgten, in das Chambre Separée der Opiumhöhle marschiert war, hatte Rosenstein sich so ruhig gegeben, wie es einem Mann von seiner nervösen Charakterdisposition nur möglich war.

Felix lehnte sich auf dem samtenen Diwan zurück, verschränkte die Arme hinter seinem Kopf und versank für einen Moment in den verschlungenen Mustern am Plafond: ein Irrgarten in Rot und Gold, frisches Blut und staubige Ehre, zur ewigen Allegorie seines Lebens erstarrt. Er lachte leise über den albernen Gedanken. Das Opium tat seine Wirkung rascher, als er erwartet hatte.

»Schön. Erzählen Sie mir von dem Manuskript. Wenn man bald ein Jahr mit einem Schriftstück lebt, muss man doch irgendetwas in Erfahrung bringen, selbst wenn man es nicht lesen kann.«

Rosenstein zuckte mit den Schultern. »Das Einzige, was wir herausfinden konnten, waren einige seiner Vorbesitzer«, murmelte er und beäugte dabei den Samtvorhang so misstrauisch, als rechnete er allen Ernstes mit Lauschern, die sich für wissenschaftliche Mysterien statt für skandalöse Liebeleien interessierten. »Es existiert ein in der ersten Dekade des 17. Jahrhunderts verfasster Brief eines böhmischen Gelehrten des Namens Johannes Marcus Marci an einen Freund in Rom, bei dem es sich um niemand Geringeren denn Athanasius Kircher zu Cronland handelte.« Er spielte mit dem Schlauch seiner Pfeife. »In diesem Brief weist er auf ein verschlüsseltes Manuskript hin, bei dem es sich seinen Beschreibungen nach nur um Voynichs Fund handeln kann, und bittet Kircher, der unter anderem auch auf dem Gebiet der Kryptologie brillierte, um seine Hilfe. Andererseits findet sich auf der ersten Seite des Manuskripts auch der Namenszug ›Jakub z Tepen‹« wieder.«

Felix stöhnte. »Sagen Sie mir, Rosenstein, finden Sie es nicht auch zuweilen ermüdend, dass dieser Tage kein Rätsel ohne Kaiser Rudolfs Hof auskommen will?« Eine Überraschung durfte dieser Umstand indes nicht darstellen, wenn man des Kaisers nachhaltige Faszination für das Okkulte, das Außergewöhnliche, das Absonderliche in Betracht zog. Große Geister und begnadete Scharlatane hatte er in der Prager Burg um sich versammelt, getrieben von dem Wunsch, die Mysterien der Welt zu ergründen, sei es nun auf dem Weg der Wissenschaft oder der Magie. Jakub Horčický war einer dieser gelehrten Höflinge gewesen, ein begabter junger Jesuit, der sich insbesondere mit Arbeiten auf dem

Gebiet der Medizin und Biologie auszeichnete. Als es ihm gelang, Rudolf von einer schweren, unerklärlichen Krankheit zu heilen, hatte der Kaiser ihn zu seinem Leibarzt gemacht und ihn zum Edlen von Tepenec erhoben.

»Als Verfasser des Manuskriptes muss Horčický dennoch ausscheiden, da das Schriftstück deutlich älter ist«, sagte Rosenstein und leerte sein Glas. »Das ist alles«, fügte er bedauernd hinzu. »Fast ein Jahr nach der Entdeckung des Manuskriptes wissen wir, dass es sich, den Illustrationen nach zu schließen, um ein mutmaßlich naturwissenschaftliches Werk handelt, dessen Autor nicht Jakub Horčický war.« Rosenstein schnitt eine Grimasse. »Wobei auch der naturwissenschaftliche Aspekt fraglich scheint, da keine der Abbildungen der Natur unserer Realität entspricht.«

»Natürlich nicht«, murmelte Felix mit geschlossenen Augen, das Mundstück der Pfeife noch an den Lippen. Die Welt verschwamm an den Rändern. Eine tiefe Müdigkeit hatte von ihm Besitz ergriffen, doch seine Gedanken flogen, verfingen sich ineinander, wie die Zahnräder einer großen, komplexen Maschine.

Das Manuskript zeigte Flora und Fauna einer anderen Welt.

Merentheim wollte die Feenlande bereisen.

Man musste schon ein ausgewiesener Kretin sein, um den Zusammenhang zu übersehen.

»Beweise, Beweise«, antwortete Rosenstein in eigentümlichem Singsang, als Felix den Gedanken mit ihm teilte. »Kein Mensch hat jemals Dokumente gesichtet, die schlüssig belegen, dass Horčický, Kircher oder irgendjemand sonst an Kaiser Rudolfs Hof sich mit den Feenlanden befasste!«

Verächtlich winkte Felix ab. »Ich bin kein armseliger Detektiv, der seine Thesen mit Beweisen rechtfertigen muss.« Kriminalistik, meinte er in diesem Augenblick einwandfrei zu erkennen, war ein Spiel für Kleingeister, die sich in Details verloren, angstvoll bedacht, einen jeden ihrer Schritte nach allen Seiten abzusichern. Das wahre Genie konnte es sich leisten, seinen Intuitionen zu folgen.

Rosenstein hing unterdessen seinen eigenen Überlegungen nach. »Die Feenlande«, murmelte er. »Wissen Sie was, Graf? Ich glaube immer noch, dass es Unsinn ist und Merentheim mit seinem Luftschiff einen ganz anderen Zweck verfolgt, als Zauberwelten zu erkunden. Aber wenn es wahr wäre, wenn eine Realität neben der unseren existierte, dann würde ich keine Sekunde auf die Erkenntnisse der sogenannten Wissenschaft verschwenden. Stattdessen würde ich mich den alten Legenden und Mythen zuwenden, von den Feenpfaden ins Nichts lesen, von den versunkenen Reichen und dem sagenumwobenen Avalon, das manchmal im Nebel erscheint.«

Im Nebenzimmer begann jemand auf dem verstimmten Klavier eine Tangomelodie zu klimpern, ein anderer erhob die Stimme, um gegen die musikalische Untermalung zu protestieren, ein dritter ereiferte sich gegen die Ruhestörung, zu der er Klavierspiel und Zwischenruf gleichermaßen zählte, und eine Frau forderte ihn grob zum Schweigen auf.

»Wir sollten gehen«, befand Felix. »Sie, mein lieber Freund, werden in die Centrale zurückkehren und eine Nacht zwischen Folianten, vergilbten Briefwechseln und dem Klatsch vergangener Tage verbringen, wie es Ihrer natürlichen Begabung entspricht.«

Rosenstein verschränkte die Arme. »Ich verstehe. Ich bin armselig genug, mich auf die Jagd nach Indizien zu begeben«, stellte er ohne Zorn fest.

»Aber natürlich sind Sie das!« Felix setzte sich auf. Ihn schwindelte, viel zu schwül und stickig erschien es ihm mit einem Mal in der kleinen Chambre Separée, der Geruch von Rauch und Sandelholz und staubigem Samt überwältigend. »Indessen werde ich – wie es *meiner* Natur entspricht – eine himmelschreiende Verrücktheit tun, für die ich mich spätestens morgen früh und mutmaßlich nüchtern zwar nicht hassen, aber bestimmt nicht allzu gut werde leiden können.«

Rosenstein, dem es schon im zweiten Anlauf gelungen war, auf die Beine zu kommen, und der nun zwar etwas schwankte, aber im Wesentlichen aufrecht stand, runzelte die Stirn. »Ich bin mir nicht sicher, dass ich verstehe«, bekannte er. »Das heißt, ich bin mir ziemlich sicher, ich verstehe nicht.«

»Das macht nichts«, tröstete ihn Felix. »Ich habe mich nur eben eines alten Bekannten erinnert – so alt, dass er einst an Rudolfs Hof weilte, als des Kaisers Alchemist.«

Kaum mehr denn eine Dekade war verstrichen, seit der neue Friedhof für Ertrunkene ins Leben gerufen wurde. Dass sein Vorgänger einem Hochwasser zum Opfer gefallen war, die Donau die Gebeine der Unglücklichen, denen sie den Tod beschert hatte, zurückgeholt hatte, um ihnen für alle Zeiten als feuchtes Grab zu dienen, sah Felix als untrügliches Zeichen an, dass die Schicksalsgötter über einen dunklen, wenngleich sympathischen Humor verfügten.

Auch das neue Gräberfeld, immer noch in unmittelbarer Nähe der Donau, jedoch von einem Damm geschützt, in dem Fischerdorf Albern dicht vor den Toren Wiens angelegt, hatte in den vergangenen Jahren Berühmtheit erlangt: Träumer, Wagemutige und Ahnungslose, die sich in letzter Zeit des Nachts auf den Friedhof verirrten, wussten von scheußlichem Spuk, von gelben Augen, die wie Leuchtfeuer in der Dunkelheit brannten, von schaurigem Gelächter und einer einsamen, monströsen Gestalt zu berichten, die zwischen den Gräbern einherschritt.

Angesichts derartiger Geschichten konnte es Felix dem Chauffeur nicht zum Vorwurf machen, dass dieser in einiger Entfernung des Friedhofs, am Rande des Geländes der k. u. k. Militärschießstätte, anhielt und sich rundheraus weigerte, seinen Fahrgast ans Ziel zu bringen.

»Warten Sie wenigstens auf mich«, schärfte Felix dem Automobilchauffeur ein und verlieh seinen Worten mit einem üppigen Trinkgeld Nachdruck, ehe er sich müden Schrittes durch ein Waldstück auf den Weg machte.

Niedriges Buschwerk umgab den Friedhof, der wenig mehr denn ein paar Dutzend Gräber umfasste, einfache Grabstätten mit schlichten Kreuzen aus Gusseisen, die eine kurze Inschrift trugen: »Namenlos«. Die Unglücklichen, die hier ruhten, waren vermutlich Opfer von Gewalttaten geworden oder der eigenen traurigen Existenz, aus der sie keinen Ausweg mehr sahen als den Sprung von einer der Donaubrücken. Hier schliefen sie in Würde und Vergessen.

Felix lauschte in die Dunkelheit. Tiefe Stille lag über dem Friedhof, all die Stimmen der Nacht, das Zirpen der letzten Grillen, Käuzchenschreie und die Lieder der Nachtigallen waren verstummt, nur vom Flussufer her blies ein leichter Wind und raschelte in den Baumkronen.

»Buckingham?«, fragte Felix gedämpft. Es bestand keine Notwendigkeit zu rufen. Längst fühlte er schon, wie ihm Blicke folgten, wie er zur Beute wurde, zum Spielzeug, zum Gejagten.

»Graf Trubic«, vernahm er eine weiche, leicht akzentuierte Stimme und wirbelte herum. »Ich hatte Sie für klüger gehalten.«

Vier Jahre, seit sie einander zum letzten Mal begegnet waren: Alvin Buckingham, der Vampir vom Vyšehrád, hatte sich sein Gegenüber damals genannt und in einer schwülen Sommernacht dem sterbenden Graf Felix Trubic das Leben gerettet; wer, am Rand des Todes, von dem Blut eines Vampirs trank, dem winkte nicht die Unsterblichkeit, aber eine zweite Jugend. Eine zweite Chance – und wie hatte Felix sie genutzt? Sein altes Leben hatte er wieder aufgenommen, sich wiederum dem okkulten Dienst verschrieben, in kleinen und größeren Sünden geschwelgt, und der einzige Unterschied bestand darin, dass er vorgab, der eigene Sohn zu sein. Wie um der Rolle des Jünglings gerecht zu werden, hatte er das letzte bisschen Vorsicht, das letzte bisschen Vernunft abgestreift, war kopfüber in die Abenteuer des Lebens getaucht.

Jetzt erinnerte sich Felix des bitteren Blutgeschmacks, spürte, wie der Tod ihn mit kalten Fingerspitzen streifte und von ihm abließ. Wie der Vampir dicht an seinem Ohr flüsterte: »Gehen Sie. Gehen Sie, und treten Sie mir nicht wieder unter die Augen.« Seit jeher fesselte sie ein komplexes Band aus Hass und Lügen, aus Schuld, Sühne und Begierden aneinander.

Der Vampir hatte Prag verlassen, nachdem er die jahrhundertealte Verschwörung okkulter Kreaturen, an der er maßgeblich beteiligt gewesen war, zum Scheitern verurteilt sah – wofür nicht zuletzt Graf Felix Trubic einige Verantwortung trug. Eine Zeit lang hatten die Okkulten Angelegenheiten ihn aus den Augen verloren, bis er vor zwei Jahren als Spuk auf dem Friedhof der Namenlosen erschienen war. Felix konnte verstehen, dass Alvin Buckingham sich zu dem kleinen Friedhof hingezogen fühlte: Nach über dreihundert Jahren rastloser Existenz, des Strebens, des Scheiterns, der Gier musste ein Ort des vollkommenen Vergessens ungemein tröstlich erscheinen.

»Ich höre, wie Ihr Herz schlägt«, sagte Buckingham jetzt. So finster war es, dass Felix kaum mehr als seine Konturen ausmachen konnte, auf dem Kopf schien er einen Dreispitz zu tragen, unter dem helle, bernsteinfarbene Augen glänzten. »Sie haben meine Warnung nicht vergessen. Und dennoch sind Sie hier.«

»Ja.« Felix lehnte leicht an einem der Kreuze. Unwillkürlich wünschte er sich, er hätte dieses Unterfangen mit klarerem Kopf begonnen, und kam augenblicklich zu dem Schluss, dass er in nüchternem Zustand bestimmt nicht auf die Wahnsinnsidee verfallen wäre, dem Vampir entgegenzutreten, um ein paar Erkundigungen einzuziehen.

»Ist es nicht seltsam, dass wir einander hier, in einer Stadt, die uns beiden nicht gehört, zwischen namenlosen Gräbern wiedersehen?«, fragte er, zwang sich zu leichtem Plauderton.

Alvin Buckingham stieß ein tierhaftes Fauchen hervor, wobei er seine beeindruckenden Reißzähne bleckte. Vampire, so wusste man in informierten Kreisen, pflegten mit den Jahren peu à peu ihre Menschlichkeit abzustreifen, animalischen Instinkten und Begierden nachzugeben, wenn der Lauf der Jahrhunderte sie nicht schlichtweg in den Wahnsinn trieb. Zuweilen suchten jene Nachtdämonen, statt zu Raubtieren, zu grotesken Ungeheuern zu verkommen, ihr Heil in ewigem Schlaf. Schlaf – denn die Gnade des Todes würde ihnen, die sie auserwählt waren, die Dämmerung des jüngsten Tages zu schauen, auf alle Zeit verwehrt bleiben.

Geschmeidig wie eine Katze pirschte sich der Vampir heran, lautlos setzte er seine Schritte in Lehm und Gras.

»Es würde mir keine große Mühe bereiten, Sie zu töten«, flüsterte er. Felix zwang sich, ganz still zu stehen, als eine kalte Totenhand seine Wange berührte, in grausiger Liebkosung über seine Haut strich. »Ich könnte Ihnen das Genick brechen, so schnell, dass Sie es kaum bemerkten. Dann könnte ich Sie hier verscharren.«

»Deshalb haben Sie mich wohl kaum gerettet, nur um mich ein paar Jahre später in ein namensloses Grab zu betten«, wandte Felix scharf ein. Lieber wollte er verdammt sein, als vor dem Vampir seine Furcht zu offenbaren.

»Eine Laune«, sagte Buckingham sanft. »Ich folgte einer Laune, als ich Baron Sircos Bitten nachgab, Ihr wertloses Leben zu retten. Noch habe ich nicht entschieden, ob mir heute der Sinn danach steht, meine Tat ungeschehen zu machen.«

Felix keuchte vor Schreck, als der Vampir mit übermenschlicher Schnelligkeit den Verband um seine Kehle zerriss, die weißen Fangzähne blitzten in der Dunkelheit. Er schloss die Augen, wappnete sich gegen den Schmerz, der unausweichlich folgen musste, wenn der Vampir die Zähne in seinen Hals schlagen, von seinem Blut trinken würde.

Nichts dergleichen geschah. »Blut von meinem Blute«, sagte Buckingham. Er klang zufrieden, vielleicht gefiel ihm, dass es ihm gelungen war, Felix um die Contenance zu bringen. »Was ist es also, das Sie veranlasst, meinen Frieden zu stören?«

»Ihre Vergangenheit.« Vergeblich versuchte Felix, sich aus der Umklammerung des Vampirs zu befreien, doch die Krallenfinger spannten sich unerbittlich um seinen Hals. »Präziser gesprochen, Ihre Tage als Kaiser Rudolfs erfolgloser Alchemist«, brachte er hervor.

Ein kurioser Laut, halb schrilles Lachen, halb Empörungsruf entrang sich Buckinghams Kehle, seine Klauen gruben sich tiefer in Felix' Fleisch.

»Sie haben selbst davon erzählt!«, erinnerte ihn Felix.

Der Vampir knurrte: »Und nun will ich vergessen.« Dessen ungeachtet lockerte er seinen Griff ein wenig.

»Waren Sie zu jener Zeit mit Jakub Horčický bekannt?«, fragte Felix weiter, ehe die Stimmung seines Gesprächspartners ein weiteres Mal umschlagen konnte. Zwar hegte er die Vermutung, dass er durch das Blutritual so eng mit Buckingham verbunden war, dass es jenem schwerfallen würde, seine Drohung in die Tat umzusetzen, aber wenn es in seiner Macht stand, würde er es lieber nicht darauf ankommen lassen.

Alvin Buckingham tat einen Schritt zurück. Er schlug die Schöße seines hoffnungslos altmodischen Gehrocks nach hinten und ließ sich auf einem frischen Grabhügel nieder.

»Warum?«, fragte er einfach.

Wohl wissend, dass der Vampir selbst in völliger Finsternis der kleinsten seiner Regungen gewahr wurde, verzichtete Felix darauf, sich den Schweiß von der Stirn zu wischen.

»Ich bitte Sie«, sagte er leichthin, »ich werde Sie kaum in die Mysterien einweihen, mit denen ich mich gegenwärtig befasse.

Ziehen Sie lieber Genugtuung daraus, dass ich so ahnungslos im Dunkeln irre, dass ich keinen anderen Ausweg weiß, als Sie um Rat zu fragen.«

Buckingham fletschte die Zähne zu der Parodie eines Lächelns. »Sie sind wegen des Manuskripts hier«, entgegnete er gleichmütig. »Ja, selbst zu mir ist die Kunde von Voynichs Fund vorgedrungen.« Er nahm den Dreispitz ab, strich mit gespreizten Fingern durch sein dunkles Haar.

Felix wartete ab. Erfahrungsgemäß führte es selten ans Ziel, unwillige Gesprächspartner mit Fragen zu bedrängen; kaum jemanden stimmte es schließlich redselig, wenn der andere insistierte. Mit einiger Bewunderung entsann sich Felix eines preußischen Spions, Meister der Kunst, keine Fragen zu stellen. Wann immer heikle und informative Themen angeschnitten und rasch wieder verworfen wurden, hatte dieser gelächelt und in seinem leicht berlinerisch gefärbten Jargon kundgetan: »Also, davon müssen Sie mir bei Gelegenheit wirklich mehr erzählen.« Was überraschend viele, fortan von der Unschuld seiner Wissbegierde überzeugt, auch taten.

Jene Taktik, die dem kaiserlich-königlichen Generalstab so manches Geheimnis entlockt hatte, machte auch auf den Vampir Eindruck: »Ich begegnete Horčický ein paar Mal«, gab er nach Minuten enervierenden Schweigens zur Antwort. »Als ich noch in des Kaisers Gnaden stand, saß ich einmal an der Tafel neben dem gelehrten Bruder Jakub.« Gebieterisch hob er eine bleiche Hand. »Versteigen Sie sich nicht in die Illusion, ich erinnerte mich noch daran, was wir bei jener Gelegenheit erörterten, Graf. Ich weiß nur, dass Jakub Horčický später das geheimnisvolle Manuskript in die Hände bekam und dass seine Bemühungen, es mit Hilfe seiner jesuitischen Brüder zu entschlüsseln, allesamt scheiterten.«

Felix' Augen hatten sich mittlerweile so weit an die Finsternis gewöhnt, dass er sehen konnte, wie Buckingham die Lippen zu einem höhnischen Grinsen verzog. »So wie es auch die Ihren taten«, fügte er hinzu.

Felix nickte bedeutungsschwer. »Hatte Horčický besonderes Interesse an dem Manuskript?«, erkundigte er sich vorsichtig. »Interesse, das über die Lust am ungelösten Rätsel hinausging?«

Statt einer vernünftigen Erwiderung warf der Vampir den Kopf in den Nacken und stieß einen Schrei aus, den Felix erst im zweiten Moment als Lachen identifizierte.

»Sind Sie bereit, mir ein Opfer zu bringen, Graf?«, fragte er.

»Ich dachte, wir hätten bereits etabliert, dass mein Blut Sie nicht reizt.«

Buckinghams Lächeln wurde breiter und maliziöser, als er flüsterte: »Wo ist Lili?«

Elisabeth von Trubic, Felix' Tochter und einstmals Lili genannt, ehe sie sich eines Besseren besann, war ein paar Sommer lang Ziel Buckinghams absonderlicher Begierden gewesen. Mittlerweile lebte sie in glücklicher, wenngleich durchaus nicht standesgemäßer Ehe mit einem zweitrangigen Konzertpianisten in Moskau. Dennoch hatte die beinahe komische Vernarrtheit des Vampirs offensichtlich immer noch Bestand.

»Geben Sie sich keine Mühe.« Felix schloss die Finger um das Metallkreuz. »Selbst wenn Sie wüssten, wo sie lebte – was wollten Sie dann tun? Sie zwingen, mit Ihnen zu kommen? Sie töten, sie zu Ihresgleichen machen?«

»Ja«, sagte Alvin Buckingham ernst. »Vielleicht.«

Geschmeidig sprang er auf und pirschte sich erneut an Felix heran.

»Suchen Sie Ihre Antwort am Ende der Welt«, flüsterte er dicht an Felix' Ohr, ehe er sich abwandte und eins wurde mit der Dunkelheit.

Graf Trubic gab sich uncharakteristisch schweigsam, als wir anderntags in dem roten Automobil hinaus zu dem k.-u.-k.-

Civilflughafen in Aspern fuhren. Dort würden wir einen Baron Sirco treffen, zu dessen Person Trubic keine weitere Aussage tat, als dass jener ein »geschmacklos gelbes« Flugzeug sein Eigen nannte. Selbiger unerschrockene Flieger würde uns sodann nach Fischamend zur Aeronautischen Division begleiten, wo ich endlich – endlich! – das geheimnisumwitterte Luftschiff zu Gesicht bekommen sollte.

»Ein guter Freund von Ihnen, der Baron?«, erkundigte ich mich mit, wie ich hoffte, einigermaßen glaubwürdig gespielter Arglosigkeit. Schließlich musste Trubic nicht wissen, dass ich mittlerweile vor Neugier brannte, mehr über meinen geheimnisvollen Mentor zu erfahren. All die Mitarbeiter der Centrale, die in der vergangenen Nacht ausführliche Gespräche (um nicht zu sagen, Verhöre) mit mir geführt hatten, hatten Verwunderung anklingen lassen ob der Tatsache, dass Graf Trubic sich bereit erklärt hatte, eine zukünftige Agentin des Okkulten auszubilden.

Trubic indessen lehnte sich tiefer in das weiche Leder der Sitzbank, blickte unter träge gesenkten Lidern an mir vorbei starr nach vorne und würdigte selbst meine harmlose kleine Frage keiner Antwort. Wie würde es mir erst ergehen, wenn ich Bedeutsameres zur Sprache brachte? Wenn ich mich danach erkundigte, wie es kam, dass er seiner Jugend zum Trotz schon seit vielen Jahren in okkulten Angelegenheiten diente? Wenn ich mich für seine weiteren Tollheiten neben mir zu interessieren begann?

»Es gibt etwas, das ich nicht recht verstehen will«, begann ich zögerlich. Graf Trubics einzige Reaktion bestand aus einer vagen Handbewegung, die ebenso eine Ermunterung fortzufahren, wie die Aufforderung zu schweigen darstellen mochte. Nach einiger Überlegung entschied ich mich weiterzusprechen.

»Die gesamte Centrale scheint davon zu wissen, dass ich mit« – ich schöpfte tief Atem – »mit Krysztof Kopetzky befreundet bin. Und dass jener ein Spion ist. Dennoch sitze ich hier. Haben Sie keine Sorge, dass ich Geheimnisse verraten könnte?«

Graf Trubic zuckte mit den Schultern.

»Nein«, bekannte er in gelangweiltem Ton. »Bis Sie mit Informationen in Berührung kommen, die für ausländische Mächte von Bedeutung sein könnten, baumelt unser lieber Freund Kopetzky schon lange am Galgen.«

Ich biss mir auf die Zungenspitze, um einen lächerlichen Schreckenslaut zu unterdrücken. Graf Trubic maß mich mit ausdrucksloser Miene.

»Ich bitte Sie, Fräulein Schönthal. Kein schlechter Spion ist jemals friedlich in seinem Bett an Altersschwäche verschieden.«

Unwillkürlich entstanden Bilder vor meinem geistigen Auge: Krysztof, blass und ausgemergelt, in grober Gefängniskleidung, die Hände hinter dem Rücken gefesselt, den Kopf trotzig erhoben, auf seinem letzten Gang.

Dass in jenem Moment die Bauten rund um das Flugfeld von Aspern in Sichtweite kamen, bewahrte mich davor, mich tiefer in dieser grausigen Phantasterei zu verlieren. Nur allzu willig ließ ich mich ablenken, während wir von der Landstraße abbogen und über einen besseren Feldweg auf die Vielzahl von Hangars und Werkstätten zuhielten, die die Ränder des Flugplatzes säumten. Vor wenigen Monaten erst war ich hier draußen gewesen, als ich Katalin und Geza Andrassy im Frühsommer zur Eröffnungsveranstaltung der Flugwoche begleiten hatte dürfen. Allerdings hatte ich mich damals vor allem dafür interessiert, einen Blick auf die Erzherzogin Zita zu erhaschen, die als Ehrengast in der Kaiserloge weilte, zu der man kurzerhand den Balkon des Flughafenaufsichtsgebäudes erklärt hatte. Und auch die anderen Umtriebe der Gesellschaft waren mir an jenem Tag spannender erschienen denn die Flugkünste und Maschinen des kaiserlich-königlichen Aeronautischen Corps. Welche Klatschkolumnistin, die auf sich hielt, hatte schon die Zeit, sich für Flugmanöver zu begeistern, wenn es die Mode der Saison sowie einen Fürsten von Hardenberg, der mit einer bildhübschen montenegrinischen Prinzessin schäkerte, zu bestaunen gab? Lediglich die Vorstellung der ersten in Österreich ausgebildeten Pilotin, einem Mädchen namens Lilly Steinschneider, war mir in Erinnerung geblieben. Und das vor allem, weil ich mir, während Fräulein Steinschneider unerschrocken Achterschleifen flog, geschworen hatte, selbst niemals solch eine Teufelsmaschine zu besteigen.

Heute ging es auf dem Flugplatz freilich ruhiger zu als zu Zeiten der Flugwoche. Statt Damen und Herren der Gesellschaft begegneten uns an jenem Vormittag nur ein paar ölverschmierte Mechaniker, die nachlässig grüßten und weiterhasteten, während unser Chauffeur das Automobil vor einer Scheune hielt, die ein Schild vollmundig als »Centralwerkstätte« auswies. Draußen auf dem weitläufigen Flugfeld machten sich einige Gestalten daran, ein geradezu winzig anmutendes Flugzeug gen Hangar zu schieben. Man musste sich schon einer ganz speziellen Art von Wahnsinn schuldig bekennen, um sein Leben solch einer zerbrechlichen Maschine anzuvertrauen, überlegte ich.

»Was für ein Mensch ist dieser Baron Sirco?«, fragte ich Trubic, der mir den Schlag öffnete und galant den Arm bot.

»Oh, er wird Ihnen gefallen.« Graf Trubic verzog die Lippen zu einem ironischen Lächeln. »Er gefällt allen jungen Damen.«

In dieser Hinsicht wenigstens sollte Trubic recht behalten. Baron Sirco gefiel mir tatsächlich außerordentlich gut, als er kaum eine halbe Stunde später seinen dramatischen Auftritt in dem Schwank meines Lebens hatte.

Ein tiefes Grollen kündigte das Flugzeug schon an, als es kaum mehr denn ein winziger Punkt am Horizont war. Neugierig spähte ich durch das Opernglas, das unser Chauffeur aus seiner Manteltasche produziert und mir freundlicherweise überlassen hatte, damit ich mir mit der Betrachtung der Flugmanöver die Wartezeit verkürzen konnte. Graf Trubic hatte sich von einem jungen Offizier, dessen Uniformierung ich, Katalins umfassender Ausbildung in diesen Belangen zum Trotz, keinem Regiment, ja nicht einmal einer Waffengattung zuordnen konnte, in eine Unterhaltung verwickeln lassen. Das heißt, der Offizier redete mit einigem Enthusiasmus auf Trubic ein, während dieser, die Hände in den Manteltaschen vergraben, in nachlässiger Pose am Heck des Automobils lehnte und nicht gewillt schien, fünf Worte am Stück zu äußern. Meine Versuche, der Konversation zu folgen, hatte ich alsbald aufgeben müssen, zumal sie auf Tschechisch geführt wurde. Sodann hatte ich meine Aufmerksamkeit den weiteren Geschehnissen in meiner Umgebung zugewandt, wobei die rege Betriebsamkeit auf dem Flugfeld mich nicht schlecht erstaunte. In der kurzen Zeit unserer Anwesenheit sah ich, wie draußen auf dem Feld eine mutmaßlich schadhafte Maschine untersucht wurde; wenig später schoben sechs Mann ein Postflugzeug aus der Centralwerkstätte in einen der gegenüber gelegenen Hangars. In weiter Ferne, am anderen Ende des Feldes, rumpelte ein Flugzeug über die Wiese, um sich unter großer Lärmentfaltung in die Lüfte zu erheben. Die Bodenmannschaft, merkte ich mit einiger Missbilligung an, während ich an dem Rädchen meines Opernglases drehte, um es schärfer zu stellen, hatte dem kühnen Flieger nicht einmal hinterhergesehen, sondern war hurtig wieder von dannen gezogen. Ernüchternd, dass sich mit der Zeit Alltag und Gewohnheit auch in die ungewöhnlichsten Berufe und Milieus einschlichen. Schon war ich gewillt, meinen improvisierten Feldstecher beiseitezulegen, um mich nicht all meiner Illusionen über das spektakuläre Abenteuer des Fliegens zu berauben, als ich im wolkenlosen Septemberhimmel den Doppeldecker ausmachte, der auf das Flugfeld zuhielt.

Graf Trubic legte den Kopf in den Nacken, schirmte mit der flachen Hand die Augen vor der Sonne ab und starrte gen Himmel. Ein eigentümlicher Ausdruck, den ich nicht recht benennen konnte, lag in seinen Zügen. War es Sorge um den Freund oder Sehnsucht nach dem tollkühnen Abenteuer?

Der Offizier sagte etwas, das ich für einen Gruß hielt, salutierte stramm und marschierte in Richtung der Hangars davon.

Indessen hatte sich wiederum die Bodenmannschaft am Rand der Wiese eingefunden. Der Motor eines schweren Automobils, das in unmittelbarer Nähe zu dem unseren abgestellt war, wurde angeworfen; gemächlich holperte es noch am Wiesenrand entlang, als Baron Sirco sein Flugzeug landete.

Als Erstes fiel mir auf, dass die Maschine, entgegen Trubics Versprechungen, durchaus nicht gelb, sondern in fadem Dunkelgrau lackiert war. Zum Zweiten stellte ich, mein Opernglas gebannt auf den kleinen Doppeldecker gerichtet, fest, dass dem Baron das Landemanöver misslang: Statt das Flugzeug sacht auf dem Boden aufzusetzen und auf der Wiese auslaufen zu lassen, wie es die Piloten bei der Flugschau getan hatten, tat seine Maschine, kaum dass sie zum ersten Mal festen Grund berührt hatte, einen kleinen Satz in die Luft, nur um einige Meter weiter erneut zu landen.

»Na, also«, murmelte Graf Trubic an meiner Seite trocken.

Der Doppeldecker schoss über das Feld, ich hörte die Motoren grollen und heulen. Und dann, glücklicherweise erst zu einem Zeitpunkt, da das Flugzeug schon beträchtlich an Geschwindigkeit verloren hatte, kippte es einfach zur Seite, schlitterte noch ein Stück in halber Schräglage über die Rasenfläche, ehe die Tragflächen sich so weit ins Erdreich gegraben hatten, dass die Maschine sich einmal um die eigene Achse drehte und mit einem Ruck zum Stillstand kam.

»Gottverdammt«, stieß Graf Trubic zwischen zusammengebissenen Zähnen hervor. Mechanisch reichte ich ihm das Opernglas, obgleich der missglückte Landeanflug das Flugzeug so nahe an unseren Standplatz vor den Werkstätten gebracht hatte, dass auch mit bloßem Auge zu erkennen war, wie der Pilot mühsam, wenn auch aus eigener Kraft, aus dem Doppeldecker kletterte. Wild gestikulierte er der Mannschaft, die sich mittlerweile bei ihm eingefunden hatte, holte etwas, das ich zunächst für eine unförmige Katze hielt, vom Passagiersitz und schlenderte schließlich, das Tier wie ein Packet unter den Arm geklemmt, davon.

Vielleicht weil es mir selbst an den Talenten und Voraussetzungen fehlt, derer es zu einem denkwürdigen Entree bedarf, hatte ich seit meiner frühen Jugend eine gewisse Vorliebe für Meister des großen Auftritts kultiviert. Dramatik und Pathos, von der Gesellschaft so gern als geschmacklos abgetan, konnten mich bezaubern. Fünf volle Tage lang hatte ich für den Dragonermajor geschwärmt, der bei der Verlobungsfeier seiner Verflossenen, deren Verlust er nicht verwinden konnte, mit Totenmaske und Umhang auf dem Rücken seines nachtschwarzen Hengstes in den Ballsaal eingeritten war.

Im vollen Bewusstsein dieser meiner Schwäche überraschte es mich kein bisschen, dass mein Herz schneller schlug, als Graf Trubic mich schließlich dem Baron vorstellte. Zeugin einer größeren Geste denn einer Bruchlandung, die in weiterer Folge mit einem selbstironischen Grinsen und einer gottergebenen Handbewegung abgetan wurde, hatte ich bisher noch nicht werden dürfen. Tatsächlich machte ich Anstalten, wie ein verlegenes Schulmädchen in einen Knicks zu sinken, obwohl Graf Trubic mich doch schmeichelhaft als seine »Assistentin« tituliert hatte. Der Baron bewahrte mich vor selbiger Albernheit, indem er mir flüchtig die Hand küsste. Was immer Graf

Trubic ihm von mir erzählt haben mochte, er hatte offensichtlich nicht erwähnt, dass ich keine Dame der gehobenen Gesellschaft war, sondern bis gestern Nachmittag noch dem Dienstpersonal angehört hatte. Falls Graf Trubic überhaupt von mir gesprochen hatte.

Scharf beobachtete ich die beiden Männer; so wie sie sich gaben, einander knapp grüßten, mit taktierenden Blicken maßen, erweckten sie nicht den Eindruck, als unterhielten sie ein sonderlich vertrautes Verhältnis.

»Gut gemacht«, verhöhnte Trubic seinen Bekannten. »Es ist schön zu sehen, dass du deiner alten Begabungen nicht verlustig gegangen bist.« Und erklärend fügte er an mich gewandt hinzu: »Sie müssen wissen, vor nicht allzu vielen Jahren nannte Baron Sirco eine großartige Karriere im Motorsport sein Eigen. Seine Freude an gewagten Überholmanövern, so hieß es damals, sei nur durch sein Talent zum spektakulären Unfall, der sich stets ein wenig tragischer ausnahm, als er sich in Wahrheit anließ, überboten worden.« Er zwinkerte mir zu: »Reine Hochstapelei, wenn Sie mich fragen.«

Baron Sirco nahm diese eigentümliche Vorstellung mit einem Anflug von Ungeduld hin. »Wenn Sie mich einen Augenblick entschuldigen möchten«, wechselte er abrupt das Thema. »Auch wenn ich nicht davon ausgehe, dass der Flughafendirektion meine Ankunft entgangen ist, verlangt das Protokoll doch, dass ich mich bei ihr melde.« Er sprach ein eigentümliches Deutsch, bediente sich vollkommen korrekter, gewählter Formulierungen, die in scharfem Kontrast standen zu seinem starken, südslawischen Akzent.

Er streifte sich die lederne Fliegerkappe vom Kopf, strich sich mit gespreizten Fingern durch das dichte, graublonde Haar und bedachte zuletzt den Doppeldecker, um den sich mittlerweile eine beachtliche Anzahl von Menschen bemühte, mit einem grimmigen Seitenblick. Ich wiederum musterte verstohlen den Baron. Obgleich nicht mehr jung (ich schätzte ihn auf Mitte der Vierzig), sah er gut aus, auf jene unverfängliche Art, die gesellschaftlich nie aus der Mode kam; war er doch groß und schlank, mit dunkelbraunen Augen und scharfen Zügen, deren Ebenmäßigkeit nur von ein paar feinen Narben gestört wurde, die sich blass von seiner sonnengebräunten Haut absetzten.

»Ein Überstellungsflug«, legte er uns dar. »Ein mir gänzlich unbekannter Industrieller des Namens Weißenbach hat die Maschine einem meiner Prager Kollegen abgekauft. Nachdem ich ohnehin in Wien zu tun hatte, erklärte ich mich bereit …«

»Zufällig ein Gottfried von Weißenbach?«, unterbrach ihn Trubic.

Der Baron nickte grimmig.

»Dann wünsche ich viel Vergnügen. Erinnere mich daran, dass ich dir bei Gelegenheit davon erzähle, wie er mit dem armen kleinen Leutnant verfahren ist, der ihm bei der Steeplechase in Krumlov das Pferd zuschanden geritten hat.« Trubic bückte sich, um das Haustier des Barons – bei dem es sich, wie ich mit einigem Amüsement registrierte, keineswegs um eine Katze, sondern vielmehr einen Fischotter handelte – auf den Arm zu nehmen. »Natürlich lässt sich ein schlichtes Rennpferd kaum mit einem Flugzeug vergleichen«, setzte er mit einem Grinsen hinzu. Ihm wenigstens schien die Szene großen Spaß zu machen.

»Im Übrigen, Dejan, mein Lieber, hast du versäumt, unser Fräulein Schönthal mit Sir Lysander bekannt zu machen.«

Der Otter, der recht unbequem auf Trubics Arm hing, fauchte leise. Soweit ich beurteilen konnte, handelte es sich um ein kleines, wenn auch wohlgenährtes Exemplar seiner Gattung, mit schönem Pelz und funkelnden schwarzen Äuglein.

»Ich hoffe, Sie vergeben mir meine Nachlässigkeit: Fräulein Schönthal, Sir Lysander Sutcliffe. Und jetzt bitte ich wirklich um Entschuldigung – die Flughafendirektion.« Baron Dejan Sirco deutete eine Verbeugung an und marschierte davon.

Ich widerstand der Versuchung, ihm nachzuschauen. Stattdessen wandte ich meine Aufmerksamkeit dem Otter zu. Sir Lysander Sutcliffe. Es bedurfte nur eines kurzen Moments, bis ich den Namen einordnen konnte.

»Baron Sirco hat seinen Otter nach dem Magietheoretiker benannt?«, fragte ich neugierig, indem ich mit dem Zeigefinger vorsichtig über den runden Kopf des Tieres strich.

Graf Trubic grinste.

»Nein«, sagte der Otter. »Erlauben Sie mir, ein Missverständnis aufzuklären: Ich selbst bin besagter Magietheoretiker.« Er keckerte fröhlich. »Und ich darf Ihnen versichern, es freut mich ausgenommen, dass Sie von meinem bescheidenen Werk gehört haben.«

Ich war sehr stolz auf mich, dass ich nicht den spitzen Schrei tat, den eine derartige Situation nun einmal traditionellerweise erforderte.

»Ja, also, ich«, stammelte ich stattdessen und fragte mich unwillkürlich, ob die Aufregungen der letzten Tage nicht zu viel gewesen waren und ich schlichtweg den Verstand verloren hatte. Immerhin erschien mir spontaner Wahnsinn plausibler als die Möglichkeit, dass ich in der Tat mit einem sprechenden Otter plauderte, der ein Buch verfasst hatte.

Hilfesuchend sah ich zu Graf Trubic auf, der meiner Ratlosigkeit mit einem Lächeln begegnete.

»Fräulein Schönthal ist selbst eine vielversprechende Zauberin«, sagte er in beiläufigem Tonfall, der eher zu der Eröffnung, dass auch ich gern segelte oder den vergangenen Winter in Salzburg verbracht hatte, gepasst hätte.

Die runden Ohren des Otters (*Sir Lysanders*, korrigierte ich mich in Gedanken streng) zuckten.

»Sie sind also die Moroaică, von der Graf Trubic uns berichtete.« Er hob den Kopf und schnupperte in den Wind, wie ein Jagdhund, der Witterung aufnehmen wollte. »Ach, und ich wäre Ihnen sehr verbunden, wenn Sie mich loslassen könnten, Graf.« Kaum war Trubic der Aufforderung nachgekommen, hoppelte Sir Lysander zu mir, setzte sich auf die Hinterbeine und musterte mich prüfend.

»Eine Moroaică«, flüsterte er. »Großartig.«

»Ich habe Ihr Buch gelesen«, verkündete ich, nachdem mir nichts Besseres einfiel. Was sagte man zu einem sprechenden, offensichtlich hochintelligenten Otter? Durfte man sich erkundigen, wie es ihm gelungen war, seine besonderen Talente zu erwerben?

»Haben Sie es verstanden?«, fragte Sir Lysander.

»Nicht alles«, musste ich bekennen. In der Hoffnung, dass er mir eine kleine Prahlerei nicht übel nahm, merkte ich an: »Zumindest die magische Übung, an der ich mich versuchte, gelang mir.«

Sir Lysander stieß ein kurioses Schnauben hervor. »Selbstverständlich«, knurrte er ungeduldig. »Sie sind eine Moroaică. Sie müssen Ihre Zeit und Ihre Kunst nicht mit derlei Kleinigkeiten verschwenden. Die Übungen sind auf Menschen mit mäßiger magischer Begabung zugeschnitten.«

»Ich bin ein Mensch«, wagte ich einzuwerfen.

»Wohl kaum.« Niemals zuvor hatte ich mir träumen lassen, dass ich eines Tages einen Fischotter als »ungehalten« würde beschreiben müssen, aber genau das war das Wort, das mir augenblicklich in den Sinn kam.

»Wer bildet Sie in den Okkulten Angelegenheiten aus?«, wollte er wissen.

»Graf Trubic«, antwortete ich, was Sir Lysander noch mehr verstimmte.

»Sie!«, fauchte er Trubic an. »Wie können Sie sich anmaßen, eine Moroaică auszubilden? In meinem ganzen Leben ist mir noch kein Mensch begegnet, der so wenig magische Begabung aufweist wie Sie!«

Trubic nickte. »In diesen Belangen, hoffte ich, würden Sie mir zur Seite stehen.«

»Was, eine vernünftige Überlegung aus Ihrem Mund, Graf? Ich bin entzückt. Kommen Sie, Fräulein Schönthal.« Sir Lysander ließ sich wieder auf alle viere sinken und hoppelte auf das rote Automobil zu. Mit großer Selbstverständlichkeit öffnete der Chauffeur ihm den Schlag.

»Bitte?«, fragte ich verständnislos.

Sir Lysander keckerte. »Wir fahren nach Wien, in die Centrale. Ich möchte mir selbst einen kleinen Überblick über Ihre zauberischen Fähigkeiten verschaffen.«

Graf Trubic nickte bekräftigend.

Zu jedem anderen Zeitpunkt meines Lebens hätte die Aussicht, mit einem Experten auf dem Gebiet der Magietheorie, der zufällig obendrein ein Otter war, mein zauberisches Potenzial zu erkunden, mich in helles Entzücken versetzt. Doch wie die Dinge jetzt standen, verspürte ich dennoch einen leisen Stich der Enttäuschung.

»Aber das Luftschiff …«, wagte ich einzuwerfen.

Trubic verschränkte die Hände hinter dem Rücken. »Damit Sie uns in Sachen *Fortuna* – oder in irgendeinem anderen Fall – von Nutzen sein können, ist es von essenzieller Notwendigkeit, dass Sie Ihre magischen Fähigkeiten kultivieren«, legte er mir dar.

Und mir blieb nichts, als mich in mein Schicksal zu fügen.

Lange nachdem das rote Automobil samt Sir Lysander und dem sichtlich verstörten Fräulein Schönthal das Gelände des Flugplatzes verlassen hatte, kehrte Dejan von seinem Besuch bei der Flughafendirektion zurück.

»Ich habe mit Weißenbach gesprochen«, tat er mit einer kleinen Grimasse kund. »Wenn der Doppeldecker sich nicht binnen einer Woche wieder instand setzen lässt, will er sich mit mir schießen.« Gedankenverloren spielte Dejan mit seiner Schutzbrille, ehe er sie in einer der voluminösen Taschen seines Ledermantels verschwinden ließ. »Was meinst du? Ist der Geldadel satisfaktionsfähig?«

Felix zuckte mit den Schultern. »Du bemühst den Falschen um Antworten. Erst neulich schlug ich Merentheim höchstselbst ein Duell aus.«

»Merentheim.« Dejan runzelte die Stirn. »Freiherr Andreas von? Der selbst ernannte Reformator des Kaiserreichs? Leiter unserer fragwürdigen Magisch-Technischen Abteilung?«

»Ebendieser.« Felix seufzte. »Es ist eine langwierige Geschichte, die deine Anwesenheit hier erforderlich macht. Aber zunächst möchte ich, dass du dir das Luftschiff ansiehst. Du hast ein gutes Auge für Details.«

»Warum klingt das aus deinem Mund nur wie eine Beleidigung?«, erwiderte Dejan, während sie an den Hangars vorbeischlenderten, in Richtung des improvisierten Automobilstellplatzes an der Hauptzufahrtsstraße zum Flughafengelände.

»Vielleicht, weil du von mir nichts anderes erwartest?«, schlug Felix vor.

»Gut möglich.« Umständlich löste Dejan den schweren Schal, der ihn hoch oben in den Lüften gegen die Kälte geschützt hatte, an einem lauen Herbsttag jedoch etwas deplatziert schien. »Wohin sind eigentlich Lysander und deine reizende neue Assistentin entschwunden?«

»Gen Centrale. Es ist eigenartig, niemals sieht man Sir Lysander so enthusiastisch, als wenn ihm in Aussicht gestellt wird, Lernbegierige mit seinem gesammelten Wissen verwirren zu dürfen«, sagte Felix. »Übrigens: Reizend?«

»*Facon de parler.*«

»Ja nun, Schönheit allein macht noch keinen guten Agenten,

selbst wenn eine denkwürdige Überschneidung jener Qualitäten zweifellos vor dir steht. Soweit ich feststellen konnte, ist die kleine Schönthal ein einigermaßen kluges, praktisches Mädchen, mit einem fatalen Hang, sich für Thematiken zu begeistern, die ihr nichts denn Schwierigkeiten einbringen. Du siehst, wir werden uns blendend verstehen.« Und nach einem Augenblick fügte er hinzu. »Genug von der kleinen Moroaică. Ich freue mich, dich zu sehen. Ich freue mich wirklich. Ich muss gestehen, ich entsinne mich durchaus nicht mehr, weshalb wir uns überworfen haben.«

Dejan verzog die Mundwinkel zu einem schiefen Grinsen, das wohl signalisieren sollte, dass er sich noch lebhaft an die Gründe des Zerwürfnisses erinnerte und keinerlei Schuld bei sich selbst fand, es jedoch als unter seiner Würde als Gentleman sah, selbige zur Sprache zu bringen.

Felix kannte es gut, dieses Lächeln. Flüchtig berührte er Dejans Arm. Seit sie einander zum ersten Mal begegnet waren, in einer sommerheißen Provinzstadt vor unendlich vielen Jahren, hatten sie es sich zur Regel gemacht, kaum anzusprechen, was sie bewegte. Sätze wie »Es tut mir leid«, oder »du hast mir beinahe ein wenig gefehlt« lagen ebenso außerhalb des Möglichen wie: »Für einen Moment habe ich tatsächlich geglaubt, ich müsste zusehen, wie du dich in deinem gottverdammten Flugzeug erschlägst.«

Stattdessen fragte er: »Wie stehen die Dinge in Prag? Sind Esther, Mirko und deine gelbe Kanaille von Flugzeug wohlauf?«

»In okkulten Belangen gibt es seit Neuestem einen blutdurstigen Werwolf zu vermelden«, gab Dejan Auskunft. »Die gelbe Kanaille hat Ende August ihren ersten Langstreckenflug heil überstanden, Mirko lässt sich von Lysander den Nachfolgeband zu ihrer magietheoretischen Abhandlung diktieren und hat beschlossen, Nationalökonomie zu studieren, der Himmel mag wissen weshalb, und Esther …« Er rieb sich die Schläfen. »Esther liebt derzeit einen Lobkovic.«

Felix hob eine Augenbraue. »Ernstlich?«, fragte er knapp, darauf bedacht, weder Erleichterung noch übergroßes Interesse in seine Worte zu legen. Dass ihm Dejans intime Freundschaft und gelegentliche Liebelei mit besagter Esther, die sich rühmen konnte, das beste Bordell in Prag zu führen, nach all der Zeit noch ein Dorn im Auge war, wollte er sich selbst kaum eingestehen.

»Es hat den Anschein.« Er blieb stehen. In einiger Entfernung waren der Automobil- und Fiakerstandplatz, dahinter die Gleise der Dampftramway zu sehen. »Um zu Relevanterem zu kommen, was hat es mit dem Luftschiff auf sich? Deine Erläuterungen waren nicht eben schlüssig.«

Felix zog seine silberne Tabatiere aus der Manteltasche und bot ihm eine Zigarette an. Dejan ließ zu, dass er ein Streichholz für ihn anriss.

»Durchaus nicht meine Schuld.« Felix blies die Flamme aus. »Die ganze Affäre *Fortuna* hat sich die Bezeichnung ›schlüssig‹ wahrlich nicht verdient. Freiherr von Merentheim lässt ein schwarzmagisches Luftschiff bauen, das ermöglichen soll, Reisen auf die Andere Seite zu unternehmen. Ich nehme an, du hast schon davon gehört?«

»Allerdings.« Dejan zog an seiner Zigarette. »Die Andere Seite, gern auch als Feenlande bezeichnet, mythische Heimat der Moroi und höchstwahrscheinlich freie Erfindung einiger schwärmerischer englischer Poeten des Mittelalters.«

»Vorerst unerheblich. Merentheim und die seinen jedenfalls sind von der Existenz der Anderen Seite überzeugt. Und damit sind sie offenkundig nicht die Einzigen. Der Konstrukteur der *Fortuna* wird – augenscheinlich mittels Moroimagie – in den Selbstmord getrieben. Tage später wählt auch ein anderes Mitglied der Magisch-Technischen Abteilung den Freitod, während

Merentheim beinahe einem höchst prosaischen Attentat zum Opfer fällt. Darüber hinaus erschafft die Magisch-Technische Abteilung eine Reihe mechanischer Tiere, die irritierenderweise über einen freien Willen verfügen, sonst aber keinen besonderen Zweck haben dürften. Ach, und in den Taschen von Merentheims Attentäter findet sich ein Schriftstück, das sich in Bezug zu Voynichs Manuskriptfund setzen lässt. Woraus Buckingham, unser bluttrinkender Freund, ableitet, dass es das Weltenende abzuwarten gilt, um Antworten zu erhalten.«

Dejan blinzelte. »Du hast dich mit dem Vampir unterhalten?«, vergewisserte er sich.

»Gestern Abend. Ich hatte gerade genug Opium geraucht, um mich in den Zustand traumvergessener Tollkühnheit zu versetzen.«

Etwas an der magischen Aura der *Fortuna* hatte sich verändert, stellte Felix fest, als er wenig später die Konstruktionshalle betrat. War ihm das Luftschiff beim ersten Mal wie ein geschlachteter Gigant erschienen, der aufgebläht und verwesend der Zukunft geopfert wurde, so gemahnte es ihn jetzt an ein ungleich lebendigeres, ungleich wütenderes Ungeheuer; eine titanische Bestie, die sich gegen ihre Fesseln warf, bereit die Welt zu erstürmen, bereit die Welt zu verschlingen.

Felix schloss die Augen, zählte langsam bis zehn, ehe er sie wieder öffnete und sich zwang, in den Ameisen, die einer zerstörerischen Gottheit huldigten, Menschen zu sehen, die an einem Luftschiff arbeiteten.

»Fühlst du etwas?«, flüsterte er Dejan zu, der mit einem unwilligen Kopfschütteln verneinte und wie gebannt die Blicke schweifen ließ. Ein Mensch wie Dejan, der sich mit knabenhaftem Enthusiasmus für die Wunder der modernen Technik begeistern konnte, ob es sich nun um motorisierte Fortbewegungsmittel zu Lande, in der Luft oder zu Wasser handelte, musste sich hier an den Pforten zum Paradies wähnen, während Felix seine persönliche Hölle durchlebte.

Selbst herkömmlichen Fluggeräten, die nicht in magischen Experimenten zu Monstrositäten verzerrt worden waren, konnte er nicht sonderlich viel abgewinnen. Den Tag, an dem er Dejans Überredungskünsten erlegen war und sich zu einem ausgedehnten Rundflug in dem kleinen, ungewöhnlich kolorierten Doppeldecker entschlossen hatte, den er im Anschluss die Gelbe Kanaille getauft hatte, zählte er, neben dem Dämonenangriff und einer Nacht, die er in Wiens Kanalisationssystem hatte zubringen müssen, immer noch zu seinen unerfreulichsten Erlebnissen des Jahres 1912.

Dennoch hatte er eine Aufgabe, an deren Erfüllung er sich nicht durch persönliche Ängste würde hindern lassen.

»Führen Sie mich zu Dr. Willroth«, wandte er sich aufs Geratewohl an einen Offizier in der Uniform des Ingenieurscorps, der, eine Ledermappe unter dem Arm, soeben an ihm vorbeihastete.

»Willroth?« Der Offizier machte kaum halt. »Der ist hinten, bei den Hecktriebwerken. Und ausgenommen beschäftigt!« Die letzten Worte schrie er beinahe, zumal in jenem Moment infernalischer Maschinenlärm einsetzte, und wies mit einer hektischen Handbewegung auf das andere Ende der Halle.

»Darf ich mich erkundigen, welchem Umstand wir Ihren Besuch verdanken, Herr Graf?« Willroths Stimme schwankte zwischen dienstbeflissener Ergebenheit und ausgesprochener Impertinenz, wenngleich der Umstand, dass er sich kaum Zeit nahm, von den Konstruktionsplänen, über denen er mit einigen Mitgliedern des technischen Stabes brütete, aufzublicken, das Pendel eindeutig in letztere Richtung ausschwingen ließ.

Felix zwang sich zur Unbekümmertheit. Dass er Willroths sturen, beschränkten Technikerschädel am liebsten so lange gegen die Eisenverstrebungen der Luftschiffhalle geschlagen hätte, bis der Ingenieur bekannte, dass nicht alles, was er nicht sehen oder verstehen konnte, darob unerheblich war, hielt er schließlich für kein Sentiment, dem nachzugeben weise war. Oder zur Verbesserung der Beziehungen zwischen den Okkulten Angelegenheiten und der Magisch-Technischen Abteilung geführt hätte.

»Ich vermute, meine vage Hoffnung, Sie von der Fahrlässigkeit zu überzeugen, die *Fortuna* morgen auf ihren Jungfernflug zu schicken, wird enttäuscht werden?«

Willroth nickte so heftig, dass seine Brillengläser verrutschten.

»Jawohl, Herr Graf. Wie Sie vielleicht bemerkt haben werden, sind wir soeben im Begriff, die letzten Inspektionen des Luftschiffs zu beenden.«

»Nur, dass Sie dabei die magischen Elemente, von denen Sie nichts verstehen, gänzlich außer Acht lassen müssen.«

Willroth verschränkte die Arme vor der Brust. »Bitte. Ich bitte Sie inständig, verschonen Sie mich mit den magischen Elementen. Wie ich Major Pelic heute schon sagte, die magische Wunderwaffe der *Fortuna* interessiert mich nicht. Sie hat niemals funktioniert und wird es auch nicht. Was wir hier haben, ist ein technisch ausgefeiltes, sehr schnelles und sehr modernes Schiff. Und als solches werden wir es morgen Seiner Erzherzoglichen Majestät, dem Generalstab und dem Volk präsentieren. Nach den Ereignissen der letzten Woche ist es schließlich von größter Bedeutsamkeit, auch die Erfolge der Magisch-Technischen Abteilung zu zelebrieren.«

Felix verzog die Mundwinkel zu einem dünnen Lächeln. »Und wenn es nun den Generalstab gerade nach den magischen Aspekten der *Fortuna* verlangt?«

»So werden die Herren sich damit abfinden müssen, dass es vorerst nur ein Luftschiff, das an Wendigkeit und technischer

Finesse die Zeppelin'schen Konstruktionen weit in den Schatten stellt, zu bewundern gibt.« Wie zum Schwur streckte er eine Hand in die Luft. »Nein, sofern heute Nacht nicht die Halle niederbrennt, wird die *Fortuna* ihre Jungfernfahrt antreten.«

»Halten Sie dies denn für eine Möglichkeit?«, mischte sich nun Dejan, der bisher ein paar Schritte abseits gestanden und zugesehen hatte, wie die Mechaniker sich an der hinteren Motorengondel zu schaffen machten, in die Unterredung ein.

»Ich darf Sie schon bitten!« Willroth verdrehte entrüstet die Augen. »Es dürfte leichter sein, nach Schönbrunn zu marschieren und den Kaiser zu erschießen, als unbefugt zu unserem Luftschiff vorzudringen. Immerhin werden wir hier von der gesamten Aeronautischen Division bewacht!«

Felix, dem sich nicht erschloss, was sein alter Freund mit dieser Frage hatte bezwecken wollen, nickte verbindlich. »Selbstverständlich. Wenn unsere beiden Standpunkte unverrückbar sind, will ich nicht länger Ihre Zeit in Anspruch nehmen. Erlauben Sie mir nur eine Bitte: Es wäre mir lieb, könnte ich morgen als Gast an Bord der *Fortuna* gehen.«

Umständlich wischte sich Willroth die Hände an den Ärmeln seines Kittels sauber.

»Sie möchten an der Jungfernfahrt der *Fortuna* teilnehmen?«, wiederholte er, wie um Zeit zu gewinnen.

»In der Tat.« Wenngleich ihm schon der Gedanke Übelkeit verursachte, sich aus freien Stücken, auf Gedeih und Verderb, der schwarzen Magie des Luftschiffes auszuliefern, würde er sich doch nicht seiner Pflicht entziehen. Er war ein Agent in okkulten Angelegenheiten. Die *Fortuna* stellte ein okkultes Problem dar, dessen volle Tragweite niemand so gut begriff wie er selbst.

»Ich halte es für unklug«, begann Willroth.

Felix unterbrach ihn brüsk: »Ich gehe davon aus, dass ich mir auch ohne Ihre Einladung die Teilnahme an dem Flug erwirken kann.« Was angesichts der Tatsache, dass es keinen Fall *Fortuna* gab oder jemals geben sollte, eine ausgenommen großspurige Lüge darstellte. »Ich dachte nur, es wäre auch in Ihrem Sinn, nicht weitere negative Aufmerksamkeit auf Ihr Luftschiff zu ziehen. Irgendjemand im Generalstab wird sich wohl zwangsläufig die Frage stellen, weshalb ein Agent des Departements für Okkulte Angelegenheiten sich für die *Fortuna* interessiert.«

Willroth öffnete den Mund, überlegte eine Weile und schloss ihn wieder.

»Das haben Sie nicht gewusst?«, erkundigte sich Felix sanft. »Freiherr von Merentheim hat Sie nicht ins Vertrauen gezogen, ehe er sich mit den magischen Problematiken der *Fortuna* an die Centrale wandte?«

Dejan warf ihm einen verständnislosen Blick zu, den er mit einer knappen Kopfbewegung und einem Blinzeln beantwortete.

»Nein.« Willroth hüstelte verlegen, gab sich einen Ruck. »Wenn ich Sie bitten dürfte, sich morgen um acht Uhr hier einzufinden, Herr Graf. Für einen Passagier wird Platz in der Gondel sein.«

»Ich danke Ihnen.« Felix reichte ihm die Hand zum Abschied, die Willroth etwas länger als erforderlich festhielt. Nachdenklich maß er Felix mit Blicken. »Viel Glück«, murmelte er.

»Glück?« Dejan runzelte die Stirn. »Nach all den Testfahrten, die Sie unternommen haben, schwören Sie immer noch auf das Glück als wichtigsten Verbündeten?«

»Zwei Testfahrten«, korrigierte ihn Willroth streng. »Und wenn Sie ein Flieger wären, wüssten Sie, dass es keine bedeutsamere Verbündete gibt denn die launische Dame Glück. Und jetzt entschuldigen Sie mich. Motorenprobelauf!«

Nachdem sie im Eilschritt die Konstruktionshalle durchmessen hatten, um dem Tumult und dem Lärm zu entkommen, den acht Luftschiffmotoren, die gleichzeitig angeworfen wurden, veranstalten, machte Dejan keine Anstalten, sich zu dem Wagen, der in einiger Entfernung nahe des Exerzierplatzes auf sie wartete, zu begeben. Stattdessen marschierte er mit grimmiger Miene umher und blätterte dabei unablässig in einem kleinen Notizbuch.

»Du nimmst es Willroth übel, dass er dich nicht als Piloten erkannt hat«, scherzte Felix matt.

»Seine geringste Sünde.« Dejan bedachte ihn mit einem raschen Blick über die Schulter. »Was hattest du übrigens im Sinn, als du die Okkulten Angelegenheiten in die Konversation einbrachtest?«

»Ihn ein wenig verunsichern, weiter nichts. Es scheint mir, als hätte er sehr darunter gelitten, seine Arbeit von Merentheim geringgeschätzt und sich selbst übergangen zu sehen. Vielleicht ist das der Grund, weshalb er so begierig darauf ist, den Flug der *Fortuna* in sein magisch-technisches Interregnum fallen zu lassen.«

Dejan nickte geistesabwesend, während er das Notizbuch wieder in die Innentasche seines Fliegermantels steckte.

»Wir sollten dem zweiten Luftschiff einen Besuch abstatten«, sagte er.

Felix hob die Brauen. »Du beliebst zu scherzen. Die *Austria* ist ein herkömmliches, kleines Starrluftschiff. Frei von jeglicher Magie und technisch vollkommen veraltet, habe ich mir sagen lassen.«

»Irrelevant.« Schon hatte Dejan die Metallplakette gezückt, die ihn als Leiter der Prager Dependance der Okkulten Angelegenheiten auswies; ein Titel, der sichtlich Eindruck machte auf den einsamen Wachposten, der einen Zigarillo rauchend vor dem Seiteneingang der Konstruktionshalle, die die *Austria* beherbergte, auf und ab wanderte.

»Eigentlich, also direkt hineinlassen sollt ich Sie nicht, gnädiger Herr, aber es ist ja doch keiner da«, tat er kund, an seiner übel riechenden Zigarre paffend. »Die ganze Mannschaft hilft drüben aus, bei dem anderen Luftschiff.«

Diese Auskunft sowie der Umstand, dass er willig seinen Posten aufgab, um Dejan und Felix in das Innere der Halle zu geleiten, trug ihm ein großzügiges Trinkgeld ein, das unglücklicherweise seine Gesprächsbereitschaft ins Unermessliche steigerte. Während Dejan zielstrebig durch die Konstruktionshalle lief und sich dabei weniger für die *Austria* selbst als für den Plafond zu interessieren schien, fand sich Felix gestraft, den geisttötenden Monolog des Wachpostens über sich ergehen zu lassen. Hauptsächlich hatte jener brave Mann zu bemängeln, dass es »eine Schand, eine rechte Schand« war, ein Luftschiff zu bauen, ohne es jemals in Verwendung zu nehmen. »Mit dem Geld, mein Gott, was man mit dem Geld hätt bewerkstelligen können, wenn ich nur denk, wie viele Familien davon hätten leben können, über Jahrzehnte! Oder ein ganzes Regiment könnt man aufstellen.«

»Genug.« Gebieterisch hob Felix die Hand, was den Mann augenblicklich zum Verstummen brachte. Felix atmete erleichtert auf. Er war müde, verkatert, mit seiner Weisheit am Ende, litt noch immer unter den Nachwirkungen des Opiums und würde in weniger als vierundzwanzig Stunden an Bord eines Luftschiffes gehen, das sich ihm im besten Fall als verwesender Kadaver und im schlechtesten als mörderische Monstrosität präsentierte. Das Letzte, was er sich jetzt noch zumuten wollte, war das sozialpolitische Geschwätz eines Arbeiters.

»Felix.« Auf leisen Sohlen trat Dejan an seine Seite. »Willroth lügt«, flüsterte er. »Zum einen glaube ich zu verstehen, dass es ihm nicht ungelegen käme, sollte die *Fortuna* Raub der Flammen werden und ihn somit seines Augenblicks des Ruhmes, aber auch sämtlicher Probleme berauben. Zum anderen ...« Dejan deutete auf die Decke der Luftschiffhalle. »Nun?«

Felix blinzelte in das Halbdunkel der Halle. Ein Zeppelin, deutlich kleiner und von runderer Kubatur denn die *Fortuna*, schwebte an einer Hängevorrichtung dicht unter dem Plafond und bot dabei ein so groteskes Bild, dass sich Felix unwillkürlich der Vergleich mit einem Fisch am überdimensionierten Angelhaken aufdrängte.

»Ich passe.«

Dejan konsultierte sein Notizbuch. »Die Aeronautische Division pflegt Flugschauen, Testflüge und vergleichbare Ereignisse, die potenziellen Flugverkehr unter Umständen behindern können, an sämtliche größere Flughäfen des Kaiserreichs zu telegraphieren. Jeder Pilot kann die Korrespondenz einsehen«, erklärte er mit gesenkter Stimme. »Da ich im August zur Vorbereitung auf den Langstreckenflug ausgesprochen viel Zeit in der Luft verbrachte und aufgrund der besonderen Disposition meiner Kanaille nicht immer zwangsläufig an meinem Zielort landete, hatte ich es mir zur Gewohnheit gemacht, mir die angekündigten Ereignisse der Aeronautischen Division zu notieren, um sie mir nachhaltiger einzuprägen.«

»Ah«, erwiderte Felix. Entweder benebelte das Opium noch immer seine Sinne, oder Dejan gab sich weniger Mühe denn je, seine Ausführungen knapp und präzise zu halten.

»Worauf ich hinausmöchte, ist, dass allein für August nicht weniger als neun Luftschifftestfahrten angemeldet waren – die interessanterweise allesamt in den frühsten Morgenstunden stattfanden.«

Felix strich sich eine ungebärdige Haarsträhne aus der Stirn. »Die *Austria*, der aufgegebene Zeppelin, soll sieben Testfahrten absolviert haben?«, überlegte er zweifelnd.

»Unwahrscheinlich«, warf Dejan ein. »Ein Luftschiff an einer Hängevorrichtung wie dieser anzubringen, ist ein ausgesprochen aufwendiges Verfahren. Traditionellerweise sichert man Zeppeline nur auf diese Art, wenn man davon ausgeht, sie über einen längeren Zeitraum nicht zu Fahrten heranzuziehen. In der Halle der *Fortuna* gibt es nicht einmal eine Hängevorrichtung.«

»Es könnte auch ein Zufall sein«, gab Felix zu bedenken. »Nach einer Serie von Testflügen könnte man die *Austria* wieder sich selbst überlassen haben.« Zwar lief diese Überlegung den Ausführungen des Wachpostens zuwider, doch hatte dieser seine geistigen Defizite schon so weit unter Beweis gestellt, dass Felix nicht unbedingt gewillt war, ein jedes seiner Worte für bare Münze zu nehmen. »Oder«, fügte er hinzu, »Merentheim könnte unterlassen haben, Willroth über die sieben weiteren Testfahrten zu unterrichten.« Mit einer schnellen Kopfbewegung wies er in Richtung des Wachpostens, der in immer engeren Kreisen um sie herum schlenderte und sich dabei alle Mühe gab, möglichst desinteressiert auszusehen. »Ob unser kommunikativer Freund etwas Nützliches zu dem Thema zu sagen hat?«

»Wie lang ich das Luftschiff bewach'? Seit der Früh halt«, gab der Unteroffizier Auskunft und legte damit eine geistige Bescheidenheit an den Tag, hinter der Felix nur mutwillige Bösartigkeit verorten konnte.

»Gehörten Sie diesen Sommer schon zum Wachpersonal der *Austria?*«, schaltete sich Dejan gelassen ein, wobei er scheinbar absichtslos eine Banknote aus der Manteltasche zog und gedankenverloren zusammenrollte.

»Ja.« Felix registrierte den begehrlichen Blick, den der Wachposten auf den Geldschein warf.

»Ist Ihnen in dieser Zeit irgendetwas Ungewöhnliches aufgefallen?«, erkundigte sich Dejan weiter.

»Nein.« Die Antwort kam hastig, fast erschrocken. »Oder … naja«, fügte er hinzu, als Dejan den Geldschein prompt wieder verschwinden ließ. »Einmal, das muss Ende August gewesen sein, ganz früh am Morgen, da haben wir alle, die ganze Wachmannschaft von der *Austria,* in der Halle bleiben müssen und stundenlang nicht rausdürfen. Und ein Riesenwirbel war da draußen, aber Befehl ist Befehl, was soll man da machen?« Er schnaufte verärgert, vielleicht missfiel es ihm, dass er sich damals an die Anweisung gehalten hatte. »Und dann, wie wir endlich wieder die Halle verlassen dürfen, kommt als Erstes ein Mädel, so eine kleine, runde, dahergestolpert, torkelt mir in die Arme, sagt, dass sie noch ganz seekrank ist, und speibt mir auf die Stiefel! Und ihr feiner Kavalier hat nicht einmal eine Münze zur Entschädigung für mich über, was sagen'S denn dazu?«

Man muss einmal im Fond eines leuchtend roten Automobils durch Wien chauffiert worden sein, während man an der Titelgeschichte eines stadtbekannt schlechten Gesellschaftsjournals schrieb, nur gelegentlich gestört durch das Schnarchen eines bekannten Magietheoretikers und Otters, der zur Kugel eingerollt auf dem Rücksitz schlief, um zu begreifen, dass selbst die wildesten Phantastereien sich selten mit der Realität messen konnten.

Vor zwei Tagen war ich noch eine Gesellschafterin mit bizarren Zaubertalenten gewesen. Heute hatte mich Graf Trubic als seine Assistentin vorgestellt. Eine echte Agentin des Okkulten war ich, und noch dazu eine, die soeben den Punkt hinter den letzten Satz ihres journalistischen Meisterwerks setzte. Und Sir Lysander hatte mich eine Moroaică genannt. Unter all den neuen Titeln war dies der einzige, der mir Sorgen bereitete.

Vorsichtig berührte ich Sir Lysanders Hinterlauf.

»Darf ich Ihnen eine Frage stellen?«, flüsterte ich. Auch wenn ich davon ausging, dass einem Chauffeur für das Departement keine Wunderlichkeit fremd war, handelte es sich bei meiner Erkundigung doch um eine private Angelegenheit.

»Wie können Sie behaupten, ich sei kein Mensch?«, fuhr ich

fort, nachdem Sir Lysander mir mit einem Schnaufen zu erkennen gegeben hatte, dass ihm mittlerweile der Sinn nach Konversation stand.

»Indem ich Lügen verabscheue, sofern sie keinem höheren Zweck dienen«, antwortete er mir. »Es ist völlig ausgeschlossen, dass nicht der eine oder andere Tropfen Feenblut in Ihren Adern fließt.«

Ich biss mir auf die Unterlippe.

»Was bedeutet das?«, fragte ich bang.

Sir Lysander sah mich an. Tiefer Ernst lag in seinen schwarzen Augen. Unwillkürlich fragte ich mich, ob er einmal ein Mensch gewesen sein mochte, gemahnte er mich in jenem Moment doch an einen weisen, alten Mann.

»Welche Bedeutung wollen Sie denn jenem Umstand beimessen? Vor vielen Generationen, Jahrhunderten, verbrachte vielleicht eine Ihrer Ahnen einen sentimentalen Nachmittag mit einem geheimnisvollen Fremden, der ihr die Rosensträucher zu voller Blüte zaubern konnte, obgleich der Schnee in schweren Flocken fiel. Der Fehltritt dieser Dame ermöglicht Ihnen, komplexe Magie zu erlernen. Ebenso wie Sie, sagen wir, Algebra lernen könnten. Oder Aquarellieren.«

Er strich sich mit den Pfoten die Schnurrhaare glatt.

»Haben Sie denn Algebra gelernt?«, fragte er.

»Selbstverständlich.« Ich lächelte. »Ich habe mich auch in der Aquarellmalerei ein wenig versucht.«

»Ausgezeichnet.« Sir Lysander kicherte belustigt. »Dann werden wir keine Probleme haben.«

Da in den engen Seitengassen um die Centrale unser farbenfrohes Automobil zweifellos für mehr Aufsehen gesorgt hätte, als es Agenten des Okkulten lieb sein durfte, hieß ich den Chauffeur halten, kaum dass wir die Tuchlauben erreicht hatten.

Dieser wandte sich halb zu mir um und tat kund: »Der Herr

Graf pflegt immer schon vorne am Graben auszusteigen.« Seiner Miene war abzulesen, dass ich mich soeben eines groben Fauxpas schuldig gemacht hatte. Offensichtlich wog mein Bruch mit dem Protokoll so schwer, dass es den Chauffeur seinerseits der Pflicht enthob, elementare Höflichkeit walten zu lassen und mir den Schlag zu öffnen.

So kletterte ich nach einigen Augenblicken ungeschickt aus dem Wagen und packte dabei Sir Lysander, den ich mir wie eine Handtasche oder einen phlegmatischen Schoßhund unter den Arm zu klemmen versuchte. Diese zweifellos entwürdigende Behandlung ließ er über sich ergehen, bis das Automobil unter erheblicher Lärmentfaltung gewendet hatte.

Dann fauchte er: »Ich darf Sie bitten, fortan davon Abstand zu nehmen, mich wie ein unverständiges Tier zu behandeln. Ich liebe es nun einmal nicht, von Fremden durch die Gegend getragen zu werden. Nicht, dass sich Ihr gräflicher Mentor jemals daran gehalten hätte.«

Bestürzt murmelte ich eine Entschuldigung und ging auf die Knie, um ihn abzusetzen. Eine Ahnung stieg in mir auf, wie schwierig es sein musste, seine persönliche Würde zu bewahren, wenn man sich in der Gestalt eines putzigen Tierchens dem Leben stellen musste.

Gern hätte ich Sir Lysander mit der einen oder anderen Frage zu seiner Existenz behelligt, doch schien mir der Moment kaum geeignet, zumal wir durch belebte Gassen wanderten, in denen sich Geschäftslokale und kleine Wirtsstuben aneinanderreihten.

So musste ich meine Neugier zügeln, bis wir das schwere Tor der Centrale erreicht hatten. Kaum dass die Luke in der Tür uns einen Spaltbreit geöffnet worden war, setzte Sir Lysander sich auf die Hinterbeine und äußerte ein paar Worte in einer Sprache, die mir gänzlich fremd war.

»Rotwelsch«, erklärte der Otter, der meinen fragenden Blick

wohl bemerkt haben musste. »Ein Sammelbegriff für die verschiedenen Idiome, die Bettlern, Gaunern, fahrenden Händlern und anderem unlauteren Volk seit Jahrhunderten zu eigen sind.«

»Gehört man denn dem unlauteren Volk an, wenn man in Okkulten Angelegenheiten dient?«, scherzte ich etwas albern.

Sir Lysander sah aus tiefschwarzen Knopfaugen zu mir auf. »Nun, eines haben wir mit Schurken und Bettlern gemein«, sagte er ernst. »Allesamt stehen wir am Rand der Gesellschaft, aus vielfältigen Gründen. Vergessen Sie das niemals, Fräulein Schönthal.«

Indessen hatten wir die Pforte durchschritten, eilten vorbei an zwei Wachposten in den wunderlichen Hof, der freilich seit meinem letzten Besuch in der Centrale noch an Exzentrik gewonnen hatte: Mittlerweile lagerten zwischen verblühenden Rosenhecken, Springbrunnen und Nymphenstatuen einige scheußliche Gebilde aus glänzendem Metall. Bang erinnerte ich mich des monströsen Automaten, den mein Zauber aus dem Inferno, das einst Vasilescus Landhaus gewesen war, gelockt hatte; erinnerte mich des heimtückischen Urzeitvogels in Ingenieur Krauß' Wohnung und stutzte: Denn im Gegensatz zu jenen entsetzlichen Schöpfungen jagten mir die Wesen, die im dürren Gras lagen, bei all ihrer Hässlichkeit keinen Schrecken ein. Im Gegenteil, sie machten einen beinahe friedvollen Eindruck, wie sie, die grotesken Krötenschädel auf den Boden gebettet, hier ruhten, harmlosen Tieren gleich, die sich an der Herbstsonne erfreuten.

Während ich noch in meinen Betrachtungen versunken war, hoppelte Sir Lysander auf die Scheusale aus Metall zu. Augenblicklich sprangen diese knirschend und klirrend auf die Beine und traten hurtig den Rückzug an. (Eines versuchte, sehr zur Erheiterung der beiden Wachposten gar, sich in der niedrigen Zierhecke zu verbergen).

»Eigenwillige Zeitgenossen«, bemerkte Sir Lysander mit unvergleichlicher Nonchalance, während er die wenigen Stufen emporlief, die zum Hauptgebäude führten. »Wenn Sie so freundlich wären, die Tür zu öffnen, Fräulein? Unglücklicherweise will meine Physiognomie es mir nicht erlauben, als echter Gentleman zu leben!«

Hatte ich erwartet, dass Sir Lysander sich nun aufmachen würde, um Direktorin Blum zu begrüßen, wurde ich eines Besseren belehrt.

»Ihnen wurde noch kein eigenes Bureau zugestanden, vermute ich?«, wollte er wissen.

Ich verneinte knapp; das rasante Tempo, in dem mein Begleiter durch Stiegenhäuser und Korridore huschte, ließ mir kaum Luft für längere Ausführungen.

Etliche Türen, hinter denen ich die abenteuerlichsten Geheimnisse wähnte, und eine Unzahl eigentümlicher Individuen auf den Gängen später, hielt Sir Lysander endlich inne. Auf den Hinterpfoten sitzend kratzte er wie ein Hund an einer der Türen, hinter der prompt Schritte, Gepolter, ein Klirren, ein leiser Fluch und zuletzt ein schwaches »Bitte einzutreten« erklangen.

Ich tat wie geheißen, nur um beinahe über Dr. Rosenstein zu stolpern, der zwischen Büchern, Papieren und Scherben auf dem Boden kniete und mit sichtlich betrübter Miene einen Gegenstand musterte, der auf mich den Eindruck einer zerbrochenen Lupe mit schwarzem Glas machte.

»Ein schlimmer Verlust, den Sie Ihrer Unordnung hier zuzuschreiben haben?«, begrüßte ihn Sir Lysander knapp. Augenblicklich erhellten sich Rosensteins Züge. »Wie schön, Sie wiederzusehen, Sir Lysander!«, rief er aus. Auch mich bedachte er mit einem Lächeln und einer scheuen Erkundigung nach meinem Befinden.

»Nur ein Spielzeug, fürchte ich«, wandte er sich wieder an Sir Lysander, der indessen einen Weg durch das Durcheinander aus Möbelstücken, Büchern und Absonderlichkeiten gefunden hatte und mit großer Selbstverständlichkeit auf den Diwan gesprungen war. »Ein piemontesischer Phantast will eine Linse geschliffen haben, die es ermöglicht, die magische Aura von Menschen zu sehen.« Rosenstein schwenkte die traurigen Überreste der Lupe.

»Entzückend.« Sir Lysander grinste hämisch. »Ich hoffe, Sie ersparen mir, meine Meinung zu derlei Unfug darzulegen.«

Dr. Rosenstein nickte heftig. »Selbstverständlich! Ich bitte um Entschuldigung! Aber sagen Sie mir, was verschafft mir die seltene Ehre Ihres Besuches, Sir Lysander? Ist Baron Sirco ebenfalls im Haus?«

»Bedaure, nein. Und da er gegenwärtig das eine oder andere Luftschiff besichtigt, wird er wohl noch eine Weile auf sich warten lassen. Sie kennen ihn: Wenn eine neumodische Erfindung selbstmörderisches Potenzial aufweist, wird er sich für sie begeistern.« Sir Lysander keckerte. »Ich hingegen muss eine Bitte an Sie richten. Wären Sie wohl so freundlich, in den nächsten Stunden Ihr Arbeitszimmer mit Fräulein Schönthal und meiner Person zu teilen? Wir haben ein paar Versuche durchzuführen.«

»Selbstredend.« Dr. Rosenstein nickte abermals. Sonderlich erfreut sah er allerdings nicht aus. Nachdem er sich aufgerichtet, den Staub von seiner Hose geklopft und mir, ungeachtet der frühen Stunde, einen Cognac angeboten hatte (den ich freilich dankend ausschlug), murmelte er: »Wenn ich mich nur erkundigen dürfte, weshalb …«

»Die magischen Bannkreise, die die Bureauräume umgeben, sind meines Wissens nach weitaus stärker denn jene, die Salons und Antechambres hier in der Centrale sichern«, unterbrach ihn Sir Lysander gleichmütig.

Unwillkürlich faltete ich die Hände wie zum Gebet. Vielleicht stand mir auch tatsächlich zum ersten Mal seit vielen Jahren, seit die kindliche Frömmigkeit mir abhandengekommen war, der Sinn danach, Hilfe und Beistand einer höheren Macht zu erflehen.

»Was?« Sir Lysander war meine Bestürzung nicht entgangen. »Kommen Sie her, Fräulein Schönthal. Setzen Sie sich zu mir.«

Zögerlich stellte ich mich der Herausforderung, Rosensteins Schreibzimmer zu durchqueren, ohne auf Zeichnungen, Schriftstücke oder Bücher zu treten.

»Werden wir denn starke Schutzzauber brauchen?«, fragte ich. »Haben Sie etwas sehr Gefährliches mit mir vor?«

Sir Lysander grinste mit jenem hämischen Schalk, mit dem vermutlich nur ein Otter seiner Erheiterung Ausdruck zu verleihen vermag.

»Alles, was Sie hier sehen, hat das Potenzial, gefährlich zu sein«, legte er mir dar. »Nehmen Sie die Karnevalsmaske dort drüben in der Ecke: Alberner Zierrat, und doch spielte sie mit einem abscheulichen Gift versetzt einst eine gewichtige Rolle bei dem Attentat auf einen venezianischen Dogen.«

Mit neu gewonnenem Respekt musterte ich den Wandschmuck, während Sir Lysander fortfuhr: »Oder unser Dr. Rosenstein hier. Kein großer Kämpfer oder Intrigant, und dennoch niemand, den ich mir gern zum Feind machen würde. Weil er zu viel weiß und ein Talent hat, den Dingen auf den Grund zu gehen.«

Ich sah Rosenstein, der mittlerweile hinter seinem Schreibtisch Platz genommen hatte und tiefes Interesse an einem seiner Folianten heuchelte, wie ein Schulmädchen erröten.

Sir Lysanders runde Ohren zuckten belustigt. »Man möchte es kaum glauben, aber selbst Sie sind gefährlich, Fräulein Schönthal.« Noch ehe ich mich entscheiden konnte, ob diese

Feststellung mir schmeicheln oder mich in Schrecken versetzen sollte, fügte er hinzu: »Gegenwärtig freilich allein ob Ihrer Unwissenheit. Wer Magie übt, ohne ganz genau zu wissen, was er tut, und weshalb, setzt sich unverantwortlichen Risiken aus.« Sir Lysander scharrte mit den Vorderpfoten auf der reichlich zerschlissenen Sofapolsterung. »Setzen Sie sich endlich«, befahl er übergangslos. »Sie ahnen nicht, wie grundlegend es mir missfällt, immerfort zu Leuten aufblicken zu müssen.«

Vorsichtig ließ ich mich nieder, schob Briefkuverts, Bleistifte, eine Taschenuhr beiseite und verschränkte die Hände im Schoß.

»Woher zaubern Sie?«, erkundigte sich Sir Lysander.

»Bitte?«

Mein Lehrmeister schnaufte ungeduldig. »Der Ort, an den Sie sich im Geist begeben und Ihre Magie üben. Beschreiben Sie ihn mir.«

Verlegen musterte ich den vielfarbigen, ausgetretenen Teppich zu meinen Füßen und rang nach Worten. Die Brücke, meine Brücke, meinen gläsernen Pfad in das ferne, fragile Land, in dem die Träume lebten, hier Fremden zu schildern, schien mir mit einem Mal ein gänzlich unerhörtes Ansinnen. Hätte Sir Lysander von mir verlangt, ihm meine intimsten Gedanken und Sehnsüchte preiszugeben, es hätte mich nicht unangenehmer berührt. Die Brücke über den schwarzen Strom, sie gehörte zu mir, war Teil meiner Selbst, war mir wie eine jener Erinnerungen, um die sich zuweilen ein ganzes Leben windet, wie Worte, die den Ton eines Schicksals anschlagen und hartnäckig weiterklingen durch die Dämmerung des Vergessens: Sie mussten schweigend hingenommen werden, wollte man nicht riskieren, dass sie ihre Macht verloren, zwischen Unterredungen, im Spiel der Fragen und Antworten aufgerieben wurden.

Sir Lysander klopfte mit der Schwanzspitze auf die Sofapolsterung. »Nun?« Und als ich zögerlich, in knappen Worten von der gläsernen Brücke zu sprechen begann, seufzte er erleichtert.

»Das magische Bewusstsein als Brücke zwischen klarem Verstand und den verschütteten Aspekten der Seele. Dr. Freud hätte sein Vergnügen mit Ihnen, Fräulein Schönthal.« Sir Lysander keckerte amüsiert. »Hat man Ihnen je erzählt, wie überaus konventionell Sie sind?«

Etwas beleidigt schüttelte ich den Kopf. Dass die Welt mich als etwas fade und nicht weiter beachtenswert hinnahm, damit hatte ich mich lange schon abgefunden. Nur konventionell wollte ich nicht sein – schon gar nicht heute, wo ich die Titelgeschichte für *Salon&Sport* verfasst hatte und nun in der Centrale der Okkulten Angelegenheiten Unterricht im Zaubern erhielt.

Hämisch grinsend nahm Sir Lysander meine Betroffenheit zur Kenntnis. »Gleichwohl. Der letzte Zauberkundige, in dessen Adern ein paar Tropfen Moroiblut flossen, mit dem ich es zu tun hatte, wirkte seine Magie aus dem Zentrum eines Feuersturmes. Was seine Zaubereien, sehr zu meinem Leidweisen, ebenso unberechenbar wie kraftvoll machte.« Mit komischer Miene sah mein Lehrmeister an sich herab.

Ich konnte nicht an mich halten. »Hat er Sie verwandelt?«, fragte ich und biss mir sogleich ob meiner Taktlosigkeit auf die Lippen, als Sir Lysander innehielt und mich aus ernsten, schwarzen Augen maß.

»Jawohl«, sagte er knapp. »Sie, hoffe ich, werden von derartigen Varietékunststücken absehen. Wagen Sie sich nicht zu weit vor auf Ihre Brücke, solange Sie nicht gelernt haben, Ihre Kräfte und Fähigkeiten einzuschätzen. Ein erfolgreicher Zauber ist vielmehr Frage der Finesse denn der Gewalt«, dozierte er. »Und jetzt hören Sie mir zu.«

Auch Dr. Rosenstein an seinem Schreibtisch hob überrascht

den Kopf, als Sir Lysander mit zarter Otterstimme das alte Lied vom Schnitter Tod zu singen begann.

»Feenzauber werden gemeinhin durch Musik gewirkt«, erklärte er mir. »Sie haben die Erfahrung doch selbst schon gemacht. Es war eine Melodie, die Sie zum ersten Mal auf Ihre Brücke führte. Nun, Sie wären erstaunt, in wie viele wohlbekannte Volkslieder eine magische Bedeutung gewoben ist, ohne dass profane Sterbliche je davon erfuhren.«

Ich fragte: »Was bewirkt das Lied?« Woraufhin Sir Lysander sich bäuchlings auf dem Diwan niederließ, den Kopf wie ein Hund zwischen die Vorderpfoten gebettet, und mir zulächelte. »Versuchen Sie es.«

Es dauerte beschämend lange, bis ich in meiner Aufregung und meinem Bestreben, mich Sir Lysanders Unterricht würdig zu erweisen, in die Melodie fand. Eingedenk seiner Worte setzte ich meine Schritte überaus vorsichtig auf der gläsernen Brücke, wagte mich kaum vor bis in ihre Mitte, getragen von dem dunklen, traurigen Lied, das den Tod als letzten großen Meister der Welt besang. Ich hob den Kopf, einen einzelnen Stern sah ich in der ewigen Nacht über mir funkeln. Ohne recht zu wissen was ich tat, streckte ich ihm die Hände entgegen, eine eigentümliche Wärme breitete sich in mir aus, ein Feuer brannte in mir, verbrannte mich, verzehrte mich, aber es tat nicht weh, und über mir strahlte der Stern. Hellweiß war er und sehr groß, um ihn zersprang die Nacht, der Himmel färbte sich weiß, er glühte und glänzte und brannte …

»Um Himmels willen!«, hörte ich Dr. Rosenstein rufen, ungeschickt, wie geblendet, stolperte ich zurück in die Wirklichkeit. Sah Dr. Rosenstein, die Hände vor die Augen gepresst, über seinen Folianten kauern. Sir Lysander blinzelte mir nachdenklich zu.

»Haben Sie die Brücke überquert?«, wollte er streng wissen.

»Nein«, gab ich wahrheitsgemäß zur Antwort. »Was ist denn geschehen?«

Mit der linken Vorderpfote rieb er sich über die Schnauze. »Nun, statt ein kleines, magisches Lichtlein zu beschwören, wie es der Zauber ermöglichen sollte, haben Sie des werten Doktors Bureau in den infernalischen Glanz getaucht, wie er vielleicht angesichts der sterbenden Sonne einst am Tage des Jüngsten Gerichts herrschen wird.«

»Oh«, murmelte ich, halb betroffen, halb furchtsam, und um eine angemessene Reaktion auf diese Offenbahrung verlegen. »Es tut mir leid«, versuchte ich mich in einer Entschuldigung.

Vorsichtig ließ Dr. Rosenstein die Hände sinken. »Bitte«, winkte er ab, ganz der Kavalier. »Zumindest stimmen Sie mich ein auf meine Lektüre.« Er hob sein Buch, bei dem es sich, wie ich nun erkannte, um nichts Spektakuläreres denn eine schwere, in Leder gebundene und mit Goldlettern versehene Ausgabe der Bibel handelte.

Sir Lysander keckerte, offensichtlich erheitert. »Erklären Sie sich, Rosenstein. Wollen Sie alter Zweifler behaupten, Sie hätten zum Glauben gefunden?«

»Viel schlimmer.« Rosenstein legte die Heilige Schrift mit einem tiefen Seufzer beiseite. »Graf Trubic verlangt es nach dem Ende der Welt. Irgendwo muss man ja beginnen, weshalb nicht mit der Offenbarung des Johannes?«

»Ha«, stieß Sir Lysander triumphierend hervor. »*Mir* waren Seine Gräflichen Gnaden ja schon immer suspekt. Andererseits darf auch ich selbst behaupten, schon mit dem Ende der Welt in Berührung gekommen zu sein.« Erwartungsvoll ließ er den Blick zwischen Dr. Rosenstein und mir schweifen und schien sich dabei nicht schlecht in der Rolle des Mysteriums zu gefallen.

»Vor knapp sechs Jahren war das, in Prag. Eine höchst eigentümliche Vereinigung, deren Mitglieder der Ansicht waren, die

Hüter der Apokalypse zu sein. Baron Sirco und ich hatten das zweifelhafte Vergnügen, gegen besagte Herrschaften zu ermitteln, nachdem diese einen sehr unappetitlichen Ritualmord begangen und sich zu allem Überfluss auch noch als Freimaurerloge ausgegeben hatten.« Er kicherte leise. »Ich will ihnen gern zugestehen, die Idee sich derart zu tarnen, war brillant – gibt es denn etwas Harmloseres denn die Freimaurerei in diesen unseren modernen Zeiten? Natürlich, als die Großloge von Prag von diesem Betrug erfuhr, waren die ehrenwerten Herren nicht eben erfreut, den guten Namen der Freimaurerei auf diese Art beschmutzt zu sehen, und setzten den Baron und mich darauf an, die Scharlatane zu überführen.«

Während er erzählte, war Sir Lysander auf der breiten Rückenlehne des Sofas einhergewandert. Jetzt hielt er in der Bewegung inne. »Darf man fragen, weshalb Trubic Sie auf den Weltuntergang angesetzt hat, Doktor?«

Rosenstein zuckte mit den Schultern. »Ich weiß es selbst nicht recht. Er kam heute in aller Früh hereingestürzt, teilte mir mit, er hätte aus sicherer Quelle erfahren, dass alle Antworten um Voynichs Manuskriptfund am Ende der Welt zu suchen wären, und machte sich auf, Baron Sirco abzuholen.«

Wenn schon Sir Lysander, seinem Gesichtsausdruck nach zu urteilen, nicht sonderlich viel mit dieser Erläuterung anfangen konnte, so war ich vollends verloren.

»Voynichs Manuskript?«, fragte ich aufs Geratewohl.

»Ein Dokument in unverständlicher Schrift und Sprache, angeblich ein paar hundert Jahre alt und durchaus keine Fälschung seines Finders«, lautete Sir Lysanders lapidare Erwiderung. »Die wunderlichen Wandbehänge unseres Doktors« – er wies mit dem Kopf auf die über und über mit sonderbaren Runen versehenen Papierbögen, mit denen Rosenstein weite Teile seines Bureaus tapeziert hatte – »bestehen aus Abschriften des Manuskripts, woraus ich entnehme, dass die Centrale sich wieder einmal vordringlich für die Entschlüsselung interessiert.«

Ich stand auf, trat an das halb geöffnete Fenster. Mir schwirrte der Kopf: Ritualmorde, unübersetzbare Manuskripte, Verbindungen, die sich als Freimaurerlogen tarnten, um kein Aufsehen zu erregen, das Licht des Jüngsten Tages … erneut traf mich mit voller Wucht die Gewissheit, dass diese neue Welt, die sich unversehens vor mir aufgetan hatte, sehr wenig gemein hatte mit meiner bisherigen. Schwer lehnte ich mich an das Fensterbrett, sog gierig die frische Luft ein, sah hinunter in den Lichthof. Tauben flatterten vom Sims auf, nur eine blieb zurück, ein kleiner, grauer, toter Körper, dessen Anblick mich für einen Moment mit lächerlicher Traurigkeit erfüllte.

»Vermochten Sie jener apokalyptischen Loge das Handwerk zu legen?«, fragte ich, hauptsächlich aus Neugier und wohl auch ein wenig, um mich von unliebsamen Betrachtungen zum Thema der Vergänglichkeit abzulenken.

Sir Lysander legte die Ohren an. »Wie ich schon erwähnte, wir konnten einige von ihnen des mehrfachen Mordes überführen und vor Gericht bringen. Wie sie genau meinen, die Welt vor ihrem Ende zu bewahren, indem sie unschuldige Bürger, darunter einen Knaben von zwölf Jahren, auf groteske Weise abschlachteten, haben wir jedoch niemals in Erfahrung gebracht.«

»Mir war fast, als wolltest du Fräulein Schönthal die Zauberkunst lehren, statt sie mit deinem reichhaltigen Anekdotenschatz zu langweilen, Lysander.« Eine Stimme an der Tür ließ mich herumfahren. Baron Sirco war unbemerkt eingetreten. Mit einem zutiefst albernen Gefühl von Enttäuschung musste ich feststellen, dass er ohne Fliegermontur ein wenig von seinem Glanz eingebüßt hatte: In dem hellgrauen, konservativ geschnittenen Anzug machte er einen deutlich weniger romantischen Eindruck auf mich denn bei unserer ersten Begegnung.

»Baron!« Dr. Rosenstein war aufgesprungen und schüttelte mit großer Herzlichkeit die Hand unseres Besuchers. »Ich muss gestehen, ich hatte die Hoffnung, Sie eines Tages lebendig wiederzusehen, schon aufgegeben, als ich von Ihrem Langstreckenflug hörte!«

Baron Sirco bedachte ihn mit einem ironischen Lächeln. »Verzerren Sie mich nicht zur Karikatur meiner selbst«, entgegnete er hochmütig. »Ich pflege nur in Ausnahmefällen zu verunfallen. Und genug davon, ich möchte auch gar nicht weiter stören. Ich wollte Sie nur begrüßt haben, ehe ich den Rest meines Tages damit zubringe, im Kriegsministerium der einen oder anderen Unstimmigkeit auf den Grund zu gehen.«

Meine Neugier war mir in diesem Augenblick sicher nur allzu offen ins Gesicht geschrieben, denn Baron Sirco musterte mich flüchtig und sagte: »Es wäre mir ein Vergnügen, wenn Sie mich begleiten wollten, Fräulein Schönthal.«

»Gehen Sie«, sagte Sir Lysander knapp. Besonders ergiebig war der Unterricht, den er mir hatte angedeihen lassen, nicht gerade gewesen. Den Gedanken, dass er ob meines Fehlers sogleich das Interesse daran verloren hatte, meine magische Ausbildung fortzusetzen, schob ich hingegen entschieden beiseite. Was immer Sir Lysander darüber hinaus noch sein mochte, in jedem Fall war er ein routinierter Magietheoretiker und würde als solcher gewiss nicht gleich davon ausgehen, dass man ein Stümper war, wenn ein Zauber misslang.

»Gehen Sie«, wiederholte er. Er balancierte auf den Hinterbeinen auf der Sofalehne und sah an mir vorbei aus dem Fenster. »Es gibt sowieso ein paar Details, über die ich mir Klarheit verschaffen muss, bevor wir Ihre Ausbildung fortsetzen können.«

Ich gab mir redliche Mühe, nicht allzu stolz dreinzuschauen, als ich an Baron Sircos Arm die Centrale für Okkulte Angelegenheiten verließ. Die Jahre in Katalins Diensten hatten mich offenkundig nachdrücklicher geprägt, als ich es mir eingestehen wollte. So sonnte ich mich darin, nicht nur an der Seite eines Herrn von Stand einherzuschreiten (und einem überaus ansehnlichen Exemplar noch dazu, hörte ich Katalin im Geiste jubilieren), sondern von ihm auch mit jener aufmerksamen Höflichkeit behandelt zu werden, die beinahe an Galanterie grenzte und gemeinhin nur Damen der Gesellschaft zustand.

Kaum dass wir aus dem Gassengewirr um die Centrale in die Rotenturmstraße getreten waren, die den Stephansplatz und damit den Mittelpunkt der Altstadt mit dem Donaukanal verband, winkte Baron Sirco einen offenen Fiaker herbei und half mir auf das Trittbrett.

»Zum Kriegsministerium«, gab er gleichmütig unsere Destination an, während es mir schwerfiel, meine Aufregung zu verbergen.

Baron Sirco wartete, bis der Fiaker sich in Bewegung gesetzt hatte, ehe er wieder das Wort an mich richtete. »Ich gehe davon aus, Sie verstehen Französisch?«, erkundigte er sich in nämlicher Sprache.

Ich nickte, was den Baron zu einem Lächeln veranlasste.

»Sehr gut. Die meisten Kutscher tun es meiner Erfahrung nach nicht.« Er lehnte sich auf der Sitzbank zurück, eine Hand lässig um den versilberten Knauf seines Spazierstocks gelegt.

»Was wissen Sie denn nun von dem Luftschiff, Fräulein Schönthal?«

»Ich fürchte, nicht sonderlich viel«, bekannte ich. »Jedenfalls bestimmt nicht genug, um Ihnen eine große Hilfe zu sein.«

»Darüber werden wir später entscheiden.« Er schien offensichtlich nicht gewillt mir zu verraten, weshalb er auf meine Gesellschaft bei der Ausfahrt bestanden hatte. Stattdessen begann er zu meinem großen Vergnügen von dem Luftschiff zu plaudern und schilderte mir in seinem farbenfrohen, nicht immer grammatikalisch korrekten Französisch die Konstruktionshallen, die immensen Schwierigkeiten, die damit verbunden waren, ein Schiff wie die *Fortuna* überhaupt erst startklar zu machen, das Spektakel schließlich, das der Zeppelin geboten hatte, der vor einigen Jahren Wien besucht hatte. Ich lauschte interessiert, wenngleich sich mir auch nicht erschließen wollte, weshalb all diese Details von Bedeutung sein mochten. Dass die Luftschifffahrt ein kompliziertes, gefahrvolles und aufwendiges Geschäft war, stellte wenigstens in meinen Augen kein Geheimnis dar, das man vor einem Kutscher hätte verbergen müssen.

Gemächlich fuhren wir den Quai entlang, auf dem, wie zu früher Nachmittagsstunde so üblich, ein wildes Durcheinander aus Fuhrwerken, Droschken, vereinzelten Automobilen sowie den Karren von Straßenhändlern herrschte, in das sich Einkäufer und Spaziergänger, Tagediebe und Arbeitssuchende mischten.

»Nun aber behauptet der technische Konstrukteur des Luftschiffs, eine Reihe von Testfahrten, die der Oberst unternehmen ließ, sei ohne sein Wissen durchgeführt worden«, fuhr Baron Sirco fort, tunlichst darauf bedacht, keine Namen zu verwenden.

»Der technische Konstrukteur?«, wiederholte ich. Entweder die Fremdsprachenkenntnisse des Barons waren dürftiger, als es den Anschein hatte, oder die *Fortuna* war noch eigenartiger denn befürchtet; bisher war ich schließlich davon ausgegangen, dass sämtliche Konstrukteure auf technischem Gebiet wirkten.

Mein Begleiter nickte ruckartig. »Der Selbstmörder bei der Hochzeit dürfte sich mit den magischen Aspekten der Konstruktion befasst haben«, teilte er mir mit.

»Aha«, erwiderte ich und versuchte, mir meine Verwirrung nicht anmerken zu lassen.

Wie wenig es mir gelang, offenbarte mir Baron Sircos nächste

Frage: »Hat Ihnen Felix denn überhaupt nichts von der Magisch-Technischen Abteilung erzählt?«

Ich schüttelte den Kopf; das wenige, das ich wusste, war nun wirklich nicht der Rede wert.

Seufzend rückte er sich den hellgrauen Halbzylinder zurecht.

»Lassen Sie sich bei Gelegenheit von Sir Lysander die genaue Geschichte der Abteilung erzählen. Er wird es, wie es so seine Art ist, in epischer Breite tun und vermutlich die eine oder andere Abschweifung zu, sagen wir, beispielsweise Tycho Brahe oder Thomas Jefferson unternehmen, aber schlussendlich werden Sie mehr über die Magisch-Technische Abteilung wissen als sämtliche Personen, die jemals für diese gearbeitet haben.«

»Sir Lysander ist ein sehr gebildeter …« Ich brach ab. Mensch, hatte ich doch tatsächlich sagen wollen.

Baron Sirco verzog spöttisch die Mundwinkel, gab jedoch vor, von meinem armseligen Gestammel keine Notiz zu nehmen.

»In aller Kürze: Die Magisch-Technische Abteilung wurde vor einigen Jahren ins Leben gerufen, zumal dem Generalstab ein Richtungswechsel im Umgang mit dem Okkulten opportun erschien. Bis zu jenem Augenblick hatte das Departement die Beziehungen zwischen dem Okkulten und der allgemeinen Realität geregelt. Nun aber, im Geiste des Fortschritts, war man im Generalstab überzeugt, dass alte magische Praktiken und Künste in Kombination mit moderner Technik den Weg in die Zukunft bereiten würden.«

Ich strich mir den Rock glatt und überlegte einen Moment. »Ist das klug?«, fragte ich schließlich.

Baron Sirco zuckte mit den Schultern. »Wer weiß? In der Theorie gefällt mir der Gedanke, den Oberst von« – er korrigierte sich rasch – »den der Freiherr hegte, als er die Gründung der Abteilung durchsetzte: Dass es in jedem Fall intelligenter wäre, sich das Unbekannte zu erschließen und nutzbar zu machen, als weiterhin den Anschein einer Trennung aufrechtzuerhalten, wie es seit vielen Jahrhunderten der Fall war.«

Vorsichtig wagte ich einzuwerfen: »Aber Sie arbeiten für die Centrale?«

»Jawohl.« Baron Sirco drehte den Spazierstock zwischen den Fingern. Dabei fiel mir auf, dass er nur an seiner Linken einen Handschuh trug. »Das heißt, mir untersteht gegenwärtig die Prager Dependance. Was noch nicht bedeuten soll, dass meine Privatmeinung mit jener der Direktion des Departements konform geht.« Die letzten Worte hatte er mit rauer, beinahe ärgerlicher Stimme vorgebracht, sodass ich entschied, vorerst keine weiteren Fragen zu stellen, selbst wenn ich vor Neugier brannte, mehr über die Streitfälle zwischen Wien und Prag zu erfahren.

Der Umstand, dass wir wenige Augenblicke später das Kriegsministerium erreichten, erleichterte es mir ungemein, an meinem Entschluss festzuhalten.

Vor dem Haupttor des Ministerialgebäudes hieß Baron Sirco den Fiaker halten, ehe er sich an mich wandte.

»Dürfte ich Sie bitten, einen Moment auf mich zu warten? Ich verspreche Ihnen, es wird nicht allzu lange dauern, und anschließend kann der interessantere Teil des Nachmittages beginnen.«

Mit diesen kryptischen Worten ließ er mich in der Kutsche zurück, eilte durch den Toreingang (wobei offensichtlich die knappe Präsentation einer kleinen Metallplakette als Legitimation ausreichte) und entschwand. Ich zückte mein Notizbuch. Wenn ich mich schon wie ein Gepäckstück am Straßenrand abgestellt vorfand, dann wollte ich lieber meine Geschichte um das Feuer und Vasilescus Tod korrigieren, als müßig Zeit zu verschwenden.

Baron Sirco hielt Wort; keine Viertelstunde war verstrichen, da kam er auch schon wieder durch den Torbogen gehastet und bedeutete dem Fiaker anzufahren, kaum dass er auf das Trittbrett aufgesprungen war.

»Zum Bankhaus Riegler«, rief er, und ich zog es vor, mich lieber nicht mehr zu wundern.

»Erfolg?«, erkundigte ich mich stattdessen mit einem Lächeln.

Anstelle einer Antwort zog der Baron einen Briefbogen aus seinem Jackett, den er mir reichte.

»Wir haben von den Schwierigkeiten gesprochen, ein Luftschiff flugtüchtig zu machen«, sagte er, wiederum auf Französisch, während ich mich noch bemühte, mir einen Reim auf das eng mit Maschine beschriebene Blatt zu machen, das nichts weiter denn eine Namensliste darstellte. »Es bedarf einer Crew, Mechanikern, Bodenmannschaften …« Er verschränkte die Arme vor der Brust. »Was Sie hier in den Händen halten, ist eine Liste jener Angestellten der Aeronautischen Division, die Ende August an den Testfahrten der *Austria* beteiligt waren.«

Wir waren an einem Punkt angelangt, an dem es mir schwerfiel, Verständnis auch nur zu heucheln. Acht Jahre Pensionatserziehung bewahrten mich freilich davor, diese Mitteilung mit einem despektierlichen »Ja, und?« zu quittieren.

»Wir haben guten Grund zu glauben, dass der Freiherr Testfahrten unternehmen ließ, von denen sein technischer Konstrukteur nichts weiß. Diese wurden jedoch nicht als Fahrten unseres Luftschiffs verbucht, sondern als jene besagter *Austria*, eines kleinen, herkömmlichen Zeppelins.« Er sah mich lange an. »Was würden Sie tun, wenn Sie eine ausgenommen geheime und mindestens ebenso fragwürdige Unternehmung durchzuführen gedächten, die unglücklicherweise die Partizipation einer ganzen Reihe von Menschen verlangt?«

»Ich würde sie bestechen«, erwiderte ich prompt.

Baron Sirco nickte. »Ganz genau. Aus jenem Grund fahren wir auch zu dem Bankhaus Riegler, wo der Freiherr sein Hauptkonto unterhält. Und deshalb habe ich Sie auch gebeten, mich zu begleiten: Sie sind eine …« – er suchte nach Worten – »… eine Reporterin. Ich nehme an, es wird Ihnen leichtfallen, etwas Komödie zu spielen.«

»Oh, ja«, sagte ich voll Inbrunst, einmal mehr erfüllt von Neugier und einem noch schändlicheren Gefühl, das Vorfreude gefährlich nahe kam.

Baron Sirco wies auf das Papier in meinen Händen. »Suchen Sie sich einen Namen aus«, wies er mich an. »Und zwar einen möglichst außergewöhnlichen.«

Den Kunden und Angestellten des Bankhauses Riegler, das, am Rennweg in eleganter Gegend zwischen ausländischen Vertretungen und hübschen Wohnhäusern gelegen, vornehmlich eine gehobene Klientel sein Eigen nannte, bot sich an jenem Nachmittag ein ganz und gar peinliches Schauspiel. Knapp nach vier Uhr war es, da schlich eine Frau, nicht mehr ganz jung, durchaus nicht hübsch, mit einem faden grauen Kleid und einem biederen Hut angetan in die Kassenhalle und sah sich furchtsam um. Nachdem sie eine Weile die funkelnden Kronleuchter, das blank polierte Parkett, die Registrierkassen und die Seidentapeten gemustert hatte, wagte sie sich nun endlich an einen der Schalter vor und hauchte mit ersterbender Stimme, dass sie dringend mit dem Geschäftsführer zu sprechen hätte.

»Bedaure«, entgegnete der Schalterbeamte, der in der Frau durchaus keine wertvolle Kundin erkannte, der Geschäftsführer sei gegenwärtig nicht zu sprechen. »Und auch nicht sein Stellvertreter«, fügte er nach einer winzigen Pause hinzu. Die Dame müsse schon mit ihm vorliebnehmen.

Die Frau zog sich ihren Hut tiefer in die Stirn, schluckte angestrengt, holte tief Atem. Unbedingt müsse sie mit dem Geschäftsführer sprechen, es ginge nicht anders, es sei von großer Bedeutsamkeit.

Und als der Schalterbeamte abermals ansetzte, seinem Bedauern Ausdruck zu verleihen, brach die Frau in Tränen aus. Dabei begnügte sie sich nicht, verstohlen in ihr Taschentuch zu schniefen, nein, sie schluchzte lauthals (denn auf Kommando leise und glaubhaft zu weinen ist sehr schwer, wenn man nicht gerade die Duse ist).

Dieses Spektakel erweckte nun Unmut und Aufmerksamkeit der Kunden, die gekommen waren, um in gebührender Diskretion ihre Geldgeschäfte abzuwickeln.

Eine ältere Dame, trotz des warmen Herbstwetters mit einem Fuchskragen angetan und insgesamt gekleidet wie jemand, der erst spät im Leben zu Wohlstand gekommen war, richtete empört das Wort an den Schalterbeamten: »Jetzt kümmern'S sich doch um das arme Mädchen! Haben Sie denn kein Herz?«

Der Schalterbeamte runzelte die Stirn, als überdächte er diese Frage ernstlich. Dann erkundigte er sich, was die Frau denn mit dem Geschäftsführer zu schaffen hätte.

»Es geht um den Herrn Oberst. Um den Herrn Oberst von Merentheim«, stieß die Frau zitternd und bebend hervor.

Der Beamte starrte sie an. Dann ließ er einmal den Blick durch die Halle schweifen und kam zweifelsohne zu der Erkenntnis, dass es der Reputation des Bankhauses nicht eben dienlich war, wenn eine arme Kleinbürgerin hier vor dem Schalter um den Geschäftsführer und den Freiherrn von Merentheim heulte. Er stand auf.

Einige Minuten später kehrte er in Gesellschaft eines hageren, ernsten Mannes von unschätzbarem Alter zurück, der sich als »August Böhm, Geschäftsführer des Bankhauses Riegler&Söhne, was kann ich für Sie tun?« vorstellte.

»Bitte«, flüsterte die Frau. »Bitte. Sie müssen mir helfen. Es geht um den Herrn Oberst von ...«

»Schon gut«, unterbrach sie der Geschäftsführer, der sich

sichtlich unwohl fühlte. Am Arm führte er die Frau in ein Nebenzimmer, rückte ihr gar den Stuhl zurecht und sagte: »So.«
»Ich weiß gar nicht recht, wo ich anfangen soll«, stammelte sie. »Eigentlich, ich weiß schon, es schickt sich gar nicht, darüber zu reden, aber ich weiß mir keinen anderen Rat, wo meine Jüngste doch in die Lungenheilstätte muss.«

Der Geschäftsführer rieb sich die Nase und wartete ab.

»Also«, nahm die Frau erneut den Faden auf, nachdem sie sich mehrmals in ihr Taschentuch geschnäuzt hatte, »also, es verhält sich so, und es ist mir so furchtbar peinlich, aber was soll man machen ...« Sie sammelte sich wieder. »Um es kurz und knapp zu sagen, der gnädige Herr Oberst von Merentheim schuldet meinem Mann Geld.« Sie wartete einen Moment, damit dem Geschäftsführer Zeit blieb, diese unglaubliche Tatsache auch entsprechend zu würdigen.

Der Geschäftsführer, durchaus verlegen, faltete die Hände. »Gnädige Frau, ich wüsste nicht, wie ich Ihnen in dieser bedauerlichen Causa aushelfen könnte.«

Die Frau sah ihn geradewegs an. »Sein Sekretär ... der Sekretär vom gnädigen Herrn Oberst natürlich, nicht der von meinem Mann, mein Mann hat gar keinen, Sekretär will ich sagen, der Sekretär jedenfalls, der behauptet, der Herr Oberst hätte seine Schulden schon beglichen. Spielschulden, müssen Sie wissen. Mein Mann, der war bei einem alten Freund eingeladen, noch von der Schule her, einem Freund, der's zu etwas gebracht hat, also zu sehr viel, so viel, dass er nach dem Essen sagt, geh'n wir ins Central zum Kartenspielen. Da ist eine Offiziersrunde, sehr lustig, und der Freiherr von Merentheim ist dabei, und der Freund von meinem Mann kennt einen anderen recht gut, und da ...«

Der Geschäftsführer hob eine Hand. Seinem Gesichtsausdruck war deutlich zu entnehmen, dass er die Geschichte der Frau wahrlich nicht zu hören wünschte.

»Entschuldigen Sie«, hauchte sie. »Ich wollt Ihnen nicht die Zeit stehlen. Mein Anliegen wär nur, dass Sie mir vielleicht nachschauen könnten, ob vom Konto vom Herrn Oberst das Geld überwiesen ist und die Centralsparkassa es war, die einen Fehler gemacht hat …«

»Was wollen Sie von mir?«, fragte der Geschäftsführer indigniert. Kaum hörbar murmelte er: »Zeiten sind das, in denen Spielschulden nicht mehr bar bezahlt werden.«

»Es handelt sich um eine sehr, wie soll ich sagen, substanzielle Summe«, fuhr die Frau fort. »Und Sie müssen gar nichts anderes sagen als Ja oder Nein. Ich bitt' Sie so sehr, Sie haben doch ein Herz, ich seh's Ihnen ja an.«

Der Geschäftsführer schien zu überlegen. Was immer hinter seiner hohen Stirn auch vorging, zuletzt kam er offenkundig zu dem Entschluss, dass der einfachste Weg, die lästige Person loszuwerden, ihr nachzugeben war. Möglich, dass er auch für sich beschlossen hatte, dass mit einem »ja« oder »nein« noch kein Bankgeheimnis vergeben war.

»Name?«, fragte er ruhig.

»Schwanensang«, sagte die Frau (die sich erst eine halbe Stunde zuvor für diesen einigermaßen kuriosen Namen entschieden hatte).

Der Geschäftsführer trug ein eigentümliches Lächeln auf den Lippen, als er wenig später zurückkam.

»Ja«, sagte er. Die Frau nickte beklommen, dann begann sie zu weinen. Blindlings stürzte sie aus der Tür, die er ihr aufhielt, in die Kassenhalle, ins Freie, wo sie beinahe mit einem distinguierten Herrn in mittleren Jahren, der eine Zigarette rauchend einherschlenderte, kollidierte.

»Ja«, flüsterte sie ihm zu.

»Die Bühne hat an Ihnen ein großes Talent verloren«, teilte mir Baron Sirco mit, als wir keine halbe Stunde später in Hübners

Kursalon im Stadtpark saßen und leichten Roséwein tranken, nur wenige Tische von jener Nische entfernt, in der meine erste Unterredung mit Graf Trubic stattgefunden hatte. Konnte es wirklich sein, dass erst Tage vergangen waren?

»Sie schmeicheln mir«, murmelte ich und schlug betreten die Augen nieder. Jene essenzielle weibliche Eigenschaft, ein Kompliment mit Leichtigkeit und Charme hinzunehmen und abzutun, war mir seit jeher nicht gegeben. Schmeicheleien machten mich verlegen – wie es im Übrigen auch der Vorschlag des Barons tat, einen raschen Aperitif zu trinken, ehe wir uns wieder unserem Tagwerk zuwandten. »Aber sagen Sie mir, was haben wir nun eigentlich mit dieser Schmierenkomödie erreicht? Wir können davon ausgehen, dass Freiherr von Merentheim nicht nur dem Mechaniker Schwanensang, sondern vermutlich auch dem Rest seiner Mannschaft Schweigegeld bezahlte.« Vorsichtig nippte ich an meinem Weinglas. »Baron, Sie hätten das Gesicht des Geschäftsführers sehen sollen, als er wiederkam. Der Freiherr scheint generös mit seinen Mitarbeitern umzugehen!«

Baron Sirco bedachte mich mit einem feinen Lächeln. »Merentheim dürfte ein kluger Mann sein.«

Einen Moment lang schwiegen wir beide und lauschten dem Klavierspieler, der einen uninspirierten Musettewalzer klimperte.

»Ja, was haben wir erreicht?«, nahm der Baron schließlich den Faden wieder auf. »Wir wissen, dass Merentheim mit der *Fortuna* Fahrten unternimmt, von denen der technische Stab nichts erfahren soll. Wenn man dies in Relation zu der Tatsache setzt, dass Merentheim die Centrale um Hilfe ersucht hat, weil er und die Seinen einer okkulten Problematik nicht Herr werden, selbiges Problem aber so geheim ist, dass er auch den Agenten, der zu dessen Lösung abgestellt ist, nur unzureichend ins Vertrauen zieht, sagt uns das vor allem eines …«

»Dass der Freiherr mit all seinen Partnern sehr falsch spielt«, warf ich ein. »Und dass die Gesellschaft irrt: Im Gegensatz zu den Salongerüchten muss er über privates Vermögen verfügen.« Im selben Atemzug fiel mir die Soiree in Marian Vasilescus Villa ein – zu Ehren von Freiherrn Merentheim, hatte es geheißen. »Es sei denn, er hatte in Baron Vasilescu einen unabhängigen Geldgeber gefunden.«

»Sehr gut.« Baron Sirco hob anerkennend sein Glas. »Da allerdings eine Hypothese ohne Beweise für einen Detektiv schwerlich von Nutzen ist, werde ich bei Gelegenheit besagte Theorie überprüfen und dem jungen Vasilescu einen Besuch abstatten.«

»Kennen Sie ihn denn, Baron?«, fragte ich neugierig.

»Durchaus nicht.« Langsam drehte er das Glas zwischen seinen Fingern. »Übrigens, meinen Sie nicht, dass wir auf die Förmlichkeiten verzichten sollten? Baron hier, gnädiges Fräulein da, das wird doch langweilig mit der Zeit. Nennen Sie mich Dejan.«

Im großen Wandspiegel sah ich mich voll dümmlicher Heiterkeit grinsen.

»Stella«, murmelte ich und hob ebenfalls mein Glas, um dem Baron – Dejan – zuzutrinken. Beinahe schämte ich mich ein wenig über die kindische Freude, die ich ob der kleinen Geste empfand. Du bist zu alt, schalt ich mich, viel zu alt, um dich in einen ganz fremden Menschen zu verlieben. Vielleicht sind der hübsche Akzent, das blasse Lächeln und ein gewisser Intellekt schon alle Qualitäten, mit denen die Natur ihn ausgestattet hat. Vielleicht wirst du ihn gar nicht ausstehen können, wenn du ihn erst näher kennst. Und überhaupt: verliebt! Wie du nur auf den Gedanken kommst, deine Schulmädchenschwärmereien gleich mit dem Pathos der Verliebtheit zu versehen. Ich hatte stets geglaubt, Krysztof wäre der einzige Mann, den ich in meinem Leben würde lieben können, und unser Band war eng, gewiss … doch wann hatte sich die Gewohnheit eingeschlichen, waren die Schmetterlinge davongeflattert und die blutroten Rosen verblasst?

»Waren Sie immer schon Detektiv?«, fragte ich Dejan, hauptsächlich um mich auf andere Gedanken zu bringen.

Wenigstens für die »Wiener G'schichten« in *Salon&Sport* war mein Talent, mit untrüglicher Sicherheit jene Frage zu stellen, die meine Gesprächspartner in größtmögliche Verlegenheit brachte, nicht unnütz gewesen, fand sich doch in Auslassungen zuweilen der beste Stoff für Klatschkolumnen.

Jetzt freilich genierte ich mich sehr, als ich Dejan zögern sah. »Beinahe. Nach dem Ende meiner militärischen Karriere vor unendlich vielen Jahren, nachdem Graf Trubic mich mit der okkulten Welt bekannt gemacht hatte, entschied ich mich dafür, eine Privatdetektei in derlei Belangen zu eröffnen.«

»Vor unendlich vielen Jahren?«, fragte ich wissbegierig weiter. »Da muss Graf Trubic noch ein Knabe gewesen sein.«

Ein Schatten huschte über Dejans Züge. »Er hat Ihnen nicht davon erzählt?«, vergewisserte er sich. »Das sieht ihm ähnlich.«

»Wovon?« Verwirrt blinzelte ich ihm zu.

Dejan zog es vor, meine Erkundigung unerwidert zu lassen, und erhob sich stattdessen. »Kommen Sie, wir wollen aufbrechen. Ich schlage Ihnen vor, gehen Sie nach Hause, ruhen Sie sich ein wenig aus. Wenn die Centrale Sie braucht, wird man nach Ihnen schicken.«

Ich nickte beklommen, konnte mir nicht erklären, wie ich durch meine harmlosen, wenn auch ein wenig fürwitzigen Fragen das rasche Ende unseres kleinen Rendezvous herbeigeführt hatte.

Schweigend eilten wir an der kleinen Tanzfläche vorbei, die allmählich von den Gästen, die zum Fünf-Uhr-Tee in den Kursalon gekommen waren, bevölkert wurde.

»Ich möchte wetten, Sie waren ein schneidiger Dragonermajor«, unternahm ich einen Versuch, erneut das Eis zu brechen, als wir hinaus auf das Trottoir traten.

Dejan hielt in der Bewegung inne. »Ich muss Sie enttäuschen: Hauptmann des mährisch-schlesischen Feldjägerbataillons Nummer 5.« Spöttisch sah er auf mich herab. »Infanterie«, sagte er. »Guten Abend.«

Ich blieb mit einem weiteren Mysterium zurück.

Felix konnte nicht umhin, Merentheim zu bemitleiden: In vergangenen, schlichteren Tagen wäre der Freiherr in Würde seinen Verwundungen erlegen, hätte Geheimnisse und Wahrheiten mit in sein kranzgeschmücktes, blumenumflortes Ehrengrab genommen. Nun aber hatten die Menschen der modernen Zeiten, die er in Reden und Streitschriften, wohl auch ein wenig aus persönlicher Überzeugung, stets dazu ermahnt hatte, das volle Potenzial der sich bietenden Möglichkeiten ihrer neuen Ära auszuschöpfen, sich auf grausame Weise gerächt und ihn am Leben gehalten.

Statt in Frieden zu ruhen, lehnte er nun in einem Bett im ersten Stockwerk des Wiener Allgemeinen Krankenhauses auf dem Alsergrund, mit einem Nachthemd, nicht dem Totenkleid angetan, um die Neugier der Menschheit, in diesem Falle repräsentiert durch Graf Felix Trubic, zu befriedigen.

»Wie fühlen Sie sich, Freiherr?«

Merentheim erging sich in einer abfälligen Geste. »Die korrekte Formulierung lautet wohl, den Umständen entsprechend. Der Transport von Baden nach Wien erwies sich als unangenehmer als erwartet.« Er unternahm einen matten Versuch, den Kopf aus den Polstern zu heben. »Nur sind Sie bestimmt nicht gekommen, um sich nach meinem Befinden zu erkundigen.«

Aus fiebrig glänzenden Augen maß er Felix wie einen unliebsamen Eindringling, dessen er sich schnellstmöglich zu entledigen gedachte. Dass er versäumte, seinem Besucher einen

Platz anzubieten, nahm Felix zum Anlass, einen Stuhl an das Bett zu ziehen und sich rittlings daraufzuschwingen. Die Hände über der Rückenlehne verschränkt, betrachtete er Merentheim mit unverhohlenem Interesse. Er hatte erwartet, den Freiherrn gealtert, gebrochen vorzufinden, aber genau das Gegenteil war der Fall. Zwischen den weißen Laken und Kissen sah er jünger, unschuldiger aus als jemals zuvor, seine Züge zwar von Schmerz und Erschöpfung gezeichnet, doch sehr ruhig.

»Konnten Sie neue Erkenntnisse gewinnen, wer den Tod von Krauß und Kovacs, den Brand in Vasilescus Landsitz, den Anschlag auf meine Person zu verantworten hat?«, brach Merentheim nach einer Weile ungeduldig das Schweigen.

»Denken Sie denn, dass es einen Zusammenhang zwischen den Ereignissen gibt?«, fragte Felix leichthin.

»Begehen Sie nicht den Fehler, jeden in Uniform für einen Ignoranten zu halten, Trubic. Ich weiß so gut wie Sie selbst, dass keiner der Zwischenfälle unabhängig von den anderen betrachtet werden kann. Weshalb sind Sie hier?« Fahrig huschten Merentheims blasse Hände über die Bettdecke, als wollte er Informationen wie Mäuse erhaschen.

Durch die Milchglasscheibe im oberen Drittel der Tür sah Felix, wie ihm der Assistenzarzt, der ihn zu Merentheim geführt hatte, ein Zeichen gab: noch zehn Minuten. Mit einem resignativen Nicken erklärte er sein Einverständnis; schon im Vorfeld des Besuches hatte er dem behandelnden Arzt versichern müssen, nicht länger als eine Viertelstunde bei dem Patienten zu verweilen und ihn unter gar keinen Umständen in Aufregung und Unruhe zu versetzen.

Nun, ein Versprechen war leicht gegeben.

»Ich darf Sie bitten, mir noch ein wenig von der *Fortuna* zu erzählen. Wenn ich recht davon ausgehe, sind Sie seit dem Tod von Ingenieur Krauß und dem Verschwinden der Unterlagen aus seiner Wohnung« – Merentheim hob den Kopf, und Felix belohnte ihn für die Anstrengung mit einem strahlenden Lächeln – »wovon mir Ihr Adjutant zu berichten wusste, der einzige, der noch das Gesamtbild kennt und meinen Wissensdurst stillen kann. Wie funktioniert die *Fortuna?*«

Merentheim hüstelte, eine Hand auf die Brust gepresst. »Wenn Sie sich für die Luftschifffahrt interessieren, könnte ich Sie vielleicht an Dr. Colsman, einen engen Mitarbeiter Graf Zeppelins verweisen …«

»Oh, die Luftschifffahrt langweilt mich maßlos«, tat Felix kund, während er sich gedankenverloren das Haar aus der Stirn strich. »Die *Fortuna* ist es, die mich interessiert. Die *Fortuna* mit all ihren Eigenheiten, die, wie Sie selbst behaupten, ihr erlauben, die Feenlande zu bereisen. Die *Fortuna* mit ihrer Magie. Morgen, wenn das Luftschiff seine Jungfernfahrt unternimmt, werde ich mit an Bord gehen. Da werden Sie mir vermutlich nicht verübeln, dass ich nicht ungern wüsste, was auf mich zukommen mag.« Als Merentheim sich nicht regte, fügte er hinzu: »Man hat Sie doch davon unterrichtet?«

Freiherr von Merentheim blieb ihm eine Antwort schuldig. »Sagen Sie mir, Graf Trubic, wie erklären Sie sich die Existenz von Feenmagie in unserer Welt?«

Felix hob eine Augenbraue. »Ich habe schon früh die Erfahrung gemacht, dass man derlei Irregularitäten am besten gar nicht zu ergründen sucht, handle es sich nun um Drachen, Feenmagie oder die grotesken Kreaturen aus dem Alten Volk. Niemand weiß, woher sie kommen, auch wenn Träumer gern ihre Ursprünge auf der Anderen Seite suchen.« Er sprach lebhaft, wollte dem ehrlichen Eingeständnis der Grenzen seines Vorstellungsvermögens, seiner Überzeugung einen scherzhaften Beiklang verleihen.

Merentheim rang sich ein schiefes Lächeln ab. »Den Dingen allzu tief auf den Grund zu gehen, langweilt Sie wohl fast so sehr wie die Luftschifffahrt, Trubic?«

»In der Tat.« Noch keinem Menschen, so fand Felix, hatte es jemals geschadet, wenn ein möglicher Kontrahent ihn für ein wenig seichter, ein wenig oberflächlicher befunden hatte, als er es tatsächlich war. Nur, dass Merentheim keinen Gegner darstellte, sondern einen Auftraggeber, rief er sich sogleich zur Ordnung.

Noch.

»Dann will ich Ihnen eine simple Erklärung präsentieren: Es gibt Moroi, Feenwesen, nennen Sie sie, wie Sie möchten, denen es mittels komplexer Zauber möglich ist, von einer Welt in die andere zu treten. Und nach demselben magischen Prinzip operiert auch die *Fortuna*.« Merentheims Züge verdüsterten sich. »Sollte die *Fortuna* operieren«, verbesserte er sich. Schweiß rann über seine fahlen Wangen. Mechanisch holte Felix sein eigenes Taschentuch hervor und betupfte Merentheims fieberheiße Stirn.

»Weshalb die Heimlichtuerei?«, flüsterte er dicht an seinem Ohr. »Weshalb den eigenen technischen Stab nicht ins Vertrauen ziehen?«

Der Freiherr schwieg verbissen, sein Atem ging stoßweise. Felix sah, dass etwas frisches Blut durch den Verband an seiner Brust gedrungen war und nun Nachthemd und Laken besudelte.

»Was suchen Sie da drüben, auf Ihrer Anderen Seite, von dem niemand erfahren darf?«

Mit äußerster Anstrengung hob Merentheim eine Hand, schloss sie um Felix' Unterarm und presste die Fingerspitzen geradewegs in die kleine Schnittverletzung, die er ihm im Degengefecht zugefügt hatte. Felix nickte anerkennend: Der Freiherr durfte ein exzellentes Gedächtnis sein Eigen nennen.

»Verschwinden Sie, Trubic«, murmelte Merentheim heiser. »Verschwinden Sie, und tun Sie Ihre verdammte Pflicht.«

Felix erhob sich. »Einen guten Abend«, wünschte er ohne

Groll. Auf dem Gang wandte er sich an den Assistenzarzt, der sich alle Mühe gab, den Anschein zu erwecken, als hätte er die Szene nicht durch die Milchglasscheibe beobachtet.

»Vergeben Sie mir. Ich fürchte gar, ich habe versehentlich die Wunde Ihres Patienten wieder aufgerissen.«

Kaum dass er das weitläufige Areal des Spitals verlassen hatte, in eine der Droschken gestiegen war, die vor einem der zahlreichen Eingänge warteten, und dem Kutscher eine Adresse im gutbürgerlichen Teil der Josephsstadt genannt hatte, streifte Felix sein Jackett ab; vorsichtig löste er den rechten Manschettenknopf und schob den Ärmel seines Hemdes ein wenig empor, um sich die Schramme zu besehen, die Merentheim ihm zugefügt hatte. Eine Warnung, eine Erinnerung: Der Oberst wusste immer noch mehr über ihn, als ihm lieb sein konnte. »Ich kenne deine Geheimnisse. Deshalb kann ich dir auch vertrauen«, murmelte eine Stimme in Felix' Erinnerung, die er erst nach Sekunden als die eigene erkannte. Beinahe fünfzehn Jahre waren verstrichen, seit er mit der Grausamkeit der Jugend einen Mann, der ihm damals wie heute ein Freund war, mit jenen Worten auf seinen Platz verwiesen hatte. Erst mit der Zeit hatte er gelernt, dass manche Wahrheiten in ihrer Selbstverständlichkeit erst gar nicht ausgesprochen werden mussten.

Solcherlei bitteren Gedanken hing er nach, als die Kutsche wenig später in einer Seitengasse der Josephstädterstraße zum Stehen kam.

»Warten Sie auf mich«, befahl Felix, ehe er auf das ältliche, einstöckige Wohnhaus zuschritt, das wohl zu Zeiten errichtet sein musste, da die Josephsstadt nicht mehr denn ein dörflicher Vorort Wiens gewesen war. Das Haustor war einen Spaltweit geöffnet; eine Portierloge existierte ebenso wenig wie eine vernünftige Beschilderung der Wohnungen, sodass es einige Zeit in Anspruch nahm, bis Felix, assistiert von einem älteren Herrn, der mit allen ansässigen Parteien auf Kriegsfuß zu stehen schien, fand, wonach er suchte.

»Die gnädige Frau ist ausgegangen, und der Herr Doktor auch«, verkündete das Dienstmädchen des Willroth'schen Haushalts, eine junge Person mit müden Augen und breiten Händen, die ehrfürchtig Felix' Visitenkarte musterte. Offensichtlich waren ihr in ihrem Leben noch nicht allzu viele Angehörige des höheren Adels begegnet. »Aber der gnädige Herr müsst bald zurück sein, der wollt heute früher nach Hause kommen. Vielleicht möchten der Herr Graf hereinkommen und auf ihn warten?«

Mit einem huldvollen Nicken nahm Felix dieses Angebot an. Er hatte nichts dagegen, in Ingenieur Willroths Wohnung ein wenig Zeit zu vertun. Bibliotheken, Arbeitszimmer, gelegentlich auch Salons hatten die hübsche Angewohnheit, sich als überaus informativ zu erweisen. Was sich von Ingenieur Willroth selbst kaum behaupten ließ. Dennoch war Felix gekommen, ihn zu seiner offenkundigen Animosität gegenüber Merentheim zu befragen. Aus Erfolgsneid und verletztem Stolz hatten Menschen schon ungewöhnlichere Dinge getan, als Konkurrenten auf obskuren Wegen in den Selbstmord zu treiben und gedungene Mörder auf ihre Dienstherren anzusetzen.

Das Hausmädchen führte ihn in einen kleinen Salon mit niedriger Decke, dem, wie auch dem Rest des Hauses, seit der Zeit des Biedermeier keine wesentliche Veränderung mehr widerfahren sein dürfte. Das einzige Zugeständnis an die Tatsache, dass man nicht mehr das Jahr 1840 schrieb, bestand aus dem Telephon, das in unmittelbarer Nähe zu einer Tapetentür auf einer hübschen Kommode abgestellt war.

Felix wartete, bis die Dienstbotin ihm einen Likör offeriert und sich knicksend zurückgezogen hatte, bevor er aufs Geratewohl die Klinke selbiger Tür betätigte. Willroth schien ein konventioneller Geist zu sein, was nahelegte, dass er auch in der

Anordnung seiner Wohnräume herkömmlichen Mustern folgte und damit Salon und Bureau so wie in tausenden anderen Wohnungen aneinandergrenzten.

Er irrte nicht; hinter der Tür fand sich tatsächlich eine kleine, wenn auch helle Kammer, deren einziger Einrichtungsgegenstand aus einem großen Schreibtisch bestand, auf dem sich Bögen mit kleinkariertem Zeichenpapier, Schreibwaren, Notizbücher, eine Landkarte und eine dunkelrote Mappe türmten.

Eben wollte Felix die Hand nach dem obersten der Notizbücher ausstrecken, da vernahm er das Quietschen der Eingangstür, Schritte auf dem Korridor, die gedämpfte Stimme des Hausmädchens. Einen Moment später trat Willroth, noch im Sommermantel, unter dem die Schöße seines weißen Kittels hervorlugten, in den Salon.

»Graf Trubic?«, fragte er, die Brauen gerunzelt, mit grimmiger Miene.

Langsam drehte sich Felix zu ihm um.

»Ah, Willroth, schön Sie zu sehen«, grüßte er; nichts in seinem Verhalten legte nahe, dass es auch nur im Entferntesten ungewöhnlich sein könnte, wenn ein zufälliger Besucher sich in fremder Leute Arbeitszimmer umtat. »Sie müssen verzeihen, ich war gerade in der Gegend und hielt es für opportun, wenn wir noch ein wenig über den Ablauf der morgigen Jungfernfahrt plauderten.«

»Ja«, erwiderte Willroth einsilbig. Mit raschen Schritten hatte er den Schreibtisch umrundet und die rote Mappe an sich genommen, die er jetzt in der obersten Schublade einschloss.

Felix lächelte. Manche Menschen machten ihm das Leben beinahe zu einfach.

Die Wahrscheinlichkeit, Aaron Rosenstein nicht nur nicht in seinem Bureau, sondern überhaupt nicht in der Centrale anzutreffen, obgleich es noch lange nicht zur Mitternacht geschlagen hatte und es damit keine aufstrebenden Schauspielerinnen zum Souper abzuholen galt, mochte ungefähr so hoch sein, wie auf offener Straße Seiner Majestät, dem Kaiser zu begegnen, was Felix hoffnungsfroh stimmte. Denn statt dem jungen Arzt hatte er bloß Sir Lysander und die kleine Schönthal, die blass und mitgenommen aussah, in dem Durcheinander des Arbeitszimmers vorgefunden.

»Der Doktor trifft sich im Kaffeehaus um die Ecke mit einem Kontaktmann«, ließ Sir Lysander ihn wissen. »Er tat überaus geheimnisvoll. Was meinen Sie, ob er wohl gerade jetzt, während wir konversieren, Dokumente an den russischen Geheimdienst verkauft? Spionage soll sehr en vogue sein, habe ich mir sagen lassen.«

Felix, der nicht glauben wollte, dass Sir Lysander nicht auf die Affäre um Oberst Redl und die Konsequenzen, die ihm selbst daraus erwachsen waren, anspielte, begnügte sich mit einem kleinen Unmutslaut.

»War Ihr Nachmittag erfolgreich?«, wandte er sich an Stella, die ihn ihrerseits aufmerksam beobachtete.

»Ich denke ja, Herr Graf«, gab sie zur Antwort. »Baron Sirco und ich konnten eine Art Beweis dafür finden, dass Oberst von Merentheim seine Mannschaft besticht.«

Eine Art Beweis, dachte Felix, und verzog spöttisch die Lippen. Aber Dejan würde wissen, was er tat.

»Wo ist der Baron jetzt?«

»Das weiß ich leider nicht. Er ließ mich vor Hübners Kursalon stehen.« Stella rieb sich die bleichen Wangen. »Ich fürchte, ich habe ihn beleidigt. Daraufhin bin ich zur Centrale zurückgekehrt.«

»Gut.« Felix bezwang seine Neugier und fragte nicht weiter nach den Differenzen, die sich zwischen seinem alten Freund und seiner neu gewonnenen Assistentin ergeben hatten. »Gehen Sie nach Hause, ruhen Sie sich aus. Ich erwarte Sie morgen auf dem Flugfeld Aspern, rechtzeitig zum Jungfernflug.« Unruhig durchmaß er das kleine Zimmer, verfluchte sich einmal mehr für seine Impulsivität. Das hatte er von Pflichtbewusstsein und Tollkühnheit – morgen musste er in einem schwarzmagischen Luftschiff fliegen.

Was ihn an ein weiteres Missgeschick der letzten Tage erinnerte.

»Sir Lysander, auf ein Wort, bitte.« Ohne eine Reaktion abzuwarten, marschierte er aus dem Bureau. Aus den Augenwinkeln sah er, wie Sir Lysander hinter ihm her hoppelte, bis zu dem schmalen, ganz in Blassblau und Rosé gehaltenen Salon, der gelegentlich zum Empfang von Besuchern genutzt wurde, die man aus vielfältigen Gründen nicht den Bureauräumlichkeiten der Agenten aussetzen wollte.

Felix schloss die Tür, löste ohne weitere Präliminarien den Verband um seinen Hals und präsentierte Sir Lysander die lange, hässliche Narbe.

»Was sagen Sie dazu?«

Sir Lysander sprang schwungvoll auf einen der Stühle und richtete sich auf die Hinterbeine auf.

»Mir scheint, Sie hatten diese Narbe schon einmal, als Sie noch nicht Ihren eigenen Sohn verkörperten, Graf. Eine zufällige Laune des Schicksals, oder messen Sie der Verwundung besondere Bedeutung zu?«

Vor etlichen Jahren, in einem anderen Leben, in einer anderen Zeit, war es einem Gegner gelungen, Felix Trubic zu überraschen und beinahe auch, ihm die Kehle durchzuschneiden. Von dem Zwischenfall war ihm eine hässliche Narbe geblieben, die verschwand, als das blutmagische Ritual des Vampirs ihm Jugend, Gesundheit und physische Unversehrtheit wiedergab.

In knappen Worten schilderte Felix, was ihm bei dem versuchten Einbruch in Krauß' Wohnung widerfahren war. Als er geendet hatte, keckerte Sir Lysander aufgeregt.

»Wissen Sie, was das Erstaunliche an der Magie der Moroi ist?«, fragte er schließlich.

Felix ließ sich schwer in einen Fauteuil fallen. »Sie zaubern mit der Lebensenergie anderer Menschen«, murmelte er mit geschlossenen Augen. »Bitte verschonen Sie mich mit derlei Allgemeinplätzen. Ein gewisses Maß an Bildung dürfen Sie voraussetzen, wenngleich ich auch kein Magietheoretiker bin.«

»Sie zaubern mit der Lebensenergie anderer Wesen«, korrigierte Sir Lysander ihn streng. »Manchmal reicht auch nur das bisschen Leben, das noch in einer Schnittblume verbleibt. Oder das einer armen Taube, die zur falschen Zeit auf dem falschen Fenstersims landet. Aber ich schweife ab.« Seine Schnurrbarthaare bebten vor Anteilnahme. »Vergessen Sie nicht, Graf, Sie leben nicht im herkömmlichen Sinne. Vielmehr zehren Sie von der Lebensenergie, die Buckinghams Ritual Ihnen gab. Wenn nun in Ihrer Umgebung Feenmagie gewirkt wird und Sie rein zufällig das schwächste Lebewesen vor Ort sind – denn Moroimagie, so sie nicht bewusst auf eine Quelle dirigiert wird, bedient sich traditionellerweise an den schwachen Kreaturen –, dann wird vermutlich eine Schicht des Zaubers, der Sie am Leben hält, absplittern«, erläuterte Sir Lysander und klang dabei, fand Felix, eine Nuance zu zufrieden. »Die Maske wird bröckeln, bis Sie zuletzt wieder derselbe sind, der vor vier Jahren in der Umarmung des Vampirs den Tod und neues Leben fand.«

»Ich verstehe«, sagte Felix, doch selbst in seinen eigenen Ohren klang der Gleichmut in seiner Stimme falsch.

Sir Lysander hüpfte von dem Stuhl auf die Tischplatte, beschnupperte gedankenverloren das staubige Holz, nieste.

»Wenn wir das Thema schon angeschnitten haben, wussten Sie, dass das reizende Fräulein Schönthal eine Moroaică ist?«

»Selbstverständlich. Sonst säße sie gegenwärtig kaum in Rosensteins Bureau und übte sich in Zauberkunststücken.«

Sir Lysander fauchte ärgerlich. »Eine echte Moroaică, meine ich. Nicht etwa ein Mensch, in dessen Adern ein paar Tropfen Feenblut fließen, sondern ein Kind beider Welten.« Mit der Schwanzspitze trommelte er auf den Tisch. »Was wissen wir von ihrer Familiengeschichte? Welches Elternteil könnte Moroi gewesen sein?«

Ruckartig setzte sich Felix auf. »Der Vater«, entschied er. »Laut Recherchen ist nämlicher unbekannt. Die kleine Schönthal wuchs nach dem frühen Tod ihrer Mutter bei ihrem Großvater auf. Über jenen gibt es umfangreiche Aufzeichnungen. Eine alte Geschichte: Jüdischer Bankierssohn strebt eine Universitätskarriere an, verspielt schon als junger Mann auf sinisteren Wegen Vermögen und Ruf und muss sich fortan mehr schlecht als recht und zuweilen an der Grenze der Legalität durchs Leben schlagen.«

Vor dem Wandspiegel verknotete Felix den Verband um seinen Hals und deutete eine Verneigung vor Sir Lysander an. »Wenn Sie mich nun entschuldigen möchten? Nach alldem, was Sie mir zu berichten wissen, liegt morgen ein höchst unangenehmer Tag vor mir, fürchte ich.«

Eine laue, klare Nacht brach über der Stadt herein, als Felix die Centrale verließ; er fühlte sich müde und rastlos gleichermaßen, gewillt eine Tollheit zu begehen oder auch nur in seine Wohnung zurückzukehren und seine aufkeimende Furcht in Absinth und Champagner zu ertränken. Mochten welche Götter die Himmel auch regierten wissen, was ihn morgen erwartete. Selbst wenn Willroth von einem problemlosen Jungfernflug, bei dem die magischen Elemente der *Fortuna* nicht einmal aktiviert werden sollten, ausging, blieb doch das Unbehagen: Feenmagie, machtvolle Feenmagie, ließ sich so einfach nicht beherrschen.

In Gedanken versunken schritt er die Gasse entlang; in dem

kleinen Kaffeehaus an der Ecke sah er an einem Fenstertisch Rosenstein sitzen, ins Gespräch mit einem älteren Herrn geckenhafter Aufmachung vertieft. Gerade als Felix das Lokal passierte, blickte er auf, hob die Hand zum Gruße und sprang auf.

Felix, dem der Sinn durchaus nicht nach einer der umständlichen und zuweilen einschläfernden Konversationen stand, die Rosenstein so meisterhaft beherrschte, war für einem Moment versucht, Ignoranz zu heucheln und weiter seiner Wege zu gehen, aber da kam der junge Arzt auch schon aus dem Kaffeehaus gestürzt.

»Graf Trubic! Was für ein Zufall!«, grüßte er sichtlich erfreut. »Sie werden nicht glauben, mit wem ich mich gerade zum Aperitif getroffen habe!«

»Sarah Bernhardt?«, schlug Felix vor, der derlei Versuchungen nicht widerstehen konnte.

Rosenstein verschränkte die Arme. »Einem Geheimen Meister der Großloge von Wien«, erklärte er beleidigt.

Felix zog eine Augenbraue hoch. Die meisten Freimaurer, die er kannte, mochten anständige und vernünftige Menschen sein, doch konnte er nicht umhin, sie ein wenig lächerlich zu finden: Erwachsene Männer, die Geheimgesellschaft spielten und den eigentlichen Zweck ihres Bundes – Freiheit, Gleichheit, Brüderlichkeit, dachte er ironisch – in Pomp und überladene Symboliken kleideten.

»Und der Meister hat mir gerade bestätigt, was Sir Lysander erzählte! Es gibt wirklich eine Gesellschaft zum Ende der Welt. Oder gab, nach dem Fiasko in Prag.«

Felix nickte geistesabwesend. Dass er verstand, wovon Rosenstein sprach, konnte er nicht behaupten, und er war sich auch ziemlich sicher, dass er es gar nicht unbedingt wollte.

»Morgen«, sagte er. »Morgen werde ich begierig sein, davon zu hören. Nachdem das Luftschiff seine Runde über Wien gedreht hat.«

Beinahe hatte er erwartet, Dejan in seiner Wohnung vorzufinden, und wurde nicht enttäuscht; er, nicht Simon war es, der Felix die Tür öffnete.

»Ich habe deinen Diener fortgeschickt«, grüßte Dejan. »Mir kam der Gedanke, du würdest an meiner Gesellschaft keinen Anstoß nehmen.« Seine Miene war unbewegt, nur in seinen dunkelbraunen Augen funkelte ein Lächeln.

Felix warf die Tür ins Schloss und streifte seine Handschuhe ab.

»Mir ist, als stünde mir ein Duell im Morgengrauen bevor«, sagte er und erschrak beinahe über die Ehrlichkeit in seiner Stimme, seinen Worten. »Und du weißt, wie ungern ich derlei Dinge tue.«

Dejan berührte seinen Arm. »Deine Entscheidung steht fest?«, fragte er knapp.

»Du kennst mich. Die Rolle des unbeteiligten Zusehers ist mir nicht eben auf den Leib geschrieben.«

»Nein.« Dejan schien einen Augenblick nachzudenken. »Ich habe Champagner und ein paar höherprozentige Kleinigkeiten mitgebracht«, sagte er schließlich statt einer Antwort. »Ein 96er Jouët. Leider habe ich ihn schon geöffnet, ich dachte, du würdest früher zurückkommen.«

Im Salon brannten die Lichter, Champagner perlte in den Schalen, in einer Karaffe stand ein dunkler Rotwein bereit, daneben auf dem Silbertablett französischer Cognac.

»Es ist eine altehrwürdige Tradition, sich in der Nacht vor einer großen Entscheidung hoffnungslos zu betrinken«, erläuterte Dejan.

Felix wartete, bis der Freund sich in einem Fauteuil niedergelassen hatte, ehe er sich rücklings auf den Diwan warf und sagte: »Dann solltest du mir zunächst von deinen nachmittäglichen Erkundigungen berichten.«

Dejan erging sich in einem höchst eloquenten Achselzucken.

»Wie ich vermutet hatte, verheimlichte Merentheim die Testfahrten und zeigte sich dabei spendabel. Worauf wollen wir trinken?«

Felix hob sein Glas. »Auf das gottverdammte Luftschiff.«

»Auf das gottverdammte, *schwarzmagische* Luftschiff.« Dejan nippte an seinem Glas und schüttelte leicht den Kopf. »Du. An Bord eines schwarzmagischen Luftschiffs. Du verträgst keine Magie. Du hasst es zu fliegen.«

Ein widerwärtiger, durchdringender Geruch schien sich mit einem Mal in dem Salon zu manifestieren, der süßliche Gestank von verwesendem Fleisch, von Tod und Untergang. Für den Bruchteil einer Sekunde nur durchzuckte Felix jenes namenlose Grauen, das er beim Anblick der *Fortuna* verspürt hatte; wie eine groteske, sterbende Monstrosität war sie ihm damals erschienen, Allegorie einer Zeit, die sich selbst ihre Ungeheuer schuf.

Er sprang hoch, riss ein Fenster auf, atmete gierig die frische Nachtluft, wohl wissend, dass Dejans ruhiger Blick einer jeden seiner Bewegungen folgte.

»Ja nun, wir können getrost davon ausgehen, dass mir der morgige Rundflug kein sonderlich großes Vergnügen bereiten wird«, entgegnete er mit einiger Verspätung. »Andererseits nehme ich es gewiss lieber mit dem verfluchten Luftschiff auf als mit deinen Flugkünsten.« Selbst in seinen eigenen Ohren klang die Leichtigkeit dieser Replik etwas forciert.

»Nein.« Unverwandt musterte ihn Dejan über den Rand seines Glases hinweg. »Es ist bitter, dass wir einander so gut kennen. Ich will nicht sagen, du könntest mich nicht mehr belügen, aber du musst dir etwas mehr Mühe geben.«

In der Wohnung vis à vis begann jemand bei geöffnetem Fenster auf einem falsch gestimmten Piano eine Walzermelodie zu spielen und bot Felix so Gelegenheit vorzugeben, die letzten Worte überhört zu haben.

»Es ist meine Pflicht«, flüsterte er zuletzt.

Dejan war aufgestanden. »Du Narr«, sagte er, »komm her.«

Es war eine eigentümliche Umarmung, in der sie sich im nächsten Augenblick wiederfanden; was waren sie einander nicht gewesen im Lauf der Jahre, Freunde und Feinde, Kameraden, Geliebte und so viel mehr, das sich doch nicht in Worte, nur die Nuancen einer Berührung fassen ließ.

»Du Narr«, wiederholte Dejan. Er machte sich los, hielt Felix auf Armeslänge von sich. »Sieh dich nur an, bereit alles zu riskieren für eine undankbare Krone, die dein Opfer nicht einmal annehmen will.«

»Du vergisst, meine Suspendierung wird aufgehoben, sobald die Affäre um das Luftschiff beendet ist.«

»Deine Suspendierung, ja. Aber glaubst du, die Herren im Generalstab werden dir jemals vergeben, was du bist?«

Felix verzog die Lippen. »Ich diene der Monarchie, nicht irgendwelchen Generalstabsoffizieren. Gerade so wie du, du Heuchler. Nur weil das Bureau in Prag zu unbedeutend ist, um irgendwelche Maßnahmen erforderlich zu machen, bleibt es dir erspart, mein missliches Schicksal zu teilen.« Reichlich ungelenk durchquerte er den Raum, um abermals auf dem Diwan Platz zu nehmen; ihn schwindelte, er fühlte sich deutlich trunkener, als nach einem Glas Champagner angemessen war.

Dejan setzte sich auf die Armlehne des Diwans und schlug die Beine übereinander.

»Vielleicht bin ich auch durch meine Intimfreundschaft mit einer stadtbekannten Bordellbesitzerin über jeden Zweifel erhaben«, warf er ein, ohne einen Versuch zu unternehmen, sein Amüsement zu verbergen.

Mit klammen Fingern lockerte Felix seinen Kragen, nahm den Verbandstreifen ab, zuckte zusammen, als seine Knöchel die Narbe streiften.

»Eine Bordellbesitzerin, die dich für einen Lobkovic verlassen hat«, präzisierte er unbarmherzig.

»Nein.« Dejan hantierte mit der Champagnerflasche und füllte die beiden Gläser erneut. »Verlassen wird mich Esther niemals. Ebenso wenig wie du. Selbst wenn sie sich gelegentlich in den Hochadel verliebt. Selbst wenn du für hübsche Ulanen oder kluge Zauberinnen entbrennst.«

Felix grinste. »Du beliebst zu scherzen. Fräulein Stella hat den erotischen Reiz einer Hauskatze, und der kleine Vasilescu ist ebenso verrückt wie dekorativ.« Tatsächlich hatte er sich in den letzten Jahren zusehends damit abgefunden, dass diese eine, große Beziehung seines Lebens ihm genügte. Zwar amüsierten ihn die Riten der Verführung, ganz gleich, ob es sich um eine hochmütige Dame der Gesellschaft oder einen jugendlichen Offizier handelte (beides Kategorien, für die Felix seit jeher ein ausgeprägtes Faible sein Eigen nannte), er sah die Menschen gern sich verlieren und neu erfinden. Doch das Liebesspiel per se erschien ihm bei derlei Gelegenheit mehr wie die Coda eines Stückes, das seinen Höhepunkt schon in jenem Moment erreicht hatte, da die Dame mit ihren Prinzipien brach, der Herr blindlings in verbotene Begierden taumelte.

»Bist du nicht allmählich der Spiele, der Risiken müde?«, fragte Dejan, als hätte er seine Gedanken erraten, und reichte ein Glas an Felix weiter.

Felix lächelte. »Und das von einem Mann, der an seinem vierzigsten Geburtstag das letzte Autorennen seines Lebens fuhr, um am nächsten Tag ein Flugzeug zu erwerben.« Er leerte sein Glas in einem Zug, der Champagner schmeckte eigentümlich, süß und bitter zugleich. Felix schloss die Augen, lehnte den Kopf an die Wand, genoss das Gefühl unerklärlicher Trunkenheit. Er fühlte, wie Dejan sacht seinen Hals berührte, mit den Fingerspitzen die Konturen seiner Narbe nachzeichnete, wie Lippen beiläufig die seinen streiften; er wollte den Kuss erwidern, musste aber gleich darauf feststellen, dass er sich außerstande sah, auch nur den Kopf zu wenden; eine tiefe, bleischwere Müdigkeit hatte Besitz von ihm ergriffen, selbst um die Lider einen Spaltweit zu öffnen, bedurfte es erheblicher Anstrengungen: Die Welt verschwamm vor seinen Augen, er hörte Dejan sprechen, aber all die Worte hatten ihre Bedeutung verloren, und die Dunkelheit war weich, weit und gnädig.

»Unterwegs. Viel Glück«, so lautete die knappe Botschaft, die Krysztof mir auf einer Briefkarte hinterlassen hatte. Einen Augenblick erwog ich die Möglichkeit, die Karte in Fetzen zu reißen, kam jedoch zu der Erkenntnis, dass mir diese kindische Geste kaum Genugtuung verschaffen würde, und ließ mich stattdessen wieder zurück in die hellblauen Kissen sinken. Selbstverständlich erwartete ich nicht, dass Krysztof mir über einen jeden seiner Schritte Rechenschaft ablegte. Im Grunde war es mir sogar lieber so; je weniger ich über seine Spionagetätigkeiten wusste, desto leichter ließ sich die Illusion aufrechterhalten, dass unsere beiden Professionen nicht weiter von Belang waren, dass sich nichts zwischen uns geändert hatte, nichts ändern würde. Aber wen wollten wir noch täuschen, wenn die Fassaden doch schon bröckelten: Gestern etwa, als ich Krysztof ein wenig von der Centrale hatte berichten wollen, ohne freilich auf meine zauberischen Fortschritte oder gar den Umstand, dass ein Earl und Fischotter mich unterrichtete, einzugehen, hatte er mich rüde unterbrochen (»Derlei Informationen möchtest du nicht mit einem Spion teilen, Stella.«), um für den Rest des Abends großes Interesse an einem politischen Wochenjournal zu heucheln.

Und dennoch hatten wir in der vergangenen Nacht das ozeanblaue Bett geteilt, in der keuschen Umarmung alter Freunde.

Versunken strich ich jetzt mit der flachen Hand über die zerknitterten Laken, versuchte mich zu erinnern, wie oft ich Krysztof schon als Liebhaber verloren und wieder gewonnen hatte. Fast wehmütig erinnerte ich mich unserer ersten Nacht, das heißt, eigentlich war es ein Nachmittag, irgendwann im Frühsommer, ich war gerade achtzehn geworden und ließ mich mit großer Begeisterung verführen. Der Leidenschaft jener ersten Monate waren andere gefolgt, in denen wir als vertraute Freunde zueinander sprachen, dann wieder lagen wir uns als Liebende in den Armen. Seit der Unfall Krysztof so furchtbar gezeichnet hatte, hatte er keiner anderen Frau mehr den Hof gemacht, das wusste ich. Auch kannte ich den Grund: Nicht aus Furcht, abgewiesen zu werden – sondern, schlimmer noch, aus Mitgefühl und Sentimentalität erhört zu werden, davor graute es ihm.

Trotzdem hatte er gestern Abend meine verschämte Eröffnung, dass ich die Bekanntschaft eines ungemein attraktiven Barons gemacht hatte, in lächelnder Gleichgültigkeit hingenommen.

»Kaum dass sie bei mir eingezogen ist, will das Mädchen mich schon betrügen«, hatte er mich geneckt und mich für einen Augenblick daran erinnert, wie er früher mit mir gescherzt hatte: »Ich glaube, du willst dich nur nicht taufen lassen, damit du weiterhin einen Grund hast, mich nicht zu heiraten.« Wann hatten wir eigentlich die Idee, zu heiraten, selbst im Spaß aufgegeben? Ich lächelte. Stella Kopetzky, Agentin Seiner Kaiserlichen Majestät, und ihr Gemahl, der Spion fremder Mächte. Hübsch.

Und gefährlich. Wenn die Okkulten Angelegenheiten aus Krysztofs offensichtlich ungeschickten Spionagebemühungen keinen Nutzen mehr zogen, wenn es ihm einmal gelang, seinen französischen Kontakten kritische Informationen zu übermitteln, war es um ihn geschehen und möglicherweise auch um mich. Klug wäre es gewesen, ihn zu verlassen, getrennte Wege zu gehen, und doch …

»Das Problem ist, ich liebe Krysztof«, sagte ich kläglich und wusste doch nicht, ob ich mich selbst belog. Liebe oder doch nur Freundschaft, Zuneigung, Gewohnheit: Es war leicht, Gefühle mit Namen zu versehen, die ich für angemessen hielt, ganz gleich, wie es um die Wahrheit bestellt war. Tatsächlich konnte ich mich kaum noch entsinnen, wie es war, Krysztof nicht in meinem Leben zu wissen. Er war schon das Ziel meiner kindlichen Schwärmereien gewesen, als er mich kaum bemerkte. Als ich »die Kleine vom Schönthal« und er der schneidige Offizier gewesen war, der die Belle-Etage ein Stockwerk unter uns bewohnte und zuweilen am Sonntag vorbeikam, um mit Großvater und ein paar anderen zu tarockieren. Wenn ich in den Ferien aus dem Pensionat nach Hause kam, pflegte ich mich bei diesen Gelegenheiten mit einem Buch auf die Fensterbank im Salon zurückzuziehen. Und um, wie ich eines Tages unumwunden gestand, als mein Großvater mich fragte, ob ich mich nicht langweilte, die Gespräche der Herren zu belauschen. Ein im Grunde harmloses Vergnügen, das mir gewährt wurde, auch wenn die Unterhaltungen nicht immer für zarte Mädchenohren geeignet waren, und die Erkenntnisse, die ich daraus zog, mich im Pensionat einmal in große Schwierigkeiten brachten, als ich eine Mitschülerin freimütig darüber aufklärte, was für Unannehmlichkeiten die Besuche in gewissen *Etablissements* mit sich bringen konnten.

Verliebt, wirklich verliebt in ihn (denn die kindliche Begeisterung, die ich in meinen frühen Mädchentagen für ihn hegte, verdiente diese Bezeichnung kaum), hatte ich mich wohl in den Krysztof, der müde, von Narben und langer Krankheit gezeichnet, ohne fesche Kapitänsuniform, nach dem missglückten Manöver nach Wien zurückkehrte, tief verwundet, aber nicht gebrochen.

Das metallische Scheppern der Türglocke riss mich aus meinen Träumereien. Da Krysztof nicht über die Mittel verfügte, sich einen Dienstboten zu leisten (lediglich eine Haushälterin erschien drei Mal wöchentlich), sah ich mich gezwungen, in Nachthemd und Schlafrock dem frühen Besucher entgegenzutreten.

Ich hatte befürchtet, in nämlicher unschicklicher Aufmachung mit einem von Krysztofs Kaffeehausfreunden konfrontiert zu werden, aber dies war durchaus nicht der Fall. Stattdessen stand ich einem Dienstmann gegenüber, der mir freundlich grinsend ein Kuvert überreichte.

»Von einem Fräulein«, sagte er einfach.

Ich ahnte Übles. »Was für ein Fräulein?«, fragte ich, während ich ihm eine der Münzen aushändigte, die Krysztof zu diesem Zweck in einer Marmorschüssel auf der Vorzimmerkommode sammelte.

Der Dienstmann hob bedauernd die Schultern. »Na, halt ein Fräulein. Am Fleischmarkt hat's mich angesprochen. Dankschön, gnä' Frau.«

Ich schloss die Tür hinter ihm, riss noch am Gang das Kuvert auf und entnahm ihm zwei Papierbögen.

Auf dem einen war in fahriger Schrift zu lesen: »Erinnere dich. Erinnere dich. Erinnere dich. *Fortuna*. Die Dunkelheit. Erinnere dich.«

Die zweite Nachricht erwies sich als nicht sonderlich erhellender: »Sehr geehrtes Fräulein Schönthal«, stand darauf in runder, kindlicher Schrift notiert. »Es tut mir leid, dass ich Sie schon wieder behellige. Alin ist seit gestern verschwunden. Diesen Zettel hier habe ich in der Tasche einer seiner abgelegten Westen gefunden. Ich will nicht recht verstehen, was das alles zu bedeuten hat, aber … kennen Sie das Gefühl, wenn man einen Traum vergessen hat und sich nur noch daran erinnert, geträumt zu haben? So geht es mir jetzt. Ich weiß, ich müsste etwas wissen, das ich vergessen habe. Und Alin ist fort. Ich mache mir große Sorgen um ihn. Bitte, kommen Sie rasch. Ihre

Chi-Chi.« Darunter war eine Adresse nahe dem Fleischmarkt vermerkt.

Ich rieb mir die Augen, las den Brief ein zweites und ein drittes Mal und kam schließlich zu der Entscheidung, dass es keine Rolle spielte, das inkohärente Schreiben deuten zu wollen. Was auch immer Carina vergessen hatte, es stand offensichtlich in Zusammenhang mit dem Luftschiff.

Einen Moment erwog ich, Graf Trubic anzurufen, verwarf den Gedanken dann aber wieder. Wie ich den Grafen einschätzte, würde ihm etwas eigenmächtiger Unternehmungsgeist in okkulten Belangen vermutlich nicht schlecht gefallen, solange mir kein nennenswertes Missgeschick unterlief.

In fliegender Hast kleidete ich mich an, war eben noch dabei, den letzten Knopf der beigen Bluse zu schließen, die Katalin mir erst letzte Woche (letzte Woche!) geschenkt hatte, als abermals ausgesprochen vehement die Klingelschnur betätigt wurde.

Ich riss die Tür auf und blinzelte meinen Gast verwirrt an. »Herr Baron«, grüßte ich schließlich.

»Guten Morgen, Stella. Wenn mich nicht alles täuscht, haben wir schon gestern beschlossen, die Formalitäten sein zu lassen.« Baron Sirco – Dejan – bedachte mich mit einem schiefen Lächeln.

»Ja«, murmelte ich, peinlich berührt. »Richtig. Bitte, kommen Sie herein.« Was immer Krysztof auch davon halten mochte, wenn er erst erfuhr, dass ich besagten attraktiven Baron in seine Wohnung gebeten hatte, ich konnte selbigen schließlich nicht draußen auf dem Korridor stehen lassen!

»Eigentlich bin ich gekommen, um Sie abzuholen. Möchten Sie dabei sein, wenn die *Fortuna* sich heute in die Lüfte erhebt?«

Ich nickte. Dachte flüchtig an Carinas Brief und beschloss, dass auch in ein paar Stunden noch Zeit sein würde, sich über Alin Vasilescus mutmaßliches Verschwinden und vergessene

Erinnerungen zu beratschlagen. Dessen ungeachtet steckte ich die beiden Blätter in die Manteltasche.

»Oh ja«, sagte ich mit Nachdruck.

»Dann beeilen Sie sich. Sir Lysander wartet unten im Wagen.« Dejan hatte den Hut abgenommen, und mir fiel auf, dass er auch heute nur an seiner Linken, mit der er sich soeben durchs Haar strich, einen Handschuh trug. Unachtsamkeit oder Rücksichtnahme? Der Gedanke, dass die feinen Narben in seinem Gesicht nicht die einzigen waren, die er dem okkulten Dienst zu verdanken hatte, rührte mich sonderbar, vielleicht auch nur, weil er mich an die Sorgfalt erinnerte, mit der Krysztof die schwarze Seidenbinde um sein zerstörtes Auge, seine entstellte Wange schlang.

»Und Graf Trubic?«, fragte ich, um mich auf andere Gedanken zu bringen, während ich nach meinem Sommermantel und dem erstbesten Hut griff, den ich finden konnte.

Dejans Augen funkelten amüsiert. »Ist heute leider verhindert. Champagner bekommt ihm so schlecht.«

Der Morgen brachte Kühle und eine Erkenntnis.

»Zum Teufel, Dejan«, murmelte Felix, noch traumversunken, in die Kissen. »Unter all den Stümpern, die sich jemals angeschickt haben, ein Mysterium zu lösen, bin ich zweifelsohne der Erbärmlichste.« Mit geschlossenen Augen (noch legte er keinen Wert darauf, sich dem Tageslicht zu stellen) tastete er über die Laken, nach einem altbekannten, wohlvertrauten Körper, peinlich darauf bedacht, seinen schmerzenden Schädel so ruhig wie nur möglich zu halten. An die hinter ihm liegende Nacht erinnerte er sich nur bruchstückhaft – unergründlicherweise schien er wirklich keinen Champagner mehr zu vertragen –, aber im Bewusstsein der Erkenntnis, die er soeben gewonnen hatte, war dies kaum noch von Bedeutung.

»Die Automaten«, flüsterte er mit rauer, schmerzhaft trockener Kehle. »Diese harmlose, mechanische Menagerie, die keinem Zweck zu dienen scheint. Und der verunglückte Krieger. Es ist so simpel. So lächerlich simpel, dass ich es tagelang übersehen habe.« Zögerlich blinzelte er, als er nur gräuliche Schatten sah, und kam zu dem Entschluss, dass die Nacht noch nicht ihr Ende gefunden hatte. Heiser fuhr er fort: »Gesetzt den Fall, du wärst ein Offizier, ein Oberst vielleicht. Gesetzt den Fall, du träumtest von Umbrüchen und Revolten. Gesetzt den Fall, du hieltest sehr viel auf die moderne Technik und die alte Magie, so viel mehr als auf die wankelmütigen, schwachen Menschen, die bluten und sterben können. Gesetzt den Fall auch, es gäbe da einen Zauber, der die Seelen, die Geister der Toten an belebte oder unbelebte Materie binden könnte. Was würdest du dann tun? Würdest du dich sogleich anschicken, deine artifizielle Armee zu erschaffen? Schon im ersten Schritt die rastlosen Seelen armer gefallener Soldaten an ihre neuen Metallleiber binden? Oder würdest du deinen Stab, deine Magier und deine Techniker sich nicht vielleicht an harmloseren Subjekten erproben lassen? An lächerlichen Tieren vielleicht, die handzahm und friedfertig sind, selbst wenn sie in den metallenen Körpern und Mantikoren und Totenvögeln ihr Dasein fristen müssen?«

Dass diese Eröffnung keine Antwort erhielt, ließ Felix stutzen; vorsichtig öffnete er die Augen, richtete sich ein wenig auf und stellte überrascht fest, dass er in weitgehend angekleidetem Zustand quer über seinem Bett lag. Dass die Zeiger der Uhr auf kurz nach halb elf standen, verwandelte sein Erstaunen in Entsetzen und einen Hauch von Erleichterung. War alles nach Plan gelaufen, so hatte die *Fortuna* um zehn Uhr ihren Flug angetreten. Ohne ihn.

Felix streckte sich nach der Dienstbotenglocke und läutete energisch; so sehr er Simons Diskretion auch schätzte, diesmal hatte er diese zu weit getrieben.

»Bitte schön, Herr Graf?« Schon war Simon in der Tür erschienen und verneigte sich vor seinem Herrn.

»Wie ist die Tatsache zu rechtfertigen, dass Sie mich heute nicht geweckt haben, Sie Unglücksrabe?«, erkundigte sich Felix in gleichgültigem Ton, zu erschöpft, um seinem Unmut Ausdruck zu verleihen.

Simon, der sich an den Vorhängen zu schaffen machte, wandte den Kopf. »Da muss ich um Verzeihung bitten, ich habe schon versucht, den Herrn Grafen zu wecken. Nur, dass der gnädige Herr Graf geschlafen hat wie ein Toter. Ich war in ernstlicher Sorge.«

Der verfluchte Champagner! Nach einigen Sekunden hatte Felix begriffen.

»Holen Sie mir ein Automobil«, befahl er Simon. »Und bringen Sie mir meine Pistole. Ich habe einen Baron zu erschießen.«

Wenngleich die Ruhe nach dem Sturm auch niemals zu sprichwörtlichem Ruhme gelangt war, so war sie Felix doch seit jeher entsetzlicher erschienen denn ihr Gegenstück. Dutzende Schlachtfelder hatte er im Lauf einer langen Karriere in okkulten Angelegenheiten zu Gesichte bekommen – Schlachtfelder, von denen kein wagemutiger Reporter berichten würde, auf denen es keine Orden und keinen Heldenruhm zu erlangen gab; Schlachtfelder, auf denen Kriege entschieden wurden, von denen keine Chronik erzählte – und ihnen allen war eine große, gespenstische Stille zu eigen gewesen.

In dieser Hinsicht stellte auch das Flugfeld der Aeronautischen Division in Aspern keine Ausnahme dar. Totenstill war es zwischen leeren Tribünen und umgestoßenen Absperrungen, so ruhig, als schritte der große König Tod über zertrampeltes, blutiges Gras und forderte die Menschheit zu schweigender Andacht auf.

Nur an den Rändern des Feldes, vor dem Turm der Flughafenaufsicht und den Konstruktionsbaracken brodelte das Leben; Offiziere und Mannschaft eilten in blinder Hast hin und her, andere standen in Gruppen tatenlos herum und stierten in die Luft, ein hochdekorierter Generalstabsoffizier brüllte Befehle.

»Halten Sie«, wies Felix seinen Chauffeur an. »Was ist geschehen?«, wandte er sich an einen Jüngling in Leutnantsuniform.

»Das Luftschiff!«, stieß dieser nur hervor und rannte weiter.

Felix kletterte aus dem Wagen, hielt im Laufschritt auf das Gebäude der Flughafendirektion zu und stürmte ohne zu Klopfen ins Innere, wo in dem spartanischen Bureau im Erdgeschoss bereits eine Krisenkonferenz tagte, bei der dem Anschein nach Dejan, der infame Verräter, die Leitung übernommen hatte.

»Bei allem Respekt«, ereiferte er sich soeben, an einen zierlichen alten Herrn in Zivil gewandt, in dem Felix erst auf den zweiten Blick den Direktor des Flughafens Aspern erkannte. »Ich weiß selbst, dass der Plan nicht einwandfrei ist, aber was schlagen Sie vor? Dem Generalstab und der Presse mitteilen, dass das Luftschiff zwanzig Meter über dem Boden, im freien Flug spurlos verschwunden ist?« Ungeduldig schüttelte er den Kopf. »Meiner Ansicht nach sollten wir dabei bleiben: Die *Fortuna* wurde vom Kurs abgetrieben und musste in unwegsamen Gebiet notgelandet werden. Bis wir nicht in Erfahrung gebracht haben, was tatsächlich geschehen ist, scheint es mir nicht opportun, irgendjemand mit unerklärlichen Mysterien in Panik zu versetzen.«

»Was ist mit den Augenzeugen?«, warf ein grauhaariger Offizier ein, der Uniform nach ein Major der Aeronautischen Division. »Der Erzherzog-Thronfolger war zugegen. Ebenso zwei Minister. Oberst von Hötzendorf. Unzählige militärische Würdenträger. Mehr Hochadel als bei einer Premiere in der Hofoper.« Verärgert stemmte er die Hände in die Hüften. »Wollen

Sie diese illustren Herrschaften überzeugen, dass sie mit ihren vollkommen korrekten Beobachtungen im Unrecht sind?«

»Ich glaub nicht, dass gar so viele Leut auf das Luftschiff geschaut haben, nachdem erst die Schießerei losgegangen ist«, gab der Flugplatzdirektor zu bedenken.

»Graf Trubic?« Felix, gleichermaßen fasziniert und erschüttert von dem, was er da hörte, drehte sich um und blickte in Stellas ernstes Gesicht.

»Was, in Teufels Namen, ist hier vorgefallen?«, flüsterte er. »Die *Fortuna* ist verschwunden?«

Stella nickte.

Die *Fortuna* war verschwunden. Natürlich. Weshalb auch nicht? Das Luftschiff war mit dem expliziten Ziel erschaffen worden, die Andere Seite, die gottverdammten Feenlande, deren Existenz nun offenkundig bewiesen war, zu bereisen. Und das hatte sie getan. Vor den Augen unzähliger geladener Gäste und tausender Schaulustiger. Felix biss sich auf die Unterlippe und kämpfte gegen den unwiderstehlichen Drang zu lachen an. So viel zu Willroths rein technischer Demonstration des Luftschiffes.

»Die *Fortuna* ist verschwunden, und es gab eine Schießerei«, fuhr Stella unterdessen fort. »Als das Luftschiff von den Leinen gelassen wurde, eröffnete jemand das Feuer. Dann sind die Dinge ein wenig durcheinandergeraten«, fügte sie entschuldigend hinzu.

»Jemand.« Felix rieb sich die brennenden Augen. »Jemand, der in Gewahrsam genommen wurde?«

»Jemand, der unerkannt entkommen konnte.«

»Zum Teufel«, wiederholte Felix und ließ den Blick über die kleine Versammlung schweifen: Mehrere Uniformen waren zu erkennen, doch kein weißer Kittel.

Ingenieur Willroth trug die Verantwortung, dass die *Fortuna* auf derart überstürzte Weise ihren Jungfernflug angetreten war;

Ingenieur Willroth nannte eine geheimnisvolle rote Ledermappe sein Eigen.

Ingenieur Willroth, der nirgendwo zu sehen war.

»Kommen Sie, Fräulein Schönthal. Der Baron hat die Lage unter Kontrolle.«

»Sie wollen gehen?« Die Missbilligung stand Stella deutlich ins Gesicht geschrieben.

»In der Tat. Wir fahren zurück nach Wien. Ein überaus interessanter Schreibtisch erwartet uns.«

Während der Chauffeur sein Automobil in geradezu selbstmörderischer Geschwindigkeit über unebene Feldwege und Landstraßen lenkte (Graf Trubic hatte ihm zwei Kronen für alle fünf Minuten, die er unter der durchschnittlichen Fahrzeit blieb, versprochen), musste ich Trubic einen detaillierten Bericht vom Verschwinden des Luftschiffs geben.

Begonnen hatte die Veranstaltung so pompös und heiter, wie bei derartigen Gelegenheiten zu erwarten war: Als Dejan, Sir Lysander und ich auf dem Flugfeld eintrafen, hatten die Ehrengäste schon auf ihren weiß lackierten Tribünen Platz genommen (ich versuchte vergebens, einen Blick auf das Thronfolgerpaar zu erhaschen), während der weniger privilegierte Teil der Neugierigen sich an den Absperrungen drängelte, um nur ja ein jedes Detail des Kolosses wahrzunehmen, der von dicken Seilen gehalten dicht über dem Boden des Flugfeldes schwebte.

»Ein schönes Schiff, die *Fortuna*«, stellte Dejan fest und schlug jenen schwärmerischen Tonfall an, in den Künstlerseelen unweigerlich verfielen, wenn es darum ging, die Gemälde der alten Meister der Renaissance zu besprechen.

Ich selbst war mir nicht so sicher, was ich von dem Luftschiff halten sollte: Nach allem, was ich von der *Fortuna* gehört hatte, erschien sie mir nun fast ein bisschen gewöhnlich. Gewiss, das Luftschiff war riesig und schon dadurch imposant, aber letztlich blieb es doch nur eine Maschine, kein dämonisches Ungetüm, das ich halb erwartet hatte. Vielleicht würde man in zwanzig Jahren mit demselben vagen Interesse, das die gute Gesellschaft heute für Automobile aufbrachte, in den Zeppelinen um die Erde reisen, überlegte ich, während ich die Bodentruppen beobachtete, die sich anschickten, die Ankerseile des Luftschiffes zu lösen. Auf der anderen Seite des Flugplatzes beendete Oberst von Hötzendorf seine Rede, die Militärkapelle spielte scheppernd martialische Weisen und der Kapitän der *Fortuna* erklomm mit seiner Mannschaft die Leiter zur Steuergondel. Unter erheblicher Lärmentfaltung wurden die Motoren angeworfen, gleich würde das Luftschiff abheben, die Menge schien kollektiv den Atem anzuhalten, und ich ertappte mich dabei, wie ich blindlings nach Dejans Hand griff. Das letzte Seil fiel, frenetischer Jubel erklang, als die *Fortuna* langsam, erstaunlich langsam an Höhe gewann, und dann fiel der erste Schuss …

»Aus welcher Richtung wurde geschossen?«, unterbrach Graf Trubic meine Schilderungen. »Mit welchem Ziel? Wie oft?«

»Ich weiß es nicht«, musste ich bekennen. Wie ich in dem Tumult hatte vernehmen können, war ich nicht die Einzige gewesen, die zunächst an ein Attentat auf den Thronfolger geglaubt hatte. »Vielleicht zwei Dutzend Schüsse«, fügte ich hinzu, auch wenn sich mir nicht erschließen wollte, weshalb dieses Detail von Bedeutung war. »Und dann ist die *Fortuna* verschwunden«, beendete ich meine Ausführungen. Auch in meinen Ohren klang der Satz etwas einfältig, doch ich fand keine besseren Worte. Im einen Moment war das gigantische Luftschiff noch über unseren Köpfen geschwebt, und im nächsten … nicht mehr.

»Nun gut«, seufzte Graf Trubic. Den Rest der erheblich verkürzten Fahrtzeit verbrachte er in dumpfem Brüten.

Erst als wir Wien schon lange erreicht hatten und der Wagen vor einem etwas heruntergekommenen, niedrigen Wohnhaus in der Josephsstadt hielt, regte sich Graf Trubic wieder.

»Ich hoffe, Sie haben keine moralischen Vorbehalte gegen kleinere Diebstähle?«, erkundigte er sich im Plauderton. Ich schüttelte den Kopf. An einem Tag, an dem sich ein Luftschiff vor meinen Augen in Nichts aufgelöst hatte, würde ich nun wirklich nicht an einem Eigentumsdelikt Anstoß nehmen. Um der Wahrheit Genüge zu tun, fühlte ich rein gar nichts in jenem Moment. Ich wusste, nach dem Zwischenfall sollte ich vermutlich entsetzt, schockiert, zu Tode verängstigt sein, doch dem war nicht so.

»Was stehlen wir?«, wollte ich mit einer Kaltblütigkeit, die mich in jeder anderen Situation sehr überrascht hätte, wissen.

»Bloß eine Kleinigkeit. Eine rote Ledermappe.«

Bewussten Gegenstand fanden wir kaum zehn Minuten später in der Schublade eines altertümlichen Schreibtisches wieder, die Trubic in demonstrativer Gelassenheit aufgebrochen hatte.

»Sollten wir uns nicht beeilen?«, fragte ich, als Graf Trubic mit interessierter Miene in den Dokumenten zu blättern begann.

»Nein. Das Dienstmädchen wird wohl noch ein paar Minuten brauchen, bis es in den Salon zurückkehrt, um uns den Kaffee zu servieren«, gab Trubic ungerührt zur Antwort.

Ich blieb in der Tür, die Arbeitszimmer und Salon unseres unfreiwilligen Gastgebers verband, stehen und sah mich in dem kleinen, altmodisch eingerichteten Raum um.

»Wem gehört die Wohnung eigentlich?« Das Dienstmädchen hatte bloß von »der Herrschaft« gesprochen, als sie uns einließ und wir das Angebot, auf selbige zu warten, dankend annahmen.

»Einem Verräter«, flüsterte Trubic. »Sehen Sie sich das an.«

Er zog einen Papierbogen aus der roten Mappe und reichte ihn mir. Ratlos betrachtete ich das Blatt, das eng mit kuriosen Zeichen, die keiner mir bekannten Schrift ähnelten, bemalt war.

»Ich verstehe nicht«, gestand ich.

Trubic winkte ab. »Das macht nichts.« Mit großer Selbstverständlichkeit stopfte er das Blatt in seine Manteltasche und führte mich hinaus auf den Gang, wo er sich sogar noch die Zeit nahm, das Hausmädchen mit einem Lächeln zu bedenken, das sie kokett die Lider niederschlagen ließ.

»Ich möchte, dass Sie Sir Lysander und Baron Sirco begleiten, wenn diese nach Prag zurückkehren«, teilte mir Graf Trubic reichlich zusammenhangslos mit, kaum dass wir abermals in dem gemieteten Automobil Platz genommen hatten. »Was Sie heute noch tun werden.«

»Warum?«

»Nun, Sirco wird so freundlich sein, für mich in den Archiven des Prager Bureaus nach etwas zu suchen, das Sie gegenwärtig nicht zu kümmern braucht. Sir Lysander pflegt stets mit seinem alten Freund zu reisen, und Sie werden so viel Zeit wie nur möglich in Sir Lysanders Gesellschaft verbringen, um an Ihren magischen Fähigkeiten zu feilen.«

Ohne Bedauern fügte ich mich in mein Schicksal. Selbst wenn es bedeutete, dass ich mich für einige Zeit vom Puls der Ereignisse entfernen musste, schien mir ein Aufenthalt in Prag, in Gesellschaft meines Lehrmeisters und des beunruhigend attraktiven Barons keine unerfreuliche Aussicht.

Das einzige Problem war, dass ich mich somit kaum mehr mit Carinas eigentümlichem Brief würde befassen können; wenigstens nicht in nächster Zeit. Umständlich holte ich die Papierbögen aus meiner Manteltasche und reichte sie Trubic.

»Würden Sie sich die Mühe machen, sich dies hier kurz anzusehen? Vielleicht ist es nicht wichtig, vielleicht nur Unsinn, aber ich dachte …«

Weiter kam ich nicht. Graf Trubic schnitt mir mit einer herrischen Geste das Wort ab.

»Wer hat Ihnen das geschickt?«

»Carina. Chi-Chi. Alin Vasilescus ehemalige Braut.« Trubics Miene war undurchdringlich, als er sich mir zuwandte. »Sie leidet seit einiger Zeit unter merkwürdigen Absencen, und Oberleutnant Vasilescu scheint eine ausgeprägte Furcht vor der Dunkelheit entwickelt zu haben«, fuhr ich fort.

Graf Trubic schwieg verbissen, also setzte ich hinzu: »Wir sind bei der verhinderten Hochzeit ins Gespräch gekommen, Carina und ich …«

»Genug.« Das Wort traf mich wie ein Schlag ins Gesicht. »Gibt es einen annähernd vernünftigen Grund, weshalb Sie mir bis heute nichts davon erzählt haben? Wenn ja, wäre ich begierig, ihn zu hören.«

Ich biss mir auf die Unterlippe. »Ich … ich dachte, es wäre nicht sonderlich wichtig«, musste ich eingestehen.

»Nun, das war eine sehr dumme Überlegung.« Trubics Stimme war schneidend, seine Augen funkelten hart. »Lassen Sie sich eines gesagt sein, Fräulein Schönthal: Fehler pflegen in unserem Beruf *oft* letal zu enden – Dummheiten hingegen fast immer.«

VIERTER AKT

Die Andere Seite

17. bis 22. September 1913

»Es besteht kaum ein Zweifel«, verkündete Aaron Rosenstein im bedeutungsschweren, etwas atemlosen Tonfall eines Botenreiters, der seinem Marschall Kunde einer gewonnenen Schlacht brachte. Dabei schwang er die rote Ledermappe als seine persönliche Siegesstandarte. »Bei den Dokumenten handelt es sich um das gleiche Buchstabensystem wie in Voynichs Manuskriptfund, wenngleich in einer anderen Handschrift verfasst.«

»Exzellent.« Träge erhob sich Felix von dem Diwan und rieb sich dabei die schmerzenden Schläfen. Zu dumm, dass er vergessen hatte, Dejan zu fragen, mit welchem Teufelszeug dieser ihn in der vergangenen Nacht betäubt hatte. Vielleicht sollte er ihm nach Prag telegraphieren, nur um sicherzugehen, dass er niemals wieder damit in Berührung kam. Seinem Naturell entsprechend hätte er Dejan die Bevormundung wohl nachtragen müssen, doch konnte er nicht umhin, eine absurde Dankbarkeit zu empfinden. Die Götter sämtlicher Weltreligionen mochten wissen, wo die *Fortuna* sich gegenwärtig befand, und für unbestimmte Zeit in einem schwarzmagischen Luftschiff durch den Äther zu treiben, klang nicht unbedingt nach einer erstrebenswerten Erfahrung. Dessen ungeachtet musste Dejan selbst etwas wie Schuldbewusstsein empfunden haben; ohne Widerworte hatte er Felix' Befehl akzeptiert, sich in Begleitung der kleinen Schönthal zurück nach Prag zu begeben, um in dem örtlichen Archiv des Bureaus für Okkulte Angelegenheiten seine Erinnerungen an eine falsche Geheimloge aufzufrischen, die den pompösen Namen »Zum Ende der Welt« trug. Eine nützliche Vorgehensweise, die den zusätzlichen Vorteil brachte, dass sie Stella Schönthal wenigstens temporär aus Felix' Umfeld entfernte. Nicht, dass er sonderlich viel gegen das Mädchen persönlich gehabt hätte; auch wenn sie ein Feenkind war und aus schierer Dummheit hochrelevante Informationen unterschlug, konnte er ein gewisses Potenzial und eine erfrischende Unkonventionalität in ihr erkennen. Was jedoch nichts an der Tatsache änderte, dass er am liebsten allein arbeitete, und es ihn nun, da die Ereignisse sich überschlugen, wahrlich nicht nach zusätzlichen Komplikationen in Form einer neugierigen Assistentin verlangte.

»Erzählen Sie mir Genaueres von Ihrer freimaurerischen Bekanntschaft gestern Abend. Was wusste jener über unsere ominöse Loge zu berichten?«, forderte er Rosenstein auf, der den Luxus seiner Bureauräumlichkeit genoss, in der wenigstens limitierte Bewegung möglich war, ohne dass man Gefahr lief, über Möbelstücke und Aktenstapel zu stolpern, und unablässig durch das Zimmer wanderte.

»Nicht sonderlich viel«, tat Rosenstein bedauernd kund. »Er konnte mir nur sagen, dass die Loge existierte und dass es vor einigen Jahren einen Skandal gab, der beinahe die gesamte böhmische Freimaurerei verunglimpft hätte, weil bewusste Vereinigung sich als freie Loge ausgab.« Er blieb stehen und strich sich mit dem Zeigefinger über den dichten blonden Schnurrbart. »Die Frage, die mich interessierte, nämlich was der Zweck einer solchen Gesellschaft sein mochte, konnte er mir nicht beantworten. Allerdings habe ich mir erlaubt, selbst einige Recherchen zu dem Thema anzustellen, und bin auf einen hochinteressanten Aspekt gestoßen. Sehen Sie, in unzähligen Volkssagen – hauptsächlich aus dem englischen Raum, wobei sich das Motiv auch etwa in der russischen oder französischen Folklore wiederfindet –, ist von den Elfenpfaden die Rede.«

Erwartungsvoll, mit der Miene eines Mannes, der soeben eine weltbewegende Information geteilt hatte, drehte sich Aaron Rosenstein zu Felix um.

»Ich verstehe«, log dieser. Natürlich kannte er die Legenden der Elfenpfade, Wege die sich wahlweise in der Ewigkeit verloren, nur in Vollmondnächten existierten oder auf denen Königin Titania mit ihrem Gefolge schritt.

»Das Überraschende«, setzte Rosenstein mit unverhohlenem Enthusiasmus seinen Vortrag fort, »das wahrhaft Große ist, was die Sagen uns von den Kreaturen erzählen, die plötzlich aus dem Nichts auf diesen Pfaden auftauchten: Wesen aus dem Alten Volk, Harpyien, Drachen …«

»Drachen. Ich weiß nicht mehr, wie oft ich unsere Drachen schon nach ihrer Herkunft gefragt habe. Sie kommen von der Schwarzmeerküste, nicht aus den Elfenlanden.«

Rosenstein nickte. »Unsere Drachen nicht. Aber vielleicht ihre Vorfahren.«

Felix Trubic nahm auf der Kante seines Schreibtisches Platz und verschränkte die Arme vor der Brust. »Wenn ich Sie recht verstehe, schlagen Sie mir vor, ich möge unsere Drachen in ihre mythische Heimat entsenden, damit sie sich auf die Jagd nach unserem mutmaßlich in den Feenlanden verschwundenen Luftschiff machen? Sie erstaunen mich immer wieder.« Felix lächelte ihm zu. »Wussten Sie, dass Sie das Potenzial zur wahren Verrücktheit haben? Ich war schon immer der Meinung, um ein guter Agent des Okkulten zu sein, muss man zumindest etwas Wahnsinn in sich tragen.«

Rosenstein räusperte sich. »Soll ich Sie begleiten?«

»Nein. Sie werden einer höchst verstörten jungen Dame, Carina oder auch Chi-Chi genannt, einen Besuch abstatten und sie höflich einladen, Sie in die Centrale zu begleiten.« Felix überreichte ihm den knappen Brief, den das Mädchen an Stella Schönthal gerichtet hatte. »Hier finden Sie die Adresse.«

Rosenstein zupfte nervös an den Enden seines Schnurrbarts. »Und wenn die Dame keinen Wert darauf legt, mit mir zu kommen?«, warf er ein.

»Dann gebe ich Ihnen hiermit die offizielle Erlaubnis, sie unter Androhung eines frühen, unschönen Todes zu entführen, meinetwegen können Sie sie auch fesseln, knebeln und davontragen, es interessiert mich wirklich nicht.« Obgleich es erst dämmerte, der Himmel sich rot und orange färbte, war es Felix, als läge ein schier endlos langer Tag hinter ihm. Nicht einmal Rosenstein konnte von ihm erwarten, dass er in Anbetracht der Lage auch nur einen Gedanken an Fragen der Etikette verschwendete.

»Bei allem Respekt, aber sehen Sie, Sie müssten sich im aktiven Dienst befinden, um mir eine offizielle Erlaubnis erteilen zu können«, gab Rosenstein zu bedenken.

Während seiner kurzen Karriere im diplomatischen Dienst, bevor er zu den Okkulten Angelegenheiten übergetreten war, hatte Felix gelernt, dass ein guter Diplomat sich von seinen weniger begabten Kollegen unter anderem auch dadurch unterschied, dass er stets bis dreißig zählte, bevor er in Streitfragen seine Meinung kundtat, um die erste, hitzige Gemütsregung zu unterdrücken. Heute kam Felix bis achtundzwanzig, ehe er die Contenance verlor.

»Schweigen Sie!«, herrschte er Rosenstein an. »Holen Sie das verdammte Mädchen, dann können Sie hier wieder mit Ihren obskuren Unsinnigkeiten spielen, aber behelligen Sie mich bloß nicht weiter!«

Er ließ Rosenstein keine Zeit für eine Erwiderung; in blindem Zorn stürzte er aus dem Bureau und hastete über Stiegen und Wendeltreppen nach unten, zu den Gewölben, in denen die beiden Drachen Quartier gefunden hatte. Erst als er die schwere

Holztür (eine Formalität, derer sich die Drachen mit ihrem Feueratem leicht hätten entledigen können) erreichte, hielt er inne und lehnte sich schwer gegen das kalte, raue Mauerwerk. Selbst unter größter Belastung war es niemals seine Art gewesen, die Fassung zu verlieren. Die Feenmagie, überlegte er, während er sich mit einem Taschentuch den Schweiß von Stirn und Wangen wischte. Es war die verdammte Feenmagie, der er sich immer wieder ausgesetzt hatte und die an ihm zehrte. Irgendwann würde er ein ernstes Wort mit dem Vampir sprechen müssen. Der Gedanke war so absurd, dass er beinahe laut aufgelacht hätte. Stattdessen biss er sich auf die Zungenspitze, faltete sein Taschentuch und öffnete die Tür zum Reich der Drachen.

Die beiden Echsen lagen im Dämmerschlaf in der Mitte des ersten, von einigen wenigen Gaslampen spärlich erleuchteten Raumes. Als Felix das Gewölbe betrat, hob das Weibchen den Kopf und gab einen zischenden Begrüßungslaut von sich.

»Guten Abend.« Felix nickte ihr zu und wartete einen Moment, bis auch der ältere Drache sich entschlossen hatte, seine Anwesenheit zu würdigen. »Ich hoffe, ich komme nicht allzu ungelegen«, fuhr er sodann fort. »Ich müsste Ihnen ein paar Fragen stellen.«

Das Drachenweibchen fauchte eine Ermunterung. Ob sie die intelligentere der Kreaturen war oder nur eine größere Kooperationsbereitschaft zeigte, hatte Felix in all den Jahren nicht zufriedenstellend erörtern können.

»Damals, als wir uns kennengelernt haben, erzählten Sie mir, Ihre Vorfahren seien *durch eine unsichtbare Pforte* in die Welt gekommen, erinnern Sie sich noch?«

Mit einer Reihe komplizierter Klicklaute tat das Drachenweibchen seine Zustimmung kund.

»Wissen Sie, was sich dahinter verbirgt?«, erkundigte sich Felix weiter und erhielt prompt eine langwierige Antwort, in der die Drachin – soweit er seinen Sprachkenntnissen trauen durfte – ihn streng darauf hinwies, dass die Erdgeborenen ihres Volkes der Alten Heimat abgeschworen hatten und keinen Wert darauf legten, mit ihr in Berührung zu kommen.

Alte Heimat. Andere Seite. Die Feenlande trugen viele Namen. Felix fröstelte.

»Wo finde ich diese Pforten?«

Diesmal war es der ältere Drache, der ihm grollend antwortete, wobei er träge den Schlangenhals hob und die pergamentartigen Flügel spannte. Es gibt mehrere, schien er zu sagen. Auch in der Nähe von Wien.

Felix nickte. Beinahe kostete es ihn etwas Überwindung, die letzte seiner Fragen zu stellen: »Können Sie mich dorthin führen?«

Für die seltenen Gelegenheiten, wenn den beiden Drachen der Sinn nach Ortsveränderung und etwas Bewegung stand, hatte die Centrale schon vor Jahren ein immenses Automobil mit Ladefläche und Planendach erworben, in dem wenigstens eine der Echsen – wenn auch mehr schlecht als recht – Platz fand; unglücklicherweise legte das Fahrzeug, wie Felix an jenem Abend feststellen musste, voll beladen eine enervierend langsame Höchstgeschwindigkeit an den Tag. Nicht zum ersten Mal während der Fahrt warf Felix einen prüfenden Blick auf seine Armbanduhr und zweifelte ernstlich daran, ob es ihnen gelingen würde, noch vor Sonnenaufgang ihren Bestimmungsort zu erreichen, geschweige denn ihr aberwitziges Manöver durchzuführen. Dass das Drachenweibchen, das die Navigation innehatte, sich von ihrer Intuition leiten lassen musste und nicht immer Rücksicht auf Straßenverhältnisse (oder auch nur das Vorhandensein selbiger) nahm, erleichterte die Angelegenheit nicht eben.

»Herr Graf, wären'S vielleicht so gut und würden'S das Viech fragen, wo wir denn eigentlich hinfahren?«, erkundigte sich der Chauffeur nach einer Weile.

»Nicht vonnöten. Die Dame versteht sehr genau, was Sie sagen«, erwiderte Felix mit erzwungener Gelassenheit, während das Drachenweibchen in einer Reihe schriller Pfeiftöne ihre Empörung kundtat, als Tier bezeichnet zu werden.

»Übrigens müsste ich mich sehr täuschen, wenn nicht der Kahlenberg unser Ziel wäre.« Auf einem Friedhof, auf halber Höhe eines Hügels gelegen, hatte die Drachin den Ort des Portals beschrieben, und tatsächlich hatte der Kahlenberg sich in okkulten Kreisen einen gewissen Namen gemacht, und sei es auch nur aus dem Grund, dass Fürst de Ligne, der weit über seinen Tod hinaus das Departement geleitet hatte, dortselbst auf einem winzigen Waldfriedhof begraben lag.

Am Fuße des Hügels hieß Felix den Chauffeur halten, löste das Planendach des Wagens und lauschte angestrengt in die Nacht. Ein leiser Wind strich durch die Bäume und ließ Blätter fallen, Äste knackten, ein Nachtvogel schrie, doch nichts deutete auf die Anwesenheit weiterer Menschen hin. Zwar lag auf der anderen Seite des Hügels eine kleine Ansiedlung, hier aber dominierten Wald, Wiesen und vereinzelte Ausläufer der Weingärten. Fast noch in Wien und trotzdem schon in der tiefsten Provinz, hatte Sir Lysander die Gegend einmal treffend beschrieben.

»Darf ich bitten?« Mit einer Handbewegung lud Felix das Drachenweibchen ein, von der Ladefläche zu steigen, was sie mit einem seltsam anmutenden Flattern tat. Unruhig schlug ihr schuppiger Schwanz hin und her, sie ließ den Kopf pendeln und stellte fest, dass sie Felix' Gewicht problemlos würde tragen können.

Felix hob eine Augenbraue und betrachtete das Drachenweibchen zweifelnd. Als sich ihre Pfade vor fast zwei Jahrzehnten in einem Dorf nahe Mostar zum ersten Mal gekreuzt hatten, hatte er sich infolge einer Komplikation mit den früheren Eigentümern der beiden Drachen in der misslichen Lage gesehen, eine kurze Flugstrecke auf dem Rücken der älteren der beiden Kreaturen zurückzulegen, und das Abenteuer als eine Erfahrung, die er nicht unbedingt wiederholen wollte, in Erinnerung behalten.

Jetzt atmete er tief durch und kam zu dem Schluss, dass bei all seiner Aversion gegen Flugreisen jeglicher Art es die Suche nach dem Übergang erheblich vereinfachen würde, weshalb er schließlich nickte. Das Drachenweibchen kauerte sich dicht auf den Boden, sodass er, vorsichtig darauf bedacht, ihre empfindlichen Flügel nicht zu berühren, aufsteigen konnte.

»Also gut. Bringen wir es hinter uns«, murmelte er, und das Drachenweibchen breitete seine Schwingen aus, stieß sich vom Grund ab und gewann überraschend schnell an Höhe. An ihren schmalen, schuppenbewehrten Hals geklammert, entschied Felix, dass es keine Rolle spielte, ob er nun auf die Baumwipfel dicht unter ihnen oder in den dunklen Himmel blickte, und schloss die Augen.

Er sah nie, was ihn traf. Er hörte das Drachenweibchen ein erschrockenes Kreischen ausstoßen, spürte, wie sie mit einem Mal taumelte, sank, um Balance zu kämpfen schien, und sein letzter bewusster Gedanke war, dass es sich schon wieder nach gottverfluchter Zauberei anfühlte.

Sir Lysanders Lektionen nahmen den Großteil des Vormittages ein, nur unterbrochen durch ein kleines Missgeschick, als ich, statt das Kaffeeservice allein durch Willenskraft langsam über die Tischplatte schweben zu lassen, es vielmehr in rasantem Tempo durch den Salon fliegen ließ. Ein Anblick, der so hoffnungslos absurd war, dass er sogleich meine Konzentration brach und es Brünner Porzellan vom Plafond regnete.

Ärgerlich fauchend brachte Sir Lysander sich unter dem Diwan in Sicherheit.

»Läuten Sie nach Pavel«, wies er mich an, und ich betätigte wie geheißen die Tischglocke, auch wenn ich mit nämlichem

Diener seit meiner Ankunft in Prag am Vortag auf nicht sonderlich gutem Fuß stand. Wie Sir Lysander mir kolportiert hatte, legte Pavel, der seine Karriere noch als Baron Sircos Offiziersdiener begonnen hatte, es als Arroganz aus, dass ich Graf Trubics Einladung, mich während meines Aufenthalts in dessen Palais einzurichten, angenommen hatte, statt Dejans und Sir Lysanders Gastfreundschaft in Anspruch zu nehmen. Eine Entscheidung, die ich bereute, sobald ich das Palais Trubic, in all seiner verwahrlosten Pracht, mit den zahllosen holzvertäfelten Gängen und den düsteren, weitläufigen Zimmern zum ersten Mal erblickt hatte. Offensichtlich verfügte die Familie Trubic schon seit Langem nicht mehr über angemessene finanzielle Mittel, um ihr Stadtpalais in Stand zu halten; was ein Jammer war, denn direkt am Kleinseitner Ring gelegen, einer der besten Gegenden Prags, wie Sir Lysander mir versichert hatte, hätte es nach Instandsetzung bestimmt eines gewissen Charmes nicht entbehrt. So aber erweckte es eher den Eindruck eines Spukschlösschens, und obwohl Dejan sich bereit erklärt hatte, ebenfalls temporär im Palais abzusteigen, um mir Gesellschaft zu leisten, hatte ich mich in der vergangenen Nacht alles andere denn wohlgefühlt. Aus diesem Grund – und um Sir Lysander in seiner Bequemlichkeit entgegenzukommen – hatte ich nichts gegen den Vorschlag, meine Unterrichtslektionen in die kleine Wohnung zu verlegen, die er und Dejan am anderen Ende der Stadt bewohnten.

Während ich noch meinen Betrachtungen nachhing, fegte Pavel indessen kommentarlos die Scherben auf dem Parkett zusammen, ohne die Indiskretion eines neugierigen Blickes oder gar einer Frage zu begehen. Erst als ich mich mit einem Seufzen in das Polsterfauteuil fallen ließ, wandte er sich zu mir um.

»Mir scheint, dem gnädigen Fräulein würde vielleicht ein Cognac guttun«, riet er mir.

Ich wollte schon dankend ablehnen, aber mein Lehrmeister kam mir zuvor.

»Cognac«, verkündete er. »Eine exzellente Idee.«

Pavel nickte gravitätisch und watschelte, den Besen hocherhoben wie ein Tambourmajor seinen Stock, aus dem Salon, um prompt mit einer Karaffe und einem hübsch geschliffenen Gläschen wiederzukehren.

»Ich glaube nicht, dass das eine gute Idee ist«, wagte ich einzuwerfen.

Sir Lysander keckerte vergnügt. »Ganz im Gegenteil. Liebe Stella, Ihr Hauptproblem liegt darin, dass Sie noch in allzu großem Ausmaß dem rationalen Denken verhaftet sind. Sobald eine Situation, eine Aufgabe Ihnen absurd erscheint, vergegenwärtigen Sie sich ebendies und brechen so die Magie des Augenblicks.« Geschickt sprang er auf die Lehne meines Fauteuils, setzte sich auf die Hinterbeine und musterte mich aus ernsten Knopfaugen.

»Sobald Ihnen grotesk oder absonderlich erscheint, was Sie tun, haben Sie schon verloren. Sie dürfen nicht darüber nachdenken, wie lächerlich es ist, eine Kaffeekanne mit Blumenmotiven Achterschleifen fliegen zu sehen – Sie müssen darüber nachdenken, wie es Ihnen gelingen könnte, Meerschweinchen fliegen zu lassen.«

Ich lachte laut auf, was Sir Lysander wiederum verärgerte.

»Trinken Sie!«, forderte er mich energisch auf. »Nicht umsonst sind alle großen Zauberer ein bisschen verrückt.«

Bei all meiner Abneigung gegenüber alkoholischen Getränken, die nicht Champagner waren, musste ich zugeben, dass Sir Lysander recht hatte: Der Cognac tat seine Wirkung nachhaltiger, als ich für möglich befunden hatte. Beim dritten Glas angelangt war es mir nicht nur gelungen, eine der Rosen, die mir bei den vorangegangenen Versuchen, das Kaffeegeschirr schweben zu lassen, wie eh und je verdorrt war, wieder zum

Erblühen zu bringen, nein, ich hatte auch selbst einen Kunstgriff ersonnen, dessen praktischen Nutzen selbst mein gestrenger Lehrer lobte und der im Wesentlichen daraus bestand, auf magischem Weg die Schleife meines Haarbandes zu lösen.

»Exzellent!« Aufgeregt hüpfte Sir Lysander auf dem Diwan herum. »Das ist ausgezeichnet. Noch einmal.«

Sir Lysander vertrat die Ansicht, dass es einen Zauber sieben Mal zu wiederholen galt, ehe man sich rühmen durfte, ihn einigermaßen zu beherrschen. Weshalb gerade der siebte und nicht der fünfte oder neunte Erfolg bewies, dass es sich nicht mehr um Zufall oder Anfängerglück handelte, hatte er mir indes nicht schlüssig erklären können.

Sorgfältig verknotete ich die Schleife erneut, platzierte sie vor mir auf dem blank polierten Esstisch, konzentrierte mich, sah mich im Geiste die Bänder lösen, spürte den weichen Stoff unter meinen Fingern …

»Bravo!« Sir Lysanders Schnurrhaare zitterten aufgeregt. »Ich glaube wirklich, Sie sind die erste Zauberin, die sich jemals dazu entschloss, ihrer Magie praktischen Nutzen zu geben!«

Ich lächelte, ein wenig stolz und wohl auch ein wenig betrunken.

»Nun, sollte ich jemals in Gefangenschaft geraten, werde ich zumindest einen Weg kennen, mir die Zeit zu vertreiben«, übte ich mich in Bescheidenheit.

Sir Lysander keckerte vergnügt. »Oh, Sie werden in Gefangenschaft geraten. So wie ich Graf Trubic kenne, noch vor Weihnachten, wenn ich eine kühne Vermutung anstellen darf.«

Der Cognac machte mich mutig.

»Sie mögen den Grafen nicht sonderlich?«, erkundigte ich mich.

Seine runden Ohren zuckten. »Nicht sonderlich«, bestätigte er mir kalt. »Und ich wäre Ihnen ausnehmend verbunden, wenn Sie in Zukunft davon absehen könnten, derlei Fragen zu stellen. Je weniger Sie von Graf Trubic wissen, desto leichter werden Sie in den nächsten Jahren mit ihm auskommen.«

Um mir zu verdeutlichen, dass die Lektion hiermit zu Ende war, rollte sich Sir Lysander auf dem Diwan ein und heuchelte tiefen Schlaf.

Langsam erhob ich mich von meinem Stuhl. Sir Lysander konnte unbesorgt sein: Noch niemals war mir ein Mensch begegnet, der seine Geheimnisse so beharrlich hütete wie Graf Trubic. Tatsächlich war ich in der vergangenen Nacht den schändlichen Instinkten der Gesellschaftsreporterin erlegen und hatte mich aufgemacht, das düstere Palais Trubic zu erkunden; freilich ohne nennenswerte Ergebnisse. Die meisten Türen waren verschlossen, die Portraitgalerie zeigte die Konterfeis lange Verblichener, der Schreibtisch in der Bibliothek war zwar unversperrt, beherbergte bei oberflächlicher Durchsicht jedoch keine aufschlussreicheren Dokumente denn außenpolitische Journale, eine Sammlung von Artikeln, die sich, soweit ich erkennen konnte, samt und sonders mit den verschiedenen Ausprägungen der böhmischen Nationalbewegung befassten, sowie ein Sammelsurium wunderlicher Kleinigkeiten.

Ob auch Dejan so besorgt um seine Geheimnisse war? Immerhin schien ihn eine enge, wenngleich etwas eigenartige Freundschaft mit Trubic zu verbinden. Und ich wollte vor mir selbst nicht leugnen, dass mich auch der Baron nicht wenig interessierte. Gerade deshalb scheute ich davor zurück, meinen niedrigen Impulsen nachzugeben, mich in sein Schlafzimmer zu schleichen und in seinem Sekretär zu stöbern.

Du willst nichts über ihn herausfinden, riet mir mein Gewissen. Du möchtest ihn kennenlernen.

Und wenn schon, entgegnete mein von magischem Erfolg und französischem Cognac berauschtes Ich. Du wirst keine Schränke öffnen und keine Tagebücher studieren. Nur ein wenig umsehen wirst du dich.

Ich griff nach den Rosen. Sollten Pavel oder Sir Lysander mich überraschen, schien mir das Ansinnen, Dejans Zimmer mit Blumenschmuck zu verzieren, eine plausible Ausrede.

Auf Zehenspitzen schlich ich aus dem Salon und über den schmalen Gang. Die Tür war nicht versperrt, nur angelehnt. Hastig huschte ich in den Raum, der sich mir ausgesprochen unordentlich und ausgesprochen grün präsentierte: hellgrün gemusterte Seidentapeten, dunkelgrüne Vorhänge, ein waldgrüner Samtschemel, der etlichen Romanen und einigen zerknitterten Briefen zur Ablage diente; schließlich ein kleiner Sekretär aus schwarzem Holz, über und über mit Schreibutensilien, Briefpapier und Notizheften bedeckt. Auf der Kommode neben dem Fenster lagen noch mehr Dokumente, ein in Leder gebundenes Buch, das ich mir anzufassen verbot (schließlich hatte ich mir geschworen, nicht in seinen Tagebüchern zu stöbern) und eine gerahmte Photographie, nach der ich neugierig griff. Zu meiner hellen Verwunderung lächelte mir kein hübsches junges Mädchen (oder gehörte Dejan zu jenen Männern, die sich für reifere, interessante Damen interessierten?), keine Geliebte oder Verlobte des Barons entgegen; vielmehr zeigte die Photographie Graf Trubic, der in lässiger Pose in einem Korbstuhl lehnte, eine Zigarette in der linken Hand, ein spöttischer Zug um den Mund. Am unteren Rand des Bildes stand ein Satz in einer Sprache, die ebenso gut Serbisch wie Russisch sein mochte, und die Jahreszahl 1912. Ich betrachtete die Photographie mit gewissem Argwohn. Dass alleinstehende Herren ihre Nachttische mit den Portraits ihrer engsten Freunde dekorierten, schien mir etwas ungewöhnlich. Es sei denn, es handelte sich, wie Katalin mutmaßen würde, um eine altgriechisch orientierte Freundschaft.

Ich stellte die Photographie an ihren Platz und biss mir auf die Fingerknöchel. Ich würde mir nicht anmaßen, ein Urteil zu fällen, rief ich mir streng in Erinnerung. Vor allem nicht, wenn es einen bosnischen Baron mit charmantem Lächeln und hübschem Akzent betraf.

Selbiger Baron fand sich keine fünf Minuten, nachdem ich sein Schlafzimmer verlassen und mir geschworen hatte, ihm eines Tages meine Verfehlung zu beichten, im Salon ein, wobei er ein umfangreiches Dossier schwenkte.

»Sämtliche Unterlagen zur Tepenec-Gesellschaft, die sich in den Archiven des Prager Bureaus finden ließen«, erklärte er und ließ sich neben Sir Lysander auf den Diwan fallen. »Unglücklicherweise betrifft das meiste den Skandal, nachdem sie als falsche Freimaurer enttarnt wurden.«

»Nachdem Sie die falsche Loge enttarnt hatten«, korrigierte ich ihn lächelnd, eingedenk der Geschichte, die mir Sir Lysander am ersten Tag unserer Bekanntschaft in Wien erzählt hatte.

Dejan strich sich mit der behandschuhten Linken durch das Haar. »Ich bitte Sie. Angesichts der grandiosen Triumphe, die Sir Lysander und ich bereits feiern durften, ist diese Lappalie wohl kaum der Erwähnung wert.«

Sir Lysander hob den Kopf. »Dürfte ich um etwas weniger Koketterie und ein paar Fakten mehr bitten? Hast du irgendetwas gefunden, das uns von Nutzen sein kann?«

»Nun.« Dejan blätterte in dem Dossier. »Hier hätten wir die Aussage eines Logenbruders, dass sie über die heiligen Enden der Welt wachten.«

Sir Lysander keckerte erfreut. »Mir scheint, ich erinnere mich an diesen Burschen! Sprach so nicht jener, der damals nach Mirko geschossen hat?«

»Möglich.« Dejan legte die Stirn in Falten. »Die heiligen Enden der Welt. Ich fürchte, uns wird nichts übrigbleiben, als uns in diverse Weltuntergangsprophezeiungen zu vertiefen.«

»Sogleich und mit Freuden. Aber gehen wir vorerst für einen Moment davon aus, die Loge wäre der Ansicht, das Ende der Welt würde eintreten, sobald unsere Welt mit dem Feenreich zusammengeführt wird«, nahm Sir Lysander den Faden auf. »Was, nebenbei erwähnt, geradezu grotesker Unsinn ist, immerhin muss es Moroi geben, denen das Kunststück gelang, zwischen den Seiten zu reisen.«

»Somit hätte die Loge ein Motiv, das Luftschiff zu zerstören«, bestätigte Dejan. »Nunmehr stellt sich die Frage, auf welchem Weg sie überhaupt von dem besonderen Verwendungszweck der *Fortuna* informiert wurden?«

»Wir wissen nicht, wie viele Mitglieder die Loge umfasst. Vielleicht unterwandern sie seit jeher sämtliche okkulte Einrichtungen und sorgen dafür, dass sich niemand in ernsthafter Weise mit den Feenlanden beschäftigt«, wagte ich vorzuschlagen.

»Eine gangbare Theorie«, pflichtete Sir Lysander mir bei.

Dejan, der unablässig in dem Dossier geblättert hatte, sah auf und nickte langsam. »Eine ausgesprochen vernünftige Idee. Nur werden wir uns, wie ich schon andeutete, leider anderen Enden der Welt zuwenden müssen. Hier, das ist die Aussage, nach der ich gesucht habe. Auf die Frage, ob er sich der Schwarzen Magie schuldig bekenne, antwortet einer der 1908 verhafteten Brüder, jegliche Art der Zauberei sei das Werk des Teufels. Er aber habe geschworen, dem Teufel zu widersagen und die Welt zu schützen.«

»Kein Wunder, dass wir sie damals für überspannte Irrsinnige hielten«, warf Sir Lysander ein.

»Aber Dr. Krauß wurde mittels Magie ermordet«, sagte ich.

Dejan hustete. »Darf ich Sie mit einer wichtigen Lektion des Detektivhandwerks vertraut machen, Stella? Die meisten ostentativ plausiblen, nachvollziehbaren Theoriekonstrukte scheinen nur als solche, weil man das eine oder andere Detail vergessen hat.«

Um ihn aufzuheitern (und, ich gestehe es, auch ein wenig von schnöder Eitelkeit motiviert), demonstrierte ich Dejan meinen neu erlernten Zauber. Im Gegensatz zu Sir Lysander begegnete er meiner Kunst mit leisem Hohn.

»Wunderbar. Sollten Sie sich jemals in der misslichen Lage wiederfinden, Satinfesseln zu tragen, werden Sie keine Schwierigkeiten haben, sich zu befreien.«

»Sie glauben nicht etwa, dass das Material einen Einfluss hat auf den Zauber?«, erkundigte ich mich besorgt.

Dejan zuckte mit den Schultern. »Ich weiß es nicht«, bekannte er. »Wir wollen es versuchen.« Ungeduldig zog er an der Klingelschnur, die augenblicklich Pavel in den Salon kommandierte.

»Haben wir ein Seil im Haus?«

Pavel wiegte bedächtig den Kopf. »Nur die Wäscheleine, die der Dr. Hrdlicka aus dem zweiten Stock vorgestern bei uns abgegeben hat, damit er nicht wieder in einer schwachen Stunde versucht, sich aufzuhängen.«

»Sehr gut.« Dejan verzog die Lippen zu einem schiefen Grinsen, das ihm ausnehmend gut zu Gesicht stand. »Es macht Ihnen doch nichts aus, Stella?«

Selbstverständlich verneinte ich, nicht zuletzt, weil abergläubische Furcht sich schlecht mit meinem Bild einer Agentin des Okkulten vereinbaren ließ. Ganz wohl war mir freilich nicht dabei, als Dejan sorgfältig meine Handgelenke mit dem Strick fesselte. Müßig, darüber nachzusinnen, ob ich mich auch in gänzlich nüchternem Zustand auf das geschmacklose Experiment eingelassen hätte.

Sir Lysander kicherte hämisch; das Spektakel auf meine Kosten machte ihm offensichtlich großen Spaß.

Ich schloss die Augen, tastete mich in Gedanken vorwärts, bis ich das Tor zu meiner gläsernen Brücke fand, sie vorsichtig betrat, stets darauf bedacht, keinen Schritt zu viel zu setzen. Ich durfte sie nicht überqueren, durfte mich nicht verlieren in dem fernen, stillen Land. Hier, zwischen den Welten, über mir die unendliche Nacht, unter mir der tosende Strom des Vergessens, hier auf dieser schmalen Brücke war der Ort, an dem ich allmächtig war.

Im Geiste tastete ich nach der Schnur, rau und kühl schabte sie an meinen Handgelenken, und ungeschickt löste ich mit bebenden Fingern den ersten Knoten.

»Jesus, Maria und alle Heiligen, also das geht wohl zu weit!«, riss mich eine tiefe, melodische Frauenstimme aus meiner Trance. Etwas beleidigt sah ich mich nach der Sprecherin um. Ein einziger Knoten trennte mich noch von dem Ende meiner Demonstration, die sie so rüde unterbrochen hatte. Derart versunken war ich in meine Aufgabe gewesen, dass ich nicht bemerkt hatte, dass eine weitere Person den Salon betreten hatte. Und was für eine Person! Es fiel mir schwer, zu entscheiden, ob mich ihr kriegerisches Temperament oder ihre Garderobe nachhaltiger beeindruckten. (Angetan war sie mit einem schneeweißen Sommermantel, einem blassblau und rosa gemusterten Kleid, das sämtliche Fragen, die lüsterne Verehrer ihr stellen mochten, mit beeindruckender Offenherzigkeit beantwortete, sowie einem enormen Hut aus weißem Stroh, den der Inhalt einer wohlsortierten Obstschüssel zierte).

»Dejan, Lysander, ich möcht ja nicht glauben, was ich da mit eigenen Augen seh! Im Leben hätt ich das nicht von euch erwartet«, empörte sich die Fremde. Die Hände in die Hüften gestemmt, die rotbemalten Lippen geschürzt, funkelte sie die beiden angriffslustig an. Dejan barg das Gesicht in seinen Händen und lachte hilflos, Sir Lysander keckerte laut, und ich – nun, ich brauchte beschämend lange, bis ich die Tragweite des Missverständnisses begriff.

»Ich«, stammelte ich. »Aber nein.«

Die Frau schüttelte den Kopf. »Genieren'S sich nicht, Kinderl«, tröstete sie mich. »Ich sag zwar, bei einer jeden Sauerei muss man wirklich nicht mitspielen, aber mein Gott, es passiert. Wo kommen'S denn überhaupt her? Ausschauen tun'S wie frisch aus der Klosterschul'.«

»Esther«, wandte sich Dejan mit erstaunlicher Ruhe an den Neuankömmling. »Darf ich dich vor einem verhängnisvollen Irrtum bewahren, bevor du dieser jungen Dame weitere unlautere Motive unterstellst?«

»Dem Mäderl?« Helle Entrüstung schwang in ihrer Stimme mit. »Das wär allerdings noch schöner! Es muss halt ein jeder seine Arbeit machen, wie er kann. Aber dass ihr solche Spielereien wollt …«

Auf dem Diwan gluckste Sir Lysander vor unterdrückter Heiterkeit. Ich nagte an meiner Unterlippe, während ich fieberhaft darüber nachsann, wie sie mich nur mit einem leichten Mädchen hatte verwechseln können. An meinem äußeren Erscheinungsbild konnte es schwerlich liegen (es sei denn, es gab Dirnen, die sich als herbe, fade Pensionatsschülerinnen verkleideten, um Freier zu locken). Blieb nur mein Betragen. Versuchte ich zu plump, zu offensichtlich mit Dejan zu schäkern? An mögliche unliebsame Konnotationen meiner magischen Entfesslungsübung hatte ich nicht gedacht. Was mochte der Baron, was mochte Sir Lysander nun von mir halten?

Letzterer hatte es indessen auf sich genommen, die Zweifel über meine Identität zu beseitigen, und mich als »Fräulein Stella Schönthal, eine Agentin der Okkulten Angelegenheiten und Graf Trubics Assistentin« vorzustellen.

»Sehr erfreut.« Die Fremde schüttelte innig meine Hand. »Mich können'S Esther nennen, macht ein jeder, der nicht grad *Madame* sagt.« Sie bedachte uns mit einem strahlenden Lächeln. »Dann bitt' ich um Verzeihung, Dejan, Lysander.«

Bei mir entschuldigte sie sich nicht, was mich, wenn ich ehrlich bin, weiter für sie einnahm. Zwei Jahre in der Gesellschaft Katalins, die sich selbst als Kurtisane bezeichnete und dennoch nichts als Abscheu und Verachtung übrighatte für Mädchen, die sich um den Preis von ein paar kleinen Münzen statt um Gold und Pelze und eine jährliche Apanage verkauften, waren nicht spurlos an mir vorbeigegangen. Dass jene Esther nun Dirnen und Agentinnen des Okkulten unbekümmert auf eine gesellschaftliche Stufe stellte, ohne eines der beiden Metiers herabzuwürdigen, fand ich höchst erfrischend.

Auch Dejan zeigte sich ausnehmend erfreut über die farbenfrohe Besucherin. »Was verschafft uns die seltene Ehre?«, erkundigte er sich, während er ihr ein Fauteuil zurechtrückte und Anstalten machte, ihr den Mantel abzustreifen.

Esther winkte ab. »Lass nur, so lang kann ich nicht bleiben. Um bei der Wahrheit zu bleiben, mein Fürst wollt eine Landpartie machen mit mir, nur ist ihm das Automobil liegen geblieben, grad drüben beim Pulverturm. Da hab ich mir gedacht, nutz ich die Gelegenheit und schau in der Zwischenzeit bei euch vorbei.«

Sir Lysander erging sich in einem hämischen Otterkichern, murmelte etwas von »den Früchten der Treulosigkeit«, was ihm einen vernichtenden Blick von Dejan eintrug und mich zu der Überzeugung brachte, dass Esther vor nicht allzu langer Zeit hier mindestens ein Herz gebrochen haben musste.

»Aber ein Glas Champagner wirst du sehr wohl mit uns trinken«, entschied Dejan und betätigte ohne eine Antwort abzuwarten abermals die Klingelschnur, um Pavel herbeizuzitieren.

»Schön, was gibt's Neues bei euch im Leben, außer der Assistentin vom Trubic?«, fragte Esther, die wie selbstverständlich durch den Salon streifte, über Sir Lysanders Rücken strich (ein Privileg, das er sonst niemandem zustand, dem ich bereits begegnet war) und schließlich zerstreut in dem Dossier zu blättern begann.

»Die Assistentin Seiner Gräflichen Gnaden stellt leider nur

ein temporäres Addendum zu unserem Bureau in Prag dar«, sagte Sir Lysander.

Esther nickte mir zu. »Und recht haben'S. Wenn ich mit dem Trubic zu tun hätt, ich würd auch schauen, dass ich bald wieder zu ihm zurückkomm'. So ein schöner Mann, auch wenn er mir vorher ein bisserl besser gefallen hat, so zerknittert und verlebt.«

Ich horchte auf. »Vorher?«, wiederholte ich.

Esther strich sich eine dunkelbraune Haarsträhne hinter das Ohr. »Na, vor dem ganzen Theater mit dem Vampir«, erklärte sie, und ich konnte nicht behaupten, dass ich diese Antwort sonderlich erhellend fand.

Aus den Augenwinkeln sah ich, wie Dejan sie mit einer flinken (und etwas rüden) Geste zum Schweigen aufforderte.

Vampir, dachte ich. Ein weiteres Mysterium.

»Womit vertreibt's ihr euch denn da die Zeit?«, unternahm Esther den allzu offensichtlichen Versuch, ein unverfänglicheres Thema anzuschneiden.

»Mit dem Ende der Welt«, erwiderte Sir Lysander prompt.

Esther streifte sich nervös zwinkernd das blumenbesetzte Wagenrad vom Kopf. »So, ist schon wieder eines angekündigt? Beim letzten, damals, das war die G'schicht mit dem Kometen, bin ich einen halben Tag unten im Weinkeller gesessen, bis mir das Ganze zu blöd war und ich beschlossen hab, wenn die Welt schon untergeht, dann schau ich's mir lieber gleich an. Hat ja doch keinen Zweck, zu tun, als würd's nicht passieren.«

»Deshalb hütet unsere Loge nach eigenen Angaben gleich mehrere Enden der Welt«, alberte ich ungelenk.

Sir Lysander, der eben im Begriff gewesen war, das Fensterbrett zu erklimmen, erstarrte in der Bewegung.

»Sagen Sie das noch einmal«, forderte er mich auf.

»Bitte nicht«, entgegnete ich. Ein müder Scherz wurde erfahrungsgemäß nicht besser dadurch, dass man ihn wiederholte.

»Die Enden der Welt«, sagte Sir Lysander. »Wissen Sie, was mir jede Religion, jeden Propheten so unerträglich macht? Sie alle glauben allein an ihre Version der Heilslehre und an ihr Weltende. All die Seher und Verrückten, sie leben und sterben in dem Glauben, dass ihre Deutung der Ereignisse, ihre Zeichen des Untergangs als einzige über einen Legitimitätsanspruch verfügen.« Erwartungsvoll sah Sir Lysander uns an und rieb sich mit den Vorderpfoten über die feuchte Schnauze.

»Wer sich mit dem Ende der Welt befasst, glaubt an ein Ende der Welt«, resümierte Dejan. »Es sei denn, man deutet selbiges als geographischen Begriff. Und wo endet die Welt?«

»Dort, wo eine andere beginnt«, gab ich, heiser vor Aufregung zur Antwort.

»Die Feenlande«, ergänzte Sir Lysander.

»Na, bravo«, sagte Esther.

Schon war die Nacht hereingebrochen, als Dejan und ich uns in der Mietdroschke auf dem Weg zum Hradschin, dem alten Burgberg Prags machten, den Sir Lysander, Dejan und Esther in schöner Einigkeit zu dem vermutlich magischsten Ort der Stadt erklärt hatten.

Immerhin, so legte mir Sir Lysander, der englische Earl mit der Passion für böhmische Historie und Legenden, dar, hätte dereinst in grauer Vorzeit die sagenumwobene Fürstin Libuše von ihrer Feste auf dem Výšehrád auf das andere Flussufer geblickt, doch statt der Ödnis der Hügel und Wälder war eine glorreiche Stadt vor ihrem geistigen Auge erstanden.

»Ich sehe eine große Stadt, deren Ruhm bis zu den Sternen reichen wird!«, soll sie gerufen und einige Erwählte fortgeschickt haben zu dem Berg, den man heute als Hradschin kannte. Dortselbst, so legte ihnen die Königin dar, wenn man der Legende Glauben schenken wollte, würden sie einen alten Mann vorfinden, der gerade den Schwellstein zu seinem Haus legte. Just an jener Stelle nun sollten sie eine Burg errichten, um die allmählich das Goldene Prag, die Stadt der hundert Türme, erstehen sollte.

»Es ist eine Sage«, hatte ich einzuwerfen gewagt, und Dejan hatte mir grimmig geantwortet: »Die meisten Sagen und Legenden pflegen sich um besondere, okkulte Orte herauszubilden.«

Sir Lysander wiederum hatte angemerkt: »Wir suchen nach möglichen Portalen in die Feenlande. Meinen Sie nicht, dass wir an einem Punkt angelangt sind, an dem wir nichts mehr als zu absurd abtun können?«

So standen wir nun auf dem Vorplatz der Prager Burg und starrten auf das dunkle Gemäuer vor uns. Selbst zu der vorgerückten Stunde herrschte noch reges Treiben, zumal an jenem Abend im Schloss ein Empfang gegeben wurde. Späte Gäste strebten durch die Innenhöfe auf den Haupttrakt zu, Kutschen, Automobile und Neugierige behinderten sich gegenseitig, aus einiger Ferne drang Musik an mein Ohr, ein Streichquartett verführte mit schmeichelnden Melodien zum Tanz.

»Was nun?«, fragte ich. »Wie wollen wir die Stelle, nach der wir suchen, erkennen?« Mittlerweile hegte ich gewisse Zweifel an der Klugheit unseres Vorhabens: Wie zwei Narren fahndeten wir nach einem mythischen Ziegelstein, der uns Zutritt verschaffen sollte zu einer anderen Wirklichkeit. Nun, Graf Trubic hatte mich gewarnt, dass es ein mühsamer Prozess sein würde, zu lernen außerhalb der Grenzen von Rationalität und Vernunft, zu denen man in unseren Tagen erzogen wurde, zu denken.

Dejan rückte seinen Hut gerade. »Ich hätte Lysander überreden sollen, mit uns zu kommen. Er wüsste vermutlich, welcher Teil der Burg der älteste ist«, überlegte er. »Wie dem auch sei. Zunächst sollten wir das Terrain, so weit zugänglich, sondieren. Später …«

»Es ist noch nicht entschieden, ob es für Sie ein ›später‹ geben wird«, vernahm ich eine Stimme dicht an meinem Ohr. Gleichzeitig fühlte ich einen Druck zwischen meinen Schulterblättern.

Ein Pistolenlauf, dachte ich panisch. Ich will nicht sterben, nicht gerade jetzt, nicht hier, in einer fremden Stadt!

Ich wandte mich zu Dejan um, der starr nach vorne blickte. Dicht hinter ihm standen im Gedränge zwei Männer, unauffällig, in Straßenkleidung.

»Was wollen Sie?«, flüsterte ich.

Die Stimme kicherte in mein Ohr. »Wie das Leben so spielt. Die gleiche Frage gedachte ich Ihnen zu stellen. Was wollen Sie, Fräulein Schönthal?«

Er kannte meinen Namen! Woher kannte er meinen Namen?

Als hätte er meine Gedanken gelesen, antwortete er mir süffisant flüsternd: »Oh, wir lesen sämtliche Publikationen des Kaiserreichs. Insbesondere jene, in denen Klatschkolumnen plötzlich von magischen Mordfällen und Politikerattentaten berichten. Es war nicht schwer, Ihren Namen herauszufinden, Fräulein Schönthal. Ein Anruf hat genügt.«

Kalter Schweiß stand mir auf der Stirn, ich fühlte, wie meine Hände zitterten.

»Ich will, dass Sie mich gehen lassen«, stieß ich hervor, meine Stimme kaum mehr denn ein angstvolles Quieken.

»Das werden wir tun.« Ich spürte den kalten Pistolenlauf durch Bluse und Mantel. »Sobald wir uns Ihres Kavaliers entledigt haben. Mit ihm haben wir noch eine alte Rechnung zu begleichen.«

Abermals wagte ich einen schnellen Blick über die Schulter, sah, wie die beiden Männer Dejan durch die Menschenmenge drängten, vorbei an Fuhrwerken und blank polierten Automobilen auf die Rampe zu.

»In wenigen Augenblicken werden Sie Zeugin eines scheußlichen Unfalls werden: Da wird ein Betrunkener das Gleichgewicht verlieren, über die Brüstung stürzen und kopfüber auf dem Pflaster aufschlagen. Kein sonderlich tiefer Fall, aber es sollte ausreichen.«

Das Einzige, was mir hierzu einfiel, war: »Haben Sie das geplant?«

»Oh, nein«, flüsterte die Stimme. »Eigentlich wollten wir ihn erschießen. Aber so ist es viel amüsanter, meinen Sie nicht?«

Das Wort »amüsant« gab den Ausschlag. Ich wusste selbst nicht, wie es geschah: Mit einem Mal zersprang die Welt um mich, und ich fand mich auf meiner Brücke wieder, unter mir brauste der dunkle Strom, über mir zuckten Blitze im nachtschwarzen Himmel, und ich war ganz Wut, Hass und Furcht.

Ich sah die beiden Bewaffneten, sah den Abhang, und ich wollte sie beiseitestoßen, wollte Dejan die Möglichkeit bieten zu fliehen. Ich hob die Hand, konzentrierte mich. Fand ein Lied, eine wilde, zornige Melodie, ließ mich von ihr leiten, ließ mich auf ihr treiben.

Du kannst sie töten, flüsterte eine Stimme in meinem Hinterkopf. Aber das wirst du nicht tun.

Kein Funkenflug, kein Donnerschlag begleitete meine Untat. Drei Männer taumelten gegen die Brüstung am Vorplatz der Prager Burg. Später würde man sich vielleicht erzählen, dass sie sehr betrunken und in Raufhändel verwickelt waren.

Der eine fiel auf den Rücken, sprang sogleich wieder auf und hastete durch die Menschenmenge davon. Der Zweite, ein hochgewachsener schlanker Mensch mit graublondem Haar, schlug hart mit dem Kopf gegen die steinerne Balustrade und sackte zusammen.

Der Dritte aber stürzte rücklings über die Brüstung.

»Dejan!« Ich warf mich neben dem reglosen Körper auf die Knie.

Allmächtiger Gott, betete ich, ich weiß, wir hatten unsere

Differenzen, aber Du würdest nicht zulassen, dass ich ihn getötet habe. Du bist gnädig, Gott. Du wirst mir verzeihen, dass ich an Deiner Existenz gezweifelt habe.

Dejan rührte sich nicht. Panisch zerrte ich an seinem Mantelkragen, beschwor ihn fluchend und flehend, aufzuwachen, nur aufzuwachen, verdammt, wachen Sie auf. Sie müssen aufwachen, denn es ist gänzlich unmöglich, dass ich Sie getötet habe. Gott, sag mir, dass es unmöglich ist!

Mit einem leisen Stöhnen hob Dejan den Kopf. Er blutete aus einer kleinen Wunde am Kinn.

»Was ist geschehen?«, fragte er.

»Ich habe gezaubert«, flüsterte ich. Ich habe getötet. Einige Meter unter uns lag ein Mann mit zerschmettertem Schädel, seine Pistole noch in der Hand.

Dann waren da Rettungsleute, Schaulustige und hastig herbeigerufene Polizisten, die sich keinen Reim auf die Ereignisse machen konnten, ganz unerhebliche Fragen stellten und sich von der Waffe in der Hand des Toten und Dejans kleiner Metallplakette, die ihn als Agent des Okkulten auswies, beeindrucken ließen.

Wie durch eine dichten Schleier nahm ich sie wahr, hörte Stimmen, sah Menschen kommen und gehen, gab vielleicht sogar Antworten und wusste doch nicht einmal, ob Minuten, Stunden, Ewigkeiten verstrichen waren, bis Dejan meinen Arm ergriff und mich zu einer der Droschken führte.

»Nein«, rief, ja, *flehte* ich unwillkürlich, als Dejan dem Kutscher das Palais Trubic zur Destination gab. »Bitte nicht.« So viele dunkle Gänge, so viele verbotene Türen, die Einsamkeit des großen, leeren Hauses – schon der Gedanke ließ mich schaudern. Ich wollte – ich konnte – in dieser Nacht nicht alleine sein, alleine mit den Geistern der Toten.

Mit der Erinnerung an den Mann, den ich getötet hatte.

»Stella. Sie sind sehr tapfer gewesen.« Behutsam ergriff Dejan meine Hand, versuchte sich an einem Lächeln. »Noch ein bisschen Haltung, meine Liebe.«

Ich biss mir auf die Lippen. Am liebsten hätte ich geschrien und getobt, mich in seine Arme geworfen und an seiner Brust geweint, doch leider, es fehlte mir das Talent zur großen Szene; da blieb nur die Tapferkeit.

»Alsdann, gnädiger Herr.« Der Kutscher hatte sich zu uns umgedreht, die Hand an der Hutkrempe. »Wo darf's denn jetzt hingehen?«

»Wonach steht Ihnen der Sinn?«, wandte sich Dejan an mich.

»Irgendwohin, es ist mir ganz gleich!« Ich erkannte meine Stimme kaum wieder, so schrill und atemlos klang sie. »Nur unter Menschen muss ich sein.«

Die Adresse, die Dejan dem Kutscher genannt hatte, stellte sich als zu einem Varieté, irgendwo in dem undurchschaubaren Gassengewirr der Altstadt, gehörig heraus. Das Lokal war dunkel und ein klein wenig schäbig, aber die Tanzkapelle spielte auf, Nachtschwärmer tranken und lachten und trotzten dem Morgen, und das war alles, was im Augenblick zählte. »Danke«, sagte ich leise, kaum dass wir in einer Nische Platz genommen hatten. Dejan bestellte Champagner, der Kellner musterte mich mit misstrauischer Miene: War mir mein Verbrechen so überdeutlich anzusehen? Mit einem Mal war mir, als müsse jedermann in Prag schon von meiner Schandtat gehört haben, mein Gesicht erkennen. Dort, dort sitzt die Mörderin, schien es in jeder Ecke zu tuscheln, der fette Kerl an der Theke, er wandte sich zu mir um, jetzt deutete er mit dem Finger, seiner kleinen Gespielin führte er mich vor, sieh nur da drüben, die Mörderin. Ich schloss die Augen, ich biss mir die Fingerknöchel blutig, ich durfte nicht schreien, ich war tapfer, tapfer hatte ich zu sein.

»Schauen Sie mich an, Stella.« Gehorsam öffnete ich die Augen. Dejan reichte mir ein Glas. »Trinken Sie.«

Ich trank. Meine Hände zitterten, ich verschüttete Champagner auf die Tischplatte, auf mein Kleid.

»Ich wollte ihn nicht töten«, sagte ich schließlich.

»Ich weiß.« Dejan strich sich eine widerspenstige Haarsträhne aus der Stirn, berührte die kleine Wunde an seinem Kinn.

»Aber …« Ich zögerte. Durfte ich das Ungeheuerliche in Worte fassen? »Es tut mir nicht leid, dass er tot ist. Verstehen Sie das?« Ich leerte mein Glas. »Können Sie das verstehen?«

Er lachte rau, voll Traurigkeit. »Ich habe zwei Menschen getötet«, sagte er nach einer Weile. »Den einen, weil es die Ehre gebot. Den anderen, um das Leben eines Freundes zu schützen.« Er füllte mein Glas erneut. »Heute haben Sie mein Leben gerettet. War der Preis zu hoch?«

Ich wollte protestieren, doch er schüttelte nur den Kopf.

»Sagen Sie nichts. Es gibt keine Antwort, und im Grunde spielt es auch keine Rolle. Vielleicht werden Sie mich eines Tages dafür hassen. Vielleicht werden Sie vergessen.« Er hob seine Champagnerflöte. »Auf die Möglichkeiten des Lebens«, sagte er mit großem Ernst.

»Hassen Sie den Freund, für den Sie getötet haben?«, fragte ich.

»Aber ja.« Sein Lächeln war unergründlich. »Unter anderem. Ein wenig.«

Die Tanzkapelle spielte einen süßen, etwas schwermütigen Walzer, eine bekannte Melodie. Wie oft hatte ich sie schon gehört, im Kursalon, im Volksgarten, in einer Stadt, die meine Heimat war und mir doch unerreichbar fern erschien in jenem Augenblick.

Dejan war aufgestanden und deutete eine Verbeugung vor mir an.

»Darf ich Sie um diesen Tanz bitten?«

Ich blickte zu ihm auf. »Das wäre sehr geschmacklos, meinen Sie nicht?«

Er lachte wieder – ein echtes, freies Lachen. »Bravo! Gesprochen, wie man es von der wohlerzogenen kleinen Gesellschafterin erwartet!«

Er ergriff meine Hände, zog mich hoch; ich stolperte, ich war ein wenig betrunken und sehr unglücklich, und ich hatte gemordet, in einer Herbstnacht, und ich wollte mit ihm tanzen, oh Gott, wie ich mit ihm tanzen wollte!

»Kommen Sie«, sagte er, dicht stand er jetzt bei mir, und ich tat etwas gänzlich Unerhörtes: Ich stellte mich auf die Zehenspitzen und küsste ihn auf den Mund.

»Ich glaube, ich bin fast ein bisschen verliebt in Sie«, sagte ich, ich weiß nicht, weshalb – vielleicht traf es in dieser einen Stunde, zwischen Nacht und Morgengrauen, tatsächlich zu. Vielleicht war es auch nur einfacher, eine Liebe zu gestehen, als die Wahrheit zu sagen: »Bleiben Sie bei mir, und bleiben Sie mein Freund, was immer auch geschieht, ich will Ihr Kamerad sein, und die Nacht ist so übergroß, ich fürchte mich, auch vor mir selbst«, das war zu dumm.

»Stella«, murmelte er. »Oh, nein.«

Draußen regnete es; ein kalter, frischer Wind fegte durch die engen Gassen, durch die Reste einer furchtbaren Nacht. Schweigend legten wir die kurze Strecke zum Palais Trubic im geschlossenen Automobil zurück.

Erst als wir die dunkle Halle durchschritten, berührte mich Dejan sacht am Arm.

»Es gibt jemanden in meinem Leben«, begann er.

Ich blieb am Treppenabsatz stehen. Dachte an Esther, an die Freundlichkeit, mit der sie mir begegnet war; gestern noch, in einem anderen Leben.

»Sie sind ihr treu«, unterbrach ich ihn, nach Kräften bemüht, nicht verletzt zu klingen.

»Nicht unbedingt.« Er ließ meinen Arm nicht los. »Wir sehen

einander zu selten, wir kennen einander zu gut, um Treue zu verlangen.« Ironie schwang in seiner Stimme mit und wohl auch etwas Bitterkeit.

Endlich begriff ich. »Aber Sie lieben diese Person«, sagte ich langsam.

Er nickte, beinahe verschämt. »Ich kann Ihnen nur meine Freundschaft antragen.« Er küsste meinen Handrücken, für einen Moment streiften seine Lippen meine zerschundenen Knöchel. »Und meine aufrichtige Zuneigung«, hörte ich ihn etwas heiser sagen.

Ich schloss die Augen. Durfte ich akzeptieren? Wirf dich ihm nur an den Hals, hörte ich Katalin höhnen, eine Nacht bekommst du und sonst nichts, nur die Schand', die bleibt dir ein Leben lang.

»Nein«, entschied ich, »so eine bin ich nicht.«

Er begleitete mich zu meiner Zimmertür, wünschte mir »eine bessere Nacht, als der Tag es war« und ließ mich allein mit den Dämonen. Auf dem Bett lagen noch die Lektionen ausgebreitet, die Sir Lysander für mich vorbereitet hatte. Kontrolle der magischen Kräfte, las ich. Selbstbeherrschung. Maßvoller Umgang. Der Drang, die Blätter zu zerknüllen, zu verbrennen, aus dem Fenster zu werfen, war groß. Stattdessen stapelte ich sie auf dem Toilettentischchen.

Ich wagte es nicht, in den Spiegel zu blicken, während ich mich im Gästebadezimmer für die Nacht zurechtmachte. Das Gesicht einer Mörderin, ich wollte es nicht sehen. Ich verriegelte die Zimmertür hinter mir, konnte mich nicht entschließen, die Lichter zu löschen, alleine zu bleiben, im Dunkel, in diesem fremden Haus, mit all seinen Geheimnissen. Arme, unschuldige Katalin: Gab es eine größere Schande, als zu töten?

Im Nachthemd huschte ich durch den finsteren Gang, die Treppen hinauf; unter Dejans Zimmertür schimmerte ein schwacher Lichtschein in den Flur.

Er öffnete mir, hatte nur Jackett und Krawatte abgelegt, die Anzugweste aufgeknöpft. In der rechten Hand hielt er einen Cognacschwenker. Dass er bei meinem Anblick Überraschung heuchelte, war ein schöner Zug.

»Mir scheint, ich bin doch so eine«, sagte ich. Wir küssten uns lange. Sein Mund schmeckte nach Cognac und Tabak; für den Bruchteil einer Sekunde erinnerte ich mich an Krysztofs Haschischzigaretten, an Krysztof, den Verräter, der mir stets ein Freund gewesen war.

»Nur eine Nacht«, murmelte ich in Dejans Hemdkragen. »Eine Nacht bedeutet doch nicht viel.«

Er zog mich enger an sich. »Zuweilen kann eine Nacht ein ganzes Leben ändern.« Er wickelte sich eine Strähne meines Haares um den Zeigefinger und führte sie an seine Lippen. »Aber das ist lange her.«

Unter all den vielfältigen Möglichkeiten, die die Menschheit ersonnen hatte, um einen Ohnmächtigen aus seiner Bewusstlosigkeit zu reißen, stellte jene, dem Unglücklichen ein ums andere Mal einen Spazierstock in die Magengrube zu stoßen, wohl eine der unangenehmeren dar.

»Verdammt«, knurrte Felix. »Lassen Sie es gut sein, ich bin wach.« Benommen blinzelte er, was, wie er im nächsten Moment feststellen musste, nicht sonderlich hilfreich war, da er eine Augenbinde aus rauem, gänzlich undurchsichtigem Stoff trug. Was, kombiniert mit dem Umstand, dass seine Handgelenke gefesselt waren, nur bedeuten konnte, dass es ihm nicht nur gelungen sein musste, in Gefangenschaft zu geraten, sondern auch, dass er unterwegs seinen Drachen verloren hatte. Er kannte die Kreaturen gut: Bei all ihrer Schreckhaftigkeit verstanden sie es dennoch, zu kämpfen und sich zu verteidigen, wenn es darauf ankam. Und sie waren loyal. Niemals würden sie zurücklassen, wen sie als ihren Freund erachteten.

»Wo bin ich?«, fragte er. Seine Kehle war rau und schmerzhaft trocken.

»In einem hübschen kleinen Haus am Rande Wiens«, erhielt er prompt eine Antwort, mit der er nicht gerechnet hatte. Eine dunkle, nicht unangenehme Stimme. »Aber das dürfte nun wirklich keine Rolle spielen.«

»Und mein Drache?«, brachte Felix mühsam hervor.

»Drüben. Zu Hause.«

Schritte waren zu vernehmen, das Rascheln von Kleidung, dann wurde ein Glas an Felix' Lippen gehalten. Er zögerte.

»Trinken Sie nur.« Abermals die melodische, tiefe Stimme. »Lassen Sie sich versichert sein, wenn wir Sie töten wollten, hätten wir in den vergangenen Stunden schon ausreichend Gelegenheit dazu gefunden.« Ein heiseres Lachen. »Nein, Sie sind hier, weil wir Ihnen eine Frage stellen möchten, Graf Trubic.«

Felix leckte sich die Lippen, entschied, dass ihm nichts anderes übrigblieb denn abzuwarten, was seine Entführer von ihm verlangten.

»Ich bitte«, murmelte er.

»Auf welcher Seite stehen Sie eigentlich, Graf? Sie geben vor, Habsburg treu zu dienen, und arbeiten doch an seinem Untergang. Sie ahnen doch schon lange, was der Freiherr von Merentheim mit seinen Automaten zu tun gedenkt. Geist und Maschine, zur unsterblichen Wesenheit vereint, bereit, sich ein Kaiserreich zu unterwerfen. Und das ist nur der Anfang. Was, glauben Sie, wird geschehen, wenn Merentheim und seinesgleichen, die Machthungrigen und Rücksichtslosen, auf ihren unzähligen Reisen zwischen den Welten das Zusammenspiel zwischen Magie und Technik, alter Weisheit und Fortschrittsdrang, perfektioniert haben?«

Felix versuchte sich an einem Achselzucken. Erfahrung hatte ihn gelehrt, dass die Dinge unangenehm zu werden pflegten, sobald man mit ideologischen Fanatikern zu argumentieren begann. Die Mitglieder der Loge waren überzeugt, dass der Kontakt zwischen den Welten zur unweigerlichen Katastrophe führen würde; und wenn sie tatsächlich seit Jahrtausenden die Übergänge bewachten, in aller Stille töteten, wer gegen ihre Gesetze verstieß, dann standen die Chancen gering, dass Felix sie bei aller rhetorischer Überzeugungskraft, derer er sich gern rühmte, würde überzeugen können.

Umständlich probierte er, sich aufzusetzen, eine Anstrengung, die ihm erst nach mehreren Anläufen gelang.

»Wer ist Ihr Kontakt in der Magisch-Technischen Abteilung?«, wollte er wissen. »Etwa ein gewisser Ingenieur Willroth?«

Schweigen. Felix verzog die Lippen zu einem Lächeln. »Sie brauchen mir nicht zu antworten. Es war schon lange offensichtlich. Aber um auf Ihre ursprüngliche Frage zurückzukommen: So abgeschmackt die Floskel auch klingen mag, ich fürchte, hier trifft sie zu: Ich stehe in diesem Intrigenspiel auf meiner eigenen Seite. Ich werde tun, was ich für richtig befinde.«

Ein dunkles, überraschend ehrliches Lachen. »So wie auch wir. Fast tragisch, dass es uns somit zu Feinden macht. Denn sobald das Luftschiff wieder auftaucht, werden wir nichts unversucht lassen, es zu vernichten.«

Schritte, Rascheln, ein metallisches Klirren.

»Werden Sie mich *jetzt* töten?«

»Aber nein, Graf. Wir lassen Sie frei.«

»Was soll das werden? Eine reichlich ungeschickte Falle?«, fragte Felix kalt. Bevor er zu hoffen wagte, dieses Abenteuer weitgehend heil an Leib und Seele, ohne größeren Schaden als ein paar blauen Flecken und angeschlagenem Stolz überstehen zu können, musste er um die Konndititonen wissen. »Oder erwarten Sie, dass ich aus Dankbarkeit die Okkulten Angelegenheiten nicht über einen möglichen Angriff auf die *Fortuna* in Kenntnis setzen werde?«

»Sollte das Luftschiff jemals wieder in Erscheinung treten«, fügte sein Gesprächspartner hinzu. »Nein. Nein, das erwarten wir nicht. Aber denken Sie nur, es gibt tatsächlich noch Menschen, die moralische Skrupel haben, einen unbewaffneten Gefangenen zu töten, selbst wenn ihr Leben durch solch eine Tat ein wenig einfacher würde«, ließ sich die Stimme dicht an seinem Ohr vernehmen. »Und jetzt stehen Sie auf.«

Felix tat wie geheißen. »Gefallen Sie und Ihre Logenbrüder sich in der Rolle der weißen Ritter, die nicht nur eine, nein, gleich zwei Welten schützen, und dabei edel und gut bleiben?«, erkundigte er sich im Plauderton, während kräftige Finger sich um seinen linken Oberarm spannten.

Er erhielt keine Antwort; stattdessen fielen seine Fesseln zu Boden.

Ein Klopfen an der Tür weckte mich. Ich blinzelte ins Zwielicht eines trüben Vormittages, fand mich zwischen zerwühlten Laken wieder, dicht an Dejans warmen, schlanken Körper geschmiegt. Er schlief fest, seine linke Hand lag auf meiner Hüfte; er hatte keine Anstalten gemacht, den Handschuh abzunehmen, und ich hatte ihn nicht darum gebeten. Vorsichtig löste ich mich von ihm und setzte mich auf. Das Klopfen war vehementer, ungeduldiger geworden, aber ich wagte nicht, zu antworten.

»Dejan. Wachen Sie auf.« Sacht berührte ich seine Schulter, strich über die Ausläufer der furchtbaren Brandnarben, die sich über seinen Oberarm zogen. Er murmelte irgendetwas, hob den Kopf, das schöne blonde Haar hing ihm in unordentlichen Locken ins Gesicht. Er sah müde aus und, für einen Moment, sehr alt.

»Herr Baron!«, erklang von draußen die Stimme des Dieners. »Bitte, Baron, machen Sie auf! Der Herr Graf ist am Telephon!«

Ich verkroch mich unter den Laken, während Dejan seinen Morgenmantel überstreifte und die Tür öffnete, aber ich tat es mehr des guten Betragens wegen, als weil ich mich tatsächlich ob meiner Lage geniert hätte. Die Risiken und Demütigungen dieser alltäglichen und doch so fernen Welt, die ich bis vor wenigen Tagen noch bewohnt hatte, sie hatten keine Gültigkeit mehr für mein Leben, keine Macht mehr über mich. Jetzt erst verstand ich, was Graf Trubic gemeint hatte, als er von Einsamkeit und Kameradschaft sprach und der Reise, die unseresgleichen fort von denen, die uns lieb und teuer waren, führte. Gestern Abend hatte ich die gläserne Brücke zerbrochen. Und die Kluft, die mich trennte von der Welt, die ich einst kannte, färbte das Blut des Mannes, den ich getötet hatte. Die Schuld, die ich fortan würde tragen müssen, war zu groß, als dass mich die kleinen Sünden des Alltags noch kümmern durften.

Umständlich mühte ich mich in mein Nachthemd, die Decke bis an mein Kinn gezogen. Was freilich eine sinnlose Geste der Schamhaftigkeit war, zumal die Fenster in den Hof wiesen. Ich schloss die Bänder des Nachthemdes, kletterte vom Bett und überlegte: Die Etikette hätte vermutlich verlangt, dass ich die erstbeste Gelegenheit nutzte, mich in mein Zimmer zurückzuziehen, abzuwarten, zu lächeln und die Lider zu senken, all die koketten kleinen Spiele zu treiben, nach denen mir der Sinn weniger stand denn je. Außerdem war ich neugierig, was Graf Trubic so dringend zu berichten hatte.

So blieb ich. Statt verstohlen über den Gang zu eilen, trat ich ganz unverschämt ans Fenster, blickte hinab in den großen Hof, der einen weitläufigen Rosengarten, einen Springbrunnen und eine Terrasse beherbergte, auf der umsäumt von zierlichem Gartenmobiliar und verblühenden Blumen Dejans Automobil thronte, ein tiefschwarzes, etwas altmodisches Ungetüm der Marke Benz, das seine Schrammen und ästhetischen Defizite mit erstaunlicher Würde trug. Diesen Charakterzug wenigstens hatte der Wagen mit seinem Eigentümer gemein.

Mein Spiegelbild in der Fensterscheibe verriet mir, dass sich tatsächlich ein albernes und gänzlich unangemessenes Lächeln auf meine Lippen gestohlen hatte. Peinlich berührt senkte ich den Blick und richtete meine konzentrierte Aufmerksamkeit auf den hübschen, wenn auch etwas ausgeblichenen Teppich zu meinen Füßen. Kein Mensch, so hoffte ich, hatte jemals dumme kleine Betrachtungen über die Natur seiner Verliebtheit angestellt, während er einen Teppich begutachtete. Denn auch wenn ich mir ziemlich sicher war, dass ich mich irgendwann zwischen seiner Bruchlandung auf dem Flugplatz der Aeronautischen Division und dem Ende der vergangenen Nacht wie ein Backfisch in Dejan verliebt hatte, wusste ich mit ebensolcher Gewissheit, dass ich dem Gefühl keine Bedeutung beimessen durfte.

Ich wusste, ich sollte mich schämen, sollte Schuldbewusstsein empfinden, wenn ich an Krysztof dachte – Krysztof, von dem ich mich gestern nicht einmal richtig hatte verabschieden können! Weiß Gott, was er von mir gedacht haben mochte, als ich ihm hastig, schon dabei meinen kleinen Reisekoffer zu packen, angekündigt hatte, dass ich den Abendzug erreichen musste, um mit wildfremden Menschen ein paar Tage in Prag zu verbringen!

Es lässt sich nicht vergleichen, sagte ich mir. Was ich für Krysztof empfand, war Liebe, keine dumme Verliebtheit, zu tief und zu bedeutsam, als dass ihr ein Fehltritt, eine temporäre Begeisterung, etwas anhaben konnte.

Dejan lächelte, als er wenig später wieder zu mir stieß.

»Das gottverdammte Luftschiff ist zurückgekehrt!«, verkündete er und schloss mich in die Arme. Ein eigentümlicher Ausdruck lag in seinen Zügen, voll Anspannung und Erwartung, und etwas, das Vorfreude sehr nahe kam.

Ich starrte ihn an. Erst als ich den Mund öffnete, stellte ich fest, dass ich um alle Worte verlegen war.

»Aber …«, brachte ich schließlich hervor. »Wie ist das möglich? Was ist geschehen?«

Er zuckte mit den Schultern. »Wir wissen es nicht. Das heißt, noch nicht. Vor kaum einer Stunde wurde es über dem Flugfeld der Aeronautischen Division gesichtet und zur Landung gebracht. Genau dort, wo sein Flug begann.«

Ich biss mir auf die Lippen. Wenn möglich, war mir die *Fortuna* noch unheimlicher geworden als zuvor. Tausende, Abertausende Fragen schwirrten durch meinen Kopf.

»Wo war das Luftschiff die ganze Zeit?«, stellte ich schließlich jene, die mir die wesentlichste erschien. Zugegeben, ich wusste so gut wie nichts über die Luftschifffahrt, aber dass sich die *Fortuna* zwei Tage lang hatte in der Luft halten können, ohne von irgendjemanden bemerkt zu werden, vermochte ich kaum zu glauben.

»In den Feenlanden, wie es Merentheims Intention war?«, fragte ich ernst. Nach den Ereignissen des gestrigen Abends wagte ich nicht mehr über die Idee zu spotten. Die Feenlande, verschollen in Raum und Zeit, nur an einigen außergewöhnlichen Orten noch mit unserer Erde verbunden und gut bewacht. Sicherlich, es konnte Zufall sein, dass wir gestern angegriffen wurden, als wir uns der Schwelle näherten. Konnte …

Dejan ließ mich los und trat einen Schritt zur Seite. Nachdenklich sagte er: »Im Dunkel. Das ist es wenigstens, was die Mannschaft, nach Trubics Schilderungen, behauptete. Sie seien durch eine endlose Nacht gereist.«

»Du lieber Himmel«, flüsterte ich. »Das klingt ziemlich …« Ich suchte nach Worten: Grässlich, wollte ich sagen, oder gespenstisch, aber ich fand, dass ich mein Vokabular meiner neuen Rolle der angehenden Agentin des Okkulten etwas angleichen sollte und entschied mich für: »sonderbar«.

Dejan musterte mich, seine dunklen Augen funkelten amüsiert. »Ein schwarzmagisches Luftschiff kehrt auf ungeklärten

Wegen nach mehrtägiger Abwesenheit zurück in die Hände seiner verantwortungslosen Schöpfer, die weiß Gott welche Ziele damit verfolgen mögen, die Mannschaft phantasiert von der ewigen Dunkelheit, und Sie befinden die Umstände für *sonderbar.*« Er verzog die Lippen zu einem halben Lächeln. »Ich darf Ihnen gratulieren: Sie haben sich schneller in die Okkulten Angelegenheiten gefügt, als ich jemals für möglich gehalten hätte.« Sacht küsste er meine Mundwinkel. »Und jetzt, fürchte ich, müssen wir uns beeilen. Felix hält unsere Anwesenheit in Wien für erforderlich.«

Die Gelassenheit, um nicht zu sagen, Selbstverständlichkeit, mit der er unser kleines Abenteuer, meinen Moment der Schwäche, beiseiteschob, machte mich betroffen, obgleich ich verstand, dass er im Grunde recht hatte. Wenn die *Fortuna* in Wien gelandet war, dann hatten wir hier keine Zeit zu verschwenden. Ich hatte mir gewiss keine verlogenen Liebesschwüre von ihm erhofft, wohl aber einen Augenblick der Unsicherheit, eine kleine, sentimentale Geste, ehe wir wieder zu Kameraden wurden.

»Stella.« Er hielt mich auf, berührte mit den Fingerspitzen meine Hand. »Werden Sie zurechtkommen?«

Ich nickte entschlossen. »Aber ja«, sagte ich, »ich komm' doch mit allem zurecht.«

Auch Alin Vasilescu hatte von der Dunkelheit gesprochen, in der Nacht, ehe er verschwand, überlegte ich, während ich mich in meinem Zimmer hastig umkleidete. Und Carina, dachte ich. Aber im Gegensatz zu all den anderen, die zu Tode gekommen waren, bestand zwischen diesen beiden und der *Fortuna* nur ein mittelbarer Zusammenhang. Es musste ein Detail geben, das wir übersehen hatten!

Hurtig knöpfte ich die Jacke meines rauchgrauen Reisekostüms zu, steckte mein Haar zu einem einfachen Knoten, widerstand der Versuchung, wertvolle Zeit an Schleifen und Bändern und Spangen zu verschwenden. Wahllos stopfte ich Kleidungsstücke und Kleinigkeiten in meinen Koffer, faltete nach kurzer Überlegung die dicht beschriebenen Briefbögen mit den magischen Anleitungen, die Sir Lysander für mich vorbereitet hatte, und steckte sie in mein altmodisches Ridikül. Das Gepäck würde mir die Dienerschaft nach Wien nachschicken, aber die Anweisungen wusste ich lieber dicht bei mir, selbst wenn die Chancen vernichtend gering standen, dass mir im Bedarfsfall die Zeit bleiben würde, sie zurate zu ziehen.

Unten in der Toreinfahrt war das Blöken der Hupe zu vernehmen. Ohne mich noch einmal umzuwenden, hastete ich aus dem Zimmer, den Korridor entlang, durch das Stiegenhaus, in die Halle. Was immer auch geschehen mochte, das Palais Trubic mit all seiner düsteren Pracht verlorener Tage zurückzulassen, stimmte mich gewiss nicht traurig.

Dejan erwartete mich vor dem Palais am Steuer seines Wagens, der mit seinem laut knatternden Motor und dem respekteinflößenden Äußeren Neugier und Unmut etlicher Passanten auf sich zog. Kaum dass er mich erblickte, gab Dejan seinen Platz auf, um mir den Schlag zu öffnen und auf die Sitzbank zu helfen.

»Wir machen einen kleinen Umweg zu meiner Wohnung, um Sir Lysander abzuholen!«, rief er mir über den Lärm des Motors zu. »Halten Sie sich fest! Ich muss Sie warnen, dieser Wagen war ursprünglich für höhere Ziele denn die sonntägliche Spazierfahrt gedacht.«

Was er mir dann auch unter Beweis stellte, als wir in atemberaubender Geschwindigkeit über den Kleinseitner Ring, die holprige Straße zur Karlsbrücke hinab rasten. In meinem Leben noch nicht hatte ich das Missvergnügen gehabt, mich in einem derart unbequemen Gefährt wiederzufinden, und Dejans halsbrecherischer Fahrstil auf der überaus belebten Straße tat das

Übrige, dass ich mich bald verzweifelt an der Tür festklammerte und um mein Leben bangte.

»Fehlen Ihnen die Autorennen?«, rief ich Dejan über das Knattern des Motors und des Fahrtwindes hinweg zu, während wir über die Karlsbrücke jagten, dass die Brückenheiligen förmlich an uns vorbeiflogen. Rücksichtslos schlängelte Dejan den Wagen durch das Gewirr an Fuhrwerken, Droschken und anderen Automobilen, die eine zivilisiertere Geschwindigkeit gewählt hatten.

»Nein.« Für den Bruchteil einer Sekunde wandte er den Blick von der Straße und lächelte mir zu. »Nicht die Rennen an sich. Das Gefühl, lebendig zu sein, sich in jedem Augenblick zu vergegenwärtigen, dass zwischen einem selbst und dem Tod nichts weiter steht denn das eigene Talent und ein bisschen Glück? Das große Abenteuer? Vielleicht.«

Die ersten, blassen Sonnenstrahlen durchbrachen die Wolkendecke, für einen Moment schien die Moldau unter uns zu glänzen wie ein Strom aus flüssigem Gold.

»Aber bieten die Okkulten Angelegenheiten nicht Abenteuer genug?«, wagte ich einzuwerfen, als wir die Brücke passierten und in das enge Gassengewirr der Altstadt bogen. Passanten stoben zur Seite, im Seitenspiegel sah ich einen Fuhrwerkskutscher seine Fäuste schwingen.

Wir hatten bereits den Altstädter Ring erreicht und in einem waghalsigen Manöver die Kollision mit einem Einspänner vermieden, ehe Dejan mir antwortete. »Würden Sie von unserem gestrigen Erlebnis als Abenteuer sprechen?«

Unwillkürlich schloss ich die Augen, nicht nur, weil ich ein weiteres Automobil in bemerkenswertem Tempo auf uns zurasen sah. Dachte an den Toten, an das beängstigende, berauschende Gefühl der Macht, als ich unser aller Leben in meinen Händen wusste, als ich meine Entscheidung traf – und hatte ich nicht das Rechte getan?

Mein betroffenes Schweigen schien Dejan zu genügen. »Sie dienen jetzt Kaiser und Vaterland, Stella. Sie tragen Verantwortung für weit mehr denn sich selbst. Es mag eines Tages der Augenblick kommen, da werden Sie größere Entscheidungen zu treffen haben, als über Leben und Tod eines Menschen zu richten. Für die Freiheit eines Abenteuers ist hier kein Platz.«

Den Rest der Fahrt legten wir schweigend zurück, bis wir den Pulverturm passierten und Dejan den Wagen vor seinem für Prager Verhältnisse zweifellos einigermaßen modernen Wohnhaus zum Stehen brachte und mich um einen Moment Geduld bat. Während er nach oben eilte, um Sir Lysander dazu zu bewegen, uns zu begleiten, sah ich mich mit der wenig ehrenvollen Aufgabe betraut, den knatternden, stinkenden Wagen zu hüten, der bald die Aufmerksamkeit einiger halb verwahrloster Kinder, die sich vor dem Kaffeehaus schräg vis à vis herumtrieben, erregte.

Wenngleich ihr Dialekt und mein unzureichendes Tschechisch eine Unterhaltung unmöglich machten, so schienen sie zumindest ihren Spaß daran zu haben, das Automobil zu betrachten und seine blechernen Flanken zu streicheln, als handelte es sich um einen außergewöhnlich großen, beeindruckend hässlichen Hund. Ihr Lachen, die Unschuld ihres Vergnügens, traf mich tief. Geht weg, wollte ich schreien, verschwindet, lauft, solange ihr noch könnt! Ihr ahnt doch nicht, wen ihr hier vor euch habt, wisst nicht von dem Blut, das an meinen Händen klebt. Kein Wasser der Welt würde mich reinwaschen, wollte ich nicht das Vergessen suchen in dem dunklen, glänzenden Moldaustrom. Prag, das war eine gute Stadt, um zu lieben, zu töten, zu sterben, aber selbst während ich mich diesem frivolen Gedanken hingab, wusste ich genau, dass ich den letzten, entscheidenden Schritt nicht tun würde. Nicht, dass ich an jenem Vormittag besonders an meinem Leben gehangen hätte, nicht, dass ich an Hölle und ewige Verdammnis glaubte, aber es war die Neugier, die verdammte Neugier, die mich zwingen würde, jeder neuen Stunde, jedem neuen Tag ins Angesicht zu blicken. Da waren Geheimnisse, die meiner harrten, eine fremde Welt und ein Luftschiff, das dem Dunkel folgte, in alle Ewigkeit.

Sir Lysander, der gefolgt von Dejan aus dem Haus hoppelte, riss mich vorerst aus meinen trüben Überlegungen. Ich nickte ihm zu, wagte nicht, ihn zu grüßen, da er naturgemäß danach trachtete, von uneingeweihtem Publikum als bestenfalls etwas exotisches Haustier wahrgenommen zu werden.

Ich öffnete ihm die Tür, er dankte mir mit einem Keckern und sprang neben mich auf die Bank, während Dejan auf dem Rücksitz ein unförmiges Bündel, das im Wesentlichen aus zwei sperrigen Mänteln zu bestehen schien, deponierte.

Die Uhr des nahen Pulverturms schlug zehn.

»Fährt vor Mittag noch ein Zug nach Wien?«, erkundigte ich mich arglos, was mir einen empörten Blick Dejans und Sir Lysanders hämisches Quieken eintrug.

»Zug?«, wiederholte er leise, kaum hörbar im Lärm des Wagens. »Im Übrigen: Ich wünsche einen guten Morgen, Fräulein Schönthal, auch wenn ich ernstlich daran zweifle, dass Sie in Ihrem Leben schon viele widerwärtigere erlebt haben. Und, wenn mich Ihr Mienenspiel nicht trügt, ist es soeben noch ein wenig abscheulicher geworden.« Er setzte sich auf die Hinterbeine auf, seine Schnurrbarthaare zitterten vor unverhohlener Erheiterung. »Spielen Sie Karten, Fräulein Schönthal?«, wollte er zusammenhangslos wissen und nickte zufrieden, als ich verneinte. »Sehr gut. Menschen mit Ihrer beredten Mimik sollten niemals Karten spielen, es sei denn, sie sind sehr vermögend. Ein Schicksal, das Ihnen im okkulten Dienst niemals widerfahren wird.«

Ungeduldig schüttelte ich den Kopf. »Wir fahren mit einem

derangierten Rennwagen nach Wien?« Ich hatte üblicherweise wirklich nichts gegen Fahrten im Automobil einzuwenden, vorausgesetzt, es handelte sich um Fahrzeuge, die zumindest ansatzweise mein Vertrauen erweckten. Von Dejans halsbrecherischen Fahrkünsten wollte ich überhaupt lieber schweigen.

Sir Lysander kicherte. »Du lieber Himmel. So wie ich dieses unsägliche Gefährt kennengelernt habe, würde es spätestens auf halber Strecke liegen bleiben«, spottete er. Woraufhin sich Dejan veranlasst sah, zur Verteidigung seines Wagens zu eilen. »Soweit ich mich erinnere, hat der Benz seinen letzten sportlichen Einsatz, das Rennen Paris–Rouen, tadellos gemeistert«, sagte er, und ich stellte fest, dass er tatsächlich ein wenig beleidigt klang.

»Ja, und danach ist er zwei Meter hinter der Zielgeraden auf dem Weg zur Siegerehrung zusammengebrochen«, fügte Sir Lysander hinzu. »Was ich nur der Vollständigkeit wegen erwähnt haben möchte. Wie dem auch sei, ich darf Sie beruhigen: Wir fliegen.«

»Das ist nicht Ihr Ernst«, murmelte ich, als wir eine gute halbe Stunde später auf dem Flugfeld im Nordwesten der Stadt hielten. »Das kann nicht Ihr Ernst sein.«

Kommentarlos stellte Dejan den Motor ab und sprang aus dem Wagen. »Es dauert nicht lange«, rief er uns noch über die Schulter zu, ehe er davonhastete.

»Es dauert nicht lange«, schnaubte Sir Lysander. »Bis die Maschine einsatzbereit ist und Dejan seinen Flugplan berechnet hat, wären wir schon in Brünn – vorausgesetzt, wir hätten den Mittagszug genommen.«

Ich schnappte nach Luft. Die Art, wie er von der Fliegerei sprach, als hätte er sie längst in seinen Alltag integriert, schockierte mich, mehr noch denn die Beschaffenheit des Flugfeldes.

Hatte der Flughafen in Wien wenigstens noch ein gewisses Maß an Professionalität vermittelt, gewann ich hier zusehends den Eindruck, dass man sich lediglich entschlossen hatte, zwei Baracken, die wohl als Flugzeughangar dienten, auf einer leidlich flachen Wiese zu errichten, in einigem Abstand ein Kontrolltürmchen hinzuzufügen und das Areal dem Flugverkehr freizugeben.

Nicht, dass von Letzterem auch nur ansatzweise etwas wahrzunehmen gewesen wäre. In provinzieller Stille lag das Flugfeld vor uns, der Herbstwind säuselte, und die beiden Männer, die vor der Baracke standen und Zigaretten rauchten, hätten ebenso gut Bauern sein mögen, die sich eine Pause von ihrem mühsamen Tagwerk zugestanden.

»Ist es hier immer so beschaulich?«, fragte ich.

Sir Lysander rieb sich mit den Vorderpfoten die Nase. »Allerdings. Warten Sie nur ab«, gab er mir rätselhaft zur Antwort.

Ich musste mich nicht lange gedulden. Kaum eine Viertelstunde später war ein fernes, tiefes Grollen zu vernehmen. Ich hob den Kopf, meine Augen mit der flachen Hand gegen die blasse Herbstsonne abschirmend.

Ein winziger, lärmender Punkt erschien am Horizont, näherte sich rasch, und mit einem Mal erwachte der Flugplatz aus seinem Dämmerschlaf, Dutzende Männer stürmten aus der Baracke, zwei von ihnen, mit Flaggen in den Händen, wagten sich weit hinaus auf die Wiese, schwenkten wild ihre Fahnen, während andere sich anschickten, das riesige Hangartor zu öffnen, und wieder andere nur aufmerksam dem Spektakel beiwohnten.

Das Getöse der Motoren wurde lauter, die Maschine näherte sich rasch, schon konnte ich sie in all ihren Details ausmachen, wie sie dicht über der Erde schwebte und im Wind schwankte.

Ich duckte mich, ein blödsinniger Reflex, zumal wir weit abseits der Landebahn standen und selbst die beiden Flaggenträger nicht in Gefahr waren, da der Pilot seine Maschine sicher aufsetzte und über die Wiese ausrollen ließ. Und dennoch hatte ich das ganze Schauspiel mit Entsetzen verfolgt.

»Nie im Leben«, flüsterte ich und suchte in meinem Ridikül nach einem Taschentuch, um mir den Schweiß von der Stirn zu wischen. »Nein.«

»Ich fürchte gar, es wird Ihnen keine andere Wahl bleiben«, gab Sir Lysander leise zurück, und zu meinem Schrecken stellte ich fest, dass Dejan Wort gehalten hatte, als er uns eine kurze Wartzeit versprach. Meine Gnadenfrist war abgelaufen: Der Doppeldecker, in seiner grandiosen gelben Abscheulichkeit, wurde aus dem Hangar gerollt, auf das Flugfeld zu.

»Nein. Ich kann das nicht«, grüßte ich Dejan, der indes zum Wagen zurückgekehrt war.

»Oh, Sie werden feststellen, Sie können«, gab er mir unbarmherzig zur Antwort und reichte mir eine der Jacken von der Rückbank, während er das Kleidungsstück kritisch betrachtete. »Ziehen Sie das an. Ich muss gestehen, es ist Mirkos Jacke, aber ich denke, es ist besser als nichts. Es ist empfindlich kalt da oben in den Lüften.«

Und Sir Lysander fügte spöttisch hinzu: »Sie rufen glückliche Erinnerungen an Trubics ersten Flug hervor. Nur, dass seine gräflichen Gnaden mehr zornig denn flehentlich insistierte, dass er gänzlich außerstande wäre, in die Gelbe Kanaille zu steigen. Und sehen Sie, selbst ihm war es beschieden, mit heilen Gliedern zu überleben.«

Ich tauschte meinen Hut gegen Lederkappe und Schutzbrille, schloss die Knöpfe der schweren, dick gefütterten Jacke, die mir fast bis zu den Knien reichte, und folgte Dejan und Sir Lysander schwitzend und zitternd vor Angst zum Flugzeug.

Die Mechaniker, die ihre Inspektion des Doppeldeckers abgeschlossen hatten, halfen mir nach vorne in den Passagiersitz. Ich zwang mich, nicht um mich zu blicken, und konnte doch nicht anders, als zu registrieren, wie klein und fragil das Flugzeug war und wie übermächtig groß der Himmel über uns.

Dejan platzierte Sir Lysander auf meinen Knien. Prompt sprang er ab, um sich mit eingezogenem Kopf zu meinen Füßen niederzulassen. »Es macht Ihnen hoffentlich nichts aus«, zischte er mir zu, bestrebt, sich nicht im Stoff meines Rocks zu verwickeln, »aber es ist mir bequemer so.«

Über die Schulter sah ich, wie auch Dejan, wie ich selbst mit Ledermantel, Kappe und Handschuhen angetan, das Flugzeug erklomm. Die beiden Mechaniker warfen die Propeller an, der Motor jaulte und dröhnte.

»Bereit?«, rief mir Dejan zu.

»Nein!«, schrie ich zurück, und dann hörte ich ihn lachen, ein harter Laut, der mich nicht im Geringsten beruhigte, und der Doppeldecker setzte sich langsam in Bewegung.

Felix' Hände bebten, als er den Hörer des Telephons einhängte. Er hatte getan, was in seiner Macht stand, um das Luftschiff zu schützen. Die Aeronautische Division war über die Möglichkeit eines Angriffs aufgeklärt, mehrere Bataillons der Hoch- und Deutschmeister im Begriff, diskret zu einem Manöver nicht fern des Dörfchens Fischamend abkommandiert zu werden. Die Centrale hatte er alarmiert, gleich nachdem seine temporären Entführer ihn wiederum zum Fuß des Kahlenbergs gebracht und freigelassen hatten. Ein Dutzend erfahrener Agenten stand, sämtlicher anderer Aufgaben entbunden, bereit zum Einsatz. Und er – ihm blieb nicht viel mehr zu tun, als eine große Tat zu vollbringen und zu sterben. Tragischer Freitod, würde die Journaille schreiben. Graf Felix Ilja von Trubic, im Alter von nur vierundzwanzig Jahren unter ungeklärten Umständen verschieden. Er biss die Zähne zusammen. Es hatte ihn amüsiert, eine Lüge zu leben. Vielleicht gerade deshalb war es nun seine Pflicht, eines ehrlichen Todes zu sterben.

Langsam, von großer Müdigkeit erfasst, erhob er sich von seinem Schreibtisch und trat in das Schlafzimmer. Mit Bedacht kleidete er sich an; ein Offizier hätte wohl seine Paradeuniform angelegt für das letzte Gefecht, ihm blieb nur der englische Anzug nach der letzten Mode. Er lächelte seinem Spiegelbild zu, diesem jungen, hübschen Gesicht. Um vier Jahre, vier jämmerliche Jahre hatte er den Tod betrogen. Dem elenden Siechtum war er entkommen, um nun als Hochverräter gerichtet zu werden. Flüchtig berührte er die Narbe an seinem Hals, erinnerte sich einer Liebkosung, eines kleinen Verrats, der mit einem Kuss an ihm begangen wurde. Beinahe tat ihm leid, dass ihm keine Gelegenheit mehr bleiben würde, Dejan zu danken für diesen Akt der Freundschaft.

Endlich löste er sich von seinem Spiegelbild, nahm die Pistole von ihrem angestammten Platz auf dem Nachttisch, lud sie neu. Sechs Schuss, wo einer doch genügen würde.

»Der Doktor hätt schon wieder angerufen, Herr Graf«, teilte ihm Simon mit, während er ihm Handschuhe und Hut reichte.

Felix nahm beides an sich und winkte ab. »Einerlei, ganz einerlei.« Schon wollte er aus der Tür treten und wandte sich, einem sentimentalen Impuls folgend, einmal noch um. Gut zwei Jahrzehnte hatte Simon ihm gedient, ein treuer, nützlicher Schatten, der still schwieg und mit Gleichmut die größten Absonderlichkeiten akzeptierte. Jetzt reichte ihm Felix die Hand zum Abschied. Der alte Diener senkte den Kopf und verstand, so wie er stets verstanden hatte.

»Gott mit Ihnen, Herr Graf«, sagte er. »Gott mit Ihnen.«

Ein junger Dienstbote mit frischen, rosigem Gesicht, mehr Bauernbursche denn Offiziersdiener, öffnete ihm, als er nach kurzem Fußweg Merentheims Wohnung unmittelbar am Ring, in kurzer Distanz zur Oper gelegen, erreichte.

»Ich bedaure, der Herr Oberst empfängt heute nicht«, verkündete der Diener.

Felix hob eine Augenbraue. »Ist er tot?«, fragte er interessiert.

»Um Gottes willen, nein!« Der Diener schlug sich die weiß behandschuhte Linke vor den Mund.

»Dann wird er mich empfangen.« Felix zog eine Visitenkarte aus der Innentasche seines Mantels, streifte dabei den Lauf der Pistole, mahnte sich zur Geduld. Es war nicht von Bedeutung, ob Merentheim, oder er selbst, noch fünf, zehn oder dreißig Minuten zu leben hatten. Sollte er dem Diener erlauben, seinen Herrn zu rächen? Sollte er die Pistole an seine Schläfe setzen und selbst den Abzug drücken? Wenn er sich stellte, würde man ihm den Prozess machen, nach Hintergründen und Motiven fahnden, aber er, er würde schweigen. Das schuldete er dem Kaiserreich gerade wie sich selbst. Was aber, wenn ihn nach der Tat der Mut verließ? Wenn er klein und erbärmlich wurde und zu flüchten trachtete?

»Der Herr Oberst lässt bitten«, riss ihn der Diener aus seinen Gedanken. Felix folgte ihm in ein geräumiges, helles Schlafzimmer.

»Ah, Trubic.« Merentheim saß, von mehreren Kissen gestützt, halb aufrecht in einer Art Feldbett. Alles Leben schien aus seinen Zügen gewichen, das Funkeln seiner Augen erloschen, die Haut wächsern bleich wie die eines Toten.

»Sind Sie gekommen, um mir persönlich von der Rückkehr der *Fortuna* zu berichten? Sie sehen, das Kriegsministerium hat mich schon in Kenntnis gesetzt, aber ich freue mich über Ihren Besuch.« Seine Mundwinkel zuckten, wohl vor Schmerz und Anstrengung; es gelang ihm dennoch, den Ausdruck seiner Schwäche in ein dünnes Lächeln umzuwandeln.

»Nein.« Felix wartete, bis der Diener mit einer müden Geste entlassen wurde, dieser die Tür hinter sich geschlossen hatte, die Schritte verklungen waren. Mit offener Neugier sah Felix sich in dem spartanisch möblierten Raum um; ihm war, als müsse er sich jedes Detail des Ortes, an dem er seine größte, seine unerhörte Tat vollbringen, den Tod finden würde, sehr genau einprägen: die schlichte weiße Decke auf dem Feldbett, die Bücher auf dem Nachttisch, das feingemaserte Holz des Sekretärs, den opulenten Wandschmuck, der vornehmlich aus Landschaftsbildern in impressionistischem Stil bestand. Seltsam, dass gerade hier die Entscheidung fallen würde, zwischen Gemälden von Wasserlilien und Herbstwäldern.

»Sagen Sie mir, Oberst, entsinnen Sie sich des Fahneneids?«, fragte er.

Merentheim sah auf. »Ich schwöre zu Gott dem Allmächtigen einen feierlichen Eid, Seiner Apostolischen Majestät, unserem allerdurchlauchtigsten Herrn, Kaiser Franz Joseph dem Ersten, von Gottes Gnaden Kaiser von Österreich und König von Ungarn, treu und gehorsam zu sein«, begann er; sein kurioses Lächeln wurde breiter.

»Oh ja«, sagte Felix. »Sieht man davon ab, dass wir einst beide diesen Eid geschworen haben, verbindet uns wohl nicht viel. Das heißt, wenn ich recht bedenke, ist es gerade der Fahneneid, der uns trennt: Denn ich werde ihn nicht brechen.« Mit diesen Worten zog er die Pistole aus der Manteltasche. Er wollte nicht sterben, aber nun, da der Augenblick gekommen war, fügte er sich sehr ruhig, beinahe gelassen, in das Unausweichliche.

Merentheim regte sich nicht. »Sind Sie verrückt geworden, Trubic?«, fragte er, die Stimme beherrscht und kalt. »Lassen Sie den Unsinn! Legen Sie die Waffe weg.«

»Sie wissen, das kann ich nicht.« Felix zielte geradewegs auf Merentheims Herz. »Sie haben sich selbst verraten, Freiherr, schon zu Beginn unserer Bekanntschaft. Sehen wir uns die Einzelheiten doch an: Ein Projekt, das unter besonderer Protektion des Erzherzog-Thronfolgers steht und dennoch Gefahr läuft, aufgrund mangelnder Ergebnisse vom Generalstab zu einem vorzeitigen Ende gebracht zu werden? Fragwürdig, aber möglich. Ein Erzherzog-Thronfolger, der selbst nicht weiß, was jenes Projekt, das er so eifrig unterstützt, tatsächlich bewirken soll? Sehr wahrscheinlich, wenn man die geistigen Kompetenzen besagten Würdenträgers in Betracht zieht. Was man von dem Umstand, dass ein kühl kombinierender Stratege sich ein Luftschiff baut, um sagenhafte Welten zu erkunden, nicht behaupten kann. Ebenso wenig wie von jenem, dass ein gewitzter Geschäftsmann für ein paar mechanische Tiere und einen zweitklassigen Golem einen Großteil seines Vermögens in selbiges Luftschiff investiert.«

Merentheim schwieg; sein Gesicht war, so möglich, noch bleicher, sein Blick noch matter geworden.

»Sie wussten genau, woher die Gefahr rührt, als Sie die Okkulten Angelegenheiten um Hilfe ersuchten. Sie kannten den Grund von Krauß' Tod: Feenmagie ist für die meisten Menschen kaum zu ertragen. Und Sie ahnten, dass einer Ihrer Getreuen der Magisch-Technischen Abteilung ein Verräter war. Ein Moroi, glaubten Sie, ein Kind einer fremden Welt, der Ihre Pläne durchkreuzen, den Schleier zwischen den Seiten wahren wollte. Den ein Agent des Okkulten enttarnen sollte, indem er ohne sein Wissen selbst zur Zielscheibe wurde. Wir wissen beide, der Tod eines hochrangigen Agenten des Departements pflegt in okkulten Kreisen für allerlei Aufruhr zu sorgen. Genug Aufruhr, um die fragile Balance zwischen all den existenten Bündnissen und Gruppen zu stören, den Tanz der gegenseitigen Schuldzuweisungen beginnen zu lassen. In solch einer Situation würde Ihren gesichtslosen Attentätern nichts übrigbleiben, als mit ihren magischen Anschlägen innezuhalten und abzuwarten, bis die Lage sich wieder beruhigte, um nicht unnötige Aufmerksamkeit auf sich zu ziehen, okkulte Kreise gegen sich aufzubringen. Und in der Zwischenzeit hofften Sie, Ihr

Luftschiff beenden und Ihren Plan unbehelligt in die Tat umsetzen zu können.«

Oberst von Merentheim seufzte leise. »Sie sind vielleicht kein Kriminalist, aber ich darf Ihnen zu Ihrer Phantasie gratulieren.« Er presste eine Hand gegen seinen Brustkorb und atmete ein paar Mal tief ein, ehe er fortzufahren in der Lage war: »Ich glaube, Sie wären ein ausgezeichneter Romancier. Nein, ich forderte Unterstützung an, weil wir uns mit einem offensichtlich okkulten Phänomen, möglicherweise durch Feenmagie ausgelöst, konfrontiert sahen. Das ist alles. Und jetzt möchte ich Sie ersuchen, die Albernheiten zu unterlassen und die Waffe wegzustecken. Oder wollen Sie es sich nicht nehmen lassen, mich wegen eines frei erfundenen potenziellen Mordversuches auf Ihre Person zu töten?«

Felix zögerte; die kleine Waffe wog schwer in seiner Hand, aber er konnte nicht abdrücken. Noch nicht. Nicht so.

»Sie wissen, dass es mir nicht darum geht«, sagte er stattdessen. »Sie haben behauptet, die *Fortuna* hätte nicht funktioniert, zumindest nicht in Ihrem Sinne. Sehr verständlich: Wären Ihre Intentionen die meinen gewesen, ich hätte nicht anders gehandelt und versucht, der ahnungslosen Allgemeinheit das Luftschiff so lange wie möglich vorzuenthalten. Nun, durch ihr Verschwinden und ihre Rückkehr hat die *Fortuna* zweifellos der informierten Welt den gegenteiligen Beweis geliefert. Und Sie würden, bei Ihrer Ehre als Offizier, doch bestimmt nicht leugnen, wenn ich behauptete, es hätten schon erfolgreiche Probefahrten stattgefunden?«

Merentheim reckte das Kinn. »Nein«, sagte er ruhig.

»Können Sie ferner leugnen, dass einige der Automaten – die mechanischen Tiere – von der Anderen Seite stammen, während Krauß' Versuch, sie zu imitieren, in der Erschaffung des Kriegers endete?«

»Vielleicht sind Sie doch kein untalentierter Kriminalist«,

sann Merentheim. Nach einer Pause setzte er hinzu: »Nein, ich leugne nicht. Es waren Konstrukteure der Magisch-Technischen Abteilung, die die Automatenkörper schufen, während Magiekundige der Anderen Seite jenen ein Bewusstsein gaben. Krauß war entschlossen, bewusste magische Praxis zu erlernen. Unglücklicherweise war es ihm bis zu seinem Tod nicht beschieden, den Durchbruch zu erlangen.«

»Sind Sie selbst jemals an Bord der *Fortuna* gereist?«

Kaum merklich schüttelte Merentheim den Kopf. »Wir hatten es uns zum Grundsatz gemacht, dass nur Personen mit einem gewissen magischen Potenzial die Reise antreten sollten, da sie besser mit den Bedingungen zurechtkommen würden.«

»Wenn ich Ihnen hätte helfen sollen, wieso haben Sie mir diese Details bis heute vorenthalten?« Felix trat einen Schritt näher an das Bett. Straßenlärm, die ratternden Räder der Droschke, Hufe, die auf Beton schlugen, das Brummen von Motoren drang durch das offene Fenster in den Raum, die Geräuschkulisse eines gänzlich herkömmlichen Tages.

»Es war unerheblich für Ihre Aufgabe. Ich hatte auch ohne derlei Einzelheiten die Geheimhaltungspflicht des Kriegsministeriums schon in schwer entschuldbarem Maße verletzt.« Müde hob er eine Hand. »Legen Sie jetzt endlich die verdammte Waffe beiseite. Sie wissen so gut wie ich, wenn Sie mich wahrhaftig erschießen wollten, hätten Sie es schon lange getan.«

Ein bitteres Lächeln umspielte Felix' Lippen, als er die Pistole sinken ließ, jedoch nicht zurück in die Manteltasche schob.

»Mit Geheimhaltungspflicht meinen Sie vermutlich, dass niemand außerhalb Ihres vertrauten Kreises erfahren durfte, wozu Sie denn nun mechanische Tiere benötigen – oder sollte ich eher sagen, wozu Sie die Geister Verstorbener in Metallkörper bannen wollten.«

Merentheim schloss die Augen. Zum ersten Mal seit Beginn

der denkwürdigen Unterredung wirkte er nicht mehr seiner selbst sicher.

»Was sollte diesem gelungenen Experiment denn folgen? Doch nicht etwa eine Armee, in der die toten Soldaten fochten, auf ewige Zeiten in Messingleiber gebannt? Wäre das vielleicht eine Idee gewesen, für die ein raffinierter Geschäftsmann wie Baron Vasilescu zu begeistern war?«

Der Oberst schwieg. Kleine Schweißtropfen hatten sich auf seiner Stirn und den fahlen Wangen gebildet.

»Ja, und gegen welchen Feind würde sie dereinst kämpfen sollen, die glänzende, unzerstörbare Armee des Freiherrn Merentheim, dieses großen Erneuerers, dieses revolutionären Geistes in den Reihen unserer alten Monarchie?«, fuhr Felix mit gesenkter Stimme fort. Niemals zuvor in seinem Leben war ihm solch ein trauriger Triumph beschieden gewesen. »Es war ein in all seiner Tollheit grandioser Plan, das gestehe ich Ihnen gern zu, Freiherr. Ich zweifle nicht an Ihrem Erfolg, hätten nicht Mitglieder der Loge Anstoß an den Reisen zwischen den Welten genommen. Eine Frage nur noch: Woher hatten Sie die Idee? Wie wurde die *Fortuna* geboren?«

»Ich war vor langer Zeit mit einem Moroi bekannt, der seine Magie derart einzusetzen verstand, dass er abseits der Portale, wann immer es ihm gefiel, die Reise antreten konnte. Aus seiner Feder stammt der magische Grundentwurf der *Fortuna*. Allerdings war zu diesem Zeitpunkt der Luftschiffbau noch viel zu wenig fortgeschritten, als dass wir ein derartiges Wagnis eingehen konnten«, erwiderte Merentheim, ohne die Augen zu öffnen. »Und jetzt will ich Ihnen eines noch verraten: Ich wollte meine Armee niemals gegen Habsburg führen. Die Magie der Anderen Seite mit den technischen Errungenschaften unserer Zeit verbinden, ja, das war mein Ziel. Aber zum Wohle Habsburgs! Denken Sie daran, zu welcher Glorie ich dieses alte, müde Reich hätte führen können, ohne mich schuldig zu machen, auch nur einen Tropfen Menschenblut zu vergießen.«

Nachdenklich sah Felix auf den Freiherrn hinab. Bei all seiner geistigen Wendigkeit hatte Merentheim doch die unangenehme Eigenschaft, unliebsame Details zu übersehen. »Gegnerisches Blut wäre wohl geflossen«, warf er kühl ein.

Merentheim zog es vor, seinen Einwand zu ignorieren. »Kein Staat, kein Reich dieser Welt könnte gegen diese Armee bestehen. Ja, wenn Sie es so wollen, ein Heer der Toten in unsterblichen Leibern würde den Frieden im Kaiserreich sichern, auf alle Zeit. Und weit mehr als nur das: Auf der Anderen Seite, da wollte ich uns Kolonien erschließen. Die Moroi mit ihren Waffen schlagen – denn jenen sind die Wunder der modernen Technik so fremd wie uns Menschen die Feenzauberei.«

Felix umklammerte seine Pistole fester. Kolonien auf der Anderen Seite. Ein großer Krieg, um der Monarchie zu neuen Triumphen zu verhelfen. Er wollte Merentheim Glauben schenken, er wollte sich von Merentheims aberwitzigen Worten verführen lassen, so wie es Hunderttausende andere getan hatten, deren frenetischer Applaus seine Reden begleitete. Aber wie war es um die Themen seiner Reden bestellt: Der Aufbruch in die neuen Zeiten, Veränderungen, der Blick nach vorne. Und immer wieder und wieder das Lied von Habsburgs Schwäche, von Habsburgs Untergang.

Kein brillanter Machtmensch, wie Merentheim es war, ordnete sich aus freien Stücken unter. Nicht, wenn er eine unzerstörbare Armee der Schatten kommandierte. Nicht, wenn er den Glauben an Kaiser und Krone verloren hatte.

Und dennoch: Habsburg würde bestehen, weiterbestehen, unabänderlich. Kein Merentheim mit seiner Armee der Toten würde das Kaiserreich zerschlagen. Ich schwöre, hallte der Eid in Felix' Geist nach. *Ich schwöre gegen jeden Feind, wer immer es sei, und wo immer es Seiner kaiserlichen und königlichen Majestät*

Wille erfordern mag, bei Tag und Nacht, in Schlachten, in Stürmen, Gefechten und Unternehmungen jeder Art, mit einem Wort, an jedem Orte, zu jeder Zeit und in allen Gelegenheiten tapfer und mannhaft zu streiten. Sein Eid, den er nicht brechen würde.

»Es tut mir leid, Freiherr. Um unser beider willen.« Felix hob die Waffe, zielte. Merentheim blinzelte kurz, schloss die Augen.

Dann fiel der Schuss.

Großen Gefallen würde ich wohl niemals am Fliegen finden, beschloss ich, als nach zweieinhalb langen Stunden endlich Wien in Sicht kam. Immerhin hatte ich im Lauf der Zeit meine gröbste Furcht so weit abgelegt, dass ich gelegentlich wagte, die Augen zu öffnen und mich in der blauen Endlosigkeit zu verlieren. Ich hatte erwartet, mich frei und unbezwingbar zu fühlen, sofern ich nicht vor Angst starb, aber das Gegenteil war der Fall: Niemals zuvor hatte ich mich so gefangen gefühlt, ein menschlicher Spielball der Schicksalsgötter.

Sir Lysander bewegte sich zu meinen Füßen. Ich hätte viel darum gegeben, wenn er mir erlaubt hätte, ihn hochzuheben und mich an ihm festzuhalten, als wäre er tatsächlich nichts anderes denn ein Tier. Warum er das Fliegen fürchtete, war mir im Übrigen ein Rätsel. Eigenen Angaben zufolge war er unsterblich, ein ruheloser Geist, der dem Zufall und einem ungeschickten Versuch in schwarzer Magie seinen Otterkörper zu verdanken hatte. Selbst wenn der Doppeldecker abstürzte, der gegenwärtig bedenklich schwankte, von den Winden hin und her gerissen wurde, als Dejan zum Landeanflug ansetzte, selbst dann würde Sir Lysander selbst, nun, weiterexistieren. Wohingegen ich mir schlicht den Hals brechen und anschließend verbrennen würde.

»Gibt es einen Zauber, um ein Flugzeug zu stabilisieren?«, wollte ich mit erhobener Stimme wissen.

»Zeigen Sie mir einen hochbegabten Zauberkundigen, der praktisch denkt!«, gab er zurück.

Ich riskierte einen Blick über die Seitenwand des Flugzeugs und bereute keine Sekunde später meinen Fehler. Wenn man sich im Passagiersitz eines Doppeldeckers befand, der mit haarsträubender Geschwindigkeit durch die Lüfte sauste, war es kein guter Zeitpunkt, sich an die eigene Höhenangst zu erinnern. Ich presste die Augenlider fest zusammen, mir war schwindlig und übel, und, oh Gott, wir wurden langsamer, wir sanken, wir stürzten, die Motoren klangen mit einem Mal anders, eine Reihe abscheulicher Geräusche drang an mein Ohr, und im nächsten Moment fühlte ich einen dumpfen Aufprall.

»Überstanden!«, rief mir Dejan zu, während das Flugzeug über die Landewiese raste und endlich zum Stillstand kam.

Mit zitternden Knien und schweißnasser Kleidung, vergeblich um mein letztes bisschen Würde ringend, kletterte ich, von Dejan gestützt, aus dem Doppeldecker, wobei ich mich an der Tragfläche festklammern musste, um nicht mein Gleichgewicht zu verlieren. Der Gedanke, dass somit vermutlich der unproblematische Teil des Tages hinter mir lag, erfüllte mich mit einem vagen Gefühl der Verzweiflung und dem Drang zu flüchten. Vielleicht würde Katalin mich wieder einstellen, und ich würde sie zu Bällen und Soireen begleiten und ihr an einsamen Abenden aus den sentimentalen Romanen vorlesen, die sie so schätzte, und meine freie Zeit würde ich an Krysztofs Seite verbringen. Aber wie sollte ich Krysztof je wieder unter die Augen treten, nach alledem, was geschehen war! Er würde verzeihen, ich wusste, er würde verzeihen, und das würde alles nur noch schlimmer machen.

Die Ankunft von drei Mechanikern in Schutzkleidung und einem auffallend hochgewachsenen Mann unschätzbaren Alters in Uniform, der die Hacken zusammenschlug und uns ein Wort entgegenbellte, bei dem es sich um seinen Namen handeln mochte, riss mich aus meinen inkohärenten Gedanken.

Dejan, der Sir Lysander wie ein voluminöses Paket unter den

Arm geklemmt hielt, stellte uns vor; ich will gern gestehen, dass mich die Worte »Fräulein Schönthal, Okkulte Angelegenheiten, Centrale Wien« durchaus für die Qualen des Fluges entschädigten.

Ich blieb stehen, streifte endlich Jacke und Lederkappe ab, auch wenn ich spürte, wie mir Haar und Kleidung feucht am Körper klebten. Nach einer Weile gehorchten mir auch meine Beine so weit, dass ich die Mechaniker mit dem scheußlichen gelben Flugzeug zurücklassen und mich, schwer auf Dejans Arm gestützt, auf den Weg machen konnte.

Erst als ich den Hangar beinahe erreicht hatte, registrierte ich, dass wir nicht auf dem zivilen Flugfeld, sondern jenem der Aeronautischen Division gelandet sein mussten. In einiger Entfernung konnte ich, umringt von kleineren, barackenartigen Gebäuden, die beiden riesigen Luftschiffhallen ausmachen, dahinter waren rauchende Fabrikschlöte zu sehen. Im Gegensatz zu dem Prager Flugplatz herrschte hier geradezu hektische Betriebsamkeit, gleich zwei Maschinen wurden hinaus auf die Wiese geschoben, ein Automobil raste an den Rändern des Flugfeldes entlang, Motoren heulten, und es stank erbärmlich.

Der Offizier führte uns zu einem Wagen, der am Rand des Flugfeldes vor einer besseren Scheune wartete, die zu meiner großen Verwunderung jedoch ein Schild als Quartier der Flugplatzdirektion auswies.

»Ist Graf Trubic schon hier?«, fragte Dejan den Offizier. Dem Mangel an Verzierungen, den seine Uniform aufwies, nach zu schließen, musste es sich wohl um einen Leutnant handeln.

Er schüttelte den Kopf.

»Dürfte ich das Luftschiff sehen?«, erkundigte ich mich nun, entsetzt über meine eigene Courage. Was wusste ich denn mit der *Fortuna* anzufangen? Ich verstand nichts von Luftschiffen und vernichtend wenig von Feenmagie. Zumindest, tröstete ich mich, würde Sir Lysander an meiner Seite bleiben.

Auch der mutmaßliche Leutnant sah erschrocken aus. »Ich gehöre dem Aeronautischen Corps an«, erklärte er mir mit großer Würde. »Wenn Sie mit dem Luftschiff die *Fortuna* meinen, so untersteht diese einer gänzlich anderen Abteilung des Kriegsministeriums. Ich bin nur abgestellt, um Sie abzuholen.«

Das Aufgebot an Soldaten in dem Dörfchen stimmte mich nachdenklich, während wir gemächlich auf die Luftschiffhallen zuhielten. Gewiss, das unscheinbare Dorf beherbergte das Hauptquartier des kaiserlich-königlichen Luftfahrtcorps, doch die Art, wie die Truppen hier die Straßen patrouillierten, die nervöse Anspannung in den Gesichtern einiger Offiziere, ließ eher auf einen bevorstehenden Angriff denn auf einen herkömmlichen Tag in einem Divisionsquartier in der Provinz schließen.

Ich schob den Gedanken energisch beiseite. Nach dem Tumult bei der Jungfernfahrt der *Fortuna*, nach deren überraschendem Verschwinden, durfte es nicht weiter verwundern, wenn die Armeeführung Wert darauf legte, das Luftschiff sicher bewacht zu wissen.

Unser Leutnant brachte den Wagen zum Stillstand, und ich musste feststellen, dass die beiden Luftschiffhallen ein noch beeindruckenderes Bild boten, als sich aus der Ferne hatte erahnen lassen: Schier endlos erstreckten sich ihre Mauern in den Himmel, düstere, graue Trutzburgen unserer Zeit. Überragt wurden beide Konstruktionshallen jedoch von einem soliden Turm, der in einiger Entfernung auf freiem Feld stand. Und um dessen Mastspitze kreiste, vom Wind getrieben, das Luftschiff, wie geschaffen dazu, dem Menschen die eigene Bedeutungslosigkeit angesichts der Weiten des Himmels zu demonstrieren.

Sir Lysander stieß einen schrillen Pfiff aus. Dejan blieb ruckartig stehen. »Hat man im Kriegsministerium den Verstand verloren?«, erkundigte er sich grob. Der Leutnant zuckte hilflos mit den Schultern. »Ich bin nur ein Flieger, Baron«, murmelte er.

Dass in jenem Moment ein Automobil vor dem Tor der Konstruktionshalle hielt, rettete den Offizier vor weiteren empörten Fragen, deren Sinn sich mir nicht erschließen wollte. Soweit ich sehen konnte, schien die *Fortuna* unbeschädigt und sicher vertäut um den Mast zu schweben. Und sie war gut bewacht: Am Fuß des Turms hatten sich Soldaten eingefunden, Rangabzeichen und Epauletten glänzten in der Sonne.

»Da kommt Ingenieur Willroth!«, rief der Leutnant indes mit sichtlicher Erleichterung aus und wies auf den Wagen, dem soeben zwei Gestalten, eine in Uniform, die andere mit einem wohl ehemals weißen Kittel angetan, entstiegen. »Dr. Willroth!«

Der Herr im Kittel drehte langsam den Kopf. »Bitte?«, erwiderte er gedehnt und wiegte gravitätisch das Haupt, als der Leutnant uns vorstellte.

»Es ist zweifellos sehr freundlich, dass uns auch die Prager Okkulten Angelegenheiten beistehen, aber die Angelegenheit ist unter Kontrolle«, sagte er schließlich. »Sie haben das militärische Aufgebot vermutlich selbst gesehen, und sowie wir hier sprechen, befinden sich Agenten der Centrale auf dem Weg zu uns.«

»Dr. Willroth.« Dejan verschränkte die Arme vor der Brust. »Das Unternehmen *Fortuna* untersteht gegenwärtig Ihrem Kommando?«

»Nicht direkt, nein, die Ehre fällt immer noch dem Herrn Oberst Merentheim zu. Ich bin nur der technische Konstrukteur des Luftschiffs, aber …«

Dejan unterbrach ihn prompt. »Auf wessen Befehl hängt die *Fortuna* da draußen am Ankerturm?«, fragte er und klang dabei wie ein Offizier, der an einem hoffnungslosen Subalternen verzweifelte.

Willroth strich sich mit dem Zeigefinger über den Backenbart. »Das war meine Anordnung, Baron. Und, mit Verlaub, ich bin mir sicher …«

Auch diesmal ließ Dejan ihn nicht zu Wort kommen: »Ein schwarzmagisches Luftschiff, das Prestigeprojekt der Magisch-Technischen Abteilung, das mehrere Tage lang verschwunden war, hängt da draußen auf offenem Feld, geschützt durch ein Jägerbataillon? Verraten Sie mir eines: Haben Sie den Verstand verloren, oder legen Sie es darauf an, sich selbst zu sabotieren?«

»Baron, es ist bittere Notwendigkeit, die mich zu dieser Unvorsichtigkeit zwingt. Unglücklicherweise brachte es die Mannschaft nicht mehr fertig, das Luftschiff zu landen, sodass wir uns behelfen mussten«, erwiderte er indigniert.

Dejan nickte grimmig, es war ihm deutlich anzusehen, dass die Antwort ihn keineswegs befriedigte.

»Ist es möglich, mit der Mannschaft zu sprechen?«, versuchte ich, der fruchtlosen Debatte ein Ende zu setzen.

»Nun.« Willroth nahm seine Brille ab und putzte die Gläser am Ärmel seines wenig reinlichen Mantels. »Ich halte es offen gesagt nicht für nötig, die Mannschaft weiter zu behelligen. Sie haben nicht viel zu berichten über ihre Reise.«

Dejans Hände zuckten, als könnte er nur mit einiger Anstrengung der Versuchung widerstehen, Willroth den mageren Hals umzudrehen. »Sie irren«, stieß er mühsam beherrscht hervor.

Ich hatte erwartet, die Besatzung der *Fortuna* in den Mannschaftsquartieren vorzufinden, doch stattdessen führte uns Dr. Willroth mit einem resignierten Seufzen durch einen Seiteneingang in die Konstruktionshalle.

»Ach du lieber Himmel«, flüsterte ich. Gerade weil die Halle nahezu leer war, von einigen mir vollkommen rätselhaften Gerätschaften, die säuberlich an ihren Rändern aufgereiht standen, abgesehen, wirkte ihr Inneres auf mich fast noch einschüchternder denn der ohnehin schon beklemmende äußere

Eindruck. Sonnenlicht fiel durch die hohen, schmalen Fenster, beleuchtete ein komplexes Geflecht von Seilen, die von Metallverstrebungen an den Wänden und der Decke der Halle hingen. Eine schmale Galerie, über eine Metallstiege unmittelbar neben dem riesigen Haupttor erreichbar, wand sich in mehreren Metern Höhe um die Halle. Auf Bänken unter dem Aufgang zur Galerie kauerten gut zwanzig Mann – reglos. Zwei Soldaten, Gewehr bei Fuß, hielten Wache.

Keiner der Männer rührte sich, als wir uns näherten. Auch die Soldaten wagten kaum, uns zu grüßen.

»Unter Kontrolle«, wiederholte Dejan mit schneidender Stimme. »Allerdings.«

Betroffen blickte ich von einem Maskengesicht zum nächsten: Zusammengesunken, wie Marionetten, deren Schnüre man zerschnitten hatte, saßen sie da, Offiziere und einfache Besatzungsmitglieder nebeneinander, auch der Kapitän des Schiffes, und stierten in die Ferne.

»Wie lange?«, fragte Dejan knapp.

Willroth hob die Hände. »Seit zwei oder drei Stunden vielleicht. Als sie von Bord der *Fortuna* gingen, sprachen die meisten von ihnen wirr, erzählten von großer Dunkelheit und vom Ende der Welt. Und dann verstummten sie.«

Das Dunkel, das Dunkel. Ich fühlte, wie Sir Lysander mit der Schnauze gegen meinen Knöchel stieß, erinnerte mich meiner bescheidenen magischen Kenntnisse. Gestern Nacht hatte mich ein missglückter Zauber töten lassen. Vielleicht wäre es klug gewesen, der Magie abzuschwören, zu vergessen, woran ich mich doch kaum erinnerte. Das Wohl des Kaiserreiches wiegt schwerer denn ein Menschenleben, kam mir Graf Trubics Stimme in den Sinn.

Das Herz pochte wild in meiner Brust, als ich mich vor einem der Offiziere in die Knie sinken ließ und nach der kalten, starren Hand des Mannes tastete.

Ich schloss die Augen. Leise, kaum hörbar sprach ich die Formel, wieder und wieder, und dann war da eine Melodie, ein neues Lied. Scheu und klagend hallte es in mir wider, sicher trug es mich über die Brücke aus Glas, wehte mich hinaus in stilles, dunkles Land. Schatten huschten an mir vorbei, liebkosten mich mit Geisterhänden, Stimmen riefen meinen Namen, und ich flog, flog weit durch das Land der Nacht. Dann, mit einem Mal, färbte sich der Himmel im Glanz der Sonne, geisterhaft strahlte sie herab auf die Ruinen einer weißen Stadt.

Wo seid ihr gewesen, fragte ich, in einer Sprache, die doch keine Worte kannte, und immer deutlicher sah ich die Ruinen erstehen vor meinem geistigen Auge, weiß, so weiß wie der Himmel, eine blasse Sonne; dann, ein grauenhaftes Geräusch in weiter Ferne, ein Kreischen und Knirschen, ein Horn ertönte, sang sein Kriegslied, so fremdartig, berauschend, und ich fühlte die Angst des Mannes, dessen Hand in der meinen lag, hellrote Furcht, wie frisches Blut …

»Der allmächtige Herr des Himmels möge Sie verdammen bis in alle Ewigkeit, Graf«, tat Aaron Rosenstein seinen Unmut kund. Nicht zum ersten Mal, seit er Felix über den leblosen Körper des Freiherrn von Merentheim gebeugt vorgefunden hatte. »Zum Teufel mit Ihnen.« Mit der flachen Hand schlug er auf das Lenkrad des rot lackierten Automobils, das er ohne erkennbares Talent über die holprige Landstraße steuerte. »Hätten Sie den Fall nicht vor den Generalstab bringen können, statt selbst tätig zu werden?«

Felix verzog die Lippen. Er hatte aufgehört zu zählen, wie oft sie in der vergangenen Stunde Variationen selbiger Unterhaltung geführt hatten.

»Ich bezweifle, dass man mir geglaubt hätte. Vergessen Sie nicht, selbst der Erzherzog-Thronfolger wusste von der *Fortuna* nur, dass es sich um ein außergewöhnlich modernes, augenscheinlich für den Kriegseinsatz geeignetes Luftschiff handeln würde«, antwortete Felix müde. »Man hätte die Zeit verstreichen lassen in absurden Diskussionen, Beweise gefordert, die Existenz der Anderen Seite angezweifelt, und niemand hätte es ihnen zum Vorwurf machen können. Erinnern Sie sich, mein Freund, wie wir vor Wochen noch die Irrgläubigen verhöhnten, die sich ihren Traum von den Feenlanden spannen?«

Rosenstein nickte dumpf. »Was hätten Sie getan, hätte mich nicht der Zufall zu Ihnen geführt?«, fragte er nach einer Weile, als sich bereits die Silhouetten der Luftschiffhallen, der Schornsteine, des Ankerturms am Horizont abzeichneten und das Dörfchen Fischamend ankündigten.

Felix rang sich ein Lächeln ab. »Ich weiß es nicht.« Er hatte die Pistole an seine Lippen geführt und wieder sinken lassen. Hatte Merentheims stammelnden, fassungslosen Diener gefragt: »Wollen Sie es tun? Rache üben?«, und dann war Rosenstein in die Wohnung gestürmt.

»Sie verdanken Ihrem Diener das Leben, Graf«, stellte dieser jetzt fest. »Hätte den nicht Ihre Laune in Besorgnis versetzt, im Traum hätte ich nicht daran gedacht, nach Ihnen zu suchen. Nicht, dass es schwierig gewesen wäre: Wenn Sie sich am Tag von *Fortunas* Rückkehr nicht in der Centrale und nicht bei der Aeronautischen Division befanden, war es nur naheliegend, dass Sie Merentheim einen Besuch abgestattet hatten. Herrgott.« Er warf Felix einen verzweifelten Seitenblick zu. »Ich kann nicht glauben, dass Sie den Oberst erschossen haben. Irgendwann werden wir den Diener freilassen müssen, und was dann?«

Felix winkte ab. Der Diener kümmerte ihn nicht. Wenn ein Dienstbote sich mit einer Geschichte wie dieser an die Polizei wandte, um einen Graf Trubic zu beschuldigen, würden daraus keine nennenswerten Konsequenzen entstehen. Nur in den Salons der Gesellschaft würde es etwas Tratsch geben über den neuen Skandal, Judith Blum verzweifeln und der Generalstab heimlich jubilieren, einen Unruhestifter wie den Freiherrn von Merentheim endlich unschädlich zu wissen.

Und doch: Die Ehre verlangte, dass er sich stellte und gestand. Sein Opfer zu Ehren Habsburgs vollendete, die Größe der Tat nicht schmälerte, indem er floh.

»Wie heißt es doch gleich mit den Worten eines großen Schriftstellers?«, sagte er, halb zu sich, halb zu Rosenstein. »Es ist viel besser als alles, was ich je zuvor getan?«

Rosenstein biss sich auf die Unterlippe. »Sie Narr«, flüsterte er, »Sie gottverdammter Narr.«

»Wo ist das verfluchte Luftschiff?«, riss mich eine tiefe, distinguierte Stimme zurück in die Realität. Einen scheußlich langen Moment meinte ich zu fallen und fand mich schließlich auf Händen und Knien auf dem Boden der Luftschiffhalle wieder. Ein Teilerfolg, sagte ich mir. Zum ersten Mal in meiner Zauberkarriere hatte ich nicht einmal für den Bruchteil einer Sekunde die Besinnung verloren, nachdem ich Feenmagie gewirkt hatte.

»Wo ist die *Fortuna?*«, begehrte die Stimme erneut zu wissen. Benommen richtete ich mich auf. Graf Trubic, von Dr. Rosenstein und zwei Offizieren flankiert, stand im Seiteneingang.

Ingenieur Willroth, der neben mir verharrt hatte, ohne Anstalten zu machen, mir auf die Beine zu helfen, verschränkte die Arme vor der Brust und seufzte tief. »Guten Tag, Graf. Draußen, am Ankerturm hängt das Luftschiff. Dürfte ich vorschlagen, dass in Abwesenheit des Oberst von Merentheim Sie sich der okkulten Problematiken annehmen und mir die technische Seite überlassen? Ich denke, ich weiß, was ich tue.«

»Oh, das allerdings.« Gemächlich schlenderte Graf Trubic durch die Halle. »Sie wussten auch, was Sie taten, als Sie unmittelbar nach dem missglückten Anschlag auf Freiherrn von Merentheim durchsetzten, die Jungfernfahrt der *Fortuna* so bald wie nur möglich vorzunehmen.«

Willroth warf irritiert die Arme in die Luft. »Natürlich! Ich sah keinen Anlass, noch länger abzuwarten. Wie ich Ihnen schon bei unserer ersten Begegnung sagte, in technischer Hinsicht ist die *Fortuna* überaus gelungen!«

Graf Trubic lächelte breit. »Und auch aus magischer Perspektive ist das Luftschiff ein Wunderwerk. Das wussten Sie genau«, sagte er in samtweichem Ton. Obwohl er sehr leise, fast gleichgültig sprach, hatte er seine Zuhörerschaft vollkommen in seinen Bann geschlagen. »So genau, dass Sie Ihren Freunden rasch eine günstige Gelegenheit präsentieren wollten, die *Fortuna* zu vernichten. Im Tumult einer neugierigen Menschenmasse ist es so viel leichter, ein Luftschiff in Brand zu setzen, als wenn man sich erst Zugang zu der Halle verschaffen muss, nicht wahr?«

Sir Lysander war es, der schließlich mit einem aufgeregten Keckern die Stille durchbrach. Seine winzigen, runden Ohren zuckten nervös. Impulsiv bückte ich mich, um ihn aufzuheben, er quiekte empört, aber an irgendjemanden musste ich mich festhalten, und Dejan stand zu weit von mir entfernt, als dass ich die Hand nach ihm ausstrecken konnte.

»Graf, man erzählt sich ja einiges von Ihren Verrücktheiten, aber ich hätte mir nicht träumen lassen, dass die Wahrheit einmal sogar die Gerüchte übertrifft. Wenn ich die *Fortuna* zerstören wollte, warum habe ich sie dann überhaupt gebaut? Oder: Warum habe ich nicht selbst in einer stillen Stunde dafür gesorgt, dass die *Fortuna* ein Raub der Flammen wurde?«

Graf Trubic war auf diesen Einwand vorbereitet. »Ihnen war lange nicht bekannt, zu welchem Zweck Sie Merentheim die *Fortuna* konstruierten. Während der Probefahrten, die Sie unternahmen, wurde das magische Element nicht aktiviert. Aber was geschah dann? Sind vielleicht eines Tages Herrschaften an Sie herangetreten, die Sie um einen kleinen Gefallen baten? Die erst die Schöpfer der *Fortuna* aus der Welt schaffen wollten und dann das Luftschiff selbst?«

Ich grub meine Finger in Sir Lysanders dichten Pelz, ignorierte sein Zetern und Kratzen. Er ist wahnsinnig, dachte ich, er ist vollkommen wahnsinnig geworden, das ergibt doch alles keinen Sinn!

Den beiden Offizieren, die hinter Trubic standen, schien es ähnlich zu ergehen, auch in Dejans Gesicht las ich Ratlosigkeit.

Nur Dr. Rosenstein nickte bekräftigend. »Ich bin kein guter Zeichner«, sagte er, eine Mitteilung, die mir angesichts der Situation wenig bedeutsam vorkam. »Aber selbst in meinen Regalen stapeln sich Mappen mit missratenen Skizzen, weil ich es nicht übers Herz bringe, sie ins Feuer zu werfen. Da kann ich mir vorstellen, wie viel schwerer es sein muss, eine Kreation wie die *Fortuna* – ein Kunstwerk, das seinesgleichen sucht – zu zerstören. Wenn es unbedingt sein muss, setzt man sie wohl eher auf den Präsentierteller.« Er zupfte an seinem Schnurrbart. »Hängt sie auf den Präsentiermast, meine ich.«

»Eine Vorgehensweise, die es erheblich erschwert, die Spur zu Ihnen zurückzuverfolgen«, ergänzte Trubic. »Was uns zum letzten Akt unseres Schwanks bringt: Diese beiden Herren, die mich begleiten, gehören der Militärpolizei der Aeronautischen Division an und werden jetzt die Freundlichkeit haben, Sie festzunehmen, Ingenieur. Und Sie« – er winkte einen der Soldaten heran – »trommeln die verbleibende Mannschaft der *Fortuna* zusammen und sorgen dafür, dass das Luftschiff schnellstmöglich in die Halle gebracht wird.«

Die zwei Offiziere sahen sich verlegen an.

»Herr Graf«, brachte schließlich der mutigere der beiden hervor. »Wie lautet die Anklage?«

»Oh.« Trubic bedachte ihn mit seinem einnehmenden Lächeln. »Wie dumm von mir: Meine Herren, Ingenieur Willroth steht im Verdacht, das Luftschiff *Fortuna* der Sabotage durch ausländische Mächte preisgegeben zu haben. Zudem steht er in Kontakt mit einem ehemaligen Korvettenkapitän und gegenwärtigen Spion Frankreichs, einem Herrn Krysztof Kopetzky.«

»Nein!«, hörte ich eine Stimme schreien, die ich nicht gleich als die meine erkannte. Ich ließ Sir Lysander fallen, stolperte vorwärts – ich glaube, ich wollte mich tatsächlich auf Trubic stürzen. Dejan hastete zu mir, packte mein Handgelenk und hielt mich fest, während die beiden Polizeioffiziere ihres Amtes walteten. Ingenieur Willroth leistete keinen Widerstand.

Erst als sie die Halle verlassen hatten, ließ Dejan meinen Arm los. Meine Beine versagten mir den Dienst.

»Das ist nicht wahr!«, rief ich wild.

Trubic trat an meine Seite. »Nicht im Geringsten. Aber Kopetzky, bei aller persönlicher Sympathie, die ich für ihn aufbringe, ist nun einmal bedauerlicherweise ein Spion, und Willroth frequentiert gelegentlich das Lurion. Es dürfte keinem findigen Polizeibeamten Schwierigkeiten bereiten, sich aus den Indizien ein schlüssiges Szenario zusammenzudichten.« Er klang amüsiert, besaß gar die Frechheit, sich in aller Ruhe eine Zigarette anzuzünden, ehe er hinzufügte: »Der Nachteil einer unglaubwürdigen Wahrheit: Ein Bauernopfer muss es geben.«

Ich wankte. Sir Lysander keckerte aufgeregt, Dr. Rosenstein sah aus, als wäre er überall lieber, nur nicht hier.

»Felix«, sagte Dejan leise. »Oh, Felix.«

Wenn es einen nachhaltigeren Weg als einen Pistolenschuss gibt, eine Diskussion zu beenden, so habe ich ihn noch nicht kennengelernt und lege gewiss keinen Wert darauf, es jemals zu tun.

Ich muss aufgeschrien haben, als die erste Salve erklang. Ein Reflex brachte mich dazu, mich unter die Galerie zu flüchten. Ich presste die Hände auf meine Ohren, biss mir die Zungenspitze blutig, ich wollte fort, nur fort. Schreie mischten sich mit Motorenlärm und gebrüllten Befehlen, und immer wieder und wieder ertönte das Knattern der Gewehre, eine höllische Kakophonie, in die selbst die Fensterscheiben der Halle klirrend mit einfielen.

»Das Luftschiff!«, rief Trubic unnötigerweise. Er packte meine Schulter, riss mich auf die Beine. »Kommen Sie mit mir! Dejan, hol das Flugzeug!«

Ich stolperte hinter ihm her aus der Halle. Sie kämpfen, dachte ich atemlos. Das sind Schüsse, echte Kugeln, die töten können, Soldaten, die sich auf ihr blutiges Handwerk verstehen, und mittendrin in dem Tumult – ich.

Im Laufschritt umrundeten wir die Halle, ich wandte mich nach Sir Lysander um, aus den Augenwinkeln sah ich, wie er zu Dejan in ein Automobil sprang, sie rasten davon, und ich war allein, ohne meinen Lehrmeister. Auf mich alleine gestellt.

»Beeilen Sie sich!«, rief mir Graf Trubic zu. Ich raffte meine Röcke und hastete weiter. Eine Gruppe Soldaten rannte an uns vorbei, ihr Kommandant brüllte Befehle, einige Meter vor uns fiel eine Gestalt getroffen nieder, ein anderer suchte hinter einer Mauer Schutz, und ich konnte mir beim besten Willen nicht vorstellen, wie es möglich war, in dem infernalischen Trubel zu erkennen, wer Freund und wer Feind war.

»Was ist geschehen?«, wollte Trubic von dem Offizier wissen.

»Wir haben keine Ahnung!«, gab dieser brüllend zurück. »Sie sind überall! Auf den Dächern!«

Wie um seine Worte zu bestätigen schlug dicht über unseren Köpfen eine Salve in der Wand der Konstruktionshalle ein, ein Fenster zersprang, scharfe Glassplitter regneten auf uns herab.

In einer fließenden Bewegung warf sich Graf Trubic über mich. Er hatte die Pistole aus seinem Mantel gerissen, feuerte blindlings.

»Geben Sie uns Rückendeckung!«, befahl er dem Offizier, sprang schon wieder auf, zerrte mich auf die Beine. »Wir müssen zur *Fortuna!*«

Mir schwindelte. Eine endlose, schier unbezwingbare Strecke freien Feldes schien zwischen uns und dem Ankermast zu liegen. Immer noch pfiffen Kugeln um unsere Köpfe, auch das Bataillon, das die *Fortuna* bewachte, hatte sich indessen in das Gefecht gemischt. Wenn wir uns auf die Wiese wagten, würden wir zweifellos ins Kreuzfeuer gelangen.

»Los!« Trubic ließ mir keine Zeit. Eine Hand fest um die meine geschlossen, begann er zu laufen. Ich rannte, ich schloss die Augen, da war es wieder, dieses wütende, aufpeitschende Lied und gestern Abend – gestern Abend erst!

Ich hörte die Schüsse, auch mit geschlossenen Lidern meinte ich noch zu sehen, wie die Kugeln durch die Lüfte sausten, ich sang, nein, ich schrie mein Lied, Schutz und Schild sollte es mir sein.

»Zum Teufel!«, rief Graf Trubic, und dann stolperte ich gegen etwas Hartes, Metallisches – der Ankerturm.

»Machen Sie das Luftschiff los!«, kommandierte er, an die Soldaten gewandt. »Schnell!«

»Aber …«, wagte einer den Widerspruch. Trubic riss eine kleine silberne Plakette aus seiner Manteltasche. »Okkulte Angelegenheiten«, sagte er, als autorisiere ihn dies selbstverständlich zur Requirierung eines Luftschiffs. »Wenn Sie nicht sofort tun, was ich sage, erschieße ich Sie wegen Meuterei«, fügte er hinzu und schwenkte seine Pistole.

Ich sah nach oben. Wie ein riesiger Ballon schwebte die *Fortuna* über uns im Wind, glücklicherweise dem Anschein nach unbeschädigt. Zur behelfsmäßigen Strickleiter geknotete Taue baumelten von der Führungsgondel herab.

Trubic wartete, bis einige Soldaten die Wendeltreppe des Ankerturms zu der kleinen Plattform um den Mast emporliefen, an dem das Luftschiff festgemacht war.

»Also gut«, sagte er. Seine Augen glänzten in fiebriger Erregung. »Haben Sie schon einmal ein Luftschiff gelenkt?«

Ich starrte ihn an. »Nein«, flüsterte ich, ohne recht zu begreifen, worauf er hinauswollte.

Graf Trubic lachte auf. »Auch ich nicht! Das Leben ist voller Überraschungen!«

»Sagen Sie bitte nicht, dass wir mit der *Fortuna* fliegen werden«, flüsterte ich.

Trubic zuckte mit den Schultern. »Nun, Sie können zweifellos verweilen, auch wenn ich es Ihnen nicht empfehlen würde.«

Ich blickte mich um: Im Dorfgebiet, so schien mir, wurde das Gefecht mit unverminderter Heftigkeit weitergeführt. Es konnte nur eine Frage der Zeit sein, bis es den Angreifern gelang, zur *Fortuna* vorzudringen. Wenn nicht vorher eine verwirrte Kugel ihren Ballonleib durchschlug.

»Aber die Mannschaft – wir müssen warten!«, stammelte ich.

»Nein.« Graf Trubic hatte schon eine Hand auf das Tau gelegt. »Die Mannschaft der *Austria* befindet sich in den Quartieren am anderen Ende des Dorfes, und die der *Fortuna* stiert tumb vor sich hin. Kommen Sie.«

Erschöpft blieb ich einen Augenblick am Boden sitzen, nachdem ich die schwankende Leiter erklommen hatte und ungeschickt, nur durch Trubics helfende Hand erfolgreich, ins Innere der Führungsgondel geklettert war.

Trubic hatte die Tür geschlossen und machte sich schon an den Instrumenten zu schaffen.

»Die unbestreitbare Qualität eines Luftschiffs besteht darin, dass es auch ohne äußeres Zutun fliegt, solange sich Wasserstoff in den Ballonzellen befindet«, erklärte er mir. Mühsam richtete ich mich auf und trat zu ihm. Sah, wie ihm seiner optimistischen Worte zum Trotz der Schweiß auf der Stirn stand. »Übrigens danke ich Ihnen«, fügte er heiser hinzu, während er sich fahrig mit den Handflächen über die Schläfen rieb.

»Wofür?«, fragte ich, ehrlich verwirrt.

»Ich dachte, der Schuss würde mich treffen.«

Ich staunte; sollte es mir gelungen sein, eine Kugel abzuwenden? Daran konnte ich doch nicht glauben. Es war auch nicht von Bedeutung: Zauberei oder Zufall, wir hingen immer noch in einem schwer umkämpften Luftschiff am Anker.

»Was dauert so lange?«, fragte ich. »Kann man die Seile nicht einfach durchschneiden?«

»Nur Geduld«, sprach mir Trubic Mut zu, auch wenn er selbst sehr blass war und sich an den Fensterverstrebungen festklammerte. »Die einzige Gefahr besteht gegenwärtig darin, mit dem Turm zu kollidieren«, meinte er. »Oder abgeschossen zu werden, natürlich.«

Er besah sich die vielfältigen Hebel, Räder und Schalter, die überall in der kleinen Führungsgondel verteilt waren. Seinem Gesichtsausdruck nach zu schließen, sagten sie ihm nicht mehr als mir.

»Verdammt. Wo ist Dejan, wenn man ihn einmal braucht im Leben?«

Ein Ruck ging durch das Luftschiff, ich stolperte hart gegen die Metallverkleidung der Kabine, als die *Fortuna* einen Satz nach oben tat.

»Wir sind frei!«, jubelte Trubic, wenn auch verhalten. Er zitterte am ganzen Körper. »Und wie wirft man den verdammten Motor an?« Aufs Geratewohl zog er an den markantesten Hebeln, legte wahllos Schalter um, fluchte leise auf Gott und die Welt im Allgemeinen und die motorisierten Flugbestrebungen der Menschheit im Speziellen.

»Das Rad dort drüben?«, schlug ich vor. Nichts geschah, als er energisch daran drehte. Mich schwindelte, für einen Moment meinte ich, einen Schatten durch die Steuerkabine der *Fortuna* huschen zu sehen.

»Was zum Teufel war das?«, fragte Graf Trubic und brach zusammen.

Die *Fortuna* stieg höher.

Er kannte den Tod. Sie waren einander schon einmal flüchtig begegnet, wenig mehr denn vier Jahre waren seither vergangen. In Dämonenarmen hatte er gelegen, als der Tod ihn streifte und ihm Gnade schenkte und das Leben. Der alte Leib musste sterben, auf dass der neue erstehen konnte. Ein Tropfen Dämonenblut floss seitdem in seinen Adern, einen Tropfen Menschlichkeit hatte er vergeben.

Jetzt schritt er im Tal des Todes, und das Dunkel wich vor ihm zurück.

Mein Vater saß an meiner Seite. Auch wenn ich ihn nicht sehen konnte, ich erkannte ihn, erkannte seine Stimme, erkannte seinen weichen, fremdartigen Akzent.

»Du siehst ihr kein bisschen ähnlich«, sagte er. Er klang ein bisschen traurig. »Sie war so schön, schöner als die Nacht, schöner als die letzten Rosen des Sommers. Jede Tollheit war sie wert.«

»Sie ist tot«, flüsterte ich.

»Ja.« Sein Schmerz hallte in mir wider. Ich selbst, ich vermisste sie nicht. Wie konnte ich betrauern, was ich niemals gekannt hatte? Nur eine Portraitphotographie war mir geblieben, Bildnis eines hübschen, jungen Mädchens – viel jünger, als ich jetzt war, viel hübscher, als ich jemals sein konnte.

»Warum bist du nicht bei ihr geblieben?«, fragte ich.

Er lachte, ein dunkler, warmer Laut. »Ich bin ein Reisender. Deine, ihre Welt ist für meinesgleichen nicht geschaffen. Sie fristen ein elendes Dasein, die wenigen, die sich dorthin verirren und nicht mehr nach Hause finden.«

»Du hast sie verlassen«, wiederholte ich und wusste doch nicht, weshalb es mir in diesem Augenblick so wichtig war. Unumstößlich glaubte ich doch an das Recht des Menschen, Abschied zu nehmen!

»Ich lehrte sie einen Zauber, mich zu rufen, wenn sie sich

nach mir sehnte. Eine kleine, einfache Melodie. Ich habe sie ihr oft vorgesungen.« Seine Stimme wurde leiser, wie aus großer Ferne sprach er jetzt zu mir.

»Sterbe ich?«, fragte ich ihn. »Werde ich sterben?«

Er antwortete mir, ich wusste, dass er mir antwortete, aber seine Worte vergingen im Dunkel.

Ich stand auf der gläsernen Brücke, als sie zerbrach.

Das Jenseits war kalt, und hart und zugig; beinahe ärgerte ich mich über die Enttäuschung, die ich darob empfand. Tief in meinem Inneren musste ich tatsächlich in rührender Naivität an eine Heimkehr in die paradiesischen Gärten geglaubt haben.

Nun, von samtweichem Gras und dem Duft ungekannter Blüten hätte ich mich nicht ferner wissen können, wäre ich auf den Grund des Ozeans gesunken, und auch auf Schalmeientöne hoffte ich vergebens. Unter meinen tastenden Fingern fühlte ich nichts als Staub und rauen Stein, ein modriger Geruch hing in der Luft, und es war still. So unwirklich still, dass ich jeden meiner Atemzüge deutlich vernehmen konnte.

Ein Umstand, der mich nicht wenig irritierte, kaum dass ich mir seine Implikationen vergegenwärtigte. Atem. Lebenshauch. Ich atmete. Ich musste davongekommen sein.

Ja, und was weißt du schon vom Sterben?, meldete sich die Stimme der Vernunft in meinem Hinterkopf. Vielleicht atmen wir nach dem Tod einfach weiter, aus tumber Gewohnheit? Vielleicht zwingen wir unsere Körper mit schierer Willenskraft, uns zu betrügen, uns die letzte, falsche Hoffnung nicht zu nehmen: Wir atmen, wir leben, wir sind.

Es gab nur einen Weg, mich über die Umstände meiner gegenwärtigen Lage in Kenntnis zu setzen, und gerade den fürchtete ich aus tiefster Seele: Ich wollte die Augen nicht aufschlagen. Ich wollte nicht sehen, was mich erwartete.

Streng rief ich mich zur Ordnung; Zeit meines Lebens hatte ich mir geschmeichelt, kaltblütig zu sein, tapfer. Der Augenblick schien mir angemessen, diese Tugenden ein möglicherweise letztes Mal unter Beweis zu stellen.

Vorsichtig blinzelte ich in das Halbdunkel des Raumes, in dem ich mich befand. Viel zu sehen gab es freilich nicht: Mauern aus grobem, weißem Stein, ohne Fenster; eine Tür, dem Anschein nach aus Stahl, versehen mit einem imposanten Schloss; ferner eine schemenhafte, vage menschliche Gestalt, die in der Mitte des Kerkers – denn um nichts anderes konnte es sich handeln – lag. Wie um bei den Unglücklichen, die sich in dieser beunruhigenden Umgebung wiederfanden, den Eindruck zu verhärten, sie wären geradewegs in den Schlund der Hölle gestürzt, flackerte an der Decke ein gespenstisches grünliches Licht.

Ich kämpfte mich auf die Beine; unsicheren Schrittes, mit schmerzendem Kopf und steifen Gliedern stolperte ich zu der Gestalt, ahnte ich doch, um wen es sich bei meinem Gefährten in der Misere handeln musste.

»Graf Trubic?«, flüsterte ich und ließ mich neben ihm auf die Knie sinken. Von der kleinen Wunde an seiner Stirn abgesehen schien er unverletzt, wenn auch Staub, Schweiß und getrocknetes Blut sein sonst so gefälliges Antlitz erheblich entstellten. Eine dicke Strähne in seinem rotbraunen Haar schimmerte weiß.

Er seufzte.

»Graf Trubic«, wiederholte ich, so ruhig wie ich nur vermochte. »Sie müssen aufwachen. Wir sind in Schwierigkeiten.«

Zu meiner größten Überraschung sah ich, wie sich Trubics Mundwinkel zu einem flüchtigen Lächeln verzogen.

»Ich denke, unter den gegebenen Umständen können wir auf protokollarische Förmlichkeiten verzichten«, murmelte er, ohne Anstalten zu machen, sich aufzusetzen oder auch nur die

Augen zu öffnen. »Für die Dauer unseres Aufenthalts werden Sie mir die Ehre erweisen, mich bei meinem Taufnamen zu nennen.«

Ich hustete; der Schlag an seine Stirn musste einen bleibenderen Schaden hinterlassen haben, als sich äußerlich feststellen ließ.

»Wir sind …«, begann ich, doch Trubic fiel mir ins Wort.

»… in Schwierigkeiten. Das sagten Sie schon, liebe Stella. Und ich bin durchaus gewillt, Ihnen beizupflichten – obschon ich befürchte, den unerfreulichsten Teil unserer bisherigen Schwierigkeiten schlichtweg verschlafen zu haben.«

Tausende, Abertausende Fragen brannten mir auf der Zunge. Von denen ich prompt die dümmste stellte.

»Sind wir tot?«

Trubic hob eine Augenbraue. »Du lieber Himmel. Nein. Wie kommen Sie darauf?« Er klang pikiert, als hätte ich mir einen unverzeihlichen Fauxpas geleistet.

»Mein Vater«, begann ich kläglich, besann mich jedoch eines Besseren. Schließlich war es kaum der richtige Zeitpunkt, Träume zu erzählen.

Ich holte tief Luft und unternahm einen neuerlichen Versuch, etwas Klarheit in das Mysterium zu bringen: »Was ist das Letzte, woran Sie sich erinnern, Graf … Felix?«

»Das Luftschiff«, keuchte er nach einer Weile, ich hatte die Hoffnung auf eine Antwort schon aufgegeben. »Mich ekelt es an, dieses Totengerippe unserer Zeit.« Er zitterte am ganzen Körper, zuckte zurück, als ich seine Schulter berührte. »Lassen Sie mich«, herrschte er mich an.

Ich folgte seiner Aufforderung und zog mich in eine Ecke zurück. Auch ich entsann mich des Luftschiffes, wir waren geflogen, immer höher waren wir gestiegen, und dann – der Traum. Die Dunkelheit.

»Wir sind drüben«, murmelte Trubic irgendwann atemlos.

»Drüben?«

»In den Feenlanden. Auf der Anderen Seite.«

Ich wusste, ich sollte betroffener, ängstlicher sein, als ich es war. Sollte mich weigern, zu glauben, was nicht sein konnte. Weil wir aufgeklärten, klugen Menschen ins Reich der Märchen und Legenden verbannt hatten, was wir uns nicht erklären konnten. Wir hatten uns anerzogen, lieber die Augen fest zu verschließen, als zu viele Fragen zu stellen, unangenehme Fragen, Fragen auf die es keine Antworten, für die es keine rationalen Erklärungen gab.

Ich aber musste es besser wissen. Schon meiner Vision wegen musste ich das Risiko auf mich nehmen und glauben, statt schlichtweg zu behaupten, ich hätte den Verstand verloren.

»Mein Vater stammt von … von dieser Seite«, gestand ich mir, eingedenk meines Traumes, das Undenkbare ein.

Trubic gab sich wenig erstaunt. Er hustete, sein Gesicht schmerzverzerrt. »Deshalb sind Sie auch zur Agentin des Okkulten geworden, Stella«, stieß er mühevoll hervor. »Es ist selten, dass Moroi sich in unsere Welt verirren, gar Familien gründen. Ein Feenkind konnte sich das Departement nicht entgehen lassen.«

»Seit wann wussten Sie es?«, wollte ich wissen.

»Ich hatte von Anfang an den Verdacht. Einen Menschen so weit magisch zu beeinflussen, dass er freiwillig in den Tod geht, kann nur mit Feenzauberei erreicht werden. Wir herkömmliche Sterbliche, selbst wenn wir über gewisse magische Talente verfügen, selbst wenn sich vor Generationen ein Moroi in unsere Ahnenkette schlich und ein paar Tropfen Feenblut noch in unseren Adern fließen, fehlt es doch an Potenzial, die großen Zauber zu wirken. Nun aber erkannte Sie Krauß kurz vor seinem Tod als das, was Sie sind: eine Moroaică.« Trubic würgte, rang nach Atem, ehe er fortfuhr. »Ein Satz in Ihrem Zeugenprotokoll ließ mich aufhorchen: ›Du gehörst zu ihnen.‹ Die Rosen im Kursalon Hübner bestätigten mir schließlich meinen Verdacht so weit, dass ich ein kleines Experiment wagte, das ich vorbereitet hatte.«

Ich, die Moroaică, deren kurzer zauberischer Karriereweg mit verwelkten Rosenblättern gepflastert war. Als ich in Sir Lysanders Werk von den Moroi gelesen hatte, hatte mich schon der Gedanke an ihre dunkle Magie mit Schaudern erfüllt. Hier, der mir bekannten und vertrauten Welt verloren, fügte ich mich und akzeptierte mein Schicksal. Freilich musste ich mit meinen dilettantischen Zaubereien weit mehr Unheil angerichtet haben, als ich hatte ahnen können. Denn Moroi, entsann ich mich Sir Lysanders Ausführungen, wirkten ihre Magie durch die Lebenskraft anderer Menschen in ihrer unmittelbaren Umgebung, Tiere – oder Pflanzen. Die Rosen hatten ihr letztes bisschen Leben gegeben für meine zauberischen Versuche. Wie aber stand es um die Gelegenheiten, bei denen ich ohne mein Wissen, ohne mein Zutun, in das Leben anderer Menschen eingegriffen haben musste? Wie würde sich der Schaden äußern, den ich ihnen zugefügt hatte?

Blieb nur noch eine Frage: »Von welchem Experiment sprechen Sie?«

»Der Ring – Sie erinnern sich?« Er stöhnte leise; seine Wangen glänzten feucht, von Schweiß, und auch von Tränen.

»Was ist mit Ihnen?«, fragte ich, die Panik niederkämpfend, die in mir aufstieg.

Er keuchte abermals. »Ich kann Magie nicht gut vertragen«, brachte er hervor, versuchte sich an einem heiseren Lachen, das doch nur zu einem Hustenanfall verkam. »Feenmagie … zehrt an den Lebenskräften.« Seine Hände tasteten über den kühlen, glatten Steinboden, suchten nach Halt. »Wenn ich hier stürbe … das würde mir ähnlich sehen.«

»Sie werden nicht sterben!«, rief ich wild. Ganz gleich, wie sehr ich ihm zürnte ob der Ungeheuerlichkeit, die er Krysztof angetan hatte, ob der Wahrheiten, die er mir vorenthalten hatte, der Gedanke, ohne ihn, im Kerker, in einer fremden Welt zu schmachten, war mir unerträglich.

»Felix! Bitte! Sie müssen uns hier herausholen!«, flehte ich, und allerlei Unsinn mehr, bis ich vor unserer Zellentür Schritte vernahm. Unwillkürlich hielt ich den Atem an, als die Tür sich öffnete.

Hatte ich Ungeheuer erwartet, Gespenster oder Wesen, die zu fremdartig waren, als dass die Menschheit Worte gefunden hätte, sie zu beschreiben?

Der Mann, der in der Tür stand, sah ausgesprochen menschlich aus. Selbstverständlich, schalt ich mich. So menschlich wie mein Vater. Dessen Angesicht ich niemals hatte erblicken dürfen.

Der Mann war schlank, seine Gesichtszüge unauffällig, sein Teint so dunkel wie der meine. Angetan war er mit weiten, weißen Hosen, einem langen Hemd, das er in der Taille gegürtet trug, und einer Art bunt gemusterter Weste. Im Gürtel an seiner Hüfte baumelte ein Säbel.

Er sprach mich an. Sein Tonfall klang fragend, aber ich konnte nicht behaupten, auch nur ein Wort verstanden zu haben. Nicht einmal den magischen Formeln, die Sir Lysander als der Feensprache entnommen bezeichnet hatte, ähnelte sie. Natürlich. Es war angesichts der babylonischen Sprachenverwirrung, die alleine schon in der kaiserlich-königlichen Monarchie herrschte, ausgenommen vermessen, davon auszugehen, dass die Feenlande nur eine gemeinsame Sprache kannten.

»Ich verstehe nicht«, sagte ich und wiederholte mich zur Sicherheit auf Französisch.

Der Mann hob bedauernd die Hände und trat einen Schritt zurück. Zwei weitere Personen, Wachposten nahm ich an, erschienen, ergriffen mich an den Handgelenken, zogen mich unsanft mit sich. Von Trubic nahmen sie keine Notiz. Ich wehrte mich nicht. Weshalb auch? Wenn ich irgendetwas ausrichten, irgendetwas in Erfahrung bringen wollte, dann war mir gewiss nicht damit gedient, dass ich in meinem Gefängnis tatenlos auf Rettung wartete, die aller Wahrscheinlichkeit nicht eintreffen würde.

Ich folgte den Wächter einen langen, fensterlosen Gang aus weißem Stein entlang, steile Stufen empor, in eine Zimmerflucht, die ebenso kahl war wie der restliche Teil des Hauses, den ich bisher gesehen hatte: Nichts als Mauerwerk aus weißem Stein, hier und da von grünlichen Lichtern geisterhaft erhellt. In dem Raum, in dem ich mich gegenwärtig befand, fehlte es freilich an der geisterhaften Lichtquelle, und das mit dem gutem Grund: Es gab Fenster! Ungeduldig wartete ich, bis die beiden Wachposten sich an den Türen postiert hatten, der dritte mir knapp zunickte und auf demselben Weg, auf dem wir gekommen waren, wieder verschwand.

Nun hielt mich nichts mehr. Von Furcht und Neugier gleichermaßen getrieben, stürzte ich zum Fenster, presste die Nase gegen die filigrane Glasscheibe – mein erster Blick in eine neue Welt!

Eine fremde Sonne stand am bleichen Himmel, strahlte heller und wärmer als die unsere; ich senkte den Blick, stellte fest, dass ich mich in einem Turm, einer Festung befinden musste. Viele Stockwerke weißen Gemäuers und ein felsiger Hügel lagen zwischen mir und den Ruinen einer Stadt.

Als ich achtzehn war, war Krysztof mit mir nach Rom gereist; viele Stunden hatten wir damals zwischen den Überresten der Prachtbauten des Imperium Romanum verbracht, hatten uns Vergangenheiten erträumt und Geschichten ausgedacht. Diese Ruinen kamen mir in den Sinn, als ich fassungslos aus dem Fenster starrte: Ich sah hinab auf die Reste einer Zivilisation! Die meisten Bauwerke schienen bis auf die Grundfesten zerstört zu sein, nur hier und da ragten noch Mauern in den Himmel. Torbögen, Türme, eine Brücke, die sich über einen dunklen Fluss spannte. Wohin das Auge auch blickte, nichts war zu erkennen außer dem Skelett einer Stadt, die sich bis zum Horizont erstreckte. Schon war die Natur dabei, die Ruinen zurückzuerobern: Eigentümliche dunkelrote Pflanzen kletterten an den Mauern empor, in den breiten, gepflasterten Straßen wucherten, was nur Sträucher sein konnten, auch wenn sie in Farbe und Facon keiner mir bekannten Flora ähnelten.

Und die Stadt war nicht verlassen. Ich schämte mich für den Überraschungslaut, den ich ausstieß, als ich Bewegung in den Straßen unter mir registrierte, Gestalten zwischen den Ruinen umherlaufen sah. Ich lehnte mich weiter aus dem Fenster. Zwischen den Ruinen waren behelfsmäßige Hütten aus einem Material, bei dem es sich um Holz handeln mochte, selbst wenn es von hellem Grau war, errichtet worden, vereinzelt waren weiße Stoffzelte zu sehen. Ich kniff die Augen zusammen, sah ein Fuhrwerk, eine Art Leiterwagen, einen zerstörten Arkadengang passieren. Zwei überaus eigentümliche Tiere mit rötlichem Fell und riesigen Köpfen zogen es, feist und gedrungen waren sie, schienen fast zu klein für den schweren Wagen, vor den sie gespannt waren.

Ich war so versunken in meine Betrachtung, dass ich kaum merkte, wie die Tür abermals geöffnet wurde. Der erste der Wächter war zurückgekehrt und bedeutete mir mit einer Geste, ihm zu folgen. Dass er diesmal davon Abstand nahm, mich wie eine willenlose Puppe hinter sich herzuschleifen, erfüllte mich mit vager Hoffnung.

Er führte mich durch die zweite Tür in den Nebenraum, ein kurioses rundes Zimmer mit einer gläsernen Kuppel und einem Boden aus weißen und hellroten Fliesen, der erste Farbfleck, den ich in dem recht trostlosen Gebäude gesichtet hatte. Von einem länglichen Diwan und Vorhängen – beides in Weiß, wie konnte es hier anders sein – abgesehen, war der Raum unmöbliert.

Weit mehr als die Innendekoration interessierte ich mich jedoch für die Gestalt, die mit verschränkten Armen am Fenster stand.

»Welch Überraschung«, grüßte sie mich, zu meiner grenzenlosen Erleichterung in tadellosem, wenn auch stark akzentuiertem Französisch. »Ich dachte, Ihresgleichen würde es als Frevel verurteilen, die Reise zwischen den Welten zu unternehmen.« Sie – denn es war eine Frau, auch wenn sich ihre Kleidung nicht wesentlich von jener der Wachposten unterschied, nur dass sie aus feinerem Stoff gewirkt schien und sie statt der albernen Weste einen Gehrock über dem Hemd trug – sah mich fragend an.

»Wo ist das Luftschiff?«, fragte ich, ehe ich mich meiner Manieren entsann. »Guten Tag«, fügte ich etwas kläglich hinzu.

Die Frau lächelte. Wenn sie auch nicht direkt schön zu nennen war, konnte sie doch ausgesprochen interessante Züge aufweisen: tiefschwarze Augen, breite Wangenknochen, eine lange, gerade Nase, hellbraune Locken, die ihr in die sonnenverbrannte Stirn fielen.

Statt einer Antwort winkte sie mich zum Fenster, ich sah auf einen immensen, von einer niedrigen Mauer umgebenen Hof hinab, und, vor allem, die *Fortuna*, die von unzähligen Stricken gehalten, dicht über dem Boden schwebte. Hinter dem riesigen Luftschiff machte ich Dünen aus – wir waren in der Wüste.

»Das Luftschiff«, stammelte ich und kämpfte Tränen der Erleichterung nieder. Wenn die *Fortuna* intakt war, bestand noch Hoffnung auf eine Heimkehr. »Gott sei gedankt!« Kurz überlegte ich, ob ich einen Fauxpas begangen haben mochte. Wer wusste schon, woran die Leute hier glaubten, ob sie nicht Naturgeistern oder dem griechischen Pantheon anhingen!

»Was wollen Sie hier?«, fragte mich die Frau kühl. »Ich kenne das Luftschiff, Sie aber nicht. Wie ist es in Ihre Hände gelangt?«

Sie kannte das Luftschiff! Dann hatte die Magisch-Technische

Abteilung tatsächlich Reisen hierher, über die Grenzen der Welt hinaus, unternommen.

Mit einem Mal fühlte ich mich sehr, sehr klein und bedeutungslos.

»Überhaupt nicht wollten wir hierher!«, rief ich aus. »Es war ein Versehen, ein furchtbares Versehen!«

»Wie kam das Luftschiff in Ihre Hände?«, wiederholte die Frau unerbittlich.

Wenn ich das selbst so genau wüsste, dachte ich bitter. Weil Graf Trubic schneller reagiert hatte und wagemutiger war als alle anderen.

Sie verzog die Lippen. »Ja, ich dachte mir, dass Sie diese Frage nicht beantworten wollen.« Sie griff in die Tasche ihres Gehrocks und zog ein zerknittertes Stück Papier hervor, das sie mir reichte.

»Das haben meine Wachen gefunden, als sie Ihren Begleiter durchsuchten.« Ich besah mir das Blatt, das über und über mit absonderlichen Zeichen beschrieben war. Zweifellos musste es sich um das Schriftstück handeln, das Graf Trubic und ich aus dem Arbeitszimmer Ingenieur Willroths entwendet hatten.

»Ich weiß wirklich nicht, worauf Sie hinauswollen«, sagte ich vorsichtig.

Sie nahm das Papier wieder an sich, umrundete mich langsamen Schrittes.

»Sie wissen nicht, worauf ich hinauswill«, höhnte sie. »Und trotzdem sind Sie hier.«

»Ich sagte schon: Es war ein Versehen«, wiederholte ich laut. »Ich kann nicht lesen, was auf diesem Papier steht, und im Grunde genommen möchte ich nichts anderes als die *Fortuna* … und nach Hause.«

»Ja. Sie wollen das Luftschiff«, sagte sie sardonisch.

Ich stemmte die Hände in die Hüften. »Um wieder nach

Hause zu kommen«, korrigierte ich sie. »Wenn es einen anderen Weg gibt, können Sie das Luftschiff gern behalten!«

Sie lächelte, während sie sich auf dem Diwan niederließ. »Ich weiß nicht«, sagte sie. »Gibt es einen Weg?« Sie spielte mit mir, und ich hatte nicht den Hauch einer Ahnung, worum es gehen mochte. »Ihre Leute sind es doch, die die Übergänge seit Jahrtausenden beobachten. Und die im Übrigen die Einzigen sind, die noch jene halbvergessene Sprache, in der Ihr Schreiben verfasst ist, mit Freuden kultivieren. Ein deutliches Argument für die Richtigkeit meiner Sichtweise der Dinge.«

Mit einem Mal fügte sich ein Mosaikstein zum anderen. Die Übergänge zwischen der unseren Welt und dem Feenreich existierten tatsächlich. Dejan und ich waren angegriffen worden, weil wir uns einem von ihnen genähert hatten. Deshalb benötigte Merentheim das Luftschiff, für seine Reise zwischen den Welten! Und Graf Trubic musste in Ingenieur Willroths Wohnung in in den Besitz eines Schriftstücks gekommen sein, dass ihn als einen jener Wächter auswies! Aber wie sollte ich dieser feindseligen Person all das verständlich machen?

»Kennen Sie einen Freiherrn von Merentheim?«, erkundigte ich mich.

»In der Tat. Wenngleich ich schon lange nicht mehr das Vergnügen mit ihm hatte.« Sie lehnte sich zurück und schlug die Beine übereinander. »In letzter Zeit waren es nur seine Unterhändler, die mir begegneten. Ein Herr« – sie zögerte, die Namen bereiteten ihr offenkundig Schwierigkeiten – »Kovacs und der furchtsame Doktor.« Sie räusperte sich. »Krauß«, brachte sie schließlich hervor.

Ein Mann kam ohne zu klopfen in den Raum gehastet, sodass ich Zeugin einer schnellen Konversation in der lokalen Sprache wurde. Die Frau nickte grimmig und schleuderte dem Wachposten ein knappes Kommando entgegen, woraufhin dieser abermals meine Arme ergriff.

»Sie verzeihen«, sagte die Frau. »Es fehlt mir gegenwärtig an Zeit, unsere Unterhaltung weiterzuführen.«

»Und was wird aus uns?«, fragte ich angsterfüllt.

Sie hob bedauernd die Hände. »Ihre Freunde würden Sie zweifellos töten, wenn sie um Ihr kleines Abenteuer wüssten. Was meinen Sie – soll ich Gnade walten lassen?«

Graf Trubic lag in tiefer Bewusstlosigkeit, als ich zurück in den Kerker gestoßen wurde. Ich nahm neben ihm auf dem Steinboden Platz; in meiner Abwesenheit hatte jemand einen Tonkrug und einen Becher gebracht. Ich trank gierig und musste feststellen, dass hierzulande selbst das Wasser anders schmeckte. Es war doch zum Verzweifeln. Nur, dass mir die Verzweiflung nichts nützte. Ein Ausbruchsversuch aus der Zelle würde mir kaum gelingen, und selbst wenn ich mich im Besitz der erforderlichen Fähigkeiten und Werkzeuge befunden hätte, so wären die Chance vernichtend gering gewesen, mit dem besinnungslosen Trubic bis zu dem Luftschiff vorzudringen.

Somit blieb mir keine andere Möglichkeit, als irgendwie die Frau dazu zu bringen, mir Glauben zu schenken.

Die Frau. Ich seufzte ärgerlich. Nicht einmal das hatte ich zuwege gebracht, herauszufinden, um wen es sich bei meiner Gesprächspartnerin überhaupt handelte. Fraglos musste ich die ungeschickteste Agentin des Okkulten aller Zeiten sein. Nur zaubern konnte ich, und das nicht einmal gut.

»Ich lehrte sie den Zauber, mich zu rufen«, kamen mir die Worte meines Vaters – der Vision meines Vaters, vielleicht – in den Sinn. In meiner verzweifelten Lage durfte ich nichts unversucht lassen.

Ich warf einen raschen Seitenblick auf Trubic, der ausgestreckt dalag. Sein Brustkorb hob und senkte sich schwach. Durfte ich riskieren, dass mein Zauber ihn noch stärker beeinträchtigte? Er selbst hätte vermutlich keinen Gedanken an diese Frage verschwendet, und mir blieb keine andere Wahl.

Ich schloss die Augen, tastete nach der Melodie, nach meiner Brücke, dem vertrauten Pfad, den vertrauten Tönen, aber noch während ich sang, splitterte das Glas unter meinen Füßen, ich stürzte, tief in den Strom, der unter mir rauschte, tief in die Dunkelheit.

Jemand rüttelte mich unsanft aus dem Schlaf. Ich öffnete die Augen und sah in das Gesicht des Wachpostens, der mich zuvor aus der Zelle geholt hatte. Einen Moment überlegte ich, wie viel Zeit indessen verstrichen sein mochte. Die Armbanduhr, die Graf Trubic trug, war stehen geblieben.

Der Fremde zerrte mich auf die Beine. Gemeinsam, ich taumelnd vor Erschöpfung, er mit grimmiger Miene weit ausschreitend, legten wir den Weg zum Turmzimmer zurück. Diesmal war mir nicht beschieden, im Vorraum zu warten, ich wurde sogleich meiner neu gewonnenen Feindin vorgeführt.

»Sie.« Die Frau deutete mit dem Zeigefinger auf mich. Sie hatte auffallend zarte Hände, bemerkte ich unwillkürlich, aber über ihren linken Handrücken zog sich eine breite, hässliche Narbe. »Sie sind ein Bastard beider Welten. Und Sie dilettieren in den magischen Künsten.«

Dies konnte ich nun wirklich nicht abstreiten. Ich nickte. »Jawohl. Mein Name ist Stella Schönthal, und ich wäre sehr froh, wenn Sie mich endlich gehen lassen könnten.«

Die Frau antwortete mir mit einem Laut, den ich nicht verstand. »Dies ist der meine Name«, fügte sie erklärend hinzu. »In Ihrer Sprache ließe es sich wohl mit ›Fortunée‹ übersetzen.«

In meiner Sprache, nun ja. Auch die nützliche Praxis des Nachnamens schien ihr nicht bekannt. Aber bei dem wenigen, was ich über die Andere Seite wusste, konnte ich ihr kaum vorwerfen, dass sie sich in derlei Details irrte. Immerhin konnte sie sich überhaupt in einer Sprache unserer Welt verständigen, und das sogar sehr gut.

»Fortunée«, murmelte ich bei mir. »*Fortuna*.«

Blutrot sank die Sonne hinter dem Horizont, tauchte den Raum in unwirkliches Licht, Schatten verzerrten das Angesicht meiner Gegenspielerin zur unheimlichen Fratze. Obgleich die Tageszeit gewiss keine Bedeutung hatte für mein weiteres Schicksal, war mir nun in der Abenddämmerung noch banger zumute.

Sie – Fortunée – überlegte einen Augenblick. »Ich bin … Adjutantin des Statthalters«, sagte sie. »Statthalter, ja? Das ist ein Wort?«

Ich nickte, wobei ich mich fragte, wie es kam, dass eine Ruinenstadt einen Statthalter brauchte.

»Und Sie«, fuhr sie fort, »wenn Sie nicht zu den Wächtern gehören, und das scheint mir immer wahrscheinlicher, wer sind Sie dann? Weshalb führt Ihr Begleiter den Schwur der Wächter mit sich?«

Ziellos schlenderte sie im Raum umher. Mir entging nicht, dass sie immer wieder aufmerksam aus dem Fenster spähte.

»Wir gehören nicht zu den Wächtern. Ich glaube, ich darf sogar behaupten, dass wir deren Feinde sind«, erklärte ich entschieden. »Wir haben versucht, die *Fortuna* vor ihnen zu retten«, sagte ich und überraschte mich damit selbst. Aber so musste es gewesen sein! Das war der Hintergrund der Rede, die Graf Trubic dem verräterischen Ingenieur Willroth gehalten hatte.

Fortunée verschränkte die Arme vor der Brust. »Sie sind eine … wie nennt man uns gleich in Ihrer Welt?«

»Moroi«, half ich ihr aus. »Ich bin eine Moroaică.«

»Und damit stehen Sie außer Verdacht, den Wächtern anzugehören, die uns doch nur hassen. Unsere Magie ist der allmächtige Feind.« Sie hob einen Mundwinkel. »Des Teufels«, fügte sie, sichtlich zufrieden mit ihren kulturellen wie sprachlichen Kenntnissen, hinzu.

»Graf Trubic … mein Begleiter … hat gegen die Wächter ermittelt«, sagte ich schnell. Nur, dass sie auf unserer Seite einen anderen Namen trugen: Da nannten sie sich wohl pompös die Loge zum Ende der Welt. »Ich denke, er hat deshalb das Papier bei sich getragen.«

»Den Schwur, die Welten getrennt zu halten, auf alle Zeit.« Sie schüttelte den Kopf. »Er ist unerfüllbar, solange es meinesgleichen gibt, die wir die Gabe besitzen, abseits der Übergänge durch das Dunkel zu schreiten.«

Mein Vater, überlegte ich aufgeregt, mein Vater musste ebenfalls über dieses Talent verfügt haben! Oder verfügen, denn es sprach nichts dagegen, dass er noch am Leben war. Schon wollte ich Fortunée nach ihm fragen, hielt im letzten Moment jedoch an mich: Ich hätte mich schließlich auch nicht wenig gewundert, hätte sie mich nach irgendeinem beliebigen Bewohner Wiens oder gar des Kaiserreiches gefragt.

Außerdem gab es da noch einen anderen Gedanken, der mich beschäftigte. Krauß, Kovacs, der kleine Alin Vasilescu, sie alle waren auf magischem Wege in Verderbnis, ja gar den Tod getrieben worden. Wenn die Loge aber Zauberei verabscheute, wer konnte dann der Schuldige sein?

Vorläufig kam ich nicht mehr dazu, diese Überlegung weiterzuverfolgen, denn Augenblicke später erschallte infernalischer Lärm, wie vielfach verstärkter Glockenschlag dröhnte es in meinen Ohren.

Fortunée hastete zum Fenster, wo sie einen Moment verharrte, ehe sie sich wieder mir zuwandte.

»Der Angriff erfolgt heute früher«, sagte sie mit einer kleinen Geste der Verwunderung.

Ich vermochte ihre Gelassenheit nicht zu teilen. »Der Angriff? Was für ein Angriff? Und warum?«, stammelte ich.

Sie sah mich prüfend an. »Weil Krieg ist«, antwortete sie.

Krieg! Auch das noch. Ich verfluchte mein Schicksal. Mir genügte eine Schießerei in einem Provinzdorf, auf einen Krieg in den Feenlanden war ich nun wahrhaftig nicht vorbereitet.

»Können wir jetzt endlich gehen? Krieg, oh mein Gott!«, flehte ich.

Fortunée zog es vor, den ersten Teil meiner Äußerung zu überhören. »Wäre nicht der Krieg, der Statthalter hätte niemals den Handel vorgeschlagen, als den … Gesandten … Merentheims die Reise gelang.«

»Von welchem Handel sprechen Sie?« Meine Stimme zitterte, überschlug sich beinahe.

»Die Künste der höchsten Magier meiner Stadt für die technischen Wunderwerke ihrer Welt, die wir gegen den Feind würden führen können.«

Auf dem Gang wurden Stimmen laut.

»Sie haben die Zauber verkauft?«, vergewisserte ich mich etwas geistlos.

»Das Leben in einer hart umkämpften Außenbastion fordert manchmal bittere Opfer.«

Metallisches Klirren drang von draußen zu uns, immer eindringlicher schienen die Stimmen durcheinanderzureden.

»Kämpfen Sie nicht?«, fragte ich.

Fortunée neigte den Kopf. »Nur, wenn es gar nicht anders geht.«

Aus unerfindlichem Grund beruhigten mich diese Worte. Hier in der Festung waren wir vermutlich einigermaßen gut geschützt, zumal Angreifer erst den Felsen erklimmen und sich gegen das imposante Mauerwerk wenden mussten. Es sei denn, man focht in den Feenlanden ausschließlich mit magischen Mitteln. Gegen diese These sprach wiederum der Säbel, den der Wachposten am Gürtel getragen hatte.

Was für ein Krieg ist es, der hier ausgetragen wird, wollte ich fragen, brachte jedoch nur einen erstickten Schrei über die Lippen, als das Mauerwerk erbebte, ich hörte lautes Kreischen, so mochten die Wesen aus grauer Vorzeit in die Dunkelheit gebrüllt haben.

Ein Schatten legte sich über das Kuppeldach, ich sah riesenhafte, gespannte Flügel und Klauen, Fortunée sprang zur Seite, ich rannte zur Tür, die gläserne Kuppel zerbarst. Mit einem Klauenfuß schlug die Vogelkreatur nach Fortunée, sie schrie auf, stolperte, taumelte, das Gesicht eine blutige Fratze, und ich – ich flüchtete.

Wäre es mir doch wenigstens schwergefallen, sie zurückzulassen! Hätte ich doch wenigstens versucht, ihr zu Hilfe zu kommen. Die Wahrheit ist, ich verschwendete kaum einen Gedanken auf die Möglichkeit, wie ich hier ein Leben retten konnte. Stattdessen stieß ich die Tür auf, rannte durch das Vorzimmer, nur von dem Wunsch beseelt, zur *Fortuna* zu gelangen, bevor dieses Ungeheuer mit seinen messerscharfen Klauen die Haut des Ballonleibes zerriss und eine Heimkehr unmöglich machte.

Für einen Augenblick spielte ich gar mit dem Gedanken, Graf Trubic zurückzulassen. Was mich zum Umdenken bewog, war nicht Loyalität, nicht ein Gefühl der Kameradschaft, das ich für den Mann empfand, der bereit war, ein Menschenleben zu zerstören, um nicht Gefahr zu laufen, ein paar seiner okkulten Mysterien offenzulegen, sondern lediglich Furcht, auf mich alleine gestellt durch so schmerzlich fremdartiges Terrain zu irren.

Die Stiegen hinab, den langen Gang entlang, vorbei an Mauern aus weißem Stein, die erzitterten. Dumpfes Dröhnen vernahm ich, Stimmen und Schreie, auch wenn niemand mir begegnete.

Atemlos und schwach vor Erschöpfung erreichte ich die Kerkerzelle, hielt inne. Kein Wachposten mit einem Schüssel war zu sehen, kein Werkzeug, um die Tür aufzubrechen.

Gestern hatte ich einen Menschen getötet, auf der Feste zu

Prag. Statt ihm das Messer aus den Händen zu schlagen, hatte ich ihn über den Abhang taumeln lassen, so viel stärker als angenommen hatte der Zauber gewirkt.

Ich schloss die Augen, ballte meine Angst, meine Wut, mein Entsetzen zu einem einzigen Ton und schleuderte ihn gegen die Tür, die knirschend aus ihren Angeln sprang.

Wenn ich Trubic diesmal auch bei Bewusstsein antraf, war er dennoch in ausgesprochen schlechter Verfassung. Den Kopf an die Mauer gelehnt saß er da, eine Hand dicht unter dem Herzen gegen seinen Brustkorb gepresst. Blut quoll zwischen seinen Fingern hervor, färbte seine beige Anzugweste dunkel.

Der Schmerzen ungeachtet gelang ihm ein dünnes Lächeln. »Ich habe das dringende Bedürfnis, *nicht* zu erfahren, was hier vor sich geht«, sagte er matt.

»Was ist mit Ihnen geschehen?«, fragte ich bang.

Er zog eine Augenbraue hoch, wies mit einer ruckartigen Kopfbewegung auf die Tür. »Es ist nicht relevant«, verkündete er. »Helfen Sie mir auf.«

Deutlich langsamer, als uns beiden lieb sein konnte, drangen wir in das Innere der Festung vor. Zwar durfte ich mich eines für gewöhnlich guten Orientierungssinns rühmen, nun aber, in diesem Labyrinth aus Gängen, Stiegen, Hallen, das immer wieder wie unter Erdstößen bebte, gelang es mir kaum, den Überblick zu wahren. Mehr als einmal passierten uns Soldaten, kurioserweise mit Säbeln, Bogen und Armbrüsten bewaffnet. Keiner der Krieger nahm Notiz von uns, nur ein Verwundeter, der sich, aus einer Bauchwunde blutend, eine lange, gewundene Treppe hinabschleppte, reckte flehentlich die Hände nach mir.

Mehr Glück denn Geschick lenkte unsere Schritte schließlich auf einen winzigen Balkon, kaum größer denn ein Fenstersims, von dem aus steile Stufen hinab in den Hof führten.

Trubic, der sich schwer auf meine Schulter stützte, hob den Kopf.

»Ich darf Ihnen versichern, Stella, hätte mir noch heute früh jemand prophezeit, dass ich einer Fahrt in der *Fortuna* mit freudiger Erregung entgegensehen würde, ich hätte ihn in den Narrenturm verwiesen«, sagte er.

Ich nickte nur. Der Umstand, dass die *Fortuna* augenscheinlich unbeschädigt hier über dem Hof schwebte, ließ auch mir das Herz freudig bis zum Hals schlagen.

So schnell, wie es Trubic möglich war (und, bei aller Abneigung, die ich gegenwärtig für ihn empfand, musste ich ihm seine grandiose Tapferkeit zugutehalten), eilten wir die Stiegen hinunter.

»Lösen Sie die Seile aus den Verankerungen am Boden!«, rief er mir zu, was leichter gesagt denn getan war. Wir arbeiteten schweigend und verbissen daran, den Knoten irgendwie beizukommen, als Schatten über den Hof fielen – die Schatten mächtiger Schwingen.

Ich erkannte die Kreaturen sofort wieder, die sich, viele Meter über uns, unter gellendem Kreischen bekämpften. Vor Tagen erst, in einem anderen Leben, hatte ich eine Miniatur von ihnen gesehen, in Messing gegossen. Die gleichen, mit spärlichen Federn und dünner Haut bedeckten Flügelskelette, die gleichen scharfen, langen Schnäbel, die gleichen gedrungenen Körper hatten sie, wie das Modell des Krauß'schen Urzeitvogels. Federn stoben in die Luft, während die beiden Kreaturen mit erbitterter Wut aufeinander einhieben. Am Rücken des einen klammerte sich ein Reiter fest, seine Rüstung schimmerte im Licht der untergehenden Sonne, in den Händen hielt er Pfeil und Bogen.

»Faszinierend! Die moderne Kriegsführung scheint hierzulande nicht bekannt zu sein«, rief Trubic, dem es indessen gelungen war, den letzten Knoten zu lösen. Langsam, fast zögerlich, stieg die *Fortuna*. Wir rannten los, im letzten Augenblick gelang es mir, in die Führungsgondel aufzuspringen.

Trubic warf die Tür hinter mir zu und sank rücklings auf den Boden.

»Irgendetwas«, keuchte er. »Tun Sie irgendetwas. Ich glaube, es spielt keine Rolle, wie man das verdammte Luftschiff zu unseren Zwecken fliegt!«

Wir gewannen kaum an Höhe, aus dem Fenster der Gondel sah ich, wie einer der beiden monströsen Urzeitvögel die Flucht antrat, dicht verfolgt von dem anderen.

Die *Fortuna* hing noch immer träge in der Luft.

Ich überlegte fieberhaft. Mein gesammeltes Wissen über die Luftschifffahrt bezog ich im Wesentlichen aus ein paar jahrealten Zeitungsartikeln, die sich mit der Landung des neuesten Schiffes von Graf Zeppelin in Wien befasst hatten, aber die Problematik schien mir offensichtlich. Der Wasserstoff im Ballonleib ließ das Luftschiff schweben; wenn zu viel davon entwich, war das Schiff zu schwer, um zu steigen, und musste dementsprechend Ballast abwerfen. Zu diesem Zweck, meinte ich mich zu entsinnen, führte ein jedes Luftschiff mehrere Tonnen Ballastwasser mit sich.

Mit wachsender Panik betrachtete ich die Steuerkonsole. Es war nur eine Frage der Zeit, dass wir in die Kampfhandlungen verwickelt wurden, wenn wir weiterhin ziel- und antriebslos in der Luft schwebten. Was die scharfen Vogelkrallen der Außenhaut des Luftschiffs antun würden, wagte ich mir gar nicht erst vorzustellen. Nach Minuten oder Ewigkeiten hektischer Suche fand ich endlich einen Hebel, neben dem eine winzige Metallplakette prangte, in die vertrauenerweckend »Wassertank Eins« graviert war. Ich zog an dem Hebel, ein dumpfes Prasseln erklang, und die *Fortuna* stieg in atemberaubendem Tempo empor.

»Das Rad«, flüsterte Trubic. »Drehen Sie das Rad. Es löst den Mechanismus aus!«

Ich tat wie geheißen. Dann setzte ich mich neben Trubic auf den Boden und harrte der Dunkelheit.

Mühsam kam ich auf die Beine, trat unsicheren Schrittes an das Seitenfenster der Steuergondel. Dass der Übergang geglückt, dass wir nach Hause zurückgekehrt waren, daran konnte kein Zweifel mehr bestehen, breiteten sich doch tief unter uns dunkelgrüne Wiesen und Ackerflächen aus, die mir nach der Ödnis um die Weiße Stadt wie eine liebliche Idylle erschienen. Mit zusammengekniffenen Augen blinzelte ich in die Ferne, jubilierte innerlich, als ich die hohen Mauern der Luftschiffhallen ausmachte. Für einen Moment gab ich mich der Illusion hin, dass die verhältnismäßige Nähe zu dem Hauptquartier der Aeronautischen Division von erheblicher Bedeutung für unser weiteres Schicksal war. Irgendwie – mit wachsender Euphorie musterte ich die Instrumente der Steuerkonsole – würde es mir gelingen, einen Funkspruch abzusetzen. Gewiss würde das Aeronautische Corps Rat wissen, einen Weg finden, die *Fortuna* sicher zu landen. Schließlich, so dachte ich, war es auch den Moroi der zerstörten Stadt gelungen, ohne mein oder Graf Trubics Zutun das Luftschiff zu Boden zu bringen. Alles wird gut, flüsterte eine trügerische Stimme in meinem Hinterkopf, alles wird gut. Du hast deinen Betrag geleistet, du wirst die Augen schließen und die Dinge geschehen lassen dürfen.

»Wir müssen das Luftschiff landen«, riss mich Trubics Stimme aus meinen Träumereien. Totenbleich, eine blutverkrustete Hand gegen die Wunde an seiner Brust gepresst, stand er vor mir; seine Augen glänzten in fiebriger Entschlossenheit.

»Sollten wir nicht versuchen, Funkkontakt mit der Aeronautischen Division aufzunehmen?«, wagte ich einen Einspruch.

Trubic schüttelte den Kopf. »Zu gefährlich«, zischte er zwischen zusammengebissenen Zähnen. »Wir haben keinen Anhaltspunkt, wie lange wir auf der Anderen Seite verweilten«, fuhr er nach einem Augenblick mit gepresster Stimme fort. »Vielleicht sind hier Tage vergangen, vielleicht auch nur Minuten. Vielleicht dauern die Kämpfe um die Aeronautische Anstalt noch an. Wollen Sie nach allem, was geschehen ist, noch riskieren, dass die *Fortuna* der Loge in die Hände fällt?«

Ich starrte ihn an.

»Selbstverständlich nicht«, pflichtete ich ihm bei und realisierte doch im gleichen Atemzug, dass gerade das Gegenteil der Fall war. Die Loge schützte die Enden der Welt, die unergründlichen Pforten zwischen Raum und Zeit und Wirklichkeiten, und sie würde nicht zögern, das Luftschiff zu vernichten. Ich dachte an die dämonischen Adler und ihre Reiter, die sich über meinem Kopf in Stücke gerissen hatten, dachte an die Ruinen der Weißen Stadt in all ihrer Fremdartigkeit, an die toten Augen der Mannschaft der *Fortuna*, dachte an Dr. Krauß, der die Reise unternommen, und sich getötet hatte, dachte an Alin Vasilescu und seine namenlose Angst; welche erhabenen Ziele sich der Freiherr von Merentheim auch erträumt haben mochte, als er seine besten Konstrukteure, seine besten Magier mit dem Bau des Luftschiffs beauftragt hatte, die *Fortuna* hatte doch nichts als Unheil und Leid gebracht. Was geschehen mochte, wenn sich Kreaturen der Anderen Seite in unsere Welt verirrten, wenn Schlachten mit Luftschiffen und geharnischten Dämonen gefochten wurden, wagte ich mir kaum auszumalen. Wenn die *Fortuna* brannte, was würde das Kaiserreich schon verlieren? Ein prestigeträchtiges Fluggerät und die Möglichkeit, durch die Tore zu einer anderen Welt ins eigene Verderben zu stürzen.

Trubic machte sich indessen an der Steuerkonsole zu schaffen.

»Ich denke, es müsste genügen, Wasserstoff aus den Tanks abzulassen«, erklärte er. »Mit etwas Glück gelingt uns ein kontrollierter Absturz.« Ein Schatten seines alten, großspurigen Lächelns huschte über seine Lippen. »Mit etwas mehr Glück überleben wir sogar.«

Mit einer schwachen Geste wies er auf die Luke an der Decke der Steuergondel. »Dass ich kein Expertenwissen auf dem Gebiet der Luftschifffahrt mein Eigen nennen darf, habe ich wohl schon zur Genüge unter Beweis gestellt. Aber wenn ich nicht gänzlich irre, sollte es uns auf diesem Weg möglich sein, in den Bauch der *Fortuna* zwischen die Wasserstofftanks zu klettern. Was den erheblichen Vorteil hat, dass wir nicht sogleich erschlagen werden, wenn der Luftschiffleib bei der Landung auf der Führungsgondel aufkommt. Was er unweigerlich und vermutlich mit einiger Wucht tun wird.«

Ich nickte stumm. Immerhin konnten wir nicht für alle Zeit hier ziel- und antriebslos über pittoresker Landschaft schweben.

»Öffnen Sie die Luke«, befahl Trubic, während er sich die Instrumente besah und nach einiger Überlegung an einem Rad an der linken Seite der Hauptsteuerkonsole drehte. »Schnell.«

Mit aller Kraft zerrte ich an dem Griff an der Luke; eine Strickleiter fiel herab. Mechanisch, ohne einen Gedanken an meinen Begleiter zu verschwenden, erklomm ich sie und sah mich mit den Wundern des Luftschiffbaus konfrontiert.

In der Enge der Steuergondel war es mir beinahe gelungen, die immense Größe der *Fortuna* zu vergessen; nun stand ich auf einer winzigen Plattform, sah über mir unzählige, riesige Zellen aus leichtem Metall (in denen sich der Wasserstoff, der das Schiff in den Lüften hielt, befinden musste), dazwischen hohe Leitern und beunruhigend schmale Stege, die wohl den Mechanikern dienten, die in den Eingeweiden des Luftschiffs nach dem Rechten sahen.

Hart stieß ich gegen das Geländer, als ein Ruck durch die *Fortuna* ging, dann fühlte ich, wie das Luftschiff sank, viel zu schnell, wir würden auf dem Boden zerschellen.

»Kommen Sie!« Graf Trubic packte mein Handgelenk, stieß mich in Richtung einer der Leitern, benommen vor Angst begann ich den Aufstieg, klammerte mich an den Sprossen fest, als die *Fortuna* zur Seite gerissen wurde. Als wir sanken, schneller und schneller, als ein Höllenlärm erklang. Dann, ein dumpfer Aufschlag von ungekannter Gewalt, das infernalische Kreischen von Metall und Maschinen, ich fand mich in der Horizontale, an der Leiter hängend, wieder, das Luftschiff musste seitlich aufgekommen sein, und ich lebte noch, ich lebte.

Für den Bruchteil einer Sekunde nur fand ich meine Welt, mein Selbst auf diesen einen, triumphalen Gedanken reduziert. Ich war am Leben. Mehr zählte nicht.

»Hierher.« Graf Trubic war es gelungen, sich bis zu der, sich nunmehr in beunruhigender Schräglage befindlichen Plattform über der Steuergondel vorzuarbeiten. Auf Händen und Knien, den Blick starr nach vorne gerichtet, um nicht in die schwindelerregenden Tiefen zu sehen, in denen sich wundersamerweise das Wasserstoffgas noch nicht entzündet hatte, schleppte ich mich vorwärts und ließ mich hinter Trubic durch die Luke in die Gondel fallen. Ich kam hart zwischen Glassplittern und zerstörten Instrumenten auf und zwang mich sogleich, mich aufzurichten, nach einem Fluchtweg umzusehen. Für Tränen, Dankgebete und die Untersuchung meiner Blessuren war später noch Zeit, wenn ich eine sichere Distanz zwischen mich und das Luftschiff, das jeden Moment in Flammen aufgehen, zur tödlichen Falle werden konnte, gebracht hatte. Erneut fühlte ich, wie Trubics Hand sich um die meine schloss; die Berührung, selbst wenn sie nur zu dem Zweck diente, mich in Richtung des zerborstenen Seitenfensters zu dirigieren, erfüllte mich mit absurder Dankbarkeit. Ob er nun Freund war oder Feind, hier stand mir ein Mensch, ein Überlebender wie ich, zur Seite, ich war nicht alleine; vielleicht würde er mir sogar helfen, wenn ich stürzte, wenn ich fiel.

Zu gern würde ich behaupten, ich hätte mich mit letzter Kraft aus der Steuergondel des verunglückten Luftschiffs gerettet, aber um der Wahrheit Genüge zu tun, ich fühlte keine Erschöpfung mehr, keinen Schmerz, keine Angst. Ich wusste, dass ich mich bei der missglückten Landung verletzt hatte, denn mein Kleid war zerrissen, meine Hände blutig und zerschnitten. Eines Tages würde ich gewiss den Absturz der *Fortuna* rekapitulieren und auf meiner Furcht, meinem Entsetzen beharren, aber jetzt, da ich durch das zersplitterte Fenster in die harte, trockene Wiese kroch, war mir, als hätte ich die Fähigkeit, mich zu ängstigen, irgendwo zwischen den Welten abgestreift.

Mit einer Kaltblütigkeit, die mich selbst erstaunte, betrachtete ich das Luftschiff, diesen verwundeten Giganten.

Wunden konnten heilen.

Wollte ich das Ungeheuer vernichten, so musste es rasch geschehen. Schon vernahm ich aus der Ferne Sirenengeheul und Motorenlärm, ein Flugzeug kreiste über uns am Himmel, Rettung nahte.

Neben mir richtete sich Graf Trubic leise fluchend auf; helles, frisches Blut tränkte seine Anzugweste. Dennoch trieb er mich an: »Gehen Sie, bringen Sie sich in Sicherheit, verdammt! Ein einziger Funke reicht aus, und die *Fortuna* brennt lichterloh.«

Seite an Seite rannten, taumelten wir los. Ein einziger Funke.

Ich war Agentin der Okkulten Angelegenheiten. Ich hatte einen Eid geschworen, der Monarchie zu dienen, nach bestem Wissen und Gewissen.

»Ein Funke«, hörte ich mich keuchen. Ich lief, lief über Ackerfurchen und Unkraut, lief über eine Brücke, lief mitten in das wilde, aufpeitschende Lied, das ein Feuersturm mir sang.

»Verzeihen Sie mir!«, rief ich Graf Trubic zu, als die ersten Flammen aufloderten.

Im vergangenen Frühjahr, ehe die Verbrechen eines anderen seine Suspendierung erwirkten, war Felix das zweifelhafte Vergnügen zuteilgeworden, von Oberstleutnant Staller, einem der prominentesten Mitglieder des Generalstabes, eine Führung durch den neuen Sitz des Kriegsministeriums am Stubenring zu erhalten. Das Einzige, was Felix nach der stundenlangen Tortur – an der Gründlichkeit des guten Oberstleutnants konnte sich nur dessen Hang zur Schwatzhaftigkeit messen – nicht sogleich wieder zu vergessen beschlossen hatte, waren die vier kleinen Zellen im Kellergewölbe des Gebäudes gewesen.

»Für *besondere* Missetäter«, hatte Staller verkündet, als handelte es sich um ein Privileg, in jenem Verließ darben zu dürfen. »Solche, derer man sich am besten diskret entledigt. Sollten Sie mit dem Gedanken spielen, Hochverrat zu begehen, Graf, dann stehen die Chancen nicht schlecht, dass Sie noch einmal hier vorbeischauen.«

Und Felix hatte gelacht, sicher in seiner Gewissheit, dass er dem Kaiserreich treu bis an das Ende seiner Tage dienen würde.

Beinahe stand ihm der Sinn nun wieder nach Gelächter. Zu grotesk war es auch, dass er sich, keine sechs Monate später, in nämlicher Zelle, in Gesellschaft von Oberstleutnant Staller wiederfand. Dass der Kommandant des Aeronautischen Corps seine Festnahme befohlen hatte, war Felix in Anbetracht der herrschenden Umstände nicht weiter bemerkenswert erschienen: Angesichts des brennenden Wracks der *Fortuna*, an derem neuerlichen Verschwinden Graf Felix Trubic maßgeblich Verantwortung trug, war dem Kommandanten wohl keine andere Wahl geblieben. Auch nahm Felix es ihm nicht weiter übel, dass er prompt die Übergabe seiner beiden Gefangenen an den Generalstab veranlasst hatte; wenige Stunden nach dem rätselhaften Angriff auf das Hauptquartier der Aeronautischen Division herrschten in dem Dörfchen Fischamend immer noch etwas ungeordnete Zustände, die Gefangenen potenzielle Fluchtversuche ungemein erleichterten. Nein, es war das Departement für Okkulte Angelegenheiten, dem Felix grollte. Die Freilassung der kleinen Schönthal hatte Direktorin Blum zügig erwirkt, immerhin handelte es sich bei dem Mädchen um eine Mitarbeiterin der Centrale. Für einen vom Dienst suspendierten Agenten hingegen ließ sich wenig ausrichten.

»Warum haben Sie Oberst von Merentheim erschossen?«, fragte Staller jetzt in ruhigem, vernünftigem Ton. »Und machen Sie sich nicht die Mühe, den Mord zu leugnen, Graf. Es gibt Zeugen. Der Portier hat Sie das Wohnhaus betreten sehen, Nachbarn haben den Schuss gehört, und wenn der Diener erst wieder auftaucht, wird er wohl ebenfalls einiges über Sie zu berichten wissen.« Staller rieb sich den dünnen, akkurat gestutzten Schnurrbart. »Sie werden doch nicht auch den Diener getötet haben?«, vergewisserte er sich.

»Nein«, gab Felix knapp zur Antwort. Zu sprechen strengte ihn über Gebühr an, was in enger Verbindung stand zu der großzügigen Dosis Morphium, die ihm der Militärarzt, der notdürftig seine Wunden versorgt hatte, zugebilligt hatte.

»Nun?« Oberstleutnant Staller, die personifizierte Indignation in flaschengrüner Uniform, wippte unruhig mit der Stiefelspitze auf und ab. »Weshalb der Mord am Freiherrn?«

Felix schloss die Augen; er fühlte sich matt, auf eine nicht unangenehme Weise, die Erinnerungen an träge Sommernachmittage, an zerstreutes Liebesspiel und ziellose Gespräche weckte.

»Ich hatte meine Gründe«, erwiderte er gedehnt.

Staller schnaubte. »Und für die Entführung und Zerstörung des Luftschiffes, der Sabotage des Prestigeprojekts der Magisch-Technischen Abteilung und der Aeronautischen Division gleichermaßen, haben Sie dafür auch Ihre Gründe?«

Ob die kleine Schönthal ahnte, was sie ihm angetan hatte, als sie ihren lächerlichen Feuerzauber wirkte? Einen Augenblick lang kontemplierte er die Frage, ob sie nicht nur aus Überzeugung und fehlgeleitetem Pflichtbewusstsein, sondern auch aus

Gründen persönlicher Rache gehandelt haben mochte, ehe er die Überlegung als zur Gänze unerheblich verwarf. Genauso unerheblich war es auch, Oberstleutnant Staller, der hier den Auditor gab, darauf hinzuweisen, dass nicht er, Felix, es gewesen war, der die *Fortuna* den Flammen überantwortet hatte.

»Aber ja.«

Staller schlug mit der flachen Hand gegen die Mauer. »Sie täten gut daran, auf Ihre Spiele zu verzichten, Graf. Darf ich Sie darauf aufmerksam machen, so es Ihnen entgangen ist, dass Ihre Lage nicht unernst ist? Wenn Sie tatsächlich triftige Gründe für Ihre Tat hatten, fordere ich Sie auf, mir diese umgehend zu nennen.«

Felix lächelte. »Oh, die hatte ich. Einen triftigen Grund und einen heiligen Eid, den ich einst geschworen habe: Kaiser und Vaterland zu dienen. Für Kaiser und Vaterland zu sterben, wenn es denn unbedingt sein muss. Was würden Sie tun, wenn ich Ihnen erzählte, dass Freiherr von Merentheim der Hochverräter war, nicht ich? Dass er Revolution und Umsturz plante, dass das Luftschiff *Fortuna* seine höchst private Wunderwaffe darstellte, die er niemals dem Generalstab offenbaren wollte? Würden Sie meine Behauptungen prüfen, Ermittlungen einleiten gegen einen der Ihren? Oder käme es Ihnen nicht vielmehr gelegen, die Toten ruhen zu lassen und zu vertuschen, was sich vertuschen lässt? Nur kein weiteres Aufsehen auf den Generalstab zu ziehen, so kurz nach dem Spionagedebakel?«

Oberstleutnant Staller verschränkte die Arme vor der breiten Brust. »Sie haben sich Ihre Frage schon beantwortet«, sagte er schlicht. »Ich würde tun, was immer nötig ist, die Monarchie vor weiteren Stürmen und Skandalen zu schützen.«

Es war schwer, Contenance zu wahren, beschränkte sich das persönliche Universum erst auf eine Zelle, eine Pritsche und einen Wachposten, der die Frage nach etwas leichter Lektüre mit einem Kopfschütteln und einem hämischen Lächeln beantwortete.

Felix rollte die harte, braune Wolldecke zu einem provisorischen Kissen zusammen, ließ sich rücklings auf die Pritsche fallen, schloss die Augen. Zwang sich, ruhig zu atmen. Ruhig zu denken. Die Herrschaften im Generalstab wussten genau, was sie taten, das musste er ihnen zugestehen: Allein mit sich selbst war er sich der schlimmste Feind. Wie eine fette Made an weichem, totem Fleisch fraß die Langeweile an ihm, spornte seinen fiebrigen Geist an, sich in immer schwindelerregendere Höhen, immer tiefere Abgründe zu verirren. Bald sah er sich bei Hofe vor dem Kaiser stehen, den Kopf ehrerbietig, doch ohne Demut gesenkt, den Maria-Theresien-Orden an die Brust geheftet; dann wieder war ihm, als schnitte der raue Strick schon in seine Kehle, als bliebe ihm nur noch ein flüchtiger Moment: genug für einen Segen, einen Fluch, einen letzten Atemzug.

Auf dem Gang hallten Schritte, Stimmen drangen durch die schwere Eisentür zu ihm, ein Schlüsselbund klirrte. Felix verschränkte die Hände hinter dem Kopf. Mochte es zu Ende gehen mit ihm, mochte er die letzte Nacht seines Lebens in einer kleinen, kalten Zelle ohne Fenster verbracht haben, mochte er auch die schmutziggrauen Kacheln an den Wänden drei Mal gezählt haben, um zu drei verschiedenen Ergebnissen zu kommen, zumindest würde er nicht aufspringen wie ein Hund, der den Ruf seines Herrn vernahm. Vergeblich würden Richter und Henker Furcht, oder schlimmer noch, Hoffnung in seinen Zügen suchen.

»Herr Graf?« Der Wachposten ließ sich den Titel förmlich auf der Zunge zergehen. »Sie haben Besuch.« Er rasselte mit den Handschellen; willig streckte ihm Felix die Arme entgegen.

Zwei Wachsoldaten führten ihn über Hintertreppen und enge Korridore zu einer Tür am Ende eines langen, kahlen Ganges.

»Sie haben eine Viertelstunde«, sagte der eine. Zu Felix' Verwunderung machten sie keinerlei Anstalten ihm zu folgen; ein Blick über die Schulter offenbarte, dass sie, Gewehr bei Fuß, vor der Tür in Position gingen.

»Felix. Mein Gott«, sagte eine ruhige Stimme mit weichem, bosnischem Akzent und bewahrte ihn so vor der Versuchung, einen kostbaren Augenblick mit der Überlegung zu verschwenden, welche Implikationen das erratische Verhalten der beiden Wachposten wohl haben mochte.

Dejan sprang von dem auffällig gemusterten Diwan, dem einzigen Möbelstück des Antechambres auf. »Es ...« Er stockte. Langsam rieb er sich die fahlen, schlecht rasierten Wangen, starrte ihm aus blutunterlaufenen Augen entgegen. »Ja.« Felix verzog die Lippen. »Ich weiß, dass es dir leidtut. Man sieht es dir an: das schlechte Gewissen im geschmacklosen Anzug. Wirklich, Dejan, wer trägt schon weißes Leinen, wenn er einen Freund im Kerker besucht?«

Dass Dejan nur mit augenscheinlicher Mühe sein Lächeln erwiderte, war ihm bittere Genugtuung.

»Du siehst scheußlich aus. All das Blut ...«

»Keine Sorge«, unterbrach ihn Felix leichthin. »Es stammt aus alten Wunden.«

Dejan nickte. »Genau das meine ich«, warf er trocken ein. »Wie lange hält man dich schon in Gewahrsam? Vierundzwanzig Stunden, wenn nicht mehr!«

Felix erging sich in einem Achselzucken, das seine Handschellen klirren ließ. »Du kannst nicht erwarten, dass einem Hochverräter zuvorkommende Behandlung widerfährt.« Er tat einen Schritt weiter in den farbenfrohen Raum, sah an Dejan vorbei. Wer immer auf die Idee gekommen sein mochte, Gefangene und Besucher in einem Zimmer mit blauer Seidentapete und violett gemustertem Diwan zusammenzuführen, musste über einen unangenehmen Sinn für Humor verfügen.

»Also. Wie ist es dir gelungen, zu mir vorzudringen?«, erkundigte sich Felix, an die Tapete gewandt.

»Direktorin Blum hat gute Verbindungen zum Kriegsministerium.« Eine winzige Pause, ehe Dejan sagte: »Es wird keinen Prozess geben.« Eine jede Silbe betonte er, als bediente er sich einer fremden Sprache, die ihm noch nicht recht geläufig war. »Weißt du, was das bedeutet?«

Felix hörte Stoff rascheln, aus den Augenwinkeln nahm er eine Bewegung wahr, brachte es doch nicht über sich, sich umzuwenden.

»Gottverdammt, Felix! Schau mich an!«

»Nein.« Er trat ans Fenster, blickte hinab in den tristen Innenhof, hinauf in den strahlenden Herbstmorgen. Es war sicherer so. »Ich werde hängen.«

»Nicht, wenn ich es verhindern kann. Das Offiziersprivileg, der ehrenvolle Abschied aus dem Leben. Unter besonderen Umständen kann es auch auf Zivilisten übertragen werden.«

Etwas an diesem Satz klang so endgültig, so unendlich traurig, dass Felix nicht anders konnte, als sich nun doch dem Freund zuzuwenden.

Sehr aufrecht stand Dejan mitten im Raum, die Pistole in der Hand, die Miene sonderbar beherrscht. »Kein Mensch sollte gezwungen sein, diese Entscheidung selbst zu treffen. Den letzten Augenblick allein mit dem Zweifel zuzubringen, ob er tapfer genug sein wird, den Abzug zu drücken.«

Felix lächelte; so empfing ihn der Tod am Ende seines wahnwitzigsten Abenteuers, an einem sonnigen Septembertag, in einem kornblumenblauen Wartezimmer. Schicksal. Weshalb noch länger warten?

»Ja.« Er nickte. Ein letztes Scherzwort noch, um der alten Zeiten willen: »Dann darf ich dich bitten, ein zweites Mal um meinetwillen deine vielversprechende Karriere zu ruinieren? Der Generalstab wird dir kaum weiterhin die Leitung des Prager Bureaus zugestehen, wenn du mir jetzt den Gnadentod gewährst.«

Dejans Hand zitterte nicht, als er die Waffe hob. »Es wird mir eine Ehre sein.«

Felix schloss die Augen. Es gab drei Worte, die hatte er niemals ausgesprochen, und es schien ihm geschmacklos, es ausgerechnet jetzt noch zu tun. Stattdessen sagte er: »Was immer du sonst noch sein magst, du bist ein exzellenter Offizier.«

»Das war ich schon immer.«

»Ziel gut.«

»Vertrau mir«, flüsterte Dejan.

Die erste Kugel traf seine Schulter, die zweite streifte seine Hüfte.

Ziel doch, wollte Felix schreien, doch der Schmerz raubte ihm den Atem. Hart schlug er auf dem Parkett auf, als das verletzte Bein unter ihm nachgab.

»Bring es endlich hinter dich, verdammt«, stieß er zwischen zusammengebissenen Zähnen hervor. Tränen strömten über seine Wangen, sein linker Arm war klebrig von Blut, aber es spielte keine Rolle mehr, ein Schuss noch, und sein Elend war vorüber.

»Bitte«, keuchte er, wartete auf die Erlösung, die nie kam. Stattdessen hörte er, wie die Tür aufgerissen wurde, das Poltern schwerer Stiefel, Dejan rief unerklärlicherweise nach einem Arzt, jemand fluchte. »Krepieren lassen« meinte ein anderer, und dann mischte sich eine weitere, vertraute Stimme in den Tumult. »Lassen Sie mich durch, ich bin Arzt«, sagte sie. »Schnell, rufen Sie einen Krankenwagen!«

»Unmöglich! Er steht unter besonderer Bewachung! Sie können ihn nicht fortbringen!«

»Ich bin Arzt«, wiederholte Aaron Rosenstein und klang dabei energischer denn jemals zuvor. »Ich habe einen Eid geschworen, Menschenleben zu retten, so es in meiner Macht steht. Und das werde ich tun. Im Übrigen: Wenn Sie sich mir jetzt widersetzen, werde ich veranlassen, dass Sie sich vor höchsten Kreisen verantworten müssen. Denn ich bin auch Agent der Okkulten Angelegenheiten, und ich verspreche Ihnen, mit dem Departement wollen Sie gerade jetzt keine Schwierigkeiten.«

Felix blinzelte. Irgendwo über ihm konnte er Dejans ruhiges, entschlossenes Gesicht ausmachen.

»Du …«, murmelte er. Du verdammter, brillanter Bastard, wollte er sagen, als ihm die Sinne schwanden.

Ich verbrachte den Gutteil des Tages damit, zu schlafen, nach Möglichkeiten für Krysztofs Befreiung zu sinnen und mir Trubics Tod auszumalen. Vor meinem geistigen Auge sah ich ihn hängen und vor dem Erschießungskommando stehen, in Todeskrämpfen zucken; zuweilen ließ ich ihn auch mit der *Fortuna* verbrennen oder in einer Gefängniszelle, in einer zerstörten Stadt jämmerlich zugrunde gehen. Manchmal bemitleidete ich ihn, aber dann grub ich wieder mein Gesicht in die Kissen, die nach Krysztofs Eau de Toilette rochen, und verfluchte mich dafür, dass ich Trubic überhaupt gerettet hatte.

Ohne ihn wäre es unmöglich gewesen, das Luftschiff zurückzubringen, meldete sich die Stimme der Vernunft. Ha! Ich hatte die Grenzen der Vernunft in jenem Augenblick überschritten, da ich in den Ruinen einer weißen Stadt hinter dem Ende der Welt erwacht war. Schon verblassten die Bilder, wie Traumgespinste, bald würde sich die Gnade des Vergessens einstellen. Wir Menschen waren nicht geschaffen, dem Unmöglichen Glauben zu schenken, und hatten wir es auch mit eigenen Augen gesehen.

Wir Menschen. Ich lachte in die weichen, hellblauen Polster. Ich war kein Mensch, ich war eine Moroaică, und als solche sprach ich mich frei von der Kleingeistigkeit dieser unserer Welt. Ich war durch das Dunkel zwischen den Welten gereist, ich hatte eine dämonische Maschine vernichtet, es gab keinen Grund, weshalb ich nicht Krysztof befreien sollte. Gefängnisse konnten brennen, und Wachmänner konnten bluten.

An Nachmittag besuchte mich Dejan und riss mich aus meinen Allmachtsphantasien. Er sah erschöpft aus, seine Augen rotgerändert, sein heller Leinenanzug blutbefleckt.

»Ist er tot?«, fragte ich. Als Judith Blum meine Freilassung erwirkte, hatte sie mir sehr deutlich gemacht, dass es wenig gab, was sie für Trubic tun konnte. Der Sabotage, und schlimmer noch, des Mordes an Oberst von Merentheim angeklagt, würde er hängen müssen.

»Nein.« Dejan ließ sich auf den blassblauen Diwan fallen und rieb sich die fahlen, unrasierten Wangen. »Nicht, wenn ich es verhindern kann. Ich habe uns ein wenig Zeit verschafft.«

»Uns?« Ich brachte ihm die Cognacflasche, irrte auf der Suche nach Gläsern verloren durch den Salon, mit einem Mal fühlte ich mich wie eine Fremde, ein Eindringling in Krysztofs Wohnung. Eine Fremde, die ihren Liebhaber zu sich geladen hatte. Angestrengt musterte ich Dejan, versuchte mich zu entsinnen, wie es gewesen war, in seinen Armen zu liegen, seine blassen Lippen zu küssen, doch die Erinnerungen stellten sich nur zögerlich ein. Vergessen, vergessen. Stella Schönthal, die Frau, die noch etwas gab auf Liebe und Freundschaft und Schönheit eines Augenblicks, hatte sich irgendwo im Nichts zwischen den Zeiten verloren, und Stella, das Kind der Anderen Welt, hatte sich selbst noch nicht wiedergefunden.

»Dr. Rosenstein war so freundlich, mich zu begleiten. Tatsächlich wäre ohne seine Anwesenheit mein Plan zum Scheitern verurteilt gewesen. So wie die Dinge stehen, bleiben uns vielleicht ein paar Tage mehr. Selbst das Kriegsministerium wird nicht so weit gehen, einen Schwerverletzten aus einem Spital zu holen, um ihn zu hängen. Sie werden ihm Zeit geben, so weit zu genesen, dass er aus eigener Kraft zum Galgen wanken kann, und es Menschlichkeit nennen.« Dejan akzeptierte den Cognac, leerte sein Glas in einem Zug, maß mich mit ruhigem Blick.

In dem zerknitterten Hauskleid, in dem ich den halben Tag verschlafen hatte, mit zerzaustem Haar, bleich und fahrig, musste ich ein Bild abgeben, das alles andere denn vorteilhaft war, doch es kümmerte mich nicht.

»Was gedenken Sie zu tun?«, erkundigte ich mich, konnte nicht mehr denn höfliches Interesse aufbringen.

»Versuchen, Merentheim zum Hochverräter zu stilisieren, der ausgeschaltet werden musste, ehe er seine glänzenden Automaten in den Krieg schicken konnte. Felix hat mir davon erzählt, in seinem Zustand nicht übermäßig kohärent, aber dennoch verständlich.« Er seufzte tief. »Die Gefahren der *Fortuna* betonen.«

»Man wird Sie für verrückt erklären.«

»Das nicht unbedingt. Nach dem Spionageskandal um Generalstabsoberst Redl im vergangenen Frühling wird die Armeeführung jedoch nach Kräften versuchen, die Verfehlungen eines weiteren Offiziers aus ihren Kreisen nach Kräften herunterzuspielen und zu vertuschen. Aber die Hände müßig in den Schoß zu legen und dieses Unrecht geschehen zu lassen, ist mir nicht gegeben. Und immerhin befinde ich mich im Besitz eines kuriosen Schriftstücks, das mir vielleicht helfen wird. Ein gewisser Oberleutnant Vasilescu, Merentheims Adjutant, wurde vor wenigen Stunden in der Hietzinger Villa seines Vaters tot aufgefunden. Gift.« Sorgfältig platzierte Dejan ein Kuvert auf dem Tisch. »Er hinterließ ein Schreiben, das ich im Namen der Okkulten Angelegenheiten an mich bringen konnte.«

Neugierig nahm ich den Umschlag an mich. In einem früheren Leben vielleicht hätte ich den Tod Vasilescus zumindest flüchtig bedauert, aber nach allem, was geschehen war, wollte ich mir den Luxus menschlicher Emotionen kaum mehr leisten. Ich öffnete das Kuvert, auf dem in fahrigen Lettern »An Graf Felix Trubic« notiert stand, entfaltete den Brief, und überflog die wenigen Zeilen.

»Eine Anklage gegen Merentheim.« Langsam ließ ich schließlich den Bogen sinken. »Glauben Sie, dass es genügen wird?«

»Vielleicht. Aber es wäre unvorsichtig, sich auf einen einzigen Zeugen zu verlassen, noch dazu wenn dieser tot ist. Deshalb habe ich heute früh eine Anzeige in sämtlichen größeren Publikationen aufgegeben. Wer bei einem Empfang am Hradschin Melodien vom Ende der Welt vernommen hat, möge sich morgen Abend um neun Uhr zu dem Theseus-Tempel im Volksgarten begeben.« Mit seiner behandschuhten Linken zeichnete er die Muster im Damasttischtuch nach. »Es bleibt zu hoffen, dass nicht diverse politische Agitateure die Mitteilung missverstehen und sich in Erwartung einer Versammlung böhmischer Nationalisten einfinden.«

Ich rang mir ein schwaches Lächeln ab. »Sie wollen die Loge zum Ende der Welt ködern.«

»Ihre Mitglieder werden mit Freuden vor wissendem Publikum über die Gefahren einer Reise zwischen den Welten referieren. Zudem ist Direktorin Blum der Ansicht, dass wir eine Freilassung Ingenieur Willroths, des Verbindungsmannes der Loge in der Magisch-Technischen Abteilung, erwirken können, was ihnen ebenfalls entgegenkommen wird.«

Es nahm ein paar Sekunden in Anspruch, bis ich die Tragweite dieser Äußerung verstand. Trubic hatte Willroth der Kooperation mit Krysztof, dem Spion, bezichtigt, um seine schnelle Verhaftung zu ermöglichen. Sollte der Ingenieur nun von jeglicher Schuld freigesprochen werden, bestand auch Hoffnung für Krysztof. Das Departement für Okkulte Angelegenheiten verfügte über eine Macht, deren Ausmaß ich erst zu erahnen begann; vielleicht würde sich Direktorin Blum für die Freilassung eines ungeschickten Spions einsetzen, dessen Tätigkeit von keiner Relevanz war.

Blieb nur noch eine Problematik zu klären: »In Prag wollten Sie Mitglieder der Loge aus Rachsucht töten!«, warf ich ein.

Dejan nickte langsam. »Allerdings. Und ich habe keinerlei Veranlassung zu glauben, dass sie es nicht abermals probieren werden. Aber ich darf nichts unversucht lassen. Und wenn es sein muss, mein Leben gegen das seine …«

Ich starrte Dejan an. Unwillkürlich entsann ich mich der Photographie in seinem Schlafzimmer, seiner Worte in jener fernen, entsetzlichen Nacht in Prag – es fiel mir nicht mehr schwer zu erraten, für wen Dejan getötet hatte.

»Sie würden alles für ihn tun, nicht wahr?«

»Ich habe schon alles für ihn getan. Selbst wenn es aussichtslos war.«

Er verabschiedete sich bald. Ich sah ihm aus dem Fenster nach, wie er hinaus auf die Gasse trat, die Haltung militärisch aufrecht, auf dem Kopf ein Sommerhut, der den vorherrschenden Witterungsverhältnissen nicht mehr gänzlich entsprach, und bemerkte nicht ohne Verwunderung, dass Tränen in meinen Augen brannten. Etwas in mir löste sich. Mir war, als hätte ich die Luft angehalten, als könnte ich nun zum ersten Mal seit Tagen frei atmen. Zum Teufel mit den Feenlanden, den verfluchten Luftschiffen und der Zauberei. Warum sollte ich einer Welt, in der ein Mensch bereit war, nur für die Hoffnung, das Leben eines Freundes zu retten, zu sterben, nicht an Wunder glauben? All die Details dieser unserer verrückten Existenz, meines alten, verloren geglaubten Lebens, kamen mir mit einem Mal nicht weniger absonderlich vor denn die Dinge, die ich in der weißen, albtraumhaften Fremde gesehen hatte. Wahrscheinlich war es nur eine Frage des Blickwinkels.

Blickwinkel. Graf Trubic war kein guter Mensch. Er hatte Krysztof in einem Nebensatz an den Galgen geliefert. Oder war er doch ein Held, der tat, was getan werden musste, um die Monarchie zu schützen? Vielleicht auch nur ein wenig von beidem? Welche Verbrechen würde ich eines fernen Tages im Namen der Okkulten Angelegenheiten und des Kaiserreiches begehen müssen?

Zwei Stockwerke unter mir sah ich Dejan die Straße queren und auf den Droschkenstandplatz an der Ecke zuhalten. Mit einem Mal schien mir erschreckend klar, dass ich ihn nicht wiedersehen würde, wenn ich ihn jetzt ziehen ließ. Erkannte auch, dass ich ihn nicht verlieren wollte, und war es nur dieser einen Nacht wegen, in der ich ihm das Leben und er meinen Verstand gerettet hatte.

Töten. Leben retten. Zwei Seiten einer Münze. Blut klebte auch an meinen Händen. Durfte ich mir noch anmaßen, Trubic zu hassen? Ich würde ihm nicht vergeben, was er Krysztof angetan hatte, aber das hieß nicht, dass ich auch ihm den Tod wünschte.

Wie ich war, im schäbigen Kleid, unfrisiert, ohne Hut, stürmte ich aus der Wohnung.

Stella Schönthal, hallte es in meinen Ohren, während ich die Stiegen hinablief. Stella Schönthal. Agentin für Okkulte Angelegenheiten. Kind zweier Welten. Zauberin. Klatschkolumnistin. Vielleicht würden sich eines Tages die Identitäten ineinanderfügen, doch jetzt, in diesem Moment, zählte nur eine von ihnen.

»Warten Sie!«, rief ich so laut, dass nicht nur Dejan sich nach mir umwandte. Passanten maßen mich, ich konnte ihnen ihre Neugier freilich nicht verübeln. Ich fühlte mich selbst an das Ende jener sentimentalen Romanzen, die Katalin so gern auf den diversen Vorstadtbühnen gesehen hatte, erinnert, als ich, verweint und aufgelöst, einem peinlich berührten Dejan um den Hals fiel.

»Ich habe eine Idee«, flüsterte ich ihm zu.

Felix,

wenn Du diese Zeilen liest, bin ich tot. Viel macht es mir nicht mehr aus. Das Einzige, was ich bedauere, ist, dass ich den Schritt nicht schon viel früher gewagt habe.

Freitod. Aber ich gehe nicht aus freien Stücken. Merentheim ist es, der mich getötet hat. Gerade so wie Krauß, wie Kovacs, wie all die anderen, die noch sterben werden.

Ich erinnere mich. Vielleicht ist es die Nähe des Todes, die alles Verschüttete, Verborgene, Vergessene ans Tageslicht befördert. Tageslicht. Ein früher Morgen im Spätsommer. Das Luftschiff, die Fortuna. *Mit Zugvorrichtungen wird sie aus der Halle gezerrt. Ein majestätischer Anblick. Ich stehe daneben, Chi-Chi an meiner Seite. Warum? Nun, dem Sohn eines so großzügigen Unterstützers wie meinem Vater kann man keinen Wunsch abschlagen. Sie warnen mich vor den Gefahren, den Risiken, aber ich habe sie flüstern gehört, von einer neuen Welt. Chi-Chi ist bei mir, damit ich mich festhalten kann an ihr. Sie wird mit mir in die Passagiergondel steigen, damit ich sie trösten kann, wenn mich selbst der Mut verlässt.*

Merentheim wird zurückbleiben. Er macht sich die Hände nicht schmutzig. Bringt sich selbst nicht in Gefahr. Er plant und denkt. Er denkt an Kriege und plant Maschinen. Du hast die Automaten selbst gesehen. Er träumt von den Schlachten der neuen Zeit, in der er sie führen wird. Menschen hingegen gelten bei ihm nicht viel. Er hat uns vergiftet, zu Grunde gerichtet. Wir töten uns, aber er ist unser Mörder.

Alin Vasilescu, am 18.9.1913

»Sehr schön.« Sorgfältig legte Judith Blum den Brief auf der Marmorplatte ihres Schreibtisches ab. »Ich sehe es gern, dass ich mich in dem Oberst nicht getäuscht habe.« Sie ließ den Blick zwischen den Mitgliedern der kleinen Versammlung schweifen, die sich am Nachmittag des folgenden Tages in ihrem Bureau in der Centrale eingefunden hatten. Und was für eine Versammlung es war! In meinen kühnsten Träumen hatte ich mir nicht vorstellen mögen, dass ich mich irgendwann auf einem Diwan zwischen Generalmajor Bermann, dem stellvertretenden Leiter des Generalstabes, und einem persönlichen Vertreter des Kriegsministers wiederfinden würde, während ich den Ausführungen der Direktorin des Departements für Okkulte Angelegenheiten lauschte und Oberstleutnant Staller, ebenfalls dem Generalstab angehörig, auf einem Stühlchen kauerte, das viel zu klein war für seine stattliche Figur.

»Ich bin hocherfreut darüber, dass Graf Trubics missglückter Selbstmordversuch uns etwas Zeit gibt, in die Untiefen dieses Falls zu blicken, ehe wir ihn überstürzt zum Verräter erklären und hängen.«

»Selbstmordversuch!«, fuhr Staller auf. »Machen Sie sich doch nicht lächerlich! Wer schießt sich bei einem Selbstmordversuch in die Hüfte? Sie wissen so gut wie ich, dass Trubic sich die Verwundungen lediglich zugefügt hat, um sich etwas Zeit zu verschaffen. Und woher hatte er überhaupt die Waffe?«

»Von mir«, ließ sich Dejan vernehmen, der mit dem letzten Teilnehmer der Beratung am Fenster stand.

»Ja, und wer hat Ihnen erlaubt, bewaffnet einen Hochverräter zu besuchen?«, echauffierte sich Staller weiter. »Da marschieren zwei Agenten in Okkulten Angelegenheiten ins Kriegsministerium, um einen Hochverräter zu besuchen, einer von ihnen ist zufälligerweise ein Arzt, der auf seinem hippokratischen Eid beharrt und irgendwie durchsetzen kann, dass Trubic in ein Spital überstellt wird! Es kann nicht mit rechten Dingen zugegangen sein!«

»Es gibt Metallplaketten, die viele Türen öffnen«, sagte Dejan. Blum nickte bestätigend. »Im Übrigen möchte ich betonen, dass es sich bei den offensichtlich beklagenswerten Zuständen im Kriegsministerium um Ihre Schlamperei handelt, meine

Herren, nicht die meine. Aber ich dürfte Sie bitten, zum eigentlichen Thema zurückzukehren. Wie beurteilen Sie den Fall *Fortuna* jetzt?«

»Ich begreife nicht, wessen Sie Merentheim überhaupt anklagen wollen«, schnaufte Generalmajor Bermann. »Er hat das Luftschiff bauen lassen und meinetwegen noch die Automaten, die Sie uns gezeigt haben, aber ich sehe das Verbrechen nicht.«

»Er hat den Frieden gebrochen«, sagte der letzte Gast einfach. Dejan und Sir Lysander hatten ihn heute Vormittag am Theseus-Tempel im Volksgarten getroffen. Einen Namen hatte er ihnen nicht genannt; er trug einen schlichten schwarzen Straßenanzug, sprach überkorrektes Deutsch, und seine Gesichtszüge waren so durchschnittlich, dass sie in ihrer Normalität schon wieder auffallend wirkten. »Und er hat verantwortungslos seine Mitarbeiter magischen Kräften ausgesetzt, die sie alle nicht begriffen. Darf ich mich erkundigen, was denn mit der Mannschaft der *Fortuna* geschehen ist?«

»Soweit ich unterrichtet bin, hat sich der Kapitän gestern Nacht an der Mauer seiner Zelle den Schädel eingeschlagen. Die anderen befinden sich noch in Gewahrsam«, antwortete Blum.

Der Mann im schwarzen Anzug verzog die Lippen. »Auch sie werden sterben«, sagte er schlicht. »Kein Mensch kann zwischen den Welten, durch die Ewigkeit reisen, ohne dass es ihn früher oder später in den Tod zieht.«

Staller prustete vor Vergnügen. »Reisen durch die Ewigkeit! Ja, sind wir denn in einem Schauerroman? Sie verschwenden unsere Zeit, Blum!«

»Ich konfrontiere Sie mit Konzepten, von denen Sie nichts verstehen«, gab Blum zurück. Sie selbst hatte sich dem Unerhörten weniger offen gezeigt; als ich von den Geschehnissen auf der Anderen Seite Bericht erstattet hatte, hatte sie lediglich den allegorischen Charakter des Adlergefechts, in dem sie ein

Sinnbild unserer Monarchie sah, kommentiert und mir sodann mitgeteilt, dass sie weiter nichts davon wissen wolle. Kein Mensch würde jemals wieder einen Fuß in die Feenlande setzen, hatte Blum mir dargelegt, die Loge würde ihre Pflicht erfüllen, und es gab schon in dieser Welt ausreichend okkulte Problematiken, die ihre direktorliche Aufmerksamkeit erforderten.

Der Kriegsministerstellvertreter schlug die Beine übereinander und räusperte sich umständlich. »Bei allem Respekt, ich wüsste nicht, inwieweit Vasilescus Abschiedsbrief und diese etwas absonderlichen Ausführungen irgendetwas ändern sollten. Sie erzählen uns von undurchsichtigen Machenschaften, in die Merentheim verwickelt gewesen sein soll, und vielleicht ist es sogar wahr, aber ich will offen mit Ihnen sein: Wir können uns keinen weiteren Skandal um den Generalstab leisten, ohne die Legitimation der gesamten Armeeführung, vielleicht sogar der Monarchie in Zweifel zu sehen. Insofern hat nichts von dem, was Sie sagen, eine Bedeutung – außer, dass wir ernstlich in Betracht ziehen sollten, die Magisch-Technische Abteilung zu schließen. Aber Graf Trubic wird seine Soldatenpflicht erfüllen und für Kaiser und Krone sterben, und Merentheim wird in den Augen des Volkes ein Held bleiben.«

Mir war nicht entgangen, dass Blum mich während dieser Rede fixiert hatte. Jetzt nickte sie mir unmerklich zu, und ich fühlte, wie sich kalter Schweiß auf meiner Stirn bildete.

»Meine Herren«, sagte ich und versuchte nach Kräften, das Zittern aus meiner Stimme zu bannen. »Ich bin Agentin der Okkulten Angelegenheiten, aber auch Journalistin und als solche gelegentlich an der Verbreitung der Wahrheit interessiert.« Eine Einleitung, die mir ein schmales Lächeln von Dejan und ein höhnisches Schnauben seitens des stellvertretenden Kriegsministers eintrug. Nur Staller schien zu begreifen.

»Das würden Sie nicht wagen«, sagte er kalt.

»Oh doch.« Selten zuvor in meinem Leben hatte ich mich meiner selbst sicherer gefühlt. »Es wäre sogar meine moralische Verpflichtung, Vasilescus Abschiedsbrief zu veröffentlichen.«

»Ja, und wer wäre Ihrer Ansicht nach dumm genug, so etwas gegen die *ausdrückliche Empfehlung* des Generalstabes zu veröffentlichen?«, fragte Bermann spöttisch.

»Stefan Frey von *Salon&Sport*.« Eine armselige Trumpfkarte, aber immer noch besser als gar keine.

»*Salon&Sport*.« Der Generalmajor schüttelte das schwere Haupt. »Kein Mensch glaubt, was dieses Schmierblatt schreibt.«

»Das vielleicht nicht unbedingt«, gab ich zu. »Aber sehr viele Menschen lesen es, und seit der exklusiven Berichterstattung über das Attentat auf den Freiherrn von Merentheim und den Brand in Vasilescus Domizil dürften viele Leser das Blatt als Anlaufstelle für interessante Geschichten, die sich in dieser Art nicht in den qualitativ besseren Zeitungen finden, durchaus ernst nehmen. Gut möglich, dass sie nicht allem Glauben schenken werden, aber zumindest können wir davon ausgehen, dass man über Merentheims Schuld an den Todesfällen in seiner Abteilung sprechen wird.«

»Was erlauben Sie sich!«, herrschte Staller mich an, aber der Vertreter des Kriegsministers brachte ihn mit einer Handbewegung zum Schweigen.

»Die Okkulten Angelegenheiten würden das nicht zulassen«, sagte er. »Sie dienen dem Kaiser.«

Blum hob die Hände. »Da haben Sie recht. Wir unterstehen dem Kaiser. Der Armeeführung nicht unbedingt. Und wollen Sie implizieren, dass Seine Kaiserliche Majestät die Hinrichtung Unschuldiger zum Zwecke der Problemvermeidung gutheißen würde?«

Der Kriegsministerstellvertreter seufzte tief. »Was wollen Sie?«, fragte er Blum, die bedächtig mit den Schultern zuckte. »Nicht viel. Nur die Freilassung meines Agenten.« Sie sah sich nach dem Abgeordneten der Loge um. »Legen Sie Wert auf die Freilassung von Ingenieur Willroth?«

Der Mann in den Schatten schüttelte langsam den Kopf.

»Nein? Gut. Dann möchte ich lediglich meinen Agenten zurück.«

Ich hüstelte. Im Vorfeld des Treffens, als Dejan und ich uns mit Direktorin Blum besprochen hatten, hatte sie mir zugesagt, sich für Krysztof zu verwenden, soweit es in ihrer Macht stand.

»Und diesen Kopetzky«, fügte sie jetzt hinzu. »Einer unserer Doppelagenten, versorgt seit Jahren die Franzosen mit falschen Informationen. Ich denke, ein Verweis außer Landes müsste in seinem Fall ausreichen.«

Der Stellvertreter nickte. »Ihre Agenten werden schweigen?«, vergewisserte er sich.

»Selbstverständlich. Auf wen sollte man sich denn verlassen können, wenn nicht auf das Departement für Okkulte Angelegenheiten?«

NOVEMBER 1913
Ein Abschied

Ich fand Carina in ihrem Zimmerchen vor, wo sie barfuß, mit ausgebreiteten Armen am Fenster stand und leise in den Wind summte.

»Ich versuch mich zu erinnern, wie es war zu fliegen«, erzählte sie mir, als sie sich nach einer kleinen Weile endlich dazu entschied, meine Anwesenheit zur Kenntnis zu nehmen. »Es muss eigentlich recht schön gewesen sein. Zu schad' auch, dass ich das alles vergessen hab!« Der Weg, den Krauß, Alin Vasilescu und all die anderen Menschen, die mit der *Fortuna* zwischen den Welten gereist waren, gewählt hatten, würde Carina versagt bleiben, versicherte mir das umsichtige Pflegepersonal der Anstalt bei jedem Besuch. Schließlich waren dem Mädchen keine Waffen und spitze oder schwere Gegenstände erlaubt, Ausgang erhielt es nur in Begleitung zweier resoluter Krankenschwestern, und ihr Zimmer lag im ersten Stock. Der Sprung aus dem Fenster würde mit einiger Wahrscheinlichkeit lediglich zu gebrochenen Gliedern und einer schlimmen Gehirnerschütterung führen.

Und dennoch hatte mir der behandelnde Arzt erst kürzlich die Wunden an Carinas Stirn gezeigt, nachdem sie in Panik mehrmals den Kopf gegen die Wand geschlagen hatte.

(»Weil ich die Dunkelheit da drinnen nicht mehr hab ertragen können«, hatte sie mir später gebeichtet.)

Feenmagie, die Reise durch das Dunkel zwischen den Welten

zerstörte einen Menschen. Es gab keine Rettung, keine Erlösung, keine Hoffnung auf Heilung.

Es wäre gnädiger, das Mädchen zu töten, hatte Blum eines Tages eingestanden. Aber Carina war ein wertvolles Studienobjekt für all jene, die sich mit Moroimagie befassten – und als solches musste sie möglichst lange am Leben gehalten werden, ganz gleich, um welchen Preis.

»Chi-Chi. Ich habe Ihnen etwas mitgebracht.« Mit klammen Fingern suchte ich in meiner Manteltasche, ertastete die kalte Metallplakette mit meinem Namen und der lapidaren Aufschrift *»Departement für Okkulte Angelegenheiten – in Ausbildung«*, ehe ich das Gewünschte fand. Ich hatte lange darüber nachgedacht, was nun meine Pflicht war: Ein Leben bewahren oder einer Seele Frieden geben?

Vorsichtig legte ich den Ring, den Graf Trubic mir gegeben hatte, auf dem Fensterbrett ab.

Carina sah mich neugierig an.

»Ein hochwirksames Gift, das sekundenschnell und schmerzlos tötet«, erklärte ich leise. »Man muss nur das Siegel drehen und sich mit dem Dorn leicht in den Finger ritzen.«

Sie blinzelte. »Was soll das heißen?«

Ich zwang mich zu einem Lächeln. »Dass Sie das Recht haben, Ihre eigenen Entscheidungen zu treffen. Auch wenn diese dem Departement nicht gefallen sollten.«

Sie nickte leicht. Zum Abschied reichte sie mir die Hand.

Graf Trubic erwartete mich am Eingang des Sanatoriums, mit einer Hand auf den Kühler des roten Automobils, mit der anderen auf den Spazierstock gestützt, den er aufgrund seiner Beinverletzung nicht mehr als reines Accessoire mit sich führte.

»Wie hat sie es aufgenommen?«, fragte er mich, während der Chauffeur uns den Schlag öffnete.

»Ich glaube, sie ist froh darüber, eine Wahl zu haben.«

Trubic nickte. Er hatte sich von seinen Verwundungen noch nicht gänzlich erholt, sah matt und blass aus. Einen Herzschlag lang war ich versucht, Mitleid mit ihm zu empfinden, dann fiel mir Krysztof ein, der nun, fern der Heimat, fern von mir, in einem bescheidenen Hotel in Lyon saß und sich bemühte, irgendwie die Zeit totzuschlagen, und besann mich eines Besseren.

»Ich hoffe, Sie haben über den heutigen Abend noch nicht verfügt«, wechselte Trubic unbekümmert das Thema, während der Wagen rasch an Fahrt gewann. »Es gibt einen Spuk in kaiserlichen Gemächern, den wir uns ansehen müssen. Eine Lappalie, wenn Sie mich fragen, und keineswegs zweier Agenten des Okkulten würdig, aber da es sich um das Wohlbefinden des Herrscherhauses handelt, müssen wir uns fügen und das Ganze wenn möglich noch als große Ehre betrachten.«

Ich funkelte ihn an. »Ich habe Carina den Ring gegeben. Wenn sie von dem Gift Gebrauch macht, habe ich auch ihren Tod zu verantworten. Bitte verzeihen Sie mir, dass ich unter diesen Umständen nur wenig Interesse für Habsburgerspuk aufbringen kann.«

»Ich verzeihe Ihnen«, gestand mir der Graf großmütig zu. »Solange Sie es sich nicht zur Gewohnheit machen, jede bedauernswerte Seele, die an irgendwelchen okkulten Zwischenfällen zugrunde geht, stundenlang zu betrauern.«

In meinen Manteltaschen ballte ich die Hände zu Fäusten. War das der Fluch des Tötens, des Kämpfens? Musste man unweigerlich kalt und zynisch werden, wenn man überleben wollte?

Ich will nicht, dachte ich mit einem Anflug von Hysterie. Ich kann nicht. Und Hysterie war es auch, die mich zu der ersten großen Geste meines Lebens trieb: In hohem Bogen schleuderte ich die Plakette, die mich als Agentin des Okkulten auswies, aus dem Wagen.

»Bravo«, kommentierte Graf Trubic trocken. »Würde es Sie erstaunen, wenn ich Ihnen erzählte, dass ich vor Jahren, nach meiner ersten Mission in Okkulten Angelegenheiten nichts anderes getan habe? Allerdings war ich dumm genug, die Plakette in ein offenes Feuer zu werfen, was zu einigen Schwierigkeiten bei ihrer Rückbeschaffung führte.«

»Wer spricht hier von Rückbeschaffung«, erwiderte ich, und etwas kindisch fügte ich hinzu: »Ich will nicht so werden wie Sie.«

»Und das müssen Sie auch nicht. Ich verlange nur von Ihnen, dass Sie Ihre Talente nicht verschwenden. Aber genau das würden Sie in jedem anderen Metier tun.«

Ich schloss die Augen. Dachte an die weiße Stadt, das brennende Luftschiff, an Krysztof, der ohne Adieu aus meinem Leben geschieden war und mir nicht mehr hinterlassen hatte als einen knappen Brief. Wie konnte ich mich nur der Illusion hingeben, so unvermittelt das Geschehene hinter mir lassen zu können. Die Affäre um das verdammte Luftschiff hatte die Weichen meines Lebens neu gestellt, und irgendwie würde es mir gelingen, mich zu arrangieren.

Ich nickte ruckartig. Graf Trubic bedachte mich mit einem schiefen Grinsen.

»Anhalten und zurücksetzen«, befahl er dem Chauffeur. »Fräulein Schönthal möchte den Dienst in okkulten Angelegenheiten wieder aufnehmen.«

Glossar

Achter-Ulanen	ein k.-u.-k.-Kavallerieregiment
Antechambre	Vorzimmer
Czapka	militärische Kopfbedeckung, zur Ulanenuniform gehörig
Duse	Eleonora Duse, eine bekannte Schauspielerin des Fin de siècle
en passant	beiläufig, nebenbei
erratisch	konfus, abirrend, sprunghaft
Facon de parler	»wie man so sagt«
Fauteuil	Polstersessel
Gothaischer Hofkalender	Verzeichnis der adligen Häuser und Familien, auch kurz »Gotha« genannt
Kubatur	Umfang
Lehmann	Wiener Adress- und Telefonverzeichnis
Mantikor	Fabelwesen mit Menschengesicht, Löwenkörper und Drachenschwanz; entstammen ursprünglich der persischen Mythologie
Moroi/Moroaică	magisch begabte okkulte Wesen; der Begriff ist der rumänischen Mythenwelt entnommen
Plafond	Zimmerdecke
Pester Lloyd	bekannte ungarische Tageszeitung
Pompadour	netzförmige Handtaschenart
Ridikül	kleine Damenhandtasche
Rosenkorso	eine Art Parade, in der die große Gesellschaft sich in geschmückten Fahrzeugen sehen ließ
Sarah Bernhardt	eine der prominentesten Schauspielerinnen der Zeit
Steeplechase	Pferdehindernisrennen
Stiegen	Treppen
Tabatiere	Zigarettenetui
Tschako	militärische Kopfbedeckung

Danksagung

Abschließend möchte ich mich bei all jenen bedanken, die die *Fortuna* und mich durch Stürme und Höhenflüge begleitet haben – inbesondere bei:

Meiner großartigen Lektorin Sabine Thiele.

R. L., meinem unerschrockenen Luftschiffexperten, der selbst mit den eigentümlichsten Fragen nicht aus der Contenance zu bringen war.

Astrid, Judith, Kathi und Nora für Enthusiasmus, Kritik und Kommentare.

Ida und Mareike, für offene Ohren zu jeder Tages- und Nachtzeit.

Claudia Toman, für allerlei Aufheiterungen und sonstige schöne Dinge.

Meinen üblichen Verdächtigen in Familie und Freundeskreis für Geduld, Interesse und Toleranz – ja, wenn ihr meint, dass ihr euch angesprochen fühlen könntet, dann seid ihr das auch!

Der grandiosen Martina Vogl, für alles Mögliche.

Und natürlich, wie immer, meiner Maminka.